À la recherche d'Alice Love

Liane Moriarty

À la recherche
d'Alice Love

ROMAN

Traduit de l'anglais (Australie)
par Béatrice Taupeau

Albin Michel

À Adam

« La vie n'est que souvenir, à l'exception du moment présent qui passe si vite que l'on peut à peine le saisir. »

Tennessee WILLIAMS

« Le mariage est une dure épreuve. »

Joseph CAMPBELL

1

Elle faisait la planche, bras grands ouverts, sensible à la caresse de l'eau sur son corps, humant un parfum estival de sel et de noix de coco. Dans sa bouche rassasiée, un délicieux goût de petit déjeuner – bacon, café, croissant peut-être. Elle leva la tête ; le soleil du matin, brillant de mille feux à la surface de l'eau, l'obligea à plisser les yeux pour distinguer ses pieds. Chacun de ses ongles était peint d'une couleur différente. Rouge. Or. Violet. Tiens donc. Le vernis n'était pas très bien appliqué. Pâtés et coulures. Quelqu'un d'autre flottait à côté d'elle. Un être cher, qui la faisait rire et agitait dans sa direction, d'un air complice, ses doigts de pied aux ongles peints à l'identique. Elle baignait dans une béatitude somnolente. Quelque part au loin, un homme cria : « Marco ? », puis, un chœur de voix enfantines : « Polo ! » L'homme appela encore : « Marco, Marco, Marco ? » et les enfants de répondre : « Polo, Polo, Polo ! » L'un d'entre eux se mit à rire ; un long gloussement, pareil à une volée de bulles de savon. Une voix insistante murmura à son oreille : « Alice ? » Elle renversa la tête en arrière, laissant l'eau fraîche couler sans bruit sur son visage.

De minuscules points de lumière dansaient devant ses yeux. Rêve ou souvenir ?

« Je ne sais pas ! dit une voix effrayée. Je n'ai pas vu la scène ! »

Pas la peine de se mettre dans tous ses états !

Le rêve, ou le souvenir – quelle importance ? –, se dissipa, à l'image d'un reflet sur l'eau, laissant place à des fragments de pensées qui commencèrent à s'insinuer dans son esprit, comme si elle se réveillait d'un long et profond sommeil, tard un dimanche matin.

Le fromage frais, c'est bien un fromage à pâte molle ?
En tout cas, c'est pas un fromage à pâte dure.
C'est pas dur…
pas dur du tout.
Donc, logiquement, ça doit être…
un fromage.
Logiquement.
Que c'est joli, la lavande.
Joli… logique.
Faut que je taille la lavande !
Mais c'est de la lavande, cette odeur ?
Non.
Si.

C'est à ce moment-là qu'elle prit conscience de sa douleur à la tête. Sur le côté, une douleur intense, comme si on lui avait donné un bon gros coup de marteau.

Son esprit s'activa. Qu'est-ce que c'était que cette douleur à la tête ? Personne ne l'avait prévenue. On lui avait dit de s'attendre à toute une série d'étranges symptômes : brûlures d'estomac, goût d'aluminium dans la bouche, vertiges, fatigue extrême, mais rien à propos d'une douleur lancinante sur le côté du crâne. Elle aurait vraiment préféré qu'on la prévienne, parce que c'était très pénible. Évidemment, si elle ne pouvait pas supporter un simple mal de tête, alors…

Le parfum de lavande semblait aller et venir, telle une brise légère.

Elle laissa ses pensées dériver de nouveau.

Si seulement elle pouvait se rendormir et retourner à ce joli rêve d'eau et d'ongles de toutes les couleurs.

En fait, on lui en avait peut-être parlé, des maux de tête. Elle avait dû oublier. Mais oui ! Bien sûr, les maux de tête ! Carabinés, avec ça. Génial.

Il y avait tellement de choses à retenir. Tellement d'interdits. Fromages à pâte molle, saumon fumé, sushis… À cause de cette maladie qui pour elle n'existait même pas jusque-là. Une histoire de bactérie. La listeria. Mauvais pour le bébé. Les restes ? Interdits aussi ! Une bouchée du poulet de la veille pouvait le tuer. Les dures responsabilités de la maternité.

Pour l'heure, mieux valait se rendormir. C'était la meilleure chose à faire.

Listeria.
Wisteria.
La glycine qui couvre la clôture latérale promet d'être superbe si elle fleurit un jour.
Listeria. Wisteria.
Ha. Rigolos, ces mots.

Elle esquissa un sourire, mais sa tête la faisait vraiment souffrir. Il en fallait, du courage !

« Alice ? Tu m'entends ? »

L'odeur de lavande se fit plus présente. Un peu trop doucereuse.

Le fromage frais se tartine. Ni trop dur, ni trop mou, juste bien. Comme le petit lit de Petit Ours.

« Elle a les paupières qui tremblent. On dirait qu'elle rêve. »

Bon, c'était peine perdue, elle ne retrouverait pas le sommeil. Même si elle se sentait épuisée, prête à dormir jusqu'à la fin des temps. Est-ce que toutes les femmes enceintes se coltinaient ce genre de maux de tête ? C'était quoi, le but ? Les rendre plus résistantes en prévision des douleurs de l'accouchement ? À vérifier dans un de ses livres sur la maternité dès qu'elle se lèverait.

Comment avait-elle pu oublier à quel point la douleur était pénible ? Cruelle. Vexante. Quand on a mal, on ne rêve que d'une chose, que ça s'arrête, pitié, sur-le-champ. La péridurale, c'était la meilleure option. Une péridurale pour mon mal de tête, s'il vous plaît ! Merci.

« Alice, essaie d'ouvrir les yeux. »

Mais le fromage frais, c'est du *fromage*, au moins ? Personne ne sert une louche de fromage frais sur un plateau de fromages. Peut-être que, dans « fromage frais », fromage ne veut pas vraiment dire fromage ? Voilà une question qu'elle s'abstiendrait de poser au médecin, au cas où ce serait une de ces bévues dont elle seule avait le secret. Inutile de s'exposer aux réactions affligées qu'elles lui valaient d'ordinaire. *Non mais vraiment, Alice*, entendait-elle souvent.

Et pourquoi n'arrivait-elle pas à s'installer confortablement ? Le matelas lui semblait froid et dur comme du béton. Si elle se glissait du côté de Nick, elle pourrait le pousser gentiment du pied jusqu'à ce qu'il se retourne, à moitié endormi, et la serre très fort dans ses bras. Nick, sa bouillotte humaine.

Mais où était-il ? Déjà debout ? Peut-être lui préparait-il une tasse de thé ?

« N'essaie pas de bouger, Alice. Reste immobile et ouvre les yeux, ma biche. »

Elisabeth ! Voilà qui interroger, pour le fromage frais ! Forte de son statut d'aînée, elle s'étranglerait de rire et répondrait de manière précise. Maman, elle, n'en aurait pas la moindre idée. Elle s'écrierait, navrée : « Oh là là, les filles, non ! Je suis sûre que j'ai mangé du fromage à pâte molle quand j'étais enceinte de vous ! C'est le genre de chose qu'on ignorait totalement à l'époque ! » Et elle en rajouterait, s'inquiétant qu'Alice ait enfreint une règle par mégarde. Maman se fiait aux règles. Alice aussi d'ailleurs. Quant à Frannie, elle ne saurait pas non plus, mais elle mettrait un point d'honneur à se renseigner, grâce à son nouvel ordinateur, comme du temps où elle aidait Alice et Elisabeth à faire des recherches pour l'école dans son *Encyclopædia Britannica*.

Quel affreux mal de tête.

Dire que ce n'était sans doute qu'une infime fraction de la douleur qui l'attendait quand elle accoucherait. Vraiment génial.

Ce n'était pas comme si elle avait réellement mangé du fromage frais. En tout cas, elle n'en avait pas le moindre souvenir.

« Alice ? *Alice !* »

Elle n'en raffolait même pas.

« Quelqu'un a appelé une ambulance ? »

De nouveau, cette odeur de lavande.

Un jour, tandis qu'ils détachaient leur ceinture de sécurité, Nick avait déclaré – suite à une petite phrase qu'elle avait dite pour s'attirer ses compliments : « Arrête un peu, bêtasse, tu sais très bien que je suis fou amoureux de toi. »

En ouvrant la portière, elle avait senti la caresse du soleil sur ses jambes et humé la lavande qu'elle avait plantée près de la porte d'entrée.

Fou amoureux de toi.

Un moment de pur bonheur, parfum lavande, après les courses.

« Elle arrive. J'ai appelé le numéro d'urgence ! Pour la première fois de ma vie ! J'en étais toute chose. J'ai failli composer le 911. J'ai d'ailleurs tapé le premier 9, preuve que je regarde beaucoup trop de séries américaines.

– J'espère que ce n'est pas, euh, grave. Je veux dire, on ne va pas me, euh, coller un procès ou quelque chose comme ça, hein ? Ma chorégraphie n'était pas si difficile que ça, hein ?

– Pour être honnête, j'ai trouvé que c'était un peu too much,

15

cette dernière pirouette, alors qu'on a déjà le tournis après le reverse step et le double kick.

– Mais c'est un cours avancé ! Si c'est trop facile, on me le reproche. Je donne des *variantes*. J'enseigne par paliers. J'en ai marre, à la fin ! Quoi que je fasse, ça râle. »

Qu'est-ce qu'elle entendait ? Un programme interactif ? Elle détestait ça. Les auditeurs qui appelaient étaient tellement grincheux et nasillards. Toujours scandalisés pour un oui pour un non. Un jour, Alice avait dit que rien ne la scandalisait. Ce à quoi Elisabeth avait répondu : « Scandaleux ! »

Les yeux toujours fermés, elle dit tout haut : « C'est toi qui écoutes la radio, Nick ? Parce qu'on dirait bien que j'ai mal à la tête. » Dans sa voix perçait l'irritation, ce qui ne lui ressemblait pas, mais après tout, elle était enceinte, avait mal à la tête, froid et elle ne se sentait pas vraiment... dans son assiette.

Peut-être souffrait-elle de ce qu'on appelle les nausées matinales ?

Enfin, si toutefois on était le matin.

Non mais vraiment, Alice.

« Alice, tu m'entends ? Tu m'entends, Alice ? »

Haricot, tu m'entends ? Tu m'entends, Haricot ?

Tous les soirs, avant de s'endormir, Nick parlait au bébé à l'aide d'un rouleau de papier toilette vide qu'il mettait contre le ventre d'Alice. Il avait pioché l'idée dans une émission de radio. À en croire les spécialistes, le bébé apprendrait ainsi à reconnaître aussi la voix de son père.

« Ohé ! faisait-il. Tu m'entends, Haricot ? C'est ton père qui te parle ! » Ils avaient lu qu'à ce stade, le bébé n'était pas plus gros qu'un grain de haricot. D'où son petit nom. Qu'ils n'utilisaient qu'en privé, cela va de soi – ils étaient des futurs parents cool. Pas de niaiseries en public.

Le Haricot répondait impec', merci papa, je m'ennuie un peu parfois, mais pas de souci. Apparemment, il aurait aimé que sa mère arrête de se gaver de légumes verts et mange une

16

bonne pizza pour changer. « Ça suffit, je ne suis pas un lapin ! » aurait-il exigé.

Le Haricot était très probablement un garçon. C'est vrai, il semblait avoir une personnalité masculine. Le petit coquin. Tous deux étaient d'accord là-dessus.

Calée contre son oreiller, Alice regardait les cheveux de Nick, désormais argentés par endroits (il avait trente-deux ans). Ne sachant pas s'il en était conscient, elle s'abstenait de tout commentaire, même si ces quelques mèches grises l'émouvaient aux larmes – la faute à ces hormones de grossesse en délire.

Contrairement à Nick, elle ne parlait jamais à voix haute au bébé. Elle s'adressait à lui en pensée, timidement, quand elle prenait son bain (pas trop chaud – tellement de règles). *Salut, Bébé*, songeait-elle puis, submergée par ce miracle, elle frappait l'eau du plat de la main tel un enfant qui rêve à Noël. Elle fêterait bientôt ses trente ans et, malgré un impressionnant emprunt immobilier, un mari et un bébé à naître, elle ne se sentait pas si différente de l'adolescente de quinze ans qu'elle avait été.

Si ce n'est qu'à quinze ans, il n'y avait pas de moments de pur bonheur après les courses. À quinze ans, Nick n'était pas dans sa vie et elle aurait son content de chagrins d'amour avant qu'il pointe le bout de son nez et recolle les morceaux de son petit cœur brisé en lui disant être « fou amoureux » d'elle.

« Alice ? Tu vas bien ? S'il te plaît, ouvre les yeux. »

Une voix de femme. Trop forte et stridente pour qu'on puisse l'ignorer. Une voix qui l'obligeait à revenir à elle, qui refusait de la lâcher. Qui lui donnait une sensation de démangeaison aussi familière qu'énervante, comme des bas trop serrés.

Qu'est-ce qu'elle fabriquait dans sa chambre, cette femme, d'abord ?

Elle tourna la tête sur le côté. « Aïe ! »

Elle ouvrit les yeux.

Une masse confuse de couleurs et de formes. Elle ne voyait

même pas la table de chevet où se trouvaient ses lunettes. Sa vue devait empirer.

Elle cligna des yeux plusieurs fois puis, tel un télescope, fit la mise au point et tout devint net. Devant elle, des genoux. Drôle d'image.

Des genoux noueux et pâles.

Elle leva un peu le menton.

« Ah ! Te revoilà parmi nous ! »

Et ces genoux appartenaient à.... ? Jane Turner, du travail ! Incroyable ! Elle avait le visage rouge et des mèches de cheveux collées au front par la sueur. Ses yeux semblaient fatigués. Elle avait le cou potelé et mou – détail qu'Alice n'avait jamais remarqué auparavant. Elle portait un tee-shirt complètement humide de transpiration et un short, ses bras étaient fins et sa peau blanche criblée de taches de rousseur foncées. Alice n'avait jamais vu Jane d'aussi près. C'était gênant. Pauvre vieille Jane.

« Listeria, wisteria, dit Alice pour plaisanter.

– Tu délires, répondit Jane. Reste allongée.

– Mmmm, aucune envie de me lever. » Elle avait comme l'impression qu'elle n'était pas au lit ; plutôt sur un sol laminé et frais. Était-elle ivre ? Avait-elle oublié qu'elle était enceinte et bu à en perdre la raison ?

Son obstétricien était un homme raffiné qui portait un nœud papillon. Avec son visage poupin, il ressemblait de façon troublante à un ex-petit ami d'Alice. Il n'avait rien contre « disons, un apéritif suivi d'un verre de vin au dîner ». Un apéritif ? Alice avait cru que c'était une marque de boisson précise. (*Non mais vraiment, Alice*, avait soupiré Elisabeth.) Nick avait alors expliqué qu'il s'agissait d'un alcool pris avant le repas. Dans sa famille à lui, on prenait l'apéritif. Alice, elle, avait grandi dans une maison où une malheureuse bouteille de Baileys prenait la poussière au fond du garde-manger derrière les boîtes de spaghettis, désespérant d'être bue. En dépit de ce qu'avait dit l'obstétricien, elle n'avait consommé qu'une demi-coupe de champagne depuis le test de grossesse. Ce qui ne l'empêchait pas de culpabiliser, même si tout le monde lui répétait que ce n'était pas grave.

« Où suis-je ? » demanda Alice. Pas dans une discothèque miteuse, au moins ? Comment allait-elle expliquer à Nick qu'elle avait oublié être enceinte ?

« À la salle de sport, dit Jane. Tu es tombée et tu t'es assommée. Tu m'as flanqué la trouille de ma vie. Même si je n'étais pas mécontente d'avoir une excuse pour qu'on s'arrête. »

La salle de sport ? Alice ne fréquentait pas de salle de sport. Comment pouvait-elle se retrouver *ivre* dans une *salle de sport* ?

« Tu as perdu l'équilibre, ajouta une voix aiguë et joviale. Et paf ! Les quatre fers en l'air ! Tu nous as fait une grosse frayeur, Miss Gadin ! On a appelé une ambulance, alors ne t'inquiète pas, les pros arrivent ! »

À genoux à côté de Jane, une fille menue au bronzage café au lait et aux cheveux blonds décolorés ramassés en une queue-de-cheval. Elle portait un short en Lycra brillant et un haut court et ajusté, rouge, sur lequel étaient inscrits les mots « Step crazy ». Alice éprouva de l'antipathie pour elle au premier regard. Elle n'appréciait pas du tout qu'on l'appelle « Miss Gadin ». C'était une atteinte à sa dignité. D'après sa sœur Elisabeth, Alice avait, entre autres défauts, une tendance à se prendre trop au sérieux.

« Je me suis juste évanouie, non ? » demanda Alice.

Les femmes enceintes étaient sujettes aux évanouissements. Ça ne lui était jamais arrivé, même si elle avait passé une bonne partie de son CM1 à s'entraîner à simuler, dans l'espoir de compter parmi les chanceuses qui perdaient connaissance pendant le service religieux et étaient évacuées dans les bras musclés de Mr Gillespie, le professeur d'éducation physique.

« C'est parce que je suis *enceinte*. »

Jane en resta bouche bée. « Mon Dieu, Alice, c'est pas vrai ! »

La blonde décolorée retroussa les lèvres comme si elle venait de prendre Alice en faute. « Ah là là, j'ai pourtant demandé au

19

début du cours s'il y avait des femmes enceintes. Il ne fallait pas être si timide. Je t'aurais suggéré des modifications. »

Sa tête la lançait. Elle ne comprenait rien à ce qu'on lui racontait.

« Enceinte, reprit Jane. Maintenant. Quel désastre.

– Pas du tout. » Alice posa une main protectrice sur son ventre pour que le Haricot n'entende pas. Qu'il n'aille pas se vexer ! Et puis, sa situation financière, ce n'était pas les oignons de Jane. Les gens étaient censés se réjouir à l'annonce d'une grossesse !

« Je veux dire, qu'est-ce que tu vas *faire* ? »

Pour l'amour du ciel ! « Faire ? Qu'est-ce que tu veux dire, ce que je vais faire ? Je vais avoir un bébé. » Elle renifla. « Tu sens la lavande. Je savais bien qu'il y avait une odeur de lavande. » La grossesse avait développé son odorat.

« C'est mon déodorant. » Jane n'avait pas l'air dans son état normal. Quelque chose clochait dans ses yeux. C'était assez flagrant. Elle devrait peut-être commencer à utiliser un baume ou un sérum.

« Tu es sûre que ça va, Jane ?

– Moi, très bien, dit-elle en ricanant. Inquiète-toi de toi, va. Je te rappelle que tu viens de prendre un coup sur le citron alors que tu es enceinte. »

Le bébé ! Égoïstement, elle n'avait pensé qu'à son mal de tête alors qu'elle aurait dû s'inquiéter pour le pauvre petit Haricot. Quel genre de mère allait-elle être ?

« Et si j'avais fait du mal au bébé en tombant ?

– Oh, les bébés sont plutôt résistants, je ne m'en ferais pas pour ça. »

La voix d'une autre femme. Pour la première fois, Alice leva les yeux et se rendit compte que toute une troupe de quadragénaires aux visages rouges et en tenue de sport l'entourait. Certaines, penchées vers elle, l'observaient avec la curiosité des automobilistes témoins d'un accident de la route ; d'autres, les poings sur les hanches, papotaient comme si elles étaient en soirée. Elles semblaient se trouver dans une pièce tout en longueur dotée d'un éclairage fluorescent. Alice percevait au loin un filet de musique, des bruits métalliques et soudain un puissant éclat de rire masculin.

« Même si tu ne devrais pas faire de gym tonique dans ton état, déclara une autre femme.

– De la gym tonique ? Je sais que je devrais faire davantage de sport, mais...

– Davantage ? Même si tu essayais, tu ne pourrais pas, ma petite, coupa Jane.

– De quoi tu parles ? » Elle regarda les visages inconnus autour d'elle. Tout ça était tellement... idiot. « Et où je suis ?

– Elle doit avoir une commotion cérébrale, fit une voix excitée. Les victimes de commotion sont abasourdies et désorientées.

– Oh, la voilà qui se prend pour un docteur !

– Pas du tout ! Mais j'ai suivi une formation aux premiers secours à l'école. Je me souviens très exactement de ces mots. Abasourdies et désorientées. Il faut être vigilant : il y a un risque de compression cérébrale. Ça peut être très dangereux. »

La blonde décolorée, l'air effrayée, caressa le bras d'Alice et dit d'une voix forte : « Oh là là, chérie, CE N'EST PEUT-ÊTRE QU'UNE PETITE COMMOTION.

– Oui, mais ça ne l'a pas rendue sourde », la rabroua Jane. Puis, plus doucement : « Tout va bien, Alice. Tu es à la salle de sport, pour ton cours de step du vendredi. Celui auquel tu voulais me traîner depuis une éternité, tu te souviens ? Perso, je ne vois pas franchement ce que tu lui trouves, à ce cours. Quoi qu'il en soit, tu as fait une chute spectaculaire et tu t'es cogné la tête, rien de plus. Tout va bien se passer. Mais, plus important, pourquoi tu ne m'as pas dit que tu étais enceinte ?

– C'est quoi le cours de step du vendredi ?

– Mauvais signe, lâcha Jane, tout excitée.

– L'ambulance est là ! »

La blonde décolorée, soulagée, bondit sur ses pieds et chassa ces dames sans ménagement. « Allez ouste, les filles, on leur fait de la place ! »

Jane resta agenouillée près d'Alice, lui tapotant l'épaule distraitement. Puis, interrompant son geste : « Je rêve. Pourquoi c'est toujours toi qui as du bol ? »

Alice tourna la tête et vit deux superbes hommes en salopette bleue approcher à grands pas avec leur matériel de premiers secours. Gênée, elle essaya de se redresser.

« Ne bougez pas, ma jolie, lui intima le plus grand.

– C'est le sosie de George Clooney », chuchota Jane à son oreille.

Impossible de le nier ! Alice s'égaya malgré elle. Il lui semblait qu'elle venait de se réveiller dans un épisode d'*Urgences*.

« Bonjour. » George Clooney s'accroupit à côté d'elle, les mains ballantes entre les genoux. « Comment vous appelez-vous ?

– Jane. Oh, vous parlez d'elle ? Alice.

– Et votre nom de famille, Alice ? »

George lui prit le pouls.

« Alice Mary Love.

– Alors comme ça, on est tombée, Alice ?

– Apparemment. Je ne m'en souviens pas. » Alice se sentait toute chose, au bord des larmes, comme souvent lorsqu'elle avait affaire à un professionnel de la santé, quel qu'il soit, même un pharmacien. La faute à sa mère, qui avait été aux petits soins pour elle quand dans son enfance elle était malade. Elisabeth et elle étaient l'une comme l'autre d'effroyables hypocondriaques.

« Vous savez où vous êtes ? demanda George.

– Pas vraiment. À la salle de sport, à ce qu'il paraît.

– Elle est tombée pendant le cours de step. » Jane replaça la bretelle de son soutien-gorge sous son haut. « Sous mes yeux. Elle a fait une chute en arrière assez impressionnante et sa tête

22

a cogné le sol. Elle est restée inconsciente pendant une dizaine de minutes. »

La blonde décolorée réapparut, sa queue-de-cheval oscillant derrière elle. Alice fixa ses longues jambes lisses et son ventre plat et ferme. On aurait dit un faux. « Je crois qu'elle a eu un moment d'inattention, expliqua-t-elle à George Clooney sur le ton confidentiel d'un pro à un autre. Je déconseille fortement ce genre de cours aux femmes enceintes. Et je me suis bien assurée que personne n'était enceinte.

– Vous êtes à combien de semaines, Alice ? » demanda George.

Alice s'apprêtait à répondre mais, à sa grande surprise, elle eut un blanc.

« Douze, répondit-elle au bout d'un moment. Douze semaines. » Ils avaient passé l'échographie du premier trimestre quelques jours plus tôt. Le Haricot avait fait un petit saut étrange, une sorte de pas de disco, comme si quelqu'un l'avait poussé par-derrière, suite à quoi Nick et Alice avaient essayé de reproduire le mouvement devant leurs proches. Tout le monde s'était extasié, par politesse.

Elle posa de nouveau une main sur son ventre et, pour la première fois, elle remarqua sa tenue. Chaussures de course et chaussettes blanches. Short noir et débardeur jaune orné d'un autocollant doré. Apparemment, un dinosaure avec une bulle au niveau de la bouche qui disait : « BOUGE ! » Bouge ?

« D'où ils sortent, ces vêtements ? demanda-t-elle à Jane d'un air accusateur. Ils ne sont pas à moi. »

Jane jeta un coup d'œil éloquent à George.

« Il y a un dinosaure collé sur mon haut, ajouta Alice, stupéfaite.

– Quel jour on est aujourd'hui, Alice ?

– Vendredi. » Bon, c'était de la triche puisque Jane lui avait dit qu'elles étaient au « cours de step du vendredi ». Comme si elle savait de quoi il s'agissait.

« Vous vous souvenez de ce que vous avez pris au petit déjeuner ? » Tout en lui parlant, George examinait avec précaution le côté de sa tête. Son collègue lui passa un brassard tensiomètre autour du bras et actionna la pompe.

« Une tartine au beurre de cacahuète ? »

Son petit déjeuner habituel. Ça devait être la bonne réponse.

« Il n'a aucune idée de ce que tu as mangé ce matin, dit Jane. Il essaie de voir si *toi*, tu te souviens de ce que tu as mangé. »

Le brassard lui serra fortement le bras.

Toujours accroupi, George poursuivit : « Faites-moi plaisir, Alice, et donnez-moi le nom de notre illustre Premier ministre.

— John Howard », répondit-elle docilement. Pourvu qu'il ne pose pas d'autres questions sur la politique. Elle ne s'y intéressait pas. Au grand dam d'Elisabeth.

Jane émit un étrange glapissement où se mêlaient dérision et hilarité.

« Euh... Il est toujours Premier ministre, n'est-ce pas ? » demanda Alice, gênée. Ça, elle en entendrait parler pendant des années. *Non mais vraiment, Alice*, tu ne connais pas le nom du Premier ministre ! Avait-elle loupé une élection ? « J'en suis sûre, quand même.

— Et en quelle année sommes-nous ? » George n'avait pas l'air plus inquiet que ça.

« 1998 », répondit Alice du tac au tac. Cette fois, elle était certaine d'avoir la bonne réponse. Le bébé naîtrait l'année suivante, en 1999.

Jane plaqua sa main contre sa bouche. George allait parler mais elle l'interrompit. Elle posa la main sur l'épaule d'Alice et la dévisagea intensément. Ses yeux, grands ouverts, trahissaient son excitation. Son mascara faisait des petits paquets au bout de ses cils. Le mélange de son déodorant à la lavande et de son haleine aillée était assez entêtant.

« Quel âge as-tu, Alice ?

– Vingt-neuf ans », répondit-elle, agacée par son ton théâtral. Où voulait-elle en venir ? « Comme toi. »

Jane se redressa et regarda George Clooney triomphalement. « Je viens de recevoir une invitation à ses quarante ans. »

Et c'est ainsi qu'un vendredi, Alice Mary Love perdit par mégarde une décennie complète de son existence à la salle de sport.

2

Jane déclara qu'elle l'aurait bien évidemment accompagnée à l'hôpital mais qu'elle devait être au tribunal à quatorze heures.

« Au tribunal ? Pour quoi faire ? » demanda Alice, tout à fait ravie que Jane ne l'accompagne pas. Elle avait eu sa dose pour aujourd'hui. *Une invitation à ses quarante ans.* Que voulait-elle dire exactement ?

Jane esquissa un sourire étrange et s'abstint de répondre. « Je vais passer deux ou trois coups de fil pour que quelqu'un vienne te retrouver à l'hôpital.

— Pas quelqu'un. » Alice regarda les ambulanciers déplier une civière. Elle lui sembla peu solide. « Nick.

— Oui, *bien sûr*, je vais appeler *Nick.* » Jane prononça sa phrase très distinctement, à la manière d'une actrice dans une pantomime.

« En fait, je suis sûre que je peux marcher », dit Alice à George Clooney. Elle n'avait jamais aimé l'idée qu'on la porte, même Nick, pourtant plutôt robuste. Son poids la tracassait. Imaginez, si les ambulanciers grognaient ou grimaçaient comme des déménageurs en soulevant le brancard ! « Je me sens bien. C'est juste ma tête.

— Vous souffrez d'une commotion assez sérieuse, répliqua George. On ne plaisante pas avec les blessures à la tête.

— Allez ! enchaîna son collègue. Nous, ce qu'on préfère dans notre métier, c'est promener de jolies femmes sur des civières. Ne nous privez pas de ce plaisir !

– Tu vois, Alice, ne les prive pas de ce plaisir, dit Jane. Ton cerveau est endommagé. Tu crois que tu as vingt-neuf ans. »

Et ça, qu'est-ce que ça signifiait ?

Alice se rallongea et laissa les deux hommes la mettre sur le brancard en deux temps trois mouvements. Au moment où sa tête roulait sur le côté, la douleur fut telle qu'elle se sentit prise de vertige.

« Oh, et voilà son sac. » Jane récupéra un sac à dos le long du mur et le cala sur la civière.

« Ce n'est pas le mien.

– Si. »

Alice regarda le sac en toile rouge. Sur le rabat, une rangée de trois dinosaures brillants identiques à celui qui figurait sur son haut. Elle se demanda si elle n'allait pas vomir.

Les deux ambulanciers la soulevèrent. Sans difficulté. Ils devaient avoir l'habitude de porter des gens de tout gabarit.

« Le bureau ! s'écria tout à coup Alice, paniquée. Il faut que tu appelles ! Pourquoi on n'est pas au boulot si on est vendredi ?

– Oh, eh bien, je ne sais pas ! Pourquoi on n'est pas au boulot ? répéta Jane de sa voix de théâtre. Mais ne t'inquiète pas de ça, je vais appeler "Nick", et ensuite j'appellerai "le bureau". Je suppose que par "bureau", tu entends ABR Bricks ?

– Euh... oui, Jane. » Toutes deux travaillaient chez ABR depuis trois ans maintenant. Cette pauvre Jane avait-elle perdu la tête ? Puis : « Tu ferais mieux d'informer Sue que je ne serai pas là aujourd'hui.

– Sue, fit Jane lentement. Et bien sûr, tu veux parler de Sue Mason.

– Oui, Jane. Sue Mason. » (Complètement cinglée.)

Sue Mason, leur supérieure, était très à cheval sur la ponctualité, les absences pour maladie et la tenue vestimentaire de ses employés. Alice avait hâte que son congé maternité commence pour ne plus mettre les pieds au bureau.

Tandis que les ambulanciers l'emmenaient, Alice observa Jane. Elle pinçait sa lèvre inférieure entre le pouce et l'index – on aurait dit un poisson rouge.

« Remets-toi vite ! » lança la blonde décolorée depuis une estrade placée au fond de la salle. Sa voix était amplifiée par un micro fixé devant sa bouche. Les ambulanciers atteignirent la porte ; une musique rythmée se fit alors entendre. La blonde décolorée se mit à exécuter des pas rapides sur une plate-forme en plastique. Les femmes qui s'étaient agglutinées autour d'Alice l'imitaient sur leurs propres plates-formes. « Allez, les filles ! Basic step, talons-fesses et rodéo ! » Les femmes, à cheval au-dessus de leurs marches firent tournoyer des lassos imaginaires.

Mon Dieu ! Il fallait absolument qu'elle se souvienne en détail de cette étrange journée pour tout raconter à Nick. Il faudrait qu'elle lui fasse le coup du « rodéo ! » – il trouverait ça hilarant. Ah vraiment, cette journée ! À se tordre de rire !

(Même si, bien sûr, c'était aussi un peu terrifiant, car franchement, que fabriquait-elle dans une salle de sport avec Jane Turner qui, en plus, était complètement givrée ?)

Ils passèrent une porte en verre puis traversèrent une immense pièce tout en longueur. Rien ne lui était familier.

Il y avait des rangées de machines compliquées que des hommes et des femmes actionnaient. Tous semblaient fournir un gros effort pour soulever, tirer ou pousser des charges beaucoup trop lourdes pour eux. Il régnait dans ces lieux une atmosphère studieuse et silencieuse de bibliothèque. Personne ne s'interrompit au passage de la civière. Seuls des regards suivirent la scène, avec l'indifférence et la froideur que l'on prête aux faits divers du journal télévisé.

« Alice ! »

Un homme descendit d'un tapis de course en retirant ses

écouteurs qu'il laissa pendre sur ses épaules. « Que s'est-il passé ? »

Son visage – rouge pivoine et perlé de sueur – ne lui évoquait rien du tout. Alice le regarda fixement, cherchant une réponse polie à lui faire. C'était surréaliste de converser avec un inconnu, allongée sur une civière. Comme d'arriver à un cocktail en pyjama – un rêve qu'elle faisait régulièrement.

« Un p'tit coup sur la caboche », répondit George Clooney. Pas très pro, comme formule.

« Oh, non ! » L'homme s'épongea le front avec une serviette. « Ça tombe mal, à l'approche du grand jour. »

Alice essaya d'adopter une mine chagrinée qu'elle supposait de circonstance par rapport à ce grand jour. Peut-être s'agissait-il d'un collègue de Nick, faisant allusion à une réception organisée par leur boîte dont elle était forcément au courant.

« Eh bien, ça t'apprendra à être totalement accro à la gym, hein, Alice ?

– Ho. » Elle ne savait pas trop ce qu'elle avait voulu dire, mais sa réponse se résuma à « Ho ».

Les ambulanciers poursuivirent leur route. L'homme remonta sur son tapis et recommença à courir en lançant : « Prends soin de toi, Alice ! Je dirai à Maggie de t'appeler ! »

Alice ferma les yeux. Elle avait des haut-le-cœur.

« Ça va, Alice ? » demanda George Clooney.

Elle ouvrit les yeux. « Je me sens un peu barbouillée.

– Pas d'inquiétude, c'est normal. »

Ils s'arrêtèrent devant un ascenseur.

« Je ne sais vraiment pas où je suis. » Il lui semblait important de le lui rappeler.

« Ne vous souciez pas de ça pour l'instant. »

Les portes de l'ascenseur s'ouvrirent dans un sifflement et une femme avec un carré impeccable en sortit. « Alice ! Ça va ? Que s'est-il passé ? » Elle articulait de manière exagérée. « Quelle coïncidence ! Je pensais justement à toi ! Je voulais t'appeler à propos de – ah, du petit incident – à l'école, Chloe m'a raconté, je te plains ! Il ne manquait plus que ça ! Entre la soirée de demain et le grand jour qui approche ! »

Tandis qu'elle continuait de parler, les ambulanciers manœuvrèrent pour entrer dans l'ascenseur avec le brancard. L'un d'eux appuya sur le bouton rez-de-chaussée. Les portes se fermèrent au moment où la femme portait un téléphone imaginaire à son oreille dans un geste identique à celui qu'avait eu l'inconnu un peu plus tôt. On entendit une voix crier : « C'est *Alice Love* que je viens de voir sur cette civière ? »

« Eh bien, vous en connaissez du monde ! commenta George.

– Non, répondit Alice. Vraiment pas. »

Elle repensa à ce que Jane avait dit : « Je viens de recevoir une invitation à ses quarante ans. »

Elle détourna la tête et vomit sur les jolies chaussures noires impeccablement cirées de George Clooney.

Devoirs d'Elisabeth pour le Dr Hodges

Je ne reçois l'appel que vers la fin de la pause déjeuner. Il me reste à peine cinq minutes avant de retourner au boulot et je devrais être aux toilettes en train de vérifier que je n'ai rien entre les dents. « Elisabeth ? Salut, c'est Jane, j'ai un problème. » Comme si elle était la seule Jane au monde (on pourrait croire qu'avec un tel prénom, on a l'habitude de préciser son nom de famille), et moi de réfléchir, Jane, Jane, une Jane qui a un problème, et tout à coup, je comprends qu'il s'agit de Jane Turner, la Jane d'Alice.

Elle m'annonce qu'Alice a fait une chute à la gym pendant son cours de step.

Moi, j'ai cent quarante-trois personnes carrées dans leurs sièges, munies de leur bouteille d'eau glacée et de leurs bonbons à la menthe, qui fixent l'estrade avec impatience, prêtes à prendre des notes ; chacun a déboursé deux mille neuf cent cinquante dollars pour m'écouter parler, deux mille cinq cents pour ceux qui se sont inscrits les premiers. C'est ce que les gens paient pour que je leur apprenne à rédiger une campagne de publipostage efficace. Je sais ! Le monde impitoyable du commerce vous est complètement étranger, n'est-ce pas, docteur Hodges ? Je savais bien que vous hochiez la tête par pure politesse quand j'ai essayé de vous expliquer mon métier. Je suis certaine qu'il ne vous est jamais venu à l'esprit que ces lettres et autres brochures que vous recevez par la poste sont écrites par de vraies gens. Des gens comme moi. Je parie que vous avez un autocollant « PAS DE PUBLICITÉ » sur votre boîte aux lettres. Ne vous en faites pas. Je ne vous en tiendrai pas rigueur.

Bref, ce n'est pas le moment idéal pour moi de courir voir ma sœur qui a eu un accident à la gym (il y a des gens qui bossent ; des gens qui n'ont pas le temps d'aller à la gym en plein milieu de la journée). D'autant que je ne lui adresse plus la parole depuis l'incident des muffins à la banane. Je sais, nous avons parlé en long, en large et en travers des efforts que je dois faire pour considérer ses faits et gestes de manière plus « rationnelle », mais je ne lui adresse toujours pas la parole. (Évidemment, elle ne le sait pas mais permettez que j'en tire satisfaction, même si c'est puéril.)

Je réponds à Jane (sur un ton quelque peu irrité et suffisant, je l'avoue) : « C'est grave ? » Allez savoir pourquoi, je n'ai pas envisagé une seule seconde que ça pouvait l'être.

Jane rétorque : « Elle croit qu'on est en 1998, qu'elle a vingt-neuf ans et qu'on travaille toujours chez ABR Bricks, alors si ce n'est pas grave, en tout cas, c'est super bizarre. Oh, et je présume que tu sais qu'elle est enceinte ? »

J'ai vraiment honte de ma réaction. Tout ce que je peux dire, docteur Hodges, c'est que c'était incontrôlable. Involontaire et irrépressible, comme un éternuement quand on a le rhume des foins.

Une rage terrible, venant de mes entrailles, est montée en flèche jusqu'à mon cerveau. Alors je dis : « Désolée, Jane, je dois y aller. » Et je raccroche.

George Clooney se montra indulgent sur la délicate question de ses chaussures. Alice, consternée, essaya de descendre de la civière pour l'aider à les nettoyer – si seulement elle avait pu trouver un mouchoir en papier quelque part, peut-être dans cet étrange sac en toile – mais les deux ambulanciers se fâchèrent et insistèrent pour qu'elle reste tranquille.

Les nausées s'estompèrent une fois qu'elle fut attachée à l'arrière de l'ambulance. Autour d'elle, l'habitacle en plastique blanc immaculé était rassurant. Tout semblait stérile, adapté.

Le trajet jusqu'à l'hôpital lui parut plutôt calme, comme une course en taxi. Pour autant qu'elle pût en juger, ils ne circulaient pas toutes sirènes hurlantes en actionnant leur gyrophare pour que les autres véhicules libèrent le passage.

« Je ne suis pas en train de mourir, alors ? » demanda-t-elle à George Clooney qui était avec elle à l'arrière tandis que son collègue conduisait. George avait d'épais sourcils broussailleux. Comme Nick. Un soir, Alice avait essayé de les lui épiler ; il avait crié si fort qu'elle avait eu peur que Mrs Bergen, en sa qualité de « voisine vigilante », alerte la police.

« Vous pourrez bientôt retourner à la salle de sport, répondit George.

– Je ne suis pas une adepte du sport.

– Je suis là. » Il sourit en lui tapotant le bras.

Elle apercevait des bouts de panneaux publicitaires, d'immeubles de bureaux et de ciel bleu par la fenêtre de l'ambulance derrière la tête de George.

Bon, rien de grave. Ce n'était que le « p'tit coup sur la caboche » qui rendait tout étrange et curieusement onirique. Comme en vacances, lorsqu'on se réveille sans savoir où l'on se trouve. Dans le cas présent, la sensation semblait plus intense et persistante, mais pas de quoi paniquer ! Au contraire, c'était *intéressant* ! Il fallait juste qu'elle se concentre.

« Quelle heure est-il ? demanda-t-elle à George d'un ton résolu.

– Bientôt l'heure du déjeuner. »

Bien. L'heure du déjeuner. Un vendredi.

« Pourquoi m'avez-vous demandé ce que j'ai pris au petit déjeuner ?

32

– C'est une question classique que l'on pose aux victimes de blessures à la tête. Nous essayons d'évaluer votre état mental. »

Donc, logiquement, si elle pouvait se rappeler ce qu'elle avait pris au petit déjeuner, tout rentrerait dans l'ordre.

Le petit déjeuner. De ce matin. Allez. Elle devait pouvoir s'en souvenir.

Dans son esprit, l'*idée* d'un petit déjeuner en semaine demeurait limpide. Deux tartines qui surgissent en tandem du grille-pain avec un bruit sec, la bouilloire qui gronde, la lumière oblique du matin éclairant la grosse tache marron sur le linoléum de la cuisine, qui semble pouvoir être enlevée en moins de deux minutes, mais en fait non. Un rapide coup d'œil à l'horloge de gare – un cadeau de la mère de Nick à l'occasion de leur pendaison de crémaillère – en espérant qu'il est plus tôt qu'elle ne l'imagine (il est toujours plus tard). Le grésillement de la radio en fond – les voix inquiètes et passionnées des journalistes d'ABC qui évoquent les problèmes du monde. Nick écoute et parfois commente : « Sans déconner ! » Alice, elle, se laisse bercer par les voix, les yeux fermés.

Nick et elle n'étaient pas du matin. Une caractéristique qu'ils appréciaient l'un chez l'autre, d'autant qu'ils avaient tous deux connu des partenaires horriblement gais au réveil. Ils échangeaient quelques phrases laconiques, en faisaient parfois un jeu, exagérant leur mauvaise humeur ; d'autres fois, ils ne plaisantaient pas, mais peu importait car ils savaient qu'ils seraient redevenus eux-mêmes en fin de journée.

Elle essaya de retrouver le souvenir d'un petit déjeuner en particulier.

Tiens, il y avait eu ce matin, particulièrement frais, à l'époque où la cuisine n'était qu'à moitié peinte. Il pleuvait à verse et de fortes émanations de peinture leur chatouillaient les narines tandis qu'ils mangeaient en silence des tartines de beurre de cacahuète, assis à même le sol parce que les meubles étaient couverts de bâches. Alice était encore en chemise de nuit mais

33

elle avait enfilé un gilet et les vieilles chaussettes de foot de Nick qu'elle avait remontées jusqu'aux genoux. Lui était rasé et habillé. Ne manquait que sa cravate. La veille, il lui avait parlé d'une présentation vraiment importante qu'il devait faire devant Crâne d'Œuf, Mégatron et le Mage noir, tous trois réunis pour l'occasion. Angoissant. De tout cœur avec lui, Alice, qui avait une peur bleue de s'exprimer en public, avait senti son estomac se nouer. Ce matin-là donc, Nick avait bu une gorgée de thé puis, s'apprêtant à mordre dans sa tartine, l'avait fait tomber sur sa chemise à rayures bleues préférée. En plein milieu. Ils s'étaient regardés, horrifiés. Nick avait retiré la tartine tout doucement, révélant un gros rectangle de beurre de cacahuète bien gras. « C'était ma seule chemise propre », avait-il gémi, comme un homme qui vient de prendre une balle, avant de se coller la tartine sur le front.

« Non, avait dit Alice. J'ai fait une lessive hier soir quand tu étais au squash. » N'ayant pas encore de machine à laver, ils portaient leurs vêtements à la laverie à deux pas de chez eux. « Sérieux ? – Oui », avait-elle confirmé. Il avait rampé jusqu'à elle entre les pots de peinture et, prenant son visage entre ses mains, lui avait donné un long et tendre baiser au goût de beurre de cacahuète.

Mais ça, ce n'était pas ce matin. C'était il y a plusieurs mois, ou semaines peut-être. À présent la cuisine était terminée. Sans compter qu'à ce moment-là, elle n'était pas enceinte. Elle buvait toujours du café.

Il y avait eu ces quelques petits déjeuners où ils avaient mangé un yoghourt et des fruits. Leur période détox ! À quand ça remontait ? En tout cas, ça n'avait pas duré très longtemps, même s'ils étaient plutôt à fond au départ.

Et les petits déjeuners en solo, quand Nick était en déplacement. Elle mangeait ses tartines au lit et savourait la mélancolie romantique que son absence lui inspirait, telle une femme de marin ou de soldat. C'était comme apprécier la faim quand on sait qu'on va faire un grand festin.

Et puis ce petit déjeuner où ils s'étaient disputés – visages enlaidis, regards furibonds, claquements de portes – parce qu'ils manquaient de lait. Moins agréable. (Ce n'était pas non plus ce matin, sûr et certain. Elle se rappelait comment ils s'étaient rabibochés le soir même tandis qu'ils assistaient à la représentation d'une pièce postmoderne prodigieusement longue et incompréhensible dans laquelle la sœur cadette de Nick jouait un rôle minuscule. « Au fait, je te pardonne », lui avait chuchoté Nick à l'oreille ; ce à quoi elle avait répondu : « Désolée, mais c'est moi qui te pardonne. » Une femme assise devant eux les avait alors houspillés à l'image d'une institutrice : « Chut ! Tous les deux ! » Pris d'un fou rire, ils avaient fini par quitter le théâtre en enjambant les autres spectateurs, ce qui leur avait valu de vertes remontrances de la part de la sœur de Nick.)

Et cet autre matin où elle, grincheuse, lui avait lu des prénoms envisageables pour le bébé et lui, non moins grincheux, s'était borné à répondre oui ou non. Mais ce n'était pas grave, car tous deux faisaient seulement semblant d'être de mauvaise humeur ce jour-là. « C'est fou qu'ils nous laissent *nommer* un être humain, avait dit Nick. J'ai le sentiment que ça devrait rester une prérogative du Roi de la Terre. – Ou de la Reine, avait suggéré Alice. – Oh, ils ne laisseraient pas une *femme* nommer un être humain. C'est évident. »

C'était ce matin, ça ? Non. C'était... il y a un moment. Pas ce matin.

Bref, elle n'avait pas la moindre idée de ce qu'elle avait pris au petit déjeuner ce matin.

« J'ai dit que j'avais mangé une tartine au beurre de cacahuète parce que c'est ce que je mange d'habitude, confessa-t-elle à George Clooney. En fait, je n'en ai aucun souvenir.

– Ce n'est pas grave, Alice. Je crois bien que moi aussi j'ai oublié ce que j'ai mangé ce matin. »

35

Super, pour quelqu'un qui devait évaluer son état mental !
Le beau George savait-il vraiment ce qu'il faisait ?

« Vous avez peut-être une commotion, vous aussi. »

Il rit poliment. Il semblait se désintéresser de sa patiente. Il espérait peut-être que son prochain cas serait plus passionnant. Un arrêt cardiaque, pour pouvoir utiliser le défibrillateur par exemple. Alice réagirait de la même façon si elle était urgentiste.

Un dimanche, alors que Nick avait la gueule de bois, allongé sur le canapé, Alice avait insisté pour qu'il l'accompagne à la plage. Il s'était contenté de garder les yeux fermés. Tout à coup, elle s'était écriée : « Oh non, électrocardiogramme plat ! » Puis, elle avait frotté deux spatules l'une contre l'autre avant de les lui coller sur le torse : « Dégagez ! » Obligeant, Nick avait fait mine d'avoir un spasme. Mais comme il ne bougeait toujours pas, elle avait dit : « Il ne respire pas ! Il faut l'intuber, maintenant ! » tout en essayant de lui enfoncer une paille dans la gorge.

L'ambulance s'arrêta à un feu et Alice se décala un peu sur le brancard. Tout son organisme semblait détraqué. Elle ressentait une fatigue écrasante au plus profond d'elle-même, accompagnée d'une impatience nerveuse qui lui donnait envie de se lever, d'agir. Ça devait être la grossesse. Tout le monde le disait : votre corps ne vous appartenait plus vraiment.

Elle baissa le menton pour jeter un coup d'œil aux étranges vêtements humides qu'elle portait. Ils ne ressemblaient en rien à ce qu'elle choisirait. Elle ne mettait jamais de jaune, ou même de débardeur. De nouveau submergée par la panique, elle fixa le plafond de l'ambulance.

En fait, elle ne se souvenait pas non plus de ce qu'elle avait mangé la veille au soir.

Rien. Elle ne l'avait même pas sur le bout de la langue.

Sa recette au thon et aux haricots ? Le curry d'agneau favori de Nick ? Aucune idée.

Bien sûr, les jours de semaine avaient tendance à s'empiler. Elle essaierait de se rappeler le week-end précédent.

Des souvenirs de différents week-ends se déversèrent pêle-mêle dans sa tête, telles des ordures dans un camion à benne. Pause journal assise sur la pelouse du parc. Pique-niques. Chamailleries sur les plantes à l'occasion d'une promenade dans une jardinerie. Bricolage dans la maison. Bricolage, encore et toujours. Films. Dîners. Cafés avec Elisabeth. Galipettes du dimanche matin, suivies d'une sieste, puis croissants achetés à la boulangerie vietnamienne. Anniversaires d'amis. Un mariage. Des escapades. Diverses réunions de famille, du côté de Nick.

Bizarrement, elle savait que rien de tout cela n'appartenait au week-end précédent. Elle était incapable de dire quand ces événements avaient eu lieu. Récemment ou longtemps auparavant. Ils avaient eu lieu, un point c'est tout.

Elle était malheureusement incapable de s'ancrer dans le temps : aujourd'hui, hier, la semaine dernière, tout était confus. Elle flottait inexorablement au-dessus du calendrier, tel un ballon en goguette.

Dans son esprit se forma l'image d'un ciel gris et nuageux rempli de bouquets de ballons roses liés par des rubans blancs que le vent fouettait sauvagement. Une grande tristesse lui déchira le cœur.

Pour se dissiper aussi vite qu'une vague de nausée.

Au secours ! Que lui arrivait-il ?

Elle voulait voir Nick. Il saurait tout arranger. Il lui dirait précisément ce qu'ils avaient mangé la veille au soir et ce qu'ils avaient fait ce week-end.

Avec un peu de chance, il l'attendrait à l'hôpital. Avec des fleurs ? Oui, probablement. Mais elle espérait que non, c'était très excessif.

Bien sûr, en fait, elle espérait que oui. Elle avait été évacuée en *ambulance*. Ces fleurs, elle les méritait, en quelque sorte.

Une autre image s'invita dans son esprit. Cette fois, il s'agissait d'un énorme bouquet de roses rouges à tiges longues agrémenté de gypsophile dans le vase en cristal que le cousin de

Nick leur avait offert pour leur mariage. Pourquoi imaginait-elle cela ? Nick ne lui offrait jamais de roses. Elle les aimait dans le jardin. Celles du fleuriste n'avaient aucun parfum et, pour une raison qui lui échappait, elles lui évoquaient les tueurs en série.

L'ambulance s'arrêta, George se leva d'un bond tout en se baissant pour ne pas se cogner au plafond.

« Nous y sommes, Alice. Comment vous sentez-vous ? Vous étiez profondément plongée dans vos pensées, on dirait. »

Il actionna la manette de la porte arrière, et la lumière du soleil envahit l'habitacle, aveuglant Alice.

« Je ne vous ai pas demandé votre nom, dit-elle.

– Kevin », répondit George d'un air contrit, comme s'il savait qu'elle serait déçue.

Devoirs d'Elisabeth pour le Dr Hodges

La vérité, c'est que, parfois, mon travail me fait l'effet d'un petit shoot, docteur Hodges, même si j'ai honte de l'admettre. Pas un gros shoot. Mais une bonne montée d'adrénaline. Quand les lumières s'éteignent, que le public se tait, qu'il n'y a plus que moi sur scène et que Layla me donne le top départ d'un air hyper sérieux comme si on dirigeait les opérations d'un lancement spatial. Le projecteur braqué sur mon visage comme un rayon de soleil, avec pour seuls bruits le tintement des verres d'eau et un ou deux toussotements étouffés. J'aime cette odeur de rationalité propre et nette qui règne dans les salles de réception des hôtels, la climatisation. Ça m'éclaircit les idées. Et quand je parle, le micro adoucit ma voix, la rend plus assurée.

Mais d'autres fois, j'entre en scène et j'ai la sensation d'un poids qui pèse sur ma nuque, ma tête penche vers l'avant, mes épaules se voûtent, je me ratatine comme une petite vieille. J'ai envie de mettre la bouche contre le micro et de dire : « À quoi ça sert, tout ça, mesdames et messieurs ? Vous m'avez tous l'air d'être des gens sympathiques, alors aidez-moi et dites-moi, à quoi ça sert ? »

En fait, je sais.

Ça sert à rembourser mon emprunt. À payer nos courses, nos factures d'électricité et d'eau, nos Cartes bleues. Ces gens contribuent généreusement aux seringues et aux blouses d'hôpital informes, ils financent cet anesthésiste aux yeux de chien battu qui m'a tenu la main la dernière fois en me disant : « Endormez-vous maintenant, ma jolie. » Bon, je digresse. C'est ce que vous voulez. Vous voulez que j'écrive, que j'écrive tout ce qui me passe par la tête. Je me demande si vous me trouvez ennuyeuse. Vous paraissez toujours assez intéressé, mais il y a peut-être des jours où, quand j'entre dans votre cabinet, l'air en détresse affective, impatiente de vous raconter les détails pathétiques de ma vie, vous mourez d'envie de poser les coudes sur votre bureau et le menton dans vos mains et de dire « À quoi ça sert, tout ça, Elisabeth ? » et ensuite vous vous souvenez que je finance *votre* Carte bleue, *votre* emprunt, *vos* courses... et ainsi va le monde.

Vous mentionniez l'autre jour qu'un sentiment d'inutilité était signe de dépression, mais voyez, je ne fais pas une dépression parce que je vois tout à fait l'intérêt. L'intérêt, c'est l'argent.

Tout de suite après le coup de fil de Jane, le téléphone sonne de nouveau (sans doute Jane, croyant qu'on a été coupées) ; je l'éteins. Un homme qui passe me dit : « Il y a de quoi se demander si on ne serait pas mieux sans ces satanés portables ! » et là je réponds : « À qui le dites-vous ! » (Je n'ai jamais dit « À qui le dites-vous ! » de ma vie ; bizarrement, ça m'est venu comme ça. J'aime bien. Je le dirai peut-être pendant notre prochaine séance, pour voir si vous tiquez.) Bref, il ajoute : « À propos, félicitations. Je suis un habitué des congrès comme celui-ci et je n'ai jamais entendu d'intervention aussi pertinente. »

Il me fait du gringue. Ça arrive parfois. Ça tient sûrement au micro et à l'éclairage. C'est drôle parce que je me dis toujours que ça crève les yeux que mon sex-appeal s'est évaporé. Je me sens comme un fruit sec. Oui, c'est ça. Comme un abricot sec, docteur Hodges. Pas un de ces jolis fruits juteux et doux, non, un abricot sec, dur, ratatiné et sans goût qui vous fait mal à la mâchoire.

Je respire à fond plusieurs fois, l'air climatisé est tonifiant, puis je refixe le micro à ma veste. Je suis tellement excitée de retourner sur scène que j'en tremble. J'ai bien l'impression que j'ai eu un accès de démence cet après-midi, docteur Hodges. On pourra en parler pendant notre prochaine séance.

Ou peut-être que la folie passagère n'est qu'un prétexte pour un comportement inacceptable. J'aurai peut-être trop honte de moi pour vous raconter qu'une femme m'a appelée pour me dire que mon unique sœur a eu un accident et que je lui ai raccroché au nez. Je tiens à vous faire bonne impression. Je veux bien sembler abîmée, pour que vous ayez le sentiment que vous pouvez m'aider, mais en même temps, j'ai à cœur que vous me trouviez sympathique, docteur Hodges. Abîmée mais sympathique.

Bref. J'entre sur scène comme une rock star – je commence à leur parler de l'importance de visualiser leur cible potentielle, je suis tout feu tout flammes. Je les fais rire. Je suscite l'émulation, les réponses fusent et, chaque minute qui passe à visualiser ensemble leur cible potentielle, je n'ai qu'une idée en tête : ma petite sœur.

Je me dis : les blessures à la tête, ça peut être assez grave.

Je me dis : Nick n'est pas là, ce n'est pas vraiment de la responsabilité de Jane.

Et ça fait tilt : Alice était enceinte de Madison en 1998.

3

Nick n'attendait pas Alice à l'hôpital avec des fleurs. Personne ne l'attendait, ce qui lui donna l'impression d'être quelque peu héroïque.

Ses deux ambulanciers disparurent. À croire qu'ils n'avaient jamais existé. Autant qu'elle s'en souvienne, ils ne lui avaient pas dit au revoir, elle n'avait donc pas eu l'occasion de les remercier.

À l'hôpital, les moments d'activité intense laissaient place à des périodes où elle se retrouvait seule à fixer le plafond dans une salle blanche de la taille d'une boîte à chaussures.

Un médecin fit son apparition. Il lui examina les yeux à l'aide d'une minuscule lampe stylo avant de lui demander de suivre ses doigts qu'il bougea d'avant en arrière. Au bout du brancard, une infirmière aux incroyables yeux verts assortis à son uniforme. Munie d'un écritoire à pince, elle l'interrogea sur son assurance maladie, ses allergies et l'identité de son plus proche parent. Alice la complimenta sur ses yeux, l'infirmière lui dit qu'elle portait des lentilles de contact. « Oh », fit Alice qui se sentit flouée.

On lui appliqua une poche de glace à l'arrière de la tête – d'après l'infirmière, elle avait un « œuf d'autruche » – et on lui donna deux comprimés blancs dans un petit gobelet en plastique pour la douleur, mais Alice expliqua qu'elle ne souffrait pas tant que ça et qu'elle ne voulait rien prendre en raison de sa grossesse.

On lui posa d'autres questions, beaucoup trop fort, comme si elle s'endormait, alors qu'elle les regardait droit dans les yeux. Se rappelait-elle être tombée ? Se souvenait-elle du trajet en ambulance ? Savait-elle quel jour on était ? Quelle année ?

« 1998 ? »

Une femme médecin la dévisagea d'un air soucieux derrière ses lunettes en plastique rouge. « Vous êtes sûre ?

— Oui. Je le sais parce que j'arriverai à terme le 8 août 1999. Le 08/08/99. Facile à retenir.

— Parce qu'en fait, voyez-vous, nous sommes en 2008.

— Eh bien, c'est impossible », rétorqua Alice le plus aimablement du monde. Les gens brillants étaient parfois complètement à côté de la plaque s'agissant de choses aussi simples que les dates. C'était peut-être le cas de cette femme.

« Pourquoi est-ce impossible ?

— Parce qu'on n'a pas encore passé le nouveau millénaire. Apparemment, il va y avoir une panne générale à cause d'un bug informatique. »

Elle était fière de savoir ça ; c'était un problème d'actualité.

« Je crains que vous ne soyez un peu perdue. Vous ne vous souvenez pas du passage à l'an 2000 ? De ces énormes feux d'artifice tirés depuis le Harbour Bridge ?

— Non. Ça ne me dit rien. » *Par pitié, arrêtez. Ce n'est pas drôle, d'autant que je suis très courageuse. Ma tête me fait vraiment mal.*

Elle se souvint de Nick lui disant un soir : « Tu te rends compte, au réveillon de l'an 2000, nous aurons un bébé de quatre mois ? » Il s'apprêtait à abattre un mur à l'aide d'une masse. Alice avait baissé l'appareil photo qu'elle venait de prendre pour immortaliser la chute du mur. « C'est vrai », avait-elle répondu, tout à la fois ébahie et terrifiée à cette idée. Un bébé de quatre mois, une vraie personne, en miniature, conçue par eux, un bébé bien à eux et pourtant différent d'eux.

« D'ailleurs, il faudra prévoir une baby-sitter pour le petit bonhomme », avait-il ajouté avec une nonchalance étudiée avant de lever gaiement la masse. Alice avait pris une photo tandis qu'une pluie de fragments de plâtre rose s'abattait sur eux.

« Après une telle chute, il faudrait peut-être me faire une échographie pour vérifier que mon bébé va bien », dit Alice d'un ton ferme. Voilà ce qu'Elisabeth aurait dit dans pareille situation. Quand elle avait besoin d'assurance, Alice se demandait toujours ce que sa sœur ferait.

« Vous êtes à combien de semaines ?

– Douze », répondit Alice, mais il y avait de nouveau cet étrange vide dans son esprit, comme si elle n'en était pas absolument certaine.

« À moins que vous vous contentiez de vérifier les battements de son cœur, suggéra Alice en imitant le ton d'Elisabeth.

– Mmmm », fit le docteur en remontant ses lunettes.

Le souvenir d'une voix féminine avec un léger accent américain réémergea dans la mémoire d'Alice.

« *Je suis navrée, mais il n'y a pas de pouls.* »

Elle s'en souvenait si clairement. La petite pause après « je suis navrée ».

« *Je suis navrée, mais il n'y a pas de pouls.* »

Qui était-ce ? Qui avait dit ça ? Était-ce bien réel ? Les larmes lui montèrent aux yeux et elle repensa à ces bouquets de ballons roses fouettés par le vent dans un ciel gris. Avait-elle vu cette scène dans un film oublié depuis longtemps ? Ou dans un film extrêmement triste ? Elle sentit grossir en elle une vague d'émotion extraordinaire. Comme dans l'ambulance. Une vague de chagrin et de rage. Elle s'imagina en train de sangloter, de gémir, d'enfoncer ses ongles dans sa propre chair (elle ne s'était jamais comportée comme ça de toute sa vie). Et, pile au moment où elle croyait que cette vague allait la balayer, elle retomba. Elle n'avait jamais rien ressenti d'aussi étrange.

« Combien d'enfants avez-vous ? » Le docteur avait relevé le tee-shirt d'Alice et baissé son short pour palper son abdomen.

Alice cligna des yeux pour chasser ses larmes. « Aucun. C'est ma première grossesse.

– Ceci m'a tout l'air d'être une cicatrice de césarienne. »

Alice leva la tête avec peine et plissa les yeux pour découvrir, sur son bas-ventre que le docteur montrait de son index parfaitement limé, une ligne rose pâle juste au-dessous de ses poils pubiens.

« Je ne sais pas ce que c'est », dit Alice, morte de honte. Elle revit le visage solennel de sa mère quand elle recommandait à ses deux filles : « Il ne faut jamais montrer ses parties intimes à qui que ce soit. » Nick s'était tordu de rire la première fois qu'Alice lui avait raconté cette histoire. Pourquoi n'avait-il pas remarqué cette drôle de cicatrice ? Il avait passé assez de temps à examiner ses parties intimes.

« À douze semaines, votre utérus devrait être développé, ce qui ne semble pas le cas. »

Alice regarda son ventre, il lui parut en effet assez plat. Ultraplat, même, ce qu'elle aurait dû, en toute logique, considérer comme un progrès inattendu. Sauf qu'elle était enceinte. Depuis peu, Nick jubilait lorsqu'elle portait un vêtement qui laissait voir son ventre arrondi.

« Vous êtes sûre que vous êtes si avancée dans votre grossesse ? »

Alice ne répondit rien. Elle se sentait désorientée, effrayée et affreusement gênée. Elle remarqua que ses seins – devenus si lourds, si généreux, en plus de la sensation de picotements qu'elle éprouvait – avaient retrouvé leur habituel galbe modeste et discret. Elle ne se sentait pas enceinte. Elle n'était certes pas dans son état normal, mais enceinte, non.

(Et cette cicatrice ? Elle pensa à ces histoires de trafics d'organes.

Avait-elle bu à en perdre la raison et quelqu'un en avait-il profité pour lui retirer ses organes ?)

« Je n'en suis peut-être pas à douze semaines. Je me suis peut-être trompée. Les choses ne sont pas très claires dans ma tête. Mon mari sera bientôt là. Il saura tout expliquer.

– Bien, détendez-vous et tâchez de ne pas vous inquiéter pour l'instant. » Le docteur rajusta les vêtements d'Alice avec délicatesse. « D'abord, nous allons vous faire un scanner pour voir s'il n'y a rien de grave, mais je pense que tout va bientôt s'arranger. Vous souvenez-vous du nom de votre obstétricien ? Je pourrais l'appeler pour savoir où vous en êtes. Je ne veux pas vous inquiéter inutilement s'il est trop tôt pour qu'on entende les battements de cœur du bébé. »

« Je suis navrée, mais il n'y a pas de pouls. »

Ce souvenir était tellement limpide. Comme si c'était vraiment arrivé.

« Le Dr Sam Chapple, répondit Alice. À Chatswood.

– D'accord, très bien. Ne vous tracassez pas. C'est tout à fait normal d'être un peu perdue après un coup à la tête. »

Le médecin lui adressa un sourire bienveillant avant de sortir. Alice la suivit des yeux puis souleva son tee-shirt pour observer son ventre. Non seulement il était plus plat, mais il était marqué de raies argentées sur les côtés. Des vergetures. Stupéfaite, elle passa ses doigts dessus. Était-ce vraiment son ventre ?

La cicatrice d'une césarienne, avait dit le docteur. (À moins qu'elle ne se soit trompée, bien sûr ; c'était peut-être une cicatrice... parfaitement normale. Quelconque.)

Mais si elle disait vrai, cela signifiait qu'un médecin (le Dr Chapple ?) avait incisé son ventre au scalpel pour en sortir un bébé en pleurs couvert de sang et qu'elle n'en avait pas le moindre souvenir.

Un choc à la tête pouvait-il vraiment effacer un événement aussi important de sa mémoire ? N'était-ce pas quelque peu *excessif* ?

Elle repensa aux fois où elle s'était endormie la tête sur les genoux de Nick en plein milieu d'un film. Elle détestait se réveiller la bouche pâteuse pour découvrir que la vie des personnages avait évolué. Exemple : le couple qu'elle avait laissé en pleine crise partageait désormais un parapluie sous la tour Eiffel.

« Tu as eu ton bébé, songea-t-elle timidement. Tu te rappelles ? »

Absurde. Elle n'allait pas tout à coup se frapper le front et s'écrier : « Oh, le bébé, bien sûr que je l'ai eu ! C'est fou d'oublier une chose pareille ! »

Comment avait-elle pu faire disparaître de sa mémoire la croissance de son bébé, les coups de pied, les galipettes ? Si elle avait déjà eu le bébé, cela signifiait qu'elle avait déjà suivi la préparation à l'accouchement avec Nick, acheté ses premiers vêtements de grossesse, peint la chambre d'enfant, acheté un petit lit, un landau, des couches, une poussette, une table à langer.

Cela signifiait qu'elle *avait* un bébé.

Elle se redressa, les mains sur le ventre.

Mais alors où était-il ? Qui s'en occupait ? Qui le nourrissait ?

C'était loin d'être une classique bévue à la Alice. C'était énorme. Terrifiant.

Pour l'amour du ciel, où était Nick ? Elle ne se priverait pas de lui faire une remarque bien sentie quand il finirait par arriver, même s'il avait une bonne excuse.

L'infirmière aux yeux verts réapparut. « Comment vous sentez-vous ? demanda-t-elle.

— Bien, merci.

— Savez-vous pourquoi vous êtes ici et ce qui vous est arrivé ? »

Ces questions permanentes servaient vraisemblablement à s'assurer de son état mental. Alice songea à hurler : « Si vous voulez tout savoir, je perds la tête ! », mais elle ne voulait pas mettre l'infirmière mal à l'aise. L'hystérie est source de gêne.

« Pouvez-vous me dire en quelle année on est ? lança-t-elle précipitamment, de peur que le médecin à lunettes ne revienne et ne la surprenne à essayer de glaner des informations dans son dos.

– On est en 2008.

– 2008, vous êtes sûre ?

– Nous sommes le 2 mai 2008, sans l'ombre d'un doute. Le week-end prochain, c'est la fête des Mères. »

La fête des mères ! Pour Alice, ce serait une première.

Évidemment, si on était en 2008, ce ne serait pas du tout une première.

Si on était en 2008, le Haricot avait neuf ans. Il n'avait plus rien d'un haricot. Il s'était développé – haricot, raisin, pêche, balle de tennis, ballon de basket… bébé.

Un éclat de rire, ô combien inapproprié, resta coincé dans sa gorge.

Son bébé avait neuf ans.

Devoirs d'Elisabeth pour le Dr Hodges

Au grand dam de Layla, j'écourte le chapitre sur l'importance de visualiser la cible potentielle pour passer directement aux « Olympiades des idées ». Vous serez sans aucun doute fasciné d'apprendre, docteur Hodges, que c'est le moment où je les invite à regarder sous leur table pour y trouver leur « Produit Mystère ». Ça les excite tellement qu'ils plongent tous comme un seul homme ! Et ce sont toujours les mêmes blagues qui fusent. C'est fou, pour des gens si différents les uns des autres. Ça me conforte dans l'idée que les années passent mais que rien ne change. Vous connaissez l'expression « pédaler dans la semoule » ? J'en suis l'illustration parfaite.

Bon, *Grey's Anatomy* commence dans dix minutes. Pas question que ce journal que vous me demandez d'écrire impacte ma boulimie télévisuelle nocturne. Je me fiche de ce que Ben, mon mari, dit ; sans les effets narcotiques de la télé, voilà probablement longtemps que je serais devenue complètement folle.

Bref, tandis que mes étudiants notent sur du papier kraft leurs idées pour vendre leur « Produit Mystère » j'essaie de rappeler Jane. Sauf que, bien sûr, elle a éteint son téléphone. « Fait chier », je dis à haute voix. Et je vois le petit sourire pincé de Layla. Elle est vexée parce que j'ai changé le programme. Comme si je m'en moquais complètement alors que le programme, c'est toute sa vie.

Je lui explique que ma sœur a eu un accident, que je ne sais pas dans quel hôpital elle se trouve, qu'il faut que quelqu'un aille récupérer ses enfants à l'école. Layla me dit : « D'accord, mais quand allez-vous finir la partie sur les cibles potentielles ? » (Je suppose que je ne devrais pas me plaindre qu'un employé soit si dévoué, mais ce ne serait pas un peu pathologique, docteur Hodges ? Quel est votre avis de spécialiste sur la question ?)

Ensuite j'appelle maman. Je tombe sur sa boîte vocale. Comme d'habitude, depuis qu'elle a décidé de se bouger. Jusqu'à il y a peu, j'aurais téléphoné à Frannie d'abord. Elle fait toujours preuve de sang-froid dans les moments de crise. Mais depuis qu'elle s'est installée dans son village seniors, elle a décidé d'arrêter de conduire. (Bizarrement, ça me contrarie toujours. Elle conduisait tellement bien.)

J'appelle l'école. On me met en attente, j'entends un message sur les valeurs familiales. Puis j'essaie la salle de sport d'Alice pour leur demander s'ils savent dans quel hôpital on l'a emmenée. Même scénario : on me met en attente, cette fois une voix enregistrée me parle nutrition.

Je finis par appeler Ben.

Il répond à la première sonnerie, je lui débite mon histoire, il me dit : « Je m'en occupe. »

4

Apparemment, le scanner d'Alice ne révélait rien de particulier. Elle en éprouva une certaine honte, sa propre médiocrité lui rappelant ses livrets scolaires où les enseignants cochaient invariablement la case « satisfaisant », ajoutant des commentaires du type « Élève discrète. Doit participer davantage en classe ». Ils auraient carrément pu écrire en première page : « D'une insignifiance telle qu'on ne sait même pas qui c'est. » Elisabeth au contraire obtenait des « Remarquable » ou des « Insuffisant » et certaines appréciations mentionnaient un comportement « quelque peu turbulent ». Alice aurait adoré être quelque peu turbulente ; hélas, elle ne savait pas comment s'y prendre.

« Votre perte de mémoire est préoccupante, annonça le docteur aux lunettes rouges. Vous allez passer la nuit en observation.

– Oh, d'accord, merci. » Alice ramena ses cheveux en arrière d'un geste timide, imaginant une ribambelle de médecins et d'infirmières assis à son chevet armés d'écritoires à pince en train de la regarder dormir. (Il lui arrivait de ronfler.)

Le médecin lui sourit gentiment, comme si elle voulait faire un brin de causette.

Oh, zut. Vite ! Un sujet de conversation intéressant ! Finalement, elle lança : « Alors, vous avez appelé mon obstétricien ? Le Dr Chapple ? » Puis, craignant de s'entendre dire « Désolée, mais j'étais trop occupée à sauver des vies », elle s'empressa d'ajouter : « Cela dit, vous n'avez peut-être pas eu le...

– Je l'ai fait, oui, répondit le docteur avec délicatesse. Sam Chapple a visiblement pris sa retraite il y a trois ans. La secrétaire m'a dit qu'il s'était acheté une petite île ! Énorme !

– Il a acheté une île », répéta Alice, déconcertée par ce « Énorme ! » beaucoup trop juvénile et surpris à son goût. Rien ne devrait étonner un médecin. Décidément, ces professionnels de la santé. Ils en imposent au début, et au final ils s'avèrent être comme tout le monde. Tellement décevants. Exactement comme George Clooney dans l'ambulance. Bref, toute cette histoire semblait fort peu plausible. Les gens n'achètent pas d'îles.

« Sans doute en partie grâce à vous, d'ailleurs ! »

Alice avait toutes les peines du monde à croire que le Dr Chapple qui, installé dans son gros fauteuil en cuir, prenait des notes sur des fiches blanches de sa magnifique écriture, se prélassait désormais dans un hamac avec un cocktail décoré d'une ombrelle. Avait-il toujours son nœud papillon ? Elle l'imagina en caleçon de bain et nœud papillon, tel un strip-teaseur. Garder cette image en tête pour la partager avec Nick. (Où était-il, à propos ?)

Évidemment, si on était vraiment en 2008, dix années s'étaient écoulées et il fallait s'attendre à ce que beaucoup de choses aient changé dans la vie du Dr Chapple et, plus important, dans la sienne – en plus du fait qu'elle avait SOI-DISANT DÉJÀ ACCOUCHÉ.

Des milliers de choses avaient eu lieu en dix ans.

Un million. Un milliard. Dix milliards !

Ce serait fascinant si ça n'était pas si effrayant. Il fallait vraiment qu'elle règle ce... *problème* une fois pour toutes. Et vite. Illico presto, comme dirait Frannie. Frannie était-elle toujours en vie, en 2008 ? Les grands-mères décèdent. Il fallait s'y attendre. On n'avait même pas le droit d'être trop peiné. Faites que Frannie ne soit pas morte. Faites que personne ne soit mort. « Personne d'autre ne mourra, avait promis Elisabeth

quand elles étaient petites. Parce que ce ne serait pas juste. »
Et Alice l'avait crue.

Elisabeth était peut-être morte ? Ou Nick ? Ou maman ? Ou
le bébé ? (« *Je suis navrée, mais il n'y a pas de pouls.* »)

Pour la première fois depuis des années, Alice éprouva ce
sentiment qu'elle allait de nouveau perdre un être cher à son
cœur, comme après le décès de son père. Elle n'avait alors
qu'une envie : rassembler tous ceux qu'elle aimait et les cacher
sous son lit avec ses poupées préférées. Parfois, l'angoisse était si
écrasante qu'elle faisait des crises d'hyperventilation et Elisabeth
devait lui apporter un sac en papier pour qu'elle respire dedans.

« Je vais peut-être avoir besoin d'un sac, dit Alice.

– Un sac ? »

Ridicule. Elle n'était plus une enfant prise de panique à l'idée
que quelqu'un meure.

« J'avais un sac, reprit-elle. Un sac à dos rouge avec des
autocollants dessus. Vous savez ce qu'il en est ? »

En dépit de son air vaguement agacé, le médecin répondit :
« Oh, oui. Il est là. Vous le voulez ? » Elle le prit sur une étagère dans un coin de la pièce, sous le regard inquiet d'Alice.

« Non. Si. Je veux bien, s'il vous plaît.

– Voilà. Maintenant, il faut vous reposer. Quelqu'un vous
emmènera bientôt dans une chambre. Désolée pour cette longue
attente. Les hôpitaux… » Elle lui donna une petite tape maternelle sur l'épaule, puis sortit d'un pas vif, pressée tout à coup,
comme si elle venait de se souvenir qu'un autre patient attendait.

Alice passa son doigt sur les trois dinosaures brillants collés sur le rabat du sac à dos, chacun surmonté d'une bulle
« Les dinos font la loi » ou « Les dinos assurent ». Elle regarda
l'autocollant sur son tee-shirt et le retira. C'étaient bien les
mêmes. Elle le recolla (bizarrement, elle avait le sentiment que
c'était ce qu'il fallait faire) et attendit de ressentir ou de se
rappeler quelque chose.

Appartenaient-ils au Haricot ? Son esprit se détourna de cette idée, à l'image d'un animal effrayé. Elle ne voulait pas savoir. Elle ne voulait pas d'un bébé déjà grand. Ce qu'elle voulait, c'était son futur bébé à elle.

Ça ne pouvait pas être vrai. *Mais si, c'est bien réel, alors ressaisis-toi, Alice.* Elle se décida à ouvrir le sac mais interrompit son geste, surprise par ses mains. Elle les leva. Ses ongles, longs et joliment limés, étaient vernis d'un beige très clair. D'habitude, ils étaient irréguliers, cassés et sales à cause du jardinage ou des travaux de peinture, ou de tout autre bricolage qui les occupait. La seule autre fois où ils avaient eu cet aspect, c'était pour son mariage. Elle s'était fait faire une vraie manucure et avait passé toute leur lune de miel à agiter ses mains sous le nez de Nick en disant : « Regarde, je suis une vraie dame. »

En dehors de ses ongles, elle reconnut ses mains. Plutôt jolies, au fond. Pas de bagues, mais elle ne les mettait que pour les grandes occasions – une sortie à la salle de sport n'en était sans doute pas une – parce que sinon elle les accrochait partout, surtout quand elle travaillait au chantier de la maison. Sur sa main gauche, elle aperçut une fine marque blanche laissée par son alliance. C'était nouveau. Ce qui lui donna un sentiment de dépersonnalisation, comme lorsqu'elle avait vu les vergetures sur son ventre. Sa tête pensait que rien n'avait changé, mais son corps lui disait que le temps avait continué de filer sans elle.

Le temps. Elle posa les mains sur son visage. Si elle envoyait des invitations pour ses quarante ans, si elle avait… trente-neuf ans – intérieurement, elle suffoqua à cette idée –, son visage devait avoir changé. Vieilli. Dans un coin de la pièce, il y avait un miroir au-dessus d'un lavabo. Elle y apercevait le reflet de ses pieds dans leurs socquettes blanches. L'une des infirmières lui avait enlevé ses étranges tennis (épaisses et caoutchouteuses), abandonnées sur le sol près du lit. Alice n'avait qu'à sauter du lit pour se regarder dans la glace.

Il devait être strictement interdit de se lever. Elle s'était blessée à la tête. Elle pouvait s'évanouir et se cogner de nouveau. Si personne ne lui avait dit de ne pas se lever, c'était parce que ça coulait de source.

Allez, un coup d'œil dans le miroir. Mais elle ne voulait pas voir. Ni savoir. Elle ne voulait pas que ça devienne réel. De toute façon, ce n'était pas le moment, elle avait autre chose à faire. Par exemple inspecter le sac. Elle défit les sangles et plongea la main dedans, comme s'il s'agissait d'une pochette-surprise. Elle en sortit... une serviette de toilette.

Une serviette de toilette bleue, propre, quelconque, inoffensive. Elle l'examina et éprouva de la gêne. Elle fouillait dans les affaires d'une autre. Jane Turner, qui n'avait pas vraiment regardé, lui avait manifestement donné le mauvais sac. C'était du Jane tout craché. Autoritaire et impatiente.

Bon.

Alice inspecta de nouveau ses ongles parfaitement manucurés. Elle replongea la main dans le sac et y trouva une pochette pliée à plat. Dessus, Country Road. Ohhh, le luxe. Elle en vida le contenu sur ses genoux.

Des vêtements de femme. Des dessous. Une robe rouge. Un gilet crème avec un unique bouton en bois. Des bottes beiges. Une petite boîte à bijoux.

Les dessous étaient en satin crème bordé de dentelle. Ceux d'Alice étaient plutôt simples et décolorés : des hippocampes amusants sur ses culottes, des soutiens-gorge en coton violet qui s'agrafaient devant.

La robe était magnifique. Une ligne simple, en soie, agrémentée de petites fleurs crème, parfaitement assorties au gilet.

Elle jeta un œil sur l'étiquette. Taille 36. Trop petite pour elle. Ce n'était pas la sienne.

Elle replia les vêtements, ouvrit la boîte à bijoux et en sortit un collier en or avec une pierre en topaze. La pierre était trop grosse à son goût mais elle rapprocha le collier de la robe et constata que c'était du plus bel effet. Bravo, madame, qui que vous soyez.

L'autre bijou n'était autre que son bracelet à breloques Tiffany.

« Te revoilà ! » s'exclama Alice. Elle le passa autour de son poignet et s'en trouva réconfortée, comme si Nick était enfin arrivé.

Il lui avait offert ce bracelet après qu'ils avaient découvert qu'elle était enceinte du Haricot. Le lendemain. Il n'aurait pas dû dépenser autant d'argent car ils traversaient ce que Nick appelait une « période budgétaire difficile » : tous les travaux entrepris dans la maison finissaient par coûter plus cher que prévu, mais Nick avait décrété que lorsqu'ils feraient les comptes, le bracelet rejoindrait la catégorie (inconnue au bataillon) des « Dépenses exceptionnelles » car l'arrivée d'un bébé est exceptionnelle.

Le Haricot avait été conçu un mercredi soir – un jour qui semblait trop banal pour un événement d'une telle importance, d'autant que leurs ébats n'avaient pas été particulièrement passionnés ou romantiques ce soir-là. Simplement, il n'y avait pas grand-chose à la télévision et Nick avait proposé en bâillant de peindre le couloir. Alice avait répondu : « Oh, et si on faisait l'amour à la place ? – Mouais, d'accord », avait-il dit en bâillant de nouveau. Ensuite ils s'étaient aperçus qu'il n'y avait plus de préservatifs dans la commode près du lit, mais ils étaient déjà en pleine action et ni l'un ni l'autre n'avait le courage de se lever pour aller en chercher un dans la salle de bains, sans compter qu'on était mercredi, c'était juste pour cette fois et puis ils étaient mariés. Ils avaient le droit de faire un bébé, il y avait donc peu de chances que ça arrive. Le lendemain, Alice découvrit qu'il y avait pourtant un préservatif dans ledit tiroir, tout au fond, elle serait tombée dessus si elle s'était donné la peine de tendre un peu plus les doigts, mais à ce moment-là, c'était trop tard. Le Haricot était déjà en route.

Le lendemain du jour où ils avaient fait huit tests de grossesse positifs – juste au cas où les résultats des sept premiers seraient faux –, Nick était rentré du travail et lui avait tendu un petit paquet-cadeau avec une carte sur laquelle était écrit : « Pour la mère de mon enfant. » À l'intérieur se trouvait le bracelet.

Pour être honnête, elle aimait encore plus ce bracelet que sa bague de fiançailles.

Pour être vraiment honnête, elle n'aimait pas du tout ladite bague. En fait, elle la détestait.

Personne n'en savait rien. C'était son seul véritable secret. Pas franchement croustillant, n'est-ce pas ? La bague, un bijou de la Belle Époque, avait appartenu à la grand-mère de Nick. Alice n'avait jamais rencontré Granny Love, une femme visiblement aussi redoutable qu'adorable (elle semblait vraiment terrible). Les quatre sœurs de Nick, qu'il appelait « les Foldingues » à cause de leur tendance incontestable à la fantaisie, adoraient cette bague et il y avait eu beaucoup de remarques amères lorsque Granny Love l'avait léguée à Nick. Quand elles voyaient Alice, elles passaient leur temps à lui attraper la main gauche en geignant : « On n'en trouve plus, des bijoux comme ça. »

Alice la trouvait moche. Avec sa grosse émeraude sertie de diamants, elle ressemblait à une fleur. À un hibiscus, tiens ! Et Alice n'avait jamais apprécié les hibiscus. Mais, bizarrement, toutes les femmes du monde semblaient penser que la bague était absolument divine. Et, manifestement, elle valait une petite fortune.

Ce qui n'arrangeait rien. Alice n'avait jamais porté de bijou aussi coûteux. Or, Alice perdait ses affaires. Constamment. Il fallait toujours qu'elle revienne sur ses pas, fouille les poubelles, appelle les gares, les restaurants ou les épiceries pour voir s'ils n'avaient pas son porte-monnaie, ses lunettes de soleil ou son parapluie.

« Oh non ! s'était écriée Elisabeth en apprenant que la bague d'Alice était un bijou de famille irremplaçable. Il va falloir que, je ne sais pas, moi, que tu te la fasses greffer au doigt. »

En dehors des grandes occasions ou des jours où elle voyait les Foldingues, Alice ne la portait pas. Elle mettait son alliance en or toute simple ou rien. Elle n'avait jamais été très bijoux de toute façon.

Cela dit, elle adorait le bracelet en or Tiffany. Contrairement à la bague, il était le symbole de toutes les choses merveilleuses qui avaient eu lieu les années précédentes – Nick, le bébé, la maison.

Elle le ferma, posa la tête sur l'oreiller blanc, le sac serré contre son ventre. L'idée lui vint qu'il y avait probablement des milliers de bracelets exactement comme celui-ci, qu'il appartenait peut-être à quelqu'un d'autre – après tout, en dehors du bracelet, rien ne lui était familier dans le sac. Mais, au fond d'elle-même, elle savait que c'était le sien.

Elle commençait à être en colère contre elle-même. *Allez, ça suffit maintenant ! Souviens-toi ! Arrête de faire l'idiote ! Pourquoi c'est toujours à toi que ça arrive, ce genre de choses ?*

Furieuse, elle fourra de nouveau la main dans le sac et en sortit un portefeuille noir. Un somptueux rectangle de cuir noir. Alice le tourna plusieurs fois. Dessus, une inscription discrète. *Gucci.* Eh bien ! Elle l'ouvrit et la première chose qu'elle vit fut une photo d'elle, le regard fixe, sur un permis de conduire.

Son visage. Son nom. Son adresse.

Bon, voilà la preuve que le sac était bien à elle.

La photo n'était pas nette, mais Alice portait une chemise blanche et ce qui ressemblait à un sautoir de perles noires. Un sautoir de perles ? Était-elle devenue le genre de femme qui porte des sautoirs de perles ? Elle avait les cheveux au carré et apparemment très blonds. Elle s'était fait couper les cheveux ! Nick lui avait un jour fait promettre de ne jamais y toucher. Alice avait trouvé ça délicieusement romantique, même si Elisabeth s'était étranglée de rire en disant : « On ne peut pas promettre de garder une coupe de cheveux d'adolescente à quarante ans. »

À quarante ans.

Oh.

Alice toucha l'arrière de son crâne. Si elle avait déjà vaguement conscience qu'elle avait les cheveux attachés, elle se rendit compte qu'il s'agissait plutôt d'une natte. Elle retira l'élastique et passa les doigts dans ses cheveux. Ils étaient encore plus courts que sur la photo du permis de conduire. Elle se demanda si Nick aimait bien. Dans une minute, il faudrait qu'elle prenne son courage à deux mains et qu'elle se regarde dans le miroir.

Bon, mais là, elle était encore très occupée. Pas de précipitation.

Elle remit le permis dans le portefeuille et poursuivit son exploration. Diverses cartes de crédit frappées de son nom, dont une Gold American Express. Tiens donc, une Gold Amex ? N'était-ce pas un signe extérieur de richesse réservé aux conducteurs de BMW ? Une carte de bibliothèque. Une de Mondial Assistance. Une autre de mutuelle.

Une carte de visite blanche toute simple au nom d'un certain Michael Boyle, kinésithérapeute agréé. Domicilié à Melbourne. Au dos, un message manuscrit.

> Alice,
> Nous voilà installés. Tout va bien. Je pense souvent à toi et au bon vieux temps. Appelle quand tu veux.
> Bises, M.

Elle posa la carte sur ses genoux. À quoi faisait-il allusion en évoquant le bon vieux temps ? C'était si présomptueux. Elle n'avait pas besoin d'avoir passé du bon temps avec un kinésithérapeute de Melbourne. Elle imagina un type horrible : ventripotent, dégarni, aux mains molles et aux lèvres humides.

Mais où était Nick à la fin ?

Jane avait peut-être oublié de le prévenir. Elle avait eu un comportement si curieux à la salle de sport. Pourquoi ne pas l'appeler elle-même pour lui expliquer que la situation était assez grave et qu'elle avait besoin qu'il quitte le bureau sur-le-champ ? Comment n'y avait-elle pas pensé plus tôt ? Tout à coup, elle se sentait prête à tout pour se procurer un téléphone et entendre la belle voix familière de Nick. Elle avait une drôle de sensation, comme si elle ne lui avait pas parlé depuis des lustres.

Elle regarda fébrilement autour d'elle. Pas de téléphone. La pièce était vide, à l'exception du lavabo, du miroir et d'un mode d'emploi pour bien se laver les mains.

Un portable ! Voilà ce qu'il lui fallait ! Elle venait tout juste d'avoir son premier. Un vieux modèle qui avait appartenu au père de Nick. Il fonctionnait bien, même s'il ne tenait en un seul morceau que grâce à un élastique. Quelque chose lui disait qu'elle devait à présent avoir un téléphone plus coûteux. Elle ouvrit la poche zippée sur le devant du sac et, banco, y trouva un appareil argenté au design épuré. À croire qu'elle savait qu'il était là. (Vraiment ? Difficile d'en être sûre.)

Il y avait aussi un agenda organiseur en cuir qu'elle ouvrit rapidement, juste pour s'assurer qu'on était bien en 2008. Sur les pages bien remplies, elle reconnut, pétrifiée, sa propre écriture, et vit, en haut, en lettres noires qui ne laissaient place à aucun doute : 2008, 2008, 2008. Elle prit le téléphone, respirant à peine, comme si une énorme barre en métal lui écrasait la poitrine.

Saurait-elle seulement s'en servir ? Elle était nulle quand il s'agissait d'utiliser un nouvel appareil. Pourtant, ses doigts élégamment manucurés actionnèrent deux boutons argentés sur les côtés et le téléphone s'ouvrit d'un coup sec. Ils savaient quoi faire. Elle composa le numéro de la ligne de Nick. Dring, dring. *Réponds, s'il te plaît, réponds.* Elle éclaterait probablement en sanglots en entendant sa voix.

« Service des ventes, bonjour ! »

C'était une voix de jeune fille, légère, de bonne humeur. Derrière elle, un grand éclat de rire.

« Nick est là ? Nick Love ? »

Il y eut un silence. Quand la jeune fille répondit, on aurait dit qu'elle venait d'être sévèrement réprimandée. Le rire s'arrêta net. « Navrée, mais ce n'est pas le bon poste. Je peux vous mettre en communication avec l'assistante personnelle de Mr Love si vous le souhaitez. »

Nick avait une « assistante personnelle ». La classe.

« Mr Love est au Portugal cette semaine, poursuivit la jeune fille, comme pour se défendre. Son assistante personnelle est probablement la mieux placée pour vous renseigner. »

Le Portugal ! « Que fait-il au Portugal ?

– Une sorte de conférence internationale, je crois. Mais si je vous passe son… »

Le Portugal, une assistante personnelle… il avait dû avoir une promotion. Il faudrait sabler le champagne.

L'air de rien, Alice dit : « Pourriez-vous me rappeler le poste qu'occupe Mr Love au sein de l'entreprise ?

– Enfin, c'est notre PDG », répondit la jeune fille, comme si la terre entière était au courant.

Ça alors !

Nick avait le boulot de Mégatron.

Une promotion ? Quel euphémisme ! C'était une ascension fulgurante dans la hiérarchie de l'entreprise ! Digne d'un super-héros ! Alice imagina Nick se pavaner dans le bureau et donner des ordres à tout le monde ; elle en gloussa d'orgueil. Pourvu que personne ne se moque de lui.

« Je vous passe son assistante », reprit la jeune fille avec fermeté.

Clic puis, de nouveau, une sonnerie.

« Bureau de Mr Love, Annabelle à l'appareil, que puis-je pour vous ? débita une autre femme d'un ton doucereux.

– Oh, c'est la femme de Nick, euh, la femme de Mr Love. J'ai essayé de le joindre, mais, euh...

– Bonjour, Alice, l'interrompit son interlocutrice d'une voix tranchante. Comment allez-vous aujourd'hui ?

– Eh bien, en fait...

– Comme vous le savez, Nick ne sera pas de retour avant dimanche matin. Évidemment, s'il y a une urgence absolue, je peux peut-être lui faire passer un message, mais je préférerais ne pas le déranger. Il a un emploi du temps très chargé. »

Quelle garce ! Apparemment, cette femme la connaissait. Qu'avait-elle bien pu lui faire pour s'attirer une telle antipathie ?

« Alors, ça peut attendre ou pas, Alice ? »

Ce n'était pas dans son imagination. Une haine non déguisée perçait dans sa voix. Alice sentit la douleur dans sa tête empirer. Elle brûlait de dire : « Hé, vous, je suis à l'hôpital. J'ai été évacuée en *ambulance* ! »

« Ce serait bien que tu arrêtes de te laisser marcher sur les pieds, Alice », lui répétait sans cesse Elisabeth. Parfois, alors qu'Alice avait oublié tel ou tel incident depuis une éternité, sa sœur lui disait : « Je n'ai pas dormi de la nuit en repensant à ce que cette femme t'a dit à la pharmacie ; je n'arrive pas à croire que tu te sois laissé faire – quelle chiffe molle ! » Alors Alice s'écroulait par terre, toute molle, pour illustrer les propos d'Elisabeth. « Oh, pour l'amour du ciel », commentait cette dernière.

Le problème, c'était qu'Alice était incapable de taper du poing sur la table si elle n'était pas préparée. Ce genre de situation était si inattendu. Elle mettait des heures à réfléchir à ce qui s'était passé. Est-ce qu'on avait été vraiment désagréable avec elle ? Était-elle trop sensible ? Et si la personne avait appris le matin même qu'elle était en phase terminale d'une grave maladie, n'avait-elle pas le droit d'être d'humeur exécrable ?

Elle s'apprêtait à répondre quelques mots implorants et pathétiques à l'assistante de Nick quand, indépendamment de sa volonté, son corps se mit en branle d'une manière totalement nouvelle. Son dos se raidit. Elle releva le menton. Contracta les abdominaux. Sa voix, ferme, acide et franchement snob, lui sembla être celle d'une étrangère. « Non, ça ne peut pas attendre. C'est urgent. Il y a eu un accident. Je vous prie de demander à Nick de me rappeler aussi vite que possible. »

Alice n'aurait pas été plus surprise si elle avait exécuté un triple salto arrière.

À l'autre bout du fil, l'assistante soupira. « Très bien, Alice, je vais voir ce que je peux faire. » Son mépris était toujours manifeste.

« Je vous remercie. »

Alice raccrocha. « Garce. Pétasse. Connasse. » Elle cracha ces insultes les dents serrées, comme autant de pilules toxiques.

Elle déglutit. Encore plus surprenant. Voilà qu'elle parlait comme une de ces filles tatouées qui n'hésitent pas à se battre.

La sonnerie du téléphone au creux de sa main la fit sursauter.

Nick, songea-t-elle, immensément soulagée. Ses doigts repassèrent en mode automatique. Elle appuya sur le téléphone vert sur l'écran. « Nick ?

– Maman ? » fit une voix d'enfant avec humeur.

5

PETITES RÉFLEXIONS D'UNE ARRIÈRE-GRAND-MÈRE SUR LA TOILE

Suis un peu agacée aujourd'hui. J'espère que vous ne m'en voudrez pas de « vider mon sac », comme disent les jeunes. (Expression insupportable mais tellement contagieuse !)

Comme vous le savez, je suis présidente du Comité socioculturel de Tranquillity Wood. Depuis quelques mois, nous préparons une soirée « Familles en scène ». Elle aura lieu mercredi prochain. Nos familles – enfants, petits-enfants, etc. – exécuteront des numéros divers et variés. Une grande soirée en perspective ! Enfin, nul doute que certains numéros seront insoutenables, mais ils auront au moins le mérite de nous faire oublier nos rhumatismes.

Aujourd'hui, un pensionnaire récemment arrivé s'est joint à la réunion du Comité. Comprenez-moi bien, je suis toujours bien aise d'entendre de nouvelles idées, j'étais donc ravie d'accueillir « Mr X ». (Je ne crois pas que les pensionnaires de Tranquillity Wood lisent mon blog – la plupart de nos adorables petits vieux ne connaissent rien à Internet – mais je préfère ne pas citer de noms.)

Mr X a fait mille suggestions.

Pour notre soirée « Familles en scène », nous avons prévu de servir thé, café, sandwichs et scones. Mr X, lui, était d'avis qu'on installe un bar à cocktails. À l'en croire, il a travaillé comme barman sur une île des Caraïbes pendant un an et peut faire des cocktails « à se taper le cul par terre ». Je ne plaisante pas. C'est comme ça qu'il parle.

Ensuite il a dit qu'il connaissait une fille qui n'était pas vraiment de sa famille et a voulu savoir si elle pouvait quand même se produire. J'ai dit, bien sûr. Il s'en est réjoui car elle fait un numéro de pole dance des plus divertissants. Ces messieurs ont ri à s'en tenir les côtes. Mais laissez-moi vous dire que ce n'est pas drôle du tout, chers internautes ! C'est sexiste. Dégoûtant. Quand je pense que ça a même amusé certaines femmes. Rita, par exemple. Elle a explosé de rire. Bon, elle souffre de démence sénile, mais quand même.

Chose vraiment curieuse, une envie incompréhensible et terriblement gênante de fondre en larmes m'est venue. Tout à coup, je me suis retrouvée dans ma première salle de classe, fraîche émoulue de l'institut des maîtres. (Si vous n'avez pas lu ma page **À propos**, j'ai travaillé vingt ans comme professeur de maths. Dix comme principale adjointe. Dix de plus comme principale. Une vie entière dédiée à l'école.) Il y avait ce garçon dans ma classe, Frank Neary. Je vois encore son visage espiègle. Un gamin intelligent, mais incontrôlable. Toujours à raconter des blagues. À faire rire les autres garçons. Ça me donnait l'impression de n'avoir aucun humour, d'être ennuyeuse à mourir. Une vieille fille, en somme.

Bien sûr, chaque classe avait son Frank Neary et j'ai vite appris à leur flanquer la trouille. Mais, au cours de cette première année, Frank m'a vraiment renvoyé l'image d'une parfaite rabat-joie. Et c'est exactement ce que j'ai ressenti aujourd'hui.

Pourtant, j'en ai, de l'humour, chers lecteurs ! J'apprécie les plaisanteries, vraiment ! Mais un numéro de pole dance ! Vous non plus, ça ne vous fait pas rire, n'est-ce pas ?

Bref, le point suivant à l'ordre du jour concernait une **sortie quelque peu controversée** dont j'ai parlé dans mon dernier post. (Ma foi, vous avez tous eu beaucoup à dire sur le sujet ! J'en ai hérissé certains !) J'avais le pressentiment que Mr X ne me soutiendrait pas sur ce sujet et, comme de juste...

Oh là là, je suis dans tous mes états. J'ai été interrompue par ma « fille » **Barb**, qui m'a annoncé par téléphone une bien fâcheuse nouvelle : ma « petite-fille » **Alice** a fait une mauvaise chute à la salle de gym (qu'elle fréquente bien trop assidûment à mon goût) et la voilà à l'hôpital. Cette nouvelle m'est d'autant plus pénible qu'Alice traverse une période difficile ces temps-ci ; elle n'avait pas besoin de ça. Apparemment, Alice souffre d'amnésie, suite à sa blessure à la tête ; elle s'imagine qu'on est en 1998. Juste ciel. Je suis sûre qu'elle retrouvera bientôt la mémoire mais c'est une grande source d'inquiétude qui me rappelle à quel point mes préoccupations sont futiles. Je vous laisse pour l'instant et ne manquerai pas de vous informer dès que j'en saurai plus.

COMMENTAIRES

Beryl écrit :
Je suis de tout cœur avec vous, Frannie ! Dites à l'abominable X qu'il n'est pas le bienvenu au Comité. Toutes nos pensées et nos prières accompagnent Alice.

Anonyme écrit :
Je sais que je suis peut-être le seul homme à poster des commentaires sur ce blog alors je m'attends à me faire huer par vous toutes, mais je dois poser la question : qu'y a-t-il de mal à installer un bar à cocktails à votre fiesta ? Je trouve ça marrant, moi. Je suis à fond avec Mr X !
(Désolé, Frannie, mais ça me fait marrer. Fichez-lui un peu la paix. Il voulait juste détendre l'atmosphère.)

Doris de Dallas écrit :
Peut-être devriez-vous inviter Mr X à boire un verre pour discuter de tout ça avec lui ? Usez de vos artifices féminins ! Faites-lui donc cette tarte oignon-fromage dont vous avez parlé l'autre jour !
P.-S. : Pourquoi mettez-vous ces drôles de guillemets à « fille » et « petite-fille » ?

Groovy Granny écrit :
Pauvre de vous et pauvre Alice. Un malheur n'arrive jamais seul. Tenez-nous informés.

Lady Jane écrit :
Dites à Alice qu'une fois je me suis évanouie au rayon surgelés de Woolies, et quand j'ai repris mes esprits, ils m'ont demandé comment je m'appelais et j'ai donné mon nom de jeune fille ! Après quarante-trois ans de mariage ! C'est marrant ce que peut faire notre cerveau.

Frank Neary écrit :
Salut, Miss Jeffrey ! J'ai googlé mon nom aujourd'hui et sur quoi je suis tombé ? Votre post ! Désolé d'avoir fait mon petit malin dans votre classe. J'ai de super souvenirs de vos cours de maths. Et de vous ! Je crois que je vous trouvais craquante. Je suis ingénieur maintenant ! Sûrement grâce à vous, d'ailleurs !

Mad Mabel écrit :
Suis tombée il y a peu sur votre blog. Bravo ! C'est un régal de vous lire ! Moi aussi, je suis grand-mère ! À l'autre bout de la planète (Indiana, États-Unis !) et je songe à commencer un blog. Question : comment vos proches vivent-ils le fait que vous écriviez sur eux ? Je pense que les miens trouveraient ça un peu bizarre.

AB74 écrit :
C'était vraiment Frank Neary, votre ancien élève, un peu plus haut ? C'est drôle ! La magie d'Internet !

« Maman ? » répéta l'enfant avec impatience. Alice n'aurait su dire s'il s'agissait d'une fille ou d'un garçon. C'était une voix enfantine normale. Voilée, pressante, un peu prise. Assez adorable. Elle ne parlait pratiquement jamais au téléphone avec des enfants, en dehors des conversations guindées qu'elle pouvait avoir avec les neveux et nièces de Nick pour leur anniversaire, mais elle était toujours frappée par la douceur de leur voix. Ils semblaient tellement plus grands, effrayants et sales en chair et en os.

La main moite, elle serra le téléphone, passa la langue sur ses lèvres et, d'une voix rauque, dit : « Allô ?

– Maman ! C'est *moi* ! reprit l'enfant d'une voix bouillonnante, comme s'il lui criait dans l'oreille. Pourquoi tu pensais que c'était papa ? Il t'appelle du Portugal ? Oh ! Si tu l'as, tu peux lui dire, s'il te plaît, que le nom du jeu Xbox que je veux, c'est Lost Planet : Extreme Condition ? T'as compris ? Parce que je crois que je lui ai dit une bêtise. Bon, maman, c'est important, là, peut-être que tu devrais l'écrire. Tu veux que je te le dise plus lentement ? Lost... Planet... Extreme... Condition. Mais t'es où d'abord ? On a piscine et tu sais que je déteste arriver en retard parce qu'après je me retrouve avec la planche parce que tout le monde a pris les frites. Oh, il y a tonton Ben ! C'est lui qui nous emmène à la piscine aujourd'hui ? Pourquoi tu nous as rien dit ? SALUT, TONTON BEN ! Bon, je dois y aller, à plus, maman. »

Elle entendit un raclement, un bruit sourd, des cris d'enfants au loin. Une voix d'homme : « Salut, champion », puis plus rien.

Alice abandonna le téléphone sur ses genoux et regarda dans le couloir par la porte laissée ouverte. Un individu, coiffé d'un bonnet de douche vert, passa en coup de vent et cria : « Fichez-moi la paix ! » Au loin, les pleurs d'un nouveau-né.

Venait-elle d'avoir une conversation avec le Haricot ?

Elle ne connaissait même pas le nom du bébé. Ils n'étaient toujours pas tombés d'accord. Nick avait choisi Tom – un prénom respectable pour un homme – alors qu'Alice préférait Ethan – un prénom sexy, qui avait la cote. Ou, si d'aventure le Haricot se révélait être une fille, Alice souhaitait l'appeler Madeline et Nick Addison – apparemment les filles n'avaient pas besoin de prénoms respectables.

Je ne peux pas être la mère d'un enfant dont je ne connais pas le prénom, songea Alice. *Ce n'est pas dans le domaine du possible.*

C'était peut-être une erreur de numéro ! L'enfant avait parlé d'un tonton Ben. Personne ne s'appelait Ben dans sa famille. Elle ne connaissait même pas de Ben. N'en avait peut-être même jamais rencontré ! Elle eut beau chercher, le seul Ben dont elle se souvenait était un vendeur d'enseignes lumineuses géant et barbu rencontré un jour qu'elle aidait Dora (la sœur aînée de Nick, probablement la plus foldingue de toutes) dans sa boutique ésotérique, et en réalité, il pouvait tout aussi bien s'appeler Bill ou Brad.

Mais lorsqu'elle avait dit « Nick ? », l'enfant avait demandé : « Pourquoi tu pensais que c'était papa ? » Il savait aussi que Nick était au Portugal.

Ce n'était pas dans le domaine du possible, mais d'un autre côté, tout concordait.

Elle ferma les yeux un court instant, les rouvrit, essayant de se représenter un fils d'un peu moins de dix ans. Sa taille ? La couleur de ses yeux ? De ses cheveux ?

Une partie d'elle-même avait envie de hurler devant l'horreur absolue de la situation, une autre brûlait d'éclater de rire, tellement c'était ridicule. Une plaisanterie dingue. Une histoire désopilante qu'elle raconterait pendant des années. « Ensuite, j'appelle Nick et cette femme m'annonce qu'il est au Portugal ! Et là je me dis : au Portugal ! ? »

Elle prit son téléphone comme s'il s'agissait d'une bombe à retardement et songea à appeler quelqu'un d'autre : Elisabeth ? Sa mère ? Frannie ?

Non. Elle ne voulait plus entendre d'autres voix étranges lui apprendre quoi que ce soit sur les gens qu'elle aimait.

Son corps était faible, lourd. Mieux valait ne rien faire. Rien faire du tout. À un moment, il se produirait quelque chose ; quelqu'un viendrait. Les médecins lui arrangeraient la tête et tout rentrerait dans l'ordre. Tandis qu'elle remettait les affaires dans le sac, une photo tomba de l'agenda en cuir.

Une photo de trois enfants en uniforme d'écolier. Ils posaient assis en rang sur un perron, les coudes sur les genoux, le menton dans les mains. Deux filles et un garçon.

Au milieu, le garçon avait les cheveux d'un blond très clair en bataille, les oreilles décollées et un nez en trompette. La tête penchée sur un côté, les dents serrées, il affichait une grimace grotesque qui, Alice le savait pour avoir vu cent fois sa sœur faire la même tête quand on la prenait en photo, se voulait être un sourire. « Pourquoi je fais ça ? » commentait Elisabeth tristement en se voyant.

À la droite du garçon se trouvait une fillette visiblement plus âgée. Le visage allongé, la mine impassible, elle avait les cheveux châtains ramassés en une queue-de-cheval qui lui retombait sur l'épaule. Avachie vers l'avant, elle semblait dire : « Marre de prendre des poses débiles. » Les lèvres fermées, elle posait un regard farouche sur la droite de l'appareil. Elle avait une vilaine écorchure sur un de ses épais genoux et ses lacets étaient défaits. Rien chez elle ne lui était familier.

À gauche du garçon, une blondinette toute bouclée qui portait deux grosses nattes. Son sourire extasié révélait des fossettes sur ses joues angéliques. Il y avait quelque chose sur les pointes de son col. Alice regarda de plus près. Des autocollants brillants de dinosaures identiques à celui qu'Alice avait sur son tee-shirt.

Au dos de la photo était collée une étiquette sur laquelle elle lut, en lettres dactylographiées :

Enfants (de gauche à droite) : Olivia Love (moyenne section), Tom Love (CE2B), Madison Love (CM1M)
Parent : Alice Love
Nombre de copies commandées : 4

Alice observa de nouveau les trois enfants.
Je ne vous ai jamais vus de ma vie.
Dans ses oreilles, un bruit sourd et lointain. Elle se rendit

compte qu'elle avait la respiration courte et rare, comme si elle était en altitude. « Ha ha ha, c'était tellement drôle ! Je regarde cette photo, tu vois, cette photo de trois gosses ! Et ce sont les miens ! Et je ne les reconnais même pas ! Hilarant, non ? »

Une nouvelle infirmière entra dans la chambre, jeta un bref coup d'œil sur Alice avant de prendre l'écritoire accrochée au bout du lit. « Je suis navrée qu'on vous fasse encore attendre. L'infirmier chef de service m'assure qu'un lit devrait se libérer pour vous d'ici quelques minutes. Comment vous sentez-vous ? »

D'une main frémissante, Alice se toucha la tête. « En fait, je ne me souviens vraiment pas des dix dernières années de ma vie. » Dans sa voix, un tremblotement hystérique.

« Je pense qu'on va vous apporter une bonne tasse de thé et des sandwichs. » Elle vit la photo sur les genoux d'Alice. « Vos enfants ?

– Faut croire », dit Alice avec un petit rire qui se transforma en sanglot. Dans sa bouche, le goût si familier des larmes, et dans sa tête, une voix qui disait *Stop ! J'en ai tellement, tellement, tellement marre de pleurer* – mais qu'est-ce que ça signifiait ? Parce qu'elle n'avait pas pleuré comme ça depuis son enfance, et de toute façon elle n'aurait pas pu s'arrêter, même si elle l'avait voulu.

6

Devoirs d'Elisabeth pour le Dr Hodges

Pendant la pause-thé cet après-midi, j'appelle Ben sur son portable. Il me dit, avec en bruit de fond un brouhaha qui semble venir d'une vingtaine de gosses, pas trois, qu'il est allé chercher les enfants à l'école et qu'il les emmène à leur cours de natation. Qu'ils l'ont prévenu qu'ils ne pouvaient sous aucun prétexte manquer la moindre séance car Olivia venait de se transformer en crocodile ou en ornithorynque ou je ne sais quoi, et là, j'entends Olivia glousser : « En dauphin, gros bêta ! » J'entends aussi la voix de Tom, manifestement assis à l'avant à côté de Ben, qui dit d'un ton monocorde : « Tu roules à présent à cinq kilomètres-heure au-dessus de la limitation de vitesse, tu roules à présent à quatre kilomètres-heure au-dessus de la limitation de vitesse, tu roules à présent à deux kilomètres-heure en dessous de la limitation de vitesse. »

À sa voix, je devine que Ben est stressé mais heureux. Plus heureux que je ne l'ai entendu depuis des semaines. D'ordinaire, Alice ne nous demanderait pas d'aller récupérer les enfants à l'école pour les emmener à la piscine – question de confiance – et je me doute qu'une telle responsabilité le rend fou de joie. Je me dis qu'à le voir arrêté au feu rouge, les passants le prennent pour un père lambda (peut-être plus costaud et poilu que la normale) avec ses trois enfants.

Mais l'idée me peine, alors je préfère ne pas trop y penser.

Ben me dit que Tom vient d'avoir Alice au téléphone. D'après le petit, elle n'a pas parlé de sa chute à la salle de sport et sa voix semblait « normale, si ce n'est peut-être dix à quinze pour cent plus grincheuse que d'habitude ». Je crois qu'il travaille sur les pourcentages à l'école en ce moment.

Curieusement, jusque-là je n'ai même pas pensé à appeler sur le portable d'Alice. Du coup je le fais.

Quand elle répond, elle a l'air tellement bizarre que je ne reconnais pas sa voix, je me dis que c'est une infirmière qui a décroché à sa place. « Oh, désolée, je cherchais juste à contacter Alice Love. » Ensuite je comprends que c'est elle qui sanglote : « Oh, Libby, Dieu merci, c'est toi ! » Elle a l'air très mal, en pleine crise d'hystérie en fait, elle bredouille je ne sais quoi à propos d'une photo, de dinosaures autocollants, d'une robe rouge vraiment superbe mais beaucoup trop petite pour elle, d'une cuite magistrale à la salle de sport, de Nick qui est au Portugal, mais pourquoi, et elle ne sait pas si elle est enceinte, et dans sa tête, on est en 1998 mais tout le monde dit qu'on est en 2008. Flippant. C'était quand, la dernière fois que j'ai vu ou entendu Alice pleurer (ou m'appeler Libby) ? Elle a vraiment eu de quoi pleurer ces douze derniers mois, pourtant, elle ne verse jamais une larme devant moi et c'est horrible, mais depuis quelque temps, il y a une telle courtoisie, une telle retenue, dans toutes nos conversations, une telle mesure dans nos voix.

En fait, c'est presque bon d'entendre Alice pleurer. Ça sonne vrai. Elle n'a pas eu besoin de moi depuis une éternité alors qu'avant, ça faisait tellement partie de moi, d'être la grande sœur protectrice. (Je ferais mieux de garder mon argent et faire une auto-analyse, Dr Hodges.)

Alors je lui dis de ne pas s'inquiéter, que j'arrive tout de suite, que je vais tout arranger. Je retourne dans la salle, j'annonce que j'ai une urgence familiale, que je dois m'en aller mais que Layla, mon assistante super compétente, va prendre le relais et quand je la regarde pour voir sa réaction, elle est radieuse, comme si elle venait d'avoir une révélation. Problème réglé.

Évidemment, il a fallu qu'Alice soit hospitalisée au Royal North Shore.

Quand j'entre dans ce parking, j'ai toujours le sentiment que je viens d'avaler un truc trop gros. Un truc en forme d'ancre qui passe direct dans ma gorge et qui se déploie complètement dans mon ventre.

Et le ciel semble toujours si vaste, comme un énorme coquillage vide. Comment ça se fait ? Je suis au volant, et je ne peux pas m'empêcher de regarder en l'air. Peut-être que c'est lié à ce sentiment que j'ai d'être minuscule et inutile, ou peut-être que c'est juste parce que la route grimpe avant de redescendre à l'entrée du parking – simple question de topographie, merde.

En sortant de la voiture, je me répète : *Je suis là pour Alice.*

Mais, partout où je regarde, je vois des versions antérieures de Ben et de moi-même. Nous hantons les lieux. Si vous y allez un jour, docteur Hodges, ouvrez l'œil. On sera là, à retourner à la voiture d'un pas traînant par une froide journée ensoleillée, moi dans cette jupe baba cool peu flatteuse que je continue de porter parce qu'il n'y a pas besoin de la repasser, et Ben qui me tient par la main ; je me laisse guider, les yeux rivés au sol, et dans ma tête, je récite mon mantra « Ne pas y penser. Ne pas y penser. Ne pas y penser ». Vous nous verrez à l'accueil, moi en train de remplir la paperasse, et Ben, juste derrière moi, qui me frotte le bas du dos en faisant des petits cercles, et bizarrement, j'ai l'impression que les cercles m'aident à continuer d'inspirer, expirer, inspirer, expirer, comme un respirateur. Et là, ratatinés au fond de l'ascenseur avec toute une famille qui trépigne d'impatience, les bras chargés de fleurs et de ballons « C'est une fille ! ». On a tous les deux les bras serrés contre la poitrine, comme pour nous protéger de toute cette joie.

Vous m'avez dit il y a quelques semaines que tout ça ne me définit pas, mais c'est bel et bien le cas, docteur Hodges, ça me définit.

Ne pas y penser.

Tandis que je parcours les couloirs qui résonnent (*clac*, *clac*, *clac*, font mes talons, et *l'odeur*, vous connaissez sûrement cette horrible odeur de pomme de terre bouillie, docteur Hodges, la façon dont elle inonde vos sinus des souvenirs de chacune de vos précédentes visites à l'hôpital), j'ignore nos fantômes mal fagotés et me concentre sur Alice. Je me demande si elle se croit toujours en 1998 et, si oui, l'effet que ça lui fait. La seule chose comparable pour moi, c'est la fois où, adolescente, je suis allée à l'anniversaire d'un garçon qui

72

fêtait ses vingt et un ans, j'étais totalement ivre, je me suis levée et je lui ai porté un toast interminable et débordant d'affection alors que je ne le connaissais ni d'Ève ni d'Adam. Le lendemain, je n'en avais aucun souvenir, rien, pas même de vagues fragments. Pendant mon discours, j'avais apparemment utilisé le mot « indigence » ; troublant, parce que je ne pensais pas avoir déjà prononcé ce mot en état de sobriété et je n'étais même pas vraiment sûre de savoir ce qu'il signifiait. Je ne me suis jamais plus saoulée comme ça. Moi qui déteste que les choses m'échappent, comment je pourrais accepter que les autres me racontent, hilares, mes propres faits et gestes ?

Si je n'ai pas pu supporter d'avoir un trou de mémoire de deux heures, imaginez ce que je ressentirais s'il s'agissait de dix ans !

En cherchant le numéro de chambre d'Alice, je me revois avec maman et Frannie, aussi exaltées que cette famille dans l'ascenseur, à courir ou presque, dans les couloirs d'un autre hôpital pour voir Madison qui venait de naître. On aperçoit Nick qui marche loin devant nous, et on crie en chœur « Nick ! », il se retourne et, le temps qu'on le rejoigne, il court en rond sur place, les poings levés, comme Rocky, et Frannie s'exclame avec tendresse : « Il est tellement drôle ! » Je me dis que Frannie ne parlera jamais comme ça de cet urbaniste condescendant que je fréquente, alors je décide sur-le-champ de le quitter.

Je songe que si Alice a vraiment oublié les dix dernières années, elle ne se souviendra pas de ce jour-là, ni de Madison bébé. Ni qu'on a tous partagé une boîte de chocolats Quality Street pendant que le pédiatre examinait Madison. Il l'a tournée dans tous les sens, l'a tenue au creux de sa main avec la décontraction d'un expert, comme un joueur de basket-ball qui fait tournoyer un ballon sur son doigt, et Alice et Nick se sont écriés « Attention ! » au même instant. On a tous ri et le pédiatre a dit, tout sourire : « Votre fille a dix sur dix, A plus. » On a tous applaudi et poussé des hourras pour la première bonne note de Madison tandis qu'il l'emmaillotait dans sa couverture blanche tel un fish and chips dans une feuille de papier, pour la présenter à Alice selon le cérémonial d'usage.

Je commence juste à prendre la mesure de tout ce qui s'est passé dans la vie d'Alice ces dix dernières années quand j'arrive devant la chambre où elle se trouve. Je jette un coup d'œil à l'intérieur et l'aperçois dans le premier box, séparée d'une autre patiente par un rideau ; elle regarde droit devant elle, les mains sur les genoux. Elle est littéralement dépouillée de toute couleur. Calée contre des oreillers blancs, elle porte une blouse d'hôpital blanche et une bande de gaze blanche autour de la tête ; même son visage est d'une pâleur morbide. C'est étrange de la voir si immobile. D'ordinaire, elle n'arrête pas de gesticuler. Elle écrit des textos, fait cliqueter ses clés de voiture, attrape un de ses enfants par le coude et lui souffle quelque chose à l'oreille. Elle s'affaire, elle s'affaire, elle s'affaire.

(Il y a dix ans, elle n'était pas du tout comme ça. Elle restait au lit avec Nick jusqu'à midi tous les dimanches. « Quand vont-ils trouver le temps de rénover cette énorme maison ? » gloussions-nous avec maman et Frannie, tel un trio de vieilles tantes.)

Alice ne me voit pas tout de suite, je m'approche, elle cligne des yeux, ils ont l'air si grands, si bleus sur son visage livide ; mais surtout elle n'a pas le même regard que d'habitude, un regard pourtant familier, je ne sais pas comment l'expliquer, mais une idée bizarre me traverse l'esprit : *Alice, la vraie Alice.*

Vous voulez savoir la première chose qu'elle me dit, docteur Hodges ?

« Oh, mon Dieu, Libby, qu'est-ce qui t'est arrivé ? »

Je vous ai bien dit que ça me définissait.

À moins que ce ne soit à cause des rides.

Un lit s'était finalement libéré pour Alice. On lui avait donné une blouse, une télécommande pour la télévision et une commode blanche. Une dame qui poussait un chariot lui avait apporté un thé léger et quatre minuscules sandwichs jambon-fromage en forme de triangle. L'infirmière avait raison : la collation lui avait fait du bien, mais cela n'avait rien changé à la crevasse béante qui fendait sa mémoire.

Entendre la voix d'Elisabeth à l'autre bout du fil lui avait rappelé toutes les fois où elle avait téléphoné à la maison au cours de ce désastreux voyage en Europe qu'elle avait entrepris à l'âge de dix-neuf ans, pour faire mine d'être une fille différente – aventureuse, extravertie ; le genre de personne qui adore passer ses journées seule à explorer des cathédrales ou des ruines et ses nuits à discuter avec des gars de Brisbane ivres dans des auberges de jeunesse – alors qu'en réalité, elle avait le mal du pays, se sentait seule, s'ennuyait copieusement et ne comprenait rien aux horaires de train. La voix d'Elisabeth qui lui parvenait clairement de l'autre côté de la planète dans une étrange cabine téléphonique lui procurait un tel soulagement qu'elle en avait les jambes flageolantes et, le front contre la vitre, elle se disait : *Tout va bien, je suis une vraie personne.*

« Ma sœur va arriver », avait-elle annoncé à l'infirmière en raccrochant, comme pour lui apporter la preuve qu'elle était une vraie personne, avec une famille, une famille qu'elle reconnaissait.

Pourtant, quand Elisabeth s'approcha de son lit, elle ne la reconnut pas. Cette femme en tailleur couleur crème, avec ses lunettes et ses cheveux mi-longs qui se balançaient au rythme de ses pas, appartenait au personnel administratif de l'hôpital, supposa Alice vaguement ; puis quelque chose dans sa posture – elle se tenait très droite –, un air de défi peut-être, tout à fait caractéristique de sa sœur, la trahit.

Quel choc ! Du jour au lendemain, Elisabeth semblait avoir pris beaucoup de poids. Elle avait toujours eu un corps robuste, souple et athlétique à force de pratiquer aviron, course à pied et autre. À présent, elle n'était pas franchement grosse, mais nettement plus épaisse et flasque, à commencer par ses seins ; une version enflée d'elle-même, comme si on l'avait gonflée tel un ballon. Ça ne doit pas lui plaire, songea Alice. Elisabeth avait toujours eu un discours tellement moralisateur sur les aliments riches que c'en était drôle. Quand on lui proposait une part de tarte aux fruits meringuée, elle refusait comme s'il s'agissait d'un rail de cocaïne. Une fois, Nick, Alice et Elisabeth étaient partis tous les trois en week-end et, au petit déjeuner, Elisabeth avait passé un temps fou à étudier les informations nutritionnelles sur un pot de yoghourt avant de les prévenir, d'un ton sinistre : « Il faut vraiment se méfier avec les yoghourts. » Suite à cet épisode, quand Nick et Alice en mangeaient, l'un d'entre eux s'écriait toujours : « Méfie-toi ! »

Au moment où Elisabeth s'approcha, le visage éclairé par la vive lumière au-dessus du lit d'hôpital, Alice aperçut de fins sillons creusés autour de sa bouche et de ses yeux, telles des toiles d'araignée. Comme Alice, Elisabeth tenait ses grands yeux bleu pâle et ses longs cils noirs de leur père. Des yeux qui leur valaient toujours des compliments, mais à présent, ils semblaient plus petits et plus ternes, comme délavés.

Il y avait dans son regard une meurtrissure, une méfiance, une fatigue, comme si elle venait de subir une cuisante défaite dans un combat qu'elle espérait remporter.

Alice se sentit envahie par l'inquiétude ; quelque chose de terrible avait dû se passer.

Mais lorsqu'elle l'interrogea, Elisabeth rétorqua : « Comment ça, qu'est-ce qui m'est arrivé ? » avec tant de verve qu'Alice douta d'elle-même.

Elisabeth tira une chaise en plastique et s'assit. Sa jupe lui faisait un bourrelet à la taille. Alice détourna les yeux, prise d'une soudaine envie de pleurer.

« C'est toi qui es à l'hôpital, poursuivit Elisabeth. La question, c'est qu'est-ce qui t'est arrivé à *toi* ? »

Alice se sentit glisser dans le rôle de la petite sœur exubérante et désespérante. « C'est super bizarre. Comme un rêve. Apparemment, je me suis cassé la figure par terre à la salle de sport. Moi ! À la salle de sport ! Tu crois ça ! D'après Jane Turner, j'étais à mon cours de step du vendredi. » Elle pouvait faire l'imbécile maintenant qu'Elisabeth était là pour jouer la grande sœur sensée.

Elisabeth la fixa d'un air si sombre, si effrayé qu'elle sentit son sourire idiot se dissiper.

Alice lui tendit la photo qu'elle avait laissée sur la commode près de son lit. D'une petite voix polie, elle demanda : « Ce sont mes... » Elle ne s'était jamais sentie aussi stupide de sa vie. « Ce sont mes enfants ? »

Elisabeth y jeta un œil. Une expression indéchiffrable passa sur son visage, un tremblement à peine perceptible qui disparut aussitôt. Elle esquissa un sourire prudent. « Oui, Alice. »

Alice prit une longue inspiration saccadée et ferma les yeux. « Je ne les ai jamais vus de ma vie. »

Elisabeth soupira. « Ce n'est que temporaire, j'en suis sûre. Tu as simplement besoin de te reposer, de te détendre et...

– Comment ils sont ? questionna Alice en rouvrant les yeux. Ces enfants ? Ils sont... gentils ?

– Ils sont merveilleux, Alice.

– Et moi ? Je suis une bonne mère ? Je m'occupe bien d'eux ? Qu'est-ce que je leur donne à manger ? Ils sont si grands !

– Tes enfants sont toute ta vie, Alice. Tu t'en souviendras par toi-même d'ici peu. Ça va te revenir. Il faut juste que...

– Je pourrais leur faire des saucisses, non ? Les gosses adorent ça ! »

Elisabeth la dévisagea. « Tu ne leur servirais jamais des saucisses.

– Je croyais que j'étais enceinte. Mais ils m'ont fait une prise de sang et c'est sûr que non. Je ne me sens pas enceinte, mais je n'arrive pas à croire que je ne le suis pas.

– Non. Eh bien, je ne pense pas qu'une grossesse soit...

– Trois gamins ! On n'en veut que deux.

– Olivia était un accident, dit Elisabeth avec raideur, comme si elle désapprouvait.

– Tout ça semble si irréel. Je me sens comme Alice au pays des merveilles. Tu te souviens, je détestais ce livre ! C'est tellement absurde. Toi non plus tu ne l'aimais pas. On préférait les choses qui avaient du sens.

– J'imagine que ça doit te paraître vraiment étrange, mais ça ne va pas durer, tout va te revenir d'une minute à l'autre. Tu as dû te taper la tête assez... fort.

– Oui, très fort. » Alice reprit la photo. « Donc, cette petite fille, là, c'est la plus grande, c'est mon aînée, n'est-ce pas ? On a eu une fille ?

– Oui.

– On croyait que ce serait un garçon.

– Je m'en souviens.

– Et l'accouchement ! Les trois accouchements ! Comment ça s'est passé ? J'ai tellement la trouille. Je veux dire, *j'avais*...

– Il me semble que pour Madison, ça s'est plutôt bien passé, mais pour Olivia, il y a eu des complications. » Elisabeth n'arrêtait pas de bouger sur sa chaise. « Écoute, Alice, je crois que je ferais mieux d'essayer de parler à ton médecin. Je trouve ça très compliqué. Bizarre. Ça me... ça m'effraie, vraiment. »

Paniquée à l'idée de se retrouver seule, Alice lui attrapa le bras. « Non, non, ne t'en va pas. Quelqu'un va bientôt passer. Ils me surveillent de près. Au fait, Libby, j'ai appelé Nick au travail et on m'a dit qu'il était au Portugal ! Au Portugal ! Qu'est-ce qu'il fabrique là-bas ? Je lui ai laissé un message. Auprès d'une secrétaire odieuse. Je ne me suis pas laissé faire. Tu m'aurais vue, tu serais fière de moi ! Je n'ai pas fait la chiffe molle ; j'ai été *inflexible*.

– Tant mieux, dit Elisabeth qui avait pourtant l'air d'avoir mangé quelque chose qui ne passait pas.

– Mais il ne m'a toujours pas rappelée. »

Devoirs d'Elisabeth pour le Dr Hodges

Ce n'est que lorsqu'elle a parlé de Nick et du Portugal que la réalité s'est imposée à moi ; ça m'a encore plus remuée que lorsqu'elle m'a demandé si ses enfants étaient « gentils ».

Elle a vraiment tout oublié.

Même Gina.

7

« C'est sérieux ? Tu n'as aucun, vraiment aucun souvenir, depuis 1998 ? » Elisabeth rapprocha la chaise en plastique du lit de sa sœur et se pencha vers elle, visiblement décidée à mettre les choses au clair. « Aucun ?

– Eh bien, quelques bribes bizarres me viennent, mais je n'y comprends rien.

– Bon, alors raconte-moi. »

Ça, par exemple ! songea Alice. Les rides autour de la bouche d'Elisabeth étaient nettement plus profondes qu'il n'y paraissait au début. Par réflexe, elle toucha son propre visage du bout des doigts. Elle ne s'était toujours pas regardée dans un miroir.

« Euh, quand je suis revenue à moi, j'étais en train de rêver, mais je ne savais pas si c'était juste un rêve ou si ça s'était vraiment passé. Je nageais, c'était l'été, une matinée magnifique, et chacun de mes ongles était verni d'une couleur différente. Il y avait quelqu'un d'autre avec moi, les ongles vernis à l'identique. Hé, c'était peut-être toi ! Je parie que oui !

– Non, ça ne me dit rien. Quoi d'autre ? »

Alice repensa aux bouquets de ballons roses qui dansaient dans le ciel gris mais elle n'avait aucune envie de parler de ce raz-de-marée de chagrin qui la balayait chaque fois qu'elle revoyait cette image. D'ailleurs, elle ne tenait pas spécialement à savoir ce que ça signifiait.

Elle décida d'évoquer un autre souvenir. « Je me rappelle une voix de femme avec un accent américain. Elle dit : "Je suis navrée, mais il n'y a pas de pouls." »

Devoirs d'Elisabeth pour le Dr Hodges

Je dois l'avouer, j'ai trouvé ça curieusement touchant, flatteur même, que ce souvenir compte parmi les millions de souvenirs suffisamment importants pour affleurer à sa mémoire.

Alice a toujours su imiter les accents et elle a reproduit la voix de cette femme à la perfection. Le ton, le rythme, tout était exactement comme dans mon souvenir, et un instant, je me suis retrouvée dans cette pièce sinistre, à essayer de comprendre. Ça fait tellement longtemps que je n'y ai pas pensé.

Vous imaginez, docteur Hodges, si je pouvais remonter le temps jusqu'à ce moment pour chuchoter à mon oreille : « Ce n'est que le début, ma grande. » Ensuite, je partirais d'un grand rire hystérique, telle une sorcière.

Vous n'aimez pas trop quand je donne dans l'humour noir et acerbe, n'est-ce pas ? J'ai remarqué que vous souriez poliment, un peu tristement aussi, comme si je me ridiculisais telle une ado incapable de maîtriser ses émotions embarrassantes et que vous saviez exactement pourquoi.

Bref. Évidemment, je n'ai aucune envie de parler de l'épisode de l'Américaine. Surtout pas à *Alice*. Je n'ai pas spécialement envie de vous en parler non plus. Ni même d'y penser. Ni de le coucher sur le papier. C'est arrivé, point. Comme tout le reste.

Elisabeth lissa la couverture blanche le long de la jambe d'Alice. Son visage se durcit. « Désolée, ça ne me dit rien non plus. Rien du tout. »

Pourquoi cette colère dans sa voix ? Alice avait dû faire quelque chose de mal mais elle ne pouvait pas mettre le doigt dessus. Elle se sentait bête et maladroite, comme un enfant qui cherche à comprendre quelque chose de grave, quelque chose que les adultes lui cachent.

Elisabeth croisa son regard. Elle esquissa un sourire et détourna aussitôt les yeux.

Une femme entra dans la pièce avec un bouquet de fleurs. Son visage enthousiaste se dirigea vers Alice et Elisabeth puis elle plissa les yeux avec dédain avant de disparaître derrière le rideau qui les séparait du box voisin. Une voix perçante se fit entendre : « Je pensais justement à toi ! »

« J'aurais dû t'apporter des fleurs, murmura Elisabeth.

– Tu es mariée ! s'exclama Alice.

– Pardon ? »

Alice prit la main gauche de sa sœur. « C'est une bague de fiançailles ! Elle est magnifique. Tout à fait le genre de bague que j'aurais voulu avoir si j'avais pu choisir. Non pas que la bague de Granny Love me déplaise, bien sûr.

– Alice, tu détestes la bague de Granny Love, répondit Elisabeth sèchement.

– Oh. Je te l'ai dit ? Je ne m'en souviens pas.

– Il y a des années, je crois que tu avais trop bu, c'est pour ça que je ne comprends pas pourquoi… bref, laisse tomber.

– Bon, tu ne vas pas me laisser dans l'ignorance ! Qui as-tu épousé ? Ce séduisant urbaniste ?

– *Dean* ? Non, je n'ai pas épousé Dean. Je suis restée trois secondes et demie avec ce type. En plus il est mort. Dans un accident de plongée sous-marine. Tragique. Bref. J'ai épousé Ben. Tu ne te souviens pas de lui ? C'est lui qui s'occupe de tes enfants à l'heure qu'il est.

– Oh, c'est gentil de sa part, super », dit Alice d'une voix faible. Un nouveau haut-le-cœur la secoua, car, à n'en pas douter, une bonne mère se serait inquiétée tout de suite de savoir qui s'occupait de ses enfants. Malheureusement, leur existence même relevait toujours du grotesque. Elle posa la main sur son ventre plat – le Haricot n'était plus là –, cherchant à lutter contre cette sensation de vertige. Si elle pensait trop à tout ça, elle allait se mettre à crier sans plus pouvoir s'arrêter.

« Ben, reprit-elle, décidée à se concentrer sur Elisabeth. Tu as épousé un dénommé Ben. » L'enfant à la voix prise avait effectivement mentionné un « tonton Ben » au téléphone. C'était presque pire quand les choses s'emboîtaient. Comme si elles avaient du sens pour tout le monde sauf pour elle.

« C'est marrant, je me disais tout à l'heure que le seul Ben que je connaissais, c'était cet immense designer d'enseignes lumineuses que j'ai rencontré une fois dans la boutique de la sœur de Nick. Impossible de l'oublier, il était tellement imposant, lent et silencieux ! À croire qu'un grizzly géant s'était changé en homme ! »

Elisabeth rejeta la tête en arrière et éclata de rire, de ce rire retentissant et généreux qui vous donnait immanquablement envie de répéter le bon mot que vous veniez de faire, et pour la première fois depuis longtemps, elle eut le sentiment d'être de nouveau elle-même.

« Je ne comprends pas, dit Alice, un sourire curieux sur les lèvres.

– C'est ce Ben-là que j'ai épousé. Il y a huit ans maintenant. Je l'ai rencontré à l'inauguration de la boutique de Dora.

– Sans blague ? » Sa sœur avec cet ours qui dessinait des enseignes lumineuses ? Elle fréquentait plutôt des cadres supérieurs prospères et caustiques qui donnaient à Alice l'impression d'être une idiote. « Mais il n'avait pas une *barbe* ? »

Elisabeth n'aurait pas épousé un barbu, tout de même.

« Si, si, il l'a toujours d'ailleurs, répondit-elle, tordue de rire.

– Et il dessine toujours des enseignes lumineuses ?

– Oui, de magnifiques enseignes lumineuses. Ma préférée, c'est celle du Bœuf Braisé à Killara. Elle a remporté le deuxième prix au concours du Salon des enseignes l'année dernière. »

Alice scruta son visage. Elle avait l'air sérieuse.

« C'est mon beau-frère, alors. J'imagine que je le connais plutôt bien. Et avec Nick, ils s'entendent bien ? On sort tous les quatre, parfois ? »

Elisabeth sembla réfléchir, une expression indéchiffrable sur le visage. « Il y a de ça des années, avant même que Ben et moi soyons mariés, Madison marchait à peine et tu étais enceinte de Tom, on a loué une maison à Jervis Bay pour Pâques. C'était sur Hyams Beach, tu sais, la plus belle plage de sable blanc du monde. On a eu un temps radieux, Madison était tellement mignonne, elle nous faisait tous craquer. On a joué à des jeux débiles, comme le Menteur, et un soir Nick et Ben ont tellement bu qu'ils ont dansé sur des tubes des années quatre-vingt. Ben ne danse *jamais*. Je crois que c'est la seule fois de ma vie que je l'ai vu danser. Quels clowns ! On a tellement ri qu'on a réveillé Madison qui s'est mise à danser avec eux en pyjama. À vrai dire, ç'a été des vacances extraordinaires. Le bon vieux temps. Je n'y avais pas pensé depuis une éternité.

– Je n'en ai aucun souvenir. » C'était tellement cruel de ne pas se rappeler un tel moment, comme si une autre Alice avait eu à vivre sa vie à sa place.

« C'est incroyable que tu ne te souviennes pas de Ben », reprit Elisabeth sur un ton presque agressif. Elle regarda Alice sévèrement, comme pour la mettre au défi d'ouvrir la bouche. « Vous vous êtes vus pas plus tard qu'hier. Il est venu te donner un coup de main pour ta voiture. Tu lui as préparé des muffins à la banane, ses préférés, et vous avez eu une drôle de conversation.

– Alors comme ça, commenta Alice nerveusement, on a une voiture maintenant ?

– Oui, Alice.

– Et je fais des muffins à la banane ? »

Le visage d'Elisabeth s'adoucit. « Pauvres en graisses. Riches en fibres. Mais étonnamment délicieux. »

Les images se succédèrent dans sa tête à un rythme effréné – trois petits inconnus assis en rang, muffins à la banane, voiture (elle détestait les voitures ; elle préférait les bus et les ferrys, d'autant qu'elle était une piètre conductrice), Elisabeth avec un designer d'enseignes lumineuses prénommé Ben –, jusqu'à lui donner le vertige.

Tout à coup, une pensée contrariante lui vint à l'esprit. « Hé ! Tu as dû te marier sans moi ! » Alice adorait les mariages. Elle n'oublierait jamais un mariage.

« Alice, tu étais ma demoiselle d'honneur et Madison portait ma traîne. Vous aviez des robes assorties couleur rose-violet. Tu as prononcé un discours très amusant et Nick et toi vous êtes donnés en spectacle en dansant sur *Come on Eileen*. Et vous nous avez offert un blender.

– Oh. » La frustration monta en elle. « Mais je ne peux pas croire que je n'en ai pas le moindre souvenir. Ça ne m'est même pas familier ! » Elle passa les doigts dans les trous de la couverture en laine et serra les mains très fort dans un geste aussi idiot que puéril. « Il y a tellement de… *trucs* !

– Là, du calme, ça va aller », dit Elisabeth en lui frottant l'épaule un peu trop énergiquement. Une vraie boxeuse. Elle regarda autour d'elle nerveusement, espérant probablement trouver de l'aide. « Laisse-moi aller chercher un docteur pour parler de tout ça. »

Un problème, une solution – du grand Elisabeth. Toujours à vouloir trouver une solution à vos problèmes.

Un rire perçant s'éleva du box voisin. « Non, t'as pas fait ça ! – Oh que si ! » Alice et Elisabeth échangèrent un regard perplexe, partageant leur antipathie sans un mot – une complicité qui emplit Alice de tendresse et de réconfort.

Elle reposa lentement les mains sur les genoux. « S'il te plaît, ne t'en va pas. Une infirmière va bientôt passer s'assurer de mon état et tu pourras discuter avec elle. Reste avec moi, parle-moi. Je pense que ça m'aidera à guérir.

– J'en doute. » Elle consulta sa montre et se rassit.

Alice se réinstalla confortablement sur les oreillers. Elle aurait volontiers posé davantage de questions sur les enfants de la photo (*trois* – ingérable !) mais la situation était à ce point surréaliste qu'elle en devenait ridicule, comme un film tellement tiré par les cheveux que vous n'arrêtez pas de gigoter sur votre fauteuil en vous efforçant de ne pas éclater de rire. Mieux valait interroger Elisabeth sur sa vie à elle.

La tête penchée, Elisabeth se grattait nerveusement le poignet. Ses rides tiraient les coins de sa bouche vers le bas, lui donnant l'air de grimacer tristement. Était-ce seulement l'âge ? (Sa propre bouche s'affaissait-elle comme ça ? se demanda Alice. Bientôt, elle regarderait. Bientôt.) Il lui semblait qu'il y avait plus que ça ; comme un profond chagrin qui la faisait ployer. N'était-elle pas heureuse avec son ours de mari ? (Est-il possible d'aimer un homme à barbe ? Puéril. Bien sûr que c'est possible. Même si la barbe est extrêmement broussailleuse.)

Elisabeth déglutit convulsivement.

« À quoi tu penses ? » demanda Alice.

Elle sursauta et leva les yeux. « Je ne sais pas, à rien. » Elle réprima un bâillement. « Désolée. Je ne m'ennuie pas, c'est juste que je suis fatiguée. Je n'ai dormi que deux ou trois heures cette nuit.

– Ah. » Elle n'avait pas besoin d'explication. Les deux sœurs avaient de tout temps souffert de terribles crises d'insomnie. Elles tenaient ça de leur mère. Après la mort de leur père, il arrivait souvent que les filles veillent toute la nuit avec leur mère, toutes trois en chemise de nuit sur le canapé à regarder des vidéos et boire du chocolat chaud. Elles dormaient ensuite toute la journée tandis que le soleil entrait à flots dans la maison endormie et silencieuse.

« Et moi, j'en suis où, question sommeil ?

– À vrai dire, je n'en sais rien.

– Comment ça ? » dit Alice, déconcertée. Elles échangeaient tout le temps sur le sujet. « Mais, on ne... on ne se parle pas ?

– Bien sûr que si, mais... tu es plutôt occupée, avec les enfants et tout le reste, du coup, on ne s'étale pas vraiment.

– Occupée », répéta Alice. Voilà qui ne lui plaisait pas du

tout. Elle s'était toujours quelque peu méfiée de ces gens qui se disent « débordés » ou « en plein boom ». Où était l'urgence ? Pourquoi ne ralentissaient-ils pas la cadence ? Et franchement, qu'avaient-ils de si important à faire tout le temps ?

« Bon », fit-elle, inexplicablement mal à l'aise. Apparemment, ses rapports avec Elisabeth n'étaient pas au beau fixe. À certains moments, il semblait y avoir entre elles une sorte de politesse affectée, comme entre deux copines qui ne se voient plus aussi souvent qu'avant.

Elle interrogerait Nick à ce sujet. Voilà un trait de caractère qu'elle appréciait beaucoup chez lui : il aimait parler des gens, les observer, les comprendre, et s'intéressait à la complexité des relations humaines. Il avait par ailleurs beaucoup d'affection pour Elisabeth. Il lui arrivait bien sûr de se moquer ou de se plaindre d'elle (car n'était-elle pas profondément agaçante parfois ?) mais toujours dans un esprit fraternel, si bien qu'Alice n'avait pas le sentiment de devoir prendre sa défense.

Alice observa le tailleur crème magnifiquement coupé d'Elisabeth (question garde-robe, toutes deux avaient visiblement fait des progrès depuis 1998). « Tu bosses toujours dans cette boîte qui fait des catalogues ? *La Malle au trésor* ? »

Elisabeth travaillait comme rédactrice pour *La Malle au trésor*, un catalogue de vente par correspondance mensuel. Son job : trouver des arguments de vente malins pour des centaines et des centaines de produits, du brillant à lèvres goût banane à la pocheuse à œufs minute en passant par le transistor étanche pour la douche. Elle recevait quantité d'objets dont elle faisait ensuite cadeau – sympa ! – et chaque mois, quand le catalogue sortait, toute la famille lui lisait ses lignes préférées. Frannie laissait fièrement ses exemplaires bien en vue pour les faire lire à ses amis lorsqu'ils lui rendaient visite.

« C'était il y a une éternité. » Elisabeth la dévisagea, médusée. « On se croirait dans *Retour vers le futur* avec toi.

– J'en conclus que tu ne bosses plus là-bas ? » insista Alice, agacée. Ça promettait d'être fatigant à la longue si tout le monde la regardait comme si elle venait d'une autre planète chaque fois qu'elle posait une simple question. Jusqu'où les choses avaient-elles pu changer en dix ans ? Du tout au tout, apparemment.

« *La Malle au trésor* est un site Internet aujourd'hui. Je ne bosse plus pour eux depuis six ans environ. J'ai travaillé pour une agence pendant environ quatre ans, et depuis deux ans, j'organise des séminaires de formation en publipostage. En courriers indésirables, si tu préfères. Enfin, c'est ce que j'entends souvent. Si étrange que cela puisse paraître, ça marche plutôt bien. En tout cas, ça paie les factures. J'étais en pleine conférence cet après-midi quand Jane m'a appelée.

– Tu bosses en indépendante ?

– Oui.

– Waouh ! Impressionnant ! C'est une belle réussite ! J'ai toujours su que tu réussirais ! Tu m'autorises à venir te voir ?

– À venir me voir ? *Moi* ? » Elisabeth manqua de s'étrangler.

« Euh… j'imagine que je suis déjà venue, pas vrai ?

– Non, Alice, tu n'as jamais manifesté la moindre envie d'assister à un de mes séminaires. » De nouveau, cette agressivité dans sa voix.

« Ah… mais ça semble… euh, et pourquoi ? »

Elisabeth soupira. « Tu es très occupée, Alice, voilà tout. »

Occupée. Décidément.

« Et puis, je crois que tu trouves mon choix de carrière un peu… trivial.

– Trivial ? J'ai dit ça ? J'ai dit ça sur toi ? Pfff, je ne dirais jamais une chose pareille ! » Au secours. Était-elle devenue une affreuse bonne femme qui juge les autres sur leurs choix de carrière ? Elle avait toujours été fière de sa sœur. C'était elle, le cerveau de la famille ! Elle qui faisait son chemin pendant qu'Alice restait bien tranquille à l'abri de tout.

« Non, non, tu n'as jamais vraiment dit ça. Tu ne le penses peut-être même pas. Oublie, tu veux ? »

J'ai la détestable impression que cette autre Alice qui vit ma vie depuis dix ans n'est pas très sympa, songea Alice.

« Et moi, je fais quoi comme boulot ? » demanda-t-elle.

Dix ans plus tôt, Alice occupait un poste d'assistante au service des paies chez ABR. Pour elle, c'était un gagne-pain, ni plus ni moins. Faire carrière ne l'intéressait pas spécialement. « Tu as tout de la femme au foyer des années cinquante. Une déesse de la domesticité ! » lui avait dit Elisabeth un jour qu'Alice se réjouissait d'avoir passé la journée à jardiner, coudre de nouveaux rideaux pour la cuisine et préparer un gâteau au chocolat pour Nick.

« Tu ne travailles pas, annonça Elisabeth, impassible.

— Oh, eh bien, c'est super !

— Tu es néanmoins très occupée. »

Encore ce mot ?

« Tu fais un tas de choses pour l'école.

— L'école ? Quelle école ?

— L'école des enfants. »

Ah, eux. Les trois effroyables petits inconnus.

« Et Frannie ? Elle n'est pas… tombée malade ou je ne sais quoi, dis ? » Pas question de prononcer le mot « décédée ».

« Elle va bien. En pleine forme. »

Le téléphone portable argenté sur la table de chevet sonna.

« C'est sûrement Nick ! Enfin ! »

Elisabeth se leva d'un bond. « Laisse-moi lui parler en premier !

— Hors de question, rétorqua Alice en s'emparant du téléphone. Pourquoi, d'abord ? » Puis elle décrocha sans attendre la réponse. « Allô ?

— Ouais, salut, c'est moi. »

Nick. Alice sentit une délicieuse vague de soulagement lui parcourir les veines, comme un bon verre de cognac.

« Qu'est-ce qu'il y a ? demanda-t-il. Un problème avec les

enfants ? » Sa voix était plus grave, plus rude qu'à l'accoutumée. Un rhume, peut-être ?

En tout cas, lui aussi était au courant, pour les enfants. Tout le monde était au courant.

À côté d'elle, une Elisabeth trépignante lui faisait signe de lui passer le téléphone. Alice lui tira la langue.

« Non, c'est moi. » Par où commencer ? Elle avait tant de choses à lui raconter. « J'ai fait une chute, à la… euh, à la salle de sport, avec Jane Turner, et je me suis cogné la tête. J'ai perdu connaissance. Ils ont dû appeler une ambulance et j'ai vomi dans l'ascenseur, en plein sur les chaussures de l'ambulancier, la honte ! Le truc drôle, c'est toutes ces bonnes femmes qui faisaient du rodéo, je te raconterai ! Alors, tu es au Portugal ? J'y crois pas ! C'est comment ? »

Elle avait tant de choses à lui raconter, comme si elle ne l'avait pas vu depuis des années. À son retour du Portugal, il faudrait qu'ils aillent dîner dans ce restaurant mexicain qu'ils aimaient bien. Ils pourraient bavarder, en buvant des margaritas. Pas de souci puisqu'elle n'était plus enceinte ! Si seulement ils y étaient déjà, assis dans la pénombre d'un box au fond du restaurant, Nick lui caressant doucement la paume de la main.

À l'autre bout de la ligne, silence. Il devait en être tout retourné.

« Mais je vais bien, s'empressa-t-elle d'ajouter, histoire de le rassurer. Il n'y a rien de grave. Je vais me remettre ! Je suis déjà remise !

– Dans ce cas, bordel, pourquoi tu voulais que je te rappelle ? »

Alice reçut la réponse de Nick comme une gifle. Il ne lui avait jamais, jamais parlé comme ça. Même quand ils se disputaient. Il était censé mettre fin à ce cauchemar, pas l'empirer.

« Nick ? » fit-elle d'une voix tremblante. Comment pouvait-il être aussi blessant ? Elle n'allait pas le louper, quand il rentrerait. « Qu'est-ce qui se passe ?

« – Est-ce que ça fait partie d'une stratégie, tout ça ? Parce que tu vois, là, je ne comprends pas, et pour être honnête, je n'ai pas le temps. Ne me dis pas que tu veux changer les dispositions que nous avons prises pour ce week-end ! À moins que... oh non, putain, tu veux encore parler de Noël, c'est ça ?

– Pourquoi tu me parles comme ça ? » demanda Alice, son cœur battant la chamade. Rien de ce qui lui était arrivé aujourd'hui n'était aussi effrayant. « Qu'est-ce que je t'ai fait ?

– Oh, pour l'amour du ciel, je n'ai pas le temps pour tes jeux à la con, là ! »

Il criait. Il lui criait carrément dessus, alors qu'elle était à l'hôpital.

« Paprika, chuchota Alice, les mains tremblantes. Tu ferais bien de te laver la bouche au paprika, Nick.

– Donne-moi ça », lui ordonna Elisabeth en se levant.

Elle se saisit du téléphone, le colla à son oreille tout en se bouchant la deuxième avec un doigt avant de se détourner d'Alice. « Nick, c'est Elisabeth. En réalité, c'est assez grave. Elle a pris un mauvais coup sur la tête à la suite de quoi elle a perdu la mémoire. Elle a tout oublié depuis 1998. Tu me suis ? *Tout.* »

Alice laissa retomber sa tête contre l'oreiller et se mit à respirer par à-coups. Qu'est-ce que ça voulait dire ?

Elisabeth se tut et écouta, le front plissé, puis : « Oui, oui, je comprends, mais le problème, c'est que tout ça, elle ne s'en souvient pas. »

De nouveau, le silence.

« Avec Ben. Il les a emmenés à leur cours de natation ; j'imagine qu'on va rester avec eux cette nuit, et ensuite... »

Silence. « Oui, d'accord, ta mère les récupérera comme vous en étiez convenus, et je suis certaine que, d'ici dimanche soir, Alice sera sur pied et la vie reprendra son cours normal. » Pause. « Très bien. Entendu. Tu veux que je te la passe ? »

Alice tendit la main – Nick serait certainement de nouveau

lui-même – mais Elisabeth dit : « Oh. D'accord. Bon, salut, Nick. »

Elle raccrocha.

« Il ne voulait pas me parler ? Sérieusement ? Il ne voulait pas me parler ? » Alice avait des élancements dans tout le corps, comme si une méchante sorcière lui enfonçait ses doigts crochus un peu partout.

Elisabeth posa la main sur son bras. « Tu vas bientôt retrouver la mémoire, dit-elle doucement. Tout va bien. C'est juste que Nick et toi, vous n'êtes plus ensemble. »

La pièce tout entière sembla être aspirée par la bouche d'Elisabeth. Alice ne vit plus qu'elle. Rouge à lèvres framboise, contour plus foncé. Elisabeth devait mettre du crayon à lèvres. Eh bien ! Madame était devenue une pro du maquillage.

Et que disait-elle ? Non, elle ne disait quand même pas que...
« Quoi ?

– Vous êtes en plein divorce. »

Pour une surprise...

8

Alice but une coupe de champagne avec ses demoiselles d'honneur tandis qu'elles se faisaient maquiller, une demi-coupe dans la limousine, trois autres au cours de la réception (avec des fraises) et une dernière avec Nick sur le grand lit de la chambre d'hôtel qu'ils partageaient ce soir-là.

Elle était donc quelque peu éméchée, mais ça n'était pas un problème car la mariée, c'était elle ; aux dires de tous, elle était très belle ; son ivresse, des plus délicieuses et romantiques, ne pouvait pas finir en gueule de bois.

« Tu aimes ma robe de mariée, dis ? » demanda-t-elle à Nick pour la troisième ou quatrième fois, les mains sur la brillante et somptueuse soie ivoire. Caresser le satin duchesse de sa robe lui procurait le même sentiment de volupté que dans son enfance, lorsqu'elle passait le doigt sur la luxueuse doublure rose de sa boîte à musique. À vrai dire, le plaisir était encore plus intense car à l'époque elle ne rêvait que d'une chose : se lover à l'intérieur de la boîte et se rouler dans le satin. « J'adore ma robe de mariée. On dirait une meringue dorée tout droit sortie d'un conte de fées, tu ne trouves pas ? Ça ne te donne pas envie de croquer dedans ?

– En temps normal, je me jetterais dessus, mais j'ai mangé trop de gâteau. J'en ai pris trois parts. Un délice ! Nos invités ne sont pas près de l'oublier. La plupart des gâteaux de mariage sont sans intérêt, mais le nôtre ! J'en suis bien aise ! Ce n'est pas moi qui l'ai fait, mais j'en suis très fier. Bravo. »

Nick avait manifestement abusé du champagne, lui aussi.

Alice posa son verre sur la table de chevet et s'allongea sur le dos dans un bruissement d'étoffe généreux. Nick se glissa près d'elle. Il avait enlevé sa cravate et défait les boutons de sa chemise de smoking blanche. Sa barbe commençait déjà à poindre et ses yeux étaient légèrement injectés de sang. Ses cheveux en revanche restaient impeccables, avec une vague bombée sur le côté. Alice passa la main dessus. « On dirait de la paille !

– Mes sœurs ! Armées de gel. » Nick lui toucha les cheveux à son tour. « Pas très naturel non plus, chère épouse.

– C'est de la laque. Des tonnes de laque, cher époux.

– Vraiment, chère épouse ?

– Eh oui, cher époux.

– Intéressant, chère épouse.

– On va se parler comme ça *ad vitam æternam*, cher époux ?

– Hors de question, chère épouse. »

Ils regardèrent le plafond en silence.

« Quand je repense au discours d'Ella ! dit Alice.

– Il se voulait émouvant, je crois.

– Ah.

– Et tu as vu la robe de tante Whatsie ?

– Elle se voulait, euh… sophistiquée, je crois.

– Ah. »

Tous deux ricanèrent doucement.

Alice roula sur le côté. « Imagine… » Ses yeux se remplirent de larmes. Le champagne la rendait toujours très émotive. « Imagine si on ne s'était pas rencontrés ce jour-là.

– C'était écrit. On se serait rencontrés le lendemain.

– Mais je ne crois pas au destin ! » pleurnicha Alice, en se délectant de ses larmes qui baignaient chaudement ses joues bientôt striées de la triple couche de mascara qu'elle portait. L'idée qu'elle devait sa rencontre avec Nick au plus pur des hasards la terrifiait. Ils auraient très bien pu se rater. Elle aurait alors mené une existence sombre et incomplète, à l'image d'une créature des bois qui ne voit jamais la lumière du soleil et qui ne sait même pas à quel point elle pourrait aimer et être aimée. Un jour Elisabeth lui avait dit – sur un ton grave et catégorique – qu'il fallait trouver le bonheur par soi-même et ne pas attendre d'un homme, même le bon, qu'il vous comble. Alice avait alors acquiescé tout en se disant : « Pourtant, il me comble... »

« Si on ne s'était jamais rencontrés, aujourd'hui serait juste un jour de plus, et en ce moment même on regarderait la télévision chacun chez soi, et je serais en survêtement et, et... on ne partirait pas en lune de miel demain. » Quelle horreur ç'aurait été. « Au lieu de ça, on irait au travail ! Au *travail* !

– Approche, ma douce, tu es ivre. » Nick l'avait attirée contre sa poitrine ; l'odeur de son après-rasage, plus forte que d'ordinaire, lui montait aux narines. L'idée qu'il en avait mis double dose ce matin la fit pleurer encore plus. « L'important, dit-il, c'est que – tu écoutes, c'est très important, et très futé – prête ?

– Oui.

– On s'est rencontrés.

– C'est vrai. On s'est rencontrés.

– Tu vois, tout s'est bien passé.

– C'est vrai. Tout s'est bien passé.

– Tout s'est bien passé. »

Puis, épuisés, tous deux s'étaient endormis profondément dans le tourbillon de satin de la robe d'Alice. Sur la joue de Nick, un confetti rouge qui lui laisserait une marque les trois premiers jours de leur lune de miel.

« À mon avis, on s'est méchamment disputés, dit Alice. Mais, de là à demander le divorce, non. On n'irait jamais jusque-là. »

Divorcer. Un mot d'une laideur... Elle prononça la deuxième syllabe les lèvres pincées, tel un poisson. Di-vorce. Non. Pas eux. Jamais de la vie.

Les parents de Nick avaient divorcé quand il était gosse. Une période dont il se souvenait dans les moindres détails. Lorsqu'il entendait parler d'un couple qui se séparait – même un couple de stars à la noix –, il répétait toujours, telle une vieille dame : « C'est bien triste, bien triste. » Nick croyait au mariage. Il trouvait que les gens tiraient trop facilement un trait sur leur relation. Un jour, il avait dit à Alice que s'ils venaient à avoir des problèmes, il remuerait ciel et terre pour que les choses s'arrangent. Inutile de remuer ciel et terre, avait songé Alice. Aucun conflit ne résistait à quelques heures passées dans deux pièces différentes, un câlin dans le couloir, une barre de chocolat offerte sans un mot, ou même un petit coup dans les côtes, l'air de dire : « Allez, on fait la paix, maintenant. »

Le divorce était une phobie chez Nick. Sa seule et unique phobie. Si Elisabeth disait vrai, il devait être dévasté, accablé. Ce qu'il craignait plus que tout était arrivé. Alice en eut le cœur brisé.

« On s'est fâchés très fort à propos de quelque chose en particulier ? demanda-t-elle à sa sœur, soucieuse de comprendre le fond du problème et d'y mettre fin.

– Non, je crois que c'est plutôt un tas de petites choses. Mais, pour être honnête, tu ne m'en as pas vraiment parlé. Tu m'as juste téléphoné après que Nick a déménagé et tu...

– Il a déménagé ? Il est carrément parti de la maison ? »

Incroyable. Elle essaya de se représenter la scène : Nick fourrant quelques affaires dans une valise, claquant la porte derrière lui et s'engouffrant dans un taxi jaune garé au bout de l'allée – oui, jaune, comme aux États-Unis, parce que cette séquence sortait forcément d'un film à la bande originale bouleversante. Ce n'était pas réel, ce n'était pas sa vie.

« Alice, ça fait six mois que vous êtes séparés, mais tu sais, quand tu auras retrouvé la mémoire, tu te rendras compte que tout va bien, parce que la situation te convient. C'est ce que tu veux. Je t'ai posé la question pas plus tard que la semaine dernière. "Tu es sûre que c'est ce que tu veux ?" Et tu m'as répondu : "Absolument. Il y a belle lurette que ce mariage est mort et enterré." »

Mensonge, boniment, pure affabulation. « Tu inventes ça de toutes pièces pour me consoler, c'est ça ? dit Alice en essayant de ne pas laisser percer la colère dans sa voix. Mort et enterré ! Je ne dirais jamais un truc pareil. Ça ne me ressemble pas du tout ! Je ne parle pas comme ça. Je t'en prie, arrête d'inventer ! C'est assez difficile comme ça.

– Oh, Alice, dit Elisabeth tristement. Je te jure, ce n'est que ta blessure à la tête qui... ce n'est que... Oh, bonjour ! »

Une nouvelle infirmière tira brusquement le rideau de leur box. Elisabeth la salua, visiblement soulagée.

« Comment vous sentez-vous ? s'enquit l'infirmière en prenant le brassard tensiomètre.

– Bien, répondit Alice, prête à se soumettre à la procédure habituelle : tension, pupilles, questions.

– Votre tension a beaucoup augmenté depuis tout à l'heure », annonça-t-elle en griffonnant quelque chose sur son tableau.

Mon mari vient de me hurler dessus comme si j'étais sa pire ennemie. Mon prince. Mon Nick. Je voudrais le lui dire, parce que s'il entendait qui que ce soit me parler comme ça, il serait furieux. Quand quelqu'un me contrarie, il est la première personne à qui j'ai envie d'en parler ; je rentre du boulot en trombe tellement j'ai hâte de le retrouver pour tout lui raconter, et à la minute où je le fais, la colère illumine son visage et ça va mieux, c'est réglé.

Nick, tu ne croiras jamais comment cet homme m'a parlé. Tu n'auras qu'une envie quand je te raconterai : lui mettre ton poing dans la figure. Sauf que, bizarrement, c'était toi, Nick, c'était toi, l'homme.

« Elle a eu quelques émotions, expliqua Elisabeth.

– Il faut vraiment essayer de vous détendre. » L'infirmière se pencha vers Alice puis, d'un geste rapide, lui tira les paupières en arrière pour examiner ses pupilles avec sa lampe miniature. Son parfum lui rappela quelque chose – quelqu'un ? – mais l'impression se dissipa dès qu'elle s'éloigna. Est-ce que sa vie allait se résumer à ça, à présent ? Un sentiment permanent de déjà-vu, aussi irritant qu'une éruption cutanée ?

« Bon, maintenant, je dois vous reposer deux-trois questions sans intérêt. Prête ? Comment vous appelez-vous ?

– Alice Mary Love.

– Où êtes-vous et pourquoi ?

– Je suis au Royal North Shore Hospital parce que je me suis cogné la tête à la salle de sport.

– Quel jour sommes-nous ?

– Vendredi 2 mai... 2008.

– Bien, parfait ! » L'infirmière se tourna vers Elisabeth, l'air d'attendre qu'elle s'extasie. « Nous nous assurons simplement que sa blessure n'a pas affecté ses fonctions cognitives. »

Elisabeth plissa les yeux, agacée. « Oui, bon, super, mais elle croit toujours qu'on est en 1998. »

Rapporteuse, songea Alice.

« Pas du tout. Je sais qu'on est en 2008. Comme je viens de le dire.

– Mais elle n'a aucun souvenir ou presque de ce qui s'est passé depuis *1998*. Elle ne se souvient pas de ses enfants. Ni même que son mariage a volé en éclats. »

En voilà une façon de parler de son mariage. Comme si c'était un vase.

Alice ferma les yeux et se remémora Nick au réveil le dimanche matin, le visage chiffonné sur son oreiller. Parfois, il avait les cheveux dressés sur la tête. « Tu as une crête », avait-elle dit, la première fois qu'elle l'avait vu comme ça. Et lui de répondre : « Évidemment. On est dimanche. C'est jour de crête. » Même les yeux fermés, il sentait quand elle ne dormait plus et qu'elle l'observait, espérant qu'il lui apporterait une tasse de thé au lit. Avant même qu'elle ne le lui demande, il disait : « Dans tes rêves, ma belle. » Ce qui ne l'empêchait pas d'aller la lui chercher.

Comme elle aimerait être au lit avec Nick, là, tout de suite, à attendre sa tasse de thé ! Mais peut-être en avait-il eu assez de servir madame ? Peut-être n'avait-elle pas su apprécier tout ce qu'il faisait pour elle ? Pour qui se prenait-elle, à attendre tranquillement au lit qu'il lui apporte son thé alors qu'elle ne s'était même pas brossé les dents ? Pour une princesse ? Comme si elle était assez jolie pour se permettre ce genre de choses. Elle aurait dû se lever, enfiler une longue chemise de nuit en dentelle, se coiffer, se maquiller et lui préparer des pancakes et des fraises. Voilà comment on alimente la flamme dans un mariage, bon sang ! C'est dans tous les magazines féminins ! Le b.a.ba. Elle avait été d'une négligence impardonnable – impardonnable – avec ce que la vie lui avait donné de plus beau, de plus précieux.

Près de la porte, Elisabeth pressait l'infirmière de questions : pouvait-elle voir le docteur, quels tests avaient été pratiqués ? « Comment savez-vous qu'elle n'a pas de caillot ou quelque chose comme ça dans le cerveau ? » Dans sa voix, une pointe d'hystérie. Quelle comédienne, songea Alice, amusée.

(Quoique, pouvait-il y avoir un caillot ? Un truc sombre et menaçant qui voltigeait dans sa tête pareil à une chauve-souris malveillante ? Oui, il valait mieux faire un examen.)

Nick s'était peut-être lassé d'elle. Qui sait ? Un jour, au lycée, elle avait entendu une fille dire : « Oh, Alice, elle est sympa, mais totalement insignifiante. »

Insignifiante. La fille avait dit ça sur un ton désinvolte, dépourvu de malice, comme si c'était un fait. Du haut de ses quatorze ans, Alice était restée de marbre face à la confirmation de ce qu'elle avait toujours pensé. Oui, bien sûr qu'elle était ennuyeuse, elle se fatiguait elle-même, c'est dire ! Les autres avaient des personnalités tellement plus marquées. Cette année-là, au bowling, un garçon s'était approché d'elle, lui soufflant au visage son haleine sucrée par le Coca, et lui avait craché ces mots : « Face de truie ! » Encore une confirmation de ce qu'elle avait toujours soupçonné : sa mère se trompait quand elle lui disait qu'elle avait un joli petit nez en forme de bouton ; ce n'était pas un nez qu'elle avait, mais un *groin*.

(Le garçon en question ressemblait à un rat, avec ses yeux minuscules et son visage tout fin. Alice avait vingt-cinq ans le jour où elle s'était dit qu'elle aurait pu lui retourner le compliment avec une comparaison animalière, mais dans la vie, la règle c'est que ce sont les garçons qui décident quelles filles sont jolies, peu importe s'ils sont moches.)

Peut-être que Nick lui avait apporté une tasse de thé un matin et, tout à coup, ses œillères étaient tombées et il s'était dit : *Hé, attends un peu, comment se fait-il que je me retrouve marié à cette face de truie paresseuse et insignifiante ?*

Seigneur ! Comment ces terribles complexes pouvaient-ils encore être si frais, si présents ? Elle était adulte, elle avait vingt-neuf ans ! Quelques jours plus tôt, en sortant de chez le coiffeur, elle se sentait resplendissante ; sur le trottoir, elle avait croisé une troupe d'adolescentes et, en entendant leurs ricanements stridents, elle avait envoyé un message à la jeune fille de quatorze ans qu'elle avait été : « Ne t'inquiète pas, ça s'arrange. On étoffe sa personnalité, on décroche un travail, on apprend à dompter sa chevelure et on rencontre un garçon qui nous trouve belle. » Elle s'était sentie tellement bien dans ses baskets, comme si ses angoisses d'adolescente et ses échecs amoureux avant Nick faisaient partie d'un parcours tout ce qu'il y a de plus normal, menant au moment présent, à ses vingt-neuf ans, à cette vie où tout était en ordre.

Trente-neuf. Pas vingt-neuf. Elle avait trente-neuf ans. Et ce jour où elle avait croisé les adolescentes devait remonter à dix ans.

Elisabeth revint dans le box et s'assit près de sa sœur. « Elle va essayer de voir si le médecin peut repasser. Apparemment, ce n'est pas si simple parce que tu n'es qu'en observation et le médecin est très occupé mais elle va voir ce qu'elle peut faire. Autant dire que c'est fichu.

– Je t'en prie, dis-moi que ce n'est pas vrai. Nick et moi.

– Oh, Alice.

– Parce que je l'aime. Je l'aime vraiment. Je l'aime tellement.

99

« – Tu l'aimais.

– Non, je l'aime, là, maintenant, je sais que je l'aime toujours.

– Là… » fit Elisabeth sur un ton compatissant. Puis, levant les mains dans un geste d'impuissance : « Quand tu auras retrouvé la mémoire…

– Mais on est tellement heureux tous les deux ! l'interrompit Alice frénétiquement. Tu ne comprends pas. On ne peut pas être plus heureux. » Les larmes se répandirent sur ses joues et vinrent lui chatouiller les oreilles. « Qu'est-ce qui s'est passé ? Il est tombé amoureux de quelqu'un d'autre ? C'est ça ? »

Certainement pas. C'était impossible. L'amour que lui portait Nick ne faisait aucun doute. C'était un fait. Un fait avéré. Un jour, un de ses amis le taquinait parce qu'il avait accepté d'accompagner Alice à une comédie musicale (soit dit en passant, il n'avait rien contre les comédies musicales). « Elle t'a carrément ensorcelé ! » lui avait-il dit. Et Nick avait répondu, en haussant les épaules : « Qu'est-ce que j'y peux, mon pote ? Elle est mon oxygène. »

Il avait bu beaucoup de bière, certes, mais il l'avait dit, sur un ton qui, d'ailleurs, se voulait viril. Elle était son oxygène.

Alors quoi ? Il pouvait se passer d'oxygène maintenant ?

Elisabeth posa le dos de sa main sur le front d'Alice et lui caressa les cheveux. « Pour autant que je sache, il n'a rencontré personne d'autre, et c'est vrai, vous étiez très heureux ensemble, vous aviez une relation spéciale, merveilleuse. Je m'en souviens. Mais les choses changent. Les gens aussi. C'est comme ça. C'est la vie. Le fait que vous divorciez n'efface pas tous ces moments fabuleux que vous avez passés. Et je te jure que lorsque tu auras retrouvé la mémoire, la situation te conviendra très bien.

– Non, dit Alice en fermant les yeux. Non, ça ne me conviendra pas. Et je ne veux pas que ça me convienne. »

Tandis qu'Elisabeth continuait de lui caresser les cheveux, Alice repensa au jour où, enfant, elle s'était fait déposer chez elle après une fête d'anniversaire, avec un ballon et un petit

100

panier en carton pailleté rempli de sucreries, tout excitée d'avoir gagné à Jacques a dit. Elisabeth lui avait ouvert en disant : « Viens avec moi. »

Alice avait trotté derrière elle, prête à découvrir le nouveau jeu qu'Elisabeth avait préparé et à partager ses bonbons – mais pas celui en forme de dentier, c'était son préféré. En passant devant le salon avec son ballon qui dansait derrière elle, la fillette avait aperçu sa mère assise sur le canapé la tête en arrière dans une drôle de position (mais peut-être avait-elle mal à la tête), entourée de nombreux adultes qu'elle ne connaissait pas. Alice ne lui avait pas fait coucou parce qu'elle n'avait aucune envie qu'on l'oblige à parler à tous ces étrangers. Une fois dans sa chambre, Elisabeth lui avait dit : « J'ai quelque chose à t'annoncer, quelque chose qui va te rendre très triste, alors je pense que tu devrais enfiler ton pyjama, te mettre au lit et te préparer pour que ça te fasse moins mal. »

Alice n'avait pas dit « Quoi ? Qu'est-ce qu'il y a ? Dis-le-moi maintenant ! » parce qu'elle avait six ans, que jusque-là la vie l'avait épargnée, et en plus, elle obéissait toujours à sa sœur. Ça ne l'avait donc pas dérangée le moins du monde de se changer pendant qu'Elisabeth remplissait une bouillotte et la mettait dans une taie d'oreiller pour éviter qu'elle se brûle. Elle lui avait aussi apporté une cuillère de miel, le Vicks VapoRub, la moitié d'un cachet d'aspirine et un verre d'eau. Autant d'attentions que leur prodiguait leur mère quand elles étaient malades. Et Alice adorait être malade. Après l'avoir bordée, Elisabeth lui avait enduit la poitrine de Vicks et enlevé les cheveux qui lui tombaient sur le front d'un geste plein de tendresse. Alice avait fermé les yeux et profité de tous les plaisirs qu'il y avait à être malade, sans en subir les inconvénients. « Maintenant, je dois t'annoncer la mauvaise nouvelle. Ça va te faire un choc et tu vas te sentir mal, alors prépare-toi, d'accord ? Tu peux sucer ton pouce si tu veux. » Alice avait froncé les sourcils parce qu'elle ne suçait plus son pouce, à moins d'avoir eu une journée particulièrement

101

difficile, et même dans ce cas, elle mettait juste le bout de son pouce dans sa bouche. Puis Elisabeth dit : « Papa est mort. »

Ce qui s'était passé ensuite, ou même ce qu'elle avait ressenti en entendant ces mots, Alice n'en gardait aucun souvenir. Tout ce qu'elle se rappelait, c'était qu'Elisabeth avait fait tout son possible pour la protéger de la mauvaise nouvelle. Elle était déjà adulte lorsqu'elle s'était rendu compte qu'Elisabeth n'était elle-même qu'une enfant ce jour-là. Ébranlée par cette soudaine prise de conscience, elle l'avait appelée pour en parler, la remercier, et le plus drôle, c'était qu'Elisabeth avait des souvenirs complètement différents de ce moment, elle ne se rappelait même pas avoir mis Alice au lit.

Bien sûr, il y avait aussi eu la fois où Elisabeth lui avait jeté une paire de ciseaux à ongles qui s'était empalée sur sa nuque. Mais bon...

Sur son lit d'hôpital, Alice rouvrit les yeux. « Tu es une grande sœur tellement chouette.

– Non, Alice », dit Elisabeth sur un ton catégorique en retirant sa main.

Elles restèrent silencieuses quelques secondes puis Alice reprit : « Et toi, Libby, es-tu heureuse ? Parce que tu as l'air... » Désespérément malheureuse, faillit-elle poursuivre.

« Je vais bien. »

Elisabeth semblait avoir des choses en tête, des choses qu'elle voulait dire avant d'y renoncer. Alice avait envie de hurler : « Tu ne peux pas être toi-même ? »

« Je crois que nos vies n'ont peut-être pas pris le chemin qu'on imaginait quand on avait trente ans », dit-elle enfin.

Une voix les interrompit. « Enfin ! Je vous ai trouvées ! J'ai bien cru que je n'y arriverais jamais ! »

Au bout du lit, une femme lui présentait cérémonieusement un gros bouquet de tulipes jaunes qui dissimulait son visage.

Elle baissa les fleurs. Alice cligna des yeux, incrédule.

9

« Maman ? »

Devant elle, sa mère, mais une version extraordinairement différente de la Barb Jones qu'elle connaissait.

Pour commencer (et il y avait mille façons de commencer), exit les cheveux bruns et courts qu'elle avait toujours portés avec la modestie d'une religieuse. Désormais d'une riche teinte acajou, ils étaient longs – au-dessous des épaules – et deux mèches maintenues au sommet de sa tête à l'aide d'une coquette fleur tropicale en soie découvraient de manière comique ses oreilles en pointe. Sa mère, cette femme sans prétention qui ne demandait qu'à se fondre dans le décor, se bornant d'ordinaire à une touche de rouge à lèvres Avon d'un rose très doux, comme si elle n'avait pas le droit de se poudrer, était affublée d'un maquillage de scène. Lèvres rouges, paupières violettes, pommettes brillantes, fond de teint trop foncé (trop, tout court) et... non... des faux cils ? Elle portait un dos nu à paillettes glissé dans une jupe écarlate ample agrémentée d'une grosse ceinture noire. Des bas résille et des sandales à talons hauts complétaient l'ensemble.

« Tu vas bien, ma fille chérie ? Ces cours de step sollicitent trop les articulations, je l'ai toujours dit. Et maintenant, regarde ce qui est arrivé.

– Tu vas à une soirée déguisée ? » demanda Alice dans un élan d'inspiration. Ce serait incroyable mais ça expliquerait tout.

« Quelle idée ! Non, on faisait une démonstration à l'école quand Elisabeth m'a laissé son message – je suis venue ici directement sans prendre le temps de me changer. J'attire des regards curieux, c'est vrai, mais j'ai l'habitude maintenant ! Mais, assez, raconte : que s'est-il passé et qu'en disent les médecins ? Tu es blanche comme un linge. » Elle lui tapota la jambe en s'asseyant au bord du lit. Des bracelets étincelants couraient le long de son avant-bras. Tiens, elle était *bronzée* ? Et portait un *décolleté* ?

« Une démonstration de quoi ? » demanda Alice, incapable de la quitter des yeux. Quelle créature exotique ! C'était sa mère, sans l'être. Contrairement à Elisabeth, elle n'avait pas pris une ride ; en réalité, son épaisse couche de maquillage lissait ses traits, la faisant paraître plus jeune.

« Alice a perdu une grosse partie de sa mémoire, maman, annonça Elisabeth. Elle a tout oublié depuis 1998.

– Oh. Je n'aime pas ça du tout. Je savais bien qu'elle était trop pâle. Tu as une commotion, j'imagine. Ne t'endors pas ! Il faut rester éveillé après un choc à la tête. Surtout, quoi que tu fasses, Alice chérie, *ne t'endors pas.*

– C'est une légende, ça, commenta Elisabeth. Les médecins n'ont rien dit à ce sujet.

– Eh bien, je n'en suis pas si sûre, vois-tu, parce qu'il me semble bien que récemment j'ai lu quelque chose dans le *Reader's Digest* à propos d'un petit garçon, un prénommé Andy, qui s'était cogné la tête en faisant de la minimoto dans le bush – ce qui est d'ailleurs arrivé au petit-fils de Sandra, alors laisse-moi te dire, Alice, qu'à ta place, je ne laisserais pas Tom conduire ce genre d'engin, même si bien sûr ce petit diable serait aux anges, parce que c'est très dangereux, même avec un casque. Donc, justement, ce petit garçon, Andy, n'en avait pas, mais ça pourrait aussi bien être Arnie, quoique c'est marrant comme prénom, on ne l'entend plus beaucoup ces temps-ci… »

– Maman », l'interrompit Alice, consciente que le débat sur le prénom du garçon pouvait durer des heures. Sa mère était une bavarde pathologique, même si d'ordinaire, en public, elle parlait à voix basse, par égard pour les autres – une manie qui agaçait prodigieusement ses filles, obligées de lui demander de hausser le ton. Si quelqu'un qu'elle ne connaissait pas intimement depuis au moins vingt ans arrivait au beau milieu de ses jacasseries, elle s'interrompait aussitôt, comme si on lui avait coupé le sifflet. Elle baissait la tête, évitait les regards et arborait un sourire humble des plus irritants. Elle était si timide qu'à l'époque où Elisabeth et Alice allaient à l'école, les rencontres parents-professeurs lui donnaient littéralement la nausée. Elle en revenait pâle, tremblante d'épuisement, tout juste capable de se souvenir de ce que les professeurs avaient dit, comme si le but était simplement de faire acte de présence et pas d'écouter. Elisabeth piquait toujours une crise car elle tenait à entendre toutes les gentillesses qu'on avait exprimées sur son compte. (Alice, elle, n'en avait que faire : la plupart des enseignants ignoraient qui elle était car elle souffrait de la même timidité que sa mère. À croire qu'il s'agissait d'une regrettable affection héréditaire, comme l'eczéma.)

À présent, la mère d'Alice parlait normalement (à vrai dire, peut-être un peu plus fort que nécessaire) et elle ne passait pas son temps à regarder par-dessus son épaule pour voir si quelqu'un d'important arrivait. Elle semblait aussi avoir un port de tête différent – menton en avant, cou tendu, à l'image d'un paon. Tiens donc, songea Alice. Cette posture lui rappelait quelqu'un d'autre, quelqu'un qu'elle n'avait pas oublié, qu'elle connaissait très bien, même si, pour l'heure, elle n'aurait su dire de qui il s'agissait.

« Mais je ne comprends toujours pas pourquoi tu es habillée comme ça, maman. Tu es… époustouflante. »

105

Devoirs d'Elisabeth pour le Dr Hodges

Dans ma tête, je me dis : « Je t'en prie, maman, ne parle pas de Roger. Elle a eu assez d'émotions comme ça. Son cerveau va exploser. »

« Eh bien, comme je le disais, ma chérie, Roger et moi faisions une démonstration de salsa à l'école quand Elisabeth a laissé ce message sur mon répondeur. J'ai eu tellement peur quand je l'ai écouté...

– J'ai bien entendu ? Une démonstration de salsa ?

– Tu n'as quand même pas oublié nos numéros de salsa ! La dernière fois que tu nous as vus sur scène, tu as dit qu'on était inoubliables. C'était pas plus tard que mercredi dernier. Olivia nous a rejoints sur la piste. Bien sûr, on n'a pas réussi à convaincre Madison et Tom d'essayer, ni toi d'ailleurs. Ce qui a pas mal déçu Roger, mais je lui ai expliqué...

– Roger ? Mais qui c'est, ce Roger ? »

Devoirs d'Elisabeth pour le Dr Hodges

Qu'est-ce que je croyais, franchement ? Ce n'est pas comme si maman pouvait passer plus de cinq minutes sans parler de Roger.

« Eh bien, Roger, enfin. Ne me dis pas que tu as oublié Roger ! » Le visage inquiet, elle se tourna vers Elisabeth : « C'est grave, n'est-ce pas ? Je le savais, elle est si pâle. Littéralement lavée de toute couleur. »

Voyons, songea Alice. Qu'est-ce qui ressemble à Roger ? Rod ? Robert ? Sa mère avait la fâcheuse habitude d'écorcher les prénoms des gens, de sorte que Jamie devenait Johnny, Susan Susannah, etc.

« Le seul Roger que je connaisse, c'est le père de Nick », pouffa Alice, car franchement, le père de Nick était un peu ridicule.

Sa mère la dévisagea. Avec ses grands cils noirs, on aurait dit une poupée. « Eh bien, c'est de ce Roger que je parle, ma chérie. Roger, mon mari.

– Ton *mari* ?

– Dieu, qu'il faut être patiente ! soupira Elisabeth.

– Maman a épousé *Roger* ?

– J'en ai bien peur.

– Mais… Roger ? Vraiment ?

– Oui, vraiment. »

Un second mariage auquel cette autre Alice avait assisté à sa place, mais celui-ci était tout bonnement inconcevable.

C'est vrai, quoi, jusque-là, sa mère avait toujours refusé d'envisager ne serait-ce que la possibilité de sortir avec d'autres hommes. « Oh, je suis trop vieille pour tout ça, disait-elle. Il faut être jeune et jolie pour faire des rencontres. Sans compter que, dans la vie, on n'a qu'un amour. Le mien, c'était votre père. Aucun homme ne lui arrivera jamais à la cheville. » Même si Elisabeth et Alice essayaient tout le temps de la convaincre qu'elle était toujours jeune et attirante, que leur père n'aurait pas voulu qu'elle passe sa vie entière à le pleurer, secrètement, Alice était fière de son dévouement. Quelque part, c'était beau et touchant, même si cela signifiait que sa vie sociale reposait entièrement sur les épaules de ses deux filles. Agaçant…

Bon, admettons qu'elle avait vaincu sa peur de fréquenter d'autres hommes (c'était probablement la vraie raison, plutôt qu'une fidélité éternelle), mais de là à épouser le père de Nick ?

« Mais pourquoi, maman ? Pourquoi épouser Roger ? »

Voilà d'où lui venait cette posture de paon, songea-t-elle au même moment.

Les yeux écarquillés, Barb prit une moue faussement timide, tellement éloignée d'elle-même qu'Alice détourna le regard, comme si elle venait de surprendre sa mère en pleine partie de jambes en l'air.

« Mais, ma chérie, je suis tombée éperdument amoureuse de

lui, tu te rappelles quand même ? Au baptême de Madison ? Quand Roger m'a dit qu'il songeait à faire de la salsa ? Il m'a demandé si ça me tentait, sans vraiment me laisser une chance de refuser. Il avait l'air de partir du principe que je viendrais, et je n'ai pas voulu le décevoir, sans compter que ç'aurait été très impoli. C'est vrai que j'étais dans tous mes états, j'ai même envisagé de prendre rendez-vous avec le Dr Holden pour qu'il me prescrive un calmant, mais vous m'avez fait une scène terrible toutes les deux, à croire que ça allait faire de moi une *junkie* ou je ne sais quoi, mon Dieu, je voulais simplement un peu de Valium, à ce qu'il paraît, ça donne juste l'impression de flotter, c'est chouette, en tout cas, je n'ai pas obtenu de rendez-vous ; pas étonnant, cette nouvelle secrétaire est tellement snob, je me demande ce qui est arrivé à Kathy, elle était si charmante...

– Depuis quand vous êtes mariés ? » Une fois encore, l'idée de ne pas savoir ce qui s'était passé dans sa propre vie la secoua violemment. Un coup à droite, un coup à gauche, et hop, la tête en bas, comme lorsqu'on fait un tour de montagnes russes et qu'on voit des choses familières sous un angle totalement nouveau. Alice détestait les montagnes russes.

« Eh bien, ça va faire cinq ans. Tu te souviens du mariage, Alice, quand même. Madison tenait mon bouquet. Elle était adorable dans sa robe jaune, le jaune lui va si bien, c'est rare, je lui ai acheté un haut jaune pour Noël mais va savoir si elle le mettra...

– Maman, interrompit Elisabeth d'une voix brusque. Alice ne se souvient même pas de Madison. Elle se rappelle sa grossesse, et après, plus rien.

– Elle ne se souvient pas de Madison », murmura Barb. Elle prit une grande inspiration puis, d'une voix gaie, comme si elle voulait convaincre Alice de cesser ses âneries : « Je comprends que, ces temps-ci, tu aies très envie d'oublier Madison, elle est tellement râleuse, même si je suis sûre que ça va bientôt lui passer, mais tu te souviens de Tom et d'Olivia, n'est-ce pas ?

Je ne sais même pas pourquoi je pose la question. Tu t'en souviens, évidemment. On n'oublie pas ses propres enfants ! Ce serait… impensable. »

Sa voix tremblait de peur, ce qui, étrangement, réconforta Alice. Oui, maman, ça fiche la trouille. Oui, c'est impensable.

« Maman, reprit Elisabeth, s'il te plaît, il faut vraiment que tu te mettes ça en tête : elle n'a pas le moindre souvenir de ce qui s'est passé depuis 1998.

– Pas le moindre ?

– Je suis sûre que c'est temporaire.

– Oh ! Bien sûr ! Temporaire ! »

Barb se tut et passa un doigt sur ses lèvres rouges.

Alice se risqua à formuler la dernière nouvelle dans sa tête : *Ma mère a épousé le père de mon mari.*

C'était impossible à oublier, au même titre que *J'ai trois enfants* ou encore *Mon mari adoré a quitté la maison.* Pourtant elle avait oublié.

C'était un tissu de mensonges. Une énorme farce, élaborée avec maestria. Un rêve incroyablement réaliste. Une hallucination plus vraie que nature. Un cauchemar sans fin.

Roger ! Comment sa mère, une femme douce et prudente, avait-elle pu tomber « éperdument amoureuse » (« éperdument amoureuse » ! Sa mère ne tenait jamais des propos aussi extravagants) d'un homme comme Roger ? Roger avec son après-rasage entêtant, sa voix de speaker et sa manie de dire « ce me semble » ou « possiblement ». Roger qui, après quelques verres lors des réunions de famille, coinçait Alice dans un coin et la gratifiait d'un monologue exclusivement centré sur lui-même et sa fascination éternelle pour les subtilités de sa propre personnalité. « Suis-je un homme athlétique ? Oui, sans aucun doute. Un intellectuel ? Pas au sens strictement universitaire du terme, possiblement. Mais pour le dire autrement, suis-je un homme *intelligent* ? La réponse est forcément oui, j'ai un doctorat de l'Université de la Vraie Vie, Alice. On pourrait aussi se demander, suis-je un être spirituel ? La réponse est oui, très certainement, ce me semble. »

Alice acquiesçait, impuissante, en prenant de toutes petites goulées d'air, de peur que son après-rasage ne la rende malade, jusqu'à ce que Nick surgisse en disant : « La dame a besoin d'un verre, ce me semble, papa. »

Et Nick, que pensait-il de cette histoire ? Il avait une relation si étrange, si fragile avec son père. Il l'imitait sans pitié dans son dos et le ton de sa voix avoisinait la haine lorsqu'il évoquait la façon dont Roger avait traité sa mère au cours de leur divorce. D'un autre côté, Alice avait remarqué qu'en sa compagnie, Nick adoptait une voix plus grave, une posture plus imposante et, souvent, il mentionnait en passant une affaire importante qu'il avait négociée au travail ou un quelconque exploit dont Alice n'avait même pas connaissance, comme si, au plus profond de lui, il avait toujours besoin de l'approbation de son père – ce dont il se serait défendu avec véhémence, voire avec colère.

Alice avait toutes les peines du monde à imaginer sa réaction face à cette nouvelle. D'autant que Nick était désormais son frère par alliance ! Ils avaient dû en rire comme des baleines, tourner ça en jeu stupide, faire des remarques salaces en criant à l'inceste, se comparer à Greg et Marcia Brady. À moins qu'ils n'aient pas trouvé ça drôle du tout. Nick avait peut-être été furieux vis-à-vis de sa mère, même si cette dernière semblait traiter son ex-mari comme un oncle éloigné totalement inepte.

Quid des Foldingues ? Oh, mon Dieu ! Les sœurs de Nick étaient à présent ses sœurs par alliance. Aucune chance qu'elles aient gardé leur calme en apprenant le mariage de Roger et Barb. Elles ne gardaient jamais leur calme à vrai dire – elles s'évanouissaient, sanglotaient, ne se parlaient plus, se vexaient aux commentaires les plus inoffensifs. Il y en avait toujours une au moins en plein drame personnel. Alice ignorait que la vie de famille pouvait être si théâtrale avant de rencontrer Nick et sa ribambelle de sœurs, beaux-frères ou petits amis, tantes, cousins. En comparaison, sa famille à elle – tranquille, polie, miniature – semblait ennuyeuse et soporifique.

« Est-ce que c'est pour ça que Nick et moi, on… ? Parce qu'il est contrarié que son père ait épousé maman ?

– Bien sûr que non ! s'exclama Barb, regonflée. Si ce divorce reste un terrible mystère pour nous tous, il n'a rien à voir avec Roger et moi ! Roger serait anéanti d'apprendre que tu as pu penser une chose pareille. Évidemment, Roger a sa petite idée sur les raisons de votre divorce…

– Maman et Roger se sont mis ensemble il y a des années, intervint Elisabeth. Nick et toi avez trouvé ça un peu bizarre à l'époque, et les Foldingues en ont fait une maladie, mais ça s'est tassé, et aujourd'hui, personne n'y trouve rien à redire. Je t'assure, Alice, tu es bouleversée mais tout ça n'a rien de bouleversant en réalité. Quand tu auras recouvré la mémoire, tu riras de toi-même. »

Alice n'avait aucune envie de se retrouver dans la peau d'une femme qui ne trouvait rien de choquant à son divorce avec Nick ; et cette désinvolture avec laquelle sa mère en avait parlé, comme d'une réalité incontestable, était stupéfiante.

« Eh bien, je ne divorce plus. Voilà, le divorce est annulé.

– Oh ! » Sa mère frappa dans ses mains avec dévotion. « Oh, mais c'est fabuleux…

– Maman, l'interrompit Elisabeth, tu dois me promettre de ne pas en dire un mot à Roger ou qui que ce soit d'autre. Elle ne sait pas ce qu'elle raconte.

– Bien sûr que si, coupa Alice, exaltée. Tu peux le dire au monde entier, maman. À Roger, aux Foldingues, à nos trois enfants. Il n'y a pas de divorce qui tienne. Nick et moi allons résoudre le problème, quel qu'il soit.

– Fabuleux ! s'écria Barb. Je suis si heureuse !

– Ben voyons. Alice, vous avez entamé une procédure de divorce. Jane Turner va faire une crise cardiaque si tu te mets à faire marche arrière.

– Jane Turner ? Qu'est-ce qu'elle a à voir avec la choucroute ?

– Jane est ton avocate.

– Pfff ! Elle n'est pas avocate. » Soudain, elle repensa au jour où, suite à une âpre discussion entre Jane et un collègue de travail, elle avait dit : « Tu devrais être avocate, Jane ! » Ce à quoi l'autre avait répondu : « J'en ai parfaitement conscience. »

« Elle a été reçue au barreau il y a trois ans et maintenant, elle est spécialisée dans le divorce. C'est elle qui a pris ton dossier en charge. »

Ridicule ! Absurde ! Jane Turner avait pris en charge son dossier de divorce. Un jour, Nick lui avait dit : « Jane ? Sympa, mais à petites doses. » Alice ne l'avait pas contredit. Comment Jane Turner pouvait-elle avoir la moindre implication dans leurs vies ?

« Vous êtes en pleine bataille pour la garde des enfants, Alice. Ce n'est pas une mince affaire. »

En pleine bataille pour la garde des enfants.

Sûrement moins drôle qu'une bataille de crème chantilly…

« Eh bien, ça aussi, c'est annulé. » (Pourquoi diable voudrait-elle la garde de trois enfants qu'elle n'avait jamais rencontrés ? Ce qu'elle voulait, c'était Nick.) « De toute façon, comme on ne divorce pas, on ne se bat pas pour la garde, point final.

– Hourra ! Je suis tellement contente que tu aies perdu la mémoire ! C'est du pain bénit, cet accident !

– Oui, mais il reste quand même un léger problème, n'est-ce pas ? objecta Elisabeth.

– Lequel ?

– Nick, lui, n'a pas perdu la mémoire. »

10

« Nick ? dit Alice.

– Désolée, mon petit, ce n'est que moi », fit l'infirmière.

Ils la réveillaient toutes les heures pour examiner ses pupilles et lui poser toujours les mêmes questions.

« Alice Mary Love. Royal North Shore Hospital. Blessure à la tête, marmonna Alice.

– Bravo ! Désolée. Rendormez-vous maintenant. »

Alice sombra dans un sommeil peuplé d'infirmières qui la réveillaient sans cesse.

« Debout ! C'est l'heure de votre cours de salsa ! s'écria la première, affublée d'un grand chapeau en forme de profiterole.

– J'ai rêvé qu'on divorçait, essaya-t-elle d'expliquer à Nick. On avait trois enfants, maman épousait ton père et Elisabeth était très triste.

– Qu'est-ce que j'en ai à foutre ? »

Le souffle coupé, Alice se mit à sucer son pouce.

Nick décolla un confetti rouge de son visage et le lui montra. « Je plaisantais !

– Nick ?

– Je ne t'aime plus parce que tu suces encore ton pouce.

– C'est pas vrai ! fit Alice, mortifiée.

– Comment vous appelez-vous ? » cria une deuxième infirmière qui flottait dans les airs, suspendue à des bouquets de ballons roses. Elle ne pouvait pas être réelle. Alice l'ignora.

« C'est encore moi, lança une troisième.

– Nick ? J'ai mal à la tête. Terriblement mal à la tête.

– Non, moi, c'est Sarah.

– Vous n'êtes pas réelle. Vous êtes dans mon rêve.

– Non, je suis une vraie infirmière. Ouvrez les yeux et dites-moi comment vous vous appelez. »

Devoirs d'Elisabeth pour le Dr Hodges

Coucou, c'est de nouveau moi, docteur Hodges. Il est trois heures et demie du matin, et dormir semble impossible, absurde, réservé aux autres. Je me suis réveillée en pensant à Alice et à ce qu'elle m'a dit : « Tu es une grande sœur tellement chouette. »

C'est faux. Complètement faux.

On se soucie toujours l'une de l'autre, bien sûr. Ce n'est pas la question. Je n'oublierais jamais son anniversaire, et réciproquement. À vrai dire, une étrange compétition silencieuse s'est installée entre nous ; chaque année, c'est à qui fera le plus beau cadeau à l'autre, à qui reviendra le titre de la sœur la plus généreuse et attentionnée. On se voit assez régulièrement. On rigole toujours. Comme des millions de sœurs. Voyez, je ne sais même pas vraiment de quoi je parle. C'est juste qu'entre nous, les choses ne sont plus comme avant. Mais c'est la vie, n'est-ce pas, docteur Hodges ? Les relations évoluent. On manque de temps. Demandez à Alice ! Elle qui a endossé le rôle de la supermaman comme on prend le voile.

Peut-être que si j'avais été plus vigilante ? Peut-être que c'était de ma responsabilité en tant qu'aînée de faire en sorte qu'on garde le cap. Mais, ces six dernières années, le seul moyen pour moi de survivre a été de m'enfermer dans un cocon de plus en plus étroit. Si étroit que lorsque je parle (d'autre chose que de l'art du publipostage), j'ai l'impression que quelque chose m'enserre la gorge, comme si ma bouche refusait de s'ouvrir.

Le problème, c'est la rage. Elle couve en permanence, même quand je n'ai pas conscience qu'elle est là. Si je me fais mal quelque part, que je fais tomber une barquette de myrtilles sur le sol de la cuisine, elle déborde, comme le lait sur le feu. Si vous aviez entendu le cri de rage primitif que j'ai poussé quand je me suis cogné le front contre une porte de placard ouverte en vidant le lave-vaisselle l'autre jour. Je me suis assise par terre contre le réfrigérateur, et j'ai pleuré à gros sanglots pendant vingt minutes. Lamentable, n'est-ce pas ?

Avant qu'Alice et Nick ne se séparent, j'avais parfois des mots impardonnables au bout de la langue quand je parlais avec Alice, des mots comme : « Tu crois que le monde se résume à toi, à ta petite famille parfaite, ta petite vie parfaite, qu'il n'y a rien de plus stressant que de chercher les coussins parfaitement assortis à ton nouveau canapé à dix mille dollars. »

Et je voudrais raturer ce que je viens d'écrire, car en plus d'être méchant, ce n'est même pas vrai. Je ne le pense pas du tout, mais j'aurais pu le dire – je pourrais toujours, d'ailleurs –, auquel cas, ces mots seraient restés gravés dans nos mémoires à jamais. Voyez, mieux valait tenir ma langue, faire comme si ; sauf qu'elle en avait conscience, alors elle aussi a fait comme si et on a oublié comment être nous-mêmes l'une avec l'autre.

C'est pour ça que lorsqu'elle m'a appelée pour m'annoncer que Nick avait fait ses valises, je suis tombée des nues. Je ne savais pas, je ne m'en doutais même pas, qu'ils avaient des problèmes. C'était la preuve incontestable que nous ne partagions plus nos secrets. J'aurais dû être au courant de ce qui se passait dans sa vie. Elle aurait dû me demander conseil, je suis sa grande sœur. Mais elle ne l'a pas fait. Voyez, j'ai trahi ses attentes autant qu'elle a trahi les miennes.

Même chose lorsque j'ai appris pour Gina : je ne savais pas ce que je devais faire. Appeler Alice ? Foncer directement chez elle ? L'appeler avant de passer ? Je me demandais : qu'est-ce qu'elle souhaiterait ? Mais je n'en avais aucune idée. Je m'inquiétais des formes, comme si j'avais affaire à une vague connaissance. Évidemment que j'aurais dû foncer directement chez elle, bon sang. Qu'est-ce qui cloche chez moi pour que j'aie besoin d'y réfléchir ?

En quittant l'hôpital, maman m'a demandé d'une voix timide qui ne lui ressemble pas : « J'imagine qu'elle ne se souvient pas non plus de Gina ? » Et moi de répondre : « J'imagine, oui. » Que dire d'autre ?

Comment retrouver le fil et rebrousser chemin dans ce labyrinthe de coups de téléphone, de fêtes de Noël, de goûters d'enfants, pour revenir au temps où nous n'étions qu'Alice et Libby Jones ? Vous savez, vous ?

Enfin... je devrais peut-être essayer de dormir.

Pfff. Je n'arrive même pas à faire semblant de bâiller.

Demain, je vais à l'hôpital pour ramener Alice chez elle. Ils prévoient de la laisser sortir vers dix heures. Elle semblait trouver tout naturel que ce soit moi qui vienne la chercher. Si elle était dans son état normal, elle aurait mis un point d'honneur à ne pas me solliciter. Elle n'accepte que l'aide des autres mamans de l'école parce qu'elle peut leur renvoyer l'ascenseur en invitant leurs enfants à jouer avec les siens.

Je me demande si elle aura retrouvé la mémoire d'ici demain. Si elle éprouvera de la gêne à cause de ce qu'elle a dit cet après-midi, sur Nick en particulier. Qui parlait ? La vraie Alice ? Celle qu'elle était il y a dix ans ? Ou simplement une version désorientée d'Alice après ce choc à la tête ? Est-elle dévastée par le divorce, au plus profond d'elle-même ? Était-ce le reflet de ce qu'elle ressent réellement ? Je ne sais pas. Vraiment pas.

Le docteur avec qui j'ai parlé semble convaincu que tout sera rentré dans l'ordre d'ici demain matin. J'ai rarement rencontré de médecin aussi sympathique. Pourtant, j'ai des années de pratique. Elle m'a écoutée jusqu'au bout en me regardant dans les yeux avant de prendre la parole. Cela dit, j'ai bien senti que pour elle, l'essentiel, c'était que le scanner d'Alice ne révèle aucun signe d'hémorragie intracrânienne. Elle a légèrement tiqué quand je lui ai dit qu'Alice ne se souvenait pas de ses propres enfants, mais d'après elle, les patients réagissent de mille façons à une commotion et le repos est primordial. Elle a dit qu'elle retrouverait la mémoire à mesure que sa lésion guérirait. Elle a sous-entendu qu'ils étaient déjà allés au-delà de la prise en charge classique en la gardant en observation toute la nuit.

Je me suis sentie étrangement coupable de laisser Alice à l'hôpital. Elle semble tellement plus jeune. C'est ce que je n'ai pas réussi à faire comprendre au médecin. Alice est perdue mais il n'y a pas que ça. Quand je lui parle, j'ai l'impression d'avoir littéralement affaire à la jeune femme de vingt-neuf ans qu'elle était. Même sa façon de s'exprimer a changé. Elle est plus douce, plus lente, plus spontanée. En fait, elle dit tout ce qui lui passe par la tête.

« Est-ce que j'ai organisé une fête pour mes trente ans ? » m'a-t-elle demandé avant qu'on la quitte. Sur le coup, aucun souvenir. Mais en rentrant chez moi, dans la voiture, ça m'est revenu : ils avaient fait un barbecue. Alice était enceinte jusqu'au cou et ils étaient en plein chantier. Il y avait des échelles, des pots de peinture et des trous partout dans les murs. À un moment, j'étais dans la cuisine en train de les aider à mettre les bougies sur le gâteau quand Alice a dit : « Je crois que le bébé a le hoquet. » Nick lui a touché le ventre puis il m'a pris la main pour que je sente le frétillement bizarre du bébé. Je les revois se tourner vers moi, les yeux brillants, les joues en feu, euphoriques, émerveillés. Ils avaient des éclaboussures de peinture bleue dans les sourcils ; ils venaient de peindre la chambre du bébé. Ils étaient tellement mignons. Mon couple préféré.

Avant, j'observais Nick discrètement quand il écoutait Alice raconter une histoire ; une tendresse teintée de fierté se lisait sur son visage et personne ne riait aussi fort que lui lorsqu'elle sortait une blague ou une de ces remarques dont elle avait le secret. Il la comprenait, aussi bien que nous, ou peut-être même mieux. Il la rendait plus sûre d'elle, plus drôle, plus intelligente. Il faisait ressortir tout ce qu'elle avait en elle, la révélait pleinement à elle-même, de sorte qu'elle semblait briller d'une lumière intérieure. Il l'aimait si fort qu'il la rendait encore plus adorable.

(Ben m'aime-t-il comme ça ? Oui. Non. Aucune idée. Peut-être au début. Le coup de l'amour qui révèle votre lumière intérieure, ce n'est plus pertinent. Ça s'adresse aux autres couples, plus jeunes, plus minces, plus heureux. D'ailleurs, je ne vois pas comment un abricot desséché pourrait briller.)

Il me manque, le couple d'amoureux qu'ils formaient autrefois. Repenser à eux dans cette cuisine en train d'allumer les bougies, c'est comme repenser à de vieux amis qui seraient partis à l'autre bout de la planète et dont je n'aurais plus de nouvelles.

Alice se réveilla en sursaut à quatre heures trente du matin, habitée par une idée on ne peut plus claire : *Je n'ai jamais demandé à Elisabeth combien d'enfants elle avait.*

Comment pouvait-elle l'ignorer ? Et, plus important, comment pouvait-elle avoir oublié de lui poser la question alors qu'elle ne savait pas ? Elle était égoïste, nombriliste et affreusement superficielle. Pas étonnant que Nick veuille divorcer. Ni même qu'Elisabeth ne la regarde plus de la même façon.

Elle appellerait sa mère d'ici quelques heures pour se renseigner et ferait comme si elle n'avait pas oublié l'existence des enfants d'Elisabeth (elle n'aurait rayé de sa mémoire que ses propres enfants). « Au fait, comment va Bidule ? » lui demanderait-elle quand elle viendrait la chercher.

Mais comment être certaine que sa mère avait toujours le même numéro de téléphone ? Elle ne savait même pas où elle habitait. Vivait-elle à Potts Point, dans l'appartement ultra-contemporain de Roger avec vue sur le port ? À moins qu'il n'ait emménagé dans la maison pleine de napperons, bibelots et autres plantes vertes de Barb ? Dans un cas comme dans l'autre, ça semblait ridicule.

La femme dans le box voisin ronflait. D'un ronflement aigu qui évoquait la présence d'un moustique. Alice se mit sur le ventre et enfonça la tête dans son oreiller, comme si elle voulait s'étouffer.

Il ne m'est jamais rien arrivé de pire, songea-t-elle.

Mais comment pouvait-elle en être si sûre ?

Devoirs d'Elisabeth pour le Dr Hodges

En sortant de l'hôpital, maman et moi rejoignons Ben et les enfants chez Alice. Nous mangeons des pizzas. (Heureusement, Roger a une réunion au Rotary Club : je ne suis pas d'humeur à le supporter. Remarquez, je ne connais personne qui soit d'humeur à supporter Roger, à l'exception de maman – je suppose – et Roger lui-même, évidemment.) Nous ne disons pas aux enfants qu'Alice a perdu la mémoire. Juste qu'elle s'est cogné la tête à la salle de gym mais qu'il n'y a rien de grave. Olivia frappe dans ses mains en s'écriant : « Maman chérie ! C'est une vraie tragédie ! » Du coin de l'œil, j'aperçois Ben devant le tiroir à couverts et, à voir ses épaules tressauter, je devine qu'il se retient de rire. Madison fait la moue et demande sur un ton dédaigneux : « Papa est au courant ? » avant de monter dans sa chambre d'un pas bruyant comme si elle connaissait déjà la réponse. Une fois qu'Olivia est occupée à fabriquer dans la cuisine une carte de bon rétablissement pour Alice à l'aide de feutres et de paillettes, Tom me prend par la main et m'emmène au salon. Il me fait asseoir et me regarde droit dans les yeux, puis : « Bon, dis-moi la vérité. Maman a une tumeur au cerveau ? » Je n'ai pas le temps de répondre qu'il lance : « Ne mens pas ! Je suis un détecteur de mensonges humains ! Si tu regardes en haut à droite, c'est que tu racontes des histoires. » Je fais un effort surhumain pour ne pas regarder en haut à droite.

J'ai passé une soirée amusante. Je ne sais pas pourquoi. Une soirée amusante aux dépens de cette pauvre Alice.

Oh, je bâille ! Un bon gros bâillement ! Je vous laisse, docteur Hodges. Je vais peut-être m'endormir.

Au lever du jour, Alice s'endormit plus profondément qu'elle ne l'avait fait au cours de cette longue nuit étrange et morcelée. Elle rêva de Nick. Installé à une longue table en pin qu'elle n'avait jamais vue, il secouait la tête, prenait sa tasse de café et disait : « Tout tourne autour de Gina, hein ? Gina, Gina, Gina ! » Il buvait une gorgée et Alice ressentait une aversion totale à son égard. Elle se détournait et frottait vigoureusement une tache de graisse séchée sur le plan de travail en granit.

Dans son sommeil, Alice s'agita si violemment qu'elle fit bouger son lit.

Elle se vit dans une petite pièce sombre, debout à côté de sa sœur, allongée, qui la regardait d'un air angoissé. « Qu'est-ce qu'elle veut dire par il n'y a pas de pouls ? » demandait Elisabeth.

119

Elle rêva d'un rouleau à pâtisserie géant qu'elle devait pousser au sommet d'une colline sous le regard de milliers de personnes. Rien ne comptait davantage que d'avoir l'air de le faire sans la moindre difficulté.

« Bonjour, madame la marmotte ! » s'écria une infirmière d'une voix gaie et pétillante qui sonna aux oreilles d'Alice comme du verre qui se brise.

Se redressant d'un coup, elle suffoqua comme quelqu'un qui se noie.

11

Petites réflexions d'une arrière-grand-mère sur la Toile

Levée aux aurores ce matin ! Réveillée à cinq heures et impossible de me rendormir. Me suis dit : « Autant en profiter pour bloguer. »

Merci mille fois pour tous vos e-mails pleins de sollicitude. Bonne nouvelle concernant **la blessure d'Alice**. Barb m'a assuré au téléphone hier soir qu'elle allait se rétablir. Ils lui ont fait ce qu'ils appellent un scanner (un peu comme une radio, mais en plus évolué) et tout semblait normal. Ils l'ont gardée en observation cette nuit mais ils pensent la renvoyer chez elle ce matin. Le plus étrange, c'est qu'hier en fin de journée, Alice ne se souvenait toujours pas de ce qui s'est passé depuis 1998. Elle croit qu'elle vit toujours avec son mari Nick, et maintenant Barb jubile à l'idée qu'Alice et Nick se réconcilient, ce qui me semble peu probable. Barb est devenue si optimiste depuis qu'elle s'est mise à la salsa.

L'amnésie d'Alice me rappelle le cas de ma chère amie Ellen, chez qui les médecins ont récemment diagnostiqué **une démence**. L'autre jour, je papotais avec elle au téléphone et elle semblait parfaitement lucide. Elle me racontait qu'elle venait de préparer un gâteau d'anniversaire ballerine pour sa petite-nièce puis, sur le ton de la conversation, elle dit qu'elle n'entend plus le ronron de la tondeuse, qu'Ernie a dû finir au jardin et qu'elle ferait mieux de s'atteler au dîner en vitesse. Le problème, voyez, c'est qu'Ernie est mort en 1987. Ça m'a fait un choc. Je lui ai dit qu'Ernie était décédé et elle s'est mise à pleurer comme si elle l'apprenait tout juste. Je

121

me suis sentie très mal, mais je ne voulais pas qu'elle s'amuse à éplucher des patates pendant deux heures (une fois, j'ai vu Ernie avaler dix-sept pommes de terre rôties sans ciller. Quel gourmand).

Heureusement, Alice est beaucoup trop jeune pour être atteinte de démence ! Et je suis certaine qu'elle se portera comme un charme quand j'irai lui rendre visite aujourd'hui. Il va falloir que je lui apporte un petit cadeau. J'aimerais savoir quoi lui offrir. J'ai toujours l'impression que je tombe à côté quand je fais des cadeaux aujourd'hui. C'était tellement plus simple quand elles étaient petites. Quel plaisir c'était de voir la joie sur leur visage ! Maintenant je me dis qu'elles sont juste polies. Des idées ?

Je crois que c'est Doris de Dallas qui voulait savoir pourquoi je mets des guillemets quand je parle de ma « fille » Barb et de ma « petite-fille » Alice. Eh bien, c'est parce que nous n'avons pas de lien de sang. J'ai été leur voisine pendant de longues années. Pour être honnête, si le mari de Barb n'était pas mort quand les filles étaient petites, je serais probablement restée une simple connaissance. Mais à la mort de son mari, Barb s'est laissé dépasser. Elle n'avait pas d'autre famille, alors je suis entrée dans leur vie et je suis devenue leur grand-mère de substitution. Comme je ne me suis jamais mariée, et que je n'ai ni neveux ni nièces, ç'a été une bénédiction pour moi. J'ai à présent **trois magnifiques arrière-petits-enfants** et ce n'est que du bonheur !

Mais changeons de sujet !

Dans mon dernier post, je n'ai pas fini de vous raconter la réunion du Comité socio-culturel. Une fois passés les rires idiots à propos du numéro de pole dance, nous avons abordé le point suivant à l'ordre du jour, à savoir l'excursion en car que j'ai organisée. Ça devrait être une sortie sympathique. Nous allons écouter un groupe d'experts (un médecin, un avocat, etc.) sur **l'euthanasie** puis déjeuner dans une jardinerie. Évidemment, Mr X compte parmi ceux qui préfèrent faire l'autruche quand il s'agit de choisir comment mourir. « La vie, c'est fait pour vivre ! s'est-il écrié. Carpe diem ! » et autres clichés. Il n'a vraisemblablement jamais vu un être cher souffrir, contrairement à moi qui ai perdu ma mère adorée d'un cancer il y a de ça trente ans. J'ai expliqué, le plus simplement possible (car il me semble peu instruit), que je voulais choisir quand et comment quitter ce monde. Question de dignité. De contrôle. Je pense m'être exprimée avec une certaine éloquence. Mr X m'a regardée un moment et je me suis dit : tiens, balourd a compris, mais voilà qu'il lance : « Et si on allait sauter en parachute, plutôt ? » Harry Palisi, l'imbécile, lève les bras en l'air et dit : « J'en suis ! » (je précise que Harry est en fauteuil roulant). Et tout d'un coup, tout le monde se lève, fin de la réunion.

Depuis, les pensionnaires se retirent les uns après les autres de ma sortie sur la fin de vie pour s'inscrire à une excursion que Mr X organise *au même moment*. Il l'a appelée « Vive la vie ! ». Je ne sais pas où ils vont. J'ai entendu parler de tournée des bars, de course de dragsters et de plongée à Coogee Beach. Je n'ai pas à rougir du nombre de participants à ma sortie, mais je dois bien admettre que, pour la plupart, ils ne sont pas d'une compagnie très agréable. De vieux grincheux austères, voilà ce qu'ils sont ! Ils se plaindront à coup sûr du café au restaurant. Même Shirley, ma plus proche amie ici au village seniors, m'a demandé si ça ne me dérangeait pas qu'elle aille à la sortie de X. Je suis très contrariée. N'était-ce pas grossier de la part de X (assez avec « Mr ») d'organiser son excursion le même jour ?

Maintenant, j'ai l'affreuse impression que la vieille grincheuse austère, c'est moi. Si ce n'est pas malheureux de me poser toutes ces questions sur moi-même à mon âge ! Il est beaucoup trop tard pour changer ! Pourtant, en mon for intérieur, je doute autant de moi qu'il y a quarante ans.

Laissez-moi vous faire une confidence. En 1975, à l'époque où j'étais professeur de maths, mes collègues avaient organisé une journée plage entre filles. J'étais la seule à ne pas être invitée. Je l'ai découvert par hasard, un jour qu'elles faisaient passer des photos de ladite journée. Si vous saviez la peine que ça m'a fait ! Elle est gravée dans mon cœur.

Je sais, c'est idiot ! Je sors ! Rien de tel que la marche rapide !

Oh, j'ai failli oublier. Je ne pense pas qu'il s'agisse de mon ancien élève, Frank Neary. J'ai entendu dire qu'il était mort au Vietnam.

Doris de Dallas écrit :
*Merci pour vos explications concernant les guillemets sur « fille »
et « petite-fille ». Vous les voyez souvent ? Dites-nous-en davantage ! À mon avis, les guillemets sont totalement inutiles. Vous
avez tout d'une vraie arrière-grand-mère ! Oh, et avez-vous invité
X à prendre un verre, comme je vous l'ai conseillé ? Le secret est
là : faire ami-amie avec lui. Vous avez peut-être plus de choses
en commun que vous ne le pensez.*

Beryl écrit :
*Quand j'avais dix ans, Mary Murray a invité toute la classe à
sa fête d'anniversaire, sauf moi. Ça remonte à soixante ans et il
m'arrive encore d'y penser. Pourquoi ne m'a-t-elle pas invitée ?
Qu'est-ce que j'avais fait ? Alors, croyez-moi, Frannie, je comprends parfaitement ce que vous ressentez. Je suis de l'avis de
Doris – il faut faire ami-amie avec X. C'est quoi déjà, le proverbe :
Aimez vos amis, et encore plus vos ennemis ? Oh, et pour Alice,
pourquoi pas du talc ? Mes petites-filles semblent apprécier.*

Anonyme écrit :
*Personnellement, je suis favorable à l'euthanasie dans certaines
circonstances, mais je n'ai aucune envie d'en parler pendant des
heures. C'est peut-être aussi la position de X. Ou alors, il n'aime
pas trop penser à la mort. Il veut faire la tournée des bars ?
Laissez-le faire !*

Frank Neary écrit :
*Non, Miss Jeffrey ! Je suis bien vivant, et en pleine forme ! Mais,
dites-moi, pourquoi vous ne vous êtes jamais mariée ? Vous étiez
super canon, à l'époque ! J'aurais cru que les hommes se battaient
pour vous avoir ! (Je parie que c'est pour ça que vos collègues
ne vous ont pas invitée à leur journée plage. Vous étiez de loin la
plus jolie. Vous leur auriez fait de l'ombre dans votre petit bikini
à pois jaunes !)*

Mad Mabel écrit :
Votre post m'a surprise autant qu'il m'a choquée. Le suicide

est un péché mortel. C'est sans discussion. Remettons-nous-en à la sagesse du Seigneur. Je ne lirai plus ce blog, j'en ai bien peur.

Groovy Granny écrit :
Heureuse de savoir qu'Alice va mieux. Ne prêtez pas attention à X. Personnellement, je ne crois pas à l'euthanasie (avec de bons soins palliatifs, inutile d'y recourir) mais Frannie a le droit de s'intéresser à la question. Personne ne vous oblige à lire ce blog, Mad Mabel ! À propos, suis-je la seule à penser que Frank Neary frise l'indécence ? Un bon coup de règle sur les doigts, voilà ce qu'il vous faut, jeune homme !

Allez ! Tu te bouges, maintenant. Tu prends une douche bien chaude. Tu t'habilles, tu te coiffes et tu te maquilles.

Après le passage de la dernière infirmière, une voix vive et autoritaire s'était élevée dans la tête d'Alice, lui dictant sa conduite.

Trop fatiguée, rétorqua Alice brutalement. Elle avait les yeux secs, avec une sensation de picotement. Je viens de passer la pire nuit de ma vie. Et il est probablement plus sage d'attendre qu'une infirmière vienne pour lui demander si je peux me lever.

N'importe quoi ! Tu te sentiras mieux après ta douche. Comme d'habitude.

Ah bon ?

Oui ! Et puis, il est temps de jeter un œil dans le miroir, bon sang. Tu as trente-neuf ans, pas quatre-vingt-neuf. Ça ne peut pas être si terrible.

J'ai besoin d'une serviette. Quelle serviette utiliser ? Il doit y avoir des consignes à respecter.

Tu pues la sueur, Alice. À cause de ton cours de step. Tu as besoin d'une douche.

Alice se redressa. L'idée de sentir, quelle que soit l'odeur, lui était insupportable. L'humiliation suprême. L'horreur absolue. Même lorsque Nick faisait une simple remarque sur son haleine quand ils avaient mangé un plat particulièrement aillé la veille, elle plaquait la main contre sa bouche, courait se brosser les dents et passait la journée à mâcher du chewing-gum. Autant de précautions qui laissaient Nick perplexe, car lui se contrefichait de sentir mauvais. Lorsqu'il travaillait au chantier de la maison, en fin d'après-midi, il reniflait gaiement ses aisselles – un véritable singe – et annonçait fièrement : « Je pue ! »

Nick la quittait peut-être parce qu'elle avait trop mauvaise haleine.

Elle passa une main hésitante sur l'arrière de sa tête. La bosse était encore sensible au toucher mais la sensation s'apparentait davantage à un rappel de la douleur de la veille.

Pourtant elle n'avait toujours aucun souvenir de ces enfants dont on lui avait parlé, ni du déménagement de Nick.

Elle posa les pieds par terre, le sol était frais. Elle regarda autour d'elle. Le jaune doré des tulipes que sa mère lui avait offertes tranchait sur le mur blanc de la chambre d'hôpital. Elle essaya d'imaginer sa mère et Roger danser la salsa, balançant les hanches sur le même rythme. Elle visualisait Roger sans peine, mais sa mère ? L'idée était aussi fascinante que repoussante. Elle avait hâte d'en parler avec Nick.

Euh…

Elle se remémora sa voix chargée de haine, la veille au téléphone. Ce n'était pas qu'une histoire de mauvaise haleine. Sinon, il y aurait eu de la compassion et de la gêne dans sa voix.

Malgré ce coup de fil (quelle grossièreté à son égard !), elle n'arrivait toujours pas à croire que Nick n'allait pas débarquer d'une minute à l'autre, à bout de souffle, les cheveux en pétard, et la serrer fort contre sa poitrine, navré du malentendu. Cette histoire de divorce ne la bouleversait pas vraiment car c'était trop bête. On parlait de Nick ! Son Nick ! Dès qu'elle le verrait, tout rentrerait dans l'ordre.

Le sac à dos avec les autocollants dinosaures se trouvait dans la commode à côté du lit. Dedans, cette magnifique robe rouge. Pourquoi ne pas essayer de l'enfiler ?

Retenant le sac sous un bras, elle saisit d'une main ferme les deux pans de sa blouse d'hôpital impudique, craignant de dévoiler sa culotte. Précaution bien inutile : le rideau qui la séparait du box voisin était tiré et sa pensionnaire continuait de ronfler tel un moustique.

En vieillissant, Alice s'était peut-être mise à ronfler comme une forge, d'où le départ de Nick. Elle pourrait dormir avec un de ces affreux appareils anti-ronflements. Facile à résoudre. Allez, Nick, rentre à la maison.

Elle était si faible qu'elle avait le sentiment de marcher dans une boue épaisse.

Je crois que je devrais me rallonger.

Ne t'avise pas de te recoucher. S'ils sont encore en retard à l'école à cause de toi, tu n'as pas fini d'en entendre parler.

Alice redressa brusquement la tête sous l'effet de la surprise. D'où ça sortait ? Elle repensa à la photo des trois enfants en uniforme d'écolier. Il lui incombait sûrement de déposer les enfants à l'école à l'heure tous les matins.

Se pouvait-il, à tout hasard, qu'il s'agisse là d'une minuscule bribe de souvenir ? Des pas lourds dans un couloir, des portes qui claquent, un enfant qui pleurniche, une sensation de forage dans le crâne ? Sitôt qu'elle essaya de saisir cette image indistincte, elle se dissipa tel un mirage.

Son champ de vision semblait réduit à quelques degrés à peine, la privant, de gauche et de droite, de dix ans de souvenirs. Si seulement elle pouvait tourner la tête pour les regarder en face !

Elle entra dans la petite salle de bains commune, ferma la porte derrière elle et alluma le néon dont l'éclat la fit cligner. La nuit précédente, elle avait trouvé le moyen d'aller aux toilettes et de se laver les mains sans regarder son reflet dans le miroir au-dessus du lavabo. Assez. Il était temps de prendre le taureau par les cornes.

Elle défit les nœuds de sa blouse, la laissa glisser au sol et se posta devant le miroir.

Elle pouvait se voir jusqu'à la taille.

Maigre, constata-t-elle, en touchant du bout des doigts sa taille puis ses côtes saillantes. Tu es maigre. Son ventre était plat et dur comme celui de la fille de la salle de sport. Comment était-ce arrivé ?

Évidemment, elle avait toujours dit que retrouver la forme et perdre un peu de poids ne serait pas du luxe. De là à passer à l'acte ! Bref, le genre de propos que les femmes tiennent régulièrement entre elles – identité féminine oblige ! À l'époque où elle sortait avec Richard, son précédent petit ami, il arrivait qu'il la regarde se tortiller pour rentrer dans une paire de jeans ; et il s'écriait : « Force ! » Le dépit que lui inspirait sa silhouette pouvait alors se transformer en un tel dégoût d'elle-même qu'elle se privait de manger pendant toute une journée, pour finalement engloutir une boîte de biscuits au chocolat au dîner. Mais après, elle avait rencontré Nick qui lui disait qu'elle était belle, et quand il la touchait, ses mains la rendaient effectivement aussi belle qu'il la voyait. Dans ces conditions, pourquoi se refuser une deuxième part de fondant ou une coupe de champagne alors que son homme s'apprêtait à la servir, un sourire diabolique sur le visage comme pour dire : « On ne vit qu'une fois » ? Nick appréciait la bonne cuisine – avec une préférence pour le sucré –, le bon vin et le beau temps. Partager une table bien garnie au soleil avec lui valait largement une partie de jambes en l'air. À ses côtés, elle se sentait tel un chat rondelet au poil lustré qui ronronne de plaisir : repue et bienheureuse.

Alice ne savait pas trop quoi penser de son ventre désormais plat. D'un côté, elle en concevait une certaine fierté, comme lorsque l'on se découvre un nouveau talent. Vise un peu ce que j'ai accompli ! J'ai le ventre d'un top model ! De l'autre, sentir ses os sous sa peau lui inspirait un léger dégoût, l'impression qu'on lui avait raboté la chair.

Et Nick, comment trouvait-il ce nouveau corps tout fin ? Le laissait-il indifférent ? Peut-être. *« Dans ce cas, bordel, pourquoi tu voulais que je te rappelle ? »*

Ses seins étaient beaucoup plus petits et nettement moins guillerets. Pour être honnête, ils pendaient, telles deux affreuses chaussettes flasques. Elle les prit dans ses mains avant de les laisser retomber. Beurk ! Quelle horreur ! Où était passée sa jolie poitrine rebondie et radieuse ?

La faute à l'allaitement, peut-être ? Elle n'y trouverait rien à redire si encore elle se rappelait avec nostalgie avoir passé ses fins de soirée dans un rocking-chair à nourrir trois bébés aux cheveux fins et soyeux. Mais ce n'était pas le cas. Dire qu'elle se faisait une joie d'allaiter. C'était censé appartenir au futur, pas au passé.

Bon, cesser de penser à sa poitrine. Le visage. Le visage, maintenant.

Elle s'approcha du miroir et retint son souffle.

Dans un premier temps, elle se sentit soulagée car le visage qui lui rendait son regard d'un air endormi était bien le sien. Pas une image affreusement déformée d'Alice. Ni une version d'Alice qui aurait commencé à avoir des cornes. En fait, ce qu'elle voyait ne lui déplaisait pas. Des traits plus fins, mieux dessinés, qui faisaient paraître ses yeux plus grands. Des sourcils parfaitement épilés, des cils bien noirs, des taches de rousseur moins nombreuses, une peau lisse et nette malgré quelques légères égratignures autour de la bouche et des yeux. Tiens donc. Les suites de sa chute peut-être ? Elle se pencha en avant pour les examiner.

Oh.

Des égratignures ? Pas du tout. Des rides, identiques à celles d'Elisabeth. Peut-être même plus marquées. Entre ses yeux, deux profonds sillons. Ils refusèrent de partir quand elle cessa de froncer les sourcils. Dessous, des petites poches de peau rose. Alice se rappela alors que la veille, en voyant Jane, elle s'était dit qu'elle avait un problème aux yeux. Jane n'avait aucun problème ; elle avait simplement dix ans de plus.

Du bout du doigt, elle frotta les fines lignes autour de sa bouche et de ses yeux, espérant peut-être les effacer. Elles faisaient faux, elles n'avaient rien à faire là ; merci bien, mais très peu pour moi, vous vous êtes trompées de visage.

Impuissante, elle recula d'un pas, afin de ne plus voir ses rides.

Elle avait toujours les cheveux tirés en arrière. Elle enleva un élastique noir qu'elle observa au creux de sa main, de nouveau stupéfaite de ne pas le reconnaître ni de se rappeler l'avoir mis.

Ses cheveux tombaient juste au-dessus de ses épaules. Comme elle s'en était doutée, elle les avait fait couper. Pour quelle raison, ça, elle l'ignorait. Leur couleur aussi était différente. Ils tiraient davantage sur le blond que sur le châtain. Un genre de blond cendré foncé. Sa nuit agitée les avait emmêlés mais elle remarqua en passant les doigts dedans qu'elle avait une coupe élégante, avec les pointes vers l'intérieur, ce qui les faisait paraître plus longs. Pas vraiment à son goût mais il fallait bien reconnaître que ce carré mi-long mettait son visage en valeur comme aucune autre coupe.

Elle avait mûri, voilà tout. C'était une femme d'âge mûr qui lui renvoyait son regard. Le problème, c'était que dans sa tête, elle ne se sentait pas plus mûre.

Bon, d'accord. Alice, c'est toi. C'est la personne que tu es devenue. Une femme d'âge mûr, maigre, mère de trois enfants et en plein divorce.

Elle plissa les yeux et se représenta la fille qu'elle était dix ans plus tôt, la vraie version d'Alice. Longue chevelure foncée sans réelle coupe ; visage plus rond et doux, criblé de taches de rousseur mais sans la moindre ride ; seins plus généreux et guillerets ; ventre plus gros (franchement gros) ; amoureuse de Nick, enceinte de son premier enfant.

Mais cette fille-là n'existait plus. À quoi bon penser à elle ?

Alice se détourna du miroir, regarda autour d'elle et se sentit terriblement seule. Son stupide voyage en solo à travers l'Europe lui revint en tête. Les salles de bains étranges dans lesquelles elle se brossait les dents face à des miroirs mouchetés, envahie par une sensation de dissociation vertigineuse alors qu'elle essayait de comprendre qui elle était vraiment, privée du retour sur sa personnalité qu'elle voyait d'ordinaire dans le regard des gens qui l'aimaient. À présent, elle n'était plus dans un pays étranger entourée de gens qui parlaient une autre langue, mais dans un monde nouveau qu'elle seule ne comprenait pas. L'imbécile qui disait n'importe quoi, la dinde qui ignorait les règles du jeu, c'était elle.

Elle prit une longue inspiration saccadée.

Ce n'était que temporaire. Elle retrouverait bientôt la mémoire et la vie reprendrait son cours normal.

Mais avait-elle vraiment envie de retrouver la mémoire ? De se rappeler ? Ce qu'elle voulait, c'était sauter dans sa machine à remonter le temps pour retourner en 1998.

Eh bien, pas de bol, cocotte. Va falloir faire avec. Prends une douche, un petit café et un bagel au fromage frais avant que les gosses se réveillent.

« Avant que les gosses se réveillent. » C'était insupportable à la fin, cette voix autoritaire et acerbe qui ne cessait de s'inviter dans sa tête. Et, sans rire, un bagel au fromage frais ? Quelle idée ! Aucune envie d'avaler un truc pareil au petit déjeuner.

Quoique. Elle se lécha les lèvres, pour voir. Bagel au fromage frais ou tartine au beurre de cacahuète ? Les deux options lui semblèrent appétissantes et dégoûtantes à la fois.

Bon, ce n'est quand même pas la fin du monde, Alice.

Oh, boucle-la. Quelle peau de vache tu fais ! Sans vouloir te vexer, Alice.

Elle sortit l'élégante trousse de toilette du sac à dos. Elle pouvait sans doute compter sur la nouvelle Alice pour y avoir mis du shampoing et de l'après-shampoing. Au milieu d'un assortiment de pots et flacons luxueux (Dieu du ciel, tout ça pour aller à la salle de sport ?), elle trouva deux grandes bouteilles

fines et opaques. Dessus : « Résultat professionnel garanti. »
Elle ne reconnaissait même pas les marques.

Tandis qu'elle se massait le cuir chevelu sous la douche, le
parfum de pêche du shampoing envahit ses narines. Une sensation si familière que ses jambes flageolèrent. *Mais oui, bien
sûr.* Elle émit un bruit pareil à un sanglot étouffé et se revit
sous un fort jet d'eau, enveloppée de vapeur, le front contre
un mur de carreaux bleus, en train de pleurer silencieusement
tandis que la mousse du shampoing senteur pêche s'insinuait
dans ses yeux. *Je ne peux pas vivre ça. Je ne peux pas... Je ne
peux pas...*

L'espace d'un instant, le souvenir fut si prégnant qu'elle
l'aurait pris pour le moment présent, puis, la seconde suivante,
il s'évanouit, à l'image de la mousse de son shampoing.

L'odeur, elle, resta intensément, ridiculement familière, mais
Alice ne put saisir aucun autre souvenir.

Seul ce sentiment de chagrin désespéré persista, et le désir
que la souffrance cesse.

Pleurait-elle Nick dans ce flash qu'elle avait eu ?

Si tels étaient les souvenirs enfermés dans sa tête – l'image
d'un mariage parfaitement heureux qui se désintégrait, celle
d'une femme qui s'agrippait au mur de la douche en pleurant
toutes les larmes de son corps –, souhaitait-elle vraiment qu'ils
lui reviennent ?

Elle coupa l'eau et se sécha avec la serviette bleue trouvée
dans le sac avant de s'envelopper dedans. Elle sortit les pots et
flacons de la trousse de toilette et les aligna devant elle. Que
faisait-elle exactement avec tous ces produits ?

Allez ! Bouge !

Instinctivement, elle tendit la main vers un pot au couvercle
doré. Elle l'ouvrit et y découvrit une crème hydratante épaisse
et crémeuse. Elle en appliqua sur son visage en quelques gestes
rapides et efficaces. Un petit coup par-ci, un petit coup par-là.
Sans même réfléchir, elle prit un flacon en verre contenant du

fond de teint, en versa sur une éponge avant de l'étaler sur son visage. Une partie de son cerveau observa son manège avec stupéfaction. Du fond de teint ? Elle n'en portait jamais. À vrai dire, elle se donnait rarement la peine de se maquiller. Mais ses doigts bougeaient si vite, et sa tête accompagnait si bien les mouvements de ses mains, qu'elle avait l'impression d'avoir accompli ces gestes des milliers de fois auparavant. Et hop, un bâton doré et brillant – du blush –, qu'elle passa sur ses joues. Tubes, stylos et autres petites boîtes. Mascara, eye-liner, rouge à lèvres.

Tout à coup – en moins de cinq minutes – elle était prête et rangeait tout dans la trousse de toilette. Comme une automate, elle ouvrit une poche latérale du sac à dos sans savoir ce qu'elle y cherchait jusqu'à ce qu'elle en sorte un sèche-cheveux de voyage et une brosse ronde. Bon, d'accord, très bien. Un brushing. Une fois de plus, ses mains se mirent en action sans attendre la moindre instruction. La brosse brossa. Le sèche-cheveux sécha.

Bien, ça, c'est fait. Maintenant, tu dois...

Rien.

... tu dois...

Elle était coiffée.

Elle débrancha l'appareil, enroula le fil autour du manche, le fourra dans le sac qu'elle se remit à fouiller. Bon sang ! Que cherchait-elle encore ? Et pourquoi si vite ? Où était l'urgence ?

Le sac Country Road plié à plat contenant les vêtements. Elle en sortit la lingerie coordonnée couleur crème et la magnifique robe. Elle passa les dessous, soyeux et voluptueux contre sa peau. Tiens, le soutien-gorge redonnait à ses seins leur position et leur vigueur initiales. La robe à présent. Elle ne rentrerait jamais dedans. Elle l'enfila par la tête et monta instinctivement la fermeture à glissière latérale. Pas de bourrelets de graisse disgracieux. Bien sûr, elle n'en avait plus.

Bijoux. Elle passa le collier topaze et le bracelet de Nick. Chaussures. Voilà.

Elle s'arrêta un instant pour regarder la femme dans le miroir. Elle en resta bouche bée.

Elle était... eh bien, pour être honnête, elle était plutôt jolie. Elle se tourna et jeta un coup d'œil par-dessus son épaule.

Elle était mince, élégante, attirante. Le genre de femme qu'elle n'avait jamais pensé pouvoir être. Elle était devenue une de *ces* femmes, ces *autres* femmes, qui offraient un tableau si parfait qu'elles semblaient fabriquées, irréelles.

Pourquoi diable Nick voulait-il la quitter alors qu'elle était si jolie ?

Il manquait encore quelque chose.

Son parfum.

Elle le dénicha dans le compartiment frontal zippé de la trousse de toilette. Elle en vaporisa sur ses deux poignets et, tout à coup, se retrouva pliée en deux, obligée de s'agripper fermement au lavabo pour ne pas tomber. Toute sa vie était là, dans ce mélange de vanille, de mandarine et de rose, qui l'aspirait dans un gigantesque tourbillon, un tourbillon de chagrin et de colère, de sonneries de téléphone, de hurlements geignards d'enfants, de verbiage télévisuel, et Nick, assis au bout du lit, la tête sur les genoux, les mains serrées sur la nuque.

« Excusez-moi ? »

Trois coups sur la porte de la salle de bains.

« Excusez-moi ? Vous en avez pour longtemps ? J'ai une envie pressante. »

Alice se redressa lentement. Son visage était tout pâle. Elle n'allait quand même pas vomir de nouveau ? Non.

« Désolée ! J'en ai pour une seconde ! »

Elle actionna le distributeur de savon et se frotta vigoureusement les poignets. Au fur et à mesure que l'odeur basique et tonifiante du liquide rose – un mélange de chewing-gum à la fraise et de désinfectant – envahissait ses narines, le tourbillon la libéra.

Je ne me rappelle pas.

Je ne me rappelle pas.

Je ne veux pas me rappeler.

Devoirs d'Elisabeth pour le Dr Hodges

Quand je suis allée la chercher à l'hôpital, elle m'attendait, prête à partir. Elle avait les yeux très rouges et cernés mais elle était coiffée et parfaitement maquillée, comme toujours.

Alice jusqu'au bout des ongles, si bien que j'étais convaincue qu'elle avait retrouvé la mémoire et que cet étrange interlude dans nos vies était terminé.

Je lui demande : « Ça y est ? Tout t'est revenu ? » Et elle : « Presque. » Elle évite mon regard, j'en conclus qu'elle est gênée par rapport à ce qu'elle a dit à propos de Nick. Elle m'informe que le médecin est passé la voir, qu'elle est autorisée à sortir, qu'elle veut rentrer chez elle, se coucher dans son lit.

On s'en va, elle ne dit pas grand-chose, moi non plus. Quand elle se décide à ouvrir la bouche, on est dans la voiture et je suis persuadée qu'elle va me parler des millions de choses qu'elle a à faire ce week-end, du temps précieux qu'elle a perdu. Au lieu de ça : « Tu as combien d'enfants ? »

Je crie : « Alice ! » et je manque de perdre le contrôle du véhicule.

« Je suis désolée de ne pas t'avoir posé la question hier, je crois que j'étais en état de choc. Je voulais appeler maman pour lui demander mais je ne savais pas si elle avait toujours le même numéro, et ensuite je me suis dit : qu'est-ce que je fais si c'est Roger qui répond ? »

Je lui dis que je croyais qu'elle avait retrouvé la mémoire, et elle de répondre : « Eh bien, pas tout à fait. »

J'insiste pour qu'on retourne à l'hôpital, je lui demande si elle a menti au médecin pour qu'on la renvoie chez elle. Elle lève le menton d'un air de défi (on dirait Madison). Me sort que si je la ramène à l'hôpital, elle dira qu'elle ne sait pas de quoi je parle parce que sa mémoire va très bien. Qu'alors les médecins seront obligés de décider

135

laquelle de nous deux débloque, elle parie que ce sera moi et que je vais finir avec une camisole de force.

Je lui dis qu'à mon avis, ils n'en utilisent plus. (Je me trompe, docteur Hodges ? Vous en avez une, vous, planquée dans un tiroir, en cas d'urgence ?)

Alice croise les bras sur sa poitrine et se contorsionne en tous sens comme si on lui avait passé une camisole. « Libérez-moi ! C'est ma sœur qui débloque ! Moi, j'ai toute ma tête ! »

Je suis clouée. Cette façon de... faire l'andouille. C'est tellement la fille qu'elle était avant.

La seconde d'après, on pouffe, telles deux écolières. On glousse, on glousse et, comme je ne sais pas quoi faire d'autre, je file droit chez elle. Quelle étrange sensation, de rire de si bon cœur avec Alice. C'était comme retrouver le goût délicieux de quelque chose que vous n'avez pas mangé depuis des années. J'avais oublié ce sentiment d'ivresse, d'euphorie, que peut provoquer le rire. Alice et moi, on en pleure quand on n'arrive pas à se calmer. On tient ça de notre père.

C'est drôle. Ça aussi, je l'avais oublié.

Au bout d'un moment, elles se calmèrent.

Alice se demanda si Elisabeth évoquerait de nouveau un éventuel retour à l'hôpital. Elle n'en fit rien. Elle s'essuya les yeux du bout du doigt, renifla et, au grand dam d'Alice, alluma la radio. Elisabeth aimait en effet écouter du heavy metal agressif à plein volume, le genre de musique pour adolescents en quête de sensations au volant de leur voiture. Le mal de tête assuré pour Alice. Contre toute attente, une douce voix de femme s'éleva sur des accords indolents, comme dans un bar de jazz enfumé. Les goûts musicaux d'Elisabeth avaient changé. Alice se détendit et regarda dehors. Les rues de Sydney étaient quant à elles assez semblables à son souvenir. De quand datait cette brûlerie ? Et cet immeuble ? Il avait l'air neuf, mais il était tout à fait possible qu'il soit là depuis vingt ans. Peut-être ne l'avait-elle jamais remarqué.

La circulation était incroyablement dense, mais les voitures lui étaient familières. Petite, elle s'était imaginé qu'en l'an 2000, ils vivraient dans un monde futuriste et piloteraient des véhicules volants.

Elle observa Elisabeth, de profil. Sur son visage flottait encore un sourire, vestige de leur crise de rire.

« Cette nuit, j'ai de nouveau rêvé de cette femme à l'accent américain qui parlait de pouls. Cette fois, tu étais là. Tu es sûre que ça ne t'évoque rien ? »

Le sourire d'Elisabeth disparut et ses joues, jusqu'alors roses et pleines, s'affaissèrent. Alice regretta aussitôt ses paroles.

Finalement, Elisabeth dit : « C'était il y a six ans. »

Devoirs d'Elisabeth pour le Dr Hodges

Alors je lui ai raconté, comme si c'était une histoire. En fait, tout à coup, rien n'était plus important que de lui raconter, avant qu'elle s'en souvienne d'elle-même. Avant qu'elle puisse résumer les choses à un incident triste mais mineur, un incident classé.

Voilà ce qui est arrivé, docteur Hodges. Pour votre information.

Alice et moi étions enceintes en même temps. Son bébé devait arriver à terme une semaine après le mien, jour pour jour.

La troisième grossesse d'Alice était encore accidentelle, évidemment ; une histoire compliquée de changement de pilule, du Alice tout craché (enfin, Alice version 1998, pas Alice « nouvelle génération » qui passe son temps au salon de beauté).

La mienne n'était pas un accident. L'idée même d'une grossesse accidentelle me semble tellement frivole, tellement bohème. Ça m'évoque les vacances d'été, des baisers langoureux, des corps lisses et jeunes et... je ne sais pas, moi, des litres et des litres de piña colada. Quelque chose qui n'aurait jamais pu m'arriver, à cause de mon corps absurde, mais aussi de ma personnalité. Je ne suis pas assez fantasque. Je ne suis pas du genre à me laisser emporter par l'instant. « Pourquoi vous ne vous êtes pas protégés ? » Voilà ce que j'ai envie de leur dire, aux gens ! Alice m'a confié un jour que si elle s'était donné la peine de tendre la main un tout petit plus, elle l'aurait trouvé, le préservatif, dans le tiroir de sa table de chevet, et Madison n'aurait jamais été Madison. Ça m'a mise hors de moi, parce que, franchement, *c'est si difficile de tendre la main, Alice ?*

Ben et moi avons essayé de concevoir naturellement pendant deux ans. On a tout essayé. La technique des courbes de température, l'acupuncture, les herbes chinoises, les escapades où chacun fait mine de ne pas y penser, les kits d'observation de la salive où apparaît le joli motif en forme de fougère pendant l'ovulation.

Nos ébats étaient toujours plaisants. Je vous parle du temps où je ne m'étais pas encore transformée en abricot sec, docteur Hodges, du temps où j'étais mince et bien roulée. Même si parfois je déchiffrais sur le visage de Ben la même volonté inflexible que lorsqu'il essaie de réparer un truc compliqué sur sa voiture.

Ça me contrariait de ne pas tomber enceinte, mais je restais optimiste, car c'était dans ma nature. Je lisais beaucoup de livres de développement personnel à l'époque. J'ai même consacré plusieurs week-ends à des séminaires : j'ai trouvé la force intérieure, pratiqué la thérapie par le cri, la thérapie par l'étreinte... Ah, ça, j'avais la foi. Je mettais des Post-it avec des citations inspirantes au-dessus de mon bureau. À quelque chose malheur est bon. Si haute que soit la montagne, on y trouve un sentier. (J'étais à fond.)

Et on s'est lancés dans la fécondation in vitro.

Je suis tombée enceinte dès la première tentative – chose rarissime ! On était fous de joie. Le bonheur total. Chaque fois qu'on se regardait, on éclatait de rire tellement on était heureux. La magie de la pensée positive ! Le miracle de la science ! Ah, la science ! On célébrait la science ! On vénérait notre médecin. Les piqûres quotidiennes ? On les adorait – pas de problème, même pas mal, même pas peur ! Le traitement qui provoque des changements d'humeur, qui fait gonfler ? D'accord, un peu mais pas tant que ça ! Au final, on avait trouvé toute la procédure intéressante et marrante !

J'éprouve à la fois du mépris et une tendresse indulgente pour l'homme et la femme que nous étions à l'époque, parce que nous étions si ignorants. (Alors quoi, l'idée, ce serait de vivre sa vie vautré dans le pessimisme en attendant le pire, histoire de ne pas passer pour un imbécile quand ça finit par vous tomber dessus ?) Quand je repense à nous en train de nous enlacer, de pleurer de joie, de glousser au téléphone, comme deux crétins dans une sitcom débile, j'en frémis. On a parlé prénoms. Vous vous rendez compte ? « Il ne suffit pas d'attendre un bébé pour en avoir un, idiots ! » Voilà ce que j'ai envie de leur crier, à cet homme et à cette femme.

J'ai quelque part une photo d'Alice et moi dos à dos, les mains sur le ventre, dans une posture on ne peut plus claire. On est jolies toutes les deux. Je n'arbore pas ce stupide simulacre de sourire, les dents serrées, et Alice ne ferme pas les yeux. On était aux anges quand on a découvert qu'on arriverait à terme à quelques jours d'intervalle. « Si ça se trouve, on accouchera le même jour ! Presque des jumeaux ! » s'est-on écriées, les yeux écarquillés. On comptait se faire prendre en photo dans cette position tous les mois pour constater l'évolution de nos bidons. Putain, ce que c'était bon. (Désolée pour mon vocabulaire, docteur Hodges. J'avais juste envie de laisser libre cours à mon audace et ma colère l'espace d'un instant. Une cuillerée de paprika pour Elisabeth ! C'était le tarif quand on disait des grossièretés, gamines. Maman trouvait que se laver la bouche au savon, ce n'était pas hygiénique. Je ne peux pas dire « putain » sans avoir le goût du paprika dans le gosier. Ben se moque de moi quand je jure. Je ne m'y prends pas bien. Alice non plus. La faute au paprika. Je crois qu'on en anticipe tellement l'âcreté qu'on fait la grimace.)

C'est Alice qui m'a accompagnée à mon échographie du premier trimestre, Ben était à Canberra pour un salon automobile. Madison était à la maternelle et Tom avec nous, dans sa poussette. Il avait une biscotte à la bouche et se tenait très droit, curieux de tout. Il me faisait littéralement craquer quand il riait, bébé. Alors je le regardais, impassible, et tout à coup, je gonflais les joues et je secouais la tête comme un chien qui s'ébroue. Il trouvait ça tordant. Il m'observait très attentivement, les yeux pétillants, et quand je me mettais à bouger la tête, il se laissait retomber dans sa poussette et riait de tout son corps. Il se tapait les cuisses, comme le père de Nick, convaincu que tout le monde rit de cette façon. Avec ses deux petites dents de devant, l'entendre rire était un délice pareil à un carré de chocolat.

Une fois dans la pièce, Alice a rangé la poussette dans le coin, j'ai retiré ma jupe et me suis allongée sur la table d'examen sans vraiment prêter attention à la femme aux cheveux fins qui m'étalait du gel froid sur le ventre et tapait sur son clavier, parce que je regardais Tom droit dans les yeux, prête à faire mon numéro. Il me fixait, son petit corps compact frémissant d'impatience. Alice et la dame qui avait un accent américain s'accordaient à dire qu'elles préféraient le froid à l'humidité, pourvu qu'il ne fasse pas non plus moins dix.

La femme s'est mise à pianoter sur son clavier tout en passant la sonde en plastique sur mon ventre. J'ai jeté un œil sur l'écran et vu mon nom écrit en haut à droite du paysage lunaire censé être mon anatomie. J'attendais qu'elle commence à montrer le bébé, mais elle ne disait rien. Elle tapait sur son clavier, les sourcils froncés. Alice a regardé l'écran en se rongeant un ongle. Je me suis tournée vers Tom et lui ai fait le coup du chien.

Il s'est écroulé de rire et la femme a dit d'une voix forte : « Je suis désolée, mais il n'y a pas de pouls. » Elle avait un accent typique du sud des États-Unis, très mélodieux, comme Andie MacDowell.

Je n'ai pas compris ce qu'elle voulait dire, parce que Ben et moi avions déjà entendu le cœur du bébé lors de notre première visite chez l'obstétricien. Je me souviens d'un son étrange, sinistre, un peu irréel, comme les pas réguliers d'un cheval étouffés par l'eau, mais Ben et le docteur avaient l'air contents parce qu'ils me souriaient tous les deux fièrement, comme si c'était de leur fait. J'ai pensé que la femme aux cheveux fins parlait d'un problème avec sa machine, que quelque chose était cassé. Je m'apprêtais à lui dire poliment « Pas de problème », mais j'ai regardé Alice qui avait dû comprendre tout de suite parce qu'elle tenait son poing serré contre sa bouche et avait les yeux rouges et larmoyants. La femme m'a effleuré le bras en disant : « Je suis terriblement navrée », et là j'ai commencé à comprendre qu'il s'était peut-être passé quelque chose de grave. J'ai regardé Tom qui mâchonnait sa biscotte en souriant, impatient que je recommence à faire l'idiote. Je lui ai rendu son sourire par réflexe et j'ai demandé : « Qu'est-ce que vous voulez dire ? »

Après, je me suis sentie coupable parce que je ne m'étais pas concentrée sur *mon* bébé. Je n'aurais pas dû m'amuser avec Tom alors que mon pauvre petit bout à moi essayait d'avoir un pouls. J'ai pensé qu'il avait dû se rendre compte que je ne m'occupais pas de lui. J'aurais dû fixer l'écran. L'aider. Lui dire : *Bats, bats, bats.*

Je sais que c'est irrationnel, docteur Hodges. Je sais qu'il n'y avait rien à faire.

Mais je sais aussi qu'une bonne mère se serait concentrée sur les battements de cœur de son bébé.

Je n'ai jamais plus fait le coup du chien à Tom. Je me demande si dans sa tête de bébé, ça lui manquait. Pauvre petit Tom. Pauvre petit astronaute fantôme.

« Tu t'en souviens ? dit Elisabeth. La femme aux cheveux fins ? Tom avait de la biscotte partout sur le visage. Il faisait vraiment lourd, tu portais un pantalon kaki et un tee-shirt blanc. Au retour, tu t'es arrêtée à la station-service, et quand tu nous as rejoints dans la voiture, Tom et moi, on pleurait. Tu avais acheté un Twix et tu nous en as donné. Dans la voiture derrière toi, un homme qui attendait pour faire le plein a klaxonné et tu as sorti la tête de la voiture pour l'engueuler. J'étais si fière de toi. »

Alice essaya de se rappeler. Elle voulait se rappeler. N'était-ce pas trahir Elisabeth que d'oublier ce moment ? Elle chercha dans sa mémoire de toutes ses forces, tel un haltérophile qui sue à grosses gouttes pour soulever un poids énorme.

Dans sa tête, un bébé qui rit dans une poussette, Elisabeth en larmes dans la voiture, un homme en colère qui klaxonne ; mais elle était incapable de savoir s'il s'agissait de vrais souvenirs ou d'images que son imagination fabriquait à mesure qu'Elisabeth parlait. Des images trop vagues, trop irréelles, trop décontextualisées pour être de vrais souvenirs.

« Ça te revient maintenant ?

– Peut-être un peu. » Alice ne voulait pas décevoir ses espoirs.

« Bon. Tant mieux. Enfin, je crois.

– Je suis désolée.

– De quoi ? Ce n'est pas ta faute. Tu ne t'es pas jetée la tête la première sur le parquet de la salle de sport.

– Non, je veux dire, je suis désolée pour ton bébé. »

12

Alice se tut, craignant que la question qui lui brûlait les lèvres – « As-tu cherché à retomber enceinte ? » – soit maladroite. Elle ne voulait pas avoir l'air de faire peu de cas de ce qu'Elisabeth lui avait raconté.

Dissimulée derrière ses lunettes de soleil, sa sœur se grattait compulsivement la joue.

Alice détourna le regard. Elles se trouvaient à présent à quelques centaines de mètres de chez elle. Combien de fois s'était-elle promenée dans le coin avec Nick à la tombée du jour, s'arrêtant ici et là pour regarder chez les voisins et glaner des idées de rénovation ! Dix ans s'étaient-ils vraiment écoulés ? Cela lui semblait impossible. Elle gardait de ces moments un souvenir si clair, si ordinaire que ç'aurait pu être la veille. Nick saluait toujours les autres promeneurs en premier. « Belle soirée ! » lançait-il chaleureusement avant d'entamer la conversation comme s'il les connaissait de longue date. Plantée à ses côtés, Alice esquissait un sourire tendu en se demandant pourquoi ils perdaient leur temps avec des inconnus. Pourtant, la sociabilité décomplexée de Nick la remplissait de fierté. Il pouvait arriver à une fête pleine d'inconnus et tendre la main au premier venu en disant : « Bonjour ! Je m'appelle Nick et voici ma femme, Alice. » Un don exceptionnel – comme jouer d'un instrument de musique particulièrement difficile – qu'elle ne posséderait jamais, même dans ses rêves. Le plus chouette, c'était qu'en société, elle pouvait se reposer sur lui et que les soirées n'étaient plus une torture insoutenable. Elle s'y amusait follement, au point qu'elle doutait d'avoir jamais été timide. Même quand Nick n'était pas tout près d'elle, Alice savait que si son interlocuteur s'éloignait, elle ne se retrouverait pas seule au milieu de la foule, elle pourrait le rejoindre d'un pas décidé, certaine qu'il passerait son bras autour de ses épaules et l'intégrerait en douceur à la conversation.

Était-elle de nouveau obligée de sortir seule à présent ?

Elle se remémora cette vulnérabilité qui l'avait habitée pendant de longs mois suite à ses précédentes ruptures, cette sensation d'être mise à nu. Si elle avait ressenti ça après des garçons aussi insignifiants, que devait-elle éprouver après sa séparation avec Nick ? Elle s'était sentie si bien dans le cocon de leur relation. Elle qui croyait pouvoir s'y lover pour toujours.

Alice leva le nez de son bracelet qu'elle n'avait cessé de tripoter et s'aperçut qu'elles tournaient dans Rawson Street. Tandis qu'elle observait la longue rangée de liquidambars touffus et la voiture de devant qui s'apprêtait à tourner à droite dans King Street, elle se sentit soudain horrifiée. Son cœur se mit à battre la chamade, comme si elle venait de se réveiller en plein cauchemar ; quelque chose lui serra la gorge ; une peur panique la plaqua contre son siège.

Elle voulut tendre le bras, prévenir sa sœur qu'elle était probablement en train de mourir mais fut incapable de bouger. Elisabeth freina, regarda à gauche puis à droite avant de s'engager dans King Street. Comment pouvait-elle ne pas se rendre compte qu'Alice faisait une crise cardiaque sur le siège passager ?

Après le virage, son cœur commença à ralentir. Elle put de nouveau respirer. Elle émit un soupir de soulagement en sentant l'air envahir ses poumons.

Elisabeth lui glissa un coup d'œil. « Ça va ? »

Alice répondit, la voix haut perchée. « Je me suis sentie vraiment très bizarre pendant une seconde avant le virage.

– Des vertiges ? Parce que je peux te ramener à l'hôpital tout de suite si tu veux. Ce n'est pas un problème.

– Non, non, c'est passé. C'était juste… rien, franchement. »

La peur s'était évaporée, laissant Alice faible et tremblante comme à la descente d'un tour de montagnes russes. Étranges, ces raz-de-marée émotionnels. D'abord, il y avait eu ce chagrin inimaginable. Maintenant, cette terreur.

En arrivant dans sa rue, elle vit un écriteau « À vendre » dans le jardin de la maison d'en face. « Oh, les Pritchett vendent ? »

Elisabeth jeta un œil dans la direction de la maison, une expression indéchiffrable sur le visage. « Euh. Je crois qu'ils ont vendu il y a déjà plusieurs années. C'est la famille qui leur a acheté la maison qui s'en va. Bref… » Elle se gara dans l'allée d'Alice et de Nick et tira le frein à main. « Bienvenue chez toi ! »

En voyant sa maison, Alice plaqua la main contre sa bouche. Elle sortit de la voiture d'un bond. L'allée en gravier blanc poli craqua sous ses pieds. Du gravier blanc ! « Waouh, s'exclama-t-elle, aux anges. Vise un peu ce qu'on a réussi à faire ! »

C'est par une morose journée de juillet qu'ils avaient vu la maison pour la première fois.

« Oh là là », s'étaient-ils lamentés à l'unisson en se garant devant. Puis, s'attardant quelques instants dans la voiture pour mieux l'observer, ils avaient émis des petits sons interrogateurs, l'air de dire : « Elle a peut-être quelque chose, cette maison, non ? »

Bâtie dans le style Fédération, elle s'élevait sur deux niveaux et son état de délabrement était tel que sa toiture s'affaissait. Derrière les fenêtres, des couvertures remplaçaient les habituels rideaux ; dans le jardin, envahi par la végétation, s'amoncelait un bric-à-brac invraisemblable. Mais l'imposante demeure qu'elle avait été jadis apparaissait à qui savait regarder.

La pancarte « À vendre » précisait « GROS POTENTIEL », ce qui ne laissait guère de place à l'interprétation.

« Trop de travaux, avait déclaré Nick.

– Beaucoup trop ! » avait surenchéri Alice.

Tandis qu'ils attendaient l'agent immobilier, frissonnant de froid sur le trottoir, la porte d'entrée s'était ouverte en grinçant sur une vieille dame voûtée, qui portait un pull-over d'homme sur une jupe à carreaux, de longues chaussettes et des tennis. Elle descendit l'allée d'un pas traînant vers la boîte aux lettres.

« Au secours », dit Alice. C'était déjà assez difficile d'apercevoir les visages décomposés d'un couple de cinquantenaires qui s'esquivait à votre arrivée pour ne pas avoir à entendre vos remarques désobligeantes sur la moquette. Sans parler de tous les efforts qu'ils faisaient pour vous séduire : fleurs coupées, plans de travail briqués, service à café disposé sur la table basse du salon pour le rendre plus accueillant. Nick ne pouvait pas s'empêcher de ricaner quand les gens allaient jusqu'à allumer des bougies parfumées dans leur salle de bains – comme si cela correspondait vraiment à leur mode de vie ! – mais Alice, elle, trouvait leur optimisme touchant. « Ne vous donnez pas toute cette peine pour m'impressionner », aurait-elle voulu leur dire. Et voilà qu'à présent ils tombaient sur cette très vieille dame toute tremblante. Où se réfugierait-elle pendant leur visite ? Il faisait si froid. Avait-elle astiqué les sols à genoux malgré son arthrite alors qu'ils n'achèteraient probablement pas sa maison ?

« Bonjour ! lança Nick.

– Chut ! » lui intima Alice en se faisant toute petite derrière lui.

Il l'obligea à se montrer et, comme elle n'était pas du genre à faire du catch en public, elle n'eut d'autre choix que d'aller à la rencontre de la vieille dame à ses côtés.

« Nous avons rendez-vous ici avec l'agent immobilier, expliqua Nick.

– Pas avant quinze heures, répondit-elle sans l'ombre d'un sourire.

– Oh, non », s'exclama Alice. Quinze heures, ça lui disait effectivement quelque chose. Mais, comme d'habitude, ce détail leur était sorti de la tête. (« Mon Dieu ! Comment allez-vous faire quand vous aurez des enfants ? » leur avait dit un jour la mère de Nick.)

« Désolé, dit Nick. On va faire un tour dans le quartier en attendant. Ça a l'air très beau.

– Autant que vous visitiez tout de suite. Je ferai un meilleur guide que ce lèche-bottes à face de fouine. »

Sur quoi, elle tourna les talons et remonta l'allée lentement.

« Elle va nous enfermer dans une cage et nous engraisser avant de nous dévorer, chuchota Nick à l'oreille d'Alice.

– Laisse tomber des miettes de pain, alors ! »

Ils lui emboîtèrent le pas en riant silencieusement.

En haut de l'escalier de la véranda trônaient, tels des guetteurs en faction, deux majestueux lions en grès. Nick et Alice se sentirent suivis du regard en passant.

« Grrr ! fit Nick en levant la main, en guise de patte griffue.

– Chut ! »

L'intérieur de la maison se révéla à la fois mieux et pire qu'ils l'avaient imaginé. Mieux, du fait des très hauts plafonds ornés de moulures et de rosaces, des cheminées en marbre d'origine, du parquet, également d'origine, que dévoilait dans un coin une moquette effilochée. Et pire, en raison d'une odeur de renfermé et de poussière qui chatouillait les narines, de trous béants dans les murs de plâtre, de salles de bains antiques envahies de moisissures et d'une cuisine dotée d'un linoléum des années 1950 et d'un four qui semblait tout droit sorti d'un musée.

La vieille dame les fit asseoir face à un radiateur à tube halogène et leur apporta une tasse de thé et une assiette de biscuits sablés, refusant l'aide d'Alice qui avait peine à la regarder se déplacer. Puis elle s'installa près d'eux avec un vieil album photos couvert de poussière.

« Voilà à quoi ressemblait la maison il y a cinquante ans. »

En dépit de leur petit format, les clichés en noir et blanc témoignaient de la beauté et de la grandeur passées de la demeure, à présent réduite à l'état de squelette.

« Là, c'est moi le jour où nous avons emménagé, poursuivit-elle en désignant d'un ongle jauni une jeune fille qui posait les bras ouverts dans le jardin de devant.

– Vous étiez si jolie, dit Alice.

– C'est vrai. Mais bien sûr, je n'en étais pas consciente. Tout comme vous aujourd'hui.

– D'accord avec vous, fit Nick qui mangeait son troisième biscuit rassis comme s'il n'avait rien avalé depuis un mois.

– Cette maison devrait revenir à mes enfants et petits-enfants, mais ma fille est décédée à trente ans et mon fils ne me parle plus, alors je la vends. J'en veux deux cent mille dollars. »

Nick manqua de s'étrangler. Le prix indiqué sur l'annonce s'élevait à plus de trois cent mille.

« L'agent immobilier vous dira que j'en demande beaucoup plus, mais si vous m'en offrez deux cent mille, elle est à vous. Je sais que je peux sûrement en tirer davantage si je la cède à un investisseur qui la remettra à neuf à la va-vite pour la revendre, mais j'espérais qu'un jeune couple s'y installe et prenne le temps qu'il faut pour la rénover et ressusciter les bons souvenirs. Il y a eu tellement de bonheur dans cette maison ; ça ne transpire pas, mais c'est vrai. »

Une pointe de dégoût perça dans sa voix lorsqu'elle prononça les mots « bons souvenirs ».

« Elle pourrait retrouver son cachet d'antan. Comme il se doit, en réalité, poursuivit-elle sur le ton de la réprimande. Il suffit d'un peu d'huile de coude. »

Après leur visite, ils restèrent un moment dans la voiture à regarder la maison en silence.

« Un peu d'huile de coude, dit Alice.

– Des citernes entières d'huile de coude, oui ! s'exclama Nick.

– Bon, tu en penses quoi ? On oublie ? Franchement, on oublie, non ?

– Toi d'abord. Le fond de ta pensée ?

– Non, dis, toi.

– Honneur aux dames.

– Bon, d'accord. » Alice prit une grande inspiration, les yeux rivés sur la maison, imaginant la façade repeinte, la pelouse tondue, un bambin qui court en rond. C'était pure folie, évidemment. Il leur faudrait des années pour la remettre en état. Ils n'avaient pas l'argent. Ils travaillaient tous les deux à temps plein. Sans compter qu'ils s'étaient mis d'accord : hors de question d'acheter un bien qui nécessitait plus que des travaux de déco. « On la prend.

– Banco ! »

Alice était au comble du bonheur. Partout où elle regardait, quelque chose de nouveau et de merveilleux s'offrait à sa vue. Les blocs de grès qui menaient à la véranda (une idée de Nick) ; le châssis en bois laqué blanc des fenêtres et les rideaux couleur crème que l'on devinait à l'intérieur, le bougainvillier rose qui s'épanouissait sur le treillis latéral de la véranda (elle aurait juré qu'elle en avait eu l'idée quelques jours plus tôt à peine – « On prendra le petit déjeuner à cet endroit et on fera semblant d'être sur une île grecque ! ») ; même la porte d'entrée, juste ciel ! Ils avaient fini par la décaper et la repeindre !

« On avait une liste, dit Alice. Tu te souviens, Libby, de notre liste ? On l'avait intitulée "Le Rêve impossible". On avait rempli trois pages de papier ministre avec toutes les choses qu'on voulait faire dans la maison. Il y avait quatre-vingt-treize points.

Le dernier, c'était l'allée de gravier blanc. » Elle ramassa un caillou blanc lisse. « Regarde. » Se pouvait-il qu'ils soient venus à bout de cette liste ? Ce n'était rien de moins qu'un miracle. Ils avaient réalisé « Le Rêve impossible ».

Elisabeth esquissa un sourire las. « Vous avez fait un travail magnifique – attends de voir l'intérieur. Je suppose que tu as les clés quelque part dans ton sac. »

Sans même y réfléchir, Alice sortit un gros trousseau de clés d'une poche latérale zippée de son sac. En guise de porte-clés, un sablier miniature qu'elle n'avait jamais vu.

Les deux sœurs montèrent les marches de la véranda où il faisait merveilleusement frais. Elle était meublée d'une série de chaises en rotin agrémentées de coussins bleus (une nuance de bleu magnifique) et d'une table ronde au plateau en mosaïque. Dessus, un verre de jus à moitié plein. Par réflexe, Alice le ramassa. Elle se prit les pieds dans un ballon de football noir et blanc qui termina sa course contre la roue d'une trottinette abandonnée sur la tranche et dont le guidon était décoré de rubans brillants.

« Oh mon Dieu, s'écria-t-elle, paniquée. Les enfants. Les enfants sont ici ?

– Ils sont avec la mère de Nick. C'est son week-end. Il rentre du Portugal demain matin. Il te les déposera dimanche soir, comme d'habitude.

– Comme d'habitude, répéta Alice d'une petite voix.

– Apparemment, c'est votre mode de fonctionnement, expliqua Elisabeth d'un air contrit.

– Bon. »

Alice n'opposa pas davantage de résistance lorsque Elisabeth la débarrassa du verre de jus.

« On entre ? Tu as probablement besoin de t'allonger un moment. Tu es toujours très pâle. »

Alice regarda autour d'elle. Il manquait quelque chose.

« Où sont passés George et Mildred ?

– J'ignore qui sont George et Mildred, dit Elisabeth d'une voix douce, comme si elle avait affaire à quelqu'un de dérangé.

– Les lions en grès, répondit-elle en désignant l'endroit où elle aurait dû les trouver. La vieille dame nous les a laissés exprès. On les adore.

– Oh, oui ! Je crois que je m'en souviens. J'imagine que vous vous en êtes débarrassés. C'est pas vraiment ton style, Alice. »

Pas son style ? Qu'est-ce que ça voulait dire ? Nick et elle ne se seraient jamais défaits des lions. « George, Mildred, on va faire les courses ! lançaient-ils en quittant la maison. On vous confie le fort ! »

Nick, lui, saurait éclaircir ce mystère. Elle lui poserait la question. Elle se tourna, le trousseau dans la main. Le massif bloc serrure doré ne lui était pas familier ; pourtant, ses doigts trouvèrent aussitôt la bonne clé. Elle baissa la poignée et poussa la porte d'un coup d'épaule dans un mouvement expert. Incroyable ! Le téléphone portable, le maquillage, et maintenant la serrure ! Autant de gestes que son corps maîtrisait parfaitement alors que, dans son esprit, elle ne les avait jamais faits. Elle allait en parler à Elisabeth quand elle aperçut l'entrée et en resta bouche bée.

« Bon, voilà ce que je vois », avait déclaré Nick dans l'entrée sombre et vieillotte quelques jours après qu'ils avaient emménagé, tous deux traumatisés par l'état de la maison. (Sa mère avait *pleuré* lorsqu'elle avait visité la maison.) « Imagine cette entrée baignée de soleil grâce aux lucarnes qu'on va installer ici, là et là. Imagine les murs sans cette tapisserie, peints dans des tons vert pâle par exemple et, à la place de cette moquette, un parquet verni et brillant sous les rayons du soleil. Là, une console avec des fleurs et le courrier sur un plateau d'argent – sans le majordome, mais c'est l'idée –, un porte-parapluies et un porte-manteaux. Des photos de nos adorables enfants alignées sur ce mur – pas ces affreux portraits figés, non, de vraies photos d'eux, à la plage ou en train de se curer le nez. »

Alice avait essayé de se représenter la chose, mais elle avait un vilain rhume – son nez la piquait tellement qu'elle avait les larmes aux yeux – et ils avaient découvert vingt minutes plus tôt qu'il fallait changer la chaudière alors qu'ils n'avaient plus que deux cent onze dollars sur leur compte. Alors elle avait dit : « On n'avait pas toute notre tête quand on a signé. » Nick s'était décomposé. « Alice, arrête, je t'en supplie. »

Et voilà qu'aujourd'hui, l'entrée correspondait en tous points à la description qu'il en avait faite : la lumière, la console, le parquet miel brillant. Il y avait même, dans l'angle, un drôle de porte-manteaux d'époque couvert de chapeaux, casquettes et autres serviettes de plage.

Alice avança lentement, caressant distraitement les objets du bout des doigts. Elle jeta un coup d'œil aux cadres : un beau bébé à quatre pattes dans l'herbe, fixant l'appareil de ses grands yeux ; une blondinette riant aux éclats à côté d'une fillette déguisée en Spiderman, les mains sur les hanches ; un petit gars tout fin et tout bronzé dans un caleçon de bain ample, pris dans les airs en plein plongeon désordonné avec un ciel éclatant à l'arrière-plan et quelques gouttes d'eau sur la lentille, seuls témoins d'une piscine invisible. Autant de souvenirs qu'Alice avait oubliés.

L'entrée débouchait sur ce qui était autrefois le minuscule salon où la vieille dame leur avait offert du thé et des biscuits. Leur projet : abattre trois murs dans cette partie à l'arrière de la maison – une idée d'Alice ; elle avait dessiné le plan sur une serviette en papier Domino's Pizza – pour créer un grand espace ouvert comprenant la cuisine d'où ils pourraient voir le jacaranda situé dans un angle au fond du jardin. « Voilà ce que *moi* je vois, mon cher », avait-elle dit à Nick. Le résultat était fidèle à ce qu'elle avait imaginé, en mieux. Dans la cuisine, de longs plans de travail en granite, un *énorme* réfrigérateur en inox et une multitude d'appareils high-tech.

Elisabeth entra dans la cuisine, pas impressionnée pour deux sous, et vida le verre de jus d'orange dans l'évier.

151

Alice laissa tomber son sac sur le sol. Cette histoire de divorce, ce n'était pas sérieux. Quel couple ne serait pas divinement heureux dans une telle maison ?

« Je n'arrive pas à y croire. Oh, tu as vu, Elisabeth ? Les volets métalliques blancs vont à merveille sur cette fenêtre. Je le savais ! Nick les voulait en bois. Mais je vois que pour le carrelage, c'est lui qui a gagné. Faut reconnaître qu'il avait raison. Oh, et on a trouvé une solution pour ce coin biscornu ! Waouh ! C'est parfait ! Par contre, pour les rideaux, je ne suis pas convaincue.

– Alice, as-tu seulement retrouvé le moindre souvenir ?

– Oh, mon Dieu ! C'est une piscine que je vois là-bas ? Une vraie piscine ? Libby, on est riches ? C'est ça ? On a touché le gros lot ou quoi ?

– Je peux savoir ce que tu leur as dit, à l'hôpital ?

– Et vise un peu la taille de cette télévision ! On dirait un écran géant ! »

Que de remarques futiles ! Elle en avait conscience mais elle était incapable de s'arrêter.

« Alice. »

Les jambes flageolantes, elle alla s'asseoir sur le canapé en cuir marron (grand luxe !) en face de l'écran. Quelque chose s'enfonça dans sa cuisse. Elle récupéra une minuscule figurine en plastique : un homme au regard assassin armé d'une mitrailleuse. Elle la posa délicatement sur la table basse.

Elisabeth la rejoignit sur le canapé et lui tendit une feuille pliée en deux. « Tu sais de qui c'est ? »

Il s'agissait d'une carte faite main avec des paillettes et un dessin au feutre représentant une dame pas contente qui avait un pansement sur le front. Dedans, le message suivant : « *Ma maman d'amour, guéris vite, je t'aime, Olivia.* »

« D'Olivia, évidemment, dit Alice en touchant les paillettes.

– Et te souviens-tu d'Olivia ?

– Si on veut. »

Ladite Olivia ne lui évoquait strictement rien, mais son existence semblait incontestable.

« Et que leur as-tu dit, à l'hôpital ? »

Alice palpa la bosse toujours sensible à l'arrière de son crâne. « Que certaines choses restaient un peu floues, mais que mes souvenirs étaient globalement revenus. Ils m'ont fait une lettre pour que je consulte un neurologue en cas de problèmes persistants. D'après eux, tout devrait revenir à la normale d'ici une semaine. De toute façon, je crois que j'ai bien quelques bribes.

– *Quelques bribes ?* »

On sonna à la porte.

« Oh ! s'exclama Alice. Super sonnerie. Je détestais l'ancienne. »

Elisabeth fronça les sourcils. « J'y vais. À moins que tu préfères le faire toi-même.

– Non, je t'en prie », répondit Alice, interloquée. Pourquoi refuser qu'Elisabeth aille ouvrir ?

Alice posa la tête contre le canapé et ferma les yeux. Elle essaya d'imaginer le moment où Nick ramènerait les enfants le lendemain en fin de journée. Instinctivement, elle se jetterait dans ses bras comme chaque fois qu'il revenait de déplacement. (Elle avait la nette impression qu'elle ne l'avait pas vu depuis une éternité.) Mais comment réagirait-elle s'il ne la serrait pas contre elle, ou s'il se dégageait doucement de son étreinte, ou pire, s'il la repoussait carrément ? Pfff ! Il ne ferait jamais une chose pareille. D'où lui venait cette idée ?

Sans compter qu'il y aurait les « enfants ». Grouillant dans la maison. Vaquant à leurs occupations d'enfants.

Alice chuchota leurs prénoms pour elle-même.

Madison.

Tom.

Olivia.

C'était joli, Olivia.

Leur dirait-elle ? « Désolée, je reconnais vos visages, mais je ne vous remets pas vraiment. » Impossible. Quoi de plus terrifiant pour un enfant que d'apprendre que sa mère ne se souvient pas de lui ? Elle n'avait pas le choix : elle ferait semblant, jusqu'à ce qu'elle retrouve effectivement la mémoire, ce qui bien sûr ne manquerait pas d'arriver. Bientôt.

Elle essaierait de leur parler normalement. Pas question de prendre une voix faussement joviale, comme le font souvent les adultes quand ils s'adressent aux enfants. C'est malin, les gosses. Ils verraient clair dans son jeu. Oh, mon Dieu. Qu'allait-elle seulement leur *dire* ? Ça lui semblait encore plus difficile que de réfléchir à des sujets de conversation appropriés avant d'aller à une de ces effrayantes soirées au bureau de Nick.

Elle entendit des voix dans l'entrée.

Elisabeth réapparut, suivie d'un homme qui poussait un chariot sur lequel s'empilaient trois cartons.

« Apparemment, ce sont des verres, annonça Elisabeth. Pour ce soir.

— Je les mets où ? grommela le livreur.

— Euh… pour ce soir ? fit Alice.

— Posez ça là, dans la cuisine, intervint Elisabeth.

— Une p'tite signature », dit l'homme après avoir posé les cartons sur le plan de travail. Elisabeth s'exécuta. Il détacha une feuille de son bloc, la lui tendit puis, jetant un bref coup d'œil autour de lui : « Chouette maison.

— Merci ! » lança Alice, rayonnante de joie.

Une voix forte se fit entendre dans l'entrée. « Livraison d'alcool !

— Alice, demanda Elisabeth. Une fête chez toi ce soir, ça te dit quelque chose ? »

13

Ensemble, elles consultèrent l'agenda d'Alice.

« *Cocktail de la maternelle*, lut-elle à voix haute. Dix-neuf heures. Ce qui veut dire ?

– Je pense qu'il s'agit des parents d'élèves de la classe d'Olivia.

– Et c'est moi qui reçois ? Pourquoi moi ?

– Je crois que tu organises beaucoup de soirées de ce genre.

– Tu crois ? Tu n'es pas sûre ? Tu ne viens pas à ces *soirées* ?

– Eh bien, non. Ça concerne l'école. Les mamans. Je ne suis pas maman. »

Alice leva le nez de son agenda. « Tu n'es pas maman ? »

Elisabeth tressaillit. « Non. Je n'ai pas eu de chance de ce côté-là. Passons. Que comptes-tu faire pour ce cocktail ? »

Mais Alice s'en moquait complètement. Recevoir les parents de toute une classe de maternelle ? Hors de question. « Bon, tu vas me dire ce qui s'est passé ? S'il te plaît ? Tu as essayé de retomber enceinte après cette fausse couche ? »

Elisabeth détourna le regard.

Petites réflexions d'une arrière-grand-mère sur la Toile

Doris de Dallas m'a vraiment fait réfléchir à propos des guillemets que j'utilise pour « fille » et « petite-fille ».

Elle a bien raison. Barb est ma fille. Elisabeth et Alice mes petites-filles.

La mort du mari de Barb a changé ma vie à jamais. Avant, je considérais mes voisins comme la gentille petite famille d'à côté. Le père était un homme charmant. Grand, avec des lunettes. Électricien de métier. Il me rentrait les poubelles. Ses filles l'adoraient. Je les vois encore se précipiter dans l'allée, toutes tresses au vent, quand il revenait du travail.

Moi, j'étais célibataire. Pour répondre à la question de Frank Neary (reste à savoir s'il s'agit bien de mon ancien élève ou d'un imposteur sans vergogne !), je ne me suis jamais mariée. Suite à une grosse déception sentimentale, comme on dit.

Cela dit, je ne me suis jamais sentie seule ni frustrée. J'avais mon travail, que j'aimais beaucoup, des amis, des « centres d'intérêt ». Je ne tenais pas particulièrement à fonder une famille. Et puis j'ai appris que ce charmant jeune voisin était mort d'une crise cardiaque. Quel choc. Je n'oublierai jamais le moment où ces fillettes sont sorties de la maison le jour des obsèques de leur père. Leur visage pâle, anéanti.

Un jour, je suis passée déposer un ragoût et j'ai bien vu que Barb ne s'en sortait pas. Elle avait rendu les armes. Elle avait perdu ses parents à l'adolescence et je crois que tout ça l'avait rattrapée.

J'ai pris l'habitude de passer les voir tous les après-midi. Au début, je le faisais par devoir. Ça me semblait être la meilleure façon d'agir. Mais ensuite, j'ai littéralement craqué pour ces deux petites filles.

Je crois qu'elles avaient dans l'idée qu'elles devaient grandir au plus vite.

Alice voulait apprendre à cuisiner. Je lui ai montré comment faire griller des côtelettes. Au bout de quelques semaines, elle faisait ses propres essais, ajoutant des épices ou autre. Elisabeth, elle, voulait savoir comment on trouve un travail, comment on ouvre un compte en banque, ce genre de choses.

J'ai fait de mon mieux, mais aujourd'hui encore, je m'interroge sur l'impact que cette période a eu sur les filles. Elles se battent corps et âme pour créer la « famille parfaite ». Elles cherchent peut-être à retrouver l'innocence de leur petite enfance, avant le décès de leur père. En même temps, qui n'aime pas que tout soit parfait ?

Je n'oublierai jamais le jour où Alice m'a demandé de l'accompagner à la fête des grands-parents organisée par l'école.

Elle s'est avancée vers sa maîtresse et elle a dit : « Voici Frannie. Elle habite à côté et c'est ma mamie. » Ensuite elle m'a regardée, l'air de dire : « Pas vrai ? » Ne pas fondre en larmes m'a demandé un tel effort que je n'ai pas pu décrocher un mot.

Je poste une photo de moi avec Elisabeth et Alice. Elle date du premier Noël après la mort de leur père. (Pas mal, ma robe « psychédélique » des années soixante-dix, non ?) Elles ont fait tant d'efforts pour que leur mère passe un joyeux Noël.

Quelle bénédiction de les avoir depuis tout ce temps.

COMMENTAIRES

Doris de Dallas écrit :
Merci de partager votre histoire avec nous. Voilà de bien jolies fillettes. Elles ont eu de la chance de vous avoir. Vous-même étiez une femme charmante !
P.-S. : Si je peux me permettre, qu'entendez-vous par « déception sentimentale » ?

Devoirs d'Elisabeth pour le Dr Hodges

Je revois Alice avec ses grands yeux me demander, le plus respectueusement du monde, si j'ai réessayé. Surréaliste. J'ai failli éclater de rire. Je me suis même demandé si elle ne jouait pas la comédie.

Voilà une éternité que je n'ai pas vraiment repensé à ces premières fausses couches, ces « pertes », comme vous dites, avec ce rictus constipé. Je crois que je déteste cette tête que vous faites, docteur Hodges. Votre femme aussi, je parie. Quand je vous vois pincer les lèvres comme ça, je ne peux pas m'empêcher de penser à tout ce que je pourrais m'offrir avec les cent cinquante dollars que je vous donne chaque semaine. Vous vous souvenez de cette séance où vous m'avez demandé de parler de ces « pertes » (rictus, rictus) et j'ai répondu dans un soupir théâtral que je ne m'en sentais pas le courage ? La réalité, vraiment, c'est que cette tête que vous faisiez, ça m'énervait à un point...

Aujourd'hui, ces « pertes », je les vois surtout comme des éléments de mon dossier médical. Si un médecin m'interroge sur mes antécédents, je débite toute la liste sans oublier aucune procédure, analyse et autres terribles déconvenues, d'une voix dépourvue de la moindre émotion, comme si ça n'avait pas d'importance, comme si c'était l'histoire de quelqu'un d'autre.

J'arrive à dire « deuxième fausse couche du premier trimestre » sans sourciller, je ne pense même pas à ce que je vivais sur le moment.

Sachez qu'à l'heure qu'il est, j'ai raté ma soirée *Grey's Anatomy*. Je me donne vraiment du mal pour cette thérapie. J'aimerais bien que vous me notiez. Vous devriez donner des notes aux patients qui ont besoin de votre approbation.

Je me souviens à quel point nous étions heureux quand je suis retombée enceinte, d'autant que cette fois, allez savoir pourquoi, c'était une grossesse « naturelle ».

Ça devait être mon bébé de janvier. On l'attendait pour le dix-sept (le lendemain de l'anniversaire de Ben ; vous imaginez s'il était né le même jour ! Mais on s'interdisait de le dire à voix haute). Cette grossesse-là, on n'en a parlé à personne. On s'est dit que mettre notre entourage dans la confidence pour la première avait été une erreur, une erreur de débutants. Je pensais annoncer la deuxième avec une assurance et une tranquillité toutes féminines à la fin du premier trimestre. Ça semblait plus adulte, plus raisonnable. J'aurais dit, l'air de rien : « Oh, non, ce n'est pas un bébé-éprouvette cette fois. Je suis tombée enceinte naturellement. » Nous n'avons pas parlé prénoms, Ben ne me touchait pas le ventre quand il m'embrassait avant d'aller au travail le matin. On disait des choses comme « Si je suis toujours enceinte à Noël... » et quand on prononçait le mot « bébé », on chuchotait, comme si l'erreur avait été de trop y croire, comme si on pouvait essayer d'avoir un enfant sans que les dieux s'en rendent compte.

Cette fois, Ben était là pour la première échographie. On s'est habillés avec soin, comme pour un entretien d'embauche, comme si ça pouvait faire une différence. La jeune Australienne qui a pratiqué l'examen était un peu excentrique. J'étais inquiète bien sûr, mais en même temps, je surjouais un peu, pour les caméras, si vous voyez ce que je veux dire. À la surface, j'étais hyper nerveuse, mais une petite voix au fond de moi prenait un malin plaisir à observer mon anxiété : *Oh, regarde-la s'enfoncer les ongles dans les paumes, pauvre créature traumatisée, alors que cette fois, c'est ÉVIDENT qu'il va y avoir un pouls, parce que ce genre de chose n'arrive pas deux fois.* Je sentais déjà l'énorme bouffée de soulagement que j'allais laisser échapper. J'avais des réserves de larmes de joie qui attendaient seulement que j'ouvre les vannes. J'étais prête à adresser un message d'amour poignant à mon premier bébé : « Je ne t'oublierai jamais, tu es à jamais dans mon cœur. » Quelque chose dans ce goût-là. Et puis, le moment serait venu de me concentrer sur ce nouveau bébé : notre vrai bébé. Celui d'Alice n'aurait que quelques mois de plus. Le coup des jumeaux, ça marchait toujours.

Et là, la jeune femme a dit : « Je suis désolée... »

Ben a serré les dents et fait un pas en arrière. Il n'aurait pas réagi autrement si un type dans un bar avait cherché à le mêler à une bagarre.

Je l'ai entendue tellement de fois, cette phrase, docteur Hodges. Je suis désolé. Je suis désolé. Je suis désolé. Ah, ça, dans le milieu médical, vous êtes souvent désolés. Je me demande si vous serez le prochain à me dire un jour, gentiment, tristement : « Je suis désolé mais je ne peux rien pour vous. Il serait peut-être temps d'envisager d'autres options, la transplantation d'une autre personnalité par exemple. »

Ça s'est passé exactement comme la première fois, ou presque. J'en avais honte. J'avais l'impression de leur faire perdre leur temps : j'étais la fille qui se présentait systématiquement aux échographies avec des bébés morts. Quoi ? Vous vous imaginiez peut-être avoir un vrai bébé bien en vie là-dedans ? Vous ? Ne soyez pas ridicule ! Vous n'êtes pas une véritable femme et ces tentatives pathétiques d'enfanter n'y changeront rien ! Libérez la place pour les femmes dignes de ce nom ! Celles qui ont le ventre fertile et des bébés qui donnent des coups de pied !

Après, j'ai eu le sentiment que ce n'était pas bien d'avoir caché cette grossesse à nos familles. J'avais envie de leur parler de la fausse couche, qu'ils sachent que le bébé avait existé. Mais quand je l'ai fait, ce qu'ils ont retenu, c'est que je ne leur avais rien dit. Ils se sont sentis trompés. Et de commenter : « Oh, voilà pourquoi tu n'as pas bu au barbecue organisé à Pâques. Je m'étais posé la question. Mais

toi, tu t'es contentée de raconter que tu n'avais pas envie d'alcool. »
En d'autres termes : MENTEUSE.

La mère de Ben l'a très mal pris. Il a fallu qu'on l'invite deux fois
au Black Stump – on avait des tickets-restaurant – pour qu'elle nous
pardonne. Le fait que j'aie perdu le bébé ne semblait pas important.
Personne n'a été aussi peiné que pour le premier, et comment le leur
reprocher ? Ils venaient juste d'apprendre son existence. J'ai développé un sentiment de protection ridicule pour mon bébé de janvier,
comme si personne ne l'aimait, comme si elle n'était pas aussi jolie
ou intelligente que le précédent.

Eh oui, c'était une fille. Cette fois, ils ont analysé le « tissu expulsé »,
qui a révélé qu'il s'agissait d'un fœtus de sexe féminin sans anomalie
chromosomique. Ils ont dit qu'ils étaient désolés mais qu'ils ne savaient
pas pourquoi j'avais perdu le bébé. Qu'ils avaient encore beaucoup de
choses à comprendre sur les fausses couches mais que, d'après les sta-
tistiques, j'avais encore de grandes chances de donner naissance à un
bébé en bonne santé la prochaine fois. Haut les cœurs ! Essaie encore.

Une semaine après le curetage (je ne me suis jamais sentie aussi
désespérée qu'en salle de réveil après un curetage), je me suis rendue
à la maternité pour voir Alice et sa petite fille. Bien sûr, Alice m'a dit
que ce n'était pas la peine de venir, et Ben me l'a carrément interdit.
Mais j'y suis allée quand même. Je ne sais pas pourquoi, mais je tenais
à agir comme je l'aurais fait en temps normal.

Je suis passée au kiosque à journaux pour choisir une carte couverte de paillettes roses qui disait *Félicitations pour la naissance de
votre adorable petite fille*. Puis, direction la boutique Pumpkin Patch
où j'ai acheté une petite robe jaune brodée de papillons. Et la ven-
deuse de s'extasier : « Ça donne tellement envie d'avoir une petite
fille, n'est-ce pas ? »

J'ai emballé la robe dans du papier de soie rose, écrit quelques
mots sur la carte, conduit jusqu'à la maternité, garé la voiture, par-
couru les couloirs avec le cadeau sous le bras et une pile de magazines people à la noix pour Alice. Pendant tout ce temps, je flottais
au-dessus de moi-même, impressionnée. « Tu t'en sors très bien.
Bravo. Ce sera bientôt fini et tu pourras rentrer à la maison pour te
coller devant la télé. »

Alice disposait d'une chambre individuelle ; elle donnait la tétée à Olivia.

Mes seins à moi étaient toujours douloureux. Satané organisme, qui continue de se comporter comme si vous étiez enceinte alors qu'on vous a sorti le bébé de l'utérus à coups de racloir.

« Oh, mais regarde-moi ce petit ange ! » ai-je dit à Alice, prête à lui servir le baratin habituel.

Je suis rompue à l'exercice maintenant. Pas plus tard que la semaine dernière, j'ai rendu visite à une amie qui venait d'accoucher de son troisième enfant et, sans vouloir me vanter, j'ai fait un sans-faute ! Quel numéro ! « Regarde ses petites mains ! Oh, et il a tes yeux/ ton nez/ta bouche ! Le prendre dans mes bras ? Mais avec plaisir ! » Respirer. Parler. Sourire. Ne pas y penser. Ne pas y penser. Ne pas y penser. Ça mérite un Oscar.

Sauf qu'Alice ne m'a pas laissée faire.

Dès qu'elle m'a vue, elle a tendu son bras libre vers moi, la mine décomposée, et elle m'a dit : « Je voudrais tellement que ce soit moi qui te rende visite. »

Je me suis assise sur le lit et je l'ai laissée me serrer fort contre elle. Ses larmes coulaient sur la petite tête toute douce d'Olivia qui continuait de téter avidement. Elle a toujours mangé comme quatre, cette gamine !

Ce n'est qu'en me mettant à écrire que je me suis souvenue de cette journée, du bien que ça m'avait fait de voir Alice pleurer si sincèrement pour moi. Comme si elle me soulageait d'une partie de ma douleur. Je me suis dit, tout va bien, je peux le faire, je vais m'en sortir, ça va aller.

Simplement, je n'avais pas conscience que les choses allaient se répéter, encore et encore.

Eh bien, en voilà une avancée dans ma journal-thérapie ! Pas la peine de prendre la grosse tête, docteur Hodges. Ce n'est pas comme si j'avais *refoulé* ce souvenir avec ma sœur. Je n'y avais pas repensé depuis longtemps, c'est tout. Cela dit, bravo, la démarche est peut-être utile, même si je viens de rater un épisode de *Grey's Anatomy* qui promettait de « déchirer ».

Quand j'ai fait ma troisième fausse couche, je m'étais endurcie.

161

« Rassure-moi, tu ne fais pas juste semblant de ne pas t'en souvenir dans un but quelconque ? » demanda Elisabeth.

Alice reçut la question comme une gifle et repensa aussitôt à la façon dont Nick lui avait crié dessus au téléphone. N'avait-il pas parlé de stratégie lui aussi ? Quel genre de femme était-elle devenue ?

« Comment ça, dans un but quelconque ?

– Oublie ça. Je suis un peu parano. » Elisabeth alla dans la cuisine. Elle se posta devant le réfrigérateur, couvert de magnets, de petits mots, de photos et de dessins d'enfant. « Il y a peut-être une invitation à ton cocktail dans tout ça ? »

Alice se tourna vers elle. Sa tête lui faisait mal.

« Libby. S'il te plaît. Ça veut dire quoi, "dans un but quelconque" ? Je ne comprends pas. Parfois, tu t'adresses à moi comme si… je ne sais pas, comme si… tu ne m'aimais plus.

– Ah, voilà ! » Elisabeth décolla une carte du réfrigérateur et la lui apporta. « Tiens ! Il y a le nom d'une autre femme pour les retours. Tu devrais l'appeler pour lui demander si c'est possible de changer de lieu. »

Alice l'ignora.

Elisabeth soupira. « Évidemment, que je t'aime toujours. Ne t'inquiète pas de ça. Il n'y a aucune inquiétude à avoir. Tiens, la femme en question s'appelle Kate Harper. Il me semble que je t'ai déjà entendue parler d'elle. Je crois que c'est une bonne copine à toi. »

Elle attendit, espérant susciter une réaction chez Alice.

« Kate ? Ça ne me dit rien.

– Soit. Je pourrais l'appeler, alors, et toi, tu vas t'allonger dans ta chambre. Tu as une mine de déterrée. »

Alice regarda le visage ridé et anxieux de sa sœur.

Je t'ai déçue ? J'ai perdu Nick, et je t'ai perdue, toi aussi ?

14

Dans sa chambre qu'elle semblait voir pour la première fois, Alice regarda autour d'elle dans l'espoir de trouver un signe – rien qu'un – de la présence de Nick. En vain. Sur la table de chevet, ni livres, ni magazines – il aimait les thrillers gore (Alice aussi), les récits de guerre et les revues d'économie –, ni même l'habituelle pile de petite monnaie qu'il formait en vidant les poches de son pantalon avant de se coucher. Pas de cravates accrochées à la poignée de la porte. Pas de baskets géantes dégoûtantes. Pas même un tee-shirt froissé ou une chaussette.

Ils étaient, l'un comme l'autre, désordonnés. D'ordinaire, leurs vêtements s'entremêlaient sur le sol dans une étreinte flamboyante. Parfois, ils invitaient des amis juste pour se motiver à ranger à toute vitesse avant qu'ils n'arrivent.

Mais, aujourd'hui, la moquette (bordeaux foncé – elle ne se rappelait pas l'avoir choisie) était impeccable.

Elle se dirigea vers l'armoire (qu'ils avaient trouvée abandonnée sur un trottoir en attendant d'être enlevée par le service des encombrants ; c'était l'automne, comme maintenant ; ils avaient découvert, sous une couche de feuilles mortes craquelées, qu'elle était en acajou sculpté). À l'intérieur, sur d'épais cintres idéalement espacés, pendaient de magnifiques vêtements – vraisemblablement ceux d'Alice. Passer ses doigts sur les riches étoffes ne lui procura qu'un plaisir fugace : tout ce qu'elle voulait, c'était voir ne serait-ce qu'une chemise de Nick. Même une classique chemise blanche. Elle s'y loverait, comme dans ses bras. Plongerait le nez dans le col.

Elle referma l'armoire lentement et, balayant la chambre du regard, se rendit compte que les odeurs et la décoration étaient essentiellement féminines. Sur le lit, une courtepointe blanche agrémentée de motifs en dentelle et une rangée de petits coussins d'un bleu brillant. Absolument magnifique (le lit de ses rêves, en fait) mais elle entendait d'ici son mari se plaindre que toutes ces ornementations allaient le rendre impuissant dans la seconde, alors si c'était ce qu'elle voulait, d'accord, mais elle était prévenue. Au-dessus du lit, une reproduction de Margaret Olley représentant un pot de confiture rempli de fleurs – tout à fait le genre à faire tressaillir Nick. Sur la coiffeuse, plusieurs rangées de flacons en verre de différentes couleurs (« À quoi ça sert, au juste ? » aurait dit Nick) et un vase en cristal contenant un gros bouquet de roses.

Exactement le décor qu'elle aurait conçu si elle vivait seule. Elle rêvait depuis toujours de collectionner de beaux flacons en verre, mais ne l'aurait jamais fait.

À l'exception des roses. L'image de ce bouquet lui était apparue hier alors qu'elle était dans l'ambulance. Elle approcha de la coiffeuse pour l'observer de plus près. Qui le lui avait offert ? Et pourquoi le gardait-elle dans sa chambre alors qu'elle détestait ce genre de composition ?

À côté du vase, une petite carte carrée. Signée de Nick, peut-être ? Il espérait la reconquérir et avait oublié qu'elle n'aimait pas les roses ? À moins qu'il les lui ait offertes *exprès*, sachant qu'elle les détestait ?

Elle prit la carte. *Chère Alice, J'espère que nous aurons l'occasion de remettre ça – sous le soleil, la prochaine fois ? Dominick*

Oh, mon Dieu, elle voyait quelqu'un.

Elle se laissa tomber au bout du lit, les doigts tremblant d'incrédulité.

Les rancards, c'était censé être derrière elle. D'autant qu'elle n'avait jamais vraiment aimé ça. Quoi de plus gênant que de se sentir prise au piège avec un homme dans une voiture pour la première fois ? Quoi de plus affreux que la crainte permanente d'avoir quelque chose entre les dents ? Et l'ennui, la lassitude qui vous envahissent quand vous vous rendez compte que c'est votre tour d'alimenter la conversation laborieuse. *Alors, qu'est-ce que tu aimes faire le week-end ?*

Oui, bien sûr, il n'y avait rien de mieux qu'un rendez-vous réussi. Elle n'avait pas oublié l'euphorie des premiers rancards avec Nick. Comme le soir où ils avaient regardé le feu d'artifice de la fête nationale à la terrasse d'un bar du quartier des Rocks. Les cheveux joliment coiffés, elle sirotait un énorme cocktail crémeux où flottaient des copeaux de chocolat tandis qu'il lui racontait une anecdote à propos d'une de ses sœurs ; il était tellement drôle, tellement sexy qu'elle en oubliait que ses chaussures lui faisaient mal ; la main de Nick sur ses reins lui procurait une telle sensation de bonheur que c'en était effrayant, parce qu'il y avait forcément un prix à payer pour vivre ce genre de moment. (C'était ça, le prix ? Toutes ces années plus tard ? Nick qui, à l'autre bout de la planète, pestait contre elle au téléphone ? Une facture exorbitante.)

Un rendez-vous avec tout autre homme que Nick ne pouvait être qu'ennuyeux, emprunté, absurde. Dominick. Vous parlez d'un nom !

Dans un accès de colère soudain, elle déchira la carte en mille morceaux. Garder ces fleurs dans sa chambre, c'était trahir Nick. Comment pouvait-elle faire une chose pareille ?

Et puis, il y avait cet autre homme, ce kinésithérapeute de Melbourne, qui lui avait envoyé ce mot évoquant « le bon vieux temps ». De qui s'agissait-il ? Ce Dominick était-il son *second* amant après sa rupture avec Nick ? Qu'était-elle devenue ? Une dépravée ? Une femme qui use de stratagèmes pour blesser son adorable sœur, qui fréquente les salles de gym et organise des cocktails pour les parents d'élèves ? Elle détestait cette nouvelle femme. À part pour les vêtements.

Il fallait mettre un terme à tout cela. Exit le bouquet de roses. Ce qu'elle voulait, c'était la pile de petite monnaie de Nick, ses chaussettes et ses baskets dégoûtantes.

Elle s'allongea. En bas, Elisabeth, au téléphone avec Kate Harper, essayait d'annuler la fête de ce soir.

Alice rampa sur le lit et se glissa dans les draps impeccables sans prendre la peine de se déshabiller. Elle fixa le plafond (enduit et repeint : les taches d'humidité et les fissures avaient disparu – à croire qu'elles n'avaient jamais existé) et repensa à cet instant dans la salle de bains de l'hôpital où elle avait eu l'impression qu'elle allait tomber la tête la première dans le gouffre de ses souvenirs. C'était comme si elle avait délibérément résisté à la chute, s'accrochant de toutes ses forces au bord du précipice alors qu'elle aurait dû s'y abandonner. Ce serait tellement plus facile, tellement plus clair si elle se rappelait ce qui se passait dans sa vie. Elle renifla son poignet, à l'endroit où elle avait vaporisé le parfum si évocateur, mais cette fois, elle n'éprouva que de vagues sensations, des bribes de souvenirs, superficielles, insaisissables, envolées avant même qu'elle ne puisse espérer les formuler.

Non, ce n'était pas la chose la plus horrible qui lui soit arrivée dans la vie, songea-t-elle tandis que le sommeil commençait à verrouiller sa conscience. Simplement la plus absurde.

Au réveil, elle trouva Frannie assise au bout de son lit avec un cadeau.

« Bonjour, la belle endormie.

– Bonjour. » Alice esquissa un sourire, soulagée de constater que Frannie ressemblait toujours à Frannie. Elle portait un chemisier rose pâle des plus classiques dans lequel Alice l'avait déjà vue, ou du moins, un chemisier similaire, et un pantalon gris ajusté. Elle se tenait droite comme un piquet. Avec ses cheveux blancs et courts qui dévoilaient ses minuscules oreilles, son teint de porcelaine et ses lunettes papillon retenues par une chaîne, on aurait dit un petit elfe.

« Frannie ! Tu n'as pas pris une ride ! s'exclama Alice.

– Depuis 1998, tu veux dire ? » Elle remonta ses lunettes sur son nez. « C'est parce qu'il n'y avait plus de place sur mon visage ! Tiens, pour toi ! Ça ne te plaira sûrement pas, mais je tenais à t'apporter un petit quelque chose.

– Mais si, ça va me plaire. » Alice se redressa et déchira le papier cadeau. Un flacon de talc. « Chouette. » Elle versa un peu de poudre au creux de sa main pour en sentir le parfum. Simple, fleuri, il ne réveilla aucun souvenir. « Merci !

– Comment tu te sens ? Tu nous as fait une sacrée peur.

– Bien. Désorientée. À certains moments, j'ai l'impression que je suis à deux doigts de tout me rappeler, et à d'autres, que tout ça n'est qu'une vaste plaisanterie, que vous faites semblant de croire que j'ai trente-neuf ans alors qu'en réalité, je n'ai pas encore fêté mes trente.

– Je vois parfaitement de quoi tu parles, répondit Frannie d'un air songeur. L'autre jour, je me suis réveillée, et dans ma tête, j'avais dix-neuf ans. Je suis allée dans la salle de bains et, dans le miroir, j'ai vu une vieille dame qui me regardait, ça m'a fait un drôle de choc. Je me suis dit : *Qui c'est, cette affreuse vieille bique ?*

– Tu n'as rien d'une vieille bique.

– À d'autres. Si tu veux mon avis, tu fais une bonne dépression. Ne me regarde pas comme ça ! Tu ne serais pas la première à craquer. Avec tout ce stress que tu as eu ces derniers temps, entre le divorce et…

– Oui, à propos… je peux savoir pourquoi on se sépare ? » interrompit Alice, incapable de prononcer le mot « divorce ». Frannie ne chercherait pas à lui cacher quoi que ce soit. Elle ne prendrait pas de gants.

Contre toute attente, la vieille dame répondit : « Je n'en ai pas la moindre idée. Nick et toi êtes restés très discrets sur la question. Tout ce que je sais, c'est que vous semblez l'un comme l'autre avoir tiré un trait sur votre mariage. Nous, on n'a pas eu voix au chapitre, il a fallu qu'on accepte, point.

– Mais tu dois bien avoir un avis, quand même. Toi qui as toujours un avis sur tout !

– C'est vrai, oui. Mais, cette fois-ci, je ne sais pas. Tu ne t'es pas confiée à moi. En tout cas, c'est très triste pour les enfants. Cette bagarre pour la garde, quelle horreur. Comme tu le sais, je désapprouve au plus haut point.

– Non, justement, je ne sais pas. J'ai tout oublié.

– Je t'ai donné mon point de vue sur la question sans détour. J'aurais peut-être dû y mettre les formes.

– Tu crois que j'ai une chance de le récupérer ?

– Qui ça ? Nick ? Mais tu n'en as aucune envie. À vrai dire, tu m'as raconté mercredi qu'un homme, un certain Dominick, t'avait offert des fleurs. Tu avais l'air ravie. »

Alice regarda les roses avec dégoût. « Tu n'as pas dit que j'étais stressée ?

– Eh bien, si, tu es stressée, mais pour les fleurs, tu étais contente. »

Alice soupira. « Mais, et *toi*, Frannie, comment tu vas ? Tu vis toujours à côté de chez maman ?

– Non, ma chérie. Je me suis installée dans un village seniors il y a cinq ans.

– Je vois. Et tu t'y plais, dans ce village seniors ? C'est sympa, la vie là-bas ?

– Sympa. On n'a plus que ce mot-là à la bouche de nos jours ! Pourquoi faut-il que tout soit *sympa* ?

– Euh, pas tout, Frannie, ça va de soi.

– Dis-moi, est-ce que tu me trouves rabat-joie ? demanda la vieille dame, le regard emprunt d'une vulnérabilité surprenante.

– Pas du tout ! Je te trouve très drôle !

– Et que penses-tu de l'euthanasie ? »

Alice fronça les sourcils et, prise de panique, se redressa.

« Frannie, qu'est-ce qui ne va pas ? Tu es malade ?

– Non, non, je suis en pleine forme. Le sujet m'intéresse, voilà tout. Je veux m'informer. Savoir quelles possibilités s'offrent à moi. À mon âge, ça paraît logique, non ? Je ne vois pas ce qu'il y a d'exceptionnel à vouloir débattre sur l'euthanasie, le sujet s'y prête, quand même !

– Oui, je suis d'accord avec toi, mais… tu es *sûre* que tu vas bien ? Pourquoi y penser si tu n'es pas malade ? »

Frannie esquissa un sourire las, mais un sourire tout de même, ce qui était rare, donc précieux. « Je te le jure, je ne suis pas malade. Simplement… curieuse. Allez, descendons. Ta mère prépare le déjeuner. »

Dans les escaliers, Alice observa Frannie de près. Elle semblait effectivement plus frêle, s'agrippant fermement à la rampe.

« Alice ! Je venais justement te chercher !

– Roger ! Comment allez-vous ? » fit-elle, horrifiée de le trouver là. Sans Nick, sa présence semblait totalement incongrue – sans compter qu'Alice s'était toujours armée de courage à la perspective d'avoir son beau-père à la maison. Et voilà qu'il se comportait comme s'il était chez lui, à l'attendre au pied des escaliers, totalement à son aise !

« Je me porte comme un charme ! répondit-il d'une voix tonitruante. Ce qui n'est pas ton cas, hélas ! » Plein de sollicitude, il prit Alice par le coude et la fit entrer au salon, une main dans son dos.

« Bien dormi, chérie ? demanda sa mère en sortant de la cuisine, un torchon dans les mains. Du repos, voilà ce qu'il te faut. J'imagine que tu as retrouvé la mémoire maintenant. Frannie, où préfères-tu te mettre ? Que tu sois à ton aise surtout ! Il n'y a pas de courant d'air, là ?

– Barbara, arrête de me tourner autour ! » lâcha la vieille dame d'un ton brusque tandis que Barb l'aidait à s'asseoir.

Heureusement, Barb n'était plus affublée de sa tenue de salsa exotique ; à la place, elle portait un haut légèrement décolleté et un corsaire. Elle avait ramassé ses cheveux en une coquette queue-de-cheval haute et elle regardait Roger avec grâce et décontraction. Fascinant.

« J'ai préparé une bonne salade de thon. Spécialement pour toi, Alice ; le poisson, c'est bon pour la mémoire. Roger et moi, on prend de l'huile de poisson tous les jours, pas vrai, chéri ? »

Chéri. Avait-elle bien entendu ?

Les dix dernières années ne semblaient avoir eu aucune prise sur Roger. Il était toujours bronzé, élégant et content de lui. La chirurgie esthétique, peut-être ? Il en était bien capable. Son polo rose dévoilait une chaîne en or sur sa toison grisonnante. Son short, un peu trop serré, laissait deviner des cuisses musclées.

Alors que Barb retournait à la cuisine, il lui mit joyeusement la main aux fesses sans le moindre complexe. Alice détourna le regard, consternée. (Roger avait un matelas à eau, se souvint-elle. « Les femmes adorent ça ! » lui avait-il confié un jour.)

Frannie laissa échapper un gloussement discret tout en posant une main bienveillante sur celle d'Alice qui préféra s'intéresser à la longue table en pin devant elle. Tiens donc, la table qu'elle avait vue dans son rêve à l'hôpital. Nick y était installé tandis qu'elle nettoyait la cuisine et il lui avait dit quelque chose... quelque chose qui n'avait aucun sens pour elle. Qu'est-ce que c'était, déjà ?

Elisabeth entra dans la pièce, son sac à main sur l'épaule. « Il faut que j'y aille.

– Où tu vas ? » fit Alice, désemparée. Elle avait besoin du soutien de sa sœur pour supporter Roger et sa mère. « Tu reviens ? »

Elle lui lança un drôle de regard. « J'ai un déjeuner. Je reviens après si tu veux.

– Avec qui ? insista Alice, comme pour la retenir.

– Des amies. Garde un œil sur ton téléphone, parce que j'ai laissé plusieurs messages à cette fameuse Kate pour ce soir, mais elle n'a toujours pas rappelé. Tu es encore très pâle. Tu ferais bien de te recoucher après avoir déjeuné.

– Bien parlé ! dit Barb en sortant de la cuisine avec un saladier en verre. Ne t'inquiète pas : je la remets au lit de force dès qu'elle aura avalé sa dernière bouchée ! Il faut qu'elle soit sur pied pour le retour des petits monstres ! »

Le regard d'Alice s'arrêta sur le gros saladier en verre et, bizarrement, un prénom lui vint à l'esprit : Gina.

Tout tourne autour de Gina, hein ? Gina, Gina, Gina ! Oui, c'était ça que lui avait dit Nick, assis à cette table.

« C'est qui, Gina ? » demanda-t-elle.

Dans la pièce, plus un bruit.

Frannie se racla la gorge. Roger regarda ses pieds en jouant avec sa chaîne. Barb se figea à l'entrée de la cuisine, le saladier contre le ventre. Elisabeth se mordilla la lèvre.

« Alors ? C'est qui ? »

Devoirs d'Elisabeth pour le docteur Hodges

Je n'arrête pas de me demander comment je me sentirais si j'avais perdu dix ans de souvenirs ; en quoi je serais surprise, heureuse ou chagrinée, en découvrant le tour qu'a pris ma vie.

Je n'avais même pas rencontré Ben il y a dix ans. Pour moi, ce serait un étranger. Je dormirais avec un grand costaud plein de poils carrément effrayant que je n'aurais jamais vu de ma vie. Je lui dirais quoi, à la jeune Elisabeth ? Que j'étais accidentellement tombée amoureuse d'un géant taciturne qui gagne sa vie en dessinant des enseignes lumineuses et qui se passionne pour les bagnoles ? Avant, je n'y connaissais rien et j'en jouais. Quand je parlais d'une voiture, je donnais sa taille, sa couleur, point. Une grosse voiture blanche. Une petite voiture bleue. Maintenant, je connais toutes les marques et tous les modèles, je regarde le Grand Prix et il m'arrive même de feuilleter ses magazines spécialisés.

Vous aimez les voitures, docteur Hodges ? Non, vous êtes plutôt du genre galeries d'art et opéras. Vous avez une photo de votre femme avec deux petits enfants sur votre bureau. Je la regarde discrètement à chaque fin de séance quand vous me faites mon reçu. Je parie que votre femme n'a eu aucune difficulté à tomber enceinte,

171

hein ? Ça vous arrive de remercier le ciel de ne pas avoir épousé une mauvaise pondeuse comme moi ? De regarder cette photo avec tendresse quand je sors de votre cabinet et de penser *Quelle chance que ma femme soit féconde* ? Si c'est le cas, ne vous en faites pas. Je suis sûre que c'est instinctif, biologique, pour un homme de vouloir une femme capable de lui donner des enfants. Un jour, j'ai abordé le sujet avec Ben. Je lui ai dit qu'en son for intérieur, il devait m'en vouloir, et que je comprenais très bien. Il s'est mis dans une colère. Je ne l'avais jamais vu comme ça. Pour finir, il m'a crié : « Ne redis jamais ça. » Mais à mon avis, ce qui l'a rendu si furieux, c'est de savoir que j'avais raison.

Avant de le rencontrer, je fréquentais des hommes brillants, pleins d'esprit. Pas le genre à posséder une boîte à outils, comme Ben. La sienne a bien servi, elle est toute sale et pleine de, vous savez, de tournevis et autres trucs. J'ai un peu honte de l'avouer, mais la première fois que j'ai vu Ben en sortir une clé à molette couverte de cambouis, j'étais tout émoustillée. Mon père en avait une, lui aussi. Peut-être qu'inconsciemment, c'est ce que j'attendais. Un homme avec une boîte à outils. Et vous, docteur Hodges, vous en avez une ? Non. C'est bien ce que je pensais.

Avant, je pensais que ce que je cherchais en priorité chez un homme, c'était qu'il soit à l'aise en société. Comme Nick, le mari d'Alice. Mais quand on va dîner chez des amis, Ben est une calamité. Il s'enfonce dans sa chaise, toujours trop petite pour lui, et il fait une tête ! Comme s'il était pris au piège. Moi, j'ai l'impression de trimballer un grand chimpanzé apprivoisé. S'il tombe sur un homme (ou une femme, il n'est pas machiste) qui aime parler voiture, il ne s'en sort pas trop mal, mais la plupart du temps, il vit un cauchemar, et quand on remonte dans la voiture, il pousse un grand soupir, tel un prisonnier enfin libéré.

C'est drôle. Après maman et Alice qui m'ont rendue folle pendant toutes ces années avec leur phobie sociale. « Non, c'est pas vrai », s'écriaient-elles tragiquement, et moi de m'imaginer que quelqu'un venait de mourir alors qu'elles venaient simplement de recevoir une invitation à une soirée ou un déjeuner où elles ne connaissaient presque personne. Il fallait les voir élaborer toute une stratégie pour y échapper et compatir avec effusion l'une pour l'autre. « Ma pauvre, comme je te plains ! Ça va être affreux. Il faut absolument que tu trouves un moyen de ne pas y aller. » Je trouvais ça insupportable. Et pourtant, j'ai fini par épouser un homme qui considère les mondanités comme un véritable supplice. Ce n'est pas un grand timide, comme maman ou Alice. Il ne se ronge pas les sangs en se demandant ce que les gens vont penser de lui. À vrai dire, je ne crois pas qu'il soit complexé par quoi que ce soit. Il n'est pas vaniteux pour deux sous. C'est juste qu'il n'est pas bavard. Il est incapable de parler de la pluie et du beau temps. (Alors que maman et Alice étaient de véritables pies, et elles avaient *envie* de rencontrer des gens. En fait, elles étaient bien plus sociables que moi. Mais leur timidité les empêchait de laisser libre cours à ce qu'elles étaient vraiment, à savoir des femmes extraverties. Un peu comme un athlète qui serait coincé dans un fauteuil roulant.)

Il s'avère que Ben et moi, on ne va plus dîner chez les gens, ou rarement. Je déteste ça. Je n'arrive plus à bavarder comme avant. J'écoute les autres me parler de leur vie passionnante. Ils s'entraînent pour un marathon, prennent des cours de japonais, emmènent leurs gosses camper, rénovent leur salle de bains. Moi aussi, je vivais comme ça avant. J'étais une femme intéressante, active, éclairée. Mais maintenant, mon existence se résume à trois choses : le boulot, la télé et la fécondation in vitro. Je n'ai plus d'anecdotes à raconter. Les gens me disent : « Quoi de neuf, Elisabeth ? » et je dois me mordre la langue pour ne pas leur faire un point complet sur mon dernier bilan de santé. Aujourd'hui, je comprends pourquoi les gens atteints d'une maladie grave ou les petits vieux ne peuvent pas s'empêcher de parler de leur santé. Mon problème de fertilité m'obsède.

C'est fou comme les choses ont changé. À présent, c'est moi qui gémis au téléphone quand une voix enjouée me demande si je suis libre le samedi suivant, alors qu'Alice organise des cocktails et que maman danse la salsa trois fois par semaine.

Quand je pense qu'Alice n'arrive pas à croire qu'elle a trois enfants ! Moi, j'aurais bien du mal à croire que je n'en ai pas. Je ne m'attendais pas du tout à avoir des difficultés à tomber enceinte. Ça n'a rien d'exceptionnel : personne ne s'attend à ce genre de chose. Le truc, c'est que moi, je m'attendais à tout un tas d'autres pépins de santé. Papa est mort d'une crise cardiaque, alors vous vous doutez bien qu'à la moindre douleur à la poitrine, je me faisais un sang d'encre. Deux de mes grands-parents ont succombé à un cancer, l'un du côté de papa, l'autre du côté de maman, donc je me suis toujours dit que, tôt ou tard, ça me tomberait dessus. J'ai vécu dans la crainte de développer une sclérose latérale amyotrophique pendant des mois, juste parce que j'avais lu un article hyper émouvant sur un homme qui en était atteint. Le pauvre, il s'était rendu compte que quelque chose ne tournait pas rond quand il avait eu une douleur au pied un jour qu'il jouait au golf. Au moindre élancement dans le pied, je me disais *Bon, ben cette fois, c'est pour toi*. Quand j'en ai parlé à Alice, elle aussi s'est mise à s'inquiéter. On avait pris l'habitude d'enlever nos chaussures à talons pour nous masser tout en nous demandant comment on ferait face si on était amenées à se déplacer en fauteuil roulant tandis que Nick, atterré, nous regardait en disant : « Non mais vous êtes sérieuses, toutes les deux ? »

Et puis si je n'avais pas anticipé des problèmes de fertilité, c'est aussi parce qu'il y avait Alice. Côté santé, on a toujours eu le même profil. Tous les hivers, on a la même toux d'irritation qui nous embête pendant un mois. On a des problèmes de genou, de vue, une légère intolérance aux produits laitiers et de très bonnes dents. Comme elle est tombée enceinte sans difficulté, j'ai toujours pensé que ce serait pareil pour moi.

Voilà. C'est la faute d'Alice si je n'ai jamais pris le temps de m'inquiéter de mon infertilité. J'aurais pu conjurer le sort à force de m'angoisser. Mais on ne m'y reprendra pas. Maintenant, il ne se passe pas un jour sans que je pense au risque que Ben se tue sur la route en allant au travail ; je me fais du souci à propos des enfants d'Alice le plus souvent possible – je passe toutes les maladies infantiles en revue : méningite, leucémie ; avant de me coucher, je me torture à l'idée qu'un proche meure dans la nuit ; au réveil, je tremble à l'idée qu'une connaissance trouve la mort dans un attentat terroriste. Les terroristes ont gagné, alors, me dit Ben. Il ne comprend pas que c'est ma façon de les mettre en fuite. Ma version de la guerre contre la terreur.

Ça va, je plaisantais, docteur Hodges. Parfois, vous ne comprenez pas mes blagues. Je ne sais pas d'où vient ce besoin impérieux que j'ai de vous faire rire. Ben me trouve drôle, lui. Tout à coup, il hurle de rire, carrément impressionné par un bon mot ou autre. Enfin, disons que ça lui arrivait avant que je devienne ennuyeuse comme la pluie, obnubilée par la seule question de ma stérilité.

J'imagine qu'il serait sage d'évoquer avec vous cette manie que j'ai de m'angoisser, parce que, de toute évidence, ce ne sont que des superstitions absurdes et particulièrement puériles. Comme si je pouvais changer le cours des choses rien qu'en y pensant ! Quel égocentrisme. Mais j'entends déjà vos commentaires habiles, vos questions subtiles pour m'amener en douceur à comprendre mon problème. Tout cela me paraît inintéressant et vain. Je ne vais pas arrêter de m'inquiéter. J'aime m'inquiéter. Je descends d'une longue lignée d'angoissés. C'est dans mon patrimoine génétique.

Tout ce que je veux, moi, c'est arrêter de souffrir. Alors à vous de jouer, docteur Hodges. C'est pour ça que je vous paie. Je veux juste redevenir moi-même.

Mais je digresse. Ce que je voulais dire, c'est que j'ai essayé d'imaginer ce que ça me ferait d'avoir perdu la mémoire. Je me cogne la tête, je reviens à moi et là, je découvre qu'on est en 2008, que je suis grosse, qu'Alice, elle, est toute fine, et que j'ai épousé un dénommé Ben.

Est-ce que je retomberais amoureuse de lui ? Ce serait chouette. Je me souviens que c'est arrivé tout doucement, sans que je m'en rende compte. D'abord, je me suis dit : *Inutile de l'encourager, il ne te plaît pas.* Puis : *Il n'est pas si moche que ça, ce garçon.* Ensuite : *C'est plutôt sympa de passer du temps avec lui.* Et pour finir : *En fait, je suis folle de lui.* Ça me fait penser à cette vieille couverture chauffante que j'avais quand j'étais gosse : elle réchauffait mes draps gelés de manière presque imperceptible et, au bout d'un moment, je me disais : *Mmmm, je ne frissonne plus. En fait, je suis bien. Divinement bien.*

Si j'avais oublié dix ans de ma vie, est-ce que Ben essaierait de me protéger des mauvaises nouvelles ? Est-ce qu'il esquiverait certains sujets, comme on l'a fait avec Alice ? Il ment tellement mal. Si je lui demandais combien d'enfants on a, il bredouillerait un truc du genre « Euh, on n'a pas eu beaucoup de chance de ce côté-là », et il se frotterait le menton ou se raclerait la gorge avant de détourner le regard.

Évidemment, j'exigerais qu'il me raconte tout en détail, alors il finirait par se lancer.

Ces sept dernières années, tu as eu trois grossesses médicalement assistées et deux autres naturelles. Autant de bébés qui ne sont jamais arrivés à terme. Une fois, tu es allée jusqu'à seize semaines ; quand tu l'as perdu, ça nous a fait tellement de mal qu'on a cru qu'on ne s'en remettrait jamais. Tu as également fait huit fécondations in vitro qui n'ont rien donné. Oui, ça t'a changée. Oui, ça a modifié nos rapports, et tes relations avec ta famille et tes amis. Tu es en colère, amère et, pour être honnête, souvent un peu bizarre. En ce moment, tu vois un psy à cause d'un incident fâcheux dans un café. Oui, tout ça nous a coûté une petite fortune, mais on n'a aucune envie de faire les comptes.

(En réalité, j'ai fait six fausses couches, docteur Hodges, mais Ben ne le sait pas. J'étais à cinq semaines, alors ça ne compte pas vraiment. En plus, j'ai découvert que j'étais enceinte alors que Ben était parti en mer pour une partie de pêche avec un copain. J'ai saigné dès le lendemain. À son retour, il était tellement heureux, cracra et bronzé que je n'ai pas eu le cœur de lui parler de cet énième hypothétique bébé avorté. Un pauvre petit astronaute fantôme de plus.)

Bref. La question, c'est : qu'est-ce que je dirais à Ben s'il me racontait cette triste histoire ?

Parce que je me revois il y a dix ans, docteur Hodges. J'étais déterminée, audacieuse. Alors la première chose qui m'est venue à l'esprit, c'est que j'aurais un discours plein de verve. « Vingt fois sur le métier remettez votre ouvrage » ou pourquoi pas cette citation de Léonard de Vinci : « Tout obstacle renforce la détermination. »

Chapeau, Léo !

Mais plus j'y réfléchis, plus je suis convaincue du contraire.

Si ça se trouve, je le regarderais droit dans les yeux et je lui dirais : « Il est temps de passer à autre chose. »

15

Au bout d'un moment, sa mère rompit le silence. « Gina était une amie à toi. » Elle posa le saladier sur la table, le regard fuyant. « C'est elle qui t'a offert ce plat, si je me souviens bien. Ce qui explique probablement que tu aies pensé à elle. »

Alice ferma les yeux, laissant les images remonter à la surface. Une boule de papier cadeau jaune. Un goût de champagne dans la bouche. Un éclat de rire féminin. Puis plus rien.

Quand elle rouvrit les yeux, tout le monde la fixait.

« Bon, il faut vraiment que j'y aille », annonça Elisabeth en consultant sa montre.

Les autres s'activèrent, soulagés.

Roger se leva d'un bond. « Je crois que je suis garé derrière toi, dit-il en sortant un gros trousseau de clés de sa poche.

– N'oublie pas de surveiller ton téléphone, sinon tu auras une ribambelle d'invités ce soir, ajouta Elisabeth en se dirigeant vers la porte d'entrée.

– Je te raccompagne, ma chérie ! » Barb lui emboîta le pas, visiblement déterminée à parler en privé avec son aînée.

Une fois seule avec Frannie, Alice prit une tomate cerise dans le saladier puis : « Je la connais d'où, cette Gina ?

– Elle habitait en face. Je crois qu'ils ont emménagé juste avant la naissance d'Olivia. Tu ne te souviens pas d'elle ?

– Non. Si je comprends bien, on n'est plus voisines. »

Frannie hésita. Finalement, elle dit : « En effet. Ils sont repartis à Melbourne. Il n'y a pas si longtemps. »

Tout à coup, les pièces du puzzle s'emboîtèrent.

Il y avait eu quelque chose entre Nick et cette femme. Ça expliquait tout. À commencer par le long silence gêné un peu plus tôt.

Gina. Oui. Ce nom lui évoquait bel et bien une grande douleur, sans qu'elle puisse vraiment la définir.

Comment avait-elle pu se croire à l'abri de l'infidélité ? C'était tellement fréquent. Digne d'un banal soap opera, et même vaguement risible. Enfin, tant que ça arrivait aux autres, parce que quand ça vous arrivait à vous, c'était un horrible séisme.

Alice pensa à Hillary Clinton. La pauvre. Son mari s'était rendu coupable d'un adultère des plus sordides, et la planète entière était au courant ! Si Bill Clinton s'était laissé séduire (alors qu'être président des États-Unis devait être plutôt prenant), ça pouvait très bien arriver à Nick.

Après tout, songea-t-elle atterrée, ils étaient mariés depuis plus de dix ans à présent. Nick avait peut-être été frappé par le démon de midi (c'était pratiquement un phénomène médical – pas vraiment sa faute) et cette affreuse manipulatrice en avait profité pour le séduire.

Salope.

Il devait être ivre. Ça n'était arrivé qu'une fois. Pendant une fête. Nick l'avait embrassée (du bout des lèvres, un petit baiser de rien du tout) et Alice avait surréagi. Il s'était excusé mais elle n'avait rien voulu savoir (idiote !) et maintenant ils divorçaient. Tout était sa faute. Sa faute à elle. Et celle de Gina.

C'était probablement une très belle femme.

Alice ne put réprimer un gémissement à l'idée qu'elle soit belle, à l'idée que Nick la trouve belle.

« Ça te revient ? demanda Frannie, anxieuse.

– Je crois, fit Alice en se massant les tempes.

– Ma pauvre chérie. »

Alice leva les yeux et comprit, au regard compatissant de sa grand-mère, qu'il y avait eu bien plus qu'un simple baiser.

Comment as-tu pu, Nick ? Dimanche soir, elle ne se jetterait pas dans ses bras. Elle le martèlerait de coups de poing. Il l'avait laissée se lover, béate, dans le cocon rassurant de leur relation pour ensuite l'en arracher brutalement. Et la faire passer pour une imbécile.

Il n'empêche, Hillary était prête à soutenir son homme tandis qu'on analysait les traces de son sperme, laissé sur la robe d'une autre femme.

Alice réalisa que l'affaire Lewinsky devait remonter à dix ans. Le mariage des Clinton y avait-il survécu ?

Le téléphone sonna.

Alice alla répondre machinalement.

« Allô ?

– Alice ? C'est Kate ! J'ai eu dix mille choses à gérer en même temps ce matin ! Je viens seulement d'écouter les messages de ta sœur ! Je me suis fait un sang d'encre quand je t'ai vue sur cette civière hier ! J'en ai parlé à tout le monde ! Évidemment, je voulais t'appeler mais je ne touche pas terre, tu t'en doutes, et comme j'ai croisé Melanie qui t'a aperçue en train de rire dans une voiture au feu rouge de Roseville Street, je me suis dit : *Ouf ! Elle va mieux !* Mais d'après ta sœur, tu ne serais pas en état de recevoir du monde ce soir ? »

Alice reconnut l'élocution parfaite de la blonde impeccable qu'elle avait croisée à la salle de gym avant de vomir sur les chaussures de George Clooney.

« Euh…

– Tu sais bien qu'en temps normal, je dirais : D'accord, pas de problème ! Faisons ça chez moi ! Mais entre les travaux et la mère de Sam qui est à la maison, c'est matériellement *impossible*. Mais ne t'inquiète pas, si tu as toujours un peu mal à la tête, tu n'auras pas à lever le petit doigt ce soir. Je m'occuperai de tout. Même si je dois reconnaître que moi non plus, je ne suis pas au top de ma forme… un début de grippe, mais ça va aller. Melanie m'a dit : "Tu es une superwoman, Kate, comment tu fais ?" Je lui ai répondu "Non, Melanie, je ne suis pas une superwoman, juste une femme *épuisée* qui fait ce qu'elle peut." Sam dit que je dois apprendre à dire non, et arrêter de me mettre en quatre pour tout le monde, mais c'est plus fort que moi, je suis comme ça. Bref, comme je viens de te le dire, si tu n'es pas bien, tu n'auras qu'à lever le pied et te faire servir, on sera toutes là pour prendre le relais. En plus, ce n'est pas comme s'il fallait s'occuper de la nourriture. »

Une étrange torpeur s'était emparée d'Alice tandis que Kate discourait de sa voix mielleuse. Comment cette femme pouvait-elle être son amie ? Alice ne se voyait pas rester plus de cinq minutes avec elle. Passe encore la brusquerie hargneuse de Jane Turner, mais cette affectation teintée d'une pointe d'autorité…

« Bon, d'accord », dit-elle.

Des centaines d'inconnus viendraient toquer à sa porte ce soir ? Et alors ? De toute façon, sa vie était *déjà* un cauchemar.

« Donc on ne change rien ? Tu m'enlèves une sacrée épine du pied. Je savais que je pouvais compter sur toi ! Je me disais bien que ta sœur devait faire erreur. Mais c'est bien cette femme aigrie qui a tout misé sur sa carrière parce qu'elle ne peut pas avoir d'enfants, n'est-ce pas ? J'imagine qu'elle n'a pas la moindre idée de ce qu'une maman peut faire quand elle n'a pas le choix ! Bon, il faut que je file ! J'ai hâte de te voir ! Allez, ciao ! »

Puis, plus rien. Alice raccrocha si violemment que le support du téléphone faillit valser. Quelle horrible bonne femme ! Comment osait-elle parler ainsi d'Elisabeth ? Un bon coup de poing dans le nez, si fin soit-il, voilà ce qu'elle méritait, songea Alice en revoyant le visage de sa sœur se décomposer quand elle lui avait raconté l'épisode de l'échographie.

« Ça va, Alice ? » demanda Frannie.

Mais qu'est-ce que cela signifiait ? S'était-elle plainte d'Elisabeth auprès de Kate Harper ? Ce mot « aigrie » était-il sorti de sa bouche perfide ?

« Alice ? »

Dans la voix de Frannie, un tremblement de vieille dame. Tout à coup, elle apparut à Alice telle qu'un inconnu la verrait : minuscule et fragile.

Il était temps de se ressaisir. Du haut de ses trente ans, oups, quarante, elle avait passé l'âge de pleurer dans les jupes de sa grand-mère.

« Tout va bien. J'ai dit à Kate Harper que la soirée aurait quand même lieu ici.

– Vraiment ? dit sa mère qui venait de revenir, suivie de Roger. Tu es sûre d'être d'attaque ?

– Sûre et certaine, oui.

– Elle se souvient de Gina, annonça Frannie.

– Ma pauvre chérie », fit Barb tandis que son mari lui exprimait sa compassion en affichant une expression qui se voulait vraisemblablement mélancolique.

Alice savait que Roger avait eu plusieurs aventures quand il était marié avec la mère de Nick. « Mon ex-époux était un don Juan, j'en ai bien peur », lui avait-elle confié un jour avec un soupir délicat. Alice avait été impressionnée par sa capacité à évoquer un mari adultère avec élégance et raffinement.

Roger trompait-il sa mère à présent ?

Peut-être ne fallait-il pas s'étonner que Nick ait suivi le même chemin. C'était quoi le proverbe, déjà ? L'orange ne tombe jamais loin de l'arbre ? Voilà ce qu'elle devrait lui dire, à ce cher Roger. En le regardant droit dans les yeux. Le risque évidemment, c'était qu'elle se trompe et que personne ne comprenne le sous-entendu. « Qu'est-ce que tu veux dire, ma chérie ? » demanderait sa mère le plus sincèrement du monde. Et le sarcasme tomberait à plat.

D'ailleurs, à bien y réfléchir, il lui semblait qu'il s'agissait d'une pomme. Oui, la *pomme* ne tombe jamais loin de l'arbre.

Quelle imbécile, songea-t-elle en réprimant un rire nerveux. Voyez, c'était ce genre de bévue qui lui attirait ce *Non mais vraiment, Alice* de son entourage.

« Alice, dit Barb. Tu veux une tasse de thé ? Ou un analgésique ?

– Ou un verre ? proposa Roger. Un petit cognac ?

– De l'alcool ? intervint Frannie d'un ton brusque. C'est la dernière chose dont elle a besoin. Proposez-lui un poker tant que vous y êtes.

– Euh…

– Je vais bien », dit Alice.

Elle repenserait à tout cela quand elle n'aurait plus à supporter les grimaces de compassion de Roger.

Peu importait à quel point son univers avait changé. Pomme ou orange, Nick n'était en rien comme son père.

Devoirs d'Elisabeth pour le Dr Hodges

Alice me jette un regard suppliant. L'espace d'un instant, j'envisage d'annuler mon déjeuner. Mais bon, ce n'est pas comme si je la laissais *seule* avec Roro le finaud. C'est le petit nom que Ben lui donne. Ça lui va bien.

En plus, je n'ai aucune envie de parler de Gina. Ce que je ressens à l'égard de Gina est pour le moins... complexe. Puéril est peut-être plus adapté en fait.

Et j'ai rendez-vous avec les Infécondes.

Nous nous sommes rencontrées il y a environ cinq ans, à l'époque où je me suis inscrite à ce groupe de parole pour femmes stériles. Au début, on se voyait à la maison de quartier avec une animatrice – quelqu'un dont c'est le métier, comme vous, docteur Hodges – censée nous aider à garder le cap. Le problème, c'est qu'elle tenait absolument à ce qu'on soit constructives. « Tâchons de reformuler ça de manière plus positive », nous répétait-elle. Merci bien, mais nous, on n'avait aucune envie d'être positives. Ce qu'on voulait, c'était pouvoir cracher toutes les horreurs qu'on avait en tête, y compris notre amertume. Les traitements, les hormones, cette frustration de tous les instants, ça rend moche, et en public, on n'a pas le droit d'être moche, sinon tout le monde vous déteste. Du coup, on a constitué un groupe à part. On se retrouve une fois par mois dans un grand restaurant où on ne risque pas de tomber sur un groupe de mères avec leurs landaus. On mange, on boit, et on déblatère sans retenue – tout le monde en prend pour son grade : toubibs, familles, amis, et surtout les « Fécondes » dénuées de tact.

Au début, je n'aimais pas trop l'idée de diviser le monde en deux catégories, les « Fécondes » d'un côté, les « Infécondes » de l'autre. Comme si on était dans un film de science-fiction. Mais c'est vite rentré dans mon vocabulaire. « Les Fécondes sont incapables de comprendre, bla bla bla... » Voilà comment on parle entre nous. Ben ne supporte pas ça. D'ailleurs, il n'aime pas trop les filles du groupe, même s'il ne les a jamais rencontrées. On avait évoqué l'idée d'organiser quelque chose avec les hommes, mais ça ne s'est jamais fait.

Présentées comme ça, elles ont l'air horribles, mais pas du tout. À moins que je ne m'en rende pas compte parce que je suis exactement pareille. Tout ce que je sais, c'est que, parfois, j'ai l'impression que, sans ces déjeuners avec ces filles, je deviendrais folle. Dimanche prochain, c'est la fête des Mères (merci la télévision, qui me le rappelle toutes les deux minutes). C'est le jour le plus dur de l'année pour une Inféconde. Quand je me réveille, je me sens humiliée. Triste aussi, mais surtout humiliée. Et bête. Un peu comme au lycée, quand j'étais la seule fille de la classe qui n'avait pas besoin de porter de soutien-gorge. Je ne suis pas une vraie femme. Je ne suis pas une adulte.

Aujourd'hui, on a déjeuné dans le quartier de Manly, sur le port. Quand je suis arrivée, elles étaient toutes là, dehors, dans un chatoiement de soleil, de mer et de ciel bleu, serrées les unes contre les autres à regarder quelque chose sur la table, lunettes de soleil sur la tête.

« Les tests de grossesse d'Anna-Marie, annonce Kerry en me voyant. On désapprouve, bien sûr, mais jette un coup d'œil et dis ce que tu en penses. »

Chaque fois qu'elle fait une FIV, Anna-Marie ne peut pas s'en empêcher. Après un transfert d'embryon, on n'est pourtant pas censée faire de test de grossesse chez soi car les résultats ne sont pas concluants. Le test peut être positif sans qu'on soit vraiment enceinte à cause des hormones présentes dans l'organisme suite à la piqûre de déclenchement de l'ovulation qui imite l'état hormonal de la grossesse ; ou il peut être négatif parce qu'il est trop tôt. Le mieux, c'est d'attendre la prise de sang. Je ne fais jamais de test à la maison parce que j'aime que les choses soient concluantes et je suis disciplinée, mais Anna-Marie commence à en faire dès le lendemain du transfert. Elle nous a avoué qu'une fois, elle en avait fait sept. On a chacune nos fixettes, alors on ne va pas lui jeter la pierre.

J'ai regardé les tests d'Anna-Marie. Il y en avait trois, enveloppés dans du papier d'aluminium, comme d'habitude. Tous négatifs, selon moi, mais à quoi bon le lui dire ? Alors j'ai fait mine de discerner un trait vaguement rose sur l'un d'entre eux. Elle nous a raconté que son mari, lui, les voyait tous négatifs et qu'elle l'avait accusé de ne faire aucun effort, de ne pas vraiment vouloir voir le deuxième trait apparaître. Évidemment, ils se sont disputés. Les tentatives de FIV d'Anna-Marie n'ont jamais abouti et ça fait dix ans qu'elle essaie. Ses médecins, son mari, sa famille, tout le monde la pousse à laisser tomber. Elle n'a que trente ans – c'est la plus jeune de nous toutes – alors elle a encore une bonne décennie devant elle pour se gâcher la vie. Ou peut-être pas. C'est bien là le problème. Une tentative de plus, et l'heureux dénouement sera peut-être au rendez-vous.

Kerry (deux ans de FIV avec don d'ovocyte, une grossesse extra-utérine qui a failli la tuer) lui a dit : « Elisabeth a eu son transfert il y a dix jours, et je parie qu'elle n'a pas envisagé une seule seconde de faire un test. »

Nous nous tenons informées de nos cycles de FIV par e-mail. Anna-Marie, Kerry et moi sommes en plein milieu d'un cycle. Les trois autres sont entre deux cycles, ou s'apprêtent à en commencer un nouveau.

Pour être honnête, avec ce qui est arrivé à Alice, je n'ai pas pensé une minute à l'issue de cette nouvelle FIV. Au début, quand je croyais encore au pouvoir de la pensée, je faisais de la méditation le lendemain du transfert. Je récitais mon mantra : « Accroche-toi, petit embryon, s'il te plaît. Accroche-toi, accroche-toi, accroche-toi. » Je lui offrais des pots-de-vin : *Je t'emmènerai à Disneyland pour tes cinq ans. Je ne t'obligerai jamais à aller à l'école si tu n'en as pas envie. Laisse-moi seulement être ta maman, d'accord ?*

Mais ça n'a jamais fait la moindre différence. Alors maintenant, je me dis juste que ça ne marchera pas, et que si ça marche, de toute façon, je le perdrai. Une stratégie d'autoprotection totalement vaine, car l'espoir trouve toujours le moyen de s'insinuer dans mon esprit, sournoisement. Et cet espoir m'habite à mon insu jusqu'à ce qu'il n'ait plus lieu d'être, jusqu'à ce qu'on me dise une nouvelle fois : « Je suis désolé. »

Quand le serveur nous a apporté nos verres, il a dit : « Laissez-moi deviner ! On s'est débarrassé des enfants pour prendre du bon temps ? »

Ils sont d'une candeur, les Féconds. Quand ils voient un groupe de femmes d'un certain âge, ils se disent qu'elles sont forcément mères.

« À quoi ça sert qu'on nous prenne pour des putains de pondeuses si on n'a même pas de gosses, bordel ? » a dit Sarah, notre dernière recrue. Elle a beau n'avoir fait qu'une FIV, une amertume farouche l'anime déjà. Je suis si lasse, en comparaison. Je suis même lasse d'être lasse. Mais j'adore l'entendre jurer !

Suite à ça, on a listé toutes les vexations qu'on a subies depuis le mois dernier.

Il y a eu :

Le patron : « C'est votre choix, de faire une FIV, vous n'avez pas la grippe, que je sache, alors non, je ne signerai pas votre demande de congé maladie. »

La tante : « Détends-toi, va te faire masser. Si tu n'arrives pas à tomber enceinte, c'est parce que tu es trop tendue. » (Classique.)

Le frère (avec son gosse qui hurle derrière lui) : « Tu fantasmes complètement la vie avec des enfants. Tu vois pas le boulot que c'est. »

La cousine : « Ma pauvre chérie. Je comprends tout à fait ce que tu traverses. Moi, ça fait six ans que j'essaie de terminer mon doctorat. »

« Et toi ? me demande Kerry. Tu ne disais pas dans ton dernier mail que ta sœur t'avait mise hors de toi ?

– Ta sœur, c'est la mère parfaite qui élève ses trois gosses tranquille à la maison pendant que son mari gagne un max, c'est ça ? » enchaîne Anna-Marie avec une moue méprisante.

Elles me regardent avec impatience, prêtes à détester Alice, car pour être honnête, docteur Hodges, je ne suis pas toujours tendre quand je parle d'elle.

Mais je la revois faire semblant de se débattre dans une camisole de force en rentrant de l'hôpital ; je repense à la peine et à l'horreur que j'ai lues sur son visage quand elle était au téléphone avec Nick un peu plus tôt, à ce qu'elle m'a dit aussi : « Tu ne m'aimes plus ? » et à sa robe toute froissée, à son brushing défait quand je suis partie de chez elle. Ça ressemble tellement à la bonne vieille Alice de descendre sans prendre la peine de se regarder dans le miroir. Et puis je pense aux larmes qu'elle a versées pour moi quand Olivia est née, à l'innocence de sa question aujourd'hui quand elle a voulu savoir qui était Gina.

J'ai eu tellement honte de moi, docteur Hodges, que j'en ai eu la nausée. Tout ce que j'avais envie de leur dire, c'était : « Hé, c'est de ma petite sœur que vous parlez, là. »

Mais j'ai préféré leur raconter qu'elle avait perdu la mémoire, qu'elle était convaincue d'avoir vingt-neuf ans, et que tout ça m'avait fait beaucoup réfléchir à ce que dirait la jeune femme que j'étais il y a dix ans en voyant la vie que je mène aujourd'hui. J'ai émis l'idée que, peut-être, elle trouverait qu'il est temps de laisser tomber. Oui, laisser tomber. Jeter l'éponge. Renoncer. Fini les injections, les prises de sang, le chagrin.

Bien sûr, elles m'ont écoutée au garde-à-vous, comme de bons petits soldats.

Pour finalement me dire : « Ne renonce jamais », avant de se lancer dans d'épouvantables récits de femmes stériles qui après de multiples fausses couches avaient fini par avoir de beaux bébés en pleine forme.

J'ai acquiescé gentiment tout en gardant un œil sur les mouettes qui se chamaillaient.

Je ne sais plus, docteur Hodges. Je ne sais vraiment plus.

Pendant le déjeuner, Roger prit l'initiative de mettre Alice au fait des événements qui avaient marqué l'histoire au cours des dix dernières années – lui offrant sa propre version desdits événements – tandis que sa mère se livra au même exercice concernant la vie privée de toutes ses connaissances.

« Ensuite, les États-Unis ont envahi l'Irak, parce que ce bon vieux Saddam amassait des armes de destruction massive.

– Sauf qu'en réalité, il n'y avait pas d'armes, interrompit Frannie.

– Ça, personne n'en a la certitude.

– Roger, vous n'êtes pas sérieux.

– Quoi d'autre ? Oui, Marianne Elton – tu te souviens d'elle ? La fille qui entraînait l'équipe de netball d'Elisabeth –, elle a épousé Jonathan Knox, le charmant plombier qui est venu nous dépanner quand on a eu ce problème de toilettes à Pâques, l'année où il a fait un froid incroyable. Ils se sont mariés sur une île des tropiques – pas franchement pratique, la petite fille qui portait la traîne a attrapé un vilain coup de soleil – et il y a deux ans, ils ont eu une petite Madeline, ce qui a ravi Madeline, tu t'en doutes. Moi, je n'ai jamais espéré que mes filles donnent mon prénom à leurs enfants, mais Madeline est tellement à la mode en ce moment, bref, cette pauvre Madeline a fini par...

– ... et je vais te dire, moi, Alice, ce que le gouvernement aurait dû faire après les attentats de Bali...

– ... où se trouvait justement un des fils de Felicity ! enchaîna Barb fort à propos. Il en est parti la *veille*. Felicity y a vu le signe qu'il était né pour accomplir de grandes choses, mais jusqu'à présent, il ne fait pas grand-chose, à part surfer sur Facebook, c'est ça, Roger, Facebook ?

– Est-ce que tout cela te dit vaguement quelque chose, Alice ? » demanda Frannie.

Mais Alice n'écoutait que d'une oreille, en pleine réflexion sur la notion de pardon. Une idée belle et généreuse... du moment qu'il n'y avait rien de grave à pardonner. Savait-elle faire preuve d'indulgence ? Bonne question. Elle n'avait jamais été confrontée à quelque chose d'aussi sérieux que l'infidélité. Sans compter que Nick ne cherchait peut-être pas l'absolution.

« Je ne sais pas trop », répondit-elle.

Certains événements racontés par Roger lui avaient semblé vaguement familiers, comme des choses qu'on apprend à l'école pour ensuite les oublier. Quand il avait parlé des attentats, un sentiment d'horreur l'avait envahie, spontanément, accompagné peut-être de quelques images floues – le reflet d'une femme sur un pare-soleil qui plaque sa main contre la bouche : « Mon Dieu, non, c'est affreux. » Mais elle ne se rappelait pas où elle se trouvait quand la nouvelle était tombée. Si elle était seule ou avec Nick, si elle avait regardé les informations à la télé ou écouté la radio. De même, les histoires de sa mère ne lui étaient pas totalement étrangères. Le coup de soleil de la fillette à la traîne, par exemple, sonnait comme la chute d'une blague qu'on lui avait déjà racontée.

Elle entendit vaguement la voix de Frannie. « Il faut qu'elle retourne voir le médecin. Il y a quelque chose qui cloche. Regardez-la. Ça crève les yeux.

– Je doute qu'ils puissent lui réimplanter ses souvenirs, commenta Roger.

– Pardon, Roger, j'oubliais que vous excellez dans le domaine de la neurochirurgie.

– Qui veut une belle part de flan ? » demanda Barb gaiement.

16

Alice était désormais livrée à elle-même.

La question de savoir s'il était bien raisonnable de la laisser seule avait fait l'objet d'une vive discussion après le déjeuner. Comme chaque samedi après-midi, Barb et Roger avaient leur cours de salsa pour danseurs confirmés. Exceptionnellement, ils pouvaient le rater – *pas de problème*, avaient-ils dit, même si, bien sûr, à quelques jours de la soirée « Familles en scène » au village seniors de Frannie, ils avaient vraiment besoin de répéter ; mais bon, franchement, si Alice préférait qu'ils restent... Frannie devait quant à elle présider une importante réunion au village seniors – concernant Noël apparemment – mais *pas de problème*, elle pouvait demander à Bev, ou à Esme peut-être, de la remplacer, même si, bien sûr, elles redoutaient l'une comme l'autre de parler en public et risquaient de céder aux pressions de ce tyran qui venait d'arriver ; mais bon, ce ne serait pas la fin du monde, sa petite-fille passait en premier.

« Ça va aller ! Ça va aller ! J'ai bientôt *quarante* ans ! » avait-elle dit d'un ton qui se voulait désinvolte. Mais elle avait dû rater son effet car ils l'avaient tous fixée bizarrement avant de réitérer leur proposition de rester. « Elisabeth sera là d'une minute à l'autre. Allez, dehors, tout le monde ! Je m'en sortirai très bien toute seule ! »

Quelques instants plus tard, trois silhouettes indistinctes lui faisaient au revoir de la main derrière les vitres teintées de la voiture rutilante de Roger qui disparut dans un jet de graviers.

« Je m'en sortirai très bien toute seule », répéta Alice à voix basse.

À ce moment-là, Mrs Bergen sortit de chez elle avec un grand chapeau mexicain sur la tête et une grande paire de cisailles dans les mains. Alice aimait bien sa vieille voisine. Elle lui apprenait à jardiner et lui avait donné mille conseils pour sauver son citronnier (« Rien de tel qu'un petit pipi de temps en temps », Nick s'était exécuté avec un enthousiasme révoltant). Elle lui offrait régulièrement des boutures de son propre jardin, lui disait gentiment quand il fallait arroser, tailler ou désherber. Et comme elle n'aimait pas trop cuisiner, Alice lui apportait en retour des Tupperware remplis de restes de ragoût, de parts de quiche ou de gâteau à la carotte. Mrs Bergen avait par ailleurs déjà tricoté trois paires de petits chaussons pour le bébé et elle s'était lancée dans la confection d'une veste et d'un bonnet.

Sauf que tout ça, c'était dix ans plus tôt.

Ces minuscules ouvrages prenaient probablement la poussière au fond d'un tiroir, à présent.

Alice la salua d'un geste chaleureux. Mrs Bergen baissa la tête et se dirigea sans plus de cérémonie vers ses pieds d'azalée.

Pas de doute, Mrs Bergen venait de la snober.

Fallait-il s'attendre à ce que l'adorable et rondelette voisine l'invective ou l'insulte, comme Nick l'avait fait au téléphone, si Alice s'avançait pour lui dire bonjour ? Quel cauchemar ! Comme cette scène dans *L'Exorciste*, où la petite fille a la tête qui tourne sur elle-même dans un craquement de vertèbres.

Alice se réfugia chez elle, en proie à une absurde envie de pleurer.

Mrs Bergen devenait peut-être sénile. Du coup, elle ne l'avait pas reconnue. Oui, voilà. Ça tenait parfaitement la route, comme explication. Enfin, pour le moment. Une fois qu'elle aurait retrouvé la mémoire, elle y verrait plus clair. Mais oui, bien sûr ! se dirait-elle.

Bon. Et maintenant ?

Elle se demanda à quoi elle occupait ses week-ends quand Nick avait les enfants. Appréciait-elle ces coupures ? Se sentait-elle seule ? Avait-elle hâte qu'ils rentrent à la maison ?

Le bon sens voudrait qu'elle explore la maison en quête d'indices sur sa vie. Ainsi, elle serait prête quand Nick passerait le lendemain. Élaborer un argumentaire, voilà ce qu'elle devait faire. « Dix bonnes raisons de ne pas divorcer. »

Peut-être trouverait-elle quelque chose sur Gina ? Ses lettres d'amour ? Non, Nick les aurait probablement emportées avec lui en déménageant.

Ou peut-être devrait-elle préparer quelque chose pour la fête de ce soir ? Oui, mais quoi ? Étrangement, elle ne se sentait pas concernée par cette soirée.

À vrai dire, elle n'avait même pas envie d'y assister. La seconde part de flan qu'elle avait mangée lui pesait sur l'estomac. « Tu te ressers ? » avait dit sa mère, agréablement surprise. Alice en avait conclu que ça ne devait pas être dans ses habitudes.

Pourquoi pas une petite promenade ? Ça lui éclaircirait les idées. Il faisait un temps magnifique. Aucune raison de rester enfermée.

Elle monta les escaliers et s'arrêta dans le dégagement, remarquant les portes des trois autres chambres. Certainement celles des enfants à présent. Nick et Alice n'en avaient aménagé qu'une : la chambre du Haricot. Ils y avaient passé un temps fou, assis par terre en tailleur, à imaginer la décoration. À choisir la couleur : *Bleu azur*. Ça fonctionnerait, même si, à leur grande surprise, ils donnaient naissance à une fille (bingo !).

Alice poussa timidement la porte de la chambre destinée au Haricot.

Évidemment, il n'y avait ni berceau blanc, ni table à langer, ni rocking-chair. Normal, le Haricot n'était plus un bébé.

À présent, il y avait un lit simple, défait et jonché de vêtements, une étagère pleine de livres, de flacons de parfum vides et de pots en verre. Les murs étaient tapissés d'affiches en noir et blanc représentant des capitales d'Europe. Alice distingua un petit carré de bleu entre deux posters. Elle s'approcha et passa le doigt dessus. *Bleu azur.*

Il y avait également un bureau. Dessus, un classeur avec une étiquette : *Madison Love.* L'écriture lui était familière. Elle ressemblait à la sienne quand elle était à l'école primaire. Alice remarqua un livre de cuisine ouvert. Elle le prit. Tiens, une recette de lasagnes. Madison n'était-elle pas trop jeune pour cuisiner ? Idem pour les posters de paysages urbains. Alice jouait encore à la poupée au même âge. Elle en conçut un sentiment d'infériorité vis-à-vis de sa propre fille.

Elle reposa le livre avec précaution et sortit de la chambre sur la pointe des pieds.

La porte d'à côté était fermée. Dessus, un petit mot :

PRIVÉ. DÉFENSE D'ENTRER SANS AUTORISATION
INTERDIT AUX FILLES
SOUS PEINE DE MORT

Vous m'en direz tant ! Alice lâcha la poignée et recula. Elle faisait partie des « filles » après tout. C'était la chambre de Tom, sans l'ombre d'un doute. Elle était peut-être piégée. Ah, les petits garçons. Terrifiants.

La dernière chambre se révéla plus accueillante. Alice franchit un rideau de porte en perles pour découvrir ce dont rêvent toutes les petites filles : un lit à baldaquin dont la tenture violette était en gaze. Sur le mur, une patère sur laquelle étaient accrochées des ailes de fée. Une collection de minuscules cupcakes en verre, des dizaines de peluches, une coiffeuse avec miroir lumineux, des barrettes, des rubans, une boîte à musique, des bracelets étincelants, de longs colliers, une chaîne stéréo portable rose, une malle pleine de déguisements. Alice s'agenouilla et fouilla dedans. Elle en sortit une robe d'été verte, celle-là même qu'elle avait achetée pour sa lune de miel. Elle avait rarement dépensé autant d'argent pour une robe. Qui nécessitait d'être nettoyée à sec de surcroît. Il y avait une tache brune sur l'encolure et quelqu'un avait commencé à découper l'ourlet, désormais irrégulier. Prise de vertige, Alice laissa tomber la robe. Une odeur douceâtre flottait dans la pièce, probablement un gloss à la fraise. De l'air. Elle avait besoin d'air.

Elle alla dans sa chambre où elle trouva un short et un tee-shirt dans une commode ainsi que ses baskets et ses lunettes de soleil dans le sac à dos qu'elle avait rapporté de l'hôpital. Elle fila en bas, attrapa une casquette sur le portemanteau. Dessus, l'inscription « Philadelphia ».

Elle sortit, ferma la porte à clé et constata avec soulagement que Mrs Bergen n'était plus dehors.

Après un moment d'hésitation, elle prit à gauche et se mit à marcher d'un bon pas. Elle croisa bientôt une femme avec une poussette dans laquelle un bébé au visage grave se tenait bien droit. Il fronça les sourcils au passage d'Alice tandis que sa mère, souriante, l'interpella : « On ne court pas aujourd'hui ?

– Pas aujourd'hui, non ! » répondit Alice en poursuivant sa route.

Courir ? Incroyable. Elle *détestait* courir. Au lycée, avec sa copine Sophie, elle se traînait avec force gémissements sur la piste d'athlétisme, terrassée par un point de côté tandis que Mr Gillespie, désespéré, leur criait d'accélérer.

Tiens, Sophie ! Elle devrait l'appeler en rentrant tout à l'heure. Elle ne s'était pas confiée à Elisabeth, mais Sophie en saurait probablement davantage sur cette histoire de divorce.

Au cours de sa promenade, elle constata que les maisons avaient doublé de volume, tels des gâteaux à la cuisson. À la place des cottages en brique rouge s'élevaient à présent des manoirs aux façades grises et lisses avec des colonnes et des tourelles.

Étrangement, elle commença à accélérer le pas, à allonger sa foulée, et l'idée de courir ne lui parut plus si bête que ça. Au contraire.

Était-ce bien raisonnable après un coup à la tête ? Sûrement pas. À moins que cela ne remette sa mémoire en branle.

Elle s'élança.

Ses bras et ses jambes se laissèrent aller à un rythme régulier ; elle se mit à inspirer profondément par le nez et expirer lentement par la bouche, bientôt envahie par une vraie sensation de bien-être. Oui, courir lui semblait naturel. C'était une coureuse.

Arrivée dans Rawson Street, elle tourna à gauche et prit de la vitesse. Les épaisses feuilles rouges des liquidambars tremblaient sous le soleil. Une voiture blanche où des adolescents écoutaient la musique à plein volume passa dans un crissement de pneus. Dans une allée, un groupe d'enfants criaient joyeusement, munis de pistolets à eau. Au loin, une tondeuse se mit à gronder.

La voiture blanche s'arrêta au croisement de King Street.

Tout à coup, un sentiment de panique incommensurable lui enserra la poitrine. Exactement comme dans la voiture avec Elisabeth. Ses jambes tremblaient si fort qu'elle dut s'accroupir sur le trottoir, dans l'espoir que ce nouvel épisode – de quoi, au juste ? – cesse. Un cri d'horreur lui étreignait la gorge. Ne pas le laisser s'échapper. Pas en public.

La poitrine haletante, elle posa les mains au sol de peur de s'écrouler et regarda autour d'elle. Derrière, les enfants couraient toujours dans tous les sens, comme si le monde n'avait pas basculé dans les ténèbres et le mal. Devant, la voiture blanche attendait de pouvoir s'engager.

Une voiture arrêtée à cette intersection... oui, il y avait un lien.

Elle se sentait fiévreuse. Merde. Elle n'allait quand même pas vomir de nouveau. Tout ce flan qu'elle avait avalé. Elle demanderait aux gosses de nettoyer avec leurs pistolets à eau.

Un klaxon retentit. « Alice ? »

Elle ouvrit les yeux.

De l'autre côté de la route, une voiture s'arrêta. Un homme en sortit et traversa la chaussée en courant.

« Qu'est-ce qui t'arrive ? »

Il se tenait debout devant elle à contre-jour. Interdite, Alice plissa les yeux mais ne put distinguer son visage. Il avait l'air très grand.

Il s'accroupit près d'elle et lui toucha le bras.

« Tu as fait un malaise ? »

Elle le voyait clairement à présent. Il avait l'air d'avoir la quarantaine ; son visage était fin, doux, quelconque et dégageait la simplicité d'un sympathique agent immobilier qui fait une remarque sur le temps quand on le croise.

« Allez, debout ! lui intima-t-il en la soulevant par les coudes. On va te ramener chez toi. »

Il l'aida à rejoindre la voiture où il l'installa sur le siège passager. Ne sachant pas quoi dire, elle garda le silence. Une voix derrière elle s'éleva : « Tu t'es fait mal en tombant ? »

Elle se retourna et découvrit un petit garçon aux yeux d'un marron très clair qui l'observait anxieusement.

« Je vais bien. Je me suis juste sentie un peu bizarre. »

L'homme démarra. « On allait justement chez toi quand Jasper t'a aperçue. Tu allais courir ?

– Oui. »

À l'angle de Rawson et King, Alice ne ressentit rien.

« J'ai croisé Neil Morris au supermarché ce matin. Il m'a dit qu'on t'avait évacuée de la salle de sport en civière hier ! Je t'ai laissé plusieurs messages mais je n'ai pas... »

Sa voix s'évanouit.

« Je me suis cogné la tête en tombant pendant mon cours de step. Je vais mieux maintenant, mais je n'aurais pas dû courir. C'était stupide de ma part. »

À l'arrière de la voiture, le petit Jasper gloussa. « T'es pas stupide ! Mais parfois, mon papa, oui. Aujourd'hui, tu vois, ben, il a oublié trois trucs et on a dû retourner à la maison, trois fois, et il disait : "Quel boulet je fais !" Moi j'ai trouvé ça rigolo. Tu sais, le premier truc, c'était son portefeuille. Ensuite, son téléphone portable. Et puis... euh... papa, c'était quoi le troisième truc que t'avais oublié ? »

L'homme s'engagea dans l'allée d'Alice et coupa le moteur. Le petit garçon n'insista pas. Il ouvrit sa portière et courut vers la véranda.

Son père se tourna vers Alice, quelque peu inquiet. Il lui posa la main sur l'épaule. « Tu ferais bien de te reposer. Jasper et moi, on va s'occuper des ballons. »

Les ballons ? Mmmm, pour la fête, supposa Alice.

« C'est un peu gênant », dit-elle.

Il sourit. (Craquant, le sourire.) « Quoi donc ?

– Je n'ai pas la moindre idée de qui vous êtes. »

(Même si, en réalité, quelque chose dans son sourire et ses gestes, comme sa main sur l'épaule d'Alice, ne laissait guère de doute.)

L'homme retira brusquement sa main.

« Alice ! Mais enfin, c'est moi, Dominick. »

Petites réflexions d'une arrière-grand-mère sur la Toile

Un petit message puisque vous êtes nombreux à m'avoir écrit pour prendre des nouvelles d'Alice. Malheureusement, le moins qu'on puisse dire, c'est qu'Alice n'est plus elle-même. Elle n'a aucun souvenir de son amie Gina (vous trouverez le récit de ces tragiques événements ici). C'est vraiment effrayant.

Gina a eu une place si importante dans la vie d'Alice pendant toutes ces années. (Alice a une légère tendance à l'adulation.) Un jour, alors qu'on fêtait l'anniversaire d'un des enfants, Gina a fait une remarque sur sa tenue. Du genre : « Tel ou tel chemisier va beaucoup mieux avec cette jupe. » C'était une femme sûre de ses opinions. Pour tout. Ni une ni deux, Alice est remontée dans sa chambre pour se changer. Rien de grave, mais dans mes souvenirs, Nick avait eu l'air contrarié.

COMMENTAIRES

Groovy Granny écrit :
Moi-même, j'ai eu une amie dans le genre autoritaire. Mon mari n'appréciait pas du tout non plus ! J'espère qu'Alice a un bon médecin.

Doris de Dallas écrit :
Je suis certaine qu'Alice se portera comme un charme en un rien de temps. Quoi de neuf avec Mr X ?

Devoirs d'Elisabeth pour le docteur Hodges

Il s'est passé un truc marrant quand je suis rentrée après mon déjeuner avec les Infécondes. Enfin, marrant, c'est un bien grand mot. Disons un truc bêtement ironique.

Je suis au volant de ma voiture et je n'arrête pas de me répéter : « Laisse tomber. » L'idée est de plus en plus présente dans ma tête. Tout à coup, ça me semble évident. Je ne supporterai pas une fausse couche de plus. C'est au-dessus de mes forces. Rien que d'y penser, j'ai l'impression qu'un gros bloc de béton me tombe sur la poitrine. J'ai eu mon compte. Je n'en avais pas conscience, mais en fait, j'ai eu mon compte.

Avant, on se disait : si à telle date, ça n'a pas marché, on arrête. Au début, l'échéance, c'était mes quarante ans. Ensuite, les fêtes de Noël. On repoussait parce que, chaque fois, c'était la même question qui revenait : qu'est-ce qu'on va bien pouvoir faire d'autre ? Voyager, faire la fête, aller au cinéma, assister à des concerts, faire la grasse matinée... toutes ces choses qui manquent cruellement aux gens qui ont des enfants, on les avait déjà faites. On en avait soupé. Ce qu'on voulait, nous, c'était un bébé.

Il m'arrivait de penser à ce que les mères sont prêtes à faire pour sauver leurs enfants, comme s'élancer dans un bâtiment en feu. Et je me disais que *donner la vie* à *mes* enfants méritait bien que je souffre encore un peu. J'avais le sentiment que ça faisait de moi un être magnanime. Mais aujourd'hui, je me rends compte que je ne suis qu'une folle à lier qui court dans un immeuble en feu pour sauver des enfants qui n'existent pas. Mes enfants n'ont jamais eu l'intention de naître. Ils étaient dans ma tête. Et c'est bien ça le plus humiliant. Chaque fois que j'ai pleuré un bébé fantôme, c'était comme pleurer un homme qui n'avait même pas daigné me regarder. Mes bébés n'étaient pas des bébés. Rien que des amas microscopiques de cellules, des poupons inachevés qui allaient le rester à jamais. Mes espoirs désespérés. Des bébés chimériques.

Tout le monde doit renoncer à ses rêves. Les ballerines en herbe qui rêvent d'entrer à l'Opéra, par exemple. Elles sont bien obligées d'accepter que leur corps n'est pas fait pour danser. Personne ne les plaint plus que ça. Qu'elles trouvent un autre métier ! Mon corps n'est pas fait pour enfanter. Pas de bol.

Au passage piéton, j'ai vu une femme enceinte, une autre avec un landau, une autre encore qui tenait son enfant par la main. Et, honnêtement, je n'ai rien ressenti, docteur Hodges ! Rien du tout ! C'est énorme, pour une Inféconde, de croiser une femme enceinte et de ne rien ressentir. Pas d'amertume qui vous déchire les entrailles comme un poignard. Ni de vilaine jalousie qui vous déforme le visage.

Et vous voulez savoir le truc marrant ?

Je suis rentrée à la maison, et pour une fois, Ben n'était pas au garage en train de bidouiller sa voiture. Il était assis à la table de la cuisine avec un tas de paperasse devant lui, les yeux un peu rouges et gonflés.

Il me dit : « J'ai bien réfléchi. »

Je réponds que moi aussi, mais à lui l'honneur.

Alors il me dit qu'il a réfléchi à ce qu'Alice lui avait dit la semaine précédente et qu'il est d'accord avec elle à cent pour cent.

Non mais vraiment, Alice.

Assise dans le canapé, Alice regardait Dominick gonfler des ballons bleus et argentés à l'aide d'une bonbonne d'hélium. Jasper et lui s'étaient lassés de respirer l'hélium et de parler avec une voix d'écureuil. Le garçonnet avait tellement ri en entendant son père chanter « Somewhere Over the Rainbow » d'une voix aiguë qu'Alice s'était demandé s'il n'allait pas s'étouffer.

À présent, il faisait voler un hélicoptère télécommandé comme un chef dans le jardin.

« Il est adorable », dit Alice en l'observant. D'après ce qu'elle avait compris, Jasper était dans la même classe qu'Olivia. Sa fille. La blondinette qui avait d'épaisses tresses blondes.

« Quand il ne se transforme pas en monstre psychotique ! » Alice s'esclaffa. D'un rire peut-être un rien exagéré. L'humour parental, ce n'était pas sa tasse de thé. Et si Jasper était vraiment un monstre psychotique ? Ça n'aurait rien d'amusant.

« Alors, euh, depuis combien de temps on… on se voit tous les deux ? »

Dominick lui jeta un petit coup d'œil. Il noua le ballon et le regarda s'envoler au plafond.

« Environ un mois », répondit-il en évitant son regard.

Alice lui avait dit que, d'après les médecins, son amnésie n'était que temporaire. Il avait eu l'air terrifié et s'adressait à elle avec douceur et circonspection, comme si elle souffrait d'un léger handicap mental. À moins qu'il lui parle toujours comme ça, évidemment.

« Et alors, ça se passe, euh… bien ? » osa-t-elle. C'était bizarre de ne pas savoir si elle l'avait embrassé, si elle avait *couché* avec lui. Il était très grand. Pas vilain. Juste un inconnu. L'idée d'une quelconque intimité avec lui lui inspirait à la fois du dégoût et une légère excitation. Oh mon Dieu, t'imagines, coucher avec lui ! aurait-elle dit en pouffant de rire à l'adolescence.

« Ouais ! » acquiesça Dominick avec une drôle de grimace nerveuse. C'était vraisemblablement un homme coincé et gauche.

Il prit un autre ballon et le plaça sur l'embout de la bouteille d'hélium. Il la regarda, droit dans les yeux cette fois, et dit, d'un ton presque sévère : « C'est mon avis, en tout cas. » En fait, il n'était pas mal du tout.

« Euh... eh bien, tant mieux, bredouilla Alice, troublée et vulnérable. Enfin... je crois. »

Elle aurait aimé que Nick soit là, à ses côtés sur le canapé, une main chaude sur sa cuisse dans un geste revendicateur, histoire de s'autoriser à prendre du plaisir à discuter, voire flirter, avec cet homme très sympathique sans que ce soit déplacé ou douteux.

« Tu as l'air différente, reprit-il.

– Différente ? En quoi ?

– Je ne saurais pas l'expliquer. »

Il en resta là. Apparemment, ce n'était pas un bavard. Tout l'inverse de Nick. Elle se demanda ce qu'elle lui trouvait. L'appréciait-elle vraiment ? Il lui semblait un peu ennuyeux.

« Tu fais quoi, comme travail ? » demanda-t-elle, dans une tentative, injuste, de le mettre dans une case. Le genre de question qu'on pose au premier rendez-vous, n'est-ce pas ?

« Je suis comptable.

– Je vois. » Génial.

Il sourit. « Je vérifiais juste cette histoire d'amnésie. En fait, je suis marchand de fruits et légumes.

– Vraiment ? » L'approvisionnait-il en mangues et autres ananas ?

« Non ! »

Au secours ! Quel ringard !

« Je suis directeur d'école.

– N'importe quoi.

– Je t'assure. C'est moi qui dirige l'école.

– Quelle école ?

– Celle de nos enfants. C'est comme ça qu'on s'est rencontrés. »

Le directeur de l'école. *Dans le bureau du directeur, mademoiselle !*

« Alors, tu seras là, ce soir, au cocktail ?

– Affirmatif. Avec une double casquette, en quelque sorte, puisque Jasper est à la maternelle, donc je suis parent, comme les autres, et puis je serai aussi... »

Curieux, cette habitude de ne jamais vraiment finir ses phrases. Sa voix s'éteignait, comme s'il estimait que la suite, tellement évidente, ne méritait pas d'être dite.

« Et pourquoi ça se passe chez moi ? » questionna Alice, incrédule. C'est vrai, quelle drôle d'idée !

Dominick leva les sourcils. « Eh bien, parce qu'avec ton amie Kate Harper, vous êtes représentantes des parents d'élèves.

– Késako ? »

Il sourit d'un air hésitant. « Vous organisez des sorties pour toutes les mamans, vous êtes les interlocutrices privilégiées des instituteurs, vous gérez la participation des parents aux ateliers lecture et, euh, bref, ce genre de... »

Quel cauchemar. Voilà qu'à présent elle donnait dans le civisme et l'engagement ! Elle devait être très fière et très contente d'elle. Elle avait toujours été portée à la suffisance. Elle se voyait d'ici, aller de-ci, de-là dans ses magnifiques vêtements.

« Tu fais beaucoup pour l'école. On a énormément de chance de t'avoir. À propos, le grand jour approche ! Waouh ! J'espère que tu seras d'attaque ! »

Le grand jour ? À la salle de sport, l'homme sur le tapis de course y avait également fait allusion. Convaincue que cela ne présageait rien de bon, Alice demanda : « De quoi tu parles ?

– Tu nous fais entrer dans le Guinness des records ! »

Elle esquissa un sourire, prête à s'esclaffer à sa prochaine plaisanterie.

« Non, sans blague. Tu ne t'en souviens pas ? Tu vas faire la plus grande tarte au citron meringuée du monde. Pour la fête des Mères. C'est l'événement de l'année ! Les fonds récoltés reviendront par moitié à l'école et à la recherche sur le cancer du sein. »

Alice avait effectivement rêvé d'un gigantesque rouleau à pâtisserie. « C'est moi qui dois la faire, cette tarte géante ? fit-elle, complètement affolée.

– Non, non. Tu as une centaine de mamans avec toi. Ça va être incroyable ! » Il lâcha un autre ballon. Le plafond disparaissait désormais derrière un océan de ballons bleus et argentés.

Ce soir, elle organisait un cocktail et le week-end prochain, elle comptait battre un record du monde. Bon sang, qui était-elle devenue ?

Elle se tourna vers lui. Il l'observait.

« Ça y est, je sais. Ce qui a changé chez toi. »

Il s'assit près d'elle. Beaucoup trop près. Alice essaya de s'écarter discrètement, mais le bruit que faisait le canapé en cuir rendait la chose très difficile. Elle se résigna et posa sagement les mains sur ses genoux. Il n'allait quand même pas tenter quelque chose alors que son fils jouait à quelques mètres d'eux.

Il se tenait si près qu'elle distinguait de minuscules poils noirs sur son menton et sentait son odeur, un mélange de dentifrice et de lessive. (Nick, lui, sentait le café, l'après-rasage et l'ail de la veille.)

Elle voyait à présent qu'il avait les mêmes yeux chocolat que son fils. (Ceux de Nick étaient noisette ou verts, en fonction de la lumière ; ses iris étaient bordés d'or et ses cils, tellement clairs, qu'ils semblaient blancs au soleil.)

Dominick s'approcha un peu plus. Hyper gênant ! Le directeur de l'école s'apprêtait à l'embrasser et, comme ce n'était probablement pas la première fois, elle ne pouvait pas franchement se permettre de le gifler.

Contre toute attente, il posa son pouce entre ses sourcils. Mais à quoi jouait ce type ? S'agissait-il d'un rituel étrange auquel seuls les quarantenaires s'adonnaient ? Était-elle censée lui faire la même chose ?

« Tu n'as plus ce creux entre les sourcils. Tu sais, ce petit trait qui te donne un air concentré, ou inquiet, même quand tu es heureuse. Maintenant, il est… »

Il laissa retomber sa main, au grand soulagement d'Alice.

« Un homme n'est pas censé dire à une femme qu'elle a toujours l'air renfrognée, si ? » répliqua-t-elle. Elle s'aperçut que son propre ton était aguicheur.

« De toute façon, je te trouve magnifique. » Il la prit par la nuque et l'embrassa.

Pas désagréable.

« Je vous ai vus ! »

Jasper, tenant son hélicoptère par une pale de rotor, les regardait, aux anges.

Alice se toucha les lèvres. Elle venait d'embrasser un autre homme. Elle ne s'était pas contentée de le laisser faire. Elle lui avait rendu son baiser. Par curiosité, rien de plus. Et par politesse. (Peut-être aussi parce qu'il l'attirait un tout petit peu.) Le germe de la culpabilité était planté dans son cœur.

« Je vais le dire à Olivia ! exulta Jasper. Mon papa a embrassé sa maman ! » Il exécuta une petite danse triomphale, les poings en l'air, le visage tordu par la joie et le dégoût tout à la fois. « Mon papa a embrassé sa maman ! Mon papa a embrassé sa maman ! »

Terrifiant ! Ses gosses à elle étaient-ils aussi comme ça ? Genre… complètement fous ?

Dominick lui caressa le bras doucement – un geste qui disait tout le respect qu'il avait pour elle – et se leva. Il attrapa Jasper et le tint par les chevilles, la tête en bas. Le garçonnet s'étrangla de rire et lâcha son hélicoptère.

Alice les regarda, envahie par un étrange sentiment de dissociation. Venait-elle vraiment d'embrasser cet homme ? Ce timide directeur d'école ? Ce père enjoué ?

Fallait-il mettre ce baiser sur le compte de sa blessure à la tête ? Oui, elle avait une excuse, un problème de santé. Elle n'était pas dans son état normal.

Mais elle se souvint qu'il n'y avait aucune raison de se sentir coupable : Nick avait bien eu une liaison avec cette Gina, après tout. Bon. Eh bien maintenant, ils étaient quittes.

Jasper remarqua qu'une pièce de son hélicoptère s'était détachée. Il hurla et se débattit tel un supplicié. « Quoi ? Qu'est-ce qui se passe, mon grand ? » dit son père avant de le remettre sur ses pieds.

Alice sentit son mal de tête revenir.

Et que faisait Elisabeth ? Elle avait tellement besoin d'elle.

Devoirs d'Elisabeth pour le Dr Hodges

En retournant chez Alice, je me suis mise à penser à Gina. Je pense souvent à elle à présent. Le temps l'a auréolée de mystère. Avant, elle ne m'inspirait qu'une profonde irritation.

Je l'ai prise en grippe dès le début, mais je ne sais pas vraiment pourquoi. Peut-être simplement à cause de cette intimité manifeste qui les unissait toutes les deux. Tous les quatre, en fait, parce que Michael et Nick s'entendaient très bien eux aussi. Ils étaient tout le temps fourrés les uns chez les autres. Ils entraient, comme ça, sans sonner. Faisaient un tas de plaisanteries qu'eux seuls comprenaient. Gardaient les enfants, leur donnaient à manger. Gina débarquait même chez eux en maillot de bain ! Elle traversait la rue, comme ça, sans tee-shirt, ni même une serviette de bain ! Pas gênée pour deux sous, comme une gosse ! Elle avait des formes généreuses, un corps souple, le teint hâlé, de jolis seins frétillants qui lui valaient les regards prolongés de ces messieurs. Il me semble que je les ai entendus parler d'une soirée d'été bien arrosée où ils ont tous fini nus dans la piscine. Le genre de chose qu'on faisait dans les années soixante-dix, quoi !

Alice et Gina passaient leur temps à glousser et à boire du champagne. Je me sentais si fade à côté d'elles, avec mon rire forcé. Gina connaissait Alice mieux que moi avant même que j'aie eu le temps de dire ouf.

Les enfants de Gina étaient tous des bébés-éprouvette. Elle s'intéressait à ce que je vivais, posait des questions informées, me touchait la main, pleine de compassion (c'était une femme très tactile, douce ; pour dire bonjour, elle vous plantait une bise sur chaque joue, laissant derrière elle un effluve parfumé. Un jour, j'ai entendu Roger lui dire : « J'adore la façon dont vous, Européennes, saluez les gens ! »). Elle me disait qu'elle comprenait *mieux que personne* ce que j'endurais. Ce qui était probablement le cas, sauf que l'enfer des FIV était derrière elle à présent. Je voyais bien qu'elle gardait de cette période un souvenir fantasmé parce que ça s'était bien terminé. Son expérience aurait pu me mettre du baume au cœur. Elle était sortie indemne et victorieuse de ce parcours du combattant ! Mais je la trouvais condescendante. C'est facile de penser que ce n'était pas si dur une fois qu'on a franchi la ligne d'arrivée. N'empêche, les autres sont toujours face aux obstacles. Pour elle, c'était inimaginable que ses enfants n'existent pas. Ils étaient trop réels, trop présents dans son esprit. J'avais l'impression que je ne pouvais pas dire à Alice combien je souffrais, imaginant que Gina, forte de son expérience, lui soufflait à l'oreille que ce n'était pas si terrible, que j'étais une geignarde, que je faisais du cinéma.

Un soir, j'ai appelé Alice pour lui dire que je venais de perdre un autre bébé.

J'avais eu d'affreuses nausées pendant cette grossesse. Il suffisait que je me brosse les dents pour avoir envie de vomir. J'ai même dû quitter une salle de cinéma en courant tellement j'étais incommodée par l'odeur que dégageait une femme installée à quelques rangées de moi (un mélange de parfum – Opium – et de pop-corn). J'étais convaincue que c'était le signe que j'allais le garder, celui-ci. Pfff. Ça ne voulait rien dire.

Quand elle a décroché, elle riait aux éclats et j'ai entendu la voix de Gina au loin qui lui criait un truc à propos d'ananas. Elles inventaient des cocktails pour une soirée entre parents d'élèves. Bien sûr, Alice a tout de suite arrêté de rire quand je lui ai annoncé la nouvelle. Elle a pris sa voix triste, mais la joie ne demandait qu'à refaire surface. J'ai eu l'impression d'être une vraie plaie, avec mon énième fausse couche – la sœur qui gâche les bons moments avec ses problèmes gynécologiques peu ragoûtants. Alice a sûrement fait un signe à Gina parce qu'elle a arrêté de rire d'un coup elle aussi.

Je lui ai dit de ne pas s'inquiéter, qu'on pourrait parler plus tard et j'ai raccroché. J'ai jeté le téléphone à l'autre bout de la pièce, cassant au passage un magnifique vase acheté en Italie quand j'avais vingt ans. Je me suis effondrée sur le canapé et j'ai hurlé dans un coussin. Aujourd'hui encore, je regrette affreusement ce vase.

Le lendemain, je n'ai eu aucune nouvelle d'Alice. Et le jour suivant, Madison a eu un accident. Quand on s'est vues à l'hôpital, on était inquiètes pour la petite qui a retenu toute notre attention. Ma fausse couche a sombré dans l'oubli entre des essais de cocktails avec Gina et l'accident de Madison. Alice n'en a jamais parlé. À se demander si elle avait oublié.

Je crois que la distance qui s'est installée entre nous remonte à cet épisode.

Oui, je sais. C'est mesquin et puéril. Mais maintenant, c'est dit.

17

Petites réflexions d'une arrière-grand-mère sur la Toile

Hier, ma fille Barb m'a demandé s'il y avait quelque chose dont j'avais vraiment besoin pour la fête des Mères. La première chose qui m'est venue à l'esprit, c'est... je vous le dis ?

Un **sac à suicide**. C'est un sac qu'on se met sur la tête pour mourir tranquillement d'asphyxie dans son sommeil. Ou alors, la **pilule de la mort**. C'est sans douleur. Malheureusement, Barb serait obligée d'aller au Mexique pour se la procurer, et comme pour elle, traverser Sydney est déjà une épreuve...

Je vous vois d'ici vous étrangler devant vos écrans. Mais pas d'inquiétude, je lui ai dit de m'acheter un joli essuie-mains et du savon parfumé.

Je ne suis pas malade. Pour autant que je sache, je suis en parfaite santé. Cela dit, je vais avoir soixante-quinze ans en août prochain. L'âge auquel ma petite maman est morte d'un cancer. L'idée de vivre la même déchéance me terrifie au plus haut point. Je ne parle pas tant de la souffrance que de l'absence totale de contrôle. Des infirmières condescendantes qui vous demandent : « Alors, comment on se sent ? » De l'impossibilité de choisir quand manger, dormir ou se laver. J'en frémis d'horreur. Ça m'enlèverait un poids énorme d'avoir un sac à suicide ou la pilule de la mort au fond du tiroir de ma table de chevet ; je pourrais cesser d'y penser, cesser de m'inquiéter. Ce serait un cadeau vraiment spécial.

Depuis mon dernier post, huit autres résidents se sont désinscrits de la journée que j'ai organisée sur l'euthanasie. Apparemment, cette histoire de tournée des bars, c'était des bêtises. Mr X a proposé une sortie on ne peut plus convenable : une croisière dans le port. Tout le monde s'en réjouit d'avance. Quand je pense que j'en ai organisé une pour Noël l'année dernière. Mais apparemment, personne ne s'en souvient. Comme si Mr X avait créé le concept !

Je dois bien avouer que tout ça me déprime un peu.

Mais passons à quelque chose de plus gai. Mon arrière-petite-fille, la ravissante Olivia, va monter sur scène à l'occasion de la soirée « Familles en scène ». Je tâcherai de penser à poster des photos. Barbara et son mari Roger feront leur habituel numéro de salsa. Ils m'ont demandé si un cours de salsa pourrait intéresser les résidents. Une petite danse olé-olé ? Voilà qui devrait plaire à Mr X, vous ne croyez pas ?

COMMENTAIRES

Beryl écrit :
Frannie chérie, j'ai failli m'étrangler avec mon sandwich quand j'ai lu votre page ! Vous ne seriez pas en train de devenir un tantinet obsessionnelle avec cette histoire ? Vous m'inquiétez.

AB74 écrit :
C'est simple. Procurez-vous un pistolet. Une balle dans la tête. Pan ! C'est rapide et efficace. Maintenant, oubliez ça et allez à la croisière dans le port avec les autres ! (Envoyez-moi un message personnel si vous voulez que je vous aide à trouver un pistolet bon marché et sûr.)

Doris de Dallas écrit :
Vous ne nous avez pas dit si vous aviez invité Mr X à prendre un verre.
P.-S. : Rien non plus sur votre déception sentimentale.
P.-P.-S. : N'écrivez pas à AB74, je vous en prie ! Il appartient sûrement à la mafia !

Sporty Mama écrit :
Je lis ce blog depuis le début et, jusqu'ici, je n'avais jamais posté de commentaire. Mais j'ai trouvé ce dernier message irresponsable et immoral. J'en ai eu envie de vomir. Adieu.

Anonyme écrit :
!!!!!!!!!!!!!!!!!!!!!!!!!!

Frank Neary écrit :
Navré d'apprendre qu'un crétin vous a déçue, Miss Jeffrey ! Mais il n'est jamais trop tard pour l'amour ! Je serais ravi de vous emmener quelque part. Un bal ? Un film ? Qu'est-ce qui vous ferait plaisir ?

Groovy Granny écrit :
C'est peut-être un mal pour un bien, cette perte de mémoire, si Alice a oublié ce qui est arrivé à Gina.

« *Nick !* »

Alice se redressa d'un coup, le cœur battant la chamade, le souffle court. Elle tâta le lit pour réveiller Nick à côté d'elle et lui raconter son cauchemar, mais déjà, les détails devenaient flous, stupides. Une histoire… d'arbre ?

Un arbre énorme. Des branches noires sur un ciel orageux.

« *Nick ?* »

D'habitude, quand elle faisait un cauchemar, il se réveillait tout de suite pour, instinctivement, la rassurer de sa voix rauque du matin : « Ça va aller, c'est juste un rêve, juste un mauvais rêve. » Chaque fois, une partie d'elle-même se disait : « Cet homme fera un si bon père. »

Elle tapota les draps. Il avait dû aller chercher un verre d'eau. À moins qu'il ne soit pas encore couché ?

Nick n'est pas là, Alice. Il a déménagé. Il rentre du Portugal demain matin et ce n'est pas toi qui iras le chercher à l'aéroport. Gina, peut-être. Et… tu as embrassé le directeur de l'école aujourd'hui. Tu te rappelles ? Tu te rappelles ? Tu ne peux pas faire l'effort de te rappeler ta propre vie, idiote !

Elle alluma la lampe de chevet et sortit du lit. Elle n'arriverait jamais à se rendormir à présent.

Bon.

Elle lissa sa chemise de nuit à bretelles. Taillée dans une soie gris perle chatoyante, elle avait dû coûter une fortune. Quand l'avait-elle achetée ? Aucun souvenir. C'était agaçant à la fin. Qu'on lui rende ses souvenirs maintenant !

Dans la salle de bains, elle trouva le parfum qu'elle avait essayé à l'hôpital. Elle en vaporisa généreusement autour d'elle et respira avidement. Plonger au cœur de ce tourbillon de souvenirs, voilà ce qu'elle allait faire.

Le parfum monta à l'assaut de ses narines, la rendant un peu nauséeuse. Elle guetta l'avalanche d'images des dix dernières années mais seuls les visages avenants des étrangers qui étaient chez elle ce soir lui vinrent à l'esprit, ainsi que les yeux marron clair de Dominick, le sourire faussement timide de sa mère quand elle regardait Roger, les rides de déception autour de la bouche d'Elisabeth.

Autant de souvenirs récents trop prégnants et déroutants pour laisser de la place à ceux, plus anciens, qui lui échappaient.

Elle se recroquevilla sur le carrelage froid de la salle de bains. Que de gens, ce soir, à profiter gaiement du champagne et des minuscules canapés servis par des professionnels en tablier blanc (arrivés à dix-sept heures, ils avaient investi la cuisine et s'étaient mis au travail, imperturbables), les uns dans son salon, les autres dans son jardin à piétiner sa pelouse avec leurs talons hauts. « Alice ! » s'étaient-ils exclamés familièrement en lui faisant la bise – tout le monde s'embrassait en 2008 – « Comment vas-tu ? » Toutes ces têtes, qui paraissaient bizarrement plus petites, à cause des coiffures plus lisses et plus plates qu'en 1998.

Les conversations avaient tourné autour du prix de l'essence (que pouvait-il y avoir à raconter sur un sujet aussi ennuyeux ?), du cours de l'immobilier, des dossiers d'aménagement, d'un scandale politique. Des enfants – « Emily », « Harry », « Isabel » – comme si Alice les connaissait intimement. Il y avait eu moult plaisanteries sur cette sortie scolaire à laquelle elle avait visiblement participé et où tout était allé de travers. Des conciliabules sérieux sur cet instituteur que tout le monde détestait. On lui avait parlé de multiples cours – danse jazz, saxophone, natation, orchestre –, de la fête de l'école, de la boutique de friandises, des activités réservées aux enfants à haut potentiel. Elle n'y comprenait rien. Il y avait tellement de détails, de noms, d'acronymes – le cours d'EPS, le prof d'EMC. Par deux fois, on lui avait soufflé le mot « Botox » à l'oreille – késako ? – au passage d'une femme. Elle s'était demandé s'il fallait y voir une insulte dédaigneuse ou un compliment envieux.

Dominick ne s'était guère éloigné d'elle, expliquant à ses invités qu'elle n'était pas tout à fait elle-même suite à un accident et qu'elle devrait être au lit. Et les autres de répondre : « Mais elle ne lâche rien, comme d'habitude ! » (Comme d'habitude ? Étrange. Elle ne se faisait pas prier pour aller se coucher, normalement !) Le fait qu'elle ne reconnaisse personne ne sembla pas vraiment poser problème. Acquiescer et sourire suffisait à entretenir les conversations, même si Alice se laissait sans cesse distraire par ce qu'elle découvrait dans son propre jardin. C'était bien un potager qu'elle voyait là-bas dans le coin ? Il y avait aussi une aire de jeux avec une balançoire qui grinçait doucement dans la brise du soir et un toboggan. Avait-elle réceptionné le Haricot quand il glissait dessus ?

Alice passa les doigts sur les joints entre les carreaux blancs du sol de la salle de bains (Nick et elle avaient suivi un cours de carrelage avant de s'atteler à la tâche – c'était le point numéro quarante-six sur leur fameuse liste), mais elle ne se rappelait pas avoir fait ces travaux. Elle avait probablement oublié des *milliers* de souvenirs.

Nick était-il au lit avec Gina en ce moment même ?

Pendant la soirée, quelqu'un avait mentionné Gina. S'était ensuivi un instant de gêne. Alice se trouvait en compagnie d'une femme affublée d'énormes boucles d'oreilles en diamant et d'un homme qui, en quête d'un mini-samosa, zieutait d'un œil avide les plateaux qui circulaient. La conversation, qu'elle avait toutes les peines du monde à suivre, comme hypnotisée par lesdites boucles d'oreilles, portait sur les soucis que représentaient les devoirs pour les parents.

« Il était trois heures du matin, j'assemblais des bâtonnets de glace pour fabriquer la maison coloniale d'Erin et là, je vous le dis franchement, j'ai craqué ! dit la femme.

– Je comprends », mentit Alice dans un murmure. Pourquoi cette gamine n'avait-elle pas fait ses devoirs elle-même ? Ou avec sa mère ? Alice transposa la scène : elle et sa fille en train de coller des bâtons de glace dans la joie et la bonne humeur tout en buvant un bol de chocolat. En plus, elle était super forte pour ce genre de choses. La maison coloniale de sa fille serait la plus belle de toute la classe.

« Eh bien, ils doivent apprendre la discipline. C'est le but des devoirs, non ? fit l'homme. Hé ! S'il vous plaît ! Ce sont des samosas que vous avez là ? Ah, des brochettes. De toute façon, aujourd'hui, avec Internet, tout est plus facile. »

Internet ? De quoi parlait-il ? Sa tête lui faisait mal.

« Tu ne peux pas faire apparaître une maison coloniale grâce à Internet ! Mais bon, je parie que les devoirs, ça ne te concerne pas vraiment ! » Et d'adresser un clin d'œil à Alice, l'air de dire : « Les hommes ! » – regard qu'elle avait essayé de rendre de son mieux. (Nick aurait su rebondir.) « Laura a probablement déjà tout géré quand tu rentres à la maison ! Je me souviens, un jour, j'ai entendu Gina Boyle dire que les devoirs, ça… »

Elle s'était interrompue, affichant une grimace gênée. « Euh, pardon, Alice. C'était très indélicat de ma part. »

L'homme l'avait prise par l'épaule dans un geste fraternel. « Pas facile pour toi. Hé ! Regarde ! Un petit samosa ? »

Quelle horreur ! Alors comme ça, *toute cette clique* savait que Nick l'avait trompée avec Gina ?

Surgi de nulle part, Dominick l'avait gentiment sortie de ce mauvais pas. Voilà qu'elle commençait à se reposer sur lui. Elle s'était même surprise à le chercher parmi les invités, se demandant où il pouvait bien être, tout en s'imaginant le raconter à Nick : « Et ce type qui s'est comporté pendant toute la soirée comme si on était ensemble ! C'est fou, non ? »

Elisabeth et son mari Ben étaient également venus à la soirée – Alice avait dit à sa sœur que, sans elle, elle ferait une crise de panique. Ben était encore plus impressionnant que dans ses souvenirs. Il ressemblait à un bûcheron échappé d'un conte de fées et on ne voyait que lui au milieu de tous ces hommes tirés à quatre épingles – visages glabres, chemises boutonnées, carrures d'athlètes. Manifestement, il appréciait beaucoup Alice. Il lui avait dit avoir beaucoup réfléchi à la conversation qu'ils avaient eue quelques jours plus tôt avant de se taper la main sur le front en s'exclamant : « Mais je suis bête, tu ne t'en souviens probablement pas. » Elisabeth avait détourné le regard, les lèvres serrées. « De quoi on a parlé ? » avait demandé Alice. Et sa sœur de répondre brusquement : « Pas maintenant. »

Elisabeth et Ben ne s'étaient pas beaucoup mêlés aux autres. Ils avaient passé un long moment avec Dominick, qu'ils rencontraient pour la première fois. C'était étrange de voir Elisabeth accrochée à son verre et à son homme. Elle qui autrefois se faisait un devoir de parler à tout le monde en soirée.

Contre toute attente, Alice se rendit compte qu'elle aurait très bien pu gérer la soirée sans l'aide d'Elisabeth, de Dominick ou même de Nick. S'il se révélait complètement surréaliste de rencontrer tous ces inconnus qui l'appelaient par son prénom et connaissaient des détails intimes sur sa santé (une femme avait essayé de l'attirer dans un coin pour continuer une conversation entamée quelques semaines plus tôt concernant le plancher pelvien d'Alice), elle n'avait pas ressenti cette angoisse qui la paralysait habituellement. Elle semblait savoir d'instinct comment se tenir, quoi faire de ses bras, quelle expression arborer. Elle était affable et gaie quand elle racontait comment elle était tombée à la salle de sport pour se réveiller convaincue d'avoir dix ans de moins et d'être enceinte de son premier enfant. Les mots coulaient en douceur. Elle avait un regard pour chacun de ceux qui formaient un cercle autour d'elle. Elle partageait une anecdote ! Incroyable ! À bientôt quarante ans, elle était une femme tout à fait normale, accomplie.

Peut-être que cette confiance en elle venait du fait qu'elle était particulièrement ravissante. Elle avait choisi une robe bleue finement brodée au niveau du col et de l'ourlet. « Alice chérie, tu portes toujours des tenues magnifiques ! » s'était exclamée Kate Harper, dont les voyelles étaient encore plus arrondies une fois qu'elle avait bu. Aux alentours de minuit, elle parlait comme la reine d'Angleterre. Insupportable.

La soirée s'était terminée vers une heure du matin. Dominick, parti parmi les derniers, l'avait embrassée chastement sur la joue en disant qu'il l'appellerait le lendemain. Il n'avait pas été question de passer la nuit ensemble, leur histoire n'en était donc peut-être pas là. C'était un homme très agréable, elle n'hésiterait pas à vanter ses mérites auprès d'une amie, mais l'idée de se déshabiller devant lui était tout bonnement comique.

D'un autre côté, il avait peut-être été discret parce qu'il savait que Ben et Elisabeth passaient la nuit chez elle. Ils avaient peut-être une vie sexuelle active et épanouie.

Elle frissonna.

Dans moins de vingt-quatre heures, elle verrait Nick et les enfants ; tout rentrerait enfin dans l'ordre.

Le sol de la salle de bains commençait à être froid. Elle se leva et regarda son visage fin et fatigué dans le miroir. *Qui es-tu à présent, Alice Love ?*

Elle songea à se recoucher mais elle savait qu'elle ne se rendormirait pas. Une tasse de lait chaud, voilà ce qu'il lui fallait. Évidemment, ça ne résoudrait rien. En tout cas, pas son problème d'insomnie, mais au moins, le rituel et l'idée de faire ce que tous les magazines conseillaient pour lutter contre l'insomnie la réconfortaient en plus de l'occuper.

Dans le couloir, la porte de la chambre d'amis était fermée. Elle avait été agréablement surprise de constater qu'il y avait une chambre d'amis (dans le temps, ils y entreposaient leur bazar) avec un lit double, une commode et des serviettes de toilette propres. « Quelqu'un devait rester ? avait-elle demandé à Elisabeth. – Tu es toujours prête à recevoir quelqu'un, Alice. Tu es une femme très organisée. »

De nouveau, une pointe d'hostilité dans sa voix. Alice ne comprenait pas pourquoi. Elisabeth commençait à l'agacer.

Elle traversa le couloir à pas de loup et faillit perdre l'équilibre en haut de l'escalier. Elle se rattrapa à la rampe. Remarque, une petite chute, ce ne serait pas si mal. Un autre coup sur la tête et elle retrouverait peut-être la mémoire.

Elle descendit les marches, la main sur la rampe. En bas, la lumière était allumée dans la cuisine.

« Salut.

– Hé, salut. »

Elisabeth se tenait devant le four à micro-ondes.

« Je me fais un lait chaud. Tu en veux ?

– Oui, merci.

– Non pas que ça m'aide à dormir.

– Pareil. »

Alice s'adossa contre le comptoir et regarda Elisabeth verser du lait dans une deuxième tasse. Elle portait un immense tee-shirt d'homme, probablement celui de Ben. Sa longue chemise de nuit en soie lui donnait une allure guindée à côté.

« Comment tu te sens ? Ça s'arrange, ta… mémoire ?

– Rien de neuf. Je ne me souviens toujours pas des enfants ni du divorce. Même si j'ai cru comprendre que ça avait quelque chose à voir avec Gina.

– Ah bon ? Qu'est-ce que tu veux dire ?

– Arrête, inutile de chercher à me protéger. J'ai bien compris que Nick avait eu une liaison avec elle.

– Nick ? Une liaison avec Gina ?

– Quoi, ce n'est pas le cas ? J'ai l'impression que tout le monde est au courant.

– Pas moi, dit Elisabeth qui semblait sincèrement stupéfaite.

– Il est sûrement au lit avec elle, en ce moment même », reprit Alice sur un ton désinvolte.

La sonnerie du micro-ondes retentit. Elisabeth n'y prêta aucune attention.

« J'en doute, Alice.

– Pourquoi ça ?

– Parce qu'elle est morte. »

18

« Oh... Je ne l'ai pas tuée, au moins ? Dans un accès de jalousie dévastatrice ? Je serais en prison sinon. À moins que je m'en sois sortie en toute impunité ? »

Elisabeth éclata d'un rire scandalisé. « Non, tu ne l'as pas tuée ! Mais, attends un peu... cette histoire de liaison, tu t'en souviens ?

– Pas exactement, non. » Ça lui avait pourtant paru si clair. Tout à coup, elle s'égaya. Si ses invités l'avaient regardée avec compassion lorsque le nom de Gina était venu sur le tapis, c'était parce qu'elle était morte ! Pas parce que Nick couchait avec elle. Alice en éprouva un immense soulagement et une certaine culpabilité à l'égard de son homme. *Évidemment, tu ne m'as pas trompée, mon amour, je n'ai jamais réellement douté de toi, pas une seule seconde !*

Pas de liaison ? Mais alors, Gina était peut-être une femme très sympa. C'était affreux qu'elle soit morte.

Elisabeth sortit les tasses du micro-ondes, les posa sur la table basse et alluma une lampe. Les ballons que Dominick avait gonflés flottaient toujours sous le plafond. Sur le rebord de la fenêtre, deux coupes de champagne à moitié vides et un tas de piques, seuls restes des brochettes de poulet.

Alice s'assit en tailleur sur le canapé en cuir, tirant sa chemise de nuit sur ses genoux.

« Comment est-elle morte ?

– Accident. » Elisabeth plongea le doigt dans sa tasse et remua le lait, évitant le regard d'Alice. « De voiture, je crois. Il y a environ un an.

– J'ai eu de la peine ?

– C'était ta meilleure amie. Je crois que ça t'a dévastée. » Elisabeth avala une grande gorgée et reposa brutalement le mug. « Mince, c'est trop chaud. »

Dévastée ? Rien que ça, songea Alice en se brûlant à son tour la langue. C'était tellement étrange d'être « dévastée » par la mort de cette inconnue et, par ailleurs, résignée à l'idée de divorcer. Et puis dévastée, qu'est-ce que ça voulait dire ? Elle n'avait jamais connu un tel sentiment. Rien d'aussi terrible ne lui était arrivé. Elle avait certes perdu son père à l'âge de six ans, mais dans ses souvenirs, elle s'était surtout sentie complètement perdue. Sa mère lui avait raconté un jour qu'elle avait porté un vieux pull de son père pendant des semaines et des semaines après sa mort ; elle refusait de l'enlever et s'était débattue en hurlant quand Frannie ne lui avait pas laissé le choix. Alice n'en avait aucun souvenir. Elle se rappelait en revanche que, pendant la collation qui avait suivi les obsèques, elle s'était fait gronder par une copine de tennis de sa mère pour avoir mis les doigts dans le cheesecake alors qu'Elisabeth qui en avait fait autant ne s'était attiré aucun ennui. Le chagrin et le désespoir n'avaient laissé aucune trace dans sa mémoire. Seule la terrible injustice liée au cheesecake y était gravée.

La veille de son mariage, elle avait pleuré dans son lit parce que son père ne serait pas là pour la mener jusqu'à l'autel. Ses larmes soudaines l'avaient rendue perplexe. La nervosité liée au grand jour, peut-être ? À moins que ce ne soient des larmes de circonstance – toute jeune mariée devrait pleurer l'absence de son père, non ? – alors que l'idée même d'avoir un père dans sa vie lui était complètement étrangère. En même temps, elle en avait éprouvé une certaine satisfaction car ses larmes signifiaient peut-être qu'elle se rappelait vraiment son père, qu'il lui manquait toujours. Alors elle avait pleuré de plus belle, le revoyant se raser et lui verser une bonne dose de mousse épaisse et exquise au creux des mains pour qu'elle s'en mette partout sur le visage – c'était si mignon, si touchant – et pourvu que son coiffeur lui arrange sa frange comme il faut demain parce que sinon, elle ressemblerait à un marsupial – et voilà, elle se préoccupait davantage de ses cheveux que de son père décédé, comment pouvait-elle être aussi superficielle ? Elle avait fini par s'endormir, submergée par ses émotions, incapable de savoir si elles tenaient à son père ou à sa coiffure.

À en croire sa sœur, elle avait été en proie à un véritable chagrin d'adulte. Pour cette femme qui s'appelait Gina.

« Tu étais là.

– Quoi ? Qu'est-ce que tu veux dire ?

– Tu as tout vu. L'accident. Tu la suivais en voiture. Ça a dû être terrible pour toi. Je n'imagine même pas...

– C'était à l'angle de Rawson et de King Street ?

– Oui. Tu t'en souviens ?

– Pas de l'accident à proprement parler. Juste de ce que ça m'a fait. Quand j'arrive à cette intersection, je suis complètement paniquée, c'est cauchemardesque. C'est arrivé deux fois déjà. »

Est-ce que cette vague de panique allait s'arrêter à présent qu'elle en comprenait l'origine ?

Voir mourir quelqu'un devant elle... elle n'était pas sûre de vouloir s'en souvenir.

Elles burent leur lait en silence pendant quelques instants. Alice attrapa la ficelle d'un ballon et le regarda danser au-dessus de sa tête, repensant aux bouquets de ballons roses violemment ballottés par le vent.

« Des ballons roses. Je vois des ballons roses et je suis terrassée par le chagrin. Ça a à voir avec Gina ?

– C'était à son enterrement. Avec Michael, son mari, vous

219

avez organisé un lâcher de ballons au cimetière. C'était très beau. Très triste. »

Alice essaya de s'imaginer en train de parler ballons avec un homme endeuillé répondant au nom de Michael.

Michael. Le nom qui figurait sur cette carte de visite dans son portefeuille. Michael Boyle, le kinésithérapeute de Melbourne, probablement le mari de Gina. Ce qui expliquait les mots « au bon vieux temps » au dos de la carte.

« Gina est morte avant que Nick et moi nous séparions ?

– Oui. Six mois plus tôt, je dirais. L'année a été dure pour toi.

– Ça m'en a tout l'air.

– Je suis désolée.

– Faut pas. » Alice regarda sa sœur d'un air coupable. Pourvu qu'elle n'ait pas eu l'air de s'apitoyer sur son sort. « Je ne me souviens ni de Gina, ni du divorce, de toute façon.

– Eh bien, il va falloir que tu consultes ce neurologue », répondit Elisabeth sans grande conviction. À quoi bon insister ?

Elles restèrent un bon moment dans le silence le plus complet, à l'exception du glouglou discontinu de l'aquarium.

« Dis-moi, les poissons, je suis censée les nourrir ?

– Aucune idée. En fait, je crois que c'est Tom qui s'en occupe et que personne d'autre n'a le droit de s'en approcher. »

Tom. Le petit blond à la voix prise à qui elle avait parlé au téléphone. Le rencontrer la terrorisait. Il s'occupait des poissons. Il avait des responsabilités, des opinions. Les deux autres aussi en auraient, des opinions. Si ça se trouve, ils ne l'aimaient pas plus que ça. Ils la trouvaient peut-être trop stricte. Ou peut-être leur faisait-elle honte, à venir les chercher à l'école dans des tenues mal choisies ? Peut-être préféraient-ils Nick ? Peut-être qu'à leurs yeux, elle avait fait fuir leur père ?

« Parle-moi d'eux, tu veux ?

– Des poissons ?

– Non, des enfants.

– Eh bien… ils sont chouettes.

– D'accord, mais dis-m'en plus. Sur leur personnalité. »

Elisabeth hésita. « C'est absurde. Tu les connais tellement mieux que moi.

– Sauf que je ne me souviens même pas de les avoir mis au monde.

– Je sais. C'est juste que je n'arrive pas à me le mettre dans la tête. Tu es tellement comme d'habitude. J'ai l'impression que, d'une seconde à l'autre, tu vas retrouver la mémoire et me dire : "Oh, ça va, ce n'est quand même pas toi qui vas m'expliquer comment sont mes gosses."

– Et ça recommence…

– Bon, bon, dit Elisabeth en levant les mains. Je vais essayer. Alors, Madison… Madison est… Tu sais, maman saurait te dire beaucoup mieux que moi. Elle les voit tout le temps. Tu devrais lui demander à elle.

– Ça veut dire quoi, exactement ? Tu connais mes gosses quand même, non ? Je pensais, eh bien, je pensais que tu les connaîtrais mieux que personne. C'est toi qui m'as offert mon premier cadeau pour le Haricot. Une paire de minuscules chaussettes. »

La première personne qu'Alice avait appelée après avoir étalé tous ces tests de grossesse positifs sur la table basse avec Nick, c'était sa sœur. Elisabeth était ravie. Elle avait débarqué avec une bouteille de champagne (« N'y pense même pas, c'est pour Nick et moi ! »), un exemplaire du livre *Ce qui vous attend si vous attendez un enfant* et la paire de chaussettes.

« Ah bon ? Je ne m'en souviens pas. » Elle prit un cadre photo sur la table à côté d'elle. « Je les voyais tout le temps quand ils étaient petits. Je les adorais. C'est toujours le cas, bien sûr. Mais vous êtes tous très pris. Ils font dix mille choses. Entre leurs cours de natation, la danse et le netball pour Olivia, le football pour Tom, le hockey pour Madison… et les innombrables fêtes d'anniversaire ! C'est vrai, ils ont toujours une fête quelque part ! Ils ont une vie sociale trépidante ! Quand ils étaient petits, je savais toujours quoi leur offrir pour leur anniversaire. Ils ouvraient leur cadeau, fous de joie. Maintenant, je dois t'appeler, et tu me dis d'aller dans tel ou tel endroit et de demander tel ou tel truc. Ou alors tu t'en charges toi-même et je te rembourse. Suite à quoi tu leur fais écrire une carte de remerciement que je reçois par la poste : *Chère tatie Libby, merci mille fois pour mon bla bla bla.*

– Une carte de remerciement.

– Oui, je sais, je sais, tu veux leur apprendre les bonnes manières, mais moi, je les déteste, ces cartes. Je les imagine en train d'écrire sous la contrainte en râlant. Ça me donne l'impression d'être la vieille tante acariâtre.

– Je suis navrée.

– Arrête ! C'est fou que je me plaigne de ça ! Tu as vu ? Je suis devenue une vieille peau !

– J'ai plutôt l'impression que c'est moi qui suis deve-nue… » Quel mot choisir pour décrire la femme qu'elle était aujourd'hui ? Insupportable ?

« Bref, passons. Alors, tes enfants… Bon, Madison est… tout simplement Madison ! » acheva-t-elle avec un sourire affectueux.

Madison est tout simplement Madison. Une phrase qui ren-fermait une foule de souvenirs. L'idée qu'elle les ait oubliés à jamais était atroce.

« Tu sais quoi ? Maman dit tout le temps : "Mais d'où vient cette enfant ?" »

– Ah. » Voilà qui n'aidait pas.

« C'est une enfant passionnée, d'une sensibilité exacerbée, et ce, depuis toute petite. La veille de Noël, elle était toujours dans un état d'excitation fiévreuse, et après les fêtes, on la trouvait à sangloter dans son coin parce qu'il faudrait attendre toute une année avant le prochain Noël. Quoi d'autre ? C'est la reine des accidents. L'année dernière, elle a foncé dans ces portes-fenêtres et a eu quarante-deux points de suture. Un véritable cauchemar.

Il y avait du sang partout. D'après ce que j'ai compris, Tom a appelé les secours et Olivia est tombée dans les pommes. Je ne savais pas qu'on pouvait tomber dans les pommes à cinq ans, mais Olivia déteste la vue du sang. Enfin, elle détestait ça. Je ne sais pas si ça s'est arrangé. Elle ne s'était pas mis en tête de devenir infirmière, à un moment ? Tu sais, quand maman lui a offert ce déguisement ? »

Alice se contenta de la regarder.

« Eh non, tu ne sais pas, désolée. Tout ça doit te paraître tellement bizarre, et moi qui n'arrête pas d'oublier...

– Dis-m'en plus sur le Haricot. Euh... sur Madison.

– Elle adore cuisiner. Enfin je suppose que c'est toujours le cas. Elle est plutôt lunatique depuis quelque temps, je crois. Avant, elle inventait ses propres recettes. C'était réussi, mais après son passage, la cuisine était un véritable champ de bataille et le rangement, ce n'était pas son fort. Sans compter qu'elle se prenait un peu trop au sérieux. Si le résultat n'était pas à la hauteur de ses attentes, elle se mettait à pleurer. Un jour, je l'ai vue jeter à la poubelle un gâteau fourré au chocolat qu'elle avait mis des heures à décorer. Tu as piqué une de ces crises !

– Vraiment ? » Une fois encore, Alice dut faire un effort d'ajustement. Elle ne se voyait pas comme une femme qui pique des crises. Plutôt comme une boudeuse.

« Apparemment, tu avais fait des courses exprès pour trouver ce dont elle avait besoin, alors franchement, je ne te jette pas la pierre.

– Quand tu parles de Madison, j'ai l'impression qu'elle ressemble aux Foldingues. » Il ne lui était jamais venu à l'esprit que sa fille puisse hériter des gènes des sœurs de Nick, convaincue que si elle avait une fille, elle serait une version miniature d'elle-même, une version améliorée, avec les yeux de Nick, histoire de piquer la curiosité des autres.

« Pas du tout. Je te le répète, Madison est Madison. »

Les mains sur le ventre, Alice repensa à tout l'amour que

Nick et elle avaient ressenti pour le Haricot. Un amour pur, simple, presque narcissique. À présent, le Haricot fonçait dans les portes-fenêtres, jetait des gâteaux à la poubelle et mettait Alice hors d'elle. Tout cela se révélait beaucoup plus complexe et chaotique que prévu.

« Et Tom ? Comment il est ?

– Futé ! Et incroyablement spirituel, à ses heures. C'est un enfant méfiant. Il ne s'en laisse pas conter. Il vérifie tout sur Internet. Il a un petit côté obsessionnel : quand quelque chose l'intéresse, il se documente à fond. Pendant un temps, c'était les dinosaures. Ensuite il y a eu les montagnes russes. Je ne sais pas quelle est sa marotte du moment. Il réussit très bien à l'école. Il remporte des prix, il est délégué de classe, ce genre de choses.

– C'est bien.

– Après Madison, ç'a dû être un soulagement pour toi.

– Qu'est-ce que tu veux dire ?

– Eh bien, Madison a toujours eu des soucis à l'école. Des problèmes... de comportement, comme tu dis.

– Je vois.

– Mais je crois que tu y as mis bon ordre. Ça fait un bon moment que je n'ai pas entendu parler de crises. »

De crises ? Sa vie était faite de crises.

« Et puis il y a Olivia. Que tout le monde adore. Il y a des gosses comme ça ! Quand on la sortait, bébé, tout le monde nous arrêtait dans la rue et y allait de son petit compliment. Même les quadras en costume qui couraient à leur bureau d'un air important se fendaient d'un sourire en voyant Olivia dans sa poussette. Toutes les têtes se retournaient sur son passage – une vraie petite célébrité ! Et elle n'a pas changé. On s'attend toujours à ce qu'elle se transforme en petit démon, mais non ! Elle est très affectueuse. Peut-être trop. Un jour, accroupie dans la cuisine, elle a dit : "Salut, mon copain." On a tous regardé par terre ; elle essayait de caresser un cafard. Maman a failli avoir une crise cardiaque ! »

Elisabeth bâilla à se décrocher la mâchoire.

« Mais tu les décrirais sûrement différemment, conclut-elle sur la défensive. C'est toi, leur mère. »

Alice repensa au jour où elle avait vu Nick pour la première fois. Vêtue d'un tablier rayé, elle était juchée sur un tabouret de bar devant un long plan de travail, prête à s'initier à la cuisine thaï. Sa copine Sophie, qui s'était foulé la cheville, lui avait fait faux bond. Nick était arrivé en retard, accompagné d'une femme qu'Alice avait naturellement prise pour sa petite amie. Elle comprit plus tard qu'il s'agissait de sa sœur Dora, la plus foldingue des Foldingues. Tous deux étaient entrés en riant à gorge déployée, ce qui avait profondément agacé Alice, célibataire depuis peu. Ben voilà, s'était-elle dit. Encore un couple d'amoureux aux anges. Elle avait croisé le regard de Nick tandis qu'il cherchait des places libres autour du plan de travail (Dora, elle, fixait le plafond avec déférence, comme hypnotisée par le ventilateur). Il avait levé les sourcils d'un air interrogateur, Alice avait alors souri poliment, tout en pensant : *Oui, bien sûr, venez, les tourtereaux, je sens qu'on a des tas de choses à se dire.*

Il y avait d'autres places dans la salle. Si leurs regards ne s'étaient pas croisés, si elle s'était intéressée à la recette de croquettes de poisson devant elle, si Sophie ne s'était pas foulé la cheville dans ce nid-de-poule, ou si elles avaient décidé de participer à l'atelier de dégustation de vin – elles avaient longuement hésité –, alors ces trois enfants n'auraient jamais vu le jour. Madison Love. Thomas Love. Olivia Love. Trois petits individus dotés, chacun, de leur propre personnalité, leurs propres excentricités, leurs propres histoires.

À la seconde où Nick l'avait interrogée du regard, tous trois avaient gagné leur ticket pour la vie. Oui, oui, oui, vous viendrez au monde.

Alice se sentait transportée de joie. Tout cela n'était-il pas incroyable ? Enfin, pas tant que ça : des bébés naissaient en veux-tu en voilà aux quatre coins du monde, mais bon, quand même ! Pourquoi n'étaient-ils pas au comble du bonheur chaque fois qu'ils posaient les yeux sur ces trois enfants ? Pourquoi ce divorce ?

« Si j'ai bien compris, Nick et moi, on se bagarre pour la garde des enfants ? » demanda-t-elle. La garde des enfants. Un concept d'adulte tellement éloigné d'elle.

« Nick les veut la moitié du temps. On se demande tous comment il compte faire avec ses horaires. Leur "principal pourvoyeur de soins", comme on dit, ça a toujours été toi. Mais entre vous, ça a pris... euh, ça a pris une tournure franchement moche. Comme dans tous les divorces, j'imagine.

– Mais est-ce qu'il trouve que... » Alice était profondément blessée. « Il trouve que je suis une mauvaise mère ? » Comment savoir si elle était effectivement une bonne mère ?

Elisabeth leva le menton. Dans ses yeux brillait la même étincelle qu'autrefois. « Eh bien, si c'est ce qu'il pense, il se trompe et au tribunal, pas un témoin ne dira le contraire. Tu es une maman *formidable*. Ne t'inquiète pas. Il n'aura pas gain de cause. Il n'a pas la moindre chance. Je me demande vraiment ce qu'il cherche à prouver. À mon avis, pour lui, ce n'est qu'un jeu de pouvoir. »

C'était déroutant, car même si Alice était contente qu'Elisabeth prenne sa défense, elle éprouvait une loyauté instinctive envers Nick. Elisabeth avait toujours adoré Nick. Quand Alice et Nick se disputaient, Elisabeth se rangeait toujours du côté de Nick. Elle disait que c'était une « perle ».

Mais cette fois, elle était partie. « C'est vrai, quoi, c'est tellement stupide. Il est incapable de s'occuper d'eux. Il ne cuisine pas. Il n'a jamais fait une lessive de sa vie. Et il était toujours par monts et par vaux. Il est tellement... »

Alice leva la main.

Entendre Elisabeth critiquer Nick lui était intolérable.

« À mon avis, dit Alice, il ne supporte pas l'idée d'être un père à mi-temps comme son propre père. Il détestait ça, quand Roger venait le prendre avec ses sœurs pour les emmener quelque part. Il disait que Roger en faisait trop – on l'imagine aisément – et que c'était bizarre, pas naturel, que les filles se disputaient, qu'elles profitaient de sa carte bleue. Chaque fois qu'on va au restaurant et que Nick voit un homme seul avec ses enfants, il dit toujours "Un père divorcé" sur un ton accablé. Enfin, c'est ce qu'il faisait. Il y a dix ans. »

Elle essaya de maîtriser sa voix. « Il voulait être présent tous les soirs pour ses enfants, savoir ce qu'ils avaient fait à l'école, leur préparer le petit déjeuner le week-end. Il en parlait tout le temps. Comme s'il comptait réparer sa propre enfance et moi, ça me touchait parce que son discours réparait notre enfance à nous, et l'absence de notre père. Il avait une idée très sentimentale de la famille que nous allions former. Moi aussi, d'ailleurs. Je n'arrive pas à croire... Je n'arrive pas à croire que... »

Elle ne pouvait pas continuer. Elisabeth la rejoignit sur le canapé et la prit dans ses bras d'un geste maladroit. « Peut-être, commença-t-elle timidement, peut-être que cette perte de mémoire est une bonne chose finalement parce que ça t'aidera à voir les choses de manière plus objective sans que ton esprit soit pollué par tout ce qui s'est passé ces dix dernières années. Et quand tu retrouveras la mémoire, tu auras changé de perspective et Nick et toi arriverez à régler ça sans vous battre.

– Et si je ne retrouve pas la mémoire ?

– Mais si, ça va revenir. Tu as déjà des bribes.

– Peut-être que la vieille Alice a été envoyée du passé pour mettre fin à cette histoire de divorce. Peut-être que je ne retrouverai pas la mémoire tant que je n'aurai pas réussi.

– Peut-être ! » répondit Elisabeth sur un ton un peu trop enthousiaste. Puis, après un silence : « Dominick m'a l'air chouette. Très chouette. »

Repensant à ce baiser auquel elle s'était offerte sur ce même canapé, Alice se laissa envahir par la culpabilité. « C'est vrai. Mais ce n'est pas Nick.

– En effet. Il est on ne peut plus différent de Nick. »

Qu'est-ce qu'elle signifiait, cette remarque, au juste ? Fallait-il s'en offusquer, par solidarité envers Nick ? Mais elle n'allait pas s'amuser à les comparer comme deux rivaux. Nick était son époux. Elle changea de sujet. « Au fait, j'ai bien aimé Ben.

– C'est drôle de t'entendre parler de lui comme si tu venais tout juste de le rencontrer.

– À quoi faisait-il allusion quand il a dit avoir réfléchi à notre conversation de l'autre jour ? » Alice savait que le sujet était conflictuel ; il était temps de crever l'abcès avec Elisabeth, quel que soit le problème entre elles.

« Mmmm. » Elisabeth s'étira en bâillant. « Tu veux un verre d'eau ?

– Non merci.

– J'ai une de ces soifs. » Elle retourna à la cuisine. Alice l'observa tout en se demandant si elle allait se contenter de faire mine de ne pas avoir entendu.

Elisabeth revint avec son verre d'eau et s'installa dans le fauteuil en face de sa sœur.

« Il est tard.

– Libby.

– Puisque tu insistes. Jeudi – la veille de ton accident –, Ben est venu te donner un coup de main avec ta voiture. Sauf qu'apparemment, tu n'avais aucun problème. C'était un gentil petit piège. »

Aïe ! Qu'avait-elle fait ? Elle se redressa, le visage en feu. Elle n'avait quand même pas fait des avances au mari de sa sœur ? (Pour commencer, ledit mari était une montagne !) Sa rupture avec Nick lui avait-elle fait perdre la tête ?

« Tu lui as offert des muffins à la banane tout juste sortis du four. Il en raffole. »

Décidément…

« Avec une tonne de beurre. Le beurre, c'est niet à la maison ! Il a du cholestérol, je te rappelle. Toi qui fais super attention à ta santé. »

Elle avait séduit son beau-frère avec du beurre. Son cœur battait à tout rompre.

« Et ensuite, tu lui as servi ton petit speech.

– Mon petit speech ?

– Oui, ton petit speech sur le fait qu'on devrait arrêter les FIV et songer à l'adoption. Brochures, dossiers et adresses de sites à l'appui. Tu avais fait toutes les recherches. »

Alice ne saisit pas tout de suite. Elle s'était imaginée filer à l'étage pour « se refaire une beauté » et réapparaître en lingerie rouge. Affreux.

« L'adoption, répéta-t-elle, l'esprit embrouillé.

– Oui. D'après toi, on devrait faire un saut dans un pays du tiers-monde et revenir avec un joli petit orphelin, comme Brad et Angelina.

– C'était très présomptueux de ma part. » Sous ses airs sévères, elle tremblait de soulagement – elle n'avait pas cherché à séduire Ben. « Indiscret. Intrusif. »

Cela dit, l'adoption n'était-elle pas une bonne idée ?

« Bref. J'étais très en colère quand Ben m'en a parlé. Je t'ai appelée et on a eu une discussion houleuse. Tu as dit qu'il était temps pour nous de "regarder la réalité en face".

– Vraiment ?

– Oui.

– Je suis désolée.

– C'est bon. J'imagine que tu pensais bien faire. C'est juste que ça m'a donné l'impression que tu me trouvais stupide. Comme si, à ma place, tu aurais arrêté il y a bien longtemps. Comme s'il fallait vraiment être dingue pour continuer, fausse couche après fausse couche. Comme si, je ne sais pas, comme si j'avais pris tout ça vraiment trop à cœur.

– Je suis navrée. Vraiment navrée.

– Tu ne t'en souviens même pas. Tu ne diras plus ça quand tu auras retrouvé la mémoire. Bref. Je t'ai dit des choses vraiment moches.

– Du genre ?

– Si tu crois que je vais répéter ces horreurs ! Je ne les pensais même pas. Je suis ravie que tu ne t'en souviennes pas. »

Après un moment de silence, Alice demanda : « Brad et Angelina sont des amis à vous ? »

Elisabeth s'étrangla de rire. « Brad Pitt et Angelina Jolie. Tu as même oublié les potins people, à ce que je vois !

– Je croyais que Brad Pitt était fiancé à Gwyneth Paltrow.

– Ça, c'est de l'histoire ancienne. Entretemps, il a épousé Jennifer Aniston, qu'il a quittée. Gwyneth Paltrow, de son côté, a eu une fille qui s'appelle Apple. Oui, oui, Apple, tu as bien entendu.

– Ah bon ? Mais... ils avaient l'air si heureux sur les photos.

– Tout le monde a l'air heureux sur les photos.

– Et Bill et Hillary Clinton ? Ils sont restés ensemble ?

– Tu veux dire après l'affaire Monica Lewinsky ? Oui. Mais je crois que tout le monde s'en fiche maintenant. »

Alice regarda Elisabeth. « Bon, dit-elle sur un ton désinvolte. J'en conclus que tu ne veux pas adopter ? »

Elisabeth esquissa un sourire las. « Je l'aurais sérieusement envisagé il y a quelques années, mais Ben ne voulait pas en entendre parler. D'un point de vue idéologique, il est contre l'adoption. Lui-même a été adopté, et sa mère est une femme... peu commode. Il n'a pas eu une super enfance. Ma charmante belle-mère lui a raconté un jour que sa mère biologique n'avait pas les moyens de le garder avec elle ; alors Ben a décidé d'économiser son argent de poche. Une fois qu'il aurait réuni cent dollars, il comptait écrire à sa mère biologique pour lui dire qu'il pouvait subvenir à ses propres besoins et lui demander de le reprendre. Le jour de son anniversaire, il courait toujours à la boîte aux lettres, espérant que tout à coup sa vraie mère lui enverrait une carte. Il se trouvait moche sur ses photos de bébé – c'était un drôle de bébé – et il se disait que peut-être sa vraie mère n'avait pas aimé sa tête à la naissance. Il a toujours pensé que ses parents auraient préféré choisir un fils plus petit et plus intelligent. Il a passé toute son enfance à garder sa chambre bien rangée, à parler le moins possible et à se sentir comme un invité trop grand et maladroit dans sa propre maison. Rien que d'y penser, j'ai envie de pleurer. Tu disais tout à l'heure que Nick voulait être un bon père pour compenser la désertion de son père, eh bien, pour Ben, c'était pareil. Il voulait un enfant de son sang, un enfant qui lui ressemblerait, avec ses yeux, sa corpulence. Et c'est ce que j'espérais lui donner. Du plus profond de mon cœur.

– Oui, bien sûr.

– Du coup, j'ai toujours été très respectueuse de son avis sur l'adoption.

– J'imagine. »

Elisabeth fit une petite grimace.

« Quoi ?

– Jeudi, tu as dit à Ben qu'il fallait qu'il s'en remette.

– Qu'il s'en remette ? De quoi ?

– De son problème avec l'adoption. Tu lui as dit que plein de gens ne s'entendaient pas avec leurs parents biologiques, que c'était une véritable loterie, mais que n'importe quel enfant qui nous aurait comme parents aurait décroché le gros lot. Ce qui était adorable de ta part d'ailleurs. Merci.

– Arrête. » Sur ce point au moins, elle avait dit ce qu'il fallait. « Mais Ben n'a pas dû apprécier.

– Eh bien, figure-toi qu'hier, quand je suis revenue de mon déjeuner, il m'a dit qu'il avait réfléchi et que tu avais raison. Qu'on devrait adopter. Il est tout excité. Il a fait plein de recherches sur Internet. À croire qu'il y a cinq ans, j'aurais dû tout simplement lui dire : "Remets-toi !" Quelle idiote j'ai fait, à prendre autant de pincettes par rapport à ses traumatismes de gosse. »

Alice essaya de s'imaginer en train de dire à ce géant de « s'en remettre » tout en lui servant des muffins à la banane. (Des muffins à la banane. C'était quoi, sa recette ? Elle devait avoir une plaque tout exprès.) Elle n'avait jamais eu d'idées arrêtées sur la façon dont Elisabeth devrait vivre sa vie – la réciproque n'était pas vraie, mais ça ne lui posait pas de problème. C'était elle, la grande sœur. C'était son rôle d'être posée, autoritaire, d'envoyer sa déclaration de revenus en temps et en heure, de veiller à l'entretien régulier de sa voiture, de faire carrière pendant qu'Alice se laissait aller à son incorrigible fantaisie et la taquinait à propos des messages de motivation qu'elle affichait partout. Maintenant qu'elle y pensait, d'ailleurs, c'était Elisabeth qui l'avait inscrite de force à ce cours de cuisine thaï pour qu'elle arrête de perdre son temps à se morfondre après sa rupture avec ce consultant en informatique sarcastique.

À présent, c'était Alice, le tyran de la famille.

« Alors, si Ben envisage l'adoption maintenant, est-ce que ce ne serait pas une bonne chose ?

– Non », répondit Elisabeth durement. Elle se redressa. *Nous y voilà*, songea Alice. « Vraiment pas. Tu ne sais pas de quoi tu parles, Alice.

– Mais…

– C'est trop tard maintenant. On a trop attendu. Tu n'as pas l'air de te rendre compte du temps que ça prend. De toutes les étapes. Un enfant, ça ne se commande pas en deux-trois clics sur Internet. On n'est pas Brad et Angelina. Le parcours est semé d'embûches, il faut débourser des milliers de dollars, que nous n'avons pas. Ça prend des années et des années, c'est stressant, tout ne se passe pas comme prévu ; je n'ai pas l'énergie pour tout ça. J'en ai marre. On aura presque cinquante ans d'ici à ce que ça marche. Je suis trop lasse pour me lancer dans cette démarche, convaincre un tas de gratte-papiers que je ferais une bonne mère, leur montrer nos fiches de paie et tout le tremblement. Je ne sais pas d'où te vient cet intérêt soudain pour moi, mais tu arrives trop tard.

– Un intérêt *soudain* ? » Blessée, Alice aurait voulu se défendre mais elle n'avait aucune carte en main. Elle avait pourtant du mal à croire Elisabeth. « Tu veux dire qu'avant, je ne me suis jamais intéressée à toi ? »

Elisabeth soupira bruyamment, chassant l'air de ses poumons comme un ballon qui se dégonfle. Elle s'enfonça dans son fauteuil.

« Mais si.

– Pourquoi tu dis ça, alors ?

– Je ne sais pas. C'est ce que j'ai ressenti parfois. Écoute, je retire ce que j'ai dit, d'accord ?

– C'est un peu facile.

– Je ne le pensais même pas. De toute façon, tu en as probablement autant contre moi. Je ne vois plus les enfants aussi souvent qu'avant. Je n'ai pas été très présente à la mort de Gina, ni quand Nick est parti. Mais tu es toujours tellement… je ne sais pas, occupée. Indépendante. » Elle bâilla. « Oublie ça, tu veux. »

Alice regarda ses mains. « Qu'est-ce qui s'est passé entre nous ? » demanda-t-elle doucement.

Pas de réponse. Alice leva le nez. Les yeux fermés, la tête en arrière, Elisabeth avait l'air épuisée et triste.

Au bout d'un moment, elle dit, les yeux toujours fermés : « On ferait mieux d'aller se coucher. »

19

Il était dix-sept heures trente. D'ici une demi-heure, Nick sonnerait à la porte avec les enfants.

Alice avait l'estomac noué, comme avant un premier rendez-vous.

Vêtue d'une ravissante robe à fleurs, elle s'était maquillée puis coiffée, faisant bouffer ses cheveux, avant de finalement se dire qu'elle en faisait trop. Se déguiser en parfaite petite mère de famille tout droit sortie des années cinquante n'était sans doute pas dans ses habitudes. Elle remonta alors dans sa chambre à la hâte, se débarrassa de son maquillage et retira sa robe en catastrophe. Elle enfila une paire de jeans, un tee-shirt blanc et aplatit ses cheveux. Pour seuls bijoux, elle mit le bracelet de Nick et son alliance. Elle l'avait trouvée au fond d'un tiroir avec la bague de fiançailles de Granny Love, non sans s'étonner de les avoir gardées. Elle aurait cru qu'au cours d'un divorce, les femmes jetaient rageusement leurs bagues à la figure de leur mari.

Elle se regarda dans le miroir de la salle de bains. Beaucoup mieux. Décontracté et naturel, même si elle se trouvait pâle et vieille. Elle résista à un désir impérieux de se lancer dans cette série de gestes experts qui métamorphosaient son visage. Un rituel superflu pour un dimanche soir à la maison.

Plus tôt dans la journée, après la visite d'Elisabeth et Ben, elle s'était subitement rendu compte qu'il lui incombait sans aucun doute de nourrir ces trois enfants. Elle avait alors appelé sa mère pour lui demander quoi préparer pour le dîner. Leur plat préféré, peut-être ? Barb avait passé vingt bonnes minutes à lui décrire les manies alimentaires que chacun avait développées à divers âges de leur enfance. « Tu te rappelles quand Madison a eu sa phase végétarienne ? Évidemment, il a fallu que Tom refuse d'avaler le moindre légume à la même période ! Du coup Olivia ne savait plus qui elle devait imiter ! Tu t'arrachais les cheveux à l'heure de te mettre aux fourneaux ! » Enfin, après moult tergiversations, elle avait décidé de préparer des hamburgers maison. « Je crois que tu as trouvé une recette de burgers sains et équilibrés dans ce livre publié par la Fondation des maladies du cœur. Pas plus tard que la semaine dernière, tu disais que les gamins ne s'en lassaient pas, même si toi, tu n'en pouvais plus. Tu t'en souviens, chérie, non ? C'était il y a à peine quelques jours. »

Quand Alice avait mis la main sur ledit livre de recettes, elle l'avait ouvert pile à la bonne page, maculée de gras. Elle avait trouvé tous les ingrédients nécessaires dans son garde-manger et son congélateur, incroyablement bien approvisionnés. Il y avait de quoi nourrir tout un régiment là-dedans ! Tandis qu'elle hachait la viande, elle se rendit compte qu'elle n'avait plus besoin de consulter le livre. Elle semblait savoir qu'à présent, il fallait râper deux carottes et une courgette auxquelles ajouter deux œufs. Une fois son appareil prêt, elle le réserva au réfrigérateur, fit décongeler des petits pains qu'elle grillerait ensuite et prépara une salade verte. Difficile de savoir si les enfants en mangeraient. Elle en prendrait. Nick aussi. Il resterait dîner, non ? Il n'allait quand même pas se contenter de déposer les enfants et partir ? Malheureusement, quelque chose lui disait que c'était exactement ce que faisaient les parents divorcés. Qu'à cela ne tienne ! Elle lui demanderait poliment de rester. Si besoin, elle le supplierait. Il ne pouvait pas la laisser seule avec les enfants. Ce n'était pas prudent. Elle n'avait aucune idée de ce qu'il fallait faire. Leur donner le bain ou les laisser se débrouiller tout seuls ? Leur lire une histoire ? Leur chanter une chanson ? Et le couvre-feu, à quelle heure était-il fixé ? Et comment l'appliquer ?

Elle redescendit dans son jean et embrassa du regard sa magnifique maison, étincelante de propreté. À midi, deux femmes de ménage avaient sonné à sa porte, munies de serpillières et de seaux ; elles lui avaient demandé comment s'était passé le cocktail tout en branchant l'aspirateur. Elles avaient tout nettoyé et fait briller tandis qu'Alice errait distraitement, gênée, ne sachant pas ce qu'elle était censée faire. Les aider ? Débarrasser le plancher ? Superviser leur travail ? Cacher les objets de valeur ? Elle avait son portefeuille à portée de main pour leur donner ce qu'elles réclameraient en partant, mais elles n'avaient rien demandé. Elles lui avaient dit qu'elles viendraient jeudi à l'heure habituelle avant de disparaître en la saluant gaiement. Refermant la porte derrière elles, Alice avait respiré l'odeur de cire, songeant qu'à présent, elle avait une piscine, la climatisation et des femmes de ménage.

Dans la cuisine, elle découvrit un casier à vin. Pourquoi ne pas ouvrir une bonne bouteille pour Nick ? Elle en choisit une et chercha un tire-bouchon avant de s'apercevoir que la bouteille n'avait pas de bouchon de liège. À la place, une simple capsule qu'elle dévissa. Étrange. Le parfum du vin lui emplit les narines. Machinalement elle se servit généreusement et plongea le nez dans son verre. Une petite voix s'éleva dans sa tête : *À quoi tu joues, branleuse ?* tandis qu'une autre lui susurra : *Mmmm, quel délicieux arôme de mûre !*

Sirotant une première gorgée, elle se demanda si elle n'était pas devenue alcoolique. Il n'était même pas dix-huit heures et elle n'avait jamais été amatrice de vin. Pourtant, boire ce vin lui semblait familier et complètement innocent – même si, par ailleurs, une partie d'elle-même trouvait cela étrange et répréhensible. Nick l'avait peut-être quittée à cause de ça. Voilà pourquoi il voulait la garde des enfants. Elle était devenue une ivrogne. Personne ne le savait, en dehors de Nick et des enfants. C'était un terrible secret. Soit. Dans ce cas, ne pouvait-elle pas se faire aider ? Elle avala une grande gorgée. S'inscrire aux Alcooliques Anonymes et suivre leur fameux programme en douze étapes ? Ne plus jamais consommer une goutte d'alcool ? Elle pianota sur le plan de travail tout en continuant à boire. Bientôt, elle verrait Nick, et tout deviendrait clair. Plus de mystère. Ce n'était pas très logique, mais elle avait l'impression qu'à la seconde où elle verrait le visage de Nick, tous ses souvenirs reviendraient se loger, intacts, dans son cerveau.

Dominick était de nouveau passé la voir dans l'après-midi, avec deux gobelets de chocolat chaud et de minuscules gâteaux de polenta (elle avait dans l'idée qu'elle devait adorer ça et s'était montrée reconnaissante). Elle avait été surprise par le plaisir qu'elle avait ressenti en le voyant sur le seuil de sa porte. Peut-être était-ce dû à la nervosité dont il faisait preuve, donnant à Alice le sentiment qu'il l'adorait. Nick l'adorait aussi, mais elle l'adorait en retour. C'était une relation équilibrée. Discuter avec Dominick en revanche lui donnait l'impression que tout ce qu'elle disait était extraordinaire.

« Et... ta mémoire aujourd'hui, ça va ? » lui avait-il demandé poliment tandis qu'ils dégustaient leur chocolat chaud et les gâteaux sous la véranda à l'arrière de la maison.

« Peut-être un peu mieux », répondit-elle. Question santé, les gens aiment bien penser que les choses s'améliorent.

Apparemment, Jasper était avec sa mère. Alice réalisa que Dominick était divorcé. C'était tellement étrange. Les choses ne seraient-elles pas plus simples si chacun restait avec la personne qu'il avait épousée ?

Le divorce était donc un intérêt commun. Dans un élan d'inspiration, elle lui demanda : « A-t-on déjà parlé de Nick, des raisons pour lesquelles on s'est séparés ? »

Il lui jeta un drôle de regard en biais. « Oui. »

Bingo !

« Tu ne voudrais pas me faire un petit résumé de ce que je t'ai dit, à tout hasard ? » demanda-t-elle d'un ton faussement léger. Elle avait tellement besoin de savoir.

« Tu ne te rappelles pas du tout pourquoi vous vous êtes séparés ?

– Non ! Quand on me l'a dit, je n'arrivais pas y croire ! Ç'a été un véritable choc. »

Les mots jaillirent de sa bouche avant qu'elle ne se rende compte qu'ils pouvaient être blessants pour un homme qui espérait commencer une histoire avec elle.

Il se gratta le nez vigoureusement. « D'accord. Évidemment, je ne suis pas au fait de tous les détails, mais euh, apparemment, il, euh Nick, était pas mal accaparé par son travail. Il était souvent en déplacement, il avait des horaires à rallonge, et je crois que… enfin, tu as dit que vous vous étiez éloignés. Voilà. Et euh, il y avait peut-être aussi, euh… des problèmes dans votre sexualité. Tu as parlé de… » Il se mit à tousser et se tut.

Leur *sexualité* ? Elle avait parlé de leur sexualité à cet homme ? Comment avait-elle pu trahir Nick de la sorte ? C'était impardonnable. Et puis, qu'avait-elle eu à dire ? Leur vie sexuelle était délicieuse, drôle, tendre, tout à fait satisfaisante.

C'était tellement gênant d'entendre le mot « sexualité » dans la bouche de Dominick. Il était trop gentil. Trop adulte. Trop comme il faut. Même maintenant, alors qu'elle était seule à se repasser la scène dans sa tête, elle se sentait rougir.

Lui aussi avait semblé embarrassé. Il s'était raclé la gorge tellement de fois qu'Alice lui avait proposé un verre d'eau, puis il était parti rapidement en lui recommandant de prendre soin d'elle. Sur le seuil de la porte, il l'avait enlacée sans crier gare, soufflant à son oreille : « Je tiens beaucoup à toi », avant de disparaître.

Tout cela ne l'avait pas vraiment aidée. Ils s'étaient éloignés à cause des horaires de Nick. Quel cliché. Que ça brise le mariage des autres, d'accord. Mais si Nick devait travailler comme un fou, n'auraient-ils pas su compenser ses absences en profitant du temps dont ils disposaient ensemble ?

Le niveau de son verre de vin avait considérablement baissé. Et si elle avait les lèvres et les dents violacées ? De quoi aurait-elle l'air en accueillant Nick et les enfants ? D'un vampire ? Elle se précipita dans l'entrée pour se regarder dans le miroir. Rien à signaler du côté de sa bouche. Elle avait en revanche les yeux un peu hagards et affolés, et elle semblait toujours affreusement vieille.

En retournant à la cuisine, elle s'arrêta devant ce qu'ils appelaient autrefois la Pièce Verte en raison du vert-jaune éblouissant de ses murs. À présent ils étaient beiges. Très élégant. Alice s'appuya contre le chambranle de la porte ; la couleur d'origine lui manquait. En la découvrant, les gens se protégeaient les yeux pour plaisanter. Il fallait se débarrasser de ce vert, mais quand même. La maison était parfaite à présent. Au lieu de s'en réjouir, Alice trouva ça déprimant.

Conformément à leur idée initiale, la Pièce Verte était désormais un bureau. Il y avait un ordinateur et des étagères à livres tapissaient les murs. Elle entra et s'installa devant l'ordinateur. Sans même y réfléchir, elle se pencha et appuya sur un bouton argenté rond sur un boîtier noir posé par terre. La machine se mit en route. Un autre bouton... l'écran s'alluma. Un message en lettres blanches sur fond bleu apparut : *Cliquez sur votre compte utilisateur.* Il y avait quatre icônes : *Alice, Madison, Tom* et *Olivia.* (Les enfants n'étaient-ils pas trop petits pour utiliser un ordinateur ?) Elle cliqua sur son nom et une photo pleine de couleurs emplit l'écran. Dessus, les enfants. Emmitouflés dans des parkas et des écharpes, ils dévalaient une pente enneigée en luge. Madison, à l'arrière, tenait la corde de direction, Tom était au milieu et la petite dernière, Olivia, devant. Ils avaient la bouche grande ouverte, comme s'ils riaient ou criaient, et dans leurs yeux écarquillés, un mélange de peur et d'euphorie.

Comme ils étaient beaux ! songea-t-elle, la main sur le cœur.

Tout ce qu'elle voulait, c'était se rappeler cette journée. Elle fixa leurs visages et, tout à coup, il lui sembla entendre les cris lointains des enfants tandis qu'elle les photographiait, le nez et les doigts gelés. Sitôt qu'elle s'efforça de saisir ce souvenir, il se dissipa habilement.

Elle cliqua alors sur l'icône *E-mail*. On lui demanda un mot de passe.

Qu'elle ignorait, évidemment. Pourtant, elle posa les mains au-dessus du clavier et, machinalement, ses doigts tapèrent le mot ORIGAN.

Origan ? N'importe quoi. Mais apparemment, elle pouvait faire confiance à son corps pour se souvenir, car l'écran disparut docilement, cédant la place à une enveloppe qui dansait à côté de la mention : *Vous avez 7 nouveaux messages*.

Qu'est-ce qui avait bien pu la pousser à choisir une herbe en guise de mot de passe ?

Elle trouva un e-mail de Jane Turner, avec comme objet *Comment va la tête ?* ; un autre de Dominick Gordon (qui ça ? Ah oui, bien sûr. Lui. Son *petit ami*) dont l'objet était *Week-end prochain ?* ; cinq autres de gens qui ne lui disaient rien, avec, pour titre : *Meringue géante de la fête des Mères*.

Meringue géante de la fête des Mères. Quelle ironie ! À s'étrangler de rire ! Le genre d'événement qu'Elisabeth – l'ancienne Elisabeth, celle qui débordait d'énergie – aurait pu organiser. Mais pas elle.

Elle trouva également un message de Nick Love datant de vendredi, le jour de son accident ; probablement déjà lu et sans objet. Elle l'ouvrit.

Les traditions ? Eh bien, pas mal de choses vont devoir changer de ce côté-là maintenant, non ? C'est des conneries tout ça. Noël sera forcément différent, quoi qu'on fasse. Tu ne peux pas raisonnablement espérer les avoir le matin ET le soir, et me les laisser cinq pauvres minutes dans l'après-midi, merde. Pour eux, c'est parfaitement logique de dormir chez Dora après le réveillon. Ils adorent voir leurs cousins. Tu ne peux pas penser à eux, pour une fois ? Tout tourne autour de toi. Comme d'habitude.

P.-S. : Merci de veiller à ce qu'ils prennent leur maillot de bain ce week-end. À mon retour du Portugal dimanche, je les emmène au centre nautique.

P.-P.-S. : J'ai eu deux de mes sœurs en larmes au téléphone hier soir à propos de la bague de Granny Love. Sois raisonnable avec ça, je t'en prie. Tu ne l'as jamais beaucoup mise, il me semble. Si tu envisages de la vendre, tu es vraiment tombée bien bas. Même si avec toi...

Même si avec toi... La claque. Alice en avait le souffle coupé. Quelle froideur. Quelle méchanceté. Quelle antipathie.

Comment croire que ce message venait de l'homme qui avait les yeux pleins de larmes quand elle lui avait dit oui, qui lui couvrait la nuque de baisers après l'avoir plaquée sur le lit, qui devant la télévision lui disait qu'elle pouvait rouvrir les yeux sans crainte à la fin d'une scène gore, qui lui chantait « Living Next Door to Alice » en entier sous la douche ?

Et pourquoi refusait-elle de lui rendre l'affreuse bague de Granny Love ? C'était un bijou de famille. Elle revenait de droit à la famille de Nick.

Elle fit défiler la page ; le message de Nick était le dernier d'un échange sur plusieurs jours.

Elle en ouvrit un qu'elle avait elle-même écrit trois jours plus tôt.

Cette année, les enfants devraient se réveiller dans leur propre lit le jour de Noël. Je ne bougerai pas d'un pouce sur ce point. Évidemment que j'ai à cœur de perpétuer les traditions pour eux ! Qu'ils déposent leur chaussette de Noël au pied de leur lit et ainsi de suite. Ils ont déjà subi assez de bouleversements comme ça. Pour toi, ce n'est qu'un jeu de pouvoir, comme d'habitude. Tout ce qui t'importe, c'est d'avoir le dessus. De marquer des points.

Et je m'en fiche complètement, tant que ce n'est pas au détriment des enfants. À propos, je t'ai déjà demandé au moins deux fois de ne pas leur donner autant de cochonneries, je pense à Olivia en particulier, quand tu les as le week-end. Je suis certaine que dire oui à tout ce qu'ils veulent te donne l'impression d'être un père fabuleux, mais le lundi, ils sont systématiquement fatigués et irritables, et c'est moi qui dois le supporter.

On était au mois de mai ! Pourquoi diable parler de Noël maintenant ?

Sus à l'imposture ! Ce n'était pas elle ! Son ton, moralisateur et méprisant, la sidérait.

Plus bas dans le texte, des mots et des expressions acerbes lui sautèrent au visage.

Permets-moi de te rappeler que...
Tu es tellement mesquin...
Tu dois être fou pour t'imaginer que...
Mais qu'est-ce qui ne va pas chez toi ?
On ne pourrait pas essayer d'être rationnels là-dessus ?
C'est toi qui as...

Crissement de graviers, lueur de phares. Une voiture s'arrêta dans l'allée. Alice se leva, le cœur battant à tout rompre. Elle passa la main dans ses cheveux en se dirigeant vers la porte d'entrée. Quelle idiote ! Elle aurait dû se remaquiller. Dans quelques secondes, elle serait face à un homme qui la détestait.

Claquements de portières. Pleurnicheries de gosse : « Mais papa, c'est pas juste ! »

Alice ouvrit la porte, les jambes flageolantes. Elle allait s'effondrer. Ce serait peut-être une bonne chose.

« *Maman !* » Une fillette monta à toute vitesse les marches de la véranda et se jeta contre elle, sa tête heurtant violemment le ventre d'Alice. Le visage enfoui dans le tee-shirt de sa mère, elle demanda d'une voix étouffée : « Tu n'as plus mal à la tête ? Tu as bien eu ma carte ? Comment c'était de dormir à l'hôpital ? »

Alice lui rendit son étreinte, incapable de parler.

Je ne me souviens même pas d'avoir été enceinte de toi.

« Olivia ? » dit-elle d'une voix rauque en posant la main sur ses boucles blondes pleines de nœuds. Ses cheveux étaient doux, son crâne dur, et quand elle leva les yeux, Alice fut subjuguée par sa beauté : teint de soie saupoudré de taches de rousseur cannelle, immenses yeux bleus bordés de cils noirs.

C'étaient ses yeux à elle, mais beaucoup plus grands et tellement plus beaux. Alice se sentit prise de vertige.

« Ma maman, chantonna Olivia. Tu te sens encore un peu malade ? Ma pauvre maman chérie. Hé ! Je sais ! Je vais écouter ton cœur, je serai ton infirmière ! Bonne idée ! »

Elle courut bruyamment à l'intérieur, claquant la porte avec moustiquaire derrière elle.

Alice leva les yeux. Dans l'allée, Nick récupérait des affaires dans le coffre de sa voiture gris métallisé dernier cri.

Il se redressa, les bras chargés de sacs à dos et de serviettes de plage trempées.

« Salut », lança-t-il.

Où étaient passés ses cheveux ? À mesure qu'il approchait, Alice remarqua qu'ils étaient complètement gris et coupés ras. Son visage était plus fin mais son corps plus épais, au niveau des épaules et du ventre. Autour de ses yeux, des rides formaient des toiles d'araignée. Il portait un tee-shirt vert et un short qu'elle n'avait jamais vus sur lui. Ça paraissait évident. Il n'empêche, c'était troublant.

Il monta les marches et se posta devant elle. Il était différent, étrange, mais pour l'essentiel, c'était toujours Nick. Oubliant tout ce qu'elle venait de lire sur l'écran de son ordinateur et la façon dont il lui avait parlé au téléphone deux jours plus tôt, Alice se laissa envahir par le plaisir pur et simple de voir Nick

243

rentrer à la maison après une longue absence. « Salut, toi ! » fit-elle avec un sourire joyeux.

Elle esquissa un pas vers lui mais Nick recula. Un mouvement involontaire, comme face à un insecte importun. Son regard, posé sur son front, était dénué d'expression.

« Comment vas-tu ? demanda-t-il du ton glacial qu'il employait d'ordinaire quand un vendeur incompétent lui faisait perdre son temps.

– Maman ! Il y a une nouvelle machine à vagues au centre nautique ! Tu aurais vu la vague que j'ai prise ! Elle faisait, genre dix mètres de haut ! Genre aussi haute que le toit, là ! Regarde. Non, regarde, ce toit-là, maman. Voilà. Haute comme ça. Ou peut-être quelques centimètres de moins. Peu importe. Papa a pris une photo trop géniale ! Montre ton appareil à maman, papa. Dis, tu lui montres ? »

Voilà donc Tom. Il portait un caleçon de bain ample et une casquette qu'il retira pour se gratter vigoureusement la tête. Ses cheveux étaient du même blond que ceux d'Olivia, presque blanc. Comme Nick, lorsqu'il était enfant. Ses membres fins mais robustes et bronzés lui donnaient l'air d'un surfeur miniature. Et… incroyable mais vrai, il avait le nez de Roger. Indéniable. C'était à mourir de rire. Le nez de Roger sur le visage de ce petit garçon plein de vie. Alice avait envie de le prendre dans ses bras, mais était-ce vraiment opportun ?

« Allez, montre-moi la photo, Nick ! » se contenta-t-elle de dire.

Nick et Tom la regardèrent fixement. Elle avait dû prendre un ton qui ne lui ressemblait pas. Trop désinvolte ?

« Tu parles un peu bizarrement, maman. Ils t'ont fait des points à la tête à l'hôpital ? J'ai demandé à tante Libby si tu avais une tumeur au cerveau, elle m'a assuré que non. Je l'ai bien observée, elle ne mentait pas. Je suis un vrai détecteur de mensonges, moi.

– Une tumeur au cerveau ! Quelle idée ! Non, je suis juste tombée.

– Je meurs de faim, soupira Tom.

– Je fais des hamburgers pour le dîner.

– Non, je veux dire, je meurs de faim là tout de suite. »

Une fille arriva sur la véranda. Elle laissa tomber une serviette mouillée sur le plancher puis, les mains sur les hanches, dit : « Tu fais des hamburgers, j'ai bien entendu ?

– Oui. »

Madison. Le Haricot. Les deux traits bleus sur tous ces tests de grossesse. Le point qui clignotait sur l'écran à chaque battement de cœur. La mystérieuse présence invisible qui écoutait la voix de Nick grâce au rouleau de papier toilette.

Madison avait la peau très claire, presque translucide. Sur son cou furieusement rouge, des traces de doigts blanches, comme si quelqu'un avait renoncé trop tôt à appliquer la crème solaire. Ses cheveux bruns, raides et ternes lui tombaient devant les yeux ; elle avait de belles dents blanches et fortes. Ses yeux avaient la même forme que ceux de Nick mais ils étaient d'une couleur étrange, plus foncée. Ses sourcils lui rappelaient quelqu'un… Elisabeth, quand elle était petite. Ils étaient subtilement relevés vers l'extérieur, comme ceux de Monsieur Spock. Elle n'était pas craquante, comme Olivia et Tom. Elle était trapue. Sa lèvre inférieure, épaisse, lui donnait un air boudeur. *Mais un jour, je crois que tu seras superbe, mon Haricot d'amour*, songea Alice.

« Tu avais promis », poursuivit le Haricot, le regard assassin. Elle était redoutable. Terrifiante.

« Promis quoi ?

– De faire les courses pour que je puisse préparer des lasagnes ce soir. Je *savais* que tu ne le ferais pas. Pourquoi tu dis que tu vas faire quelque chose tout en sachant que tu vas pas le faire ? dit-elle en tapant du pied.

– Un peu de politesse, Madison. Ta mère a eu un accident. Elle a passé la nuit à l'hôpital », interrompit Nick d'une voix sévère qui manqua de faire rire Alice.

Madison leva le menton, le regard furibond. Elle entra dans la maison comme un ouragan, claquant la porte derrière elle.

« Ne claque pas la porte ! cria Nick. Et viens ramasser ta serviette ! »

Silence. Madison ne réapparut pas.

Nick se mordit la lèvre inférieure, les narines dilatées. Alice ne l'avait jamais vu faire une tête pareille. « Tom, file à l'intérieur. J'ai à parler à ta mère. Prends la serviette de Madison, tu veux bien ?

– Papa, d'après toi, il a fallu combien de briques pour construire toute cette maison ? demanda Tom en passant le doigt sur le mur de la façade.

– Tom. »

Soupir théâtral du garçonnet qui ramassa la serviette de Madison avant de disparaître.

Alice respira à fond, se demandant comment elle pouvait vivre vingt-quatre heures sur vingt-quatre avec ces trois enfants. Ils parlaient ! Elle n'y avait pas songé une seconde. Quelle énergie ! Ils pétillaient. Ils crépitaient. Leur personnalité s'exprimait au grand jour, sans ce vernis de protection propre à l'âge adulte.

« Le Haricot… », commença Alice. Mais les mots lui firent défaut. Impossible de mettre des mots sur Madison.

« Pardon ?

– Le Haricot. Je n'aurais jamais imaginé qu'elle deviendrait… comme ça. Elle est tellement… Je ne sais pas.

– Le Haricot ? » Il n'avait pas la moindre idée de ce qu'elle racontait.

« Tu te rappelles – quand j'étais enceinte de Madison, on l'appelait le Haricot. »

Il fronça les sourcils. « Aucun souvenir. Bon, je voulais qu'on essaie de régler cette histoire, pour Noël.

– Ah, ça. » Elle repensa à tous ces affreux mails, un goût désagréable dans la bouche. « Pourquoi on parle déjà de Noël ? On est en mai ! »

246

Il la regarda comme si elle était folle.

« Tu plaisantes ? Tu ne penses qu'à ça et à ton précieux tableau ! Tu as dit que tu voulais que tout soit mis noir sur blanc pour l'année entière. Les anniversaires. Les concerts. Tout ça, dans l'intérêt des enfants.

– J'ai dit ça ? » Savait-elle seulement faire un tableau ?

« Oui !

– Bon. Eh bien, fais comme tu veux. Prends-les pour Noël.

– Comme je veux, répéta-t-il d'une voix méfiante, presque nerveuse. J'ai raté quelque chose, là, ou quoi ?

– Pas du tout. Bon, et c'était comment le Portugal ?

– Très bien, merci. »

Alice dut serrer les poings très fort pour ne pas céder à l'envie de poser la tête contre son torse. « Parle normalement. » Voilà ce qu'elle voulait lui dire.

« Je ferais mieux d'y aller, annonça Nick.

– Quoi ? Non. Tu ne peux pas. Tu restes dîner, dit-elle complètement paniquée, à deux doigts de le retenir par le bras.

– Je ne pense pas que ce soit une bonne idée.

– Oh, oui, papa, reste dîner ! » Derrière eux, Olivia, une cape rouge sur les épaules et un faux stéthoscope autour du cou. Elle s'accrocha au bras de son père, suscitant une pointe de jalousie chez Alice. Quelle chance de pouvoir toucher Nick si librement.

« Je file, c'est mieux.

– Je t'en prie, reste. Je fais des hamburgers.

– Tu vois, maman veut que tu restes, s'écria Olivia en s'adonnant avec délice à un numéro de claquettes sous la véranda. Tom ! Tu ne devineras jamais ! Papa reste dîner !

– C'est n'importe quoi, Alice », souffla Nick. Cette fois, il la regarda droit dans les yeux.

« Je nous ai ouvert une bonne bouteille de vin », annonça-t-elle en souriant.

Pas besoin de rouge à lèvres pour reconquérir son mari.

20

Manifestement désœuvré, Nick enfonça les mains dans les poches de son short et se mit à déambuler dans le salon, s'arrêtant pour regarder à droite à gauche comme s'il découvrait la maison de quelqu'un d'autre.

« La piscine, tu gères ? » s'enquit-il en montrant le jardin de derrière d'un signe du menton.

Dans la cuisine, Alice leur servait un verre de vin, se demandant ce que gérer la piscine pouvait vouloir dire.

« La piscine ? RAS. Calme plat. Faut croire que je gère super bien. »

Nick se tourna vers elle et lui lança un regard sévère.

« Bien. »

Alice le rejoignit et lui tendit un verre. Qu'il accepta en prenant bien soin de ne pas lui toucher la main. « Merci », dit-il. Elle resta face à lui. De nouveau, il recula, comme si elle était contagieuse.

Dans la cuisine, Tom ouvrait et fermait les placards les uns après les autres. Il se posta devant le réfrigérateur, faisant bouger la porte sans arrêt. « Maman, qu'est-ce que je peux manger ? »

Alice chercha sa mère distraitement des yeux.

« *Maman* », fit Tom.

Alice sursauta. C'était elle, la mère que Tom interpellait.

« Eh bien, dit-elle en s'efforçant de prendre une voix enjouée et aimante, qu'est-ce qui te ferait plaisir ? Un sandwich peut-être ?

– Tu peux attendre qu'on passe à table, Tom », intervint Nick.

Mais oui bien sûr ! C'était ça, la réponse appropriée.

« En effet, reprit-elle sur le même ton que Nick. Ton père a raison. » Elle se mit à glousser – c'était plus fort qu'elle – puis regarda Nick d'un air malicieux. Elle n'était quand même pas la seule à trouver ça drôle, n'est-ce pas ? Nick dans le rôle du père, et elle de la mère !

Nick se tourna vers elle nerveusement et jeta un coup d'œil involontaire sur son verre de vin. S'imaginait-il qu'elle était ivre ?

Le petit garçon referma bruyamment le réfrigérateur, puis : « Si je ne mange pas bientôt, je vais tomber d'inanition. Regardez. J'ai le ventre tout gonflé, on dirait que je souffre de malnutrition », dit-il en bombant l'estomac.

Alice rit. Nick le réprimanda durement. « Arrête de faire l'imbécile. Va te changer, tes vêtements sont mouillés. » Effectivement, encourager ses enfants à rire du sort des affamés n'était pas l'idée du siècle.

La petite réapparut. Olivia. Elle s'était barbouillé les lèvres de rouge. Elle en avait même sur les dents. Avait-elle le droit de faire ça ? Alice voulut interroger Nick du regard mais, posté près de la porte qui ouvrait sur le jardin, il fixait la piscine. « Elle m'a l'air un peu verte. Ça remonte à quand, la dernière fois que le type est venu ?

– Allez, maman, je suis prête maintenant, je suis ton infirmière. Venez vous asseoir, je vais prendre votre température. » Olivia lui saisit la main. Émerveillée par le contact de sa petite paume tout chaude, Alice se laissa guider jusqu'au canapé.

« Allongez-vous. Là, voilà, c'est bien. »

Alice s'exécuta et Olivia lui enfonça un faux thermomètre dans la bouche tout en lui dégageant le front d'un geste doux.

« Maintenant, chère patiente, je vais écouter les battements de votre cœur. » Elle mit les embouts du stéthoscope dans ses oreilles et plaça l'autre extrémité sur la poitrine d'Alice. Elle fronça les sourcils, telle une professionnelle. Alice se retint de rire. Quelle enfant adorable !

« Bien, chère patiente, votre cœur bat.

– Ouf. »

Olivia regarda le thermomètre et en resta bouche bée. « Ma chère patiente, vous avez beaucoup de fièvre. Vous êtes brûlante !

– Oh non ! Que faut-il faire ?

– Je vais faire la roue. Regardez-moi. Ça ira mieux. »

Olivia exécuta une roue parfaite et fit la révérence sous les applaudissements d'Alice. Elle prit son élan pour en faire une autre.

« Pas dans la maison, Olivia, intervint Nick d'un ton brusque. Tu le sais très bien !

– S'il te plaît, papa, implora-t-elle, la mine boudeuse. Rien qu'une fois.

– Tu es sûre que c'est une bonne idée de la laisser prendre ton rouge à lèvres ? demanda-t-il.

– À vrai dire, je ne sais pas.

– Olivia, laisse maman mettre le dîner en route. » Nick arborait la même expression qu'Elisabeth la veille : épuisée et vaincue. Tout le monde était si fatigué et grincheux en 2008.

« Désolée, mon papounet, dit Olivia en se jetant dans ses jambes.

– Va enlever ton maillot de bain. »

Olivia s'éloigna en sautillant, faisant tourbillonner sa cape rouge autour d'elle.

Enfin seuls.

« Avant que j'oublie, je ne suis pas allé au bout des devoirs d'Olivia. » Un aveu annoncé sur la défensive.

« Tu fais ses devoirs à sa place ?

– Bien sûr que non ! Putain ! Tu me prends vraiment pour une brêle, hein ?

– Pas du tout, dit Alice en se redressant.

– Elle n'a plus que huit questions à faire. Tu te doutes qu'à quatre dans un minuscule appartement, c'est plus compliqué. On n'a pas tout à fait terminé la lecture de Tom. Et on a passé trois heures sur l'expérience que Madison devait faire en sciences. Tom voulait la faire à sa place.

– Nick ? »

Il se tut, but une gorgée de vin et la regarda.

« Quoi ?

– Pourquoi est-ce qu'on divorce ?

– C'est quoi, cette question, encore ?

– Je veux juste savoir. »

Débordée par le désir de le toucher, Alice dut se cramponner à ses cuisses pour ne pas se jeter contre lui et enfouir son visage au creux de son cou.

« Peu importe les raisons, dit Nick. Je refuse d'avoir cette conversation. À quoi bon ? Je ne rentrerai pas dans ce jeu ce soir, Alice. Je suis épuisé. Si ton but, c'est de me faire dire quelque chose que tu pourras utiliser contre moi, tu n'y arriveras pas.

– Eh bien ! »

Finirait-elle un jour par ne plus être estomaquée ? Elle se rendit compte que, depuis qu'Elisabeth avait prononcé le mot « divorce » à l'hôpital, elle n'avait eu de cesse de voir Nick dans l'espoir qu'il le retire, qu'il le dissocie de leur couple.

« Je devrais peut-être rentrer chez moi, dit Nick en posant son verre sur la table basse.

– Une fois, tu m'as dit que si un jour, ça se gâtait entre nous, tu remuerais ciel et terre pour que ça s'arrange. On était dans ce restaurant italien qui venait d'ouvrir. On était en train d'enlever la cire du chandelier. Je m'en souviens comme si c'était hier.

– Alice.

« — Tu as dit qu'on deviendrait un couple de vieux grincheux, qu'on ferait des voyages organisés, qu'on jouerait au bingo. Le pain à l'ail était froid mais on avait trop faim pour s'en plaindre. »

La bouche entrouverte, Nick avait l'air ahuri.

« Une fois, alors qu'on attendait un taxi dans l'allée de Sarah O'Brien, je t'ai demandé si tu n'avais pas trouvé Sarah particulièrement en beauté ce soir-là, et tu m'as dit : "Alice, je n'aimerai jamais personne comme je t'aime", j'ai ri et je t'ai répondu : "Ce n'est pas ce que je t'ai demandé", mais en réalité, tu avais fait mouche, parce que je me sentais inquiète, et tu m'as fait cette réponse. Il faisait froid. Tu portais ce gros pull en laine que tu as perdu à Katoomba. Tu ne t'en souviens pas ? »

Elle commençait à avoir une boule dans la gorge.

Nick, lui, levait les mains, comme pris de panique face à un début d'incendie mais ne trouvant rien pour l'éteindre.

Alice déglutit bruyamment. « Désolée. » Elle baissa les yeux. Regarder son visage si familier et si étrange à la fois lui était insupportable.

« Ce carrelage a pile la couleur qu'il fallait. On l'a acheté où ?

— Je ne sais pas. C'était il y a dix ans. » Elle leva les yeux vers lui. Il laissa retomber ses bras et ouvrit de grands yeux. Il venait de comprendre. « Alice, tu as bien retrouvé la mémoire, hein ? J'ai pensé – je veux dire, ils t'ont laissée sortir de l'hôpital. Tu n'es pas encore bloquée en 1998, hein ?

— Je sais qu'on est en 2008. Inutile de m'en convaincre. Mais dans ma tête, ce n'est pas l'impression que j'ai.

— D'accord, mais ces dix dernières années, tu t'en *souviens*, non ? Toutes ces questions bizarres que tu poses, ce n'est pas à cause de ta mémoire ?

— Tu as eu une liaison avec cette femme qui vivait en face ? Celle qui est morte ? Gina ?

— Une liaison ? Avec *Gina* ? Quelle blague !

— Je vois. Bien.

– Tu ne te souviens pas de Gina ?

– Non. Juste des ballons à son enterrement.

– Mais, Alice », s'exclama Nick en se penchant vers elle, catastrophé. Il vérifia d'un coup d'œil qu'ils étaient seuls et reprit à voix basse : « Tu te souviens des *enfants*, quand même ? »

Alice le regarda dans les yeux et fit non de la tête.

« Pas du tout ?

– La dernière chose dont je me souviens vraiment, c'est d'être enceinte du Haricot. Je veux dire, de Madison. »

Dans un geste d'humeur – c'était nouveau, ça faisait très quadra –, Nick fit claquer ses mains sur ses cuisses. « Putain de merde, mais pourquoi tu n'es pas à l'hôpital ?

– Tu as eu une liaison avec une autre femme que Gina ?

– Quoi ? Bien sûr que non.

– *Moi*, alors ?

– Pas que je sache. On peut revenir à notre problème, là ?

– Donc, ni toi ni moi n'avons eu d'aventure ?

– Non ! Putain ! Comme si on avait eu le *temps* ! Ou l'énergie ! En tout cas, moi, je n'avais ni l'un ni l'autre. Toi peut-être, entre tes satanés cours de gym et tes rendez-vous beauté. Auquel cas, bonne chance. »

Alice repensa au baiser qu'elle avait échangé avec Dominick.

« Tu as une petite amie en ce moment ? Non, ne réponds pas. Je ne pourrais pas le supporter. Ne réponds pas. » Elle se boucha les oreilles, baissa les mains, puis : « Alors ?

– Tu as vraiment dû te cogner très fort, Alice. »

L'espace d'un instant, elle eut le sentiment que le vrai Nick était revenu. Il secouait la tête, mi-incrédule mi-amusé, comme il le faisait quand il la surprenait en train de pleurer devant cette publicité de margarine avec les canetons, ou de sauter à cloche-pied en jurant parce qu'elle s'était fait mal en donnant un coup de pied à la machine à laver, ou de vider frénétiquement le réfrigérateur à quatre pattes dans l'espoir d'y trouver une barre de chocolat oubliée.

Puis, comme s'il venait de se rappeler un détail particulièrement agaçant, son expression se dissipa et il dit : « De toute façon, à en croire Olivia, tu vois quelqu'un. Le père de Jasper. Le directeur de l'école, rien que ça. Tu t'en souviens ? »

Elle se sentit rougir. « Je ne m'en souvenais pas, mais je l'ai rencontré hier.

— Parfait, dit-il d'un ton irrité. Il a l'air très sympa. Je crois que je me rappelle l'avoir vu à l'école. Un grand type très fin. Ravi de savoir que tout va bien pour toi. La question, c'est : es-tu en état de t'occuper des enfants ce soir ou vaut-il mieux qu'ils rentrent avec moi ?

— Si aucun de nous n'a eu de liaison, pourquoi on n'est plus ensemble ? Qu'est-ce qui a mal tourné au point de nous séparer ? »

Nick soupira bruyamment. Il balaya la pièce du regard, sidéré, comme s'il cherchait conseil auprès d'un public tout aussi sidéré. « Cette blessure à la tête, ça me paraît assez grave. Je n'arrive pas à croire qu'ils t'ont laissée sortir.

— Ils ont fait un scanner qui n'a rien révélé. Et puis, j'ai comme qui dirait raconté que j'avais retrouvé la mémoire. »

Nick leva les yeux au ciel. Encore un geste pompeux qu'il ne faisait pas avant. « Super. Mentir aux docteurs, brillante idée. Je te félicite, Alice.

— Pourquoi es-tu si méchant avec moi ?

— Pardon ? On n'est pas en cour de récréation, là. Je ne suis pas méchant.

— Si. On dirait même un autre homme. Tous ces sarcasmes, ces clichés, cette… médiocrité.

— Merci. Merci beaucoup. Je donne dans les clichés et la médiocrité. Et après, tu te demandes pourquoi notre mariage s'est écroulé. »

Il regarda autour de lui, un sourire triomphal sur les lèvres, comme pour prendre à témoin cette foule invisible, l'air de dire : « Voyez ce que j'endure. »

« Je suis désolée. Je ne voulais pas... » Elle s'interrompit, se remémorant ce qu'une rupture signifiait. Les conversations devenaient si désespérément inextricables. Il fallait être poli, précis. Toute critique se révélait dangereuse car illégitime.

« Nick », fit-elle, impuissante.

Tous les symptômes familiers de la rupture amoureuse se manifestaient. La nausée. Le poids énorme au centre de la poitrine. L'émoi. La fébrilité.

En principe, elle ne devait pas revivre ça. Jamais. Les ruptures étaient censées appartenir à ses jeunes années. Se résumer à de douloureux souvenirs. Et pas si douloureux d'ailleurs, car avec le recul, c'était plutôt amusant de poser un regard tendre sur la jeune Alice en songeant : *Petite idiote, à pleurer ce pauvre type.*

Son mariage était censé être la relation de sa vie de femme. Celle qui devait durer pour l'éternité.

Elle posa son verre ballon sur la table basse et se tourna vers lui. « Je veux savoir pourquoi on divorce. S'il te plaît.

– Je ne peux pas répondre à cette question. Il y a un million de raisons. Et les tiennes seraient probablement complètement différentes.

– Eh bien, essaie de résumer.

– En vingt-cinq mots maximum.

– Oui, je t'en prie. »

Il esquissa un sourire et, de nouveau, le vrai Nick apparut. Il ne cessait de surgir pour aussitôt se volatiliser.

« Eh bien, je crois que... » Il baissa la tête. « Alice. » Un voile de pure tristesse passa sur son visage.

Une vision insoutenable pour Alice dont l'instinct lui dictait de le réconforter, et de se laisser consoler elle aussi, car c'était Nick, son Nick, bon sang.

Elle traversa la pièce et se jeta dans ses bras, le visage au creux de son cou, respirant son odeur avidement. Nick, oui, c'était bien lui. C'était bien son odeur.

« Je ne sais pas ce qui a cloché, mais on en viendra à bout, bafouilla-t-elle. On consultera un conseiller conjugal ! On prendra des vacances quelque part ! Avec les *enfants* ! Oui, tous les cinq ! *Nos* enfants ! Ce sera chouette ! Ou alors, on restera ici, à profiter de la piscine ! On a une piscine ! J'adore la piscine ! Comment on a fait pour se la payer ? Grâce à ton nouveau boulot, j'imagine ! Ça te plaît, ce que tu fais ? Incroyable ! Tu as même une secrétaire particulière ! Elle n'a pas été très sympa avec moi, mais ce n'est pas grave.

– Alice. »

Il ne lui rendait pas son étreinte. Qu'importe. Les mots sortaient tout seuls de sa bouche. Elle allait se sortir de ce mauvais pas, en parlant, encore et encore.

« Je suis toute mince, hein ? Peut-être même un peu trop. Tu en penses quoi ? Comment j'ai fait pour perdre autant de poids ? J'ai renoncé au chocolat ? Je n'en ai trouvé nulle part dans la maison. Et mon mot de passe, c'est "origan". Bizarre. Hé, pourquoi Mrs Bergen ne me parle plus ? Je l'ai blessée ? Elisabeth aussi a l'air de m'en vouloir à mort. Mais toi, tu m'aimes toujours, non ? Tu ne peux pas ne plus m'aimer.

– Arrête. » Il la prit par les épaules et la repoussa doucement.

« Parce qu'on a trois enfants. Et moi, je t'aime toujours.

– Non, Alice », dit-il sévèrement, comme à un enfant qui s'apprête à mettre les doigts dans une prise de courant.

« Pourquoi vous vous disputez, cette fois ? » Nick et Alice se retournèrent. Appuyée contre le chambranle de la porte, Madison les observait, vêtue d'un peignoir, le visage rouge, les cheveux mouillés ramenés en arrière.

« Tu es si belle, s'extasia Alice.

– Pourquoi tu sors toujours des trucs aussi débiles ? cria Madison, défigurée par la colère.

– Madison ! explosa Nick. Ne parle pas comme ça à ta mère.

– Quoi ? C'est vrai, non ! De toute façon, toi-même tu as dit que maman était une garce sans cœur, je t'ai entendu le dire à tante Ella, alors pourquoi tu fais semblant de l'apprécier, hein ? Je sais que tu la détestes. »

Alice retint son souffle.

« Je ne déteste pas ta mère. » Les nerfs à vif, il avait la bouche crispée. Il semblait si vieux.

« Si, tu la détestes.

– Il déteste pas maman ! cria Tom, en donnant un coup de poing sur le bras de Madison. Moi, je te déteste.

– Tom ! intervint Nick.

– Aïe ! » Madison serra son bras, ses genoux se dérobèrent, elle s'effondra comme une masse. « Il m'a frappée. T'as pas le droit de frapper les filles. C'est de la violence conjugale. De la violence faite aux femmes.

– Toi, une femme ! ricana Tom. T'es rien qu'une idiote ! »

Madison lui décocha un bon coup de pied dans la jambe. Tom renversa la tête en hurlant. Il regarda Alice, le visage rouge d'une colère toute justifiée. « Maman, t'as vu le coup de pied qu'elle m'a envoyé ? Moi, je lui ai mis un petit coup de poing de rien du tout !

– De rien du tout ? » Madison releva la manche de son peignoir. « C'est pas une marque, ça, peut-être ? Je vais avoir un bleu ! Un bleu énorme.

– La vache », murmura Alice. Elle prit son verre de vin et regarda autour d'elle. Qu'un adulte mette de l'ordre, bon sang !

« Je crois que je vais y aller, dit Nick.

– Tu plaisantes ? Tu ne peux pas me laisser avec eux ! »

Madison et Tom se battaient comme des chiffonniers, prêts à s'entre-tuer à même le sol. Coups de pied, coups de poing, et vas-y que je te tire les cheveux, le tout accompagné de cris de rage stridents. Invraisemblable.

« Ils font ça souvent ? demanda Alice en se bouchant les

oreilles. Pas sûr que des vacances avec eux soient une partie de plaisir, finalement. »

Surpris, Nick éclata de rire avant de s'arrêter net.

« Tu as vraiment dit à Ella que j'étais une garce sans cœur ? » Puis, après une pause : « C'est ce que je suis, une garce sans cœur ? »

Nick s'approcha des enfants et attrapa Tom par le dos du tee-shirt. Il l'arracha aux griffes de Madison et le laissa tomber sur le canapé. Il se tourna ensuite vers Madison et lui ordonna : « Va dans ta chambre.

– Moi ? Mais c'est *lui* qui a commencé ! Il m'a frappée en premier ! C'est pas juste ! *Maman ?* » Madison se redressa, le dos contre le mur, jetant un regard implorant à sa mère.

C'est alors qu'Olivia entra en courant, vêtue d'un tee-shirt et d'une petite culotte ornée de fraises. « Maman, où est mon short ? Celui en jean ? Et me dis pas, as-tu regardé dans ton tiroir, parce que oui, j'ai regardé, très longtemps même, et oui, j'ai utilisé mes yeux. » Elle exécuta une pirouette, les bras au-dessus de la tête, avec la grâce d'une danseuse.

« Tu es drôlement forte, dis donc, s'exclama Alice, par trop ravie de la diversion.

– Assez, oui », répondit Olivia, comme s'il s'agissait d'une sacrée responsabilité. Elle leva sa jambe toute fine et bronzée et admira ses orteils pointés. Pensant à autre chose, elle dit : « Maman, qui m'emmène à la soirée "Familles en scène" au village seniors de Frannie ? Toi ou papa ? Je vais dormir chez qui ?

– Je ne sais pas exactement.

– On dort chez papa seulement le week-end, intervint Madison en regardant sa mère de travers. Le concert de Frannie, c'est mercredi, non ?

– Ça doit être ça, oui, Madison.

– J'ai trop faim, soupira Tom sur le canapé. Quand est-ce

qu'on mange ? Maman ? Hé ho, je te parle, s'il te plaît, quand est-ce qu'on mange ? Je crois que je suis en hypoglycémie.

– J'ai compris, Tom...

– Pourquoi tu répètes tout le temps nos prénoms ? l'interrompit Madison.

– Euh, désolée, c'est juste que je... désolée.

– Tu ne te souviens pas de nous ? »

Tom se redressa, Olivia cessa de tourner sur elle-même.

« Elle ne sait même pas qui on est », dit Madison.

21

Alice fit une moue sévère, comme une mère qu'on a dérangée, s'efforçant de ne pas laisser paraître son affolement.

« Bien sûr que si, répondit-elle, ne sois pas idiote.

– Comment maman aurait pu nous oublier ? fit Olivia, les mains sur les hanches, le ventre en avant. Madison ? Qu'est-ce que tu veux dire ? »

Sa sœur la regarda de haut, blasée. « Maman est tombée, elle s'est cogné la tête à la salle de sport. J'ai entendu tante Libby dire à oncle Ben qu'elle avait oublié les dix dernières années. Et tu sais quoi ? Il y a dix ans, on n'était pas nés !

– D'accord, et alors ? Elle sait quand même qui on est ! On est ses enfants ! rétorqua la petite, aussi inquiète qu'excitée.

– Et si vous allumiez la télé, les enfants ? proposa Nick. Ou la PlayStation ? Quant à toi, Madison, il serait peut-être temps que tu cesses d'écouter aux portes.

– Je n'écoutais pas aux portes ! J'étais là ! Dans la cuisine, en train de prendre du sirop dans le réfrigérateur ! Qu'est-ce que je suis censée faire, me boucher les oreilles ?

– L'amnésie, intervint Tom. Ça s'appelle l'amnésie. C'est ce que tu as, maman ?

– Votre mère va très bien.

– Maman ?

– On n'a qu'à faire un test, dit Madison. Posez-lui des questions.

– Comme quoi ? demanda Olivia.

– Je sais, je sais ! dit Tom en levant la main, comme s'il était en classe. Alors, c'est quoi mon plat préféré, maman ?

– Les frites, répondit Nick. Maintenant, ça suffit.

– Même pas vrai ! cria Tom. Moi, ce que je préfère, c'est les escalopes de poulet. Quelquefois. Ou sinon, les sushis.

– Bon, ben voilà, moi aussi, je suis amnésique. Maintenant, stop.

– Moi aussi, ce que je préfère c'est les escalopes de poulet, dit Olivia.

– N'importe quoi, s'insurgea Tom. Tu dois dire ton truc à toi. Tu me copies tout le temps, de toute façon.

– Comment s'appelle ma maîtresse ? demanda Madison.

– J'ai dit stop, répéta Nick.

– Ça, je sais ! » dit Alice, à deux doigts de lever la main. Elle avait vu le nom d'une institutrice sur un mot accroché à la porte du réfrigérateur concernant une sortie scolaire pour les CM2. « Mrs Ollaway ! Non, Alloway. Olloway ? Quelque chose comme ça. »

Un silence inquiétant s'ensuivit.

« Mrs *Holloway* est la directrice adjointe, fit Madison à voix basse, comme pour souligner l'énormité et la dangerosité de cette erreur.

– Oui, bien sûr, c'est ce que je voulais dire.

– Je te crois pas.

– Maman, poursuivit Tom, c'est quoi, ma date d'anniversaire ? Papa, je te préviens, si tu réponds à sa place...

– Bon ! fit Nick en tapant dans ses mains, produisant un bruit creux. Votre mère a eu un accident et elle n'a pas les idées très claires, rien de plus. Elle a besoin que vous soyez encore plus sages et plus serviables que d'habitude, pas d'un interrogatoire. Alors maintenant, vous filez mettre la table. »

Olivia s'approcha d'Alice et glissa sa petite main dans la

sienne. « Mon anniversaire, c'est le 20 juin, tu le sais, pas vrai, maman ? chuchota-t-elle.

– Bien sûr, mon trésor », et tout à coup, elle se sentit mère. « C'est le jour de ta naissance. Je ne l'oublierai jamais. »

Elle leva les yeux. Sur le seuil de la porte, Madison l'observait sans complaisance.

« Tu mens », dit-elle.

Devoirs d'Elisabeth pour le Dr Hodges

Vous savez quoi, docteur Hodges ? À partir de maintenant, je vous appelle par votre prénom. Vous aviez l'air de tellement y tenir lors de notre première séance. « Jeremy », vous me disiez chaque fois que je vous appelais « docteur Hodges ». Si ça se trouve, vous détestez votre nom. Je ne vous jette pas la pierre. Hodges, ça sonne gros, limite repoussant, comme nom. Or vous n'êtes ni gros ni repoussant. À dire vrai, vous êtes plutôt pas mal – ce que je trouve gênant. Le fait que vous soyez charmant me rappelle en permanence que vous êtes une vraie personne, mais moi, je ne veux pas que vous soyez une vraie personne. Les vraies gens n'ont pas les réponses. Ils se trompent. Ils donnent leur avis comme s'ils savaient tout alors qu'ils ont tort.

Bref, quoi qu'il en soit, je vous l'annonce très officiellement, c'en est fini de vous mettre sur un piédestal.

Alors, Jeremy, comment ça va ? À quoi on s'occupe, en ce dimanche soir ? On sirote un verre de vin rouge avec sa ravissante épouse, fertile, elle ? Maman prépare un bon rôti pendant que papa aide ces chères têtes blondes à finir leurs devoirs ? Tout le monde est bien au chaud, humant un agréable parfum d'ail et de romarin ?

Ici, pas de rôti au four, ni de conversation. Juste le son de la télévision. Comme toujours, d'ailleurs. Je ne supporte pas de l'éteindre. Le silence me fait horreur. Ben, lui, aimerait écouter de la musique. Mais c'est hors de question. Moi, ce que je veux, c'est entendre la télé, des coups de feu, des rires préenregistrés, des publicités pour croquettes. Rien n'est vraiment dramatique quand la télé beugle. (Dire que j'ai vécu deux ans sans télé quand j'avais la vingtaine. Comment je faisais ? Aujourd'hui, c'est comme une drogue pour moi.)

Bon, qu'est-ce que je voulais vous dire ? Ça me revient ! Avec Ben, on se dispute.

En rentrant de chez Alice aujourd'hui, Ben commence à me parler d'un homme qu'il a rencontré au cocktail hier soir. Je les ai vus discuter pendant que je faisais connaissance avec le nouveau petit ami d'Alice, qui, soit dit en passant, est gentil et un peu gauche. Ça m'a fait bizarre. Comme si je trahissais Nick. Mais il m'a bien plu. Bref, je me suis dit : *Super, Ben a trouvé quelqu'un avec qui parler bagnoles.*

Mais non.

Leur conversation tournait autour de la stérilité et de l'adoption. Voilà que, tout à coup, Ben se transforme en un type qui révèle des détails de sa vie privée à de parfaits inconnus à l'occasion de soirées de parents d'élèves. Moi qui le prenais pour un homme taciturne, fort et abîmé. Mais pas du tout. Je me suis bien trompée sur lui, toutes ces années.

Donc, la sœur de cet homme a fait onze cycles de FIV, en vain, pour finalement adopter un bébé en Thaïlande, une petite fille qui joue du violon à la perfection, et ils sont tous très heureux. Un vrai conte de fées.

Ben a pris le numéro de cette femme. Il a l'intention de l'appeler. Une lueur de zèle brille dans le regard de mon mari à présent. C'est comme s'il avait eu une révélation. Monsieur anti-adoption n'a qu'une hâte désormais : accueillir un petit étranger.

Je lui demande combien d'années ça prend, mais Ben me dit qu'il ne sait pas.

Du coup, je change de sujet.

Et puis, ce soir, on regarde les informations, ils montrent des images du cyclone en Birmanie.

À l'écran, une femme qui porte une robe rouge, un peu comme celle d'Alice. Elle se tient devant un tas de décombres – anciennement, l'école de sa fille. Elle a une photo d'une fillette au visage grave. De l'âge d'Olivia environ. La mère répond au reporter poliment, dans un bon anglais, expliquant que les autorités locales font leur maximum. Elle n'a pas l'air mal, on dirait presque une pro. La caméra filme les alentours avant de revenir sur la mère qui est maintenant recroquevillée par terre, gémissante, le poing dans la bouche. Le reporter annonce qu'elle vient d'apprendre que les secours arrêtent les recherches, trop risquées.

Cette femme vit le pire moment de son existence et moi je mange des chips au maïs devant la télé.

De quel droit je m'apitoie sur mon sort ? De quel droit je consulte un thérapeute hors de prix comme vous sous prétexte que j'ai perdu des enfants qui n'ont jamais existé ? Il y a des gens qui souffrent pour de vrai dans le monde. De vraies mamans qui perdent de vrais enfants. Je me dégoûte.

À ce moment-là, Ben dit : « Il doit y avoir plein d'enfants orphelins. » Son ton est solennel, mais je décèle une pointe de joie dans sa voix. Genre, ça tombe bien ! Des tas de parents morts, c'est des tas d'enfants disponibles ! Si ça se trouve, un petit virtuose du violon est en train de sortir des gravats en ce moment même ! Au secours.

Alors, je lance : « Mais oui, ce cyclone, c'est une super nouvelle !

— Ne sois pas comme ça », répond-il.

Et tout à coup, je lui hurle dessus : « J'aurais adopté, moi ! Parfaitement, j'aurais adopté ! Mais tu ne voulais pas. Tu disais que toi, ça t'avait traumatisé, d'être adopté, tu disais... »

Il m'interrompt, il dit : « Traumatisé ! Je n'ai jamais utilisé ce mot. »

Ce qui est vrai. Mais si on lit entre les lignes...

Moi : « Si. » Je veux dire, il aurait aussi bien pu le dire, non ?

Lui : « Foutaises. »

Je déteste ce mot. Il me met mal à l'aise. Ben le sait très bien.

Ensuite, vous savez ce qu'il me sort ? Tenez-vous bien, Jeremy ! Il me dit : « Je croyais que c'était *toi* qui ne voulais pas adopter. »

Explosion dans ma tête. Je me ressaisis et je lui dis : « Où as-tu pêché cette idée ? »

Et lui de répondre : « Chaque fois que les gens nous en parlaient, tu te mettais tellement en colère. Tu disais qu'on voulait un enfant biologique, un enfant de nous. »

Moi : « Mais je tenais ce discours à cause de toi. Parce que tu t'y étais farouchement opposé au début. »

Lui : « J'étais contre, c'est vrai, mais après toutes ces fausses couches, ça me semblait être la meilleure solution, mais j'ai préféré tenir ma langue, vu que l'idée te mettait hors de toi. »

En terme de communication au sein d'un couple, on bat des records, hein ?

Ça me rappelle cette émission de télévision où ils enquêtent sur les accidents d'avion. Parfois, c'est une toute petite erreur, un malentendu stupide, qui mène à une véritable catastrophe.

Je continue : « De toute façon, maintenant, c'est trop tard. »

Lui : « Non. »

Moi : « Hors de question que j'adopte. Je suis trop lasse. »

Et c'est vrai, Jeremy. Je me suis rendu compte récemment que j'ai passé ces dernières années dans un état d'épuisement permanent. Je suis tellement lasse d'essayer, encore et encore. Je suis vidée. J'ai tout donné. Ce que je voudrais, c'est dormir un an ou deux.

J'ajoute : « On ne sera pas parents. C'est terminé. »

Ben reste là à mastiquer bruyamment des chips au maïs (il les broie vigoureusement, comme un cochon un os) puis, au bout d'un moment : « On va passer le reste de notre vie à regarder la télévision, alors ? »

Moi : « Ça me va. »

Sur quoi, il quitte la pièce.

On ne s'adresse plus la parole. Je ne l'ai pas vu depuis, mais je sais que lorsqu'il rentrera, on ne se parlera pas. Et si jamais on se parle, ce sera très poliment et très froidement, ce qui revient au même.

Maintenant, en moi, c'est... le vide.

Le néant.

Un abîme colossal, insondable, que je remplis de chips au maïs et de *Vidéo Gag*.

22

Toute la famille s'était installée dans la salle à manger. Il y avait eu un certain flottement quand Alice avait voulu s'asseoir à la place d'Olivia mais Nick lui avait sauvé la mise en désignant du menton la chaise d'en face.

Les enfants remuaient et ricanaient. À croire qu'ils avaient bu. Ils semblaient incapables de se tenir tranquilles. Ils glissaient de leur chaise, faisaient tomber leurs couverts par terre, parlaient tous en même temps en montant dans les aigus. Pas franchement un moment de détente, en somme. D'autant qu'Alice ne savait pas s'il s'agissait là d'un comportement normal ou pas. La mâchoire serrée, Nick semblait quant à lui subir ce dîner comme un acte médical des plus pénibles.

« Je savais bien que tu ne te rappellerais pas ta promesse à propos des lasagnes, ronchonna Madison en tripotant son hamburger avec dégoût.

– Elle est amnésique, idiote, baragouina Tom qui mâchait une énorme bouchée.

– Tenez-vous bien ! » lança Alice machinalement. Tenez-vous bien ? Qu'est-ce qui lui prenait ?

« Ah, ça ! dit Madison en lui jetant un regard noir. Mille excuses.

– Ce n'est pas grave », répondit Alice en détournant les yeux. Vraiment effrayante, cette gosse.

« Qu'est-ce qu'on a pour le dessert, maman ? demanda Olivia qui martelait le pied de la table à mesure qu'elle mangeait. De la glace, peut-être ? Sinon, je sais, de la bouillie au chocolat !

– De la bouillie au chocolat ? Qu'est-ce que c'est ?

– Tu sais bien, patate ! s'exclama Olivia.

– Mais, les filles, dit Tom en se tapant le front avec la main, elle est amnésique !

– Maman chérie, c'est fini, maintenant, ton amnétruc ? Parce que sinon, tu peux prendre un Doliprane. Je te l'apporte si tu veux. Tout de suite ! »

Elle recula sa chaise.

« Reste à table et mange, Olivia, lui intima Nick.

– Mais, papa, j'essaie d'aider, moi !

– Comme si un Doliprane allait changer quelque chose ! commenta Tom. Elle a sûrement besoin de se faire opérer. Du cerveau peut-être. Par un neurochirurgien. J'en ai vu un à la télé l'autre soir. » Il s'égaya. « Hé ! Moi, j'aimerais bien disséquer une souris pour voir son cerveau et ses intestins ! J'utiliserais un scalpel ! Ce serait trop bien !

– Dégoûtant, grimaça Madison en posant la tête sur la table. Ça me donne envie de vomir. Je vais vraiment vomir.

– Arrête un peu, dit Nick.

– Regarde, de la cervelle de souris, Madison, reprit Tom en écrabouillant la viande hachée de son hamburger avec sa fourchette. Splash, splash, splash, la bonne cervelle de souris !

– Dis-lui d'arrêter ! pleurnicha Madison.

– Tom, soupira Nick.

– Au fait, comment c'était, au centre nautique, aujourd'hui ? » intervint Alice.

Madison releva la tête. « Tu te souvenais que vous êtes en plein divorce, papa et toi ? Après ton choc à la tête ? Tu t'en souvenais ? »

Impuissant, Nick émit un son étranglé.

Alice réfléchit. « Non, je ne m'en souvenais pas. »

Autour de la table, plus un mot. Olivia laissa tomber son couteau dans son assiette. Tom se tordit le bras et regarda son coude d'un air farouche. Madison devint toute rouge.

« Alors, tu aimes toujours papa ? » demanda-t-elle, des trémolos dans la voix. On aurait dit une toute petite fille.

« Alice », dit Nick sur un ton qui se voulait dissuasif. Au même moment, Alice dit : « Bien sûr que je l'aime toujours.

— Papa peut revenir à la maison alors ? dit Olivia, folle de joie. Et dormir dans son lit ?

— Bon, changeons de sujet, fit Nick en évitant le regard d'Alice.

— Ils se disputeraient trop, commenta Tom.

— À quel propos on se dispute ? demanda Alice, curieuse.

— Je sais pas, moi, répliqua Tom, agacé. C'est vous qui avez dit que vous ne pouviez plus vivre sous le même toit parce que vous vous disputiez trop. Même si moi, je suis toujours obligé de vivre avec mes idiotes de sœurs alors qu'on se dispute tout le temps. Même pas logique votre excuse.

— Vous vous disputez à propos de Gina, expliqua Madison.

— Non, ne parle de Gina, supplia Olivia. Ça me rend triste. C'est tellement *tragique*.

— Paix à son âme, lança Tom. C'est ce qu'on dit quand on parle de quelqu'un qui est mort. Ou quand on entend son nom.

— Pourquoi on se dispute à propos de Gina ?

— Paix à son âme ! s'écria Tom comme si c'était un jeu.

— On s'est bien amusés au centre nautique, hein, les enfants ? dit Nick.

— Eh bien, poursuivit Madison, je crois que papa était convaincu que tu lui préférais Gina.

— Paix à son âme, dirent Tom et Olivia à l'unisson.

— Fermez-la ! cria Madison. On rigole pas de quelqu'un qui est mort. »

Alice regarda Nick. Son visage était rouge, à vif, comme abîmé par le vent. Était-il en colère ou gêné ? Difficile à dire.

À se demander si elle n'avait pas couché avec Gina ! Une petite expérience homosexuelle ?

« Ça crie souvent à propos de la planche à billets », repartit Tom.

Nick leva son verre de vin, un sourire narquois sur les lèvres, sans toutefois regarder Alice.

« Une fois, vous avez eu une très grosse dispute à propos de *moi*, annonça Olivia d'un air satisfait.

– Pourquoi ça ? demanda Alice.

– Euh... tu t'en souviens pas ?... ce jour-là, à la plage.

– Pour la dix millième fois, elle s'en souvient pas ! rappela Tom.

– Olivia s'est perdue, expliqua Madison. La police est venue. Tu pleurais, précisa-t-elle avec un regard mauvais. Je t'imite : "Olivia ! Olivia ! Ma fille ! Où est ma *fille* ?" » Elle enfouit son visage dans ses mains et fit semblant de sangloter, telle une tragédienne.

« J'ai fait ça ? demanda Alice, bêtement blessée par le numéro de Madison.

– Au cas où t'aurais un doute, ajouta Madison, Olivia est ta chouchoute.

– Ta mère n'a pas de chouchou », dit Nick.

Pourvu que Nick dise vrai.

« Madison, quand j'étais enceinte de toi, ton père et moi, on t'appelait le Haricot. Tu le savais ? Parce que tu n'étais pas plus grosse qu'un haricot.

– Tu ne me l'as jamais dit, fit-elle, peu convaincue.

– Et moi, vous m'appeliez comment ? demanda Olivia.

– Vraiment ? Je ne te l'ai jamais dit ? »

Madison se tourna vers Nick. « C'est vrai ? Vous m'appeliez le Haricot ?

– Ton père te parlait à travers un rouleau de papier toilette qu'il posait sur mon ventre. Il disait : "Ohé ! Petit Haricot ! C'est moi ! Ton père !" »

Madison sourit. Alice n'avait jamais vu plus beau sourire de toute sa vie. Une puissante bouffée d'amour lui transperça le cœur.

Elle regarda son assiette et, soudain, un souvenir lui revint.

Elle était à bord d'une voiture baignée d'une lumière dorée vaporeuse. Un parfum de sel et d'algues flottait dans l'air. Sa nuque était raide. Elle se tourna pour regarder le bébé. Miracle. Elle dormait, la tête contre le côté du siège-auto. Elle avait les joues roses et dodues et de longs cils. Un rai de lumière passa sur son visage. Ses paupières tremblèrent. Elle ouvrit les yeux, bâilla et s'étira, à moitié endormie. Elle aperçut Alice et un large sourire surpris illumina son visage, comme pour dire : « Hé ! Tu es là, toi aussi ! C'est fou ! » Tout à coup, un ronflement à faire trembler les vitres s'éleva de la place du conducteur, faisant sursauter le bébé. « Ce n'est rien, dit Alice. C'est juste papa. »

« Le bébé ne voulait pas dormir. » Alice regarda Nick. « Elle ne dormait pas à moins qu'on lui fasse faire un tour de voiture. »

Nick continua d'engouffrer sa nourriture sans ciller.

Alice se tourna vers Madison et plissa les yeux. L'étrange petite fille en colère assise en face d'elle n'était autre que le bébé. Le bébé qui gazouillait dans la voiture. Le Haricot.

« On conduisait toute la nuit. Chaque fois qu'on s'arrêtait, tu hurlais.

– Je sais, dit Madison, de nouveau boudeuse. Vous alliez jusqu'à Manly, vous vous gariez et on s'endormait tous les trois dans la voiture, et ensuite, vous m'emmeniez sur la plage. C'est là que je me suis retournée sur moi-même pour la première fois. Et bla bla bla.

– Oui ! s'exclama, Alice, tout excitée. Le bébé s'est retourné sur la couverture de pique-nique ! On avait des gobelets de café, achetés dans cet endroit avec le store bleu ! Et des croque-monsieur ! »

Une scène qui lui semblait si proche et si lointaine à la fois.

« Moi, j'ai fait mes nuits à huit semaines, dit Olivia. Pas vrai, maman ? Le plus facile des bébés !

– Chut… attends », dit Alice en levant la main. Elle essayait de se concentrer. Elle revoyait cette matinée si clairement. L'ensemble à rayures du bébé. La barbe naissante de Nick, ses yeux rouges. Le cri rauque d'une mouette blanche sur le ciel azur. La fatigue, si intense qu'ils se sentaient hébétés. Le bonheur de sentir la caféine pénétrer son système sanguin. Ils étaient parents. Des parents émerveillés, horrifiés, béats, épuisés.

« Maman », chouina Olivia.

Si elle se souvenait de cette journée, elle devrait pouvoir rembobiner le film de sa vie jusqu'à la naissance de Madison, et faire une avance rapide jusqu'au moment où Nick avait plié bagage et claqué la porte.

« Maman. » *Olivia, je t'en prie, tais-toi.* Alice chercha son chemin à tâtons dans l'obscurité. En vain.

Tout ce qui lui restait, c'était cette matinée.

« Mais, Nick… commença-t-elle.

– Quoi ? » dit-il, d'un air sombre et irrité. Il ne la portait vraiment pas dans son cœur. Il n'était plus amoureux d'elle, mais ce n'était pas tout : elle lui était carrément antipathique.

« On était si heureux. »

Devoirs d'Elisabeth pour Jeremy

Trois heures du matin. Salut, J. Ben a pris sa voiture et est parti. Je ne sais pas où.

Je me sens si lasse.

Hé, vous avez remarqué, quand on répète un mot encore et encore, il commence à sonner vraiment bizarre ?

Par exemple, prenons le mot… je ne sais pas, STÉRILITÉ.

Stérilité. Stérilité. Stérilité. Stérilité.

C'est un mot tortueux, alambiqué, vilain. Beaucoup de syllabes.

Bref, Jeremy, mon thérapeute d'amour (comme dirait Olivia), ce que je veux dire, c'est que si on passe trop de temps à les examiner, les choses deviennent étranges, elles ne riment plus à rien. Je m'imagine devenir mère depuis tant d'années que cette simple idée commence à me sembler bizarre. J'ai désiré être mère, encore et encore. Mais, à présent, je ne suis même plus certaine que c'était vraiment ce que je voulais au départ.

Il n'y a qu'à voir Alice et Nick. Ils étaient si heureux avant d'avoir les enfants. Ils les aiment, soit, mais franchement, quel boulot ! Et puis, ce n'est pas comme si on les gardait, ces adorables bébés, au final. Non, ils s'éclipsent. Ils grandissent. Se transforment en enfants, et pas forcément mignons.

Prenez Madison. C'était le plus beau des bébés. On l'adorait. Mais ce qu'elle est devenue n'a rien à voir avec ce nourrisson. Elle est tellement en colère, tellement bizarre, et elle vous donne parfois l'impression d'être une imbécile. (Oui, Jeremy, une enfant de neuf ans arrive à me donner un sentiment d'infériorité – signe que je manque de maturité sur le plan émotionnel ou un truc dans le genre, non ?)

Et Tom. Quand il était petit, il enfouissait sa petite frimousse dans mon cou. Maintenant, si j'essaie de m'approcher, il se dérobe. En plus, quand il raconte une émission télé, il donne des tonnes de détails inutiles. C'est d'un ennui ! Parfois, je pense à autre chose quand il me parle.

Quant à Olivia, c'est toujours une très belle enfant, mais pour être honnête, elle peut être manipulatrice. Parfois, on dirait qu'elle sait parfaitement qu'elle minaude.

Et les bagarres ! Faut les voir. C'est incroyable.

Voyez ! Je fais une abominable tante. Toutes ces horreurs que je débite sur ces trois magnifiques enfants alors que je ne les vois pratiquement plus ! Quel genre de mère je ferais, hein ? Une mère affreuse. Maltraitante, même, si ça se trouve. On me les enlèverait sans aucun doute pour les confier à une autre. Une femme stérile pourrait les adopter.

Vous savez, Jeremy, un jour, quand Olivia marchait à peine, je l'ai gardée pendant toute une journée. Alice et Gina étaient à l'école pour une réunion ou que sais-je encore. Olivia a été super sage et tellement mignonne qu'on lui aurait décerné le prix du bébé le plus adorable du monde, mais à la fin de la journée, j'en avais ras le bol de lui courir après en disant, non, ne touche pas à ça, oui, tu as vu la belle lumière, comme elle brille...

Ras le bol ! J'étais fatiguée, excédée, même. Quand Alice est rentrée, j'étais soulagée de lui refourguer sa fille. Je me suis sentie légère comme une plume.

Vous vous rendez compte ? Tout ce temps à m'apitoyer sur mon sort parce que je n'ai pas d'enfants alors qu'au bout d'une malheureuse journée, je n'en pouvais plus.

Secrètement, j'ai toujours pensé qu'Anna-Marie, ma copine des Infécondes, ferait une bien piètre mère. Elle est tellement impatiente, tellement crispée. Mais peut-être que les filles pensent la même chose de moi. Peut-être qu'on ferait de piètres mamans, toutes autant qu'on est. La mère de Ben n'a peut-être pas tort quand elle dit que la nature est bien faite. Dame nature sait que je ferais une mauvaise mère. Chaque fois que je tombe enceinte, elle se dit : « En fait, ce gosse serait mieux mort qu'avec une mère pareille. »

Après tout, la mère de Ben ne pouvait pas avoir d'enfant non plus et le moins qu'on puisse dire, c'est qu'elle a effectivement fait une très mauvaise mère.

Le fond du problème, c'est qu'on ne devrait pas adopter.

Je ne veux plus être mère, Jeremy.

Mère. Mère. Mère. Mère.

Ça rime avec amère. Drôle de mot.

Je ne sais même pas pourquoi je pleure.

Petites réflexions d'une arrière-grand-mère sur la Toile

Eh bien, j'ignore pourquoi je me suis sentie obligée de suivre votre conseil, Doris de Dallas, mais... ça y est, j'ai invité Mr X à dîner. Je fais ma **quiche oignon-fromage**.

Je ne sais pas trop ce que j'espère en tirer, mais je ne peux plus supporter la situation. Tout le monde se désole pour moi. Jusqu'à ces vieilles malheureuses qui me disent que je devrais « me détendre » !

Vous vouliez en savoir plus sur mes déceptions sentimentales. Il s'agit d'une histoire aussi simple qu'idiote. Au début de la guerre, j'étais amoureuse d'un garçon qui s'appelait Paul. Je croyais qu'on se dirigeait vers le mariage. Il s'est engagé et, le jour de son départ, je suis allée lui dire au revoir à la gare. Son autre petite amie aussi. Je la revois clairement. Une jolie créature aux cheveux bruns. Il sortait avec une blonde et une brune en même temps. C'était un « joueur ». Il a ri, d'ailleurs, quand il nous a vues débarquer en même temps. Il a trouvé ça très drôle. C'est peut-être là que j'ai perdu le sens de l'humour.

Il est mort dans un camp de prisonniers de guerre japonais. Pauvre Paul, si jeune, si beau, si égoïste. Un véritable gâchis. Il y avait tant d'autres cœurs à briser.

L'autre fille ? Elle a rebondi ! Elle en a épousé un autre et a donné naissance à six enfants. Je n'ai pas eu autant de ressort. J'ai dit « non merci » chaque fois qu'un homme s'est intéressé à moi. C'était peut-être une erreur, peut-être pas, mais d'après ce que j'ai pu observer, le mariage n'est pas de tout repos ! Je n'ai pas eu à préparer le dîner, ni à laver des chemises ! Pas d'homme pour me dire ce que j'avais à faire ! J'ai eu une carrière merveilleusement stimulante, j'ai beaucoup voyagé. Je n'ai pas à me plaindre.

COMMENTAIRES

Groovy Granny écrit :
Le mariage est une bénédiction, Frannie. Pour les hommes ! Je plaisante. Votre message m'a donné à réfléchir. Ed et moi allons célébrer notre cinquantième anniversaire de mariage en août. Cinquante ans de bons moments, et d'autres plus tristes. C'est difficile d'imaginer ce qu'aurait été ma vie si j'avais choisi un autre chemin. Bien sûr, si c'était à refaire, je ne changerais rien. (Même si j'aimerais bien qu'il soit moins radin !)

AB74 écrit :
Le mariage, c'est l'amour. L'amour est aveugle. Conclusion : le mariage est une institution pour les aveugles. Ah ah ah. Super blague, non ? J'adore la raconter quand j'assiste à un mariage. Ça fait toujours rire tout le monde. (Suis moi-même un célibataire endurci.)

Frank Neary écrit :

Si seulement vous aviez rencontré le bon ! Un homme plus jeune. Un homme qui vous aurait traitée comme une princesse ! J'avoue sans honte que j'ai eu les larmes aux yeux en vous imaginant sur le quai de cette gare.

Doris de Dallas écrit :

Ravie d'apprendre que vous essayez de briser la glace avec Mr X ! Bravo ! Tenez-nous au courant ! À propos, vous parlez de votre vie comme si elle était terminée ! De nombreuses et belles années vous attendent, Frannie, j'en ai la conviction.

23

« Bon. Tout le monde a sa ceinture ? » demanda Alice en mettant le contact d'une main légèrement tremblante. Conduisait-elle cette énorme voiture quotidiennement ? Elle avait l'impression d'être au volant d'un semi-remorque. Apparemment, ça s'appelait un SUV.

La veille en partant, Nick lui avait dit : « Tu es sûre que ça va aller pour les emmener à l'école, demain ? Parce que si tu penses qu'il y a le moindre danger pour les enfants, j'aime autant m'en charger moi-même. » Alice avait alors songé : « Ben non, idiot ! Ça ne va pas aller ! Je ne sais même pas où se trouve l'école ! » Mais quelque chose dans le ton de Nick avait provoqué chez elle une réaction épidermique accompagnée d'un sentiment violent et curieusement familier. Un sentiment qui ressemblait à... de la fureur ? Il s'adressait à elle d'un ton si méprisant à présent. La petite voix hargneuse qui s'invitait parfois dans sa tête avait aussitôt refait surface : *Sale con moralisateur qui essaie de me faire passer pour une mauvaise mère !* « Ça ira très bien », avait-elle donc répondu. Sur quoi monsieur lui avait fait son nouveau soupir susceptible avant de regagner sa voiture rutilante. Et elle de le regarder, presque soulagée, tout en se demandant pourquoi il ne restait pas dormir avec elle.

À présent, les enfants étaient installés à l'arrière, tous trois d'humeur massacrante. À leur ivresse de la veille succédait une terrible gueule de bois. Ils étaient pâles, cernés et ronchons. Avaient-ils mal dormi par sa faute ? Elle les avait sûrement laissés veiller plus tard que d'habitude. Leur réponse était restée très floue quand elle leur avait demandé à quelle heure ils se couchaient en temps normal.

Alice régla le rétroviseur.

« Tu te rappelles comment on conduit ? l'interrogea Tom.

– Oui, bien sûr. » Sa main au-dessus du frein à main trahissait sa nervosité.

« On est en retard, reprit le petit garçon. Tu vas peut-être devoir dépasser la limitation de vitesse, un peu en tout cas. »

Quel étrange et stressant début de journée, songea Alice. Tom était apparu à la porte de sa chambre à sept heures du matin pour lui demander : « Tu as retrouvé la mémoire ? – Pas tout à fait », avait-elle répondu, en s'efforçant de libérer son esprit des rêves qui avaient peuplé sa nuit – et qui impliquaient tous un Nick furibard contre elle. Tom avait tourné les talons en criant : « Négatif ! » Du rez-de-chaussée s'était aussitôt élevé le son de la télévision. Quand elle s'était enfin levée, elle avait trouvé Madison et Tom en pyjama devant la télévision avec un bol de céréales. « Vous regardez la télé avant d'aller à l'école d'habitude ? » avait demandé Alice. Et Tom, les yeux rivés sur l'écran, de répondre avec circonspection : « De temps en temps. » Vingt minutes plus tard, il avait annoncé, complètement paniqué, qu'ils devaient partir dans cinq minutes. Il était alors apparu qu'Olivia était encore au lit, profondément endormie. C'était manifestement à Alice de la réveiller.

« Je crois qu'Olivia est malade », avait dit Alice tandis que sa petite dernière ne cessait de s'effondrer sur son oreiller, la tête tombant sur le côté, marmonnant : « Non, je reste ici, merci, salut. »

« Maman, elle est comme ça tous les matins », avait rétorqué Tom d'un air dégoûté.

Olivia, à demi comateuse, avait finalement laissé Alice la vêtir de son uniforme et lui enfourner quelques bouchées de céréales pendant que Madison faisait vrombir son sèche-cheveux dans la salle de bains. Ils avaient quitté la maison une demi-heure plus tard, terriblement en retard, aux dires de Tom.

Alice desserra le frein à main.

« Dis, maman, tu t'es brossé les cheveux au moins ce matin ? demanda Madison. Parce que tu as l'air un peu... crado. Sans vouloir t'offenser. »

Alice essaya de se lisser les cheveux. Elle avait supposé qu'elle n'avait pas besoin de se mettre sur son trente et un pour déposer les enfants à l'école. Elle n'était donc ni coiffée, ni maquillée et avait simplement enfilé un jean, un tee-shirt et un vieux pull rose déniché au fond de son tiroir. À sa grande surprise, le pull, qu'elle se souvenait avoir acheté avec Elisabeth tout juste quelques jours plus tôt, était décoloré et bouloché.

Quelques jours plus tôt... en 1998.

« Arrête d'être méchante avec maman, s'insurgea Olivia.

— Arrête d'être méchante avec maman, répéta Madison d'une voix mielleuse.

— Arrête de m'imiter ! protesta Olivia en envoyant un coup de pied dans le siège conducteur.

— On est trop en retard, râla Tom.

— Vous ne voulez pas vous taire pour une fois, tous autant que vous êtes ! » dit Alice d'un ton brusque qui ne lui ressemblait pas le moins du monde, tout en reculant dans l'allée. Puis, les mains sur le volant en cuir, elle tourna à gauche dans un geste expert et tranquille, comme si elle avait déjà exécuté cette manœuvre des milliers de fois tout en se fâchant contre ses enfants en ces termes précis.

Elle gagna l'intersection et se prépara à actionner le clignotant pour tourner à droite.

À l'arrière de la voiture, un silence maussade.

« Alors, qu'est-ce que vous allez faire à l'école aujourd'hui ? »

Madison soupira bruyamment. À croire qu'il n'y avait pas question plus stupide.

« Nous, répondit Tom, on apprend pourquoi les volcans entrent en éruption. J'ai préparé des questions pour Mrs Buckley. Même qu'à mon avis, elle aura du mal à y répondre. »

Pauvre institutrice.

« Nous, on fabrique une surprise pour la fête des Mères, dit Olivia.

– Ben maintenant, ce n'en est plus une, commenta Madison.

– Si ! s'écria Olivia. Pas vrai, maman ?

– Bien sûr, c'est encore une surprise puisque je ne sais pas ce que tu fabriques.

– Des bougies spéciales !

– Qu'est-ce que je disais ! ricana Madison.

– Mais je ne sais pas de quelle couleur elles sont !

– Roses ! »

Alice se mit à rire.

« Idiote, dit Madison.

– Ne la traite pas d'idiote », gronda Alice. Se parlaient-elles comme ça avec Elisabeth, quand elles étaient petites ? Alice repensa au jour où Elisabeth lui avait jeté les ciseaux à ongles dessus. Pour la première fois, elle plaignit leur mère qui, dans ses souvenirs, ne leur avait jamais crié dessus quand elles se disputaient. Elle se contentait de soupirer, beaucoup, et de leur dire d'un ton plaintif : « Soyez mignonnes, les filles. »

Elle s'arrêta à un feu. Quand il passa au vert, elle n'avait pas la moindre idée de la route à prendre.

« Euh... ?

– Tout droit, puis deuxième à gauche », dit Tom. Alice crut entendre Nick. Elle se retint de rire.

De nouveau, la voiture lui sembla énorme et peu familière.

Devant elle, un autre véhicule du même gabarit avec, au volant, une femme, et à l'arrière, deux petites têtes qui bougeaient.

Alice était maman et elle emmenait ses trois enfants à l'école, comme tous les jours. Incroyable. Hilarant.

« Bon, alors, comparée aux autres mamans, je suis stricte ? demanda-t-elle.

— Une vraie nazie, répondit Madison. Tu pourrais être de la Gestapo.

— Tu es dans la moyenne, dit Tom. La mère de Bruno, par exemple, elle ne veut pas qu'il participe aux sorties avec l'école ; pas sympa du tout. Mais celle d'Alistair, elle le laisse veiller jusqu'à vingt et une heures, il mange au KFC quand il veut et il a le droit de regarder la télé en prenant son petit déjeuner.

— Ah ! Pas vous, donc !

— Pas nous ! admit Tom avec un petit rire sec. Désolée, maman.

— Quand est-ce que je suis horrible, alors ?

— Pas la peine d'en parler, soupira Madison. De toute façon, c'est plus fort que toi.

— Je te trouve pas stricte, moi, dit Olivia. Juste... parfois, tu te mets un peu en colère.

— Qu'est-ce qui me met en colère ?

— Moi, dit Madison. Rien que de me regarder, ça te met hors de toi.

— Quand on arrive en retard à l'école, normalement, tu es fâchée à mort, ajouta Tom. Euh, quoi d'autre ? Quand on claque les portes. Tu supportes pas ça. Tu as les oreilles très sensibles.

— Papa aussi te met en colère, dit Olivia.

— Carrément ! Plus que tout le reste, surenchérit Tom.

— Pourquoi ? Qu'est-ce qu'il fait qui me met en colère ?

— Tu le détestes, dit Tom.

— Je suis sûre que ce n'est pas vrai.

— Si, confirma Madison. C'est juste que tu ne t'en souviens pas, mais tu le détestes. »

Alice regarda ses trois incroyables enfants dans le rétroviseur. Tom fronçait les sourcils, les yeux rivés sur une grosse montre-bracelet en plastique ; Olivia fixait un point devant elle d'un air rêveur ; Madison, le front contre la vitre, avait les yeux fermés. Comment en étaient-ils rendus à évoquer la haine de leur mère pour leur père avec cette désinvolture ? Qu'est-ce qu'ils leur avaient fait ? Alice avait honte.

« Je suis désolée, dit-elle.

– Désolée pour quoi ? demanda Olivia qui semblait être la seule à écouter.

– Pour votre papa et moi.

– Oh, c'est pas grave, répondit la petite. Tu pourras nous faire un chocolat chaud après l'école ?

– C'est vert pour tourner », dit Tom d'un ton brusque.

Alice s'engagea dans une rue bordée de véhicules comme celui qu'elle conduisait. On se serait cru à un festival. Un festival de femmes et d'enfants. En groupes de deux ou trois, lunettes de soleil relevées, petit foulard autour du cou, les femmes portaient jeans, bottes et vestes en daim superbement coupées. Les mères étaient-elles toujours aussi attirantes et minces ? Alice essaya de se souvenir de ses années d'écolière. Comment étaient les mères à l'époque ? Plutôt grosses et quelconques, non ? Insignifiantes, invisibles ? Plusieurs personnes lui firent signe en la voyant, dont une qui était franchement pompette au cocktail l'autre soir. Elle aurait vraiment dû se coiffer.

Des grappes d'enfants en uniforme bleu criaient et couraient dans tous les sens, telles des nuées de sauterelles. Tous ces doux visages innocents.

« On n'est pas en retard, dit Alice.

– Selon nos critères, si, grommela Tom. J'ai rendez-vous avec mes copains du club d'espionnage. Sans moi, ils sont perdus. »

Alice trouva une place.

« Fais gaffe », tressaillit Tom alors qu'elle heurtait la bordure du trottoir avec un bruit sourd.

Elle coupa le contact, soulagée. Aussitôt, les enfants défirent leur ceinture, ouvrirent les lourdes portières et se glissèrent dehors, cartable à l'épaule.

« Hé ! Attendez-moi ! » protesta Alice. Étaient-ils censés filer sans même lui faire la bise ?

En descendant de voiture, elle vit Dominick, vêtu d'une chemise aux manches soigneusement remontées et d'une cravate. Entouré de trois garçons, il était accroupi et les écoutait – une histoire de ballon de football – tout en acquiesçant le plus sérieusement du monde, comme un homme d'affaires qui négocie au plus haut niveau. À côté, deux mères attendaient pour lui parler. Quand il l'aperçut, il lui fit un clin d'œil. Alice sourit timidement. Il était charmant. Inutile de le nier. Vraiment *très* charmant.

« Alors, tu as couché avec lui ou pas encore ? » murmura une voix snob à son oreille. Un parfum doucereux typique des instituts de beauté lui envahit les narines.

De nouveau cette affreuse bonne femme, Kate Harper.

« Oh, salut. » Alice fit un pas en arrière, comme étourdie, et dévisagea Kate. Teint impeccable, lèvres chatoyantes, trench-coat magnifiquement ajusté. En cette heure matinale, c'était un peu trop.

Sans attendre de réponse, elle reprit : « Je suis jalouse. Nous, ça fait un an.

– Un an ?

– Un an qu'on n'a rien fait. Je dois avoir des toiles d'araignée là-dedans. »

Incroyable, ce que de parfaits étrangers pouvaient vous dire.

Kate observait toujours Dominick. « Certaines sont prêtes à mordre, tu sais. Ça fait pas mal de temps que Miriam Dane veut lui mettre le grappin dessus. Elle aurait dit à Felicity que ce n'était pas très élégant de ta part de passer à l'attaque si peu de temps après ta séparation. J'ai promis de ne pas te le répéter, mais j'ai pensé que tu voudrais savoir ! » Elle prit un air mauvais et poursuivit plus bas : « Mais ce n'est pas tout. Tu vas hurler de rire, attends. À ce qu'il paraît, elle avait quelques verres dans le nez l'autre soir chez toi, et elle t'aurait traitée de s*****. »

Alice la regarda sans comprendre.

« De salope ! murmura-t-elle. N'est-ce pas *hilarant* ? poursuivit-elle d'une voix perçante. Ça fait tellement années quatre-vingt ! Je me suis dit, faut que je raconte ça à Alice, elle va a-do-rer ! Elle est verte de jalousie, la Miriam ! Et, bien sûr, elle n'a pas supporté que Tom marque un but pendant le match alors que Harry, lui, n'a pas touché une balle. C'est pas faute de lui payer tous les stages possibles et imaginables ! Elle est convaincue que son rejeton est hyper doué ! Tu parles, c'est une fillette, ce gosse ! »

Alice se sentit nauséeuse. Elle chercha ses enfants du regard, en quête d'un prétexte pour échapper à Kate. Assis sur un banc, Tom s'adressait d'un air doctoral à deux autres garçons visiblement absorbés ; l'un d'eux prenait même des notes. Olivia faisait la roue sous les applaudissements d'un groupe de filles. Madison quant à elle était introuvable.

« Eh bien, déclara Alice, tu peux dire à cette Miriam de ne pas s'inquiéter. Nick et moi, on se remet ensemble. »

Kate lui attrapa le bras si fort qu'elle lui fit mal. « Tu plaisantes !

– Pas du tout. » Elle repensa au visage glacial de Nick quand il lui avait dit au revoir la veille. « En tout cas, on y travaille.

– Mais que s'est-il passé ? Je veux dire, pas plus tard que la semaine dernière, tu disais de ces choses – franchement, ça semblait tellement irréparable ! Tu as dit que tu ne pouvais plus le voir en peinture, qu'il te rendait malade, *littéralement* ! Que tu ne pourrais jamais lui pardonner ! Que tu…

– Lui pardonner quoi ?

– Je n'en reviens pas ! » s'exclama Kate en repoussant une mèche de cheveux dorés collés sur ses lèvres brillantes. Dans l'excitation, sa voix avait perdu de son affectation.

« Lui pardonner quoi ? répéta Alice qui mourait d'envie d'enserrer son joli petit cou et de l'étrangler.

– Coucou, toi. »

Une main apaisante se posa sur son épaule.

Elle leva les yeux. À côté d'elle, Dominick.

« Comment allez-vous, Kate ? » demanda-t-il. Sa main sur l'épaule d'Alice lui fit l'effet d'une caresse invisible. C'était agréable, mais ce genre de geste en public devrait être réservé à Nick. « Félicitations, mesdames. La soirée de samedi était très réussie. »

Quel mélange curieux d'autorité et de timidité.

« Et *vous*, Dominick, comment va ? » Le sourire compatissant de Kate trahissait les dernières révélations d'Alice.

« En pleine forme pour un lundi. » Il retira sa main de l'épaule d'Alice (dommage) pour esquisser un petit mouvement de boxe ridicule tout en sautillant sur place.

Il adressa un sourire à Alice, lui toucha le bras, puis : « On se parlera plus tard. »

Elle lui rendit son sourire. Il la regardait de la même façon que Nick à l'époque où ils avaient commencé à se fréquenter. Un regard qui la faisait se sentir incroyablement désirable et terriblement intéressante. Rien à voir avec la façon dont Nick la toisait aujourd'hui.

« Oui, d'accord.

– Dominick ! On a besoin de vous par ici ! » roucoula une femme.

Il se dirigea vers elle d'un pas vif.

« J'en conclus qu'il n'est pas au courant, pour Nick et toi ? demanda Kate aussitôt.

– Non, pas encore.

– Mais c'est sûr ?

– Je crois. J'espère. Personne n'est au courant.

– Message reçu ! Motus et bouche cousue ! dit Kate en joignant le geste à la parole.

– Qu'est-ce que je ne pouvais pas pardonner à Nick ?

– Hein ? Quoi ? » Kate n'écoutait plus que d'une oreille. « Euh, eh bien, tu sais, à propos de Gina.

– C'est-à-dire ? » Alice s'imagina en train de la prendre par les épaules et de la secouer comme un prunier.

« Tu sais bien, tu me disais qu'il n'avait même pas fait l'effort de venir à ses obsèques. Tu avais l'air si... Bref, c'est pour ça que je suis très surprise. »

Bon. Nick n'avait pas assisté à l'enterrement de sa meilleure amie. Il devait y avoir une bonne raison. Ils ne divorçaient quand même pas à cause de ça.

« Je peux te dire quelque chose ? » Kate se mit à jouer avec un bouton de son trench et la regarda, l'air mal à l'aise. « Simplement, ne vous remettez pas ensemble si c'est juste pour les enfants. Mes parents sont restés ensemble pour les enfants... » Elle accompagna ces derniers mots de guillemets dans les airs. « ... et crois-moi, les enfants savent parfaitement quand leurs parents n'ont que mépris l'un pour l'autre. C'est pas jojo, de grandir dans ce genre d'ambiance. Et tu sais, Dominick est une perle. Vraiment. Bref, c'est le petit conseil du jour, ma biche ! Pour ce que ça vaut ! Allez, je file ! J'ai des tonnes de choses à faire ! »

Kate s'éloigna sur ses talons hauts, balançant son sac à main sur son épaule et resserrant la ceinture de son trench.

Elle n'était peut-être pas si horrible que ça finalement.

Devoirs d'Elisabeth pour Jeremy

Ce matin, à bien y réfléchir, je me suis dit : à quoi bon faire cette analyse sanguine ? À quoi bon me déplacer ? Autant m'abstenir.

Mais bien sûr, à huit heures pétantes, j'y étais. J'ai écrit mon nom sur le document. Présenté mon avant-bras à l'infirmière. Vérifié l'orthographe de mon nom et ma date de naissance sur le tube à essai. Tenu la boule de coton sur mon bras.

« Bonne chance », m'a dit l'infirmière quand je suis partie.

Elle dit toujours ça, celle-là. Bonne chance. Sur un ton un rien condescendant.

« Bonne chance, mon cul », je lui ai répondu, et vlan, je lui ai collé mon poing sur la figure.

Ah ah, je vous ai eu, J ! Je n'ai rien fait de tel. Vous vous en doutez. J'ai dit « Merci ! » et je suis allée au boulot. En arrivant, je trouve Layla avec ses grands yeux brillants et son épaisse queue-de-cheval qui me raconte qu'après mon départ vendredi, le séminaire s'est très bien terminé, que les évaluations sont toutes positives et qu'elle a douze inscrits pour le niveau avancé.

Et moi, de lui dire : « Vous ne me demandez même pas comment ça s'est passé de mon côté ? Ma sœur ? L'hôpital ? »

Eh bien vous savez quoi, Jeremy ? Elle s'est décomposée. Elle a eu l'air tellement mal à l'aise que j'ai eu l'impression de m'attaquer à un chaton sans défense. Elle s'est répandue en excuses. M'a dit qu'elle croyait que je détestais parler de ma vie privée.

Et c'est vrai. Je ne le fais jamais ! La pauvre.

Voyez, ça se confirme, je suis un être abject.

Assise sur le perron de sa véranda, Alice profitait du soleil d'automne en mangeant le reste de flan que sa mère avait apporté la veille. Elle n'avait aucune idée de ce qu'elle était censée faire du reste de la journée. Son agenda stipulait : « L – 10 heures. » « L ? » S'agissait-il d'une personne ? Si oui, l'attendait-elle quelque part ? Le rendez-vous était-il important ? Elle songea à appeler Elisabeth ou sa mère pour en savoir davantage, mais c'était au-dessus de ses forces. Pourquoi pas faire une petite sieste ?

Une petite sieste ? Tu plaisantes ? Tu as dix mille choses à faire.

De nouveau, la petite voix hargneuse.

« Fiche le camp, tu veux, dit Alice à voix haute. Je ne sais même pas de quoi tu parles. »

Elle ferma les yeux, sensible à la caresse du soleil sur son visage et au silence, que seul le vrombissement lointain d'une moto perturbait. Stupéfiant, le silence des zones pavillonnaires en pleine journée ! En temps normal, il fallait être malade ou en congé pour en faire l'expérience.

Elle rouvrit les yeux et bâilla. Pourquoi ne pas carrément finir le flan ? Il n'en restait qu'une toute petite part. De sa place, elle apercevait le panneau « À vendre » dans le jardin de la maison d'en face. Celle-là même où Gina avait vécu. Alice était très certainement entrée des centaines de fois dans cette « magnifique demeure de caractère superbement rénovée », pour emprunter du sucre ou autre. À supposer qu'elle y ait réfléchi, Alice n'aurait pas imaginé se faire de nouveaux amis passé ses trente ans. Primo, elle en avait bien assez ; secundo, tout ce qu'elle voulait, c'était profiter de Nick et Elisabeth ; tertio, elle allait devenir mère. Largement de quoi s'occuper, non ?

Pourtant, son amitié avec Gina avait manifestement pris une place prépondérante dans sa vie.

Puis Gina était morte, laissant Alice « dévastée ». Un terme qui lui donnait le sentiment d'être un peu bête, comme si elle avait surréagi.

Le vrombissement de la moto se fit plus proche.

Tiens. Elle s'engageait dans son allée. « L », peut-être ?

Alice s'essuya la bouche avec le dos de la main et posa son assiette sur la marche à côté d'elle.

Vêtu d'un blouson en cuir noir, un homme au visage dissimulé par une visière opaque lui fit coucou de sa main gantée en s'arrêtant devant le perron. Il plaça son engin sur la béquille et coupa le moteur.

« Ça roule, ma poule ? lança-t-il en enlevant son casque.

– Ça roule. » Alice rougit en s'entendant – elle n'avait jamais dit « ça roule » à qui que ce soit de toute sa vie, sans compter que, face à elle, se trouvait un véritable apollon. Carrure d'athlète, regard perçant, barbe de trois jours. Alice regarda autour d'elle. Pas d'autre femme en vue. Quel intérêt d'avoir un si bel homme en face de soi sans copine à qui adresser un clin d'œil complice ?

Se pouvait-il qu'il soit lui aussi son amant ? Non ! Beaucoup trop bien pour elle. L'incarnation de la beauté au masculin. Elle étouffa un gloussement de collégienne.

« Qu'est-ce que tu fabriques, à manger juste avant notre petit rendez-vous ? demanda le bel étalon.

— Notre petit rendez-vous ? » Alice s'activa les méninges. Se payait-elle les services d'un *gigolo* ? En tant que quarantenaire avec piscine, elle avait le profil.

« Ça ne te ressemble pas. »

Il retira son blouson en cuir, révélant des bras musclés.

Ce ne serait pas la fin du monde, après tout.

Oh que non ! Surtout si elle avait payé d'avance…

Incapable de se retenir, Alice éclata de rire.

Il sourit d'un air méfiant. « Qu'est-ce qu'il y a de drôle ? » Il glissa son casque sur son guidon et s'approcha d'elle. Que pouvait-elle répondre ? « Vous êtes beau à mourir… de rire ? »

Alice se laissa aller à son fou rire sous le regard effarouché de l'apollon. Bon, il était temps de se reprendre. Les gens beaux restent des gens ; ils ont des sentiments.

« J'ai eu un accident. La semaine dernière. À la salle de sport. Je me suis cogné la tête. J'ai un léger problème de mémoire, alors, je suis navrée, mais je ne sais ni qui vous êtes, ni ce que vous faites ici.

— Tu me fais marcher ? On n'est pas le 1er avril aujourd'hui ?

— Hélas non. » Elle ne riait plus. À vrai dire, elle commençait à avoir mal à la tête. « Je ne sais pas qui vous êtes.

— C'est moi, Luke.

— Désolée, Luke, mais il va falloir être plus précis. »

Il esquissa un sourire en lançant des regards nerveux autour de lui, comme s'il craignait d'être filmé en caméra cachée. « Je suis ton coach personnel. Je t'entraîne tous les lundis matin. »

Voilà qui expliquait son extrême minceur.

« Donc, on fait du sport, c'est ça ? Quoi, exactement ?

– Eh bien, on varie les plaisirs. Un peu de cardio, un peu de muscu. Ces derniers temps, on a fait pas mal de fractionné. »

De fractionné ?

« Je viens d'avaler trois parts de flan », annonça Alice en levant l'assiette.

Luke s'assit à côté d'elle et prit la dernière part. « Inutile de te dire le nombre de calories que tu viens de consommer.

– Des milliers ! Des milliers de calories divinement délicieuses ! »

Il la regarda bizarrement. « De toute façon, si tu t'es blessé la tête, je pense qu'on ferait mieux de ne pas s'entraîner aujourd'hui.

– En effet. » Alice n'avait aucune envie de suer devant lui. La honte… « Mais je vais te payer quand même.

– Pas la peine.

– J'insiste.

– Bon, dans ce cas, donne-moi cent. »

Cent ? C'était quoi, le tarif habituel ?

« Et… ce problème de mémoire, c'est temporaire, j'imagine ? Les docteurs, qu'est-ce qu'ils en disent ? »

Agacée, Alice écarta la question d'un geste de la main. Elle n'avait aucune envie de parler de ça avec lui. Cent dollars ! Elle n'en revenait pas. « Depuis quand tu es mon coach ? »

Luke allongea ses longues jambes et s'appuya sur les coudes. « Ben, ça doit faire trois ans maintenant. Gina et toi, vous étiez, genre, mes deuxièmes ou troisièmes clientes. Sérieux, elle me faisait trop rire au début. Tu te souviens, le cinéma qu'elle faisait quand je vous faisais grimper les escaliers au parc ? "Non, Luke, tout sauf les escaliers !" Elle s'en sortait plutôt bien à la fin. Elle pétait la forme. Toutes les deux, d'ailleurs. » Il se tut et, tout à coup, Alice se rendit compte qu'il retenait ses larmes.

« Désolé, dit-il d'une voix étouffée. C'est juste que jamais personne n'était mort dans mon entourage avant Gina. Ça me fait flipper. Chaque fois que je viens chez toi, je pense à elle. Alors bien sûr, elle doit te manquer mille fois plus qu'à moi, mais... Je dois te paraître stupide.

— Je ne me souviens pas d'elle.

— Quoi ? Tu ne te souviens pas de Gina ?

— Non. Enfin, je sais que c'était mon amie. Et je sais qu'elle est morte.

— Euh... » Luke ne trouvait pas ses mots. Finalement, il dit : « Flippant. »

Alice tourna la tête d'un côté puis de l'autre pour s'étirer le cou. Une pulsion alimentaire l'assaillit, une envie de quelque chose de bien précis, sans pouvoir mettre le doigt dessus. Dans tous les cas, ça la rendait irritable.

« Dis-moi, Luke, reprit-elle sur un ton cassant, je t'ai fait des confidences à propos de Nick ? »

Quitte à lui donner cent dollars pour faire la causette, autant glaner quelques informations utiles.

Il sourit, dévoilant de grosses dents blanches. L'ambassadeur idéal pour un kit de blanchiment dentaire. « Gina et toi, vous abordiez vos problèmes de couple avec moi dans l'espoir d'avoir un point de vue masculin ! Mais moi, je ne marchais pas ! "Je suis en minorité, les filles, là !" je vous disais !

— Bon. » Pourquoi était-elle de si mauvaise humeur ? « C'est juste que je ne me rappelle pas pourquoi on se sépare, Nick et moi.

— Je vois. » Il se tourna et commença à faire des pompes sur la dernière marche de la véranda. « Un jour, tu m'as dit qu'au final, le pourquoi de votre divorce tenait en quatre mots. Ce soir-là, j'en ai parlé à ma chérie. Je savais que ça l'intéresserait ! »

Il enchaîna avec une série de pompes sur un bras. Était-ce vraiment nécessaire ?

« Et…, insista Alice quand il changea de bras en grognant. C'était quoi, ces quatre mots ?

– Aucun souvenir. » Il se retourna et eut un grand sourire en voyant la tête qu'elle faisait. « Tu veux que je l'appelle ?

– Tu ferais ça ? »

Il sortit aussitôt son téléphone portable.

« Salut, ma puce. Ouais, non, tout va bien. Je suis avec une cliente. Dis, tu te souviens, un jour, je t'ai parlé de cette femme qui m'avait raconté que son divorce s'expliquait en quatre petits mots ? Ouais, non, je veux juste savoir, c'était quoi, ces quatre mots ? »

Il prêta l'oreille.

« Sérieux ? T'es sûre ? OK. Bisous. »

Il raccrocha et regarda Alice. « Le manque de sommeil.

– Le manque de sommeil. Ça ne veut pas dire grand-chose.

– C'était bien l'avis de ma copine, mais je me souviens que pour Gina, ça semblait limpide. »

Alice soupira et se gratta la joue. Gina, Gina, Gina, la barbe, à la fin. « Je me sens affreusement ronchonne. J'ai besoin de chocolat ou… d'un truc.

– Tu n'as pas eu ta dose.

– Ma dose ? » En voilà une bien bonne ! Elle se droguait ? Elle déposait les gosses à l'école et rentrait chez elle pour sniffer deux ou trois rails de cocaïne ? Sûrement ! Sinon, comment connaîtrait-elle ces termes ? Sniffer ? Rails ?

« De caféine. Ton corps réclame un grand crème à cor et à cri !

– Mais je ne bois pas de café.

– Tu es totalement accro à la caféine. Je ne te vois jamais sans un gobelet à la main.

– Je n'en ai pas bu une goutte depuis mon accident.

– Tu as eu des maux de tête ?

– Oui, mais j'ai mis ça sur le compte de ma commotion.

– La faute au manque de caféine aussi. C'est peut-être l'occasion de décrocher. Ça fait une éternité que j'essaie de te convaincre de réduire ta consommation.

– Hors de question. » À présent, Alice pouvait nommer le désir qui la tenaillait. Elle avait le parfum des grains de café dans le nez, leur goût dans la bouche. Elle en voulait, sur-le-champ. « Tu sais où j'en achète ?

– Bien sûr. Chez Dino. D'après toi, ils font le meilleur café de tout Sydney. »

Alice le dévisagea d'un air ahuri.

« À côté du cinéma. Sur la nationale.

– D'accord, dit-elle en se levant. Merci.

– Terminé pour aujourd'hui ? Bon. » Luke l'imita. À côté de lui, elle était toute petite. Il resta là, les bras ballants.

Alice comprit soudain qu'il attendait son argent. Elle alla chercher son portefeuille à l'intérieur et lui tendit deux billets de cinquante, d'un geste qui lui fut physiquement douloureux. Il n'était même pas si beau que ça.

Luke s'empara gaiement de son dû. « J'espère que tu seras d'attaque la semaine prochaine ! On fera une séance de fous pour compenser.

– Super ! » Elle payait vraiment ce type plus de cent dollars par semaine pour des conseils sportifs ?

Blasée, elle le regarda s'en aller. Bon. Du café. Elle repensa à Luke en train de faire ses pompes et, sans même s'en rendre compte, se retrouva à l'horizontale, les paumes à plat sur la marche du haut, les genoux au sol, les abdominaux rentrés, à plier et relever les coudes.

Une, deux, trois, quatre...

Incroyable. Elle faisait des pompes.

Elle compta jusqu'à trente avant de s'écrouler, la poitrine et les bras en feu. « Tu crois que tu peux en faire autant ? » s'écria-t-elle d'un air triomphant, sans savoir à qui elle lançait ce défi.

Pas de réponse.

Alice ramena les genoux contre la poitrine et regarda la pancarte « À vendre » dans le jardin d'en face.

Peut-être s'adressait-elle à Gina ?

Gina.

Quelle étrange sensation de regretter quelqu'un qu'elle ne connaissait même pas.

24

Devoirs d'Elisabeth pour Jeremy

Eh bien, je ne sais pas, mais je vous ai trouvé un peu grognon ce matin, Jeremy. C'est autorisé, franchement ? Les thérapeutes ont-ils le droit de montrer leurs sentiments ? Je ne crois pas. Gardez-les pour vos séances à vous. Pas pendant les miennes, coco.

Vous auriez pu vous montrer plus élogieux quand je vous ai montré toutes les pages que j'avais écrites. Vous ne voyez pas, monsieur le thérapeute, que c'est ce que j'attends ? Bon, je sais que vous n'êtes pas censé le lire, mais si j'ai apporté mon carnet, c'était pour entendre quelque chose du genre : « Impressionnant ! J'aimerais bien que tous mes clients s'investissent dans cet exercice comme vous le faites ! » Ou un compliment sur mon écriture. Enfin, c'est juste une suggestion. Car ça fait partie de votre job d'être bienveillant. Au lieu de ça, vous avez eu l'air un peu interloqué, comme si vous ne vous rappeliez même pas m'avoir demandé d'écrire. À l'école, ça m'agaçait au plus haut point quand un professeur oubliait de réclamer les devoirs qu'il nous avait donnés. Ça me donnait l'impression qu'on ne pouvait se fier à rien.

Bref. Aujourd'hui, vous avez tenu à ce qu'on parle de l'incident qui a eu lieu au café.

À mon avis, vous avez péché par curiosité, c'est tout. Vous deviez trouver votre lundi matin un rien barbant et vous vous êtes dit que ça y mettrait un peu de piquant.

Ça vous a énervé quand j'ai dit que je préférais parler de Ben et de la question de l'adoption. Mais le client est roi, Jeremy.

Puisque vous voulez le savoir, voici ce que s'est passé au café.

C'était un vendredi matin. Je m'étais arrêtée Chez Dino sur le chemin du bureau. Je m'octroyais un grand cappuccino au lait écrémé vu que je n'étais ni enceinte ni en plein cycle. À la table d'à côté, il y avait une femme avec un bébé et un autre enfant d'environ deux ans.

Une petite fille. Avec des boucles brunes. Comme Ben. Enfin, ce n'est pas tout à fait vrai parce qu'il porte les cheveux très courts, genre bad boy, mais j'ai vu des photos de lui avant notre rencontre. Quand j'imaginais nos enfants, ils avaient toujours les cheveux bruns et bouclés comme lui.

Alors oui, elle avait ses cheveux, mais elle n'était pas particulièrement mimi ou quoi. Elle avait le visage tout barbouillé et elle chouinait un peu.

La mère parlait au téléphone avec une cigarette au bec.

Non, elle ne fumait pas.

Mais elle avait *l'air* d'une fumeuse. Avec les joues creuses, voyez ? Elle racontait qu'elle avait remis je ne sais qui à sa place et elle n'arrêtait pas de répéter : « C'était *trop* drôle. » Comment peut-on dire que quelque chose est trop drôle, Jeremy ?

En tout cas, elle ne surveillait pas sa fille. À croire qu'elle avait oublié jusqu'à son existence.

Le café se trouve sur la nationale du Pacifique. Il y a beaucoup de va-et-vient.

Donc j'observais la petite fille. Mon regard n'avait rien de bizarre ni d'obsessionnel. Ce n'était pas le regard d'une femme stérile, non. Je la regardais distraitement.

La porte du café s'est ouverte et tout un groupe de mères est entré. Des landaus. Et des mères.

Je me suis dit : *Allez, bouge.*

Je me suis levée tandis que les mères se faisaient de la place comme un troupeau d'éléphants dans un magasin de porcelaine. Et vas-y que je pousse les chaises, les tables... La petite fille s'est glissée dehors sous mes yeux.

Sa mère était toujours au téléphone. J'ai dit « Excusez-moi ! » mais personne ne m'a entendue. Deux mères, déjà assises, déboutonnaient leur chemise pour donner le sein à leur bébé (une approche un peu trop décomplexée de l'allaitement, à mon avis) tout en commandant leur café à tue-tête.

Au moment où je suis sortie du café, la petite fille s'approchait dangereusement du bord du trottoir. Des semi-remorques et des 4x4 passaient en trombe sur la nationale. J'ai couru jusqu'à elle et je l'ai soulevée dans les airs in extremis. Un pas de plus et elle se retrouvait sur la chaussée.

Je lui ai sauvé la vie, à cette gosse.

Je me suis tournée vers le café, la mère aux joues creuses était toujours au téléphone, les autres en grande conversation, et la petite fille qui sentait le sucre et peut-être un peu la fumée de cigarette était dans mes bras, sa menotte sur mon épaule, tranquille et confiante.

Et j'ai poursuivi mon chemin. Je me suis éloignée. Avec la petite.

Sans réfléchir. Ce n'est pas comme si j'étais en train d'imaginer que j'allais lui teindre les cheveux en blond, filer dans le Territoire du Nord et m'installer avec elle dans une caravane au bord de l'océan pour profiter du soleil, vivre de poissons et de fruits frais, lui apprendre à lire et à compter... Trêve de plaisanteries ! Je ne pensais à rien de tout ça !

Je marchais, c'est tout.

La petite riait, comme si c'était un jeu. Si elle avait pleuré, je l'aurais ramenée tout de suite, mais elle riait. Elle m'aimait bien. Elle était peut-être même reconnaissante que je lui aie sauvé la vie.

Et puis, tout à coup, j'entends des pas lourds derrière moi, la femme aux joues creuses m'attrape par l'épaule en criant « Hé ! », une expression de pure terreur sur le visage, elle m'enlève la petite fille des bras, me griffe au passage, et la petite fille se met à pleurer parce qu'elle a eu peur, et sa mère lui dit « Tout va bien, ma puce, tout va bien » en me regardant avec un tel dégoût.

La honte et l'horreur absolues.

Plusieurs mères sont sur le trottoir ; une main protectrice sur la tête de leur bébé, elles ne pipent mot et me fixent, comme face à un accident de la route. Le propriétaire du café, Dino en personne il me semble, est là lui aussi. D'habitude, je ne vois que le haut de son corps derrière son comptoir. Il est plus petit que ce que j'imaginais. Ça me fait le même effet que de voir un présentateur télé en entier.

Une vraie surprise. Il a le visage grave, je ne l'ai jamais vu comme ça. C'est le genre de type qui a toujours le sourire, normalement.

Tous ces gens qui me dévisagent et me jugent. Comme si je me purgeais en public. Dans ma tête, je sens quelque chose qui lâche. Vraiment. La sensation, physique, de devenir folle. Il y a un mot pour ça, Jeremy ?

Je m'écroule à genoux sur le trottoir – ce qui en plus d'être totalement inutile me fait affreusement mal. J'ai gardé des croûtes pendant des semaines.

Et là, Alice qui débarque. Elle porte une veste neuve, son sac à main se balance au rythme de ses pas tandis qu'elle entre Chez Dino, le visage soucieux. Vous auriez vu son expression quand elle m'a reconnue. Elle a eu un mouvement de recul, comme si elle avait aperçu un rat. Elle a dû être morte de honte. Il a fallu que je me donne en spectacle dans le café où elle a ses habitudes.

Elle a été gentille malgré tout. Je ne peux pas le nier. Elle s'est agenouillée à côté de moi et, quand nous nous sommes regardées, ça m'a rappelé les fois où, enfants, on se croisait dans la cour de récréation et j'avais tout à coup l'impression d'avoir joué un rôle toute la journée, parce que seule Alice me connaissait vraiment.

« Que s'est-il passé ? » m'a-t-elle demandé à l'oreille.

Je pleurais tellement que je n'ai pas pu lui répondre.

Elle a tout arrangé. Il se trouve qu'elle connaissait la femme aux joues creuses et certaines de ses copines. Elles ont parlementé entre mères pendant un bon moment. Moi j'étais toujours à genoux par terre. Elle les a adoucies. La foule s'est dispersée.

Elle m'a aidée à me relever, m'a emmenée à sa voiture où elle m'a installée sur le siège passager.

« Tu veux en parler ? »

J'ai dit non.

« Où veux-tu aller ? »

J'ai dit que je ne savais pas.

Ensuite, elle a fait exactement ce dont j'avais besoin : m'emmener chez Frannie. On s'est installées sur son minuscule balcon avec une tasse de thé et des biscuits à l'amarante et on a parlé des problèmes de transports dans la région et des gens qui continuent d'utiliser des sacs en plastique quand ils font leurs courses. (J'en fais partie mais je n'en ai rien dit à Frannie.) Un moment simple, ordinaire et réconfortant.

Frannie pense que je devrais arrêter d'essayer d'avoir un bébé. Je le sais, elle me l'a dit il y a au moins deux ans. D'après elle, il faut parfois avoir le courage de « changer de cap ». À l'époque, je ne l'ai pas très bien pris. Je lui ai répondu qu'un bébé n'était pas un « cap ». Et qu'en ce qui la concernait, elle n'avait jamais changé de cap. On avait débarqué dans sa vie après la mort de papa, un point c'est tout.

Ce fut une bénédiction pour nous toutes, évidemment. Et qui sait, avec un peu de chance, un décès fera peut-être des petits orphelins dans le voisinage ! Il faut penser positif ! Ça me fait penser que l'homme qui vit à deux maisons de chez nous a toujours l'air au bord de l'apoplexie quand il tond la pelouse.

Quoi qu'il en soit, le lendemain de mon épisode psychotique, je suis allée voir mon médecin traitant et je lui ai demandé de me diriger vers un bon psychiatre. À propos, vous lui donnez une commission dans ces cas-là ?

C'est comme ça que je suis entrée dans votre vie, Jeremy.

Quand Alice poussa la porte de Chez Dino, tout parut familier à ses sens. Les effluves du café et des pâtisseries. Le claquement régulier de la machine à expresso suivi d'un sifflement.

« Alice, ma belle ! » s'exclama un homme courtaud aux cheveux bruns derrière le comptoir. Il manipulait la machine à café des deux mains, avec l'expertise et l'élégance d'un instrumentiste. « J'ai ouï dire que tu avais eu un accident ! Que tu avais perdu la mémoire ! Mais je vois que tu n'as pas oublié ton cher Dino, hein ?

– Eh bien, je crois que je me souviens de ton café. »

Dino éclata de rire. À croire qu'il n'avait jamais entendu plaisanterie plus drôle. « Et comment ! J'en ai pour deux secondes, ma belle ! Je sais que tu es pressée. Toujours en plein boom ! Là, voilà pour toi ! »

Il lui tendit un gobelet sans qu'elle ait eu à passer commande.

« Alors, comment tu te sens ? Mieux ? La mémoire t'est revenue ? Prête pour dimanche ? C'est le grand jour ! Vive la meringue géante de la fête des Mères ! Ma fille est surexcitée. Elle ne parle que de ça : "Papa, papa, ce sera la plus grande tarte du monde !"

– Mmmm », fit Alice. D'ici dimanche, elle aurait retrouvé la mémoire, n'est-ce pas ? Parce que, pour l'heure, elle n'avait pas la moindre idée de la façon dont elle s'y prendrait pour fabriquer la plus grande tarte au citron meringuée du monde. Tout à coup, cet étrange rêve avec un rouleau à pâtisserie lui revint en mémoire. Ledit rouleau n'avait donc rien de symbolique. C'était un rouleau à pâtisserie géant, point. Ses rêves étaient toujours d'une évidence affligeante.

Elle retira le couvercle de son gobelet et prit une gorgée. Waouh ! Pas de sucre, très fort. Elle but une deuxième gorgée. Délicieux, en fait. Elle n'avait pas besoin de sucre. Elle n'avait qu'une envie : tout avaler d'un trait. La caféine passa dans son sang en quatrième vitesse et, tout à coup, son rythme cardiaque s'accéléra, ses idées s'éclaircirent, sa vison se fit plus nette.

« Un deuxième aujourd'hui, peut-être ? proposa Dino.

– Peut-être, oui.

– Comment va ta sœur, au fait ? demanda-t-il sans se départir de sa bonne humeur. Mais, j'y pense ! s'écria-t-il en claquant des doigts. Ma femme m'a donné quelque chose pour elle.

– Ma sœur ? » Alice récupéra la mousse sur le rebord du gobelet du bout du doigt et le lécha tout en se demandant jusqu'à quel point Dino connaissait Elisabeth. « Bien, je crois. » *Elle a beaucoup changé. Elle a l'air désespérément malheureuse. J'ai dû lui faire du mal mais je ne sais pas comment.*

« J'ai raconté toute l'histoire à ma femme en rentrant la dernière fois. Cette dame qui s'en va avec une petite fille et qui s'écroule comme ça, en larmes, et personne qui ne sait quoi faire. Moi qui lui fais un café ! Comme si ça pouvait aider !

Même le café de Dino ne pouvait rien, hein ! Et toutes ces bonnes femmes qui voulaient appeler la police ! »

Quoi ? Elisabeth avait essayé d'enlever une enfant ? Alice fut envahie par la pitié (la pauvre, elle devait se sentir si mal pour enfreindre pareil interdit au vu et au su de tous), la honte (sa sœur, réprouvée ! quel déshonneur !) et la culpabilité (comment pouvait-elle s'inquiéter de ce que les autres pensaient alors que sa sœur souffrait manifestement le martyre ?).

Dino poursuivait : « Et moi de dire à ces bonnes femmes : "Il n'y a pas de mal !" Heureusement, tu es arrivée et tu leur as fait entendre raison. J'ai trouvé ça tellement triste, quand tu m'as raconté son histoire ! Bref, voilà ce que ma femme m'a donné. C'est une figurine de fertilité africaine. Selon la légende, toute femme qui en possède une donnera naissance à un magnifique bébé. »

Il lui tendit une petite poupée sculptée en bois foncé. Dessus, un Post-it où figurait l'inscription *Alice*. On aurait dit une Africaine en robe tribale dotée d'une tête démesurée.

« C'est tellement gentil de la part de ta femme. » Alice prit la statuette avec déférence en se demandant si la femme de Dino était africaine et si la poupée était un objet mystique hérité de sa tribu.

« Elle l'a achetée sur Internet. Pour sa cousine, qui n'arrivait pas à tomber enceinte. Neuf mois plus tard – un bébé ! Même si, pour être honnête, il n'était pas si beau que ça ! » Il se tapa la cuisse, hilare. « J'ai dit à ma femme : "Ce bébé est affreux ! Il a une tête énorme, comme la poupée !" »

Alice esquissa un sourire. Dino lui tendit un autre café et reprit son sérieux.

« Nick est passé l'autre jour. Il n'avait pas l'air en grande forme. Je lui ai dit : "Vous devriez vous remettre ensemble, ta femme et toi. Ce n'est pas bien." Je me souviens, à l'époque où j'ai ouvert ici, vous veniez tous les week-ends avec la petite

Madison. Tous les trois en salopette. Elle vous aidait à peindre. Vous étiez si fiers d'elle. J'ai rarement vu ça. Tu te rappelles ?

– Mmmmm.

– J'ai dit à Nick que vous devriez vous remettre ensemble, former de nouveau une famille. "Qu'est-ce qui a si mal tourné que vous ne puissiez réparer ?" je lui ai demandé. Et ma femme de dire : "Dino, mêle-toi de tes oignons !" Et moi : "Je m'en fiche, je dis ce que je pense, je suis comme ça !"

– Et Nick ? Qu'est-ce qu'il a dit ? questionna Alice qui avait déjà bu la moitié de son deuxième café.

– Il a dit : "Si ça ne tenait qu'à moi, l'ami…" »

En montant dans sa voiture, Alice retourna dans sa tête la réponse de Nick. Si ça ne tenait qu'à lui… conclusion… pourquoi pas ?

Elle avait glissé son gobelet dans un porte-boisson situé à côté du volant – pratique – mais se rendit compte qu'elle pouvait manœuvrer cette énorme voiture d'une seule main et siroter son café de l'autre. Impressionnant, toutes ces nouvelles compétences qu'elle avait acquises ! Elle vibrait d'énergie – merci la caféine. Elle avait l'impression que ses yeux lui sortaient de la tête. Le feu passa au vert. La voiture devant elle tardant à s'ébranler, elle l'incita à bouger d'un coup de klaxon autoritaire.

La petite voix cassante avait repris ses droits dans sa tête, passant en revue tout ce qu'elle avait à faire avant de récupérer les enfants à quinze heures trente. « Il faut que tu sois à l'heure, maman, avait dit Tom. Le lundi après-midi, on a un planning plutôt chargé. »

Bon, pas question de passer la journée à flemmarder en te goinfrant de flan. Tu ne rentreras plus dans tes beaux vêtements, sinon ! À propos, tu t'es occupée du linge ? Tu devrais probablement faire une lessive en rentrant. Les mères de famille se plaignent tout le temps de la lessive.

Des courses aussi ! À quel moment tu les fais ? Primo : vérifier le garde-manger. Secundo : faire une liste. Tu dois en avoir une quelque part – ça a l'air d'être tout à fait ton genre. Et le dîner de ce soir ? Et le goûter des enfants ? Sont-ils habitués à trouver des cookies maison en rentrant de l'école ?

Appelle Sophie. Elle saura peut-être ce qu'il en est.

D'après ton agenda, tu as une réunion pour cette histoire de meringue géante à treize heures. À tous les coups, c'est toi qui l'animes. Super ! Une vraie partie de rigolade en perspective. Il faut trouver où elle se tient. Comment ? Appeler quelqu'un. Kate Harper, si tu n'as pas le choix. Ou alors ton « petit ami ».

Si ça ne tenait qu'à lui... si ça ne tenait qu'à lui.

La lessive.

Oui, tu l'as déjà dit.

La lessive !

Oui, détends-toi.

Elle n'aurait pas dû boire deux cafés. Son cœur battait beaucoup trop vite. Elle respira à fond pour se calmer. Elle n'arrivait pas à suivre le rythme de son propre corps qui semblait avoir besoin de s'élancer dans une course folle à travers champs, tel un chiot en liberté.

Une fois rentrée, elle courut à droite à gauche dans toute la maison, comme si elle participait à une étrange compétition sportive. Elle rassembla des tas de vêtements, trouvés dans des paniers à linge ou à même le sol dans les chambres et salles de bains des enfants – il y en avait vraiment beaucoup –, avant de descendre au pas de charge dans la buanderie. Sans surprise, elle y découvrit une machine à laver d'un blanc étincelant qui occupait la moitié de la pièce. Elle souleva le couvercle, prête à y fourrer le linge, quand elle se sentit envahie par une bouffée d'émotions. Honte. Trahison. Consternation.

Qu'est-ce que ça signifiait ? Le souvenir jaillit dans son cerveau telle une fiche mémo soigneusement rédigée. Évidemment. Il s'était passé quelque chose dans cette buanderie plus propre que propre. Quelque chose d'horrible.

C'est ça, oui, pendant une fête.

En plein été. Il fait encore doux malgré l'heure tardive. Sur le sol de la buanderie, des bassines remplies de glaçons partiellement fondus où flottent des bouteilles de bière, de vin et de champagne. Elle vient chercher une bouteille de champagne. Elle entre dans la buanderie en riant. Elle les voit et, par réflexe, dit bêtement « Salut ! » avant de comprendre ce qu'ils font, avant de comprendre la scène qui se déroule sous ses yeux. Une femme menue et gracieuse aux cheveux roux coupés très court est assise sur la machine. Entre ses cuisses, Nick, les mains à plat sur le couvercle de la machine, de part et d'autre de ses fesses, penche la tête et l'embrasse. Son mari en embrasse une autre dans la buanderie.

Les yeux rivés sur le linge qu'elle venait de glisser dans la machine, Alice visualisait parfaitement la femme. Ses traits délicats. Elle entendait même sa voix. Douceureuse et enfantine, assortie à son corps. Son sang ne fit qu'un tour.

Elle versa une dose de lessive en poudre dans la machine et ferma le couvercle d'un coup sec. Comment Nick avait-il osé rire quand elle lui avait demandé s'il avait eu une aventure ? Ce baiser, c'était pire que si elle les avait surpris au lit. Pire parce qu'il s'agissait sans l'ombre d'un doute d'un premier baiser. Et un premier baiser est bien plus érotique qu'une première partie de jambes en l'air. Au début d'une histoire, on fait l'amour avec maladresse, l'acte en lui-même est balourd, vaguement gynécologique, pareil à un rendez-vous médical. Mais s'embrasser, tout habillés, avant de coucher ensemble, c'est délicieux et mystérieux.

Nick et Alice avaient échangé leur premier baiser contre la voiture en sortant du cinéma. Ils venaient de voir *L'Arme fatale 4*. Il avait un goût de pop-corn, avec un soupçon de chocolat. Il portait un pull noir sur un tee-shirt blanc et un jean. Son menton piquait un peu et, tandis qu'il l'embrassait, elle enregistrait tout dans un coin de sa mémoire, consciente que, dès le lendemain, assise devant l'écran de son ordinateur, elle revivrait ce baiser. Elle s'était repassé la scène tellement de fois. Comme un vieux film. Elle l'avait décrite jusque dans les moindres détails à son amie Sophie qui, en couple depuis cinq ans, avait blêmi de jalousie, même si Jack était l'amour de sa vie.

Sophie. Sa plus vieille amie. Sa demoiselle d'honneur.

Elle allait de ce pas lui passer un coup de fil. Elle l'avait forcément appelée pour lui raconter l'horrible épisode de ce baiser dans la buanderie. Un premier coup de téléphone à Elisabeth, un deuxième à Sophie, livrant à chacune une version différente de l'histoire. S'adressant à Elisabeth, elle avait dû se concentrer sur ses propres sentiments, lui demander d'une voix tremblante : « Comment a-t-il pu me faire ça ? » Avec Sophie, étirer le récit pour plus d'effet. « J'entre dans la buanderie pour prendre une bouteille de champagne et là, qu'est-ce que je vois ? Tu ne devineras jamais ! Allez, essaie de deviner. » Elisabeth avait dû la consoler et lui donner des consignes très précises sur la conduite à tenir. Sophie, elle, avait dû s'indigner et lui proposer de noyer son chagrin dans l'alcool.

Alice trouva le numéro de Sophie dans son carnet d'adresses. Apparemment, elle habitait désormais à Dee Why. Les plages du Nord. Tant mieux pour elle. Elle avait toujours voulu vivre au bord de l'océan mais Jack, lui, préférait ne pas s'éloigner du centre. Un bras de fer qu'elle avait dû remporter. Ils devaient être mariés et parents à présent, même si, bien sûr, il valait mieux ne pas partir de ce principe. Pourvu que Sophie n'ait pas eu des problèmes de fécondité comme Elisabeth. À moins qu'elle se soit séparée de Jack ? Non. Aucun risque.

« Sophie Drew. »

C'était agaçant à la fin ! Tout le monde faisait preuve de tant de professionnalisme et de maturité !

« Salut, Sophie, c'est moi, Alice !

– Hé ! lâcha-t-elle après un moment de flottement. Bonjour, Alice. Comment vas-tu ?

– Écoute ! Tu ne croiras jamais ce qui m'est arrivé ! » En s'entendant, Alice se sentit un peu bête. Presque nerveuse. Bizarre. Elle parlait à Sophie, sa plus vieille amie.

De nouveau, un blanc. « Je t'écoute. »

Quelque chose clochait. La voix de Sophie était trop polie. Alice avait envie de pleurer. *C'est un cauchemar. Ne me dis pas que je t'ai perdue, toi aussi ? À qui je parle, là ?*

Elle ne se donna pas la peine de ménager le suspense. « J'ai eu un accident. Je me suis cogné la tête. J'ai perdu la mémoire. »

Un long silence. Puis la voix de Sophie qui s'adressait à quelqu'un d'autre. « Je n'en ai pas pour longtemps. Dis-leur de rester en ligne. »

Elle revint vers Alice. D'une voix plus forte. Peut-être un rien impatiente. « Désolée, Alice. Tu disais, euh... tu as eu un accident ?

– On est toujours amies ? demanda Alice, désespérée. Dis-moi qu'on est toujours amies, Soph, je t'en prie !

– Bien sûr, oui, répondit-elle d'une voix chaleureuse où perçait malgré tout une sorte de méfiance.

– C'est juste que... la dernière chose dont je me souviens, c'est d'être enceinte de Madison. Et là, je me retrouve avec trois enfants, séparée de Nick sans savoir pourquoi, avec Elisabeth qui...

– Non, non, pas celui-là ! Le vert ! interrompit Sophie d'un ton brusque. Désolée. Je suis en pleine séance de photos pour la nouvelle collection. C'est la folie en ce moment.

– Ah. C'est quoi, ton job ? »

De nouveau, un silence. « C'est vert, ça, pour toi ? Parce que, pour moi, c'est pas vert. Alice, je suis désolée, mais je peux te rappeler plus tard ?

– Oui, bien sûr.

– Écoute, je sais qu'on se dit ça à chaque fois, mais il faut vraiment qu'on prenne le temps, qu'on se donne des nouvelles, d'accord ?

– D'accord. » Voilà. Elles n'étaient plus amies. Plus vraiment. Quel genre d'amies doivent prendre le temps de se donner des nouvelles ?

« C'est vrai quoi, la dernière fois qu'on s'est vues, c'était quand on a bu un verre avec ton amie. Tu sais, ta voisine ? Gina. Comment va-t-elle ? »

Gina, Gina, Gina. Alice songea que c'était elle qu'elle avait dû appeler suite à l'épisode du baiser dans la buanderie. Pas Elisabeth. Ni Sophie.

« Elle est morte.

– Pardon, elle est quoi ? Vert ! Vert ! Tu es daltonienne ou quoi ? Bon, Alice, je dois y aller. Je te recontacte, d'accord ?

– Dis-moi juste, Sophie, est-ce que... » Bip, bip, bip. Sophie avait raccroché. Elle n'était plus dans sa vie.

Comme tous les autres, apparemment.

Le téléphone s'anima au creux de sa main, la faisant sursauter.

« Allô ?

– Ça va beaucoup mieux, on dirait ! » Ouf, sa mère. Alice se détendit. Barb avait certes changé – entre son nouveau mari, Roger, sa nouvelle passion, la salsa, et ses décolletés sulfureux – mais elle était toujours sa mère.

« Je viens d'avoir Sophie au téléphone.

– C'est chouette. On la voit partout en ce moment. Depuis cet article. L'autre jour, je parlais d'elle avec... attends un peu... ah, ça me revient ! Avec cette femme que Roger consulte pour ses pieds... la chiropractrice. Non, non, je me trompe. La podologue. Elle me racontait que, pour son anniversaire, sa fille veut absolument un sac Sophie Drew. Je lui ai dit que je connaissais Sophie depuis son entrée au collège. J'allais même lui dire que je pouvais essayer de lui obtenir une ristourne – parce que, pour être honnête, je la plains : Roger a des pieds tout poilus et vraiment moches – mais ensuite, je me suis souvenue que Sophie et toi, vous ne vous voyez plus vraiment. Vous vous contentez d'une carte de vœux, non ? Du coup, j'ai changé de sujet vite fait, bien fait, au cas où elle me demanderait, parce qu'à mon avis, c'est le genre de femme qui n'hésite pas à faire jouer ses relations s'il y a une bonne affaire à la clé. Gina aussi était un peu comme ça, non ? Je n'y vois aucun mal, attention. C'est plutôt futé en fait, comme façon de faire, mais, pauvre Gina… c'est une tragédie, vraiment. Qu'est-ce qui m'a fait penser à Gina ? Ah, oui, les relations. Bref, je t'appelle pour trois raisons. Je les ai notées, parce que ces derniers temps, ma mémoire me joue vraiment des tours. Mais, puisqu'on en parle, comment ça va, de ton côté, ma chérie ?

– Ça va.

– Tant mieux, je suis contente. Frannie a tellement dramatisé. Je lui ai dit : "Tu verras, d'ici lundi, elle aura tous ses souvenirs en tête !"

– Pas tous, mais certains me reviennent, oui. » Fallait-il interroger sa mère sur Nick et ce baiser échangé dans la buanderie ?

« Merveilleux ! » Barb sembla hésiter un instant avant de se réfugier dans l'optimisme. « Merveilleux ! Bon, ma chérie, je me demandais, quand tu as dit à l'hôpital que Nick et toi alliez peut-être vous remettre ensemble, est-ce que j'aurais dû le garder pour moi ? Parce qu'il se trouve que j'ai croisé Jennifer Turner aujourd'hui en faisant les courses.

– Jennifer Turner ? » Ce nom ne lui disait rien du tout.

« Oui, tu sais, cette femme un peu farouche. L'avocate.

– Ah, tu parles de *Jane* Turner. » Le premier visage qui lui avait été donné de voir en se réveillant dans cette nouvelle vie ô combien étrange. Jane, l'avocate qui s'occupait de son divorce avec Nick.

« Oui, Jane. Elle voulait savoir comment tu allais. Elle a dit que tu n'avais pas répondu à ses textos. »

Ses textos ? Incompréhensible.

« Bref, je lui ai dit que tu allais bien, et que Nick et toi ne divorciez plus. Le moins qu'on puisse dire, c'est qu'elle a eu l'air interloquée. Elle m'a demandé de te dire de ne surtout rien signer, quoi qu'il arrive. Elle en a fait des tonnes. Du coup, je me suis dit que j'aurais peut-être mieux fait de me taire. J'ai fait une gaffe ?

— Bien sûr que non, maman, dit Alice sans réfléchir.

— Me voilà rassurée, parce que Roger et moi, on est ravis ! Absolument ravis ! On voulait vous proposer d'emmener les enfants en week-end pour que vous puissiez vous faire une escapade en amoureux. Ça, c'était le deuxième point sur ma liste. Je le barre. Voilà. Tu n'as qu'un mot à dire. On se fera une joie de les prendre avec nous. Roger est même prêt à leur payer un super restaurant ! C'est tout lui, ça ! Généreux comme pas deux !

— Bonne idée.

— Vraiment ? Ben dis donc, ça me fait plaisir, parce que quand j'en ai parlé à Elisabeth, elle a dit que tu ne tiendrais pas le même discours une fois que tu aurais retrouvé la mémoire. Mais tu sais bien qu'en ce moment, elle a tendance à tout voir en noir, la pauvre. Ce qui m'amène à la troisième raison de mon appel. As-tu de ses nouvelles, à tout hasard ? Je voudrais tellement savoir si elle a ses résultats. Je n'ai pas arrêté de l'appeler, en vain.

— Quels résultats ?

— Elle devait faire sa prise de sang aujourd'hui. Tu sais, pour son dernier ovocyte. Non, attends, je me trompe tout le temps. On dit embryon. Oh, Alice, poursuivit-elle d'une voix étranglée, j'ai tellement prié, mais je dois avouer que, parfois, il m'arrive d'être en colère contre Dieu. Elisabeth et Ben se sont donné tant de peine. Rien qu'un petit bébé, ce n'est quand même pas la lune, si ?

— Non. » Alice regarda la figurine de fertilité de Dino sur le plan de travail. Pourquoi Elisabeth ne lui avait-elle rien dit à propos de la prise de sang ?

Barb soupira. « Tu sais ce que j'ai dit à Roger ? "Me voilà tellement heureuse à présent. Pourquoi mes filles ne peuvent pas l'être aussi ?" »

Devoirs d'Elisabeth pour Jeremy

J'ai reçu plein de messages aujourd'hui.

Cinq de maman.

Un appel manqué d'Alice.

Oh, et l'infirmière a appelé deux fois pour me donner les résultats de la prise de sang.

Layla a également cherché à me joindre, probablement pour savoir où je suis, parce que je suis sortie à l'heure du déjeuner et, je ne sais pas pourquoi, je n'ai pas eu la force de retourner au bureau. Elle doit croire que c'est parce que je suis vexée.

Ben, lui, a appelé trois fois.

Je suis incapable de rappeler qui que ce soit. Je suis assise là, au volant de ma voiture, devant votre cabinet, à vous écrire.

Et voilà que le téléphone sonne encore. Dring ! Dring ! Dring ! Allô, ici la Terre, Elisabeth ! Allez-vous-en ! Tous autant que vous êtes !

Alice étendait du linge dans le jardin depuis un bon moment déjà quand elle entendit le téléphone sonner. Elle se précipita pour répondre.

« Allô ? dit-elle, à bout de souffle.

– Hé, salut, c'est moi. » Un blanc. « Nick.

– Oui, j'avais reconnu ta voix, tu sais. »

Tu as embrassé une autre femme dans la buanderie ! Comment as-tu pu ? Devait-elle en parler ? Non. Réfléchir d'abord à la meilleure façon d'aborder la chose.

« Je t'appelais pour savoir comment tu, euh, comment tu allais aujourd'hui, tu sais, ta tête, ta blessure. Ç'a été, ce matin pour emmener les enfants à l'école ?

– C'est un peu tard pour t'en inquiéter », répliqua-t-elle d'un ton acerbe. La veille, elle avait dû repasser leurs uniformes, faire place nette et préparer à chacun un déjeuner bien précis (après que Tom lui avait poliment expliqué que c'était ce qu'elle faisait d'ordinaire le dimanche soir).

« Bien, j'en conclus que ton problème de mémoire est résolu ?

– Pour tout te dire, un souvenir bien particulier m'est revenu, en effet », cria-t-elle. Apparemment, elle ne pouvait pas garder pour elle l'épisode du baiser. C'était physiquement impossible. « Je t'ai vu, quand tu as embrassé cette femme dans la buanderie.

– J'ai embrassé une femme dans la buanderie ?

– Oui. On faisait une fête. Je venais chercher à boire. »

À l'autre bout du fil, plus un mot, puis un grand éclat de rire.

« Sur la machine à laver, hein ?

– Exactement », dit Alice. Comment pouvait-il se montrer si suffisant ? C'était elle qui venait de marquer un point, pas lui !

« Tu te souviens m'avoir vu, moi, embrasser une femme assise sur notre machine à laver ?

– Oui !

– Tu sais quoi ? Je n'ai jamais regardé une autre femme que toi quand on était ensemble. Jamais embrassé une autre femme, jamais couché avec une autre femme.

– Pourtant, je me souviens...

– Ouais, je vois très bien de quoi tu parles, et je trouve ça particulièrement révélateur.

– Mais..., objecta Alice, déconcertée.

– Particulièrement révélateur. Écoute, j'ai à faire, mais manifestement, ta mémoire te joue des tours et tu dois voir un médecin. Si tu n'es pas capable de t'occuper des enfants, il faut me le dire. Tu as des devoirs envers eux. »

Ben voyons ! La veille, monsieur n'avait eu aucun problème à la laisser seule avec eux alors qu'il avait parfaitement conscience qu'elle était incapable de s'en occuper. Elle ne les reconnaissait même pas, bon sang ! Mais ce matin, il prenait le ton pédant de celui qui a toujours raison, chacun de ses mots résonnant de sa propre droiture. Où était la logique dans tout ça ? Alice l'avait déjà entendue, cette voix. Chaque fois qu'ils s'étaient disputés par le passé, comme le matin où il n'y avait plus de lait pour le petit déjeuner, le soir où ils étaient arrivés en retard au baptême du fils aîné de sa sœur, la fois où ils n'avaient pas assez d'espèces pour prendre le ferry, il avait pris ce ton supérieur, sec et pragmatique dans lequel on devinait un soupir d'exaspération. Ça la rendait dingue.

Et chaque fois, Alice se rappelait les fois précédentes en songeant : *Tu as raison, continue, j'adore quand tu me parles comme ça.*

« Tu sais quoi ? lança Alice. Je me réjouis qu'on divorce ! »

Tandis qu'elle raccrochait violemment le combiné, elle entendit Nick ricaner.

25

Les membres du Comité de la meringue géante arrivèrent chez Alice à 13 heures.

Elle les avait complètement oubliés.

Quand elle entendit sonner, elle se trouvait dans le salon, assise à même le sol, entourée d'albums photos qu'elle feuilletait depuis des heures, décollant certains clichés pour les regarder de plus près à la recherche d'indices.

Il y avait des photos de pique-niques, de promenades dans le bush, de journées à la plage, de fêtes d'anniversaire, de Pâques, de Noël. Elle avait manqué tant de Noëls ! Découvrir les enfants en pyjama, tout échevelés, la mine grave et appliquée tandis qu'ils défaisaient leurs paquets-cadeaux au pied d'un énorme sapin magnifiquement décoré lui fit un pincement au cœur.

Elle pourrait peut-être aller chez le docteur, histoire de voir s'il voulait bien lui rendre ses souvenirs. Uniquement les bons, merci beaucoup.

Les photos représentaient pour la plupart les enfants et leur père, Alice étant très probablement derrière l'objectif. Nick avait toujours l'air si compétent, sérieux et professionnel quand il prenait une photo, mais en réalité, il était nul, privant systématiquement ses sujets du sommet de leur tête.

Alice s'était découvert un talent de photographe dès l'enfance. Après le décès de leur père, plus personne ne les avait prises en photo. Leur mère aurait pu essayer d'utiliser l'appareil de son défunt mari, mais l'idée ne lui avait jamais traversé l'esprit. Pas plus que de changer une ampoule, par exemple. Tandis que leur mère se repliait sur elle-même et qu'une vieille voisine, dénommée Miss Jeffrey, devenait Frannie, leur grand-mère de substitution, Alice avait appris seule à prendre des photos, remplacer une ampoule, réparer une chasse d'eau, faire cuire des côtelettes et des légumes, et Elisabeth s'initiait aux tâches administratives – demandes de remboursement, factures, paperasse – et s'habituait à parler aux inconnus.

Chaque fois qu'Alice tombait sur une nouvelle photo de Nick, elle essayait de déchiffrer son regard. Le déclin de leur mariage était-il visible ? Non. Celui des ses cheveux, oui, mais le sourire qu'il lui adressait semblait rester le même : sincère et heureux.

Les photos sur lesquelles ils figuraient tous les deux montraient un couple qui s'enlaçait, des corps qui s'épousaient. Un expert en langage corporel à qui l'on demanderait de donner un avis objectif sur leur mariage sur la base de ces albums dirait sans aucun doute : « Je vois une famille heureuse, aimante, gaie ; aucune chance que ce couple se sépare. »

Elle ne s'arrêta guère sur les photos des gens qu'elle ne reconnaissait pas ; pourtant, le visage d'une femme revenait très régulièrement. Probablement Gina, songea-t-elle. Elle avait une poitrine généreuse, de grandes dents et d'épaisses boucles brunes. Alice et elle apparaissaient systématiquement levant une coupe de champagne ou un verre à cocktail tel un trophée. Elles semblaient former un duo très tactile, ce qui ne lui ressemblait pas. Alice n'avait jamais entretenu ce genre d'amitié démonstrative où l'on se prend dans les bras à la moindre occasion ; pourtant, Gina et elle posaient toujours joue contre joue, souriant de toutes leurs dents au photographe. Ces clichés la mirent mal à l'aise. « Arrête un peu, tu ne la connais même

313

pas », dit-elle à voix haute en regardant une photo sur laquelle elle plantait une grosse bise langoureuse sur la joue de Gina.

Alice scruta les photos de Gina un long moment, guettant des souvenirs – et le chagrin ? Mais non. Rien. Gina avait l'air plutôt rigolote, mais ne correspondait pas vraiment au genre de femme qu'Alice aurait choisie pour amie. Elle dégageait quelque chose de potentiellement dominateur. Une grande gueule, extravagante, fatigante.

Mais peut-être pas. À vrai dire, Alice aussi avait l'air un peu grande gueule et extravagante sur certaines photos. Peut-être qu'elle l'était devenue, maintenant qu'elle était si mince et qu'elle buvait tant de café.

Il y avait aussi des photos d'Alice et Nick avec Gina et un autre homme. Sûrement son mari. Mike Boyle. Le kinésithérapeute parti à Melbourne. C'était donc à ces moments qu'il pensait en évoquant « le bon vieux temps » sur sa carte de visite. Restaurants, barbecues et autres dîners dans une pièce qu'elle ne reconnaissait pas – sûrement chez Gina et Mike – où la table était jonchée de nombreuses bouteilles de vin vides. Les photos révélaient que Gina et Mike avaient deux jolies petites filles aux cheveux bruns (des jumelles, peut-être), du même âge que Tom environ. Sur certaines, les enfants jouaient tous ensemble, dévoraient d'énormes tranches de pastèque, s'éclaboussaient dans la piscine, dormaient les uns contre les autres sur les canapés.

Les deux familles étaient parties camper ensemble. Apparemment, ils avaient séjourné régulièrement dans une maison en bord de plage d'où la vue sur l'océan était imprenable.

Des vacances entre amis. Une piscine. Du champagne, le soleil, des éclats de rire. Une vie de rêve.

Mais peut-être que n'importe quelle vie a l'air merveilleuse si on ne voit que les albums photos. Face à un appareil photo, les gens sourient docilement, la tête penchée. Une fois l'obturateur fermé, Nick et Alice s'éloignaient peut-être l'un de l'autre sans même un regard, leur sourire laissant place à un rictus hargneux.

Elle observait les photos de mariage d'Elisabeth et Ben (ils avaient l'air si jeunes, si libres, avec leurs joues roses, et sa sœur, toute mince, rayonnait) quand elle entendit sonner. Elle se leva d'un bond, laissant les albums et tous ces souvenirs perdus sur le sol.

Deux femmes se tenaient sur le seuil de la porte, trois autres remontaient l'allée. Sur le lot, deux lui étaient parfaitement étrangères mais elle avait croisé les autres au cocktail organisé chez elle ou à l'école le matin même en déposant les enfants.

« Réunion du Comité de la meringue géante ? » interrogea Alice en retenant la porte. Munies de chemises cartonnées et de carnets, ces dames avaient l'air terriblement efficaces.

« Plus que six jours ! s'écria une grande et élégante femme aux cheveux gris en haussant les sourcils derrière ses lunettes carrées.

– Comment vas-tu ? demanda une autre, dotée de fossettes, en l'embrassant chaleureusement. J'ai passé le week-end à me dire qu'il fallait que je t'appelle. Bill m'a raconté. Ça l'a cloué, quand il t'a vue passer sur la civière à la salle de sport. Tu sais ce qu'il m'a dit ? "Alice Love, en position allongée ? Je n'aurais jamais cru voir ça !" Drôle de façon de s'exprimer, non ? »

Alice revit l'homme au visage rouge sur le tapis de course. « Je dirai à Maggie de t'appeler », s'était-il exclamé.

« Maggie ? » tenta Alice.

La femme lui serra le bras. « Désolée ! Je suis d'humeur frivole aujourd'hui ! »

Sans y être invitées, elles passèrent toutes dans la salle à manger et s'assirent autour de la table, leurs cahiers devant elles.

« Thé ? Café ? suggéra Alice d'une petite voix, inquiète de savoir si elle devait leur proposer quelque chose à grignoter.

– J'ai salivé toute la matinée rien qu'à l'idée de déguster tes muffins ! dit la femme aux cheveux gris.

– Je vais t'aider à apporter tout ça », décida Maggie.

La poisse ! Elles s'attendaient carrément à des pâtisseries maison !

En voyant l'état de la cuisine, Maggie prit un air surpris qu'Alice ne put ignorer. Les assiettes de la veille et le petit déjeuner des enfants traînaient çà et là. Alice avait prévu de nettoyer après avoir étendu le linge mais les albums photos l'avaient détournée de cette tâche. Il y avait des éclaboussures de lait et de viande hachée partout sur les plans de travail.

Tandis qu'Alice fouillait dans son congélateur à la recherche de muffins, Maggie mit l'eau à chauffer. « J'ai vu Kate Harper ce matin. Elle m'a dit que tu te remettais avec Nick.

– Yes ! » s'exclama Alice, une boîte en plastique à la main. Dessus, une étiquette datée d'une quinzaine de jours indiquait « *Muffins à la banane* ». *Je t'adore, Alice ! Tu es une guerrière !*

« Eh bien, je dois avouer que j'ai été un peu surprise. »

Alice leva les yeux vers elle, sentant à sa voix qu'elle était blessée.

« C'est juste que, d'après ce que j'ai compris, Dominick t'aime beaucoup, poursuivit-elle, s'efforçant d'être diplomate.

– Vous êtes bons amis tous les deux ? »

Maggie tressaillit. « Tout ce que je dis, c'est qu'il est… vulnérable, alors si, pour toi, cette histoire avec mon grand frère ne va nulle part, tu devrais peut-être le lui dire. »

Merde, c'était sa *sœur*. Maintenant qu'elle le savait, Alice lui trouva une légère ressemblance au niveau des yeux. Satanée Kate Harper !

« Et je ne sais pas, Alice, mais tout ce que tu disais l'autre jour à propos de Nick, qu'il ne respectait jamais ton avis, qu'il te donnait le sentiment d'être une idiote, alors qu'avec Dominick, tu vivais une relation beaucoup plus équilibrée, que tu aimais bien l'entendre parler de l'école parce que Nick, lui, ne te parlait jamais de son boulot, bref, tout ça, tu ne le pensais pas ? Et, pardon si je suis indélicate, mais je me suis demandé si ce revirement soudain n'était pas lié à ta blessure à la tête. Bon, j'ai bien conscience que mon discours ressemble à un plaidoyer en faveur de mon frère, mais c'est juste qu'à mon avis, eh bien, tu ne devrais pas te précipiter... »

Sa voix s'estompa, comme celle de Dominick.

Nick ne respectait pas son avis ? Bien sûr que si ! Il lui arrivait de dire qu'elle ne comprenait pas tout à l'actualité, mais jamais méchamment.

Alice ouvrit la bouche, pas bien sûre de ce qu'elle allait dire, mais quelqu'un sonna à la porte.

« Je reviens tout de suite », dit-elle en levant la main.

Elle traversa la salle à manger où s'élevaient les bavardages enjoués de ses invitées et courut ouvrir.

« Désolée pour le retard », fit une minuscule rousse d'une voix enfantine.

Devant elle, la femme qui avait embrassé Nick sur la machine à laver.

Devoirs d'Elisabeth pour Jeremy

Du coup, j'ai appelé le laboratoire pour avoir les résultats.

« Entrez ! » lança Alice.

Tout son être lui rappelait qu'elle connaissait cette femme. Le son de sa voix doucereuse lui provoqua même un léger haut-le-cœur, comme chaque fois qu'elle mangeait de l'avocat depuis le jour où elle avait fait une indigestion de guacamole.

« J'ai appris que vous étiez tombée à la gym, reprit la rousse. Je vous avais bien dit que ce n'est pas bon de faire tant de sport. » Elle se pencha pour lui faire la bise. Au secours ! Pas moyen d'échapper à cette manie que tout le monde avait de s'embrasser aujourd'hui ! Sans compter qu'il s'agissait d'une réunion du Comité de la meringue géante ! Ce n'était pas très pro !

317

Et voilà qu'à présent madame enlevait son écharpe pour l'enrouler autour du portemanteaux en toute décontraction, posant sur Alice un regard ingénu et dénué de la moindre culpabilité. Se comporterait-elle de la sorte si elle avait embrassé son mari entre ces murs ? « Je n'ai jamais regardé une autre que toi. Jamais embrassé une autre que toi », avait certifié Nick. Alors pourquoi la scène était-elle si claire dans sa mémoire ? Et comment Nick savait-il que le baiser avait eu lieu sur la machine à laver ?

« Vous êtes en retard, Mrs Holloway ! » s'exclama une voix depuis la salle à manger.

Holloway. Holloway. Mais oui ! La directrice adjointe ! Cette femme était beaucoup trop petite, jolie et mielleuse pour occuper une telle fonction.

Mrs Holloway entra dans la pièce à vivre comme en terrain conquis tandis qu'Alice retournait à la cuisine, où flottait un parfum de banane – la sœur de Dominick avait mis les muffins au micro-ondes.

« C'est Mrs Holloway qui vient d'arriver, expliqua Alice.

– Pfff ! » Maggie fit la moue tout en continuant de verser l'eau frémissante dans les mugs alignés sur le comptoir. Elle posa la bouilloire et adressa un clin d'œil à Alice. « N'hésite pas à lui rabattre le caquet si elle essaie de prendre le pouvoir. C'est ta réunion. C'est toi le chef.

– Puisque tu en parles… je suis incapable de l'animer, cette réunion.

– Pourquoi ça ?

– Apparemment, Dominick ne t'a pas dit…

– Il ne me dit pas tout. Tu sais comment sont les grands frères. Non, en fait, tu ne sais pas. Eh bien, ils n'ont rien à voir avec les grandes sœurs. »

Alice expliqua une fois encore qu'elle avait perdu la mémoire, que oui, il fallait qu'elle voie un médecin, et non, elle n'avait pas besoin de rester alitée, non, ce n'était pas une blague, oui, elle avait dû prendre un sacré coup sur la caboche.

Une voix s'éleva depuis la salle à manger. « Tout va bien, dans la cuisine ? Mmmmm, la bonne odeur de muffins !

– Patience ! » cria Maggie. Puis, se tournant vers Alice, elle dit gaiement : « Voilà pourquoi tu parles de te remettre avec Nick ! Tu as oublié les dix dernières années ! Ma foi, ça doit te faire super bizarre ! J'essaie de m'imaginer le truc. Où j'en étais, moi, à vingt-six ans ? »

Alice réalisa avec stupeur que Maggie avait trente-six ans. À vrai dire, toutes ces femmes réunies sous son toit devaient, comme elle, approcher la quarantaine.

Maggie se mit à glousser. « Oh là là ! J'aurais deux ou trois questions à lui poser, à la vieille Maggie, du haut de mes vingt-six ans ! À commencer par : comment tu t'es débrouillée pour te retrouver mariée au gars qui s'occupe de ta voiture ? Et… » Elle fit claquer ses mains sur ses hanches. « … mon Dieu, qu'est-ce que c'est que cette paire de hanches ? »

Alice jeta un œil à la silhouette de Maggie. Difficile d'être plus mince.

« On commence à tourner en rond là-bas », claironna la grande femme aux cheveux gris en entrant dans la cuisine. Elle se jucha sur le comptoir, balançant ses longues jambes moulées dans un blue-jean.

Elle reprit, d'une voix plus basse : « Il faut que tu viennes, Alice, avant que tu sais qui cherche à s'imposer. Ne t'inquiète pas, je me suis appliquée à saper toutes ses propositions. » Puis, d'une voix encore plus basse : « Si elle croit nous faire oublier l'incident honteux de la buanderie, elle se met le doigt dans l'œil, la sorcière !

– Tu es au courant ? demanda Alice en serrant le couteau qu'elle avait dans la main.

– Alice a perdu la mémoire, expliqua Maggie. Si ça se trouve, elle ne se rappelle même pas qui tu es ! Alice, je te présente

319

Nora. » Elle réfléchit. « En fait, tu ne te souviens peut-être pas de moi non plus ! Maggie ! Tu le savais ? » Elle arborait cette expression incrédule et quelque peu offusquée qu'Alice avait vue sur nombre de visages depuis son accident. Les gens avaient toutes les peines du monde à croire qu'on pouvait les oublier.

« En effet, j'ai entendu dire Chez Dino que tu avais perdu la mémoire, acquiesça Nora, mais je n'en ai pas cru un mot. J'ai pensé qu'au jeu du téléphone arabe, quelqu'un avait mal compris. Ça alors... et les médecins, quel est leur avis ?

— C'est vrai, alors ? Nick a embrassé cette bonne femme dans la buanderie ? » Alice se fit l'effet d'être une gamine, à parler bécot avec l'élégante inconnue aux cheveux gris.

« Nick ? Mais enfin, ma chérie, c'était Michael. Le mari de Gina. Elle les a surpris dans ta buanderie. » Puis, se tournant vers Maggie : « Sa mémoire lui joue vraiment des tours.

— Elle a *tout* oublié ! » fit Maggie, au comble de l'excitation. Elle croqua à pleines dents dans un muffin. « Comme Tracassin dans le conte des frères Grimm.

— Je crois que tu confonds avec Rip Van Winkle.

— Ah bon ?

— Pourtant, j'en ai un souvenir très précis, dit Alice lentement. Comme si ça m'était arrivé à moi.

— C'est que... tu étais tellement contrariée pour Gina, expliqua Maggie. Quand je pense que, normalement, elle devrait débarquer ici d'une minute à l'autre avec sa sacro-sainte bouteille de champagne ! Chaque fois que j'entends le bruit d'un bouchon qui saute, je ne peux pas m'empêcher de penser à elle. Je crois que je n'arrive pas à m'y faire.

— Sauf si la sorcière a aussi embrassé Nick, bien sûr, poursuivit Nora d'un air songeur.

— Besoin d'aide ? carillonna une voix enfantine depuis le couloir.

— Mrs Holloway, dit froidement Nora. Nous parlions justement de vous.

– Pas en mal, j'espère, répondit l'adjointe, en posant sur elle un regard bleu innocent.

– Bien sûr que non ! Qu'est-ce qu'on pourrait dire de mal sur vous ? Vous êtes blanche comme neige, après tout ! »

Maggie faillit s'étrangler avec son muffin.

« Puisque vous vous proposez, reprit Nora, vous pouvez apporter ces tasses à la salle à manger.

– Avec plaisir, répondit-elle sans ciller. Nous commençons bientôt, Alice ? » Elle regarda sa montre. « C'est juste qu'on m'attend à l'école.

– Dans une minute », répliqua Nora, le regard dur.

Mrs Holloway prit les mugs et sortit de la cuisine.

Aussitôt, Maggie se tourna vers Nora et lui mit une tape sur la tête, ébouriffant ses cheveux lisses. « Tu es infernale. »

Une scène digne d'une cour de récréation, sauf que les protagonistes avaient des rides, des cheveux gris et des gosses. Alice en éprouva un certain réconfort. Visiblement, les adultes avaient encore le droit de faire les idiots.

« Mais je ne comprends pas, dit-elle. Comment cette femme peut-elle être directrice adjointe si elle…

– … roule des pelles aux papas dans les buanderies ? termina Nora. On est les seules à être au courant. Gina nous a fait promettre de ne rien dire à personne. La sorcière a elle aussi des enfants à l'école. Gina disait qu'elle ne voulait pas être responsable d'un autre divorce.

– Tu n'imagines pas le nombre de fois où je me suis mordu la langue pour ne pas tout raconter à Dominick, dit Maggie. Lui qui la trouve super pro. Cela dit, je pense qu'elle avait simplement bu un coup de trop ce soir-là. On fait tous des erreurs.

– Madame prône l'indulgence ! Arrête un peu, Maggie, elle ne la mérite pas. Elle n'a même pas cillé quand j'ai dit qu'elle était blanche comme neige, cette salope.

– Si ça se trouve, elle a oublié. Ça fait trois ans maintenant.

– Ils avaient une liaison tous les deux ? » demanda Alice,

consciente qu'elle redoutait d'entendre la réponse. Elle avait beau savoir que Nick n'avait embrassé personne dans la buanderie, son sentiment de trahison était toujours aussi vif.

« Pour ce qu'on en sait, il n'y a eu que ce baiser aviné, répondit Maggie. Mais tous les problèmes que Gina et Mike ont rencontrés sont partis de là. J'ai toujours trouvé ça moche, de les voir se séparer, alors que les Holloway font figure de couple modèle, encore aujourd'hui. Ma parole, je les ai même vus main dans la main à la soirée quiz il y a quelques semaines. Je me suis dit, au secours, qu'on m'apporte un seau, je vais vomir.

– Peut-être qu'ils ont un accord, dit Nora d'un air songeur. Qu'ils forment un couple libre.

– Tu crois ? fit Maggie, incrédule. Bon, on ferait vraiment mieux de commencer cette réunion.

– Je devrais peut-être rester là, dit Alice. Vous n'avez qu'à leur dire que je ne me sens pas bien. » Elle ne savait pas du tout par où « commencer une réunion ».

« Je vais suivre l'ordre du jour point par point, proposa Nora. Contente-toi d'acquiescer. De toute façon, tu as déjà tout organisé dans les moindres détails, chacun sait parfaitement ce qu'il a à faire. Il n'y a pas plus efficace que toi, Alice.

– Je me demande par quel miracle c'est arrivé », soupira-t-elle. Elle se lécha un doigt et récupéra les miettes de muffin dans l'assiette en face d'elle sous le regard observateur de Nora et Maggie. À croire que son attitude leur paraissait étrange.

Elle s'abstint de remettre son doigt dans la bouche et laissa retomber les miettes. « Pourquoi cette tarte au citron meringuée géante, au fait ? Je veux dire, pourquoi pas un cheesecake ou autre ?

– C'était la spécialité de Gina, répondit Maggie. Tu ne te rappelles pas ? Ton idée, c'était de dédier la journée à la mémoire de Gina. »

Gina, évidemment. Au bout du compte, tout la ramenait à Gina.

Une fois qu'elle se souviendrait d'elle, tout lui reviendrait en tête.

Devoirs d'Elisabeth pour Jeremy

Deux options se présentent à moi.

Prendre le volant et laisser Sydney derrière moi. Mettre le cap au sud, via cette longue et sinueuse route côtière entre collines luxuriantes et mer bleue étincelante. Réjouissant, non ?

Continuer jusqu'à ce que la route soit déserte et trouver un poteau télégraphique bien placé. Un poteau qui ne demande qu'à se voir agrémenter d'une croix commémorative.

Et foncer droit dessus.

Ou alors...

Retourner au bureau. Demander à Layla d'aller m'acheter une salade César, avec des anchois, tiens, et un Coca-Cola Light, ou peut-être un smoothie à la banane. Je pourrais déjeuner tout en préparant mon discours inaugural pour le colloque de l'Union australienne du marketing direct.

Entre les deux, mon cœur balance.

Le poteau télégraphique ou le bureau.

Ça ne me semble pas plus important que de choisir entre le Coca-Cola Light ou le smoothie à la banane.

« Alice, te voilà ! J'espérais bien te croiser ce matin ! Tu sais, le week-end prochain, non, celui d'après, j'ai ce truc dont je te parlais, et je me disais que je pourrais récupérer Tom à la fête de Harry et garder les garçons jusqu'à l'heure du foot, comme ça, tu es tranquille pour ton rendez-vous avec je ne sais plus qui, et ensuite, tu peux les récupérer après le match, qu'en dis-tu ?

– Je peux te parler, maman, s'il te plaît ? Je peux te parler ? Maman, je peux te parler, s'il te plaît ?

– Alice ! Est-ce qu'Olivia sait ce qu'elle va porter comme déguisement à la fête d'Amelia ? Tu es au courant ? Quelle histoire ! Pas moins de sept gamines veulent y aller en Hannah Montana, mais apparemment, Amelia aussi, et comme c'est son anniversaire, les autres doivent trouver autre chose.

– Hé, Alice, le grand jour approche !

– Maman, j'ai dit s'il te plaît et tu fais comme si je n'existais pas !

– M'man, Clara peut venir à la maison cet après-midi ? S'te plaît, s'te plaît, s'te plaît ? Sa mère est d'accord !

– Maman ?

– M'man ?

– Le compte à rebours est lancé, Alice !

– Mrs Love ?

– Alice, tu as un instant ? »

Dans la cour de récréation, Alice se retrouva plongée au cœur d'un univers tourbillonnant et palpitant. Service de cantine, rendez-vous avec les copains, fêtes d'anniversaire...

Rien dont elle se souvenait.

Pourtant, tout lui semblait étrangement familier.

Devoirs d'Elisabeth pour Jeremy

Au cas où vous vous poseriez la question, j'ai décidé d'aller au bureau aujourd'hui.

La salade César n'était pas très bonne. Fade. Laitue flétrie. Croûtons rassis. Très décevante. Comme la vie.

Je ne parlais pas sérieusement, pour le poteau télégraphique.

Je ne ferais jamais une chose pareille. J'ai trop de bon sens et pas assez de personnalité.

Au fait, j'ai annulé notre prochaine séance. Veuillez m'excuser pour la gêne occasionnée.

PETITES RÉFLEXIONS D'UNE ARRIÈRE-GRAND-MÈRE SUR LA TOILE

Eh bien, c'était une soirée peu banale et franchement troublante ! X est arrivé pile à l'heure, habillé avec élégance et la raie sur le côté, avec, s'il vous plaît, une bouteille de vin et un bouquet de fleurs !

Je ne me suis pas démontée. Je l'ai invité à s'asseoir et, tandis que je découpais la quiche, je lui ai demandé sans détour pourquoi il avait saboté mon excursion autour de l'euthanasie. Je lui ai dit que j'avais l'impression qu'il avait lancé une vendetta contre moi et que je ne comprenais pas pourquoi il avait organisé sa croisière dans le port au même moment.

Il s'est justifié en expliquant qu'il s'était fait son opinion sur l'euthanasie suite au suicide de sa mère, dont il avait été témoin à l'âge de huit ans.

Je me suis sentie affreusement mal, vous l'imaginez ! J'en étais toute retournée ! Je ne savais pas quoi dire. J'avais les larmes aux yeux.

Il a attaqué la quiche et, tout à coup, il m'a regardée d'un air malicieux et m'a annoncé qu'en réalité sa mère était morte paisiblement dans son sommeil à l'âge de quatre-vingt-dix ans, mais qu'elle aurait très bien pu se suicider, parce qu'il lui arrivait de sacrément déprimer.

J'ai bien failli lui renverser le saladier sur la tête.

Alors, nous avons eu une discussion très animée – une dispute, devrais-je dire – sur le sujet. Ça a duré des heures et des heures, mais aucun de nous deux n'a changé d'avis. Il ne m'a pas vraiment opposé de nouveaux arguments. Il pense que « chaque moment de la vie est un don précieux et que c'est indécent de foutre en l'air la moindre seconde ».

J'ai fini par faire remarquer que, même s'il était contre l'euthanasie, il aurait pu organiser sa croisière un autre jour.

Ce à quoi il a répondu : « Vous savez, quand un petit garçon aime bien une petite fille, en général, il tire sur ses tresses avant de déguerpir avec son élastique ? »

J'ai acquiescé.

Et lui de conclure : « Eh bien, j'ai toujours une âme de petit garçon. »

Franchement, chers lecteurs, qu'est-ce qu'il a bien pu vouloir dire ?

Doris de Dallas écrit :
*Dites donc, Frannie, vous faites exprès de ne pas comprendre ?
Il essaie de vous dire que vous lui plaisez !
Et vous, comment vous le trouvez ? Il m'a l'air d'être un chouette
type. Un diamant brut.*

Anonyme écrit :
*Tout à fait d'accord avec Doris. Mais, à votre âge, quand même !
Beurk !*

Frank Neary écrit :
*Hé ! Mais on dirait que j'ai de la concurrence ! Je suis beaucoup
plus jeune que ce Mr X ! Donnez-moi ma chance !*

Groovy Granny écrit :
*Désolée, mais je n'irai pas par quatre chemins : X m'a l'air
d'être un homme drôlement retors. À votre place, je l'enverrais
promener ! Mais dites-moi, Alice a-t-elle retrouvé la mémoire ?*

Des cris.
« Maman ! Non ! Non ! Maman ! »
Alice se leva d'un bond, comme catapultée hors de son lit
malgré elle, et se précipita dans le couloir en mode automatique,
encore à moitié endormie, la bouche sèche, le cerveau embrumé
par une nuit de rêves interrompus.
D'où venaient ces cris d'hystérie ? De la chambre d'Olivia ?
Non, de celle de Madison. Alice ouvrit la porte. Dans le noir,
elle arrivait tout juste à distinguer une silhouette qui se débattait
sur le lit. « Elle est coincée ! Elle est coincée ! »
Alice s'habitua à l'obscurité et aperçut la lampe sur l'étagère
près du lit. Elle l'alluma.
Enchevêtrée dans ses draps, Madison avait les yeux fermés, le
visage déformé par une grimace. Elle serrait son oreiller contre
sa poitrine et le martelait de coups.
« Elle est coincée ! »

Alice lui retira l'oreiller et s'assit à côté d'elle sur le lit.

« C'est juste un mauvais rêve, ma chérie. Juste un mauvais rêve. » Elle savait, pour avoir fait de nombreux cauchemars, que le cœur de Madison battait à tout rompre et que sa voix à elle, bien réelle, s'insinuerait lentement dans le monde onirique dans lequel sa fille était enfermée pour l'en libérer.

Madison ouvrit les yeux et se jeta contre Alice, sa tête lui labourant les côtes.

« Maman, elle est coincée dessous ! Gina est coincée dessous ! » Madison sanglotait, serrant sa mère de toutes ses forces.

« C'est juste un mauvais rêve, répéta Alice en repoussant les mèches humides collées à son front. Je t'assure, ma chérie, c'est juste un mauvais rêve.

– Mais, maman, Gina est coincée dessous !

– Sous quoi, ma chérie ? »

Pas de réponse. Madison desserra son étreinte et commença à respirer plus lentement. Elle se blottit plus confortablement contre Alice.

Était-elle en train de se rendormir ?

« Coincée sous quoi ? chuchota Alice.

– C'est juste un mauvais rêve », répondit Madison d'une voix ensommeillée.

26

« Tatie Alice ! Tatie Alice ! »

Un garçonnet d'environ trois ans fonçait droit sur elle.

Machinalement, elle souleva son corps compact et le fit tournoyer tandis qu'il enroulait ses jambes autour de ses hanches tel un bébé koala. Elle plongea le nez dans ses cheveux bruns et respira son odeur de levure. Un parfum extrêmement familier, délicieusement familier. Elle huma de nouveau. Se souvenait-elle de cet enfant ? Ou lui évoquait-il un autre petit garçon ? Elle se disait parfois que ce serait peut-être plus simple de se boucher le nez pour bloquer ces réminiscences aussi soudaines que frustrantes qui s'évaporaient avant même qu'elle puisse les définir précisément.

Le petit garçon prit le visage d'Alice entre ses mains potelées et bafouilla quelques mots incompréhensibles, le regard grave.

« Il veut savoir si tu as des Smarties, dit Olivia. Tu lui apportes toujours des Smarties.

– Mince, dit Alice.

– Tu ne sais pas qui c'est, pas vrai ? se réjouit Madison d'un air méprisant.

– Si, elle sait, rétorqua Olivia.

– C'est notre cousin Billy, l'informa Tom. Le fils de tante Ella. »

La sœur cadette de Nick était tombée enceinte ? Scandaleux !

Du haut de ses quinze ans, elle venait tout juste d'entrer au lycée !

Tu n'as pas inventé le fil à couper le beurre, ma pauvre Alice ! On est en 2008 ! Elle a vingt-cinq ans ! Elle a probablement beaucoup changé !

Quoique, pas tant que ça en réalité, car la voilà qui arrivait, l'air aimable comme une porte de prison, bousculant tout le monde sur son passage. Ella avait toujours un style gothique. Teint pâle, regard maussade souligné d'un épais trait d'eye-liner noir, cheveux noirs, raie au milieu, carré plongeant. Elle portait une longue jupe, noire, des collants, noirs, des ballerines, noires, et un col roulé, noir également, sur lequel pendaient quatre ou cinq colliers de perles de longueurs variées. Personne d'autre qu'Ella ne pouvait se permettre un tel look.

« Billy ! Viens ici ! dit-elle sèchement en essayant, en vain, de détacher son fils d'Alice.

– Ella ! s'exclama Alice tandis que Billy, le visage enfoui dans son cou, resserrait son étreinte. Je ne m'attendais pas à te voir ici. » Si on lui avait demandé laquelle des Foldingues elle préférait, elle aurait répondu Ella. Adolescente, cette dernière était en proie à une émotivité exacerbée et passait du rire aux larmes sans prévenir. Elle aimait parler chiffons avec Alice et lui montrait ses robes vintage achetées à si bon prix dans des friperies que leur nettoyage chez le teinturier lui coûtait plus cher que les robes elles-mêmes.

« Ça te pose un problème, que je sois là ?

– Quoi ? Non, bien sûr que non. »

La soirée « Familles en scène » au village seniors de Frannie allait bientôt débuter dans une grande salle parquetée, où des radiateurs rougeoyants placés le long des murs et réglés au maximum diffusaient une forte chaleur, obligeant les visiteurs à enlever manteaux et gilets. Des rangées de chaises en plastique étaient disposées en arc de cercle face à une estrade sur laquelle se trouvait un malheureux micro devant des rideaux en velours rouge usés. Sous la scène, des déambulateurs de tailles diverses étaient soigneusement alignés, certains agrémentés, comme des bagages dans un aéroport, de rubans servant à les différencier.

Sur le côté, de longues tables à tréteaux couvertes de nappes blanches ; dessus, bouilloires, piles de gobelets en polystyrène, assiettes en carton remplies de sandwichs aux œufs, de mini-génoises enrobées de chocolat et saupoudrées de noix de coco, de pancakes à la confiture avec une pointe de crème qui se liquéfiait sous l'effet de la chaleur.

Les pensionnaires du village avaient déjà pris place aux premiers rangs : de vieilles dames ratatinées qui arboraient leur broche sur leur plus belle robe, de vieux messieurs voûtés qui avaient soigneusement ramené leurs cheveux sur le haut de leur crâne tacheté et portaient des cravates sous des pulls en V. Ils n'avaient pas l'air de sentir la chaleur.

Au milieu de la première rangée, Alice aperçut Frannie qui semblait avoir une discussion passionnée avec un vieil homme souriant aux cheveux blancs. Avec sa chemise blanche et son gilet à pois lustré, il se démarquait nettement des autres.

« À vrai dire, reprit Ella qui était enfin parvenue à arracher Billy des bras d'Alice, c'est ta mère qui nous a demandé de venir. Elle a dit que papa avait le trac, ce que j'ai peine à croire, mais bon, passons. Les autres ont toutes refusé de venir. »

Tiens donc ! Barb appelait les sœurs de Nick ; elle les sollicitait, comme si elles étaient sur un pied d'égalité.

Alice se rendit compte de l'étrangeté de ses pensées.

Bien sûr qu'elles étaient sur un pied d'égalité.

Pourtant, au fond d'elle-même (au fond, vraiment ?), elle avait toujours considéré que sa famille ne valait pas celle de Nick.

Les Love venaient des banlieues est de Sydney. « Je traverse rarement le pont », avait confié la mère de Nick à Alice. Le vendredi soir, elle se rendait parfois à l'opéra, quand sa mère à elle allait à la salle paroissiale pour participer à une soirée quiz (et gagner peut-être un plateau de viande ou une corbeille de fruits). Par ailleurs, les Love connaissaient du beau monde : députés, actrices, médecins, avocats et autres personnalités dont tout Australien qui se respecte doit avoir entendu parler. Ils étaient anglicans et n'allaient à l'église que pour la messe de Noël, et ce d'un pas alangui, comme s'il s'agissait d'un événement mineur sans être dénué de charme. Nick et ses sœurs avaient fréquenté des écoles privées et l'Université de Sydney – la plus ancienne du pays. Ils fréquentaient les meilleurs bars et restaurants. Ils étaient, comme qui dirait, les maîtres de la ville.

La famille d'Alice quant à elle venait du nord-ouest de la ville, un quartier sans intérêt où résidaient catholiques fervents, cadres moyens, experts-comptables et autres clercs de notaire. La mère d'Alice traversait rarement le pont elle aussi, mais c'était parce qu'elle connaissait mal la ville. Pour elle, prendre le train pour aller jusqu'au centre était une véritable aventure. Elle avait envoyé Alice et Elisabeth à l'école catholique pour filles du coin où les élèves étaient censées devenir infirmières ou enseignantes, pas médecins ni avocates. Elles allaient à la messe tous les dimanches ; les enfants de la paroisse y accompagnaient à la guitare les voix aiguës et fluettes des fidèles qui suivaient les paroles projetées en hauteur derrière le prêtre chauve dont les lunettes réfléchissaient la lumière des vitraux. Alice s'était souvent dit qu'il aurait mieux valu carrément venir des quartiers ouest – elle aurait pu jouer les pépées fortes en gueule et se faire tatouer la cheville – ou d'une famille d'immigrés avec un accent prononcé – elle aurait été bilingue et sa mère aurait fait des pâtes maison. Au lieu de ça, Alice Jones avait grandi dans une famille de banlieusards tout ce qu'il y a de plus quelconque. Aussi fade que du porridge.

Jusqu'à ce que Nick entre dans sa vie. Enfin, elle s'était sentie intéressante et exotique.

« Alors, qu'est-ce que tu racontes au prêtre quand tu vas à confesse ? lui avait-il demandé un jour. Tu as le droit d'en parler ? » Puis, regardant des photos d'Alice dans sa jupe plissée qui descendait bien au-dessous du genou (collège catholique oblige), il lui avait chuchoté à l'oreille : « J'ai très envie de toi, là tout de suite ! » Assis dans le canapé à fleurs de la mère d'Alice, à côté d'une table basse carrée marron – la plus grande d'un ensemble gigogne – sur laquelle se trouvait un napperon brodé, il avait bu son thé accompagné d'un petit gâteau généreusement beurré et agrémenté d'un glaçage rose bonbon. « De quand date cette maison ? » avait-il demandé à Barb, comme si leur petit pavillon en brique méritait une question si respectueuse.

Et Barb de répondre : « De 1965. Nous l'avons payée cinq cents livres à l'époque. »

Alice n'en avait jamais rien su ! Grâce à Nick, leur maison avait désormais une *histoire*. Il avait écouté avec intérêt, fait des commentaires sur les lustres et s'était comporté exactement de la même manière que lorsqu'il était à la table ancienne certifiée d'époque dans la salle à manger de sa mère, à déguster des figues fraîches et du fromage de chèvre accompagnés de champagne. Alice avait manqué de défaillir d'adoration.

« Dis, maman, on va s'asseoir avec papa, quand il sera arrivé ? demanda Olivia en tirant la manche de sa mère. Vous allez vous mettre côte à côte tous les deux ? Comme ça, quand vous me regarderez danser, vous pourrez vous dire : "Elle n'est pas adorable, notre petite fille ! Comme elle nous rend fiers !" »

Vêtue d'un justaucorps, d'une jupe en tulle vaporeuse et de chaussons de danse, Olivia était fin prête pour son numéro, même si, d'après elle, Alice ne lui avait pas mis assez de maquillage.

« Bien sûr qu'on va s'asseoir ensemble, acquiesça Alice.

– Olivia, fit Madison, tu mets tout le monde mal à l'aise, là.

– Pas du tout », dit Ella, en serrant la petite contre elle. Puis, touchant l'ourlet du haut rouge à manches longues de Madison : « Ce haut te va à ravir. Je l'aurais parié.

– C'est mon préféré, sauf que, bien sûr, maman met toujours une éternité à le laver », répondit-elle avec véhémence.

Alice constata qu'Ella regardait Madison avec beaucoup de douceur. Manifestement, la sœur de Nick aimait les enfants d'Alice et, à en juger par l'attitude de Billy qui essayait toujours d'attraper son sac, espérant y trouver des Smarties, elle-même aimait beaucoup le petit garçon d'Ella. Elles étaient de vraies tatas ! Alice en éprouva de la tendresse pour sa Foldingue préférée.

« Tu es devenue si belle, si élégante, lui dit-elle.

– Tu te moques de moi ? lâcha Ella en se raidissant.

– Tu risques de trouver maman un peu bizarre ce soir, tante Ella, expliqua Tom. Elle a un traumatisme crânien. J'ai fait des recherches sur Internet. J'ai tout imprimé si tu veux en savoir plus.

– Papa d'amour ! » s'écria Olivia.

Sur le seuil de la grande salle, Nick parcourait l'assemblée des yeux. Vêtu d'un costume luxueux, il portait son col de chemise ouvert, sans cravate. L'image même de l'homme d'âge mûr, sexy et prospère, conscient de sa position sociale ; l'homme qui prend des décisions importantes et ne laisse plus tomber sa tartine sur sa chemise avant une présentation.

Nick aperçut les enfants en premier. Son visage s'illumina. La seconde suivante, il vit Alice et se rembrunit. Il s'avança vers eux. Olivia se jeta dans ses bras.

« Mes petits poulets ! Vous m'avez manqué ! » dit-il d'une voix étouffée, le visage enfoui dans le cou d'Olivia tandis qu'il ébouriffait les cheveux de Tom et tapotait Madison dans le dos.

« Salut, papa ! Tu sais combien il y a de kilomètres entre la maison et ici ? demanda Tom. Allez, devine !

– Euh, quinze.

– Pas loin ! Treize ! Maintenant, tu le sais ! »

Puis, se tournant vers Ella : « Salut, la môme ! » Nick l'avait toujours appelée « la môme ». Ella le regarda avec adoration. Entre eux, rien n'avait changé. « Salut, le môme de la môme ! »

Il prit Billy dans ses bras. Le petit gloussa en répétant : « Le môme de la môme ! Le môme de la môme ! »

« Comment vas-tu, Alice ? » demanda Nick sans même la regarder. Il l'avait saluée après tous les autres, de sa voix polie. Elle était reléguée à la dernière place.

« Je vais bien, merci. » *Ne t'avise pas de pleurer.* Elle se surprit à souhaiter la présence de Dominick, la présence de quelqu'un qui l'aimait plus que n'importe qui d'autre. C'était horrible de se sentir méprisée et méprisable.

Une voix chevrotante qui lui était familière se fit entendre. « Mesdames, mesdemoiselles, messieurs ! C'est avec une joie immense que je vous souhaite la bienvenue à la soirée "Familles en scène" du village seniors de Tranquility Wood ! Prenez place !

– Frannie ! » s'écria Olivia.

Vêtue d'une robe bleu roi des plus flatteuses, la vieille dame s'exprimait d'une voix calme bien qu'inhabituellement snob dans le micro.

« Elle n'a pas l'air d'avoir le trac, s'étonna Madison. À sa place, j'aurais tellement la trouille de parler devant tous ces gens que je m'évanouirais !

– Moi aussi ! dit Alice.

– N'importe quoi ! rétorqua Madison en faisant la moue.

– Si, je t'assure ! »

Ils s'installèrent, non sans faire d'histoires, car Madison, Tom et Olivia voulaient tous être à côté de leur père, la petite dernière insistant pour que ses deux parents soient côte à côte, sachant qu'elle devait elle-même rester au bout de la rangée de sorte de pouvoir gagner la scène à l'appel de son nom sans déranger tout le monde. Billy, lui, voulut s'asseoir sur les genoux d'Alice, contre l'avis de sa mère qui finit par céder. Alice se retrouva donc entre Madison et Nick, avec le petit corps tout chaud de Billy blotti contre elle. Enfin quelqu'un qui l'aimait.

Mais où était Elisabeth ? se demanda Alice en la cherchant

des yeux. Elle était censée venir ce soir, mais peut-être avait-elle changé d'avis ? Sa mère l'avait informée par téléphone que les résultats de sa prise de sang étaient tombés – négatifs – mais qu'Elisabeth lui avait semblé bien, quoiqu'un peu bizarre. « À vrai dire, je me suis demandé si elle n'avait pas bu », avait confié Barb. Alice avait toujours la figurine de fertilité de Dino dans son sac à main. Ne risquait-elle pas de blesser Elisabeth si elle la lui donnait après ce nouvel échec ? Pourtant, elle ne voulait pas priver sa sœur de ses pouvoirs magiques. Elle demanderait à Nick ce qu'il en pensait.

Elle se tourna vers lui. Les yeux rivés sur la scène, il arborait un air sévère. Pouvait-elle encore solliciter son opinion sur ce genre de choses ? Difficile à dire. Il s'en moquait peut-être complètement.

Le public était installé. Frannie tapota le micro et dit : « Notre premier talent ici ce soir : l'arrière-petite-fille de Mary Barber, qui va nous chanter *My Heart Will Go On.* »

Une fillette vêtue d'une robe cousue de paillettes étincelantes et outrageusement maquillée (« Tu vois, maman ! » Penchée sur son père, Olivia lança à Alice un regard lourd de reproches) entra sur scène à grands pas en remuant la poitrine comme une vieille danseuse de cabaret. « Ça promet », soupira Nick. Les mains sur le micro, la petite commença à chanter d'une voix larmoyante qui fit tressaillir le public comme un seul homme chaque fois qu'elle partait dans les aigus.

Les petits-enfants d'un pensionnaire affublés de hauts-de-forme et de cannes interprétèrent ensuite un numéro de claquettes, suivi d'un tour de passe-passe réalisé par le petit-neveu d'un autre (« Ben moi, je sais très bien comment il a fait », dit Tom dans un murmure sonore) et d'un enchaînement de gymnastique exécuté par la nièce d'un troisième. Billy commença à s'ennuyer et passa de genoux en genoux, touchant le nez de chacun en disant « Menton » ou l'inverse, ravi de sa plaisanterie.

Enfin, Frannie annonça : « Et maintenant, Olivia Love, mon

arrière-petite-fille d'adoption, qui va nous présenter un numéro de danse de son invention : *Le papillon.* »

Alice se figea, terrifiée. *De son invention ?* Olivia n'allait donc pas interpréter quelques pas appris à l'école de danse, comme elle l'avait imaginé. Le résultat serait probablement catastrophique. Un vrai cauchemar, songea-t-elle, les mains moites, comme si elle devait monter sur scène elle-même.

« Heu, fit Olivia sans bouger.

– Olivia, dit Tom. C'est à toi.

– J'ai un peu le trac, en fait.

– Tous les grands artistes ont le trac, ma puce, dit Nick. C'est bon signe. Tu vas être époustouflante.

– Tu n'es pas obligée de... », fit Alice.

Nick lui posa la main sur le bras. Elle se tut.

« Dès que tu seras lancée, le trac va s'envoler.

– Promis ? dit Olivia en levant vers lui un regard plein de confiance.

– Croix de bois, croix de fer, si je mens, je me change en ver de terre. »

Olivia leva les yeux au ciel. « Patate ! » Elle descendit de sa chaise et se dirigea vers la scène, son jupon de tulle rebondissant au rythme de ses pas. Alice eut un pincement au cœur. Olivia était si *petite*. Si seule.

« Tu as vu sa chorégraphie ? demanda Nick à voix basse en réglant sa petite caméra argentée.

– Non... du moins, je ne crois pas. Et toi ?

– Non. » Ils regardèrent Olivia monter les marches de la scène. « Pour être honnête, moi aussi, j'ai un peu le trac, avoua Nick.

– Pareil », dit Alice.

Olivia se tenait au centre de la scène, la tête baissée, les bras enroulés autour des épaules, les yeux fermés.

Alice se massa le ventre. La tension de Nick était palpable.

La musique commença. Doucement, Olivia ouvrit un œil,

puis l'autre. Elle bâilla à s'en décrocher la mâchoire et se tortilla, telle une chenille qui se libère paresseusement de son cocon. Par-dessus son épaule, elle aperçut une aile invisible et en resta bouche bée.

Le public éclata de rire.

Tout le monde *riait*.

Sa fille était drôle ! Une véritable comique !

Olivia regarda par-dessus son autre épaule et chancela de plaisir. Elle s'était changée en papillon ! Elle voleta de-ci de-là, testant ses nouvelles ailes, d'abord maladroitement, puis avec brio.

Certes, elle ne dansait pas vraiment en rythme avec la musique et certains de ses mouvements étaient... bizarres, mais ses mimiques ! Impayables ! De l'avis d'Alice – et en toute objectivité –, personne n'avait interprété un papillon avec tant de drôlerie et de coquetterie !

Quand la musique s'arrêta, Alice avait mal aux zygomatiques à force de sourire et elle éprouvait une immense fierté. Elle parcourut le public des yeux. Les gens souriaient, applaudissaient, manifestement conquis, même s'ils se retenaient probablement un peu de peur de vexer les autres artistes (une standing ovation n'aurait pas été exagérée !). Seule une femme, rivée à son téléphone portable, ne regardait pas sa fille. Incroyable ! Comment avait-elle pu décrocher les yeux de la scène ?

« C'est une comique née ! » souffla-t-elle à l'oreille de Nick.

Nick baissa la caméra. Il se tourna vers elle. Dans son regard, un mélange d'admiration et de joie.

« Maman, fit Madison, je lui ai donné un petit coup de main, tu sais ?

– C'est vrai ? » Alice la prit par l'épaule et la serra contre elle. « Je suis sûre que ce n'était pas qu'un petit coup de main, dit-elle à voix basse. Tu es une super grande sœur. Comme tante Libby l'était pour moi. »

Un voile de stupéfaction passa sur le visage de Madison. Puis, elle sourit de ce sourire exquis qui transformait son visage.

« D'où vous vient un tel talent, à tous les trois ? » reprit Alice d'une voix tremblotante. Et pourquoi Madison avait-elle eu l'air si surprise ? songea-t-elle.

« De leur père », répondit Nick.

Olivia revint en se dandinant et s'assit près de Nick, un sourire timide sur les lèvres. « J'étais bien ? Parfaite ?

– La meilleure ! fit Nick. De l'avis général, on pourrait aussi bien plier bagage maintenant que la petite Olivia Love est passée !

– Patate ! » gloussa Olivia.

Ils assistèrent à quatre autres numéros, dont un sketch interprété par une quarantenaire qui ne fit rire personne (risible) et une récitation de poème par un petit garçon qui perdit complètement ses moyens au bout de quelques vers, poussant son grand-père à le rejoindre d'un pas mal assuré sur scène pour terminer la lecture du texte main dans la main. Alice en fut émue aux larmes.

Frannie remonta ensuite sur scène. « Mesdames, mesdemoiselles, messieurs, quelle soirée exceptionnelle, n'est-ce pas ? Vous pourrez bientôt vous restaurer, mais avant, le finale, proposé, je m'en excuse, par deux membres de ma famille. Merci d'applaudir Barb et Roger dans une démonstration de salsa exceptionnelle ! »

Le noir se fit sur scène. Un unique projecteur s'alluma, révélant la mère d'Alice et le père de Nick dans leur costume de danse latine, parfaitement immobiles. Penché au-dessus de Barb qu'il retenait par la taille, un genou entre ses cuisses, Roger fronçait les sourcils dans un effet des plus dramatiques.

Nick émit un son guttural. Compatissante, Ella lui fit écho.

« Waouh, on dirait des stars, comme à la télé, s'exclama Tom, ravi.

– Carrément pas, répondit Madison.

– Si.

– Chut », firent Nick et Alice à l'unisson.

La musique commença et le couple se mit à danser. Avec talent. Ils s'approchaient et s'éloignaient l'un de l'autre en roulant des hanches à la perfection. Mais leur prestation avait quelque chose d'insoutenable. C'était tellement sexuel que c'en était gênant – devant un public si âgé de surcroît.

Au bout de cinq minutes atrocement longues, Roger se posta devant le micro tandis que Barb dansait autour de lui, soulevant les côtés de sa jupe et frappant du pied de manière provocante. Alice sentit un fou rire monter en elle.

« Chers amis ! » lança Roger d'une voix forte où perçait une pointe de snobisme. La lumière du projecteur éclairait les gouttes de sueur sur son front cuivré. « Vous savez sûrement que ma charmante épouse et moi-même proposerons dorénavant des cours de salsa un mardi sur deux. Un excellent exercice qui, en plus, vous donnera beaucoup de plaisir ! Tout le monde peut pratiquer la salsa et, pour vous le prouver, je vais demander à deux non-initiés parmi vous de nous rejoindre sur scène. Voyons voir... »

Le projecteur balaya l'assemblée. Alice suivit la lumière, espérant que Roger aurait le bon sens de choisir un couple capable de se déplacer.

Le faisceau s'arrêta sur Nick et elle. Tous deux levèrent les mains en visière pour protéger leurs yeux.

« Ma foi, voilà les victimes idéales ! Ce couple tétanisé, là-bas, qu'en penses-tu, Barb ? »

Olivia, Tom et Madison se levèrent d'un bond en criant, comme s'ils avaient décroché le gros lot. Ils s'accrochèrent à leurs parents. « Ouais, super ! Papa, maman, en piste ! Allez !

– Non, non ! Demandez à d'autres ! » dit Alice, paniquée, en repoussant les enfants. Elle ne se portait *jamais* volontaire pour ce genre de chose.

« Je crois qu'ils seront parfaits, Roger, approuva Barb, toujours sur scène, avec un sourire d'animatrice de jeu télé.

– Je vais les tuer », siffla Nick entre ses dents. Puis, d'une voix forte : « Désolé ! J'ai mal au dos ! »

Une excuse difficile à avaler pour un public arthritique.

« Mal au dos ! À d'autres ! cria une vieille dame.

– Essayez, dégonflés !

– Faites pas les rabat-joie !

– Dès que tu seras lancé, le trac va s'envoler, papa, l'encouragea gentiment Olivia.

– En piste ! En piste ! En piste ! » scanda le troisième âge, tapant des pieds avec une énergie insoupçonnée.

Nick se leva dans un soupir. « Finissons-en », dit-il en regardant Alice.

Ils se dirigèrent vers la scène, Alice tirant sur sa jupe gauchement. Au premier rang, Frannie haussa les épaules à leur passage et leva les mains, l'air de dire : « Je n'y suis pour rien. »

« Bien, tenez-vous face à face », dit Roger.

Roger et Barb se postèrent respectivement derrière Nick et Alice qui se laissèrent manipuler telles des marionnettes. La main d'Alice se retrouva sur l'épaule de Nick, celle de Nick sur la taille d'Alice.

« Plus près, maintenant, ordonna Roger d'une voix tonitruante. Ne soyez pas timides. Regardez-vous dans les yeux. »

Alice s'exécuta d'un air malheureux. Sur le visage de Nick, une expression polie. Rien d'autre. À croire que Roger venait de désigner deux parfaits inconnus dans le public. C'était atroce.

« Allez, ne sois pas timoré, insista Roger en gratifiant son fils d'une tape dans le dos. C'est à l'homme de prendre les choses en main ! Tu mènes, elle suit ! »

Les narines de Nick frémirent, signe d'un profond agacement. Tout à coup, il glissa la main sur ses reins et l'attira vers lui, fronçant les sourcils d'un air impérieux dans une parfaite imitation de son père.

Le public éclata de rire.

« Ma foi, monsieur a l'air d'être fait pour ça, les amis ! » dit Roger. Il regarda Alice avec bienveillance. Il avait beau être un vieil idiot pontifiant, il était plein de bonnes intentions.

« Allez, le pas léger, sur l'avant des pieds, dit Barb en montrant à Nick. Pied droit vers l'avant, pied gauche vers l'arrière, avance pied droit, reviens, poids du corps sur le pied droit, recule pied gauche, reviens, poids du corps sur le pied gauche, avance pied droit, oui, voilà, comme ça !

– Et on bouge les hanches ! » s'écria Roger.

Nick et Alice dansaient rarement en public. Quand l'occasion se présentait, elle était trop mal à l'aise, et lui n'y tenait pas spécialement. Mais parfois, à la maison, s'ils avaient bu du vin en dînant et qu'ils écoutaient un disque adéquat en remplissant le lave-vaisselle, ils s'élançaient dans la cuisine. Une danse idiote et extravagante. Toujours à l'initiative d'Alice, car en réalité, elle aimait bien danser, et elle n'était pas mauvaise.

Elle se mit à bouger les hanches tout en gardant le haut du corps immobile, comme sa mère. La foule approuva à grands cris et une voix enfantine, celle d'Olivia probablement, hurla : « Allez, maman ! » Nick se mit à rire. Il lui marchait sur les orteils. Barb et Roger souriaient de toutes leurs dents. Elle distinguait nettement les cris de ses enfants dans le public.

L'alchimie entre eux était intacte. Elle le sentait dans leurs mains. Le voyait dans ses yeux. Même si ce n'était qu'une survivance de l'alchimie, il y avait toujours quelque chose. L'espoir lui fit tourner la tête.

La musique s'arrêta. « Voyez ! Tout le monde peut apprendre à danser la salsa ! » cria Roger. Nick, lui, baissa les mains et tourna les talons.

Devoirs d'Elisabeth pour Jeremy

Nous sommes en route pour assister à la soirée « Familles en scène » au village seniors de Frannie quand, tout à coup, j'ai une furieuse envie de regarder la télévision.

C'est l'heure de *Dr House*. J'adore House. J'ai besoin de le voir balancer ses diagnostics invraisemblables sur un ton méchant et sarcastique. Qu'est-ce qu'il dirait si j'étais sa patiente ? J'aimerais bien que vous soyez un peu plus comme lui, Jeremy. Vous êtes tellement sympathique, tellement poli. Pourquoi vous ne me dites pas mes quatre vérités, simplement ?

« Vous êtes stérile. Passez à autre chose ! » Voilà ce qu'il décréterait d'un air méprisant en brandissant sa canne, et moi, ça me ferait un tel choc que j'en sortirais toute revigorée.

Alors je demande à Ben : « On peut rentrer à la maison ? »

Il n'essaie pas de me faire changer d'avis. Il se montre très doux et très prudent en ce moment. Les dossiers de demande d'adoption ne sont plus sur le comptoir de la cuisine. Il les a fait disparaître. Temporairement. L'idée lui trotte toujours dans la tête, je le vois dans ses yeux. Il a toujours de l'espoir. Et c'est bien là tout le problème. Moi, je ne peux plus me permettre d'espérer.

Quand j'ai eu les résultats de la prise de sang, je l'ai appelé. J'ai ouvert la bouche mais aucun mot n'est sorti de ma bouche. Il n'a rien dit non plus, je savais qu'il essayait de retenir ses larmes. Ça se voit à tous les coups, quand il essaie de ne pas pleurer. On dirait qu'il lutte contre un truc invisible qui voudrait prendre le contrôle de son esprit.

« Ça va aller », finit-il par dire.

Foutaises. « Je sais. »

J'ai failli lui dire la vérité.

Non, je mens. Je n'ai même pas essayé.

Après *Dr House*, j'ai enchaîné avec *Médium*, *Boston Justice* et *Cheaters*. Vous savez, cette émission de téléréalité où ils espionnent des gens qui trompent leur partenaire et les mettent face aux images qu'ils ont tournées en caméra cachée ? C'est mesquin, triste et vulgaire. À l'image du monde dans lequel on vit, Jeremy.

Je crois que ma santé mentale laisse à désirer en ce moment.

Le spectacle terminé, les adultes s'attardèrent autour du buffet, à boire du thé, du café et à manger des pancakes sur des serviettes en papier au creux de leur main.

Dans l'allée centrale, un grand nombre de petits-enfants et arrière-petits-enfants s'affrontaient dans une course de fauteuils roulants en criant de joie.

« Frannie, tu es sûre qu'ils ont le droit de faire ça ? » demanda Alice, s'essayant au rôle de l'adulte responsable, alors que Madison poussait un fauteuil dans lequel Olivia et Tom étaient serrés l'un contre l'autre, les jambes tendues devant eux.

« Bien sûr que non, soupira la vieille dame. Mais j'ai l'impression que c'est un de nos pensionnaires qui a organisé la course. » Elle montra l'homme aux cheveux blancs avec lequel elle s'était disputée avant le spectacle, l'homme au gilet à pois. Assis sur un fauteuil, il faisait tourner les roues avec ses mains en criant : « Vous ne m'aurez pas ! »

Frannie fit la moue. « Il a quatre-vingt-cinq ans, moins quatre-vingts dans sa tête. » Après une pause : « Cela dit, je ferais peut-être bien de prendre quelques photos pour la newsletter. » Elle s'éloigna, laissant Alice avec Nick et Ella qui portait Billy dans ses bras. La tête contre l'épaule de sa mère, il suçait son pouce.

« Eh bien, sacrée démonstration, dit Ella en jetant un regard oblique à Nick et Alice comme s'ils étaient des spécimens scientifiques. Si je m'attendais à voir ça.

— Je voulais juste donner une bonne leçon à papa, expliqua Nick en pliant un pancake dont il ne fit qu'une bouchée.

— Tu as faim ? » demanda Alice. Elle scruta le buffet. « Tu veux un sandwich ? Il y en a aux œufs et au curry. » Nick les adorait.

Mal à l'aise, il se racla la gorge et lança un regard à sa sœur. « Non, ça va, merci. »

À présent, Ella les dévisageait ouvertement.

« Alors, commença Alice, comment se fait-il que tu sois venue sans tes sœurs ? » Habituellement, les Foldingues se déplaçaient en bande.

« Eh bien, pour être honnête, Alice, elles ne veulent pas se retrouver dans la même pièce que toi. »

Alice eut un mouvement de recul. « Rien que ça. » Elle n'était pas habituée à provoquer des réactions si violentes chez les autres, même si, bien sûr, l'idée d'avoir un tel pouvoir sur les Foldingues n'était pas pour lui déplaire. C'était même jouissif.

« Ella, dit Nick sur un ton de reproche.

– Je dis les choses telles qu'elles sont, point. Moi, j'essaie de ne pas prendre parti. Mais, bien sûr, ce serait plus simple si tu rendais la bague de Granny Love, Alice.

– Oh ! J'allais oublier ! » Elle sortit un écrin de son sac à main. « Je voulais te la donner justement. Tiens. »

Nick prit lentement la boîte. « Merci. » Il la garda un instant au creux de sa main, comme s'il ne savait pas quoi en faire, puis la fourra dans la poche de son pantalon.

« Bon, puisque c'est si simple, poursuivit Ella, autant aborder deux ou trois autres points, comme, je ne sais pas, moi, l'argent.

– Ella, ce n'est vraiment pas ton problème, s'interposa Nick.

– Et puis, la garde. Pourquoi faut-il que tu sois si peau de vache ?

– Ella, tu dépasses les bornes.

– Meuh », fit Alice.

Nick et Ella la regardèrent, interloqués.

« Et qu'est-ce qu'elle fait, la vache ? chantonna Alice. Meuh, meuh, meuh. » Elle sourit. « Désolée. C'est sorti tout seul ! »

Billy leva la tête, sortit son pouce de sa bouche et fit : « Meuh ! » Il gratifia Alice d'un grand sourire avant de reposer la tête sur l'épaule de sa mère, le pouce dans la bouche. Ella et Nick, eux, restaient bouche bée.

« Ça doit venir d'un livre qu'on lisait aux enfants », dit Alice.

Cet étrange phénomène se produisait sans cesse. Mots, expressions, paroles de chansons s'invitaient dans sa tête sans prévenir, comme si tous ces souvenirs, équivalents à dix ans de vie, avaient été casés dans un tiroir trop petit au fin fond de son cerveau, et que, de temps à autre, un fragment absurde s'en échappait.

D'une seconde à l'autre, le tiroir allait s'ouvrir d'un coup, inondant sa tête de souvenirs tristes, joyeux et bien d'autres encore. Elle n'était pas certaine que ce moment lui tarde.

« L'autre jour, reprit Alice, j'ai fait tomber quelque chose, et j'ai dit : "Mercredi !" Ça m'a paru si familier. Mercredi.

– Olivia le disait tout le temps quand elle était petite, expliqua Nick en souriant. Et nous aussi. Mercredi. J'avais oublié. Mercredi.

– J'ai raté quelque chose, ou quoi ? demanda Ella.

– Tu ferais bien de rentrer pour coucher Billy, dit Nick.

– Très bien, dit Ella. Bon. À dimanche, alors. » Elle l'embrassa sur la joue.

« Dimanche ?

– La fête des Mères ? On déjeune chez maman ? Elle a dit que tu venais.

– Oh, oui. Oui, bien sûr. »

Comment Nick se débrouillait-il sans Alice ? C'était elle qui gérait sa vie sociale, lui rappelant chaque week-end ses engagements. Il devait oublier un tas de choses à présent.

« Au revoir, Alice. » Ella ne s'avança pas pour l'embrasser. Contrairement à tous ces gens qui tenaient manifestement beaucoup à lui faire la bise à la moindre occasion. « Merci pour la bague. Elle a une grande valeur pour les Love. »

Comprendre : *Tu n'es plus une Love.*

« Je t'en prie », répondit Alice. *Ne me remercie pas, elle est affreuse, cette bague !*

Une fois seul avec elle, Nick dit : « J'en conclus que tu n'as toujours pas retrouvé la mémoire ?

– Pas tout à fait. Mais ça ne saurait tarder.

– Comment tu t'en sors, avec les enfants ?

345

– Bien. » Inutile de mentionner ses manquements quotidiens, entre les autorisations non signées ou perdues, les uniformes pas lavés, les devoirs oubliés, ou encore son incapacité à gérer leurs disputes à cause de l'ordinateur ou de la PlayStation. « Ils sont adorables. On a fait des enfants adorables.

– Je sais. » Son visage s'assombrit. « Je sais. » Il s'interrompit, hésitant manifestement à exprimer le fond de sa pensée, puis : « C'est pour ça que l'idée de ne les voir que le week-end me rend malade.

– Oh, ça. Eh bien, si on ne se remet pas ensemble, on fera cinquante-cinquante. Une semaine avec toi. Une semaine avec moi. Ça me paraît normal.

– Tu n'en penses pas un mot.

– Bien sûr que si. Je te signe un papier, si tu veux.

– Très bien. Mon avocat va préparer un document dans ce sens. Je te le ferai livrer par coursier dès demain.

– Pas de problème.

– Quand tu auras retrouvé la mémoire, tu changeras d'avis. » Il laissa échapper un rire amer. « Et tu ne parleras plus de se remettre ensemble, je suis prêt à le parier.

– Vingt dollars ! Tope là ! »

Nick lui serra la main. « Pari tenu. »

Le contact de sa main lui plaisait toujours. Son corps ne le lui ferait-il pas savoir, si elle le détestait ?

« J'ai découvert que c'était le mari de Gina qui avait embrassé cette femme dans la buanderie, pas toi.

– Ah oui, le fameux incident de la buanderie. » Nick adressa un sourire à une vieille dame qui, appuyée sur sa canne, faisait tant bien que mal passer une assiette remplie de sandwichs. « Bon, d'accord, je me laisse tenter ! » Il en choisit un. Œuf-curry.

« Pourquoi tu as dit que tu trouvais ça révélateur que je pense que c'était toi ? demanda Alice en prenant un sandwich avant que la vieille dame ne renverse l'assiette.

– Parce que je n'arrêtais pas de te répéter que je n'étais pas Mike Boyle. » Il avait beau parler la bouche pleine, la colère, ou ce qu'il en restait, n'en était pas moins perceptible dans sa voix. « Tu t'identifiais tellement à Gina. Comme si ça t'arrivait à toi. Je te disais : "Mais ce n'était pas moi." L'idée que tous les hommes sont des salauds t'a complètement retourné le cerveau.

– Je suis désolée », fit-elle en croquant dans son sandwich jambon-moutarde. Tiens. Le goût de la moutarde lui évoquait quelque chose. Cette impression permanente d'être à deux doigts de retrouver un souvenir, c'était comme avoir un moustique qui bourdonne à votre oreille en pleine nuit et savoir qu'à la seconde où vous allumerez la lumière, il aura disparu, jusqu'à ce que vous refermiez les yeux et... bzzzzz.

Nick s'essuya la bouche avec sa serviette. « Inutile d'être désolée. L'eau a coulé sous les ponts depuis. » Il s'interrompit. Les yeux dans le vague, il semblait repenser à tout un pan de leur vie commune qu'Alice ne pouvait pas voir.

Il poursuivit : « Je me dis souvent qu'on était trop proches, tous les quatre. On s'est laissé embarquer dans leurs problèmes de couple. Ils nous ont refilé leur divorce, comme un virus.

– Dans ce cas, soignons-nous », dit Alice. Comment ces deux crétins de Mike et Gina avaient-ils osé entrer dans leur vie pour y disséminer les germes de leur mariage malade ?

Nick esquissa un sourire et secoua la tête. « Tu as l'air si... » Le mot juste ne lui venait pas. Finalement, il lâcha : « Jeune. »

Puis, après une pause : « Bref. On ne peut pas résumer les choses à tout ça. C'est trop simpliste. Peut-être que nous étions trop jeunes quand on s'est rencontrés... Euh, regarde Olivia. La célébrité lui monte à la tête, on dirait ! »

Alice suivit son regard. Au beau milieu de la scène, le micro devant la bouche, Olivia se livrait à un numéro grandiloquent, même si personne n'entendait sa chanson, la sono étant coupée. À quatre pattes non loin d'elle, Tom remontait le câble du micro à la recherche de l'ampli. Madison, elle, était assise,

347

seule avec l'homme aux cheveux blancs qui avait organisé la course de fauteuils roulants, au premier rang. Ils étaient en grande conversation.

« Nick, raconte-moi un bon souvenir de ces dix dernières années.

– Alice.

– Allez ! Qu'est-ce qui te vient en premier à l'esprit ?

– Euh… quelle question ! Je ne sais pas, moi ! La naissance des enfants, j'imagine. Trop prévisible, comme réponse, non ? Même si, bien sûr, je ne parle pas des accouchements. J'ai détesté les accouchements.

– Ah bon ? » fit Alice, déçue. Elle qui les avait imaginés main dans la main, tellement émus qu'ils passaient du rire aux larmes sans prévenir, une musique de film en fond sonore. « Pourquoi ?

– Je crois que j'ai paniqué tout du long, je ne contrôlais rien du tout, je ne pouvais pas t'aider, je faisais tout de travers.

– Je suis sûre que non. »

Nick lui jeta un coup d'œil avant de détourner le regard.

« Et tout ce sang, et toi qui hurlais à la mort, et cet incapable d'obstétricien qui est arrivé une fois que tout était fini pour Madison. S'il n'y avait pas eu cette sage-femme super – celle qui ressemblait comme deux gouttes d'eau à Victoria Beckham –, je l'aurais étranglé. »

Il regarda ses mains d'un air distrait. Alice se demanda s'il avait conscience qu'il se triturait la peau, à l'endroit où aurait dû se trouver son alliance. C'était devenu une de ses habitudes : jouer avec son anneau quand il réfléchissait. Il ne l'avait pas perdue, même s'il ne portait plus la bague.

« Et la césarienne en urgence pour Olivia. » Nick enfonça ses mains dans ses poches. « J'ai vraiment cru que je faisais une crise cardiaque.

– Ça a dû être affreux pour toi », compatit Alice. Évidemment, ça n'avait pas dû être une partie de plaisir pour elle non plus.

Nick sourit, médusé. « Je me souviens, je ne voulais pas les empêcher de se concentrer sur toi et le bébé, tu sais, comme dans les films où le mari s'évanouit. Et je me disais, *Je vais mourir discrètement dans un coin.* Je pensais que tu allais y passer, toi aussi, et que les enfants finiraient sans père ni mère. Je te l'ai déjà dit ? Oui, sans doute.

– Je croyais qu'on parlait de bons souvenirs. » Alice était horrifiée. Sa mémoire lui faisant défaut, elle avait le sentiment que tout ce sang et tous ces cris appartenaient à l'avenir, comme autant de souffrances qu'elle aurait à subir.

« Les bons souvenirs viennent après. À la fin du travail, quand tout redevenait calme. Quand ils nous laissaient seuls avec le bébé tout emmailloté, qu'on pouvait parler des médecins et des infirmières qu'on détestait, boire une tasse de thé, et découvrir notre bébé. Compter ses doigts minuscules. Ce petit être qui venait de naître. Ça, c'était... magique. » Il s'éclaircit la gorge.

« Et ton plus mauvais souvenir ?

– Alors là, je n'ai que l'embarras du choix. » Nick sourit bizarrement. Impossible de savoir si c'était un sourire mauvais ou un sourire triste. « Le jour où on a dit aux enfants qu'on se séparait. Celui où je suis parti. La nuit où Madison m'a téléphoné pour me supplier à gros sanglots de rentrer à la maison. »

Tout autour d'eux, les gens discutaient, riaient, buvaient leur thé. Alice étouffait sous la chaleur des radiateurs. Elle avait l'impression que le haut de son crâne fondait, comme du chocolat. Elle imagina Madison au téléphone avec son père, lui demandant, en larmes, de rentrer à la maison.

Il aurait dû raccrocher et rappliquer illico. Ils auraient regardé une vidéo de leurs vacances les uns contre les autres sur le canapé en mangeant un fish and chips. Comment Nick et Alice avaient-ils pu laisser leur famille voler en éclats, quand Elisabeth et Ben essayaient si désespérément d'en construire une ?

Elle s'approcha de Nick.

« Tu ne crois pas qu'on devrait se donner une chance ? Pour

eux ? Pour les enfants ? Pas seulement pour eux, d'ailleurs. Pour nous aussi. Pour le couple que nous formions il y a dix ans.

– Excusez-moi ! » Une autre vieille dame venait à leur rencontre. Ses cheveux gris-bleu étaient permanentés et son visage ridé respirait la joie de vivre. « Vous êtes bien Nick et Alice, n'est-ce pas ? »

Elle se pencha vers eux comme pour leur faire une confidence. « Je lis le blog de Frannie. J'ai posté un commentaire quand elle a raconté ce qui vous arrivait. Oh, c'était il y a longtemps ! Vous voulez savoir ce que j'ai écrit ?

– Ce qui nous arrivait ? répéta Nick, horrifié. Frannie écrit un blog ? Première nouvelle. Vous voulez dire que Frannie raconte notre vie sur Internet ?

– Oh, eh bien, rien de vraiment personnel, mon mignon, ne vous inquiétez pas. » La vieille dame lui tapota gentiment le bras. « Mais elle a parlé de votre séparation, et moi, j'ai simplement écrit qu'à mon humble avis, vous étiez faits l'un pour l'autre. Il y a tellement d'amour entre vous. Ça saute aux yeux, quand on regarde les photos !

– Elle met des photos de nous sur Internet ? Pourquoi je n'étais pas au courant ?

– Oups ! fit la vieille dame en mettant la main devant sa bouche. On dirait que j'ai fait une gaffe ! » Puis, se tournant vers Alice : « Vous avez retrouvé la mémoire, ma jolie ? Je vais vous dire, il est arrivé exactement la même chose à une amie à moi. C'était en 1954. Impossible de la convaincre que la guerre était finie. Évidemment, elle a fini par oublier jusqu'à son propre nom, ce qui, j'en suis certaine, ne vous arrivera pas.

– Non. Je m'appelle Alice. Alice. Alice.

– Rassurez-moi, elle ne poste pas de photos des enfants sur le Net ? dit Nick.

– Vos enfants sont magnifiques, dit la vieille dame.

– Super. Nos enfants livrés en pâture aux assassins et aux pédophiles.

– Je ne pense pas que Frannie *livre* les enfants en pâture aux assassins, rectifia Alice. Oyez, oyez, pour vous, une brochette de petites victimes dont vous ne ferez qu'une bouchée !

– Ça ne me fait pas rire du tout. Qu'est-ce qui te fait croire que rien de grave ne peut nous arriver ? Comme la fois où tu as perdu Olivia à la plage. Tu es tellement blasée.

– Ah bon ? » fit Alice, perplexe. Avait-elle perdu Olivia à la plage ?

« On n'est pas immunisés contre les tragédies.

– Je tâcherai de m'en souvenir », répondit Alice. Le visage de Nick se crispa, comme si un moustique venait de le piquer.

« Quoi ? fit Alice. Qu'est-ce que j'ai dit ?

– Votre sœur est là ? demanda la vieille dame. Je voulais lui dire qu'à mon avis, elle devrait adopter. Il doit y avoir plein d'adorables bébés orphelins après ce cyclone en Birmanie. Évidemment, de mon temps, on trouvait beaucoup plus de bébés abandonnés devant les églises, mais aujourd'hui, ça n'arrive pas souvent. C'est dommage. Tiens, voilà votre mère ! » La vieille dame avait repéré Barb, toujours affublée de son costume et de son maquillage de scène, qui, munie d'un bloc-notes, était entourée de vieilles dames enthousiastes. « Je vais m'inscrire au cours de salsa ! Vous m'avez donné envie ! »

Sur quoi, elle s'éloigna d'un pas peu assuré.

« Alice, je compte sur toi pour dire à Frannie que je n'apprécie pas qu'elle parle de moi et de ma famille dans son blog. » De nouveau, cette voix distante et pompeuse.

« Tu n'as qu'à lui dire toi-même ! » Nick adorait Frannie. Avant, il n'aurait pas hésité à aller la voir, quitte à avoir une conversation musclée sur le sujet. Lors des réunions de famille, ils se disputaient à propos de politique, ce qui ne les empêchait pas de jouer aux cartes ensemble.

Nick poussa un gros soupir. Il se massa les joues – mal de dents ? –, faisant remonter la peau autour de ses yeux qui se plissèrent bizarrement, ce qui lui donna l'air d'une gargouille.

« Arrête de faire ça, dit Alice en lui tirant le bras.

– Qu'est-ce que j'ai fait encore ? Qu'est-ce que j'ai fait ?

– C'est pas possible. Comment c'est devenu si électrique entre nous ?

– Je vais y aller.

– Que sont devenus George et Mildred ? »

Nick la regarda sans comprendre.

« Les lions en grès, précisa Alice.

– Je n'en ai pas la moindre idée », répondit Nick.

27

« Non mais vraiment, Alice », se morigéna Alice.

Au lendemain de la soirée « Familles en scène », après avoir posé sans encombre les enfants à l'école, Alice s'était installée dans le bureau, en quête d'informations susceptibles de lui rafraîchir la mémoire. Elle venait de comprendre pourquoi Mrs Bergen ne lui adressait plus la parole.

Elle s'appuya sur le dossier de son fauteuil et, les pieds sur le bureau, leva les yeux au plafond. « Où avais-tu la tête ? »

Apparemment, Alice appartenait à un comité de riverains qui faisait pression sur le conseil municipal pour autoriser la construction d'immeubles d'habitation de cinq étages. Mrs Bergen, elle, était présidente de l'association qui luttait contre le projet de reclassement du quartier.

Elle se redressa et prit le document suivant sur la pile tout en mordant dans un Twix pour se réconforter. (Elle avait fait le plein de produits chocolatés – les indispensables. Les enfants étaient aux anges, même s'ils faisaient comme si tout était normal.)

Le document, une coupure de presse du journal local, avait pour titre LES HABITANTS DE RAWSON STREET DIVISÉS. Dessous, des photos de Mrs Bergen et d'Alice. Mrs Bergen avait été photographiée dans son jardin près de ses rosiers. Une tasse à la main, elle portait son chapeau de paille et son doux visage était triste.

« Ce projet scandaleux va profondément altérer le cachet ancien de notre belle rue », a déclaré Mrs Bergen qui vit dans sa maison de Rawson Street depuis quarante ans et y a élevé cinq enfants.

« Elle a raison », dit Alice à voix haute.

Alice, elle, avait été photographiée dans son bureau, sur le fauteuil qu'elle occupait à l'instant même. Elle arborait un visage sévère, plein de zèle, et faisait assurément ses quarante ans.

Elle émit un grognement en lisant ses propres mots.

« C'est inévitable, a affirmé Mrs Alice Love, installée dans le quartier depuis dix ans. Sydney a besoin de grands ensembles immobiliers à proximité des transports en commun. Quand nous avons acheté cette maison, nous avons été informés qu'un projet de reclassement verrait le jour dans les cinq ans. Cela représentait un potentiel de retour sur investissement dont nous avons tenu compte en tant qu'acquéreurs. La municipalité ne peut pas revenir sur sa parole et laisser les riverains essuyer une perte financière. »

Quoi ? Qu'est-ce que c'était que cette histoire ? On ne leur avait jamais parlé de reclassement. Ce qu'ils avaient envisagé, c'était de vieillir dans cette maison, pas de la vendre à un promoteur pour qu'il la démolisse et construise à la place d'affreux immeubles modernes.

Elle poursuivit sa lecture et, curieusement, le dernier paragraphe ne l'étonna pas.

Alice Love a repris les fonctions de présidente du comité des riverains en faveur du reclassement suite au tragique décès de sa fondatrice, Gina Boyle.

Évidemment. Gina. Satanée bonne femme.

Alice se rendit d'un pas résolu dans la cuisine où elle avait laissé refroidir un plateau de brownies maison au chocolat.

« Je vous ai déjà fait ces brownies ? avait-elle demandé aux enfants la veille, en leur montrant la photo dans le livre de recettes.

– Je t'ai demandé une fois, avait répondu Olivia, mais tu as dit que c'était bourré de sucre.

– Oui, c'est vrai, mais où est le problème ? »

Olivia s'était mise à glousser tandis que Madison et Tom échangeaient, inquiets, un regard de grande personne.

Elle prit un Tupperware, y déposa plusieurs brownies et alla sonner, sans l'ombre d'une hésitation, chez sa voisine.

Le sourire chaleureux de Mrs Bergen se dissipa aussitôt qu'elle vit Alice. La vieille dame ne se donna même pas la peine d'ouvrir la moustiquaire.

« Mrs Bergen, dit Alice, en posant la main sur la moustiquaire comme si elle lui rendait visite en prison. Je suis tellement, tellement désolée. J'ai commis une terrible erreur. »

Devoirs d'Elisabeth pour Jeremy

Aujourd'hui, je suis sur scène, en train d'animer un séminaire d'un jour auprès de l'Organisation des artisans bouchers, intitulé « Musclez vos ventes avec le publipostage ! »

Non, je ne plaisante pas. N'importe quel entrepreneur peut tirer avantage du publipostage. Ça vaut aussi pour les professions libérales. Pour vous, en somme, Jeremy.

Envie de foncer dans le poteau télégraphique le plus proche ? Jeremy Hodges, thérapeute de son état, peut vous aider à trouver une meilleure voie. Une boîte d'antidépresseurs offerte pour les dix premières séances.

Enfin, un truc dans le genre. Je ne suis pas au meilleur de ma forme, là.

Bref, les bouchers forment un groupe sympathique et réceptif.

Il y a pas mal de plaisanteries – autour de la viande – et des questions étonnamment pertinentes. (Je m'attendais à rencontrer une bande de joyeux lurons, rougeauds et un peu simplets, mais je crois qu'ils jouent de cette image pour booster les ventes de saucisses.) Tout se passe comme sur des roulettes. Il faut dire que c'est impossible d'avoir des pensées suicidaires en expliquant l'art et la manière de personnaliser un courrier de publipostage sur les côtelettes d'agneau.

Tout à coup, je repère une femme dans le public et je me dis, tiens, elle n'a pas du tout la tête de l'emploi.

C'est Alice. Elle a changé ces derniers temps. Elle ne se maquille plus autant, je crois. Et ses cheveux ne sont plus aussi impeccables. Elle porte les mêmes vêtements, mais différemment, et elle a ressorti des trucs qu'elle ne mettait plus depuis des années. Aujourd'hui par exemple, elle avait une jupe longue, un pull couleur crème plus si crème, avec une grosse ceinture et un foulard à glands brillant que je me souviens avoir vu dans la malle à déguisements d'Olivia. Elle était ravissante, Jeremy, et pour une fois, je ne lui en ai pas voulu d'avoir assez de temps et d'argent pour garder un corps parfait, ni d'avoir eu trois enfants sans la moindre piqûre dans le ventre. Quand je l'ai vue, elle a souri et levé la main, l'air de dire : *Fais comme si je n'étais pas là.*

Bizarrement, sa présence m'a rendue toute chose. Ma voix s'est mise à trembler quand j'ai voulu répondre à une question de Bill de Ryde Fresh Meats sur les tarifs postaux.

À la pause du matin, elle vient me voir et dit d'une voix fébrile : « Je suis tout intimidée ! Comme si je parlais à une star ! » Sans ironie, je crois. Ça m'a fait plutôt plaisir.

Elle me demande : « Pourquoi tu n'es pas venue hier soir, au truc de Frannie ? »

Et là, je suis à deux doigts de lui dire la vérité. Les mots ne demandent qu'à sortir. Sauf que ça ne répondrait pas à sa question, et de toute façon, je suis persuadée qu'elle réagira de travers.

Ce n'est pas sa faute. Tout le monde réagirait de travers.

Mais je sens bien que sa réaction risque de me faire basculer dans le gouffre de la folie alors que j'ai déjà toutes les peines du monde à garder la tête froide.

J'imagine que je pourrais venir vous voir, Jeremy, et tout vous dire.

Mais je ne préfère pas. Je ne veux pas le dire à voix haute. Je vais simplement... attendre. Voilà.

Faire comme si ce n'était pas vrai, et attendre l'inévitable, sans me laisser atteindre.

PETITES RÉFLEXIONS D'UNE ARRIÈRE-GRAND-MÈRE SUR LA TOILE

Aujourd'hui, je suis allée à la table ronde sur l'euthanasie, seule. Les autres ont fait leur croisière dans le port.

La réunion était *très* intéressante et instructive. Il y a tellement de choses à prendre en considération.

J'aurais juste préféré qu'il fasse moins beau. C'était un tantinet agaçant de les imaginer sur l'eau, visage au vent.

Mais je suis contente d'y être allée !

J'ai déjà écrit **cette lettre** à notre élu local. J'attends vos avis.

Pour changer de sujet, je me sens terriblement mal à l'aise et bête depuis que j'ai lu vos commentaires à propos de X. Je suis absolument certaine qu'il ne cherche pas à me faire la cour, et si c'était le cas, eh bien, j'en serais mortifiée ! Ce serait le comble du ridicule, à notre âge ! Tout ça appartient au passé.

Au fait, la soirée « Familles en scène » a été une vraie réussite ! Vous trouverez des photos **ici**. Mon arrière-petite-fille Olivia a eu un succès fou avec sa danse du papillon. Elle a terminé troisième. (Et, non, je ne faisais pas partie du jury !) J'ai fait fi des compliments. Je ne voulais pas paraître vaniteuse.

X a passé un long moment à discuter avec l'aînée de mes trois arrière-petits-enfants, Madison. Il a dit que c'était une « petite maligne », et il a bien raison.

Il a également appris de Tom, seul garçon de la fratrie, que je me débrouille plutôt bien à la PlayStation. Il m'a proposé de faire une partie. Il joue souvent avec son petit-fils. Il a dit qu'il allait « me réduire en miettes ». Je vais chez lui cet après-midi. Sa console est prête ! Et il va faire un gâteau.

Je dois avouer que ce n'est pas un mauvais bougre.

À part ça, je suis très inquiète pour ma petite-fille **Elisabeth**. Elle n'est pas venue hier soir, ça ne lui ressemble pas. Je ne devrais pas le dire, mais elle est en train de gâcher sa vie, à force d'essayer indéfiniment d'avoir un enfant.

Quant à Alice, elle n'a toujours pas retrouvé la mémoire. Mais vous l'auriez vue danser avec **Nick** ! Je ne suis pas idiote, mais c'est à se demander s'ils n'ont pas une chance de se remettre ensemble, finalement.

COMMENTAIRES

AB74 écrit :
Ce type en a après votre petite culotte, Frannie !

Groovy Granny écrit :
AB74 est un gros dégoûtant.

BonP'titGars écrit :
Hello ! Première visite sur ton blog. Ai lu toutes tes archives. J'adore ! Perso, je suis d'accord avec AB74. Il te kiffe, X ! Et franchement, pourquoi pas ? Ma grand-mère est tombée raide dingue amoureuse à quatre-vingt-trois balais ! Et hop ! Un troisième mariage ! Tant que l'arbitre n'a pas sifflé…

Doris de Dallas écrit :
Que comptez-vous faire, Frannie, si X essaie de vous embrasser ? Vous lui rendrez son baiser ?

Frank Neary écrit :
Miss Jeffrey, je crois qu'il est temps pour moi de tirer ma révérence. Vous me brisez le cœur. (Au fait, vous êtes restée en contact avec Mrs Pascoe ? La prof de géographie ? Si vous avez ses coordonnées…)

« Regarde, Tom, une voiture de police ! s'écria Alice au passage éclair d'un gyrophare bleu clignotant. Pin-pon, pin-pon. »

Elle tourna la tête, s'attendant à voir une frimousse tout excitée à l'arrière de la voiture. Sauf que, primo, elle était seule dans son SUV, secundo, Tom était trop grand pour s'extasier à la vue d'une voiture de police, et tertio, elle n'avait aucun souvenir de lui bébé.

Ces flashs involontaires, s'il s'agissait bien de cela, l'assaillaient toutes les cinq minutes à présent. C'était comme un étrange tic nerveux. Quelques instants plus tôt, pendant la pause au séminaire d'Elisabeth, voyant un boucher prendre deux biscuits au chocolat en même temps, elle avait failli intercepter son poignet velu et dire : « Un à la fois ! »

Elle se surprenait constamment à entrer d'un pas décidé dans le bureau, la cuisine ou la buanderie, pour se rendre compte ensuite qu'elle ne savait pas ce qu'elle venait y faire. Une fois, elle se retrouva de l'autre côté de la rue, en train de remonter l'allée de l'ancienne maison de Gina, avant de s'arrêter et de dire à voix haute : « Pfff. » Elle prenait le téléphone et composait des numéros, pour raccrocher aussi sec, incapable de savoir qui elle appelait. Un après-midi, tandis qu'elle attendait les enfants à la sortie de l'école, elle s'aperçut qu'elle tenait son sac à main dans les bras, le berçant et le tapotant comme un bébé tout en fredonnant une chanson qu'elle ne connaissait pas. Au dîner quelques jours plus tôt, elle s'était mise à chanter « Miam miam, moi je suis gourmande, miam miam » en faisant l'avion avec une cuillère pleine de nourriture pour faire manger Olivia.

« Je crois que tu deviens zinzin, ma maman d'amour », avait dit la petite, les yeux écarquillés.

La mémoire allait lui revenir d'un moment à l'autre. Elle le sentait, comme on sent un rhume qui approche à pas de loup – tête embrumée, gorge qui chatouille. Elle avait simplement du mal à décider si elle devait résister au phénomène ou l'encourager.

Elle se rendait à présent à l'école pour donner un coup de main à la bibliothèque, tâche dont elle s'acquittait visiblement tous les jeudis, ce qui était excessivement généreux de sa part.

Au volant de sa voiture, elle repensa à Elisabeth, à son aisance sur scène devant ce parterre de bouchers qu'elle avait su faire rire tout en leur disant quoi faire. Elle était tellement naturelle, le micro à la main. Tellement elle-même. Comme les stars qui papotent en toute décontraction avec les journalistes, oublieux des caméras juste sous leur nez. Mais ensuite, quand elles avaient discuté pendant la pause, Alice avait eu la curieuse sensation qu'Elisabeth n'était pas vraiment là, qu'elle faisait juste semblant d'être Elisabeth. Qu'elle était davantage elle-même sur scène qu'en tête à tête avec sa propre sœur.

Alice n'avait toujours pas trouvé le moyen de parler avec elle de l'échec de son cycle de FIV. Elle avait appelé chez elle la veille en rentrant de la soirée « Familles en scène », mais Ben lui avait dit qu'Elisabeth regardait son émission préférée à la télé. Qu'elle pouvait peut-être la rappeler à la fin de ladite émission ? Elisabeth n'avait jamais rappelé et, bien sûr, Alice ne pouvait pas mettre le sujet sur le tapis au séminaire. Chose absurde, elle n'avait aucune idée de ce qui se passait dans la tête de sa propre sœur. Ni même de ce qu'elle pouvait bien ressentir. Colère ? Désespoir ? Lassitude ?

Elle essaierait de nouveau de l'appeler ce soir, mais curieusement, trouver le temps n'était pas si simple. Une fois qu'elle avait emmené les enfants à toutes leurs activités, veillé à ce que leurs devoirs soient faits (il y en avait des tonnes ! Alice en avait la migraine. Elle avait carrément gémi en voyant le nombre de fiches d'exercices que Tom avait sorties de son cartable l'autre soir, ce qui n'était pas digne d'une bonne mère), préparé le dîner, nettoyé la cuisine, préparé leur déjeuner et négocié avec eux pour qu'ils arrêtent de se disputer à propos de l'ordinateur ou de la télévision, elle était épuisée.

En 2008, le temps manquait. C'était devenu une ressource limitée. En 1998, les journées étaient beaucoup plus généreuses. Quand elle se levait le matin, les heures se déroulaient devant elle tel un long couloir qu'elle pouvait descendre en toute tranquillité, profitant à loisir des meilleurs instants. Aujourd'hui, quelle radinerie ! Les jours se résumaient à d'avares lamelles de temps. Ils filaient comme des bolides. Vroum ! Chaque soir, quand elle tirait les couvertures pour se glisser dans son lit, elle avait l'impression que quelques secondes à peine s'étaient écoulées depuis qu'elle avait posé le pied par terre.

Peut-être que c'était simplement lié au fait qu'elle n'était pas habituée à cette vie. Cette vie de maman seule avec trois enfants.

Elle faisait les choses différemment, s'efforçant de ralentir le temps. Quelque chose lui disait que la nouvelle Alice, celle qui s'exprimait de cette voix hargneuse, n'approuverait pas certains changements.

La veille, à la sortie de l'école, Olivia avait dit d'une voix geignarde : « Je ne veux pas aller au violon », et Alice, qui, de toute façon, ne savait absolument pas que la petite était censée y aller, avait répondu : « D'accord, pas de problème. » Elle les avait tous emmenés Chez Dino, où ils avaient fait leurs devoirs autour d'une table ronde en buvant un chocolat chaud. Dino avait pas mal aidé Tom avec ses maths.

Une voix grincheuse avait prévenu Alice au téléphone qu'elle devrait quand même payer le cours de violon dans la mesure où elle ne l'avait pas annulé vingt-quatre heures à l'avance. « Soit », avait-elle répondu, ce qui lui avait valu, pour toute réaction, un silence consterné.

En rentrant de la soirée au village seniors, elle avait laissé Madison veiller jusqu'à plus de vingt-trois heures pour faire une énorme forêt-noire pour la « Journée de la cuisine étrangère » organisée par l'école.

« Je ne veux pas que tu m'aides, avait dit Madison avant même que sa mère lui propose un coup de main. Je veux le faire toute seule.

– Pas de problème.

– Tu dis toujours ça, et ensuite, tu m'aides quand même.

– Mille dollars que je ne lèverai pas le petit doigt ! Pari tenu ? »

Madison l'avait regardée, interloquée, avant de se fendre de ce magnifique sourire inattendu et de lui serrer la main.

« Moi aussi, je veux que tu me paries mille dollars, réclama Tom. Allez, qu'est-ce que tu paries ?

– Moi aussi ! s'écria Olivia. Qu'est-ce que tu me paries, maman ?

– Non, moi d'abord, fit Tom. Maman, je te parie… euh… je te parie que… attends deux secondes, que je réfléchisse à un truc trop bien.

– Je te parie que je peux faire le piquet pendant cinq minutes ! lança Olivia. Non, deux ! Non, une minute peut-être, ça ira !

– Je te parie mille dollars que je peux pas compter jusqu'à un million ! surenchérit Tom. Je veux dire, que je peux ! On n'a qu'à dire que si j'y arrive, tu me files mille dollars.

– Personne peut compter jusqu'à un million, objecta Olivia gravement. Ça prendrait, je sais pas, moi, une semaine.

– N'importe quoi, dit Tom. Mettons qu'en soixante secondes, tu peux compter jusqu'à soixante. Non, attends. Si ça se trouve, en soixante secondes, tu peux aller jusqu'à quatre-vingt-dix. Donc, euh, où est la calculatrice ? Maman ? Tu sais où est la calculatrice ? Maman, tu m'écoutes ?

– Vous êtes toujours aussi *fatigants* ? » demanda Alice. Parfois, elle avait l'impression d'avoir le cerveau en compote, à cause d'eux.

« On peut dire ça », admit Tom.

Devoirs d'Elisabeth pour Jeremy

Pendant que les bouchers rassemblent des idées, en groupes, sur du papier de boucher – ha, ha, ha –, je reste assise à repenser au transfert du dernier embryon qui a eu lieu il y a deux semaines.

Un an qu'il était congelé.

Un éventuel individu minuscule tout incrusté de glace.

Quand on a fait notre première FIV, je me postais devant le congélateur et je posais un fragment de glace brillant sur le bout de mon doigt en pensant à mes éventuels enfants. Tous ces individus qui viendraient peut-être au monde. On en a congelé sept d'un coup. Un véritable trésor de possibilités. Celui-ci pourrait faire de la natation. Celui-ci... de la musique. Lui... ce serait un grand. Lui, un petit. Lui ? Il serait doux et timide. Celui-là pourrait être drôle. Lui ressemblerait à Ben. Et cet autre, à moi.

Avec Ben, on en parlait tout le temps. On leur envoyait des messages de soutien. Par télépathie. « Accrochez-vous ! » « Pas trop froid ? »

Mais, les années passant, on a arrêté. On s'est détachés du processus. C'était juste un ensemble d'actes médicaux désagréables. De la science, point. On n'était même plus ébahis par le progrès. Ouais, super, ils fabriquent des bébés dans des éprouvettes. Incroyable. Sauf que, pour nous, ça marche pas.

La dernière fois, il y a quinze jours donc, on est partis en retard et on a pris un P.-V. pour avoir tourné à droite malgré un panneau d'interdiction. C'est moi qui ai dit à Ben de le faire, histoire de gagner du temps, et Ben s'en est voulu à mort de m'avoir écoutée, car au final, on était encore plus en retard. « Comment avez-vous fait pour ne pas voir ce panneau ? » a demandé l'agent. Là, j'ai vu la bouche de Ben se déformer tellement il devait se retenir de dire : « C'est sa faute ! » Le policier a mis un temps infini à remplir le papillon. À croire qu'il savait qu'on était pressés et que ça faisait partie de notre punition.

« Rentrons, je dis à Ben. De toute façon, ça ne marchera pas. C'est un signe. Inutile de gaspiller notre fric dans le parking. »

Moi, je voulais qu'il dise un truc positif, qu'il me réconforte, mais non, monsieur était de mauvais poil à présent. « Chapeau, il a dit, ça, c'est une super attitude. » Le sarcasme, c'est pas son genre, normalement.

De toute façon, je sais maintenant qu'il partait perdant lui aussi. Une semaine plus tard, il mangeait les muffins à la banane d'Alice et s'enthousiasmait à l'idée d'adopter alors qu'on ne savait même pas si cette fois, ça avait marché.

La technicienne était toute jeune. Elle ne faisait pas plus vieille que Madison. Quand on est entrés dans la salle de soins, elle a tré-

buché. Ce que j'ai également pris pour un mauvais signe. Oups !
Votre embryon !

Je me suis installée sur la table, les jambes élégamment écartées,
en attendant l'aiguille XXL. Elle a marmonné quelque chose qu'on
n'a pas compris.

« Votre embryon », a-t-elle répété, gênée. Peut-être que c'était sa
première fois. On a regardé, et là, sur l'écran éclairé, on a vu ce qui
allait peut-être devenir notre bébé.

Il ressemblait exactement à ses non-frères et non-sœurs. Une
mousse de bulles. Une goutte d'eau en très gros plan.

Je ne me suis pas donné la peine de m'extasier. Ni de dire un truc
du genre : « Oh, c'est incroyable ! » Je n'ai pas non plus cherché à
mémoriser la scène pour le cas où j'aurais un jour à la raconter à mon
enfant : « Je t'ai vu quand tu n'étais rien qu'un tout petit blastocyste,
trésor. »

Je n'avais jamais rencontré le médecin qui a fait le transfert. Mon
adorable docteur est actuellement à Paris pour le mariage de sa fille
qui épouse un avocat français. Celui-ci, un homme au long visage
sombre, m'a rappelé notre comptable fiscaliste. Si ça, c'est pas un
très mauvais signe ! (On n'a jamais de trop-perçu.) D'habitude, mon
médecin me raconte ce qui lui passe par la tête, mais celui-là n'a
pas décroché un mot avant d'avoir fini. Ensuite, il nous a montré
l'embryon à l'échographie.

« Bien. Il est en place », a-t-il dit platement, comme si mon utérus
était une machine.

L'embryon ressemblait aux autres. Une étoile qui clignote timidement.

Je savais qu'il ne clignoterait pas longtemps.

J'ai détourné les yeux de l'écran pour regarder Ben. Il observait
ses mains.

Encore un mauvais signe.

Inspire. Expire. Inspire. Expire.

Les bouchers terminent leur brainstorming, je monte sur scène et
je leur dis que mon assistante Layla va prendre le relais pour le reste
de la journée, comme si c'était prévu depuis le début.

Elle se lève, l'air un peu perdue, et les bouchers l'applaudissent gentiment.

Je pars. Impossible de me sortir de la tête cette putain d'étoile qui clignote.

Alice se dirigeait vers la bibliothèque de l'école (son corps semblait savoir qu'elle se trouvait derrière cette double porte rouge au fond de la cour de récréation) quand Dominick apparut. Il était tout ébouriffé et son visage froissé par l'inquiétude.

« Alice, dit-il. Je t'ai vue par la fenêtre de mon bureau. J'ai essayé de te joindre.

– Désolée ! J'oublie tout le temps de recharger mon téléphone. Ma mémoire ! »

Il ne sourit pas. « J'ai appelé Nick, aussi. Il arrive.

– Tu as appelé Nick ? Pourquoi ? » Voulait-il se battre pour elle ? Le provoquer en duel ? (Sauf que Nick ne voulait plus d'elle. Alors, franchement, ça n'aurait rien d'une bagarre. Bien sûr, mec, je te la laisse.)

« On a un problème, dit Dominick. Un grave problème avec Madison. »

Devoirs d'Elisabeth pour Jeremy

En quittant le séminaire, je reçois un appel de Ben. Sa voix est râpeuse.

« Pourquoi tu ne me l'as pas dit ? »

Je raccroche.

C'est son ton qui ne m'a pas plu.

28

« Elle va bien ? » demanda Alice, envahie par une vague de terreur qui la fit vaciller au point de devoir se cramponner au bras de Dominick.

« Euh, oui, désolé. » Il lui tapota la main avec un sourire distrait. « Physiquement, elle va bien. Mais il y a eu un nouvel incident, et cette fois, on ne peut pas fermer les yeux selon moi.

– Un nouvel incident ?

– Oui, de nouvelles brimades.

– Quelqu'un s'en prend à Madison ? » Qui ? Elle allait l'étrangler, ce gosse. Demander à voir ses parents. Pauvre petit Haricot ! Victime d'une petite brute ! Ah, elle allait lui remonter les bretelles, songea-t-elle, ivre de rage.

« Alice », fit Dominick d'un air quelque peu sévère. Comme un directeur d'école. « C'est Madison qui s'en prend aux autres.

– Madison ne ferait pas de mal à une mouche. » Elle connaissait sa fille. Bon, depuis cinq jours, mais quand même.

La petite pouvait, certes, être caractérielle et un peu, disons, *agressive*, envers son frère et sa sœur quand ils la cherchaient, mais au sein d'une fratrie, rien de plus normal. Simple rivalité. (Pas vrai ?) Madison avait bon cœur. N'avait-elle pas aidé Olivia à chorégraphier sa danse du papillon ? Et Tom à faire son devoir de géographie l'autre jour ? Soit, Tom avait dit qu'elle l'énervait, et au final, Madison était partie en trépignant, le visage baigné de larmes sous le regard éberlué de Tom qui s'était frappé le front du plat de la main en une parfaite imitation de son père, mais, euh... de là à dire que sa fille était une brute ! Non. Impossible.

« Tu as toujours... les idées vagues ? demanda Dominick doucement.

– On peut dire ça comme ça.

– Bon, ce n'est pas la première fois qu'on a des soucis avec Madison. Il y a quelques jours, un petit garçon a eu besoin de points de suture après une altercation avec elle. »

Voilà ce dont parlait Kate Harper à la salle de sport, songea Alice. Le fameux petit incident.

« Je sais que c'est difficile pour elle, entre la mort de Gina et le divorce, poursuivit Dominick, les sourcils froncés. Et, je suis vraiment désolé, Alice, mais cette fois, c'est... tiens... » Il changea de voix en apercevant quelqu'un arriver derrière elle. « Voilà ton, euh... ton... »

Alice se retourna. Vêtu de son habituel costume-cravate, Nick se dirigeait droit sur eux, le téléphone portable à l'oreille. Le sérieux et la détermination qui émanaient de lui – monsieur avait d'importantes réunions qui ne souffraient pas qu'on le dérange – tranchaient singulièrement avec l'atmosphère ensoleillée de la cour de récréation, d'où l'on entendait des enfants chanter dans une classe voisine.

Dominick regarda Alice. « Délicat.

– En effet. »

Tandis que Nick approchait, ils l'entendirent terminer sa conversation : « Disons deux millions. Ça vous va ? Parfait. Au revoir. » Il ferma son téléphone d'un coup sec. Alice mourait d'envie de lui dire : *Chéri, arrête de te la jouer, tu veux ?*

« Dominick, c'est bien ça ? dit Nick en lui tendant la main comme s'il avait affaire à un représentant de commerce.

– Oui, bonjour. Comment allez-vous ? » Dominick, qui faisait environ une tête de plus que Nick, avait l'air d'un collégien dégingandé à côté de lui. De quoi susciter un élan d'affection chez Alice, même si elle avait également très envie de prendre Nick dans ses bras. On aurait dit deux gamins dans des corps d'homme.

« J'imagine que c'est assez sérieux si vous nous avez appelés tous les deux, dit Nick d'une voix tendue.

– C'est exact, répondit Dominick tout aussi tendu. Madison a menacé Chloe Harper avec une paire de ciseaux. Elle lui a également coupé les cheveux et collé la tête dans un gâteau. Je vais devoir l'exclure temporairement, au moins jusqu'aux vacances scolaires. Je pense qu'elle a besoin de voir un psychologue.

– Je vois. » Nick sembla perdre toute sa superbe. Le pouvoir venait de changer de camp.

« On ne sait pas toute l'histoire, dit Alice. Elle devait bien avoir une raison.

– Peu importe le pourquoi, répondit Dominick (un rien condescendant, songea Alice, pour un homme qui prétendait devenir son petit ami). C'est inadmissible. Et je vous laisse imaginer la réaction de Kate Harper. Elle arrive, d'ailleurs. »

Tiens donc, Chloe était la fille de l'épouvantable Kate Harper. Eh bien, voilà qui expliquait tout.

« Nous allons devoir, je ne sais pas, moi, trouver un moyen de les dédommager, soupira Nick.

– Je ne crois pas que l'argent soit la solution dans le cas qui nous occupe », dit Dominick. *Cassé.*

« Je ne pensais pas à…

– Bien, les filles nous attendent dans mon bureau. »

Alice et Nick le suivirent, tels deux écoliers pris en faute. Elle le regarda, l'air de dire : « Quelle horreur ! » Lui fit une grimace.

Ils trouvèrent Madison assise face au bureau de Dominick. À côté d'elle, une autre fillette sanglotait sans retenue, drapée dans une indignation toute justifiée, tenant délicatement quelque chose dans ses mains. Alice se rendit compte, horrifiée, qu'il s'agissait d'une longue natte blonde. L'enfant avait des morceaux de gâteau au chocolat, de la crème et des cerises sur le visage ainsi que sur son uniforme, et ses cheveux blonds, comme taillés à la serpe, rebiquaient sur son col noir pour un effet des plus affreux.

« Mon Dieu, Madison, s'exclama Alice sans le vouloir. Comment as-tu pu ? »

D'une pâleur morbide, Madison avait les yeux brillants de rage. Elle se tenait très droite, immobile, les poings sur les genoux – l'image même d'une petite psychopathe meurtrière traînée au commissariat pour être soumise à un interrogatoire.

« Tu nous dois quelques explications, jeune fille. » Dans le rôle du père en colère, Nick prêtait à rire aux yeux d'Alice. Il semblait tout droit sorti d'une mauvaise pièce de théâtre amateur.

Madison ne décrocha pas un mot.

« Veux-tu raconter à tes parents ce qui s'est passé ? » demanda Dominick, qui lui, jouait son rôle avec beaucoup plus de justesse.

Madison secoua la tête farouchement, telle une prisonnière qui refuse de révéler des secrets d'État à ses tortionnaires.

« Elle n'a pas dit un mot depuis le début », précisa Dominick.

L'autre fillette agita sa tresse blonde devant elle, le visage baigné de larmes ininterrompues. « Tu as vu mes *cheveux*. Ma mère va te *tuer*, Madison Love. Ils étaient *beaux*, mes cheveux. Ils vont mettre des années et des années à repousser. J'aurai genre dans les quarante ans, avant qu'ils soient aussi longs. T'as fait ça parce que t'es *jalouse* et t'as même pas dit… » Elle se mit à parler d'une voix hachée, comme submergée par l'horreur de la situation. « T'as même pas dit pardon.

– Allez, Chloe, fit Dominick. Calme-toi.

– Madison, présente tes excuses à Chloe, dit Alice d'une voix sévère et menaçante qu'elle ne reconnut pas. Immédiatement.

– Pardon, marmonna Madison.

– Elle le pense même pas ! pleurnicha Chloe en levant les yeux vers Alice et Nick. C'est que des mots ! Attendez un peu que ma mère arrive !

– À vrai dire, enchaîna Dominick, je pense que ce n'est pas utile. Mr et Mrs Love vont ramener Madison à la maison maintenant. »

Il s'accroupit devant Madison et la regarda droit dans les yeux.

« Madison, tu es renvoyée de l'école avec effet immédiat. Tu ne peux pas faire partie de cette école avec un tel comportement, tu comprends ? C'est très, très sérieux. »

Madison acquiesça. À présent, son visage était rouge feu.

« Bien, conclut Dominick en se levant. Va chercher ton cartable et rejoins tes parents au portail. »

Madison sortit comme une flèche et Chloe se mit à pleurer de plus belle.

« Allez, Chloe, dit Dominick d'un air las. Ta maman ne va pas tarder. Attends-moi ici. »

Il précéda Alice et Nick dans le couloir et ferma la porte de son bureau derrière lui.

« Je ne vois pas vraiment l'intérêt pour vous de voir Kate Harper maintenant, vu l'état dans lequel se trouve tout ce petit monde. Je pense que vous devriez ramener Madison à la maison et essayer de lui parler pour comprendre ce qui se passe dans sa tête. Je vous recommande vivement de l'emmener voir un psychologue. Je peux vous conseiller quelqu'un. » Un bruit de claquements de talons se fit entendre au loin. « C'est sûrement Kate. Partez. » Il les fit déguerpir d'un geste de la main, comme si la Stasi s'apprêtait à débarquer. « Disparaissez ! »

Nick et Alice s'enfuirent par la cour de récréation. Une fois au portail, Nick haletait. Alice, non. Elle était en bien meilleure forme que lui.

« Je me suis sentie hyper mal, dit Alice. Comme si c'était moi qui avais coupé les cheveux de cette gosse. Et le gâteau ! Elle a mis tellement de temps à le faire. La pauvre.

– Chloe ?

– Non, Madison. On s'en fiche, de Chloe.

– Alice, notre fille l'a menacée avec une paire de ciseaux.

– Oui, je sais. »

Nick sortit son téléphone portable de sa poche et l'ouvrit. « Je ne vois pas du tout l'utilité de l'exclure. » Il regarda son écran, les sourcils froncés. « C'est une façon de dire : *On ne sait pas quoi en faire. Ils s'en lavent les mains. Ils se dégagent de toute responsabilité.* » Il leva les yeux vers Alice. « Mais loin de moi l'idée de critiquer ton petit copain, hein.

– J'imagine que c'est la politique de l'établissement », répondit Alice, soucieuse de défendre Dominick tout en se sentant trahie. Embrasser le directeur ne lui assurait-il pas le privilège de ne pas voir ses enfants exclus de l'école ?

« Bon, fit Nick en consultant sa montre. Je retourne au bureau. On ferait mieux de reparler de tout ça plus tard. Je ne sais pas quel genre de punition tu envisages, mais tu conviendras qu'il faut se montrer sévère…

– Comment ça, plus tard ? C'est maintenant qu'il faut lui parler. Tous les deux.

– Maintenant ? fit Nick, interloqué. Et tu veux que je sois là aussi ?

– Quelle question ! Évidemment. Je pense qu'on devrait l'emmener quelque part. Et on ne va pas y aller avec nos gros sabots et la punir. Je déteste ce mot. Punition.

– Oui, pardon. Je suppose qu'on devrait la récompenser : "Bravo, ma chérie, tu devrais peut-être envisager de te lancer dans la coiffure." »

Alice gloussa comme une écolière. Nick sourit. Aveuglé par les rayons du soleil, il mit la main en visière devant les yeux. « Je le saurai de suite, quand tu auras retrouvé la mémoire.

– Comment ?

– Ta façon de me regarder. À la seconde où tout te reviendra, je le verrai dans tes yeux.

– Ils te foudroieront sur place ? »

Nick esquissa un sourire triste. « Quelque chose dans le genre. » Il consulta de nouveau sa montre. « J'ai une réunion à midi. Je peux peut-être la déplacer. » Il semblait dubitatif. « Tu es sûre, on l'emmène quelque part tous les deux ?

– C'est si surprenant ?

– En temps normal, tu prendrais la situation en main et tu me ferais clairement savoir que tu n'as pas besoin de moi.

– Eh bien, je ne suis plus la même !

– Pas faux. » Nick ouvrit la bouche mais se ravisa, les yeux par-dessus son épaule. « Voilà notre petite délinquante. »

Madison se dirigeait vers eux, la tête basse, faisant presque traîner son cartable par terre.

« Je rentre avec qui ? questionna-t-elle une fois à leur hauteur, sans un regard.

– Nous deux, dit Alice.

– Vous deux ? » Madison leva les yeux et fronça les sourcils, comme effrayée.

« Approche », dit Alice.

Madison s'exécuta avec humeur, les yeux rivés au sol. Alice l'attira plus près et la prit dans ses bras.

« On va essayer de comprendre ce qui se passe, expliqua-t-elle doucement, le visage dans ses cheveux. Toi, papa et moi, on va aller se poser sur la plage, manger une bonne glace et régler le problème, quel qu'il soit. »

Madison émit un petit hoquet de surprise et éclata en sanglots.

Devoirs d'Elisabeth pour Jeremy

Il passe son temps à me répéter : « Éteins la télévision. »
Moi : « Pas tout de suite. »

Tout à l'heure, il l'a éteinte lui-même, aussitôt, je me suis mise à hurler et hurler encore, comme s'il me faisait mal.

Un rien dramatique, c'est vrai. Je serai gênée plus tard.

Cela dit, il m'a effectivement fait mal. Ce silence assourdissant après qu'il a éteint le poste m'a vraiment fait mal aux tympans.

Il a sûrement eu peur que les voisins appellent la police. Après tout, il a exactement le profil du mec qu'on s'attend à voir emmené de force, menottes aux poignets, pour violences conjugales. Du coup, il a rallumé en haussant les épaules.

Je regarde Oprah maintenant. Elle parle d'un nouveau régime qui a l'air super. Le public est emballé. Moi aussi, Jeremy. Je vais peut-être l'essayer. Je prends des notes.

Ils allèrent s'asseoir sur la plage de Manly, non loin de l'embarcadère du ferry, à l'endroit où ils avaient bu un café au petit matin après cette fameuse nuit passée à rouler dans l'espoir que Madison, alors bébé, s'endorme.

Nick avait sorti la même couverture de pique-nique à carreaux bleu et blanc de son coffre. Le bleu n'était pas aussi vif que dans les souvenirs d'Alice, mais son toucher, rêche, lui était familier.

« On l'a achetée où, cette couverture ? demanda-t-elle en s'asseyant.

– Aucune idée, répondit Nick, sur la défensive. Tu peux la prendre si tu veux. Je ne savais même pas qu'elle était dans ma voiture. »

Pour l'amour du ciel. Elle n'était pas en train de *réclamer* la couverture. Voilà encore un aperçu du tour qu'avait pris leur vie. Absurde. Lui aurait-elle vraiment cherché des noises sur un tel détail ?

Madison se laissa tomber sur le plaid et se recroquevilla, les genoux serrés entre les bras, la tête basse, ses cheveux ternes sur le visage. (Un bon coup de ciseaux, songea Alice. Elle serait tellement plus jolie avec les cheveux courts. Sans compter que ce serait la « punition » idéale ! *Tu lui as coupé les cheveux ? Ben moi, je vais te couper les tiens !*)

Madison n'avait pas décroché un mot depuis son effusion de larmes dans la cour de récréation. Ils étaient montés dans la voiture rutilante de Nick qui avait passé une bonne partie du trajet à téléphoner avec son kit mains-libres. Il avait ri. Écouté. Donné des consignes succinctes sur un ton brusque. Répondu « Je vais y réfléchir » ou « Bon, c'est la cata » ou encore « Bravo. C'est une super nouvelle » tout en jetant un coup d'œil dans les angles morts avant de changer de file. C'était lui le boss, aucun doute.

« Tu te plais, dans ton boulot, en ce moment ? » lui avait demandé Alice entre deux coups de fil.

Il l'avait regardée, puis, au bout de quelques secondes : « Oui, beaucoup.

– Super. Je suis contente pour toi. »

Il avait levé les sourcils d'un air railleur. « Tu penses vraiment ce que tu dis ?

– Bien sûr. Pourquoi je mentirais ?

– Pour rien. » À l'arrière, Madison était tout ouïe.

En arrivant à Manly, Nick avait éteint son téléphone et laissé sa veste et sa cravate dans la voiture. À présent, il enlevait ses chaussures et ses chaussettes. Alice le regarda plonger ses pieds nus dans le sable. Des pieds qui lui étaient aussi familiers que les siens. Une telle intimité – d'autant que ses pieds étaient énormes et pas spécialement beaux, avec leurs longs orteils velus – n'était-elle pas le signe qu'ils devraient passer leur vie ensemble ?

« Magnifique », dit Nick en montrant l'étendue de sable compact couleur d'or et l'immensité du ciel turquoise où se détachait le ferry qui traversait le port en sifflant. Il lâcha ce mot d'un ton satisfait, tel un client qui a apprécié un bon repas au restaurant, comme si le paysage avait été élaboré spécialement pour lui avant de lui être servi, parfait, merci, c'était tout à fait à la hauteur de ses exigences, ça méritait un généreux pourboire. Du Nick tout craché. Il leva le visage vers le soleil et ferma les yeux.

Alice retira ses bottes (du meilleur goût, en toute modestie, bien sûr) et ses chaussettes.

« C'est les chaussettes de foot de Tom, dit Madison en levant le nez.

– J'étais pressée, dit Alice.

– Et ce foulard, ça vient de la *malle à costumes* d'Olivia.

– Je sais, mais je le trouve splendide », répondit Alice en soulevant le tissu vaporeux.

Madison lui lança un regard impénétrable et reposa le menton sur les genoux.

Nick ouvrit les yeux. « Bon, Madison…

– Tu m'as promis une glace, interrompit-elle en se tournant, furieuse, vers Alice, comme si sa mère allait, une fois de plus, manquer à sa parole.

– C'est vrai, je t'ai promis une glace. »

Nick soupira. « J'y vais. » Il se rechaussa et regarda Madison. « Ne t'avise pas d'aller raconter à ton frère et à ta sœur qu'on t'a payé une glace sur la plage, vu ? Sinon, on aura bientôt trois gosses virés de l'école. »

Madison gloussa. « D'accord. »

Aussitôt son père parti, elle dit : « Je ne veux pas parler de ce qui s'est passé devant papa. »

Bon, truc de fille. « D'accord, je t'écoute. »

Madison reprit d'une voix étouffée : « Chloe a dit que toi et Mr Gordon, vous aviez… »

Impossible d'entendre le dernier mot.

« Quoi ?

– Couché ! Elle a dit que toi et Mr Gordon, vous aviez sûrement couché dans son bureau. Genre, une centaine de fois. »

Mr Gordon ? Oh, *Dominick*.

« Chérie », dit Alice, ne sachant pas trop par où commencer.

Sans compter qu'elle ne savait pas si c'était vrai. Dans son bureau ? Quand même pas, si ?

« J'ai cru que j'allais vomir. J'ai dû respirer à fond et mettre la main devant la bouche. T'as pas fait ça, hein ? Tu t'es pas mise à poil dans le bureau de Mr Gordon ? »

Eh bien, si elle l'avait fait, Chloe n'était tout de même pas dans le secret. Dominick n'avait sans doute pas annoncé la chose au rassemblement de l'école.

« Chloe Harper est une sale petite menteuse, déclara Alice sur un ton ferme.

— Je sais, fit Madison, soulagée. C'est ce que je lui ai dit ! » Elle se tourna vers l'océan et mit ses cheveux derrière ses oreilles. « Ensuite, elle a dit que j'étais la plus moche de l'école, mais là elle ne mentait pas, ça, c'est vrai. »

Ces derniers mots lui brisèrent le cœur. « Pas du tout.

— J'ai eu cette drôle de sensation. Comme si ma tête allait exploser. Elle était là, devant moi, et j'ai sorti mes ciseaux et je lui ai coupé sa tresse. Couic, par terre. Ensuite, elle s'est retournée et je lui ai jeté mon gâteau à la figure. Ça l'a complètement réduit en miettes. Personne n'a pu le goûter. C'était mon plus beau gâteau.

— Tu l'as menacée avec tes ciseaux ?

— Non ! Ça, elle l'a inventé pour que j'aie encore plus d'ennuis.

— C'est vrai ?

— Oui.

— Je te crois. » Bon, c'était déjà ça.

« Tu sais, poursuivit Alice, on te dira des méchancetés toute ta vie, et si tu continues de réagir comme ça, tu finiras en prison. »

Madison médita un instant sur ce point. « En fait, je suis trop jeune pour aller en prison.

— Euh, oui, aujourd'hui, tu es trop jeune, mais quand tu seras grande…

376

– Quand je serai grande, ce sera pas grave.

– Qu'est-ce que tu veux dire ? Ça te sera égal d'aller en prison ? Je crois que tu te trompes. »

Madison leva les yeux au ciel. « Non. Ce sera pas grave si on me dit des méchancetés, parce que je serai grande, justement. Je pourrai dire : "Pfff, rien à faire, je m'envole pour la France." »

Mais oui, bien sûr. Alice se rappelait très bien avoir eu ce genre d'idée lorsqu'elle était enfant. Une fois adulte, plus personne ne pourrait l'atteindre, car rien ne peut atteindre quelqu'un qui peut *tailler la route à n'importe quel moment*.

Avant qu'Alice sache quoi répondre sans lui ôter toutes ses illusions (sinon, à quoi bon grandir ?), une ombre surgit derrière elles.

« Livraison de glaces, annonça Nick en leur tendant un cornet à chacune. Rhum-raisin pour madame. Tu aimes toujours ?

– Bien sûr », répondit Alice. Quelle question !

Tous trois mangèrent leur glace assis face à l'océan.

« Madison m'a raconté ce que Chloe lui a dit, commença Alice. C'était méchant et faux.

– D'accord », acquiesça Nick avec circonspection. Il lécha sa glace et les regarda.

« Je crois que nous devons aider Madison à trouver des solutions pour réagir autrement quand elle est en colère.

– Moi, dit Nick, quand je suis furax, je respire toujours dix fois à fond avant d'ouvrir la bouche.

– N'importe quoi, rétorqua Madison. Tu cries direct. Maman aussi. Je te rappelle qu'une fois, elle t'a jeté une boîte de pizza à la figure. »

Eh bien, bel exemple pour leurs enfants...

Alice s'éclaircit la voix. « Euh, le truc, c'est que...

– Dis, papa, tu vas revenir à la maison, s'il te plaît ? Moi, je pense que c'est le moment que tu redeviennes le mari de maman. Je suis presque sûre qu'après je ne serai plus en colère. Je ne ferai plus jamais de bêtises de toute ma vie. Je peux même te le mettre par écrit, signer un *contrat*, comme ça, tu pourras me poursuivre en justice si un jour je suis pas gentille, mais ça risque pas d'arriver, jamais. »

Elle leva vers son père un regard suppliant.

« Trésor », commença Nick, le visage chiffonné, comme s'il avait mal aux dents. Puis, il fut distrait par une certaine agitation sur la plage. Alice se retourna et vit un petit attroupement se former sur la falaise au-dessus de l'aquarium. Les gens criaient et montraient quelque chose dans l'eau.

« Des baleines à bosse dans le port ! » leur lança un homme en courant, son appareil photo rebondissant sur son torse.

Nick se leva d'un bond, sa glace à la main. Madison et Alice levèrent les yeux vers lui.

« Qu'est-ce que vous attendez ? » demanda-t-il. Aussitôt, tous trois s'élancèrent sur le sable mouillé en direction de la promenade, tenant leur cornet devant eux dans un équilibre précaire.

Ils prirent un escalier en béton bien raide. Alice attrapa sa jupe de sa main libre et monta les marches deux à deux sans forcer, devançant Nick et Madison.

Elle arriva en haut à temps pour voir une énorme gerbe d'eau jaillir dans le port en contrebas.

« C'est une maman et son petit, lui dit une femme. Regardez. Juste là. Ils vont ressortir. »

Nick et Madison gravissaient toujours les marches lourdement. Nick respirait péniblement. (Comment s'était-il retrouvé en si mauvaise forme ?)

« Où sont-elles ? Où sont-elles ? claironna Madison, le visage rosi par l'effort et anxieux.

– Regarde bien », dit Alice.

Pendant quelques secondes, rien. La surface de l'eau ondulait sous la brise, une mouette lança un cri plaintif.

« Elles sont parties, geignit Madison. On les a ratées. Comme par hasard. »

Nick consulta sa montre.

Allez, petite baleine, songea Alice. *Ne nous fais pas ça.*

Tout à coup, une créature massive jaillit hors de l'eau. On aurait dit qu'un être tout droit sorti de l'ère préhistorique avait enfoncé une barrière invisible pour se matérialiser dans la vie ordinaire. Alice aperçut le haut de sa tête incrusté de balanes. L'animal sembla planer dans les airs avant de retomber lourdement dans l'eau, les aspergeant de gouttes salées.

Madison s'agrippa au bras d'Alice. Son visage humide rayonnait de joie. « Tu as vu, maman ! Tu as vu ! »

La baleine ondula voluptueusement, offrant aux regards ses imposantes courbes et sa peau noire velouteuse, et frappa l'eau avec sa queue comme si elle profitait d'un bon bain chaud.

« Madison, Alice, là-bas – le petit ! » s'écria Nick. Un véritable ado !

Le baleineau barbotait telle une version miniature de sa mère. Alice l'imaginait presque glousser de plaisir.

« Waouh ! s'exclama Nick d'un air benêt. Waouh ! »

Autour d'eux, les visages respiraient de joie et d'émerveillement. L'air frais de la mer soufflait dans leurs cheveux, le soleil réchauffait leur dos.

« Encore ! fit Madison. Saute, maman baleine !

– Oui, dit l'homme à l'appareil photo. Encore ! »

Et, pile à ce moment-là, la baleine sauta de nouveau.

Devoirs d'Elisabeth pour Jeremy

Ben menace de vous téléphoner. Il pense que mon attitude relève de la démence.

PETITES RÉFLEXIONS D'UNE ARRIÈRE-GRAND-MÈRE SUR LA TOILE

Je l'ai battu à la PlayStation.
Et il a effectivement essayé de m'embrasser.

COMMENTAIRES BLOQUÉS

Tandis qu'ils retournaient sur la plage, Madison dansait autour d'eux. Euphorique, elle sautillait, tournait sur elle-même, attrapant au vol la main de Nick, celle d'Alice, puis les deux. Les gens souriaient sur son passage.

« J'ai jamais rien vu d'aussi beau ! répétait-elle. Je vais la faire agrandir, cette photo, ensuite je l'accrocherai au-dessus de mon lit ! »

L'homme à l'appareil avait pris l'adresse électronique de Nick et promis de lui envoyer le cliché.

« J'espère qu'il ne l'a pas ratée, dit Nick.

— Non, il l'a eue, répondit Madison. J'en suis sûre. Je peux aller au bord, juste pour goûter l'eau ? »

Elle regarda Alice, qui se tourna vers Nick. Il haussa les épaules.

« Oui, céda Alice. Pourquoi pas ? »

Elle courut jusqu'au rivage tandis qu'ils s'asseyaient sur la couverture de pique-nique.

« Tu crois qu'elle a besoin de voir un psy ? demanda Alice.

— Elle a été très secouée ces derniers temps. Entre l'accident de Gina et le divorce. Et elle est tellement sensible.

— L'accident de Gina ? Qu'est-ce que tu veux dire ? » Alice repensa au cauchemar de Madison. *Elle est coincée dessous.*

« Madison était avec toi. Elle a tout vu. Tu ne t'en souviens pas, toi ?

— Non. Juste une sensation. » Même si, par cette radieuse journée au bord de l'eau, entre cornets de glace et baleines rieuses, le sentiment de pure horreur qu'elle gardait de la scène semblait inimaginable.

« Il y a eu un orage, expliqua Nick. Un arbre est tombé sur la voiture de Gina. Tu étais juste derrière, avec Madison. »

Un arbre. Ainsi, cette image sinistre d'un arbre noir dénudé qui se balançait dans un ciel agité n'était pas le fruit de son imagination.

« Ç'a dû être épouvantable pour toi comme pour elle », dit

Nick doucement. Il prit une poignée de sable qu'il laissa retomber entre ses doigts. « Et je n'ai pas... je ne vous ai pas...

– Quoi ?

– Je ne vous ai pas soutenues comme j'aurais dû.

– Pourquoi ?

– Honnêtement, je ne sais pas. Je me sentais détaché. J'avais l'impression que tu ne voulais pas de ma compassion. Que... que si tu avais eu le choix, tu aurais préféré que ce soit moi qui meure. Je me rappelle, j'ai essayé de te prendre dans mes bras et tu m'as repoussé, comme si je te rendais malade. J'aurais dû insister. Je suis désolé.

– Mais pourquoi t'imaginer que j'aurais préféré te voir mort plutôt que Gina ? » C'était tellement mal de penser une chose pareille. Idiot, puéril et mal.

« Les choses n'étaient pas au beau fixe entre nous à ce moment-là, et vous étiez si proches, toutes les deux. Je veux dire, tant mieux, ça m'allait, mais... » Sa bouche fit une drôle de moue. « Tu as dit à Gina que tu étais enceinte d'Olivia avant de me le dire à moi.

– Sérieux ? » Pourquoi aurait-elle fait une chose pareille ? « Je suis désolée.

– Oh, un détail. » Il se tut un instant. « Et puis, un jour, je t'ai entendue lui parler de notre vie sexuelle. Enfin, de notre désert sexuel. Je sais bien qu'entre femmes, vous discutez tout le temps de ça. Mais il y avait quelque chose dans ta voix. Un tel *mépris* à mon égard. Ensuite, quand elle s'est séparée de Mike, tu t'es mise à sortir dans les bars avec elle, pour l'aider à faire des rencontres, et j'ai eu le sentiment que tu l'enviais. Que tu voulais être célibataire toi aussi. Que j'étais en travers de ton chemin. Que je t'empêchais de vivre ce que tu avais à vivre.

– Je suis vraiment désolée », répéta Alice. Elle avait l'impression qu'il lui parlait d'une autre femme, d'une ex-petite amie horrible qui lui avait brisé le cœur.

381

« Ensuite, Gina est morte. Et ç'a été la fin. Tu es restée figée. C'est l'impression que j'ai eue. Tu es devenue glaciale.

– Je ne comprends pas pourquoi j'ai réagi comme ça. » Si son amie Sophie était morte, elle aurait pleuré pendant des heures dans les bras robustes et réconfortants de Nick. « C'est pour ça que tu n'es pas venu aux obsèques ? »

Nick soupira.

« Je devais aller à New York. Pour une réunion très importante qu'on préparait depuis des mois. Mais je t'ai dit un million de fois que je pouvais annuler. Je n'ai pas arrêté de te demander si tu tenais à ce que je sois présent, et toi, tu disais : "Fais ce que tu veux." Alors, je me suis dit qu'en fait, tu préférais peut-être que je ne sois pas là. Pourtant j'avais envie de venir. C'était aussi mon amie – avant. Mais ça, tu avais l'air de l'oublier. Eh oui, ça me rendait dingue, cette façon qu'elle avait de jouer les cheftaines avec toi, mais ça ne m'empêchait pas de l'apprécier quand même. Les choses sont devenues tellement compliquées après leur séparation. Je voulais rester ami avec Mike aussi, mais pour toi, c'était la trahir. Pour elle aussi, d'ailleurs. Elle m'en voulait à mort. Quand je la voyais, elle me demandait : "Tu as vu Mike récemment ?" et vous me jetiez des regards assassins, comme si c'était moi le méchant. Je ne voyais pas pourquoi je devais lâcher un bon copain à cause d'un simple… bref, on en a parlé mille fois. J'essaie juste de dire que je me sentais tellement, comment dire, *mal à l'aise* quand elle est morte. Je ne savais pas comment j'étais censé me comporter. Je voulais juste t'entendre me dire : "Bien sûr que tu devrais annuler ton déplacement et venir à l'enterrement." J'avais l'impression d'avoir besoin de ta permission.

– Alors, tous nos problèmes sont liés à Gina et Mike. » Ces deux étrangers avaient détruit leur mariage.

« Je ne crois pas qu'on puisse leur mettre tous nos problèmes sur le dos. On se disputait. Pour des broutilles.

– Comme quoi ?

– Je sais pas... le coup des cerises par exemple. Un jour, on devait aller dîner chez ma mère, tu voulais apporter des cerises et j'en ai mangé quelques-unes. On aurait dit que j'avais commis un crime. Tu ne voulais pas laisser tomber. Tu en as parlé pendant des mois.

– Des cerises...

– Je sortais du boulot où tout le monde me respectait, et en rentrant à la maison, j'avais l'impression d'être l'idiot du village. Je remplissais le lave-vaisselle ? Ça n'allait pas. J'habillais les enfants ? Ça n'allait pas. J'ai arrêté de te proposer mon aide. Vu les critiques que tu me faisais, ça ne valait pas la peine. »

Ils restèrent silencieux un moment. Un couple avec un petit de deux ou trois ans et un nourrisson s'installa sur un plaid non loin d'eux. L'aîné prit une pleine poignée de sable d'un air résolu et s'approcha de sa sœur pour le lui verser sur la tête. « Attention ! » s'écria la mère et le père l'éloigna juste à temps. Elle leva les yeux au ciel, lui marmonna quelques mots inaudibles.

« Je ne dis pas que j'étais parfait, reprit Nick, les yeux rivés sur l'autre père. J'étais trop pris par mon travail. Toi, tu disais que j'étais obsédé. Tu parles encore de l'année où je bossais sur le projet Goodman. Je voyageais beaucoup. Tu devais te débrouiller toute seule avec les enfants. Une fois, tu as dit que je t'avais "désertée". Je repense toujours à cette année comme celle qui a changé ma carrière, mais peut-être que... » Il s'interrompit et contempla l'océan, les yeux plissés. « Peut-être que c'est l'année qui a scellé le sort de notre mariage. »

Le projet Goodman. Un nom qui lui laissa un mauvais goût dans la bouche. *Ce putain de projet Goodman.* Le mot « putain » semblait être inséparable du nom Goodman.

Alice soupira. Tout ça semblait si compliqué. Ses erreurs à elle. Celles de Nick. Pour la première fois, elle songea que, peut-être, leur mariage ne pouvait pas être sauvé.

Elle se tourna vers le couple et leurs deux enfants en bas âge.

À présent, le père faisait tournoyer le garçonnet dans les airs sous l'œil rieur de la mère qui les prenait en photo avec son appareil numérique. Quand ils repenseraient à cette journée, de quoi se souviendraient-ils ? Ce moment de jeu ou le coup du sable ?

Madison revint vers eux, portant quelque chose dans ses mains en coupe, le visage radieux.

Nick effleura la main d'Alice du bout des doigts.

« On pourrait peut-être réessayer », dit-il.

29

George et Mildred réapparurent le vendredi.

Alice les trouva au fond du garage. George était couché sur le flanc, comme si quelqu'un l'avait renversé d'un coup de pied. Sa tête de lion, autrefois fière et digne, était à présent maculée de moisissures vertes, lui donnant le même air penaud qu'un vieux monsieur qui a le visage tout barbouillé de nourriture. Mildred, elle, était sur son séant près d'une pile de vieux pots sur une étagère. Il manquait un morceau à l'une de ses pattes et elle avait l'air triste et résignée. Tous deux formaient un couple crasseux.

Alice les installa sur la véranda à l'arrière de la maison pour les nettoyer à l'eau et à la Javel, comme le lui avait conseillé sa voisine, Mrs Bergen. Ravie qu'Alice ait changé de camp concernant le projet de développement du quartier, elle était de nouveau tout sourire quand elle la voyait et lui avait même dit que les enfants pouvaient venir chez elle quand ils le souhaitaient pour jouer au piano. « On n'a plus cinq ans, avait rétorqué Tom d'un air las. Faut lui dire qu'on a une PlayStation. »

Barb avait proposé d'emmener Madison faire une virée shopping le lendemain de son exclusion. « Ne t'inquiète pas, avait-elle dit. Je ne vais pas la gâter. Lui acheter de nouveaux vêtements ou quoi que ce soit. À moins qu'elle trouve quelque chose de vraiment spécial bien sûr, auquel cas, je le garderai pour son prochain anniversaire. »

Alice frottait et frottait encore, tout en se demandant si George et Mildred retrouveraient un jour leur superbe. S'il n'était pas trop tard. Si ces années d'abandon ne les avaient pas marqués irrémédiablement.

Cela ne valait-il pas aussi pour son couple ? L'accumulation de disputes, de trahisons, de méchancetés, n'avait-elle pas abouti à la formation d'une vilaine couche dure comme de la roche, recouvrant ce qui était jadis si tendre et si authentique ?

Eh bien, si c'était le cas, ils la décaperaient petit à petit jusqu'à ce qu'elle disparaisse complètement. Tout irait bien. Leur couple serait comme neuf ! songea-t-elle en frottant la crinière de Mildred si fort qu'elle claquait des dents.

Le téléphone sonna. Alice décrocha, soulagée de poser la brosse à récurer.

À l'autre bout du fil, Ben. Sa voix, grave et traînante, si typiquement australienne, lui donna l'impression qu'on l'appelait du fin fond du bush. Il lui annonça qu'Elisabeth venait de passer les vingt-quatre dernières heures à regarder la télévision au lit et qu'elle se mettait à hurler dès qu'il essayait de l'éteindre ; il ne savait pas combien de temps il devait laisser faire.

« L'échec de sa dernière FIV a dû la bouleverser », répondit Alice en regardant les photos des enfants et les news-letters de l'école sur la porte du réfrigérateur. Si seulement elle pouvait, d'une manière ou d'une autre, partager cette vie avec sa sœur.

Il y eut un moment de flottement, puis Ben dit : « Ouais, ben, justement. Ça a marché, figure-toi. La clinique m'a appelé pour confirmer la date de sa première échographie. Elle est enceinte. »

Devoirs d'Elisabeth pour Jeremy

Je l'entends dans la pièce d'à côté. Il est au téléphone avec Alice. Je lui ai pourtant fait promettre de ne dire à personne que j'étais enceinte.

Je savais qu'il ne tiendrait pas parole. Sale menteur.

Vous n'avez pas idée de la colère qui m'habite. Contre lui. Contre sa mère. Contre la mienne. Contre Alice. Et contre vous, Jeremy. Je vous hais, tous autant que vous êtes. Sans raison précise.

Peut-être à cause de la compassion, de la pitié, de l'indulgence, mais surtout, à cause de l'espoir. De tous les commentaires auxquels je vais avoir droit : « Celui-ci sera peut-être le bon ! » « Je le sens bien, cette fois ! »

Des vagues de colère me submergent en permanence. J'essaie de les prendre pour rester à la surface, comme on gère les douleurs de l'accouchement. Enfin, j'imagine. Je me sens nauséeuse, j'ai mal aux seins, j'ai un drôle de goût dans la bouche, et on est déjà passés par là tellement de fois. Je ne peux pas le revivre, je ne peux pas.

Et vous savez ce qui me met le plus en colère, Jeremy ? C'est que j'ai beau dire que je vais perdre ce bébé comme j'ai perdu tous les autres, j'ai beau le croire, j'ai beau le savoir dans mon cœur et dans mon corps, je sais aussi qu'au plus profond de moi, cette voix bêtement positive, cette voix pathétique continue de gazouiller, « Mais peut-être... ? ».

Alice partit aussitôt chez Elisabeth.

Elle avait demandé à Ben comment venir, et ni les rues qu'elle emprunta, ni le quartier, ne lui semblèrent familiers. Peut-être ne rendait-elle visite à sa sœur que rarement ? Parce qu'elle était très occupée. Occupée, occupée, occupée.

La pelouse de leur cottage de brique rouge était soigneusement entretenue. Dans le jardin de la maison d'en face, une balançoire, et devant, une femme, penchée dans sa voiture, qui détachait son bébé de son siège-auto. Un quartier familial qui ressemblait en tous points à sa rue dix ans plus tôt.

Le vacarme de la télévision lui parvint aux oreilles dès que Ben lui ouvrit la porte. « Impossible de lui faire baisser le son, dit-il. Je te préviens, si tu essaies d'éteindre, elle va hurler comme un loup pris au piège. C'est flippant. J'ai dû dormir dans la chambre d'amis cette nuit. Je ne peux même pas te dire si elle a dormi.

– Bon, qu'est-ce qui se passe, à ton avis ? » demanda-t-elle.

Ben haussa ses épaules massives. « J'imagine qu'elle a peur de le perdre. Comme les autres fois. Moi aussi, j'ai peur. C'est vrai, quoi, j'étais presque soulagé quand je croyais que ça n'avait pas marché. »

Alice suivit son beau-frère dans la maison (très propre, bien rangée, dépouillée – rien ne dépassait) jusqu'à la chambre, où Elisabeth était assise dans le lit, la télécommande à la main, un cahier et un stylo sur ses genoux.

Elle portait la même tenue que la veille au séminaire destiné aux bouchers, sauf que ses cheveux étaient tout emmêlés et que son mascara avait coulé, lui faisant de grosses ombres noires sous les yeux.

Alice ne dit pas un mot. Elle envoya valser ses chaussures et se glissa sous les couvertures à côté d'Elisabeth avant de se caler sur un oreiller.

Ben hésita un instant sur le pas de la porte sans trop savoir quoi faire. « Bon, décida-t-il, je vais bricoler la voiture.

– Ça marche », répondit Alice en souriant.

Elle jeta un coup d'œil à sa sœur. Son visage était fermé, ses yeux rivés sur la télévision.

Alice garda le silence, incapable de trouver les bons mots. Peut-être sa présence suffirait-elle.

Au programme, un vieil épisode de *MASH*. Les personnages familiers et les soudains éclats de rire préenregistrés la replongèrent en 1975. À l'époque où, après l'école, Elisabeth et elle s'installaient sur ce vieux canapé beige avec des sandwichs jambon-ketchup, en attendant que leur mère rentre du travail.

L'esprit vagabond, Alice repensa à cette curieuse tranche de vie qui avait commencé lorsqu'elle s'était réveillée à la salle de sport dans la matinée du vendredi précédent. Elle voyait cette semaine comme un séjour dans un pays exotique, qui avait exigé l'acquisition de compétences insolites. Tellement de choses avaient eu lieu. La rencontre avec les enfants. La découverte du couple que formaient désormais sa mère et Roger. La soirée « Familles en scène ».

Au bout d'un moment, elle sentit sa sœur bouger. Elle retint son souffle.

« Tu n'as rien à faire ? demanda Elisabeth, agacée.

– Rien de plus important que d'être là. »

Elisabeth grimaça et tira la couverture, découvrant les jambes d'Alice qui ne se laissa pas faire.

L'épisode de *MASH* prit fin. Elisabeth changea de chaîne. Le visage délicat d'Audrey Hepburn apparut sur l'écran. Elisabeth zappa de nouveau et s'arrêta sur une émission de cuisine.

Alice eut envie d'un café. Elle se demanda si aller à la cuisine n'allait pas rompre l'instant, si indéfinissable fût-il. À moins qu'elle aille Chez Dino pour déguster un double café au lait écrémé.

Dino.

Elle se baissa pour ramasser son sac à main et fouilla à l'intérieur. Elle en sortit la figurine de fertilité et la plaça délicatement sur la couverture entre Elisabeth et elle. La statuette les fixait de ses yeux ahuris. Un regard insondable. Alice la tourna vers Elisabeth.

Elle attendit. Enfin, Elisabeth lâcha : « Bon, c'est quoi, ce truc ?

– Une figurine de fertilité. C'est Dino, tu sais, le propriétaire du café, qui me l'a donnée pour toi. »

Elisabeth la prit pour l'examiner de plus près. « J'imagine qu'il cherche à s'assurer que je n'enlèverai plus de gosses dans son café.

– Sûrement.

– Et qu'est-ce que je suis censée en faire ?

– Je ne sais pas. Lui apporter des offrandes sacrificielles, peut-être ? »

Elisabeth leva les yeux au ciel mais elle esquissa un sourire. Elle posa la poupée sur sa table de chevet.

« Il devrait naître en janvier, dit-elle, si toutefois il...

– Ma foi, ça me semble être un bon moment pour avoir un bébé, répondit Alice. Tu n'aurais pas trop froid quand tu te lèverais pour le nourrir la nuit.

– Il n'y aura pas de *bébé*, fit Elisabeth brutalement.

– On pourrait demander à papa d'intercéder en ta faveur. Il doit pouvoir tirer quelques ficelles, là-haut.

– Qu'est-ce que tu crois ? Que je ne l'ai pas fait pour les autres grossesses ? J'ai prié le ciel chaque fois que j'étais enceinte. J'ai prié Jésus. Marie. Saint Gérard, le saint patron de la fertilité. Aucun d'entre eux n'a jamais entendu. Ils m'ignorent.

– Papa ne t'ignorerait pas, lui », insista Alice. Et, tout à coup, les traits de son père lui apparurent clairement. Bien souvent, elle ne se souvenait de son visage que tel qu'elle l'avait vu en photo, sa propre mémoire lui faisant défaut. « Il a peut-être affaire à un tas de bureaucrates au paradis.

– Je ne suis pas certaine de croire en la vie après la mort, de toute façon. Avant, j'avais la tête pleine d'idées romantiques, je m'imaginais que papa s'occupait de mes bébés fantômes, mais ensuite, c'est allé trop loin. Il serait carrément en train de diriger une garderie à présent.

– Au moins, ça le détournerait du spectacle de maman et Roger qui dansent la salsa. »

Cette fois, Elisabeth sourit pour de bon.

« Maman se souvient de la date présumée d'accouchement de toutes mes grossesses. Ces jours-là, la première chose qu'elle fait en se levant le matin, c'est de m'appeler pour papoter. Elle n'y fait pas allusion, simplement, elle parle.

– Elle a l'air de savoir y faire avec les enfants. Ils l'adorent.

– C'est une bonne grand-mère, soupira Elisabeth.

– J'imagine que nous lui avons pardonné. »

Elisabeth lui décocha un regard sévère, mais s'abstint de demander : « Pardonné ? Quoi ? »

Voilà un sujet qu'elles n'avaient jamais vraiment abordé. Enfin, pour autant qu'Alice s'en souvienne, jamais elles n'avaient évoqué la façon dont Barb avait cessé d'être une mère après le décès de leur père. Elle avait tout bonnement rendu son tablier. Ce qui avait été affreux. Du jour au lendemain, elle était devenue une autre, se moquant totalement de savoir si ses filles étaient suffisamment couvertes pour sortir, si elles se brossaient les dents ou si elles mangeaient des légumes. Fallait-il en déduire qu'auparavant, elle avait seulement fait *semblant* de se soucier de tout ça ? Même au bout de quelques mois, sa seule envie, c'était de se laisser aller toute la journée, et regarder, en larmes, des albums photo en tenant la main de ses deux filles. C'est alors que Frannie était entrée dans leur vie, pour leur redonner une structure et des règles.

Alice et Elisabeth ne voyaient déjà plus Barb comme leur mère, mais davantage comme une petite sœur légèrement simplette. Quand elle fut enfin remise, elle tenta bien de restaurer son autorité, mais les filles ne la laissèrent pas vraiment reprendre son rôle de mère. Une forme de vengeance, subtile mais nette.

« Oui, acquiesça Elisabeth au bout d'un moment. J'imagine qu'on a fini par lui pardonner. Je ne sais pas quand exactement, mais on lui a pardonné.

– C'est drôle, comme les choses s'arrangent.

– Oui. »

Elles regardèrent une publicité pour une vente de tapis. Elisabeth poursuivit : « Je suis furax. Je ne peux pas te dire à quel point je suis furax.

– D'accord. »

De nouveau, un silence.

« On vient de gâcher les sept dernières années à essayer de se construire une vie, juste une vie ordinaire de banlieusards avec des gosses 2.1. On n'a rien fait d'autre – profité de *rien* – et maintenant, cette grossesse va encore tout mettre entre parenthèses pendant plusieurs mois jusqu'à ce que je le perde, et ensuite, il faudra que je m'en remette, et Ben recommencera à me tanner pour que je remplisse le dossier d'adoption et tout le monde se montrera tellement enthousiaste et encourageant : Mais oui, l'adoption, quelle jolie idée, ça va tellement dans le sens du multiculturalisme en plus ! Et bien sûr, ce bébé, il faudra que je l'oublie.

– Tu ne vas peut-être pas le perdre, dit Alice. Tu vas peut-être l'avoir, ce bébé.

– Pfff, évidemment que je vais le perdre. »

Le présentateur de l'émission culinaire versa du miel dans une poêle. « Le secret, c'est d'utiliser du beurre doux. »

Elisabeth reprit : « La seule solution, c'est de faire comme si je n'étais pas enceinte, comme ça, si je le perds, ça me fera moins mal. Le problème, c'est qu'apparemment, j'en suis incapable. Et ensuite, je me dis : *Bon, ma grande, tu n'as qu'à jouer la carte de l'optimisme ! Partir du principe que ça va marcher !* Sauf que j'ai une peur bleue. Tout le temps. Chaque fois que je vais aux toilettes, je m'attends à voir du sang. Chaque fois que je fais une échographie, je m'attends à voir leurs visages se figer. Je ne suis pas censée m'inquiéter, parce que le stress, c'est mauvais pour le bébé, mais comment je fais pour ne pas m'inquiéter, hein ?

– Tu peux peut-être me le déléguer, tout ce stress. Je pourrais me faire un sang d'encre à longueur de journée. Je suis une anxieuse-née, moi, tu le sais bien. »

Elisabeth sourit et se concentra de nouveau sur l'écran. Le présentateur télé sortit un plat du four et le huma, ravi. « Voilà[1] ! »

« J'aurais dû venir te voir direct quand Gina est morte. Je ne l'ai pas fait. Je suis désolée. »

---

1. En français dans le texte. (*N.d.T.*)

Tiens, bizarre, songea Alice. Tout le monde avait quelque chose à se faire pardonner concernant le décès de Gina.

« Pourquoi tu ne l'as pas fait ?

– Je n'étais pas sûre que tu veuilles que je sois là. J'avais le sentiment que, quoi que je dise, ça n'irait pas. Vous formiez un tel duo avec Gina, et nous deux, on s'est… éloignées. »

Alice se glissa plus près d'Elisabeth. Leurs cuisses se touchaient. « Alors, rapprochons-nous. »

Le générique de fin de l'émission défilait sur l'écran.

« Je vais le perdre, ce bébé. »

Alice posa la main sur le ventre d'Elisabeth.

« Je vais le perdre. »

Alice se pencha. « Allez, petit neveu ou petite nièce. Accroche-toi cette fois, d'accord ? Ta maman en a drôlement bavé pour t'avoir. »

Elisabeth prit la télécommande, éteignit la télévision et fondit en larmes.

Petites réflexions d'une arrière-grand-mère sur la Toile

Je lui ai rendu son baiser.
J'en suis la première étonnée.

Commentaires bloqués

« Super, les lions », dit Dominick.

Samedi, vingt et une heures. Dominick se tenait sur le pas de la porte, avec un paquet de biscuits au chocolat, une bouteille de liqueur et un bouquet de tulipes. Il portait un jean, une chemise à carreaux délavée et n'était pas rasé.

Alice regarda George et Mildred qui avaient retrouvé leur place de vigiles devant la maison. Elle ne savait pas encore si elle les trouvait drôles et décalés, ou sordides et vulgaires.

« Je me suis dit que tu aurais peut-être envie de compagnie, alors me voilà ! Si tu es trop occupée à régler les derniers détails pour demain… »

Après avoir couché les enfants, Alice s'était contentée de ne rien faire, si ce n'est fixer le plafond, allongée sur le canapé, et penser vaguement au bébé d'Elisabeth et à la proposition de Nick : « On pourrait peut-être réessayer. » Nick avait l'air de penser qu'ils devraient commencer par un « rendez-vous ». « Un cinéma, peut-être », avait-il suggéré. Alice s'était demandé si, une fois installés dans la salle noire, « réessayer » leur coûterait beaucoup d'efforts. Leur faudrait-il déborder d'enthousiasme en mangeant leur pop-corn ? Se lancer dans une discussion particulièrement animée en sortant ? Rivaliser d'humour, évaluer leur degré d'affection et compter les points ? Échanger un baiser aussi romantique que possible ? Non, essayer, très peu pour elle. Alice voulait juste que Nick revienne à la maison et que les choses rentrent dans l'ordre. Elle était lasse de toutes ces âneries.

La journée avait été épuisante. Les enfants étaient tous allés au sport les uns après les autres. Olivia jouait au netball (la demoiselle avait sauté partout, confirmant son sens du spectacle, mais avait assez peu touché la balle), Tom au football (admirablement – il avait marqué deux buts !) et Madison au hockey (atrocement mal et la mort dans l'âme. « Ça te plaît, le hockey ? » avait demandé Alice quand elle était sortie du terrain. « Tu sais très bien que je déteste ça », avait-elle répondu. « Alors pourquoi tu en fais ? – Parce que, d'après *toi*, il faut absolument que je fasse un sport collectif. » Ni une, ni deux, Alice était allée voir l'entraîneur et avait désinscrit Madison, faisant le bonheur de l'un comme de l'autre).

Au cours de chacun des matchs, Alice s'était vu confier un certain nombre de tâches dont elle s'était bizarrement acquittée sans problème. Elle avait presque eu l'impression de ne pas être un imposteur dans sa propre vie. Elle avait marqué les points au hockey, tenu le stand saucisses au football et même arbitré

– arbitré ? – la partie de netball. Quelqu'un lui avait tendu un sifflet et, au moment même où elle avait protesté, « Non, non, j'en suis incapable », la sensation du métal au creux de sa main lui avait semblé naturelle. La seconde suivante, elle allait et venait à grandes enjambées sur la ligne de touche, donnant d'impérieux coups de sifflet et prononçant, comme malgré elle, des mots étranges. « Marcher ! » « Trois secondes ! » « Tireur hors jeu ! » Les enfants obéissaient sans discuter.

Nick était venu aux trois matchs. Ils n'avaient pas eu le temps de parler. Lui aussi avait des responsabilités. Par exemple, arbitrer le match de football de Tom. *On fait de sacrés parents*, avait songé Alice avec un mélange de fierté et de crainte, car c'était peut-être bien là le problème, la raison pour laquelle ils allaient devoir « réessayer ». Elle était « maman », lui « papa », une fonction qui ne rend ni original, ni intéressant, ni très sexy. (Si les buanderies étaient toujours le théâtre de baisers interdits pendant les fêtes, c'était peut-être pour rappeler aux parents leur passé d'adolescents portés sur la chose.)

Le lendemain, jour de la fête des Mères, verrait la confection de la meringue géante. Alice aurait probablement dû préparer deux ou trois choses – terminer la paperasse, passer quelques coups de fil de dernière minute pour s'assurer que chacun s'était bien acquitté de ses tâches – mais l'événement ne l'intéressait pas particulièrement. Sans compter que, l'autre jour, les membres du comité avaient l'air de parfaitement maîtriser leur affaire.

« Entre, dit-elle à Dominick en zieutant le paquet de gâteaux.

– Les enfants dorment ?

– Oui, même si… » Elle s'apprêtait à plaisanter sur le fait que Tom était sûrement encore en train de jouer à la Nintendo sous ses couvertures, mais repensant à Madison et au malheureux incident capillaire, elle se ravisa. Pas question de balancer son fils au dirlo.

« Comment Kate a-t-elle réagi pour les cheveux de Chloe ? s'enquit-elle.

– Violemment, comme on pouvait s'y attendre.

– Je lui ai laissé un message d'excuses, mais elle ne m'a pas rappelée.

– Tu comprends que je n'avais pas d'autre choix que d'exclure Madison, n'est-ce pas ? demanda Dominick tandis qu'Alice le débarrassait du bouquet de fleurs. Je ne voulais pas...

– Oh, oui, bien sûr, ne te fais pas de souci pour ça. Elles sont magnifiques, dis donc. Merci. »

Dominick posa la boîte de biscuits sur le comptoir et fit tourner la bouteille de liqueur entre ses mains.

« Je le saurai de suite, quand tu auras retrouvé la mémoire.

– Comment ?

– Ta façon de me regarder. Pour l'instant, tu me regardes gentiment, poliment, comme si tu ne me connaissais pas vraiment, comme si on n'avait jamais... »

Tiens, la petite Chloe Harper avait raison. Ils avaient « couché ».

Il posa la bouteille de liqueur et s'approcha d'elle.

Non, non, non. Plus de baiser. Ce serait mal. Et ça ne cadrerait pas avec l'idée de « réessayer ».

« Dominick. »

Quelqu'un sonna à la porte.

« Excuse-moi. »

Alice alla ouvrir. C'était Nick.

Il avait une bouteille de vin, du fromage, des petits gâteaux secs et des tulipes identiques à celles que Dominick lui avait offertes. Elles devaient être en promotion dans un magasin du coin.

« Tu as ressorti les lions ! » s'exclama-t-il, ravi. Il se baissa et tapota la tête de George. « Salut, toi ! Ça faisait longtemps !

– Je devrais vous laisser. » Dominick était dans l'entrée, appréciant la situation en un clin d'œil : Nick, les fleurs, le vin.

« Oh, bonsoir. » Nick se raidit, son sourire disparut. « Je n'avais pas conscience que... je ne veux pas interrompre...

– Non, non, je m'en allais, dit Dominick avec fermeté. On se voit demain », ajouta-t-il en touchant le bras d'Alice. Puis il descendit les marches au petit trot.

« J'ai interrompu quelque chose ? » demanda Nick en suivant Alice dans le couloir. Il vit le bouquet de Dominick. « Je vois. C'est la soirée des petits cadeaux, ce soir. »

Alice bâilla. Tout ce qu'elle voulait, c'était que sa vie reprenne son cours normal. Un samedi soir à la maison. Où elle pourrait dire : « Je suis fatiguée, je crois que je vais aller me coucher », et Nick répondrait, sans décrocher les yeux de la télévision : « Ça marche, je regarde juste la fin du film et je te rejoins. » Ensuite, ils liraient leur bouquin côte à côte dans leur lit, éteindraient la lumière pour se laisser aller au sommeil. Qui aurait cru qu'un samedi soir à la maison pourrait sembler si incroyablement exotique ?

Au lieu de cela, elle ouvrit la boîte de biscuits au chocolat de Dominick et en mangea un tandis que Nick restait planté là sans savoir quoi faire dans sa propre cuisine.

« Je l'ouvre ? finit-il par proposer.

– Bien sûr. »

Il déboucha le vin et leur servit un verre. Alice mit le fromage dans une assiette et ils s'assirent l'un en face de l'autre.

« Tu viens, demain ? demanda Alice en prenant un autre biscuit. À la journée de la meringue géante ?

– Euh, non, ce n'était pas dans mes intentions. Tu veux que je vienne ?

– Évidemment que je veux que tu viennes ! »

Nick rit, de ce petit rire légèrement sidéré. « Dans ce cas.

– Je pense que ce sera plié vers midi. Tu arriveras à temps pour déjeuner chez ta mère. »

Nick la regarda d'un air ébahi.

« Le déjeuner de la fête des Mères, tu te rappelles ? Tu as dit à Ella que tu y serais à la soirée "Familles en scène".

– Euh, ouais, c'est vrai.

– Comment tu t'en sors sans moi ? » dit Alice d'un ton dégagé.

Nick se rembrunit. « Plutôt bien. Je ne suis pas totalement nul. »

Son ton la fit tressaillir. « Je n'ai jamais dit ça. » Elle prit un morceau de fromage. « À moins que… j'aie dit ça ?

– Tu me crois incapable de m'occuper des enfants la moitié du temps. Tu dis que, vu le nombre d'activités qu'ils ont, j'en oublierais forcément, que je ne penserais pas à signer leurs autorisations de sortie ou je ne sais quel papelard, que je ne lirais pas les sacro-saintes newsletters de l'école… Je me demande comment je fais pour diriger toute une entreprise. »

Eh bien, tu as une secrétaire qui se charge des détails barbants.

Qui des deux Alice avait pensé ça ? La femme hargneuse de 2008 ou la vraie Alice ? Nick avait toujours négligé les détails, préférant considérer les choses dans leur ensemble.

Il remplit de nouveau leurs verres. « Je ne supporte pas de ne les voir qu'un week-end sur deux. Je n'arrive pas à être normal. Parfois, j'entends la voix de mon père sortir de ma propre bouche quand je suis avec eux. Faussement joviale. Quand je vais à l'école pour les récupérer, je me surprends à préparer des blagues à l'avance, et là, je me dis : "Comment j'en suis arrivé là ?"

– Tu passais beaucoup de temps avec eux en semaine ?

– Je sais bien où tu veux en venir. C'est vrai, je bosse beaucoup, mais va savoir pourquoi, tu ne te souviens jamais des jours où je suis effectivement rentré plus tôt à la maison. La fois où je suis allé faire du vélo avec Madison, les vendredis d'été où j'ai passé des heures à jouer au cricket avec Tom – alors toi, tu dis tout le temps que c'est arrivé *un* vendredi, mais moi, je suis sûr que c'est arrivé au moins deux fois, et je… »

– Je ne veux en venir nulle part. »

Nick fit tourner le pied de son verre ballon et leva les yeux vers Alice, avec l'air de celui qui va faire son mea culpa. « Je n'ai pas su trouver le bon équilibre entre le travail et la vie de famille. Je vais bosser là-dessus. Si on se remet ensemble, je ferai mieux. Je m'y engage.

– D'accord », dit Alice, tentée de le taquiner à propos de ses derniers mots, « je m'y engage ». Mais Nick se comportait comme s'il s'agissait là d'un moment décisif dans leur histoire. Pour elle, ce n'était pas si important que ça. Il devait parfois bosser comme un dingue ? Et alors ? Si c'était bon pour sa carrière, pas de souci.

« Je suppose que la concurrence ne travaille pas autant, reprit Nick.

– La concurrence ? » répéta Alice. Le vin lui montait à la tête. Dans son esprit, une farandole de pensées floues et insaisissables, de visages inconnus, de vagues réminiscences de raz-de-marée émotionnels indicibles.

« Dominick.

– Ah, lui. Il est sympa, mais le truc, c'est que... je suis ta femme.

– On est séparés.

– Oui, mais on *réessaye*. » Alice gloussa. « Désolée. Je ne sais pas pourquoi ça me fait rire. Ce n'est pas drôle. Pas drôle du tout. Je crois qu'il me faut un verre d'eau. »

Elle se leva et, arrivée au niveau de Nick, se laissa tout à coup tomber sur ses genoux telle une petite aguicheuse à une soirée entre ados.

« Tu es prêt à *réessayer*, Nick ? murmura-t-elle au creux de son cou. De toutes tes forces ?

– Tu es pompette », dit-il. Puis il l'embrassa, et enfin, tout redevint normal. Elle se laissa aller contre lui avec délice et soulagement, comme on se glisse dans un bain chaud après avoir essuyé une averse ou dans des draps en coton propres après une dure journée.

« Papa ? fit une voix derrière eux. Qu'est-ce que tu fais là ? »

Nick se redressa brusquement, projetant Alice un peu plus loin.

Olivia se frottait les yeux dans son pyjama, les joues rouges de sommeil. Elle bâilla à s'en décrocher la mâchoire et s'étira, les bras en l'air. Elle fronça les sourcils, perplexe, puis une expression de pure joie passa sur son visage.

« Tu es de nouveau amoureux de maman ? »

PETITES RÉFLEXIONS D'UNE ARRIÈRE-GRAND-MÈRE SUR LA TOILE

Désolée d'avoir bloqué les commentaires sur mes deux dernières publications ; j'ai bien conscience que vous aviez tous très envie de réagir mais, je ne sais pas pourquoi, j'avais juste envie de raconter ce qui s'était passé sans avoir à lire vos retours tout de suite.

Laissez-moi clarifier les choses avant de vous enflammer. Ce qui s'est passé n'est en aucun cas le début d'une relation ou je ne sais quelle sottise dans ce goût-là.

Ce n'est qu'un flirt inoffensif. Rien ne l'interdit, après tout ! D'autant que c'est très amusant ! Demain, je l'emmène à la journée de la meringue géante organisée par Alice.

Tant que j'y suis, il y a eu un autre rebondissement, des plus intéressants : je reviens juste de chez X après une nouvelle partie de PlayStation (j'ai gagné, bien sûr !) et... il m'a fait un aveu.

Il lit ce blog !

Alors oui, ça m'a fait un choc, mais je peux difficilement m'en plaindre. Je n'ai jamais protégé mon blog par mot de passe et son contenu appartient au domaine public, mais je ne m'étais pas rendu compte qu'un nombre non négligeable de pensionnaires du village étaient tombés dessus.

Il se trouve que X a même posté des commentaires, sous un pseudonyme. Le coquin. Il a refusé de me le révéler. Une idée ?

COMMENTAIRES

Groovy Granny écrit :
Permettez-moi d'émettre quelques réserves, Frannie, et pas des moindres. Il vous a déjà dupée ! Une relation peut-elle commencer comme ça ? (Je pense qu'il a écrit sous le pseudonyme AB74. Un personnage qui m'a toujours paru grossier.)

AB74 écrit :
Eh non, ce n'était pas moi, Groovy Granny. À mon avis, c'est ce petit cochon de Frank Neary.

Frank Neary écrit :
Négatif, Miss Jeffrey. J'ai toujours parlé avec mon cœur.

Beryl écrit :
Ma main au feu que c'est Groovy Granny ! La couverture est parfaite ! Et que vous appeliez ça un flirt, une idylle ou autre, profitez de chaque instant, Frannie !

Doris de Dallas écrit :
Vous embrassez drôlement bien, Frannie.

30

C'était le « grand jour ».

Alice se sentait ballottée telle une pauvre petite chaussette au milieu d'un gros paquet de linge dans le tambour d'une machine à laver en plein essorage. Tout le monde la tirait de-ci, de-là. À un moment, elle se retrouva littéralement écartelée entre deux bonnes femmes (deux inconnues !) qui voulaient la traîner dans des directions opposées. Des visages inquiets, excités ou souriants (« Oooh, nous y voilà ! ») se matérialisaient sous son nez avant de disparaître. Des petits groupes soucieux se formaient autour d'elle, la bombardant de questions, lui exposant tel ou tel problème, de livraison en retard par exemple.

« Les œufs, on les met où ? »

« Elles se postent où, les préposées à la pâte ? »

« Le journaliste me confirme au téléphone qu'il arrivera avec son équipe à midi. Il veut t'interviewer à midi trente. C'est toujours bon pour toi ? On n'a pas de retard ? »

Le journaliste et son équipe ? L'interviewer, elle ?

Les flashs des appareils photo crépitaient tels des stroboscopes. Elle aurait dû être plus attentive à la réunion du Comité de la meringue géante. Elle n'avait pas pleinement saisi l'ampleur de l'événement. C'était… géant.

Un gigantesque chapiteau coloré avait été érigé sur le terrain de sport de l'école ; une bannière annonçait fièrement : *Jour-*

née de la meringue géante de la fête des Mères : pas moins de 100 mamans pour faire la plus grande tarte au citron meringuée du monde ! Droit d'entrée : 10 dollars. Gratuit pour les enfants. Le montant des recettes ira à votre école et à la recherche sur le cancer du sein.

À l'intérieur, des gradins avaient été disposés tout autour de l'espace central pour accueillir le public, comme dans un auditorium. Sur les pans de la toile s'affichaient les pancartes des entreprises « fières de sponsoriser la journée de la meringue géante », dont une au nom de Chez Dino. L'équipement destiné à la confection de la tarte était rassemblé dans la partie centrale qui ressemblait à un véritable chantier. Il y avait un chariot élévateur, une bétonnière, une *grue* ainsi qu'un plat à tarte et un four conçus spécialement pour l'occasion. À côté, une immense table de conférence ronde où avaient été disposés, à intervalles réguliers, des saladiers et une sélection d'ingrédients parfaitement alignés : œufs, farine, beurre, citrons, sucre. Le mari de Maggie, l'homme rougeaud qui courait sur le tapis de course, se trouvait être à la tête d'une manufacture – de quoi, allez savoir ? Responsable dudit équipement, il donnait des ordres à tout un groupe d'ouvriers perplexes.

« Bon, Alice, juste pour que ce soit bien clair, dans un premier temps, on fait cuire la pâte sans la garniture, c'est ça ? » lui demanda-t-il.

Voilà au moins une question à laquelle elle pouvait répondre. « Oui », dit-elle. Puis, d'un ton plus ferme : « Oui. C'est ça.

– Dacodac, chef ! » fit-il avant de se volatiliser.

À l'entrée de la tente, une file de gens patientaient pour donner leur contribution à deux femmes du Comité. Les gradins se remplissaient rapidement. La fanfare de l'école commença à jouer.

Un coin de la tente était dédié aux enfants, avec des ateliers dits « géants ». Ils pouvaient par exemple souffler des bulles de savon géantes, s'entraîner au lancer avec un ballon en mousse géant, peindre sur une toile géante avec des pinceaux géants. Alice avait laissé Madison, Tom et Olivia en profiter.

« Les choses commencent à prendre forme ? » fit une voix.

Dominick. Avec Jasper qui se pendait à son bras. Alice croisa le regard de Dominick et détourna les yeux d'un air coupable. Elle avait l'impression de l'avoir trompé, ce qui... euh, ce qui était peut-être le cas.

« Je suis désolée pour hier soir.

— Ce n'est vraiment pas le jour pour penser à ça, répondit-il. Cela dit, euh... je me demandais... tu te rappelles pour ce soir ? *Le Fantôme de l'Opéra* ? »

La veille, suite au baiser interrompu, Nick avait remis Olivia au lit et était parti, non sans convenir de leur premier « rendez-vous ». Il devait avoir lieu ce soir. Ils dîneraient dans leur restaurant italien préféré. Nick lui avait envoyé un texto pour lui dire qu'il avait réservé.

« Eh bien, à vrai dire, j'avais oublié », commença Alice, consciente qu'elle devait vraiment rompre avec cet homme, gentil mais qui n'avait rien à faire dans sa vie. « La vérité, c'est que...

— Alice, très chère ! » s'écria Kate Harper, particulièrement flamboyante sous le rayon de soleil qui traversait le chapiteau. Dans son sillage, suivaient un homme à l'air malheureux et une Chloe maussade. La fillette portait désormais un élégant carré, mais, pour être honnête, elle n'était pas aussi jolie qu'avec ses longues boucles.

« Ne t'en fais pas, on parlera plus tard, dit Dominick. Si tu as besoin de quoi que ce soit, n'hésite pas. Je suis tout à toi.

— Moi aussi, je suis tout à toi, Alice ! répéta Jasper d'une voix flûtée.

— J'ai été très surprise de voir que Madison était là, poursuivit Kate d'une voix glaciale. Je pensais que tu l'aurais consignée à la maison, au vu de... l'incident.

— Oui, eh bien... » commença Alice. Évidemment, elle aurait

été plus à l'aise si elle avait eu la morale de son côté dans cette histoire. Mais elle n'avait pas de quoi être fière, c'était indiscutable.

« Madison a été très sévèrement punie », reprit-elle. C'est-à-dire, elle le serait, une fois que Nick et Alice auraient trouvé le temps de réfléchir à une sanction appropriée. Elle jeta un œil en direction des ateliers pour enfants et aperçut Madison, en extase devant les bulles géantes qu'elle avait enfin pu souffler. Sa fille semblait de si charmante humeur ces derniers jours. Quel dommage de gâcher ça !

« J'espère bien », dit Kate. Puis, d'une voix plus basse : « Parce que Chloe est traumatisée. Elle a perdu l'appétit et le sommeil. Elle sera marquée à vie.

– Kate, intervint son mari, lâche-lui la grappe, tu veux ? Elle a bien assez à faire comme ça. »

Kate lança un regard vibrant de colère à Alice, comme si la requête venait d'elle, et reprit : « Je vois bien que tu as à faire, mais je ne suis pas certaine que tu aies pris la mesure de la gravité de la situation. J'ai trouvé ton message limite désinvolte. Ce que Madison a fait est monstrueux.

– Désolée, mais on a besoin d'Alice ! On va devoir vous l'emprunter ! » Aussitôt, Maggie et Nora, du Comité de la meringue géante, prirent Alice par les coudes et l'éloignèrent habilement.

« Tu ne participes pas à la confection de la tarte, si je ne m'abuse, Kate ? lança Nora par-dessus son épaule. Les gradins n'attendent que toi ! »

Alice vit Kate tourner les talons et parler frénétiquement à l'oreille de son mari auquel elle s'agrippait sauvagement.

« Je n'ai pas la moindre idée de ce que je suis censée faire, avoua Alice à ses deux copines. Quand on me pose une question, je fais oui de la tête, mais c'est tout. » Son cerveau n'était pas passé en mode automatique, comme pour l'arbitrage du match de netball.

« Ne t'inquiète pas, fit Maggie. Tout se passe comme sur des roulettes, grâce à toi. »

Elle agita sous le nez d'Alice une feuille comportant le programme, étape par étape, de la journée, et des annotations de sa propre main – dont *Respecter le planning !!* en lettres capitales et soulignée deux fois – qu'elle ne se rappelait pas avoir écrites.

Une expression de dégoût passa sur le visage de Maggie. « Au secours, il y a ton *ex*. Qu'est-ce qu'il fait là ? J'imagine qu'il cherche à se faire passer pour un père investi. »

Ex. Au mot « ex », Alice visualisa tout de suite l'homme qu'elle fréquentait juste avant de rencontrer Nick. Richard Bourke. Le type condescendant qui lui avait brisé le cœur. Mais quand elle se tourna, qui vit-elle entrer sous le chapiteau ? Nick, vêtu d'une chemise bleue. Canon. Elle lui avait dit un jour qu'il devrait toujours porter du bleu.

« C'est moi qui l'ai invité », dit Alice.

Maggie l'observa. « Ah. Je vois.

– Au fait, intervint Nora, l'une de nous deux devrait te remplacer au micro, tu ne crois pas ? On pourrait dire que tu n'es pas au meilleur de ta forme. Tu te doutes bien que la sorcière de service, Mrs H, adorerait s'y coller et s'attribuer le mérite de toute cette journée.

– Le micro ? » fit Alice, perplexe.

Nora désigna un micro sur pied au centre du chapiteau.

Quelle horreur ! Alice était censée prendre la parole devant tous ces gens ?

« Ah non, hors de question ! Je veux dire, oui, que l'une de vous deux s'en occupe, dit Alice.

– Pas de souci », répondit Nora. Elle se composa un visage neutre à l'approche de Nick. « Bonjour Nick.

– Bonjour, Nora, Maggie, fit-il en les regardant tour à tour, mal à l'aise. Comment allez-vous ? » Pauvre Nick. À le voir dans le rôle impopulaire de l'ex – exactement comme elle dans le rôle de la peau de vache avec Ella à la soirée « Familles en scène » – Alice sentit son instinct de protection la titiller.

« Joyeuse fête des Mères, dit Nick à Alice tandis que Nora et Maggie se fondaient dans la foule. Tu as eu droit au petit déjeuner au lit ?

– Affirmatif. Des pancakes. Je crois qu'ils se sont mis aux fourneaux à cinq heures du matin. Ils ont fait un raffut terrible et ils ont pas mal crié. Tu verrais l'état de la cuisine, maintenant ! Cela dit, les pancakes étaient à tomber. Madison sera sûrement chef un jour. Un chef bordélique, autoritaire et franchement bruyant.

– Désolé, je n'étais pas là pour les encadrer. C'est ta première fête des Mères sans moi.

– La dernière, j'espère.

– Absolument, fit Nick en soutenant son regard. J'en suis convaincu.

– Tiens, tiens, tiens, mais qui voilà, Barb ? Nos excellents apprentis danseurs, ce me semble ! » Le père de Nick les gratifia tous deux d'une tape dans le dos, façon vendeur de voitures, les effluves familiers de son après-rasage effleurant leurs visages tel un foulard vaporeux, tandis que la mère d'Alice, un peu à l'écart, rayonnait de fierté, comme spectatrice d'un nouvel exploit de son homme.

« Comment vas-tu, ma chérie ? demanda-t-elle à Alice. Tu es ravissante, bien sûr, mais encore si pâle. Et cernée. Il doit y avoir un vilain truc qui traîne dans l'air en ce moment, parce que Elisabeth est *verte*.

– Libby est là ? s'étonna Alice.

– Oui, avec Frannie, là-bas », répondit Barb en montrant un banc dans les gradins. Alice aperçut Elisabeth qui avait en effet l'air souffrante. Les nausées. Forcément bon signe. Au moins, elle ne regardait pas la télévision.

À côté d'elle, Ben, puis Frannie, puis le monsieur aux cheveux blancs qui avait organisé la course de fauteuils roulants à

407

la soirée « Familles en scène ». Frannie se tenait très droite et jetait des coups d'œil timides autour d'elle, mais lorsque son voisin lui glissa quelques mots à l'oreille, elle tapa dans ses mains et éclata de rire.

« C'est le bon ami de Frannie, précisa Barb. Xavier. Ce n'est pas merveilleux ? Honnêtement, je me suis toujours plus ou moins imaginé que Frannie était lesbienne ! »

Que sa mère puisse utiliser le mot « lesbienne » sur un ton si désinvolte laissa Alice pantoise.

« Ça va, reprit Barb sèchement. Inutile de prendre cet air choqué. Elle n'a jamais eu de petit ami depuis que je la connais, et ça fait quarante ans.

— C'est juste parce qu'elle est difficile, commenta Roger. Elle attendait le bon. Comme toi.

— Oh, toi ! » fit Barb d'un ton charmeur. Elle rayonnait de bonheur. « J'ai beaucoup de chance de t'avoir trouvé !

— C'est papa qui a beaucoup de chance de vous avoir trouvée », fit Nick le plus sérieusement du monde.

Barb, surprise, le regarda, les joues roses de plaisir. « C'est tellement gentil à vous de dire ça, Nick. »

Maggie réapparut, affublée d'un long tablier rose agrémenté d'une énorme tarte au citron meringuée avec, au-dessus, l'inscription *Meringue géante* et, au-dessous, *Fête des Mères, Sydney, 2008*. Elle en avait un autre pour Alice.

« Les tabliers sont parfaits, Alice ! » s'exclama-t-elle. Elle le lui passa autour du cou et le noua autour de sa taille.

Alice regarda autour d'elle et vit des dizaines de femmes en tablier rose postées autour de l'immense table où étaient disposés les saladiers.

« Eh bien, nous voilà prêtes à commencer ! Ça te convient ?

— Tout à fait, dit Alice, intrépide.

— Ta place est là-bas, à côté de moi.

— Bonne chance, ma chérie, dit Barb. J'espère qu'ils vont faire bien attention avec ce four. Sur une tarte au citron, la meringue brûle comme qui rigole. Ça m'est arrivé un jour qu'on recevait le patron de ton père à dîner. Ça m'a vraiment contrariée. Je me rappelle l'avoir surveillée en me disant…

– Viens, Barb, l'interrompit Roger en lui tirant le bras. Tu peux finir ton histoire, mais on va s'asseoir. »

Il adressa un clin d'œil à Alice tout en guidant sa mère qui continuait de parler vers les gradins. Un geste qui lui évoqua beaucoup de tendresse. Roger aimait sa mère – avec la fatuité qui le caractérisait, certes, mais il l'aimait.

« Je vais chercher les enfants et m'asseoir avec eux », annonça Nick. Puis il se dirigea vers les ateliers.

Alice rejoignit Maggie et les autres cuisinières qui jouaient des coudes pour s'approcher de la table.

« C'est un véritable événement », commenta sa voisine. Elle avait une tache de vin, comme une brûlure, sur la partie inférieure du visage. « Tu es unique en ton genre, Alice. »

Unique en mon genre, songea Alice, prise de vertige.

Nora tapota sur le micro. « Si vous voulez bien vous asseoir ! Nous allons commencer ! »

Alice chercha Nick des yeux dans les gradins. Il avait Olivia sur ses genoux. Les ailes de fée qu'elle avait tenu à mettre frôlaient le visage de son père. À sa gauche, Tom prenait des photos avec son appareil numérique. À sa droite, Madison semblait absorbée par les opérations. Nick dit quelque chose et leur montra Alice. Les enfants lui firent coucou, ravis.

Alice leva la main. Au même instant, elle aperçut Dominick et Jasper, assis deux rangs derrière Nick et les enfants, qui lui firent signe avec enthousiasme, pensant qu'Alice s'adressait à eux.

Zut. Et voilà qu'à présent, Libby, Ben, Frannie, Xavier, Barb et Roger lui faisaient aussi coucou.

Alice s'efforça d'englober tout ce petit monde dans son sourire.

Nora reprit la parole.

« J'anime aujourd'hui cet événement au nom d'Alice Love qui, comme bon nombre d'entre vous le savez, a eu un accident à la salle de sport la semaine dernière et n'est pas encore au meilleur de sa forme. Je me souviens, comme si c'était hier, du jour où Alice m'a annoncé qu'elle voulait rassembler cent mamans pour préparer la plus grosse tarte au citron meringuée du monde. Et vous savez ce que je me suis dit ? Qu'elle était complètement folle ! »

Gloussements dans le public.

« Mais vous connaissez tous Alice. Quand elle a une idée en tête, c'est un vrai bull terrier. » Rires approbateurs. *Un bull terrier ?* Comment avait-elle pu autant changer en à peine dix ans ? Elle qui ressemblait plutôt à un labrador : désireux de plaire et un peu bête.

« Et quelques mois plus tard, sans surprise, nous y voilà ! Alors merci de faire un triomphe à Alice Love ! »

Tonnerre d'applaudissements. Alice hocha la tête, un sourire factice sur les lèvres.

« Nous dédions cette journée à une très chère amie et membre de la communauté scolaire, tragiquement disparue l'année dernière, poursuivit Nora. Nous utilisons sa recette, certaines que, où qu'elle soit, elle nous accompagne aujourd'hui. Cette personne dont je parle, c'est bien sûr Gina Boyle. Tu nous manques, Gina. Et je vous demande à présent d'observer une minute de silence, pour Gina. »

Alice regarda, déroutée, l'ensemble des personnes présentes incliner la tête avec respect en souvenir de cette femme qui avait apparemment eu une place très importante dans sa vie. Les pancakes lui pesaient sur l'estomac. Après une minute qui en parut beaucoup plus, Nora leva la tête.

« Mesdames, à vos fouets ! »

31

Les femmes prirent leur fouet d'un geste solennel telles des musiciennes dans un orchestre.

« Mélanger les œufs, la crème, le sucre, le zeste de citron et le jus jusqu'à obtenir une consistance homogène », lut Nora à voix haute.

Après un moment d'hésitation, les cent cuisinières posèrent leur fouet et prirent les ingrédients.

Alice cassa les œufs un par un dans son saladier, comme toutes les autres femmes. Autour de la table s'élevèrent des petits rires nerveux et des chuchotements.

« Attention aux coquilles ! » s'écria une voix depuis les gradins, déclenchant l'hilarité générale.

Quelques minutes plus tard, le chapiteau résonnait du bruit des fouets maniés avec vigueur.

Suivant les consignes de Nora, ces dames firent ensuite la queue pour verser leur mélange dans une énorme cuve industrielle jaune.

Ça va être un véritable fiasco, songea Alice.

Nora poursuivit sa lecture : « Mettre la farine, la poudre d'amande, le sucre glace et le beurre dans un robot et travailler ces éléments jusqu'à obtention d'une fine chapelure. Au lieu d'utiliser un robot, nous allons nous servir d'une bétonneuse. Propre, cela va de soi ! Donc, je voudrais que chacune d'entre vous vienne déposer ses ingrédients dans la bétonneuse.

– Je n'arrive pas à le croire », chuchota Alice à l'oreille de Maggie tandis que les mères se tenaient en file indienne devant ladite bétonneuse. « C'est de la folie. »

Maggie éclata de rire. « Ta folie à toi, Alice ! »

L'un des ouvriers, toujours perplexe, mit la machine en marche pendant que les cuisinières séparaient les blancs des jaunes.

« Ajouter les jaunes d'œuf et actionner le robot », ordonna Nora.

Une fois encore, les femmes s'exécutèrent. Quelques minutes plus tard, la bétonnière déversait une énorme boule de pâte jaune sur la surface saupoudrée de farine de la table centrale.

« Pétrir jusqu'à obtention d'une pâte homogène. »

Les femmes s'approchèrent de la table et malaxèrent la boule jaune. *Elle va être immangeable, cette pâte*, songea Alice en regardant toutes ces mains maladroites pousser, plier, tirer sous les flashs des appareils photo.

« Bien, à présent, nous devrions laisser reposer la pâte une demi-heure au réfrigérateur, mais comme aujourd'hui, il s'agit de quantité, pas de qualité, nous allons directement l'abaisser au rouleau. »

Les ouvriers avancèrent le rouleau à pâtisserie géant.

Trois femmes se placèrent à chacune de ses extrémités puis, agrippant fermement les poignées, se mirent à pousser de toutes leurs forces, comme s'il s'agissait d'une voiture en panne.

Ricanements, cris et suggestions fusèrent dans les gradins, les deux trios n'allant pas dans la même direction. Pourtant, chose incroyable, au bout de quelques minutes, la boule commença à s'aplatir. Ça marchait. Ça marchait vraiment. Une feuille de pâte aussi grande qu'un lit king size était en train de prendre forme.

« Le moment critique est arrivé, annonça Nora. Chemiser le plat à tarte. »

On n'y arrivera jamais, songea Alice en voyant les cuisinières soulever la pâte, les paumes bien plates, comme si elles manipulaient une toile de grande valeur. Toutes arboraient une expression crispée.

« Merde, merde, merde, merde », dit la femme à la tache de vin : la pâte s'affaissait au milieu. Une autre femme se précipita pour sauver la situation ; toutes se marchaient sur les pieds, criant des ordres sévères : « Fais attention, là ! » « Regarde, là-bas ! »

Personne n'osa rire, ni même sourire, jusqu'à ce que la délicate pâte soit posée dans l'immense plat à tarte. Elles l'avaient fait ! Sans trop de fissures. C'était un miracle.

« Hourra ! » s'écria la foule. Et les mamans d'échanger des sourires ravis tandis qu'elles poussaient la pâte contre les bords du moule avec leurs pouces. Elles la couvrirent ensuite d'innombrables feuilles de papier sulfurisé sur lesquelles elles disposèrent des billes de céramique. Enfin, les ouvriers soulevèrent le plat et l'enfournèrent.

« La pâte va cuire pendant dix minutes, précisa Nora d'une voix douce, comme si elle n'avait jamais douté qu'elles aillent si loin dans les opérations. Pendant ce temps, nos championnes vont préparer la meringue. »

Les femmes retournèrent à leur place et commencèrent à battre les blancs en neige, ajoutant peu à peu du sucre en poudre.

Dans le chapiteau, empli de la chaleur du four et de l'odeur de cuisson, Alice sentit son visage rougir et des gouttes de transpiration se former à la naissance de ses cheveux. Elle avait mal à la tête. Peut-être couvait-elle une grippe ?

Le parfum de la pâte lui évoquait quelque chose dont elle voulait se souvenir, mais, bizarrement, le souvenir n'était pas à sa portée. Comme la feuille de pâte, il était trop grand pour une seule personne. Il était bien là, mais impossible d'en attraper un bout pour le tirer jusqu'à elle.

« Est-ce que ça va, Alice ? » Le visage de Maggie apparut devant elle.

« Oui, je vais bien. »

Les ouvriers sortirent le fond de tarte du four sous une salve d'applaudissements. Il avait pris une couleur brun doré. Les billes de céramique et le papier sulfurisé furent retirés et la garniture jaune versée sur la pâte. Vint le tour de la meringue. Les femmes ajoutèrent la mousse blanche et formèrent des pics neigeux à l'aide de cuillères en bois, tout en dansant autour de la tarte, telles des écolières, ivres de soulagement.

Nouveaux crépitements des flashs.

« Alice ? appela Nora dans le micro. Tu valides ? »

Alice leva les yeux. Le monde semblait drapé dans une étoffe vaporeuse. Elle avait la vue légèrement trouble et la bouche cotonneuse, comme si, à peine réveillée, elle essayait de chasser de son esprit les rêves de la nuit passée. Elle cligna des yeux et inspecta la tarte. « Si quelqu'un pouvait juste lisser la meringue dans le coin là-bas ? » suggéra-t-elle d'une voix étonnamment normale. Une maman se précipita docilement.

Alice fit un signe approbateur à Nora.

« Et maintenant, mesdames, mesdemoiselles, messieurs, au four ! »

Le mari de Maggie se tourna vers le cariste et lui donna le signal. Celui-ci souleva la magnifique tarte et l'enfourna sous le regard attentif du public qui l'acclama.

« La classe de CM1 s'est gentiment proposée pour nous divertir pendant que la tarte cuit, annonça Nora. Comme nombre d'entre vous s'en souviennent sûrement, notre très chère amie Gina adorait Elvis. Quand elle cuisinait, elle écoutait toujours le King. Rien d'autre. Les enfants vont donc nous interpréter un medley de ses plus grands tubes. Gina, ma belle, c'est pour toi. »

Trente mini-Elvis affublés de lunettes de soleil et de combinaisons de satin blanc agrémentées de strass avancèrent d'un air fanfaron vers le centre du chapiteau sous les hourras du public. Une institutrice lança *Hound Dog* sur la stéréo et tous se mirent à danser, façon Elvis.

Les mamans, qui ne pouvaient s'asseoir nulle part, s'adossèrent à la table. Certaines enlevèrent leur tablier rose. Alice avait les jambes douloureuses. À vrai dire, tout son corps lui faisait mal.

Cette chanson m'est si... familière.

Oui, Alice, c'est parce que c'est Elvis. Tu connais Elvis, comme tout le monde.

La musique de *Love Me Tender* se fit entendre.

Le parfum sucré du citron devenait entêtant. Obsédant.

Et cette odeur... elle aussi est si familière.

Oui, Alice, c'est parce qu'il y a une tarte au citron meringuée au four. Tu reconnais l'odeur normale d'une tarte au citron meringuée, point.

Pourtant, il y avait plus. Cette sensation, ça voulait forcément dire quelque chose.

Alice, qui quelques minutes plus tôt avait le visage en feu, était désormais gelée, comme si elle avait sauté à pieds joints dans une bourrasque de vent glacial.

Elle ne se sentait pas bien. Pas bien du tout.

Elle se tourna, impuissante, vers les gradins, espérant qu'on lui porte secours.

Elle vit Nick mettre Olivia sur ses pieds et se lever.

Dominick, qui fronçait les sourcils d'un air inquiet, l'imita.

Tous deux se glissèrent tant bien que mal hors de leur rangée pour la rejoindre.

Love Me Tender laissa la place à *Jailhouse Rock*.

Les effluves de la tarte, de plus en plus forts, montaient en volutes dans les narines d'Alice et s'insinuaient peu à peu dans son cerveau, le remplissant de souvenirs.

Mon Dieu, mais oui, bien sûr, bien sûr.

Ses jambes se dérobèrent.

Devoirs d'Elisabeth pour Jeremy

Je n'ai pas vu Alice s'effondrer parce que je m'étais éclipsée pour aller aux toilettes.

Ils avaient installé une rangée de cabines provisoires, vous savez, les bleues.

Je perdais du sang.

Je me suis dit : *Tout à fait approprié.* Perdre mon bébé dans des toilettes provisoires.

Affligeant et un tantinet risible. À l'image de ma vie.

32

« Bonjour ! »

Elle lui ouvrit la porte, un sourire radieux sur les lèvres, tout en s'essuyant les mains sur un tablier couvert de farine. Comme si elles étaient les meilleures amies du monde !

Alice était venue à reculons. Ah, ça, elle n'avait pas sauté de joie quand cette « Gina » qui venait d'emménager dans la maison d'en face avait sonné chez elle dès le lendemain pour l'inviter à prendre un « goûter dînatoire ». Primo, n'était-ce pas son rôle à elle, d'accueillir sa nouvelle voisine à la maison ? Maintenant, elle se sentait coupable, comme prise en défaut de savoir-vivre. Secundo, elle avait compris au premier regard que Gina ne lui correspondait pas du tout. Trop bruyante. Trop maquillée. Trop parfumée. Et ses dents ! Énormes ! Bref, elle était trop tout. Le genre de femme auprès de qui Alice verrait sa personnalité s'assécher. Et puis, franchement, un « goûter dînatoire » ? Le goûter, ça ne suffisait pas ?

Alice s'apprêtait à vivre un moment affreux.

« Et coucou, ma jolie ! » Gina se pencha vers Madison.

En proie à une terrible timidité, la petite s'accrocha à sa mère et enfouit son visage dans ses jambes. Alice détestait quand elle faisait ça, craignant que les gens en concluent que Madison avait hérité d'elle ce criant manque de sociabilité.

« Je suis nulle avec les enfants, dit Gina. Vraiment nulle. C'est sûrement pour ça que je n'arrive pas à tomber enceinte. »

Alice suivit Gina à l'intérieur, essayant de s'extirper de l'étreinte de Madison. Le sol était jonché de cartons qui ne demandaient qu'à être déballés.

« J'aurais dû vous inviter chez moi, dit Alice.

– Mais non. C'est moi qui cherche désespérément à me faire des amies ! Et, pour m'attirer vos faveurs, j'ai fait ma tarte au citron meringuée ! » Elle se retourna et se cogna dans un carton. « Enfin, vos faveurs... façon de parler !

– Dommage, répondit Alice avant d'ajouter bêtement : C'était une boutade ! »

Gina éclata de rire et précéda Alice dans la cuisine. Il faisait chaud et l'odeur sucrée caractéristique des tartes au citron meringuées flottait dans l'air. Un morceau d'Elvis sortait des enceintes d'un poste.

« J'ai proposé un goûter "dînatoire", histoire de pouvoir sortir le champagne, expliqua Gina. Une petite coupe, ça vous dit ?

– Oh, oui, bien sûr », répondit Alice, même si ce n'était pas dans ses habitudes de boire en journée.

Gina exécuta une petite danse sur place. « Ouf ! Si vous aviez dit non, je n'aurais pas pu boire toute seule, et vous savez, c'est plus facile de parler à quelqu'un qu'on ne connaît pas quand on boit un petit coup. » Elle déboucha la bouteille et sortit deux flûtes. « Mike et moi, on arrive de Melbourne. Je ne connais personne à Sydney. Ce qui explique que je sois en quête de nouveaux amis ! D'autant que Mike passe sa vie au travail en ce moment. Je me sens seule, la semaine. »

Alice lui tendit son verre encore vide.

« Nick aussi passe sa vie au travail ces derniers temps », dit-elle.

« Alice ?

– Alice ? »

Nick la soutenait d'un côté, Dominick de l'autre. Ses jambes s'étaient dérobées sous son poids.

« Tête, murmura Alice.

– Tu t'es fait mal à la tête ? » demanda Dominick.

Non, tout me revient en tête. Ma mémoire me revient en tête.

C'était comme si un barrage venait de céder dans son cerveau, libérant un torrent déchaîné de souvenirs.

« Apportez-lui de l'eau », dit une voix.

Alice avait eu besoin d'une nouvelle amie. Un an environ après la naissance de Madison, Sophie avait quitté Jack (un véritable choc) et rencontré de nouvelles copines – tout un groupe de célibataires adeptes des paillettes et des talons aiguilles qui débarquaient en taxi dans les bars chic de Sydney vers vingt et une heures, et passaient leurs soirées à crier. Les deux amies s'étaient éloignées.

Elisabeth, quant à elle, était triste et ne l'écoutait que d'une oreille distraite.

Son amitié avec Gina avait donc grandi à vitesse grand V. Comme une histoire d'amour qui débute. Cerise sur le gâteau : Nick et Mike s'entendaient comme larrons en foire ! Virées camping, dîners impromptus qui duraient jusqu'à pas d'heure, les enfants dormant sur les canapés. Merveilleux.

Les jumelles de Gina, Eloise et Rose, nées quelques mois avant Olivia, avaient de grands yeux marron, un petit nez retroussé couvert de taches de rousseur et les cheveux souples de Gina. Elles s'amusaient tellement toutes les trois.

Une année, les deux familles avaient loué des péniches aménagées pour naviguer sur le fleuve Hawkesbury. Ils s'amarraient à couple, sortaient les canots au clair de lune, faisaient des barbecues sur le pont supérieur. Olivia et les jumelles avaient peint les ongles de pied d'Alice et de Gina de toutes les couleurs. Un matin, les deux femmes, parties nager après le petit déjeuner, avaient admiré le résultat en faisant la planche tandis que Nick et Mike jouaient à Marco Polo avec les enfants. Leurs plus belles vacances, de l'avis de tous.

419

Évidemment qu'elle avait annoncé sa grossesse à Gina en premier.

Nick était en Grande-Bretagne. Un déplacement de deux semaines pendant lequel il ne l'avait appelée que deux fois.

Deux coups de fil en deux semaines.

Il était débordé, s'était-il justifié. Distrait.

Mais sa boîte avait obtenu le marché ! Il aurait sa prime ! Et qui allait pouvoir s'offrir une piscine ?!

« ... là, dit-elle à Nick.

— Qu'est-ce que tu as dit ? »

Tu n'étais jamais là, voilà ce qu'elle essayait de dire.

L'année du projet Goodman, Nick s'absentait tout le temps. Tout le temps. Quand il rentrait à la maison, l'odeur du bureau lui collait à la peau. La sueur du cadre. Même lorsqu'il lui parlait, il pensait encore au boulot.

Olivia avait eu trois otites en trois mois.

Tom piquait des colères effroyables.

Du jour au lendemain, Madison s'était mise à redouter l'école au point qu'elle vomissait tous les matins. « Ce n'est pas normal, Nick. Il faut faire quelque chose. Je n'en dors pas, tellement ça m'inquiète. »

Et Nick de répondre : « C'est juste une phase. On en parlera plus tard, je prends l'avion à la première heure demain. »

Gina, elle, avait dit : « J'ai trouvé un pédopsychiatre qui pourrait peut-être vous aider. Tu ne crois pas que tu devrais en parler au directeur de l'école ? Qu'est-ce qu'en dit son institutrice ? Je pourrais garder Olivia et Tom pour que tu passes un peu de temps seule avec elle. Quel souci. »

Gina était le genre de maman à s'impliquer dans la vie de l'école. Elle se portait volontaire pour tout. Alice avait suivi le mouvement. Ça lui plaisait. Elle était efficace.

Mike et Gina avaient des problèmes. Gina racontait tout à Alice : la moindre remarque cruelle, le moindre geste maladroit. Mike disait à Nick que sa vie ne le rendait pas heureux. Alice et Nick organisèrent une fête de Noël par une chaude soirée de décembre. Mike s'était saoulé et avait embrassé l'épouvantable Jackie Holloway dans la buanderie. Gina les y avait surpris en allant chercher une bouteille de champagne.

Un soir, Nick et Alice discutaient au lit, dans le noir.
« Mike est mon ami.

– Dois-je comprendre que tu approuves qu'il ait embrassé une autre femme dans notre buanderie ?

– Bien sûr que non, mais ils ont chacun leur version. Restons en dehors de cette histoire.

– Chacun leur version ? Ce qu'il a fait est impardonnable. Il n'aurait pas dû l'embrasser, point.

– Eh bien, peut-être que si Gina arrêtait d'essayer de le changer en quelqu'un qu'il n'est pas...

– Elle n'essaie pas... De quoi tu parles ? Du fait qu'elle l'encourage à changer de travail ? Mais, c'est parce qu'il n'est pas heureux, là où il bosse !

– Écoute. Ça avance à quoi de faire un remake de leurs disputes ? Tu joues Gina et moi Mike, c'est ça, l'idée ? »

Chacun s'était tourné de son côté, prenant bien soin de ne pas se toucher.

Ce n'était pas « quelques cerises » mais carrément la moitié d'un plateau de fruits. Un magnifique plateau de fruits qu'elle avait passé la matinée à préparer pour l'apporter chez sa mère. Elle essayait d'habiller les enfants, c'était la course, et au lieu de l'aider, monsieur lisait le journal en piochant allègrement dans le plateau de fruits. Elle n'était pas la bonne, quand même.

Après le départ de Mike, Gina s'était mis en tête de perdre du poids. Alors, elle et Alice avaient décidé de prendre un coach à domicile et de s'inscrire dans une salle de sport. Elles avaient commencé à suivre les cours de step. Et envolés, les kilos en trop. Elles avaient de plus en plus la forme. Alice se sentait super bien. Elle avait perdu deux tailles. Contre toute attente, la pratique sportive la rendait euphorique.

Gina était allée à un rendez-vous avec un homme rencontré sur Internet. Alice s'était occupée des enfants. Nick travaillait tard.

À son retour, Gina était rayonnante et tout excitée. Allongée sur le canapé dans son pantalon de survêtement, Alice avait ressenti une pointe d'envie. Les premiers rendez-vous. Ce serait tellement merveilleux de revivre ça.

Quand Nick était rentré ce soir-là, il lui avait dit : « Tu deviens trop maigre. »

Nick avait éclaté de rire en apprenant que son père sortait avec la mère d'Alice.

« Elle n'est pas du tout son genre. Ce qu'il aime, lui, ce sont les divorcées friquées aux seins refaits de la banlieue est. Les adeptes des livres et des pièces de théâtre à ne pas manquer.

– Qu'est-ce que tu insinues ? Que ma mère n'est pas assez cultivée pour ton père ?

– Je déteste le\ genre de femmes que mon père fréquente !

– Alors ton père s'encanaille, c'est ça ? Avec une femme pauvre et simple de Hills District, en l'occurrence, ma mère ?

– On ne peut pas te parler. On dirait que tu veux que je dise des horreurs. Papa s'encanaille. C'est ça que tu veux que je dise ? Satisfaite ? »

Elisabeth n'était plus Elisabeth. Elle était devenue cette femme aigrie et en colère qui riait d'un rire dur et sarcastique. Personne autour d'Alice n'avait jamais eu à vivre ce qu'elle endurait. Alice était incapable de trouver les bons mots. Une fois, elle lui avait

demandé si on lui avait implanté un nouvel embryon et Elisa-
beth de répondre, avec une moue dédaigneuse : « Les embryons
sont transférés, pas implantés. Si seulement c'était aussi simple. »
Et merde, à la fin. Comment était-elle censée connaître tous
les termes exacts ? Si elle l'invitait aux fêtes d'anniversaire des
enfants, Elisabeth poussait un long soupir, histoire de signifier
que soit, elle viendrait, mais ce serait une véritable torture pour
elle. Comme de juste, elle jouait les martyrs tout l'après-midi. Ne
proposait jamais de mettre la main à la pâte et restait plantée là,
les lèvres serrées. Alice brûlait de lui dire : Ne m'aide pas, surtout.
Après sa quatrième, elle avait essayé d'aborder le sujet avec sa
sœur. Lui avait même proposé ses ovocytes. « Ils sont trop vieux,
avait-elle répondu. Tu ne sais vraiment pas de quoi tu parles. »

Quand Roger avait demandé sa mère en mariage, Nick avait
piqué une crise.
« Eh bien, c'est super. Génial. Je vois d'ici la réaction de ma
mère. »
Comme si c'était la faute d'Alice. Comme si sa mère avait
forcé Roger à l'épouser.

Ils avaient cessé de faire l'amour. Comme ça. Ce n'était même
pas un sujet de discussion.

« Il faut la sortir, qu'elle prenne l'air. »
Elle fut portée dehors – traînée serait peut-être plus juste –,
vaguement consciente d'être le centre d'attention, mais elle était
incapable de se concentrer sur autre chose que le flot de souvenirs qui inondait son cerveau.

Quand elle avait ressenti les premières douleurs de l'accou-
chement pour Madison, elle s'était dit : C'est une blague. Ils ne
s'attendent quand même pas à ce que je supporte ça. Mais appa-
remment, si. Le bébé était arrivé sept heures plus tard, laissant

ses parents pantois. Une fille ? Eux qui croyaient dur comme fer que ce serait un garçon. « C'est une fille », ne cessaient-ils de répéter, tellement surpris qu'ils en étaient euphoriques. La petite était extraordinaire. À croire que la naissance d'un bébé fille était une première mondiale.

Tom, lui, s'était présenté par le siège. Elle n'avait pas cessé de crier après cette sage-femme au visage doux et las – mon dos, c'est mon dos qui me fait mal. Et tout au long du travail, elle s'était promis de ne jamais, jamais revivre ça.

Pour Olivia, ç'avait été encore pire. « Votre bébé est en danger. Nous devons pratiquer une césarienne d'urgence », lui avait-on dit. Et tout à coup, la salle s'était remplie de blouses blanches, on l'avait poussée sur son chariot dans un long couloir et, les yeux rivés sur les lumières du plafond qui défilaient, elle s'était demandé ce qu'elle avait bien pu faire pour mettre son enfant en danger avant même de lui donner naissance. Quand elle s'était réveillée de l'anesthésie, une infirmière lui avait annoncé : « Vous avez la plus jolie petite fille du monde. »

Madison avait eu sa première dent à l'âge de huit mois. Elle passait son temps à la toucher du bout du doigt en fronçant les sourcils.

Tom avait toujours refusé à toute force qu'on l'installe dans la chaise haute. Il n'y avait jamais mis les fesses.

Olivia avait fait ses premiers pas à dix-huit mois.

Madison dans sa petite veste à capuche, la rouge à fleurs blanches.

Tom et son doudou crasseux, un éléphant bleu qui l'accompagnait partout. Où est Éléphant ? Tu as vu son putain d'éléphant ?

Pour son premier jour d'école, Olivia avait foncé dans la cour en criant de joie. Madison, elle, avait dû être arrachée des bras d'Alice.

Un jour, en entrant dans la cuisine, Alice avait trouvé Tom occupé à s'enfoncer des petits pois surgelés dans le nez avec le plus grand soin. « Je voulais voir s'ils allaient me ressortir par les yeux », avait-il expliqué au médecin.

Ils avaient perdu Olivia sur Newport Beach. Paniquée, Alice avait fait une crise d'hyperventilation. Et Nick de répéter : « Tu étais censée la surveiller. » Comme si le vrai problème, c'était qu'Alice avait commis une erreur, et non qu'Olivia avait disparu.

« Alice ? Respire à fond. »
Elle ignora leurs voix. Elle était occupée à se souvenir.

Par une journée d'août particulièrement froide, elle et Gina rentraient de la salle de sport, chacune dans leur voiture. En temps normal, elles y allaient ensemble, mais ce jour-là, Alice avait emmené Madison chez le dentiste avant le sport. D'après le dentiste, Madison n'avait pas de problème de dents. Il ne savait pas pourquoi elle avait mal à la mâchoire. Après l'avoir envoyée dans la salle d'attente, il avait suggéré à Alice à voix basse : « Le stress, peut-être ? »
Alice avait consulté sa montre avec impatience, pressée de partir au sport. Elle ne voulait pas rater le début du cours de step. D'autant qu'elle avait déjà manqué celui de la veille à cause d'Olivia et de son exposé pour l'école. Le stress ? Et pourquoi donc Madison serait-elle stressée ? Elle était impossible. Si ça se trouve, c'était juste une excuse pour ne pas aller à l'école.
Sur le chemin du retour, Madison, qui avait dû rester à la garderie de la salle de sport le temps qu'Alice et Gina assistent à leur cours, geignait.

« J'ai passé l'âge d'aller à la garderie. Il n'y a que des bébés débiles qui passent leur vie à brailler.

– Eh bien, tu aurais dû être à l'école aujourd'hui, au lieu de t'inventer un mal de dents.

– Je n'ai rien inventé. »

C'était une journée orageuse. Des éclairs fendaient le ciel noir. Il commença à pleuvoir. De grosses gouttes s'écrasaient sur le pare-brise tels des cailloux.

« Maman, je n'ai rien inventé.

– Tais-toi. J'essaie de me concentrer sur la route. »

Alice détestait conduire sous la pluie.

Le vent mugissait, faisant osciller les arbres qui semblaient exécuter une danse fantomatique.

Elles s'engagèrent dans Rawson Street. Les feux de stop de Gina passèrent au rouge.

Elle était au volant de la voiture qu'elle s'était offerte pour ses quarante ans, une Mini rouge à bandes blanches latérales avec des plaques personnalisées. Aux antipodes de la voiture familiale. Pas pratique du tout. « Qu'est-ce que je me sens jeune et follement libre dans ma nouvelle voiture ! » lui avait-elle confié. De fait, elle la conduisait avec le toit ouvert et Elvis à fond.

Alice savait pertinemment qu'à ce moment précis, Gina mettait toute son énergie à chanter en chœur avec le King.

« On dirait qu'il va tomber, cet arbre », dit Madison.

Alice leva les yeux vers l'arbre.

Le liquidambar au niveau du virage. Magnifique en automne. Il oscillait dans un épouvantable craquement.

Il ne va pas tomber.

Il tomba.

Une chute rapide, violente, inattendue. Comme le poing d'un ami proche qui vous frappe en plein visage. Ou l'intervention délibérée d'un dieu cruel. Tiens, un arbre, je le ramasse et je le jette contre la Mini. Pour faire du mal. Comme ça, dans un accès de colère. Le bruit fut effroyable. Une explosion terrifiante.

Alice écrasa la pédale de frein. Tendit le bras contre la poitrine de Madison, comme pour la protéger de l'arbre. Madison hurla : « Maman ! Maman ! Maman ! »

Puis le silence, à l'exception de la pluie. Le bip annonçant les informations de treize heures retentit à la radio.

Un tronc massif était couché sur la route juste devant. La Mini rouge de Gina telle une boîte de conserve écrabouillée.

Une femme sortit de chez elle en courant. Elle vit l'arbre et se figea sur place, plaquant sa main contre sa bouche.

Alice se rangea sur le côté. Actionna les feux de détresse. « Reste ici », dit-elle à Madison. Elle ouvrit la portière et courut. Elle portait toujours son short et son tee-shirt de sport. Elle glissa et tomba lourdement sur un genou, se releva, reprit sa course, battant des bras dans une vaine tentative de remonter le temps de deux minutes.

« Une couverture ! Elle tremble. »

Nick n'était pas venu aux obsèques. Il n'était pas venu aux obsèques.

Il n'était pas venu aux obsèques.

Le directeur de l'école était venu aux obsèques. Mr Gordon. Dominick. « Je suis désolé, Alice, avait-il dit. Je sais que vous étiez très proches. » Et il l'avait prise dans ses bras. Elle avait inondé sa chemise de larmes. Il était resté près d'elle quand ils avaient lâché des ballons roses dans le ciel gris.

Elle ne savait plus comment vivre sans Gina. Son amie faisait partie de son quotidien. La salle de sport. Les cafés. Les allers-retours à la piscine pour emmener les enfants à leur cours de natation. Les séances avec le coach à domicile. L'attention portée aux enfants de l'autre. Les soirées film. Les éclats de rire, pour des choses stupides. Bien sûr, elle connaissait plein d'autres mamans à l'école, mais pas comme Gina.

Toute la joie s'était éteinte.

Tout lui semblait vain. Matin après matin, elle pleurait sous la douche, le front contre le carrelage mural, le shampoing dans les yeux.

Elle se disputait avec Nick. Parfois, elle provoquait délibérément les disputes, ça changeait du chagrin. Elle devait se retenir de le frapper. Elle mourait d'envie de le griffer, le mordre, le faire souffrir.

Un jour, Nick avait dit : « Je crois que je devrais quitter la maison. » Et elle de répondre : « Moi aussi. » Aussitôt, elle avait pensé : Dès qu'il sera parti, j'appellerai Gina. Gina m'aidera.

Ils étaient tombés dans la méchanceté avec une rapidité et une facilité inouïes, comme s'ils s'étaient toujours détestés et qu'enfin, ils avaient l'occasion de cesser de simuler, l'occasion de se dire ce qu'ils ressentaient vraiment. Nick avait dit vouloir les enfants la moitié du temps. Vaste plaisanterie. Vu ses horaires de travail, comment pouvait-il imaginer s'en occuper tout seul ? Sans parler du bouleversement que cela occasionnerait pour les enfants. De toute façon, il n'y tenait pas vraiment ; ce qui l'intéressait, c'était de réduire la pension alimentaire qu'il aurait à payer. Heureusement, elle s'était souvenue que son ancienne collègue et amie Jane était devenue avocate en droit de la famille. Elle allait l'attaquer et gagner.

Quatre mois après le départ de Nick, Dominick lui avait proposé une virée en tête à tête. Une randonnée dans le National Park pendant laquelle ils s'étaient fait coincer par la pluie. C'était un homme facile, gentil, simple. Les restaurants à ne pas manquer ? Il ne les connaissait pas. Il préférait les cafés sans prétention. Ils parlaient beaucoup de l'école. Il respectait ses opinions. Semblait tellement plus réel que Nick.

La première fois qu'ils avaient fait l'amour remontait à quelques *jours à peine. Ça s'était passé chez lui. Elle avait laissé les enfants chez sa mère.*

(La veille de son coup sur la tête !)

Un moment merveilleux.

Bon, d'accord, un moment délicat. (Par exemple, il semblait penser qu'il devait lui lécher les doigts de pied. Où avait-il pêché cette idée ? Ça chatouillait affreusement et, en plus, elle lui avait accidentellement mis un coup sur le nez.)

Mais quand même, quel bonheur d'être de nouveau un objet de désir pour un homme ! Jusqu'à ses doigts de pied !

Dominick était le genre d'homme qu'il lui fallait. Nick était une erreur. Mais comment choisir le bon quand on a la bêtise de ses vingt ans ?

Le chagrin avait commencé à s'estomper un peu. Il était toujours là, mais ne pesait plus de manière insupportable sur sa poitrine. Elle veillait à être très occupée.

Un matin, en arrivant devant Chez Dino pour prendre un café, elle était tombée sur un attroupement de gens qui, le visage grave, entouraient une femme manifestement en crise sur le trottoir. Même Dino était sorti. Alice s'apprêtait à détourner le regard – la pauvre femme était probablement atteinte de troubles mentaux – quand elle se rendit compte avec horreur qu'il s'agissait de sa sœur. Elisabeth. Et quand Dino lui avait raconté ce qui s'était passé, la première chose qu'elle avait ressenti, c'était de la honte. La situation s'était envenimée à un point qu'elle n'aurait pas dû ignorer. Tandis qu'elle expliquait à Dino ce qu'Elisabeth avait enduré, elle éprouvait une colère grandissante contre elle-même. Comment en était-elle venue à considérer les fausses couches d'Elisabeth comme faisant partie de la vie ? Elle avait emmené Elisabeth jusqu'à sa voiture et l'avait laissée sur le siège passager, les yeux fixés droit devant elle. Alice était ensuite retournée Chez Dino et avait réussi à calmer la mère de la fillette qu'Elisabeth

429

avait apparemment essayé d'enlever. (Judy Clarke. Elle avait un garçon dans la classe de Madison.) Sur le chemin du retour, Elisabeth avait dit « Merci », puis plus rien.

Bon, ça suffisait comme ça. Il fallait que ce cycle sans fin de fausses couches s'arrête. Leurs efforts étaient vains et Elisabeth devenait folle. Alice avait perdu sa meilleure amie, son propre mariage avait volé en éclats, mais elle allait toujours de l'avant. Quelqu'un devait raisonner Elisabeth. Aussitôt rentrée chez elle, Alice avait fait des recherches sur l'adoption sur Internet. Le jeudi précédent, elle avait préparé une fournée de muffins à la banane avant d'appeler Ben pour lui dire qu'elle avait un problème avec sa voiture. Il avait répondu qu'il arrivait.

« On ne devrait pas appeler un médecin ?

– Non, dit Alice à voix haute, les yeux fermés. Je vais bien. J'ai juste besoin d'une minute. »

À présent, elle se repassait le film de la semaine précédente. Elle avait l'impression de l'avoir traversée dans un état d'ébriété permanent. La honte.

Le matin du cours de step. Elle avait mangé un bagel au fromage frais en guise de petit déjeuner à la cafétéria de la salle de sport. Voilà qui expliquait le délire de son cerveau désorienté sur le fromage frais.

Son évacuation de la salle de sport ! Comment avait-elle pu ne pas reconnaître la salle ? La prof de step ? Le mari de Maggie sur le tapis de course ? Kate Harper qui sortait de l'ascenseur ?

Le choc d'apprendre qu'elle était en instance de divorce.

La conversation téléphonique avec la secrétaire personnelle de Nick. Cette peau de vache n'avait jamais pu la voir en peinture (Alice avait dans l'idée qu'elle en pinçait pour Nick) et, depuis la séparation, elle était devenue d'une grossièreté assez stupéfiante.

Les quelques pas de salsa à la soirée « Familles en scène ». Cette alchimie qu'elle s'était imaginé ressentir. Putain, elle avait rendu la bague de Granny Love. Elle qui voulait absolument la garder pour Madison. Si ça se trouve, Nick l'offrirait à sa nouvelle femme. Enfin, s'il se remariait un jour. La bague revenait de droit à Madison.

Le pari. Vingt dollars qu'elle ne voudrait pas se remettre avec lui quand elle aurait retrouvé la mémoire. Il avait dû bien se moquer d'elle pendant tout ce temps.

Le baiser. Elle l'avait embrassé. Ça la rendait malade. Il profitait de son amnésie pour la convaincre d'accepter la garde alternée. Ouf, elle n'avait pas trouvé le temps de signer quoi que ce soit.

Au secours, ils avaient emmené Madison manger une glace et observer les baleines après qu'elle avait coupé les cheveux de Chloe Harper. Comment faire de votre enfant un délinquant en dix leçons. Bravo.

Le projet de développement du quartier. Elle avait dit à Mrs Bergen qu'elle avait changé de camp. Bon, elle n'aurait plus qu'à lui annoncer qu'elle faisait marche arrière. Elle n'avait aucune envie de garder la maison. Trop de souvenirs.

Et Tom ! Il était censé enfiler son costume d'Elvis et danser avec les autres aujourd'hui ! Son costume ! Il était prêt. Tom avait délibérément omis de le lui rappeler.

Nora n'avait pas mentionné les sponsors dans son discours !

Elle n'avait pas vérifié la paperasse pour le Guinness des records. Il fallait faire ça bien, sinon le record ne serait pas homologué. Maggie et Nora étaient pleines de bonnes intentions mais elles ne savaient pas vraiment ce qu'elles faisaient.

La femme qui se tenait près d'elle, celle qui avait la tache de vin, n'était autre qu'Anne Russell – la maman du petit Kerrie, camarade de classe de Tom –, son binôme quand elle donnait un coup de main à la bibliothèque de l'école. Comment avait-elle pu oublier Anne Russell ?

Comment avait-pu oublier ?

Alice ouvrit les yeux.

Elle était assise sur la pelouse du terrain de sport de l'école.

Nick et Dominick étaient tous les deux inconfortablement accroupis devant elle.

« Ça va ? » demanda Nick.

Alice le regarda. Il tressaillit, comme si elle l'avait frappé.

« Tu as retrouvé la mémoire. » Ce n'était pas une question. Il se leva. Sembla se composer un visage. Terne et froid. « Je vais dire aux enfants que tu vas bien. » Il tourna les talons avant de lui jeter un dernier regard. « Tu me dois vingt dollars. »

Alice se tourna vers Dominick.

Il sourit et la serra contre lui. « Tout va bien, maintenant, ma chérie. »

33

Alice faisait son jogging, son téléphone portable à la main, pour ne pas rater l'appel qu'elle attendait.

Elle courait sur le parcours que Luke leur faisait prendre avec Gina. Elle n'avait plus recours à ses services. Comment justifier de dépenser cent cinquante dollars pour une séance de coaching personnel alors que Nick et elle essayaient encore de se mettre d'accord sur la question de l'argent ? Elle avait aussi renoncé à son adhésion à la salle de sport. Ces temps-ci, elle avait juste envie de courir et se souvenir.

Depuis qu'elle avait perdu puis retrouvé la mémoire, elle avait un besoin obsédant de se remémorer sa vie et tenait un journal quotidien. Quand elle courait, elle laissait libre cours à ses souvenirs et les consignait aussitôt rentrée chez elle. C'était difficile de savoir si elle avait complètement recouvré la mémoire ou s'il restait des trous dans les dix ans de vie qu'elle avait oubliés. Elle était consciente que, même sans son accident, elle n'aurait pas eu un souvenir parfait de la décennie qui venait de s'écouler. Il n'empêche, elle fouillait sans cesse dans son esprit, en quête d'éventuelles pièces manquantes.

Pour l'heure, elle se repassait le film d'une nuit, à l'époque où Tom était bébé. Tout le monde lui avait assuré que son deuxième enfant serait un super dormeur après tous les problèmes qu'elle avait eus avec Madison. Eh bien, tout le monde s'était trompé. Tom était un adepte des repas fractionnés. Prendre un bon biberon toutes les trois ou quatre heures ? Non merci. Il préférait de loin boire quelques goulées toutes les heures. *Toutes* les heures. Résultat, Alice dormait quarante petites minutes avant d'être violemment tirée du sommeil par les pleurs de Tom qui résonnaient dans le babyphone. Sans compter que Madison, qui n'était plus un nourrisson, n'avait toujours pas fait une nuit complète de sa courte existence.

À cette époque, Alice ne pensait qu'à ça. Dormir. Elle aurait donné n'importe quoi pour une vraie nuit de sommeil. Quand elle voyait une publicité pour des somnifères ou de la literie, avec des gens qui dormaient, elle bavait d'envie. Après avoir nourri Tom, elle retournait dans sa chambre, moitié courant, moitié trébuchant, et se laissait tomber sur le lit pour dormir d'un sommeil hanté par des images du bébé : elle s'était assoupie sur lui et l'étouffait ; elle l'avait oublié sur la table à langer sans même lui avoir remis une couche et il était tombé par terre. Et quand enfin elle sombrait profondément, délicieusement, le babyphone la réveillait. C'était comme mourir de soif et se voir offrir un grand verre d'eau glacée par un individu qui vous l'arrachait des mains aussitôt la première gorgée bue. Mieux valait ne pas boire du tout.

Cette nuit-là, elle avait dû convaincre Madison de se rendormir – *Et pourquoi je peux pas aller jouer dehors ? Et pourquoi on est en plein milieu de la nuit ?* – et venait à peine de se recoucher quand Tom s'était mis à pleurer. Elle s'était penchée sur son berceau pour le prendre dans ses bras quand soudain sa tête s'était mise à tourner. Une rage folle contre cette petite personne qui refusait de la laisser dormir s'était alors emparée d'elle. *Mais qu'est-ce que tu me veux à la fin ?* Elle avait serré les bras autour du bébé. *Tu... vas... te taire.*

Elle l'avait reposé avec mille précautions. Tom avait redoublé de colère et hurlé à pleins poumons, comme si elle l'avait allongé sur un lit de couteaux. Alice était retournée dans sa chambre, avait allumé la lumière et réveillé Nick, qui partait le lendemain matin à la première heure pour un important voyage d'affaires, pour lui dire dans un seul souffle : « Il faut que tu m'enfermes. J'ai failli faire mal au bébé. »

Nick s'était redressé, les yeux troubles. « Tu as fait mal au bébé ? »

Alice tremblait de tout son corps. « Non. Mais j'en mourais d'envie. J'avais envie de le serrer, le serrer, jusqu'à ce qu'il arrête de pleurer.

– D'accord. » Il avait répondu d'un ton calme, comme si elle venait de lui dire un truc complètement banal. « Tu as besoin de dormir.

– Mais il faut le nourrir.

– Je vais lui donner le lait tiré que tu as mis dans le freezer. Couche-toi et dors. J'annule mon déplacement. Dors.

– Mais…

– Dors, un point c'est tout. »

Il ne lui avait jamais rien dit d'aussi érotique. Il l'avait couverte jusqu'au menton et était parti en prenant soin de débrancher le babyphone, d'éteindre la lumière et de fermer la porte derrière lui, plongeant la pièce dans un silence et une obscurité divines.

Elle avait dormi.

À son réveil, ses seins, durs comme de la roche, coulaient. La chambre était baignée de soleil et tout était calme dans la maison. Elle avait regardé le réveil. Neuf heures. Il l'avait fait. Il avait vraiment annulé son déplacement. Elle venait de passer six merveilleuses heures à dormir. Sa vue était plus claire, son esprit plus vif. En descendant, elle avait trouvé Nick en train de donner son petit déjeuner à Madison tandis que Tom gazouillait et criblait son transat de coups de pied.

« Merci, avait-elle dit, ivre de reconnaissance et de soulagement.

– Pas de problème », avait-il répondu en souriant.

435

Il rayonnait de fierté, parce qu'il l'avait sauvée. Il avait tout arrangé. Il avait toujours aimé arranger les choses pour elle.

Voilà. Ce n'était pas tout à fait vrai de dire qu'il n'était jamais là ou qu'il faisait toujours passer son travail en premier.

Et si elle lui avait simplement demandé davantage d'aide ? Si elle s'était écroulée plus souvent pour qu'il puisse jouer les preux chevaliers (mais n'était-ce pas à la fois sexiste et mal de penser une chose pareille ?) ; si elle ne s'était pas transformée en experte sur tout ce qui touchait aux enfants ; si elle ne s'était pas montrée aussi condescendante quand il leur mettait des tenues mal assorties complètement improbables ? À cause d'elle, il se sentait stupide et il détestait ça, alors il avait laissé tomber. Satanée fierté.

Mais elle aussi péchait par fierté quand elle se targuait d'être la meilleure mère qui soit. *Je n'ai peut-être pas réussi dans ton univers, Nick, comme Elisabeth et toutes ces femmes carriéristes en tailleur, mais j'ai réussi dans le mien.*

Elle avait atteint la partie la plus raide du parcours, l'endroit où Gina jurait toujours comme une charretière. Elle sentit les muscles de ses mollets se tendre.

C'était bon de se rappeler que chaque mauvais souvenir dans son mariage avait son pendant heureux. Elle avait besoin d'en avoir pleinement conscience, de comprendre que ce n'était pas tout noir, ou tout blanc. Sa vie avec Nick était un kaléidoscope de couleurs. Et oui, au final, ça n'avait pas marché, mais ce n'était pas grave. Qu'un mariage se solde par un divorce ne signifiait pas qu'il n'y avait pas eu de moments heureux.

Elle repensa à cette étrange période, tout de suite après qu'elle avait retrouvé la mémoire. Au début, images, mots et émotions déferlaient dans sa tête, aussi puissants que des raz-de-marée. Un chaos absolu qui l'empêchait presque de respirer. Puis, au bout de quelques jours, son esprit s'était apaisé, les souvenirs avaient retrouvé leur place, lui apportant un magni-fique soulagement. Sans sa mémoire, elle avait navigué en eaux troubles, à moitié aveugle. À présent, sa vision était de nouveau claire. Ce qu'elle voyait ? Son mariage était terminé et elle aimait Dominick. Point. Elle goûtait avec lui le bien-être doux et rassurant d'être l'objet de son amour, de sa fascination, de sa curiosité. Avec Nick, il n'y avait plus que rancœur, colère et douleur. Il avait déjà décidé quelle femme elle était, pouvait dresser la liste de tous ses défauts, petits travers et erreurs passées. C'était une épreuve de se retrouver dans la même pièce que lui. Dire qu'elle avait imaginé se remettre avec lui ! L'idée était terrifiante, indécente. Comme si on l'avait droguée, hypnotisée, trompée.

Et ce n'était pas seulement parce que les souvenirs des dix dernières années avaient refait surface. La vraie Alice aussi – celle que cette même décennie avait façonnée – avait refait surface. Si séduisante qu'aurait pu être la tentation d'effacer le chagrin et la souffrance de cette période, ç'aurait été un mensonge. La jeune Alice était une imbécile. Une douce et naïve imbécile. La jeune Alice avait vécu dix ans de moins.

Mais elle avait beau essayer de lui faire entendre raison, de la gronder, de la pleurer, la jeune Alice refusait obstinément de s'en aller.

Au cours des premiers mois, elle n'avait cessé de resurgir. Tandis qu'elle payait le plein d'essence à la caisse de la station-service, tout à coup, elle se surprenait à tendre la main pour prendre une délicieuse barre de chocolat Lindt. Au beau milieu d'une conversation on ne peut plus sérieuse avec Nick à propos des enfants et des dispositions logistiques complexes que leur garde nécessitait, elle lui posait une question frivole et sans aucun rapport – qu'avait-il mangé au petit déjeuner, par exemple. Parfois, sur le chemin de la salle de sport, elle passait un coup de fil impromptu à Elisabeth et lui proposait de prendre un café à la place. Elle courait de rendez-vous en rendez-vous et une petite voix chuchotait dans sa tête : *Détends-toi.*

Finalement, elle avait cessé de résister et conclu une trêve, donnant à la jeune Alice droit de cité. Du moins, tant qu'elle ne mangeait pas trop de chocolat.

À présent, elle pouvait poser sur sa vie deux regards complètement différents. Celui de la jeune Alice, plus sotte et plus naïve. Et celui de la vieille Alice, plus sage et plus cynique.

Et peut-être que, parfois, la première était dans le vrai.

Pour Madison, par exemple. Avant de perdre la mémoire, Alice traversait une mauvaise passe avec sa fille. Agacée au plus haut point par son attitude, elle s'était montrée très dure avec elle et la tenait inconsciemment – honteusement – pour responsable de l'accident de Gina. Si Alice n'avait pas dû l'emmener chez le dentiste ce matin-là, Gina ne se serait pas arrêtée à l'intersection au même moment : elles auraient pris le temps de boire un café après le sport.

Madison était suffisamment intelligente pour déceler le ressentiment d'Alice. C'était déjà une enfant beaucoup trop sensible. Et voilà qu'en plus, elle avait été témoin de la mort accidentelle de l'amie de sa mère et du divorce de ses parents.

Comment s'étonner qu'elle soit devenue insupportable ? Elisabeth lui avait indiqué le nom d'un psychiatre dont elle avait entendu parler. Un certain Dr Jeremy Hodges. Depuis, Madison le voyait deux fois par semaine, ce qui semblait utile. En tout cas, ces derniers temps, elle n'avait agressé personne à l'école. Le mari de Kate Harper ayant été muté quelque part en Europe, les Harper ne faisaient désormais plus partie de leur vie, heureusement.

Un petit coup de klaxon se fit entendre. Alice leva les yeux et découvrit Mrs Bergen qui passait dans sa petite Honda bleue. Bizarrement, après avoir retrouvé la mémoire, Alice s'était désintéressée du projet de développement. L'idée de réaliser une jolie plus-value sur la maison pour s'installer dans un nouvel endroit vierge de tout souvenir ne lui semblait plus aussi importante.

Elle savait qu'elle emporterait les mauvais souvenirs avec elle, et elle ne voulait pas laisser les bons derrière elle.

Et puis, si les promoteurs obtenaient gain de cause, eh bien, ce serait la vie. Les choses changent. Aucun doute sur la question.

Elle arriva à l'intersection où Gina avait trouvé la mort et se remémora une fois encore la terreur et l'incrédulité de ce moment. Son chagrin n'était plus le même depuis son amnésie. Il était plus simple, plus calme, plus douloureux. Avant, il avait d'une manière ou d'une autre pris diverses formes et diverses directions : la colère contre Nick (*il aurait dû prendre parti pour Gina pendant sa séparation*), la froideur envers Elisabeth (*elle n'avait jamais vraiment aimé Gina*), l'agacement vis-à-vis de Madison (*Gina pourrait être encore en vie si elles avaient pris la même voiture*). Apprendre ce qui s'était passé dans sa vie par les autres, « Ton amie est morte », sans en avoir le souvenir, avait démêlé ses sentiments. Maintenant, Gina lui manquait, tout simplement.

Le téléphone sonna. Elle s'arrêta sans regarder le nom de l'appelant qui s'affichait sur l'écran.

« Tu as des nouvelles ? demanda Dominick.

– Non ! Arrête d'occuper la ligne !

– Désolé. » Il rit. « Je te vois ce soir. J'apporte un poulet, c'est bien ça ?

– Oui, oui ! Raccroche maintenant ! »

Il aimait bien vérifier les choses. Les revérifier. Voire les re-revérifier. Juste pour être sûr. Une manie potentiellement énervante, mais bon, qui n'en a pas ? Sans compter qu'elle n'aurait pas envisagé une seule seconde de demander à Nick d'acheter un poulet pour le barbecue un soir de semaine ! Monsieur était trop occupé et trop important. Quand Dominick venait chez elle après une journée de travail, il était avec elle à cent pour cent. Contrairement à Nick, qui se comportait parfois comme si Alice et les enfants n'étaient pas tout à fait réels, comme si sa vraie vie à lui était au bureau. Pourtant, Dominick n'avait pas un métier des plus reposants. Nick dirigeait une entreprise, certes, mais Dominick gérait une école. Lequel des deux contribuait le plus à la communauté ?

Si seulement elle cessait de les comparer. À croire qu'elle aimait Dominick uniquement parce qu'il était complètement différent de Nick. Que tout l'intérêt de sa relation avec lui résidait dans la confrontation avec son histoire avec Nick.

L'autre jour, elle avait assisté avec Dominick au match de football de Tom. Nick était là aussi, de l'autre côté du terrain. Son regard sur eux, tandis qu'elle riait aux éclats aux plaisanteries de Dominick, ne lui avait pas échappé. Pour être honnête, sa propre démesure l'avait quelque peu écœurée.

Le pire, c'était que, même quand Nick n'était pas là, elle l'imaginait toujours en train de les observer. *Regarde-nous, blottis l'un contre l'autre sur le canapé à regarder la télévision, Nick. Il me masse les pieds. Tu n'as jamais fait ça, toi. Et là, tu nous vois entrer main dans la main dans ce café ? Pas besoin de chercher la meilleure table. On s'assoit, point. Tu as vu, Nick, tu as vu ?*

Cette manie faisait-elle de sa liaison avec Dominick une simple représentation ?

Elle termina le parcours en marche rapide, le souffle court, en repensant au soir où elle avait bu un verre de vin dans la cuisine avec Nick. Quel merveilleux soulagement elle avait ressenti en l'embrassant !

Stupide. Et très gênant. Cela dit, il lui avait rendu son baiser. Et s'était dit prêt à « réessayer ».

Réessayer ? Elle n'en avait aucune envie. Absolument aucune. Elle avait déjà donné, merci bien. Il était temps d'aller de l'avant. Elle avait pris la bonne décision. Les enfants aimaient beaucoup Dominick. Ils avaient probablement déjà passé plus de temps avec lui qu'avec leur propre père.

En plus, Nick et elle entretenaient des rapports parfaitement courtois à présent. Terminé, les enfantillages ! Concernant la garde des enfants, ils étaient parvenus à un accord qui leur convenait à tous les deux. Nick ne les avait pas cinquante pour cent du temps mais beaucoup plus que les week-ends. Il prenait ses vendredis après-midi pour pouvoir aller les chercher à l'école.

Récemment, elle s'était surprise à attendre avec plaisir le moment où il les déposerait chez elle. Un divorce « à l'amiable » en quelque sorte.

Oui, un mariage correct (en moyenne), suivi d'un divorce correct. À en croire les enfants, Nick avait une petite amie. Megan.

Alice ne savait pas trop ce qu'elle en pensait.

Le téléphone sonna de nouveau.

Enfin. C'était lui. Elle s'assit sur le muret en brique rouge d'un riverain.

« Dis-moi, s'écria-t-elle. Dis-moi vite ! »

Elle ne comprit rien. Il était manifestement en train de se moucher.

« Quoi ? Qu'est-ce que tu as dit ?

– Une petite fille, annonça Ben à haute et intelligible voix. Une magnifique petite fille. »

34

Devoirs d'Elisabeth pour Jeremy

Je n'ai pas cru un seul instant que j'allais avoir un bébé avant de l'entendre pleurer.

Navrée de vous le dire, Jeremy, parce que je sais que vous vous êtes démené pour que je me calme.

Mais la vérité, c'est que je n'y ai jamais cru. Ce jour-là, dans la cabine de toilettes, alors que la plus grande tarte au citron meringuée du monde cuisait tranquillement au four, j'étais convaincue que je faisais ma dernière fausse couche.

Et puis les saignements ont cessé. Ce n'était que des « traces de sang », comme le disent gaiement les médecins. Rien de bien méchant.

Mais, même après, je n'y ai pas cru. Même quand les échographies se sont révélées normales. Même quand j'ai senti le bébé donner des coups de pied et faire des galipettes, que je suis allée aux cours de préparation à l'accouchement, que j'ai choisi un berceau, lavé les vêtements du bébé. Même quand ils me disaient, allez, poussez, maintenant, je ne croyais pas que j'allais avoir un bébé. Un bébé en chair et en os.

Avant de l'entendre pleurer. Là, je me suis dit : *Ça m'a tout l'air d'être un vrai bébé.*

Et maintenant, elle est là. Notre petite Francesca Rose.

Pendant toutes ces années horribles, j'ai rarement vu Ben pleurer. Maintenant, il pleure tout le temps. Comme s'il avait des litres et des litres de larmes en réserve et qu'il pouvait enfin ouvrir les vannes. Il tient la petite endormie dans ses bras et des larmes silencieuses coulent sur ses joues. On lui donne le bain ensemble, je lui demande de me donner une serviette, et je le vois qui pleure encore. Je lui dis : « Ben, *s'il te plaît, chéri.* »

Je ne pleure pas autant. Je suis trop occupée à essayer de bien faire. À appeler Alice pour lui poser des questions sur l'allaitement. Comment savoir si elle tète suffisamment ? À me demander pourquoi elle pleure. Qu'est-ce qu'elle a, cette fois ? Des gaz ? À m'inquiéter de son poids. De sa peau. (Un peu sèche, on dirait.)

Mais parfois, au milieu de la nuit, quand la tétée se passe bien, qu'elle se cramponne à mon sein et boit comme il faut, tout à coup, je prends conscience qu'elle est bien là, réelle, vivante, magnifique, et ce bonheur incroyable, c'est comme une énorme claque, un feu d'artifice qui explose dans ma tête. Je ne sais pas comment décrire l'effet que ça me fait. Comme un premier shoot d'héroïne, peut-être ?

(Comment s'assurer qu'elle dise non à la drogue ? La thérapie préventive dès le plus jeune âge ? Qu'en pensez-vous, Jeremy ? Tous ces soucis.)

Bref, tout ça pour vous dire qu'on a fini par organiser une cérémonie pour les bébés qu'on a perdus, comme vous l'aviez suggéré. On a choisi une belle journée d'hiver et on est allés sur la plage avec un bouquet de roses. On a marché au milieu des rochers et jeté une rose à la mer pour chaque petit bébé fantôme. Je suis contente qu'on l'ait fait. Je n'ai pas pleuré. Mais en regardant chaque fleur s'éloigner, j'ai senti quelque chose se relâcher en moi, comme si un étau m'enserrait la poitrine depuis bien longtemps. En retournant à la voiture, je me suis surprise à prendre de grandes goulées d'air et ça faisait du bien.

(On voulait aussi lire un poème, mais j'avais peur que Francesca ait froid aux oreilles. Elle n'a encore jamais eu de rhume mais elle reniflait un peu l'autre jour. Heureusement, ce n'est plus le cas. Je me demande si je ne vais pas lui donner des vitamines. D'après Alice, ce n'est pas la peine mais – bref, je digresse.)

Je tenais aussi à m'excuser de vous avoir pris pour un papa vaniteux qui fait étalage de sa vie parfaite. Quand vous m'avez dit lors de notre dernière séance qu'avec votre femme, vous aviez également recours à l'aide médicale à la procréation et que ce n'était pas un portrait de vos enfants, mais de vos neveux, sur votre bureau, j'ai eu honte de mon égocentrisme.

Alors, voilà mon carnet, Jeremy. Je sais bien que vous n'avez jamais eu l'intention de le lire, mais je me suis dit, autant vous le remettre. Ça vous sera peut-être utile avec d'autres patientes. Ou avec votre femme, quand elle déraillera, parce que ça arrivera.

Les Infécondes m'ont rendu visite hier, les bras chargés de cadeaux coûteux. Ç'a été... horrible. Je savais exactement ce qu'elles ressentaient. Les efforts qu'elles faisaient pour ne pas s'effondrer – s'exhortant à ne pas rester plus de vingt minutes, à ne pas pleurer avant d'être dans la voiture –, pour parler d'une voix enjouée en prenant consciencieusement la petite dans leurs bras chacune à leur tour, alors même que leur pauvre corps, gonflé et fatigué, se consumait de frustration. Je me suis plainte du manque de sommeil (on avait passé une nuit particulièrement difficile) et je me rendais bien compte que j'en faisais des tonnes ; pourtant, je suis bien placée pour savoir qu'il n'y a rien de plus détestable pour une Inféconde que d'entendre une jeune maman se plaindre, comme si ça pouvait la consoler de ne pas avoir son propre bébé. C'est comme dire à un aveugle : « Bon, c'est vrai, on peut admirer les montagnes, les couchers de soleil, mais faut pas oublier qu'il y a aussi des décharges. Sans parler de la pollution ! C'est affreux ! » Je ne sais pas pourquoi j'ai fait ça, mais je comprends aujourd'hui ce besoin désespéré et maladroit de réconforter ces femmes, même si, en réalité, rien ne peut alléger leur peine. Les Infécondes diront probablement du mal de moi la prochaine fois qu'elles déjeuneront ensemble. Je ne pense pas que je les reverrai – il y a désormais un fossé incommensurable entre nous –, à moins, je suppose, que l'une d'entre elles me rejoigne de ce côté-ci de l'abîme.

Peut-être est-ce présomptueux de ma part, Jeremy, mais je me demandais si vous et votre femme étiez confrontés au même problème que moi : savoir quand laisser tomber.

Si c'est le cas, je tiens à vous dire quelque chose de complètement insensé.

On aurait dû renoncer il y a des années. C'est tellement clair à présent. On aurait dû étudier d'autres possibilités. Adopter. On a sacrifié des années de notre vie et failli détruire notre couple. On aurait pu, on aurait dû, vivre notre happy end beaucoup plus tôt. Et même si j'adore le fait que Francesca ait les yeux de Ben, je me rends compte aujourd'hui que le lien génétique est sans importance. Francesca est un petit être à part entière. Si nous n'étions pas ses parents biologiques, nous ne l'aimerions pas moins. C'est vrai quoi, je lui ai donné le prénom de son arrière-grand-mère, qui n'a aucun lien génétique avec nous. J'avais déjà huit ans quand elle est entrée dans nos vies. Pourtant je ne pourrais pas aimer Frannie davantage.

Donc voilà.

Mais maintenant, pour être tout à fait honnête, je dois me contredire.

Parce que si votre femme me demandait si j'accepterais de revivre tout ça, alors je serais forcée de répondre...

Oui. Absolument. Sans le moindre doute. Je supporterais chaque aiguille, chaque perte, chaque déchaînement hormonal, chaque seconde déchirante, pour être ici aujourd'hui, avec ma superbe petite fille qui dort près de moi.

P.-S. : Je joins à mon carnet une curieuse figurine. Elle est plutôt moche, mais elle pourrait tout régler. Bonne chance, Jeremy. Je suis convaincue que vous ferez un merveilleux papa. Quel que soit le temps que ça prendra, quel que soit le chemin que vous choisirez.

Petites réflexions d'une arrière-grand-mère sur la Toile

Elle a eu le premier prix !

Aujourd'hui, Madison participait à la finale du concours d'art oratoire. Comme vous le savez déjà, elle était en compétition avec les meilleurs élèves d'autres écoles primaires, alors ce n'était pas rien.

Elle a fait un discours très instructif et divertissant sur les records du monde. (Saviez-vous que le record du plus grand nombre de serpents à sonnette tenus vivants dans la bouche en même temps est de... huit ?!)

Nous étions tous affreusement nerveux avant les résultats. Mon bien-aimé Xavier était tout pâle et transpirant et Alice rembarrait tout le monde. Quand ils ont annoncé le nom de Madison, on était aux anges. Olivia s'est mise à danser dans l'allée. Roger s'est levé d'un bond, envoyant au passage un coup de coude dans l'œil d'une pauvre femme. (Quelque peu gênant.) Barb a fondu en larmes.

Elisabeth et Ben sont venus avec la petite Francesca Rose qui devient chaque jour plus jolie. Tom l'a occupée en faisant cliqueter les clés de Ben. Il se débrouille bien avec les bébés. Il dit que, d'un point de vue scientifique, ils sont intéressants.

Alice et Dominick avaient l'air plutôt heureux ensemble. (Alice est tellement plus décontractée depuis son accident. Elle n'a plus cet air crispé et hagard. Peut-être qu'on a tous besoin d'un bon coup sur la tête de temps en temps ?) Ils parlent d'emménager ensemble. Mouais. Je suis sûre que vous connaissez mon avis sur la question ! J'ai entendu dire que Nick a aussi une nouvelle petite amie, mais elle n'était pas là, heureusement. Il s'est occupé de ses sœurs et de sa mère. Je crois qu'aujourd'hui, le terme pour décrire ses femmes est « exigeantes ».

Tout le monde me dit qu'il n'y a aucun espoir de réconciliation entre Alice et Nick. « Aucun espoir », on me répète, comme si j'étais une vieillarde qui se berce d'illusions. Pourtant...

Il se trouve que Xavier et moi étions assis à côté de Nick, juste derrière Alice et Dominick. Quand ils ont annoncé la victoire de Madison, Alice n'a même pas regardé Dominick. Elle s'est retournée tout de suite vers Nick et elle a tendu la main vers lui, presque comme par réflexe. Il a serré le bout de ses doigts. Rien qu'une seconde. Mais j'ai vu leur expression. Je dis ça, je dis rien.

COMMENTAIRES

Doris de Dallas écrit :

Moi aussi, j'ai remarqué, et je pense que tu es une petite maligne. On va se coucher ?

Épilogue

Elle faisait la planche, bras grands ouverts, sensible à la caresse de l'eau sur son corps, humant un parfum estival de sel et de noix de coco. Dans sa bouche rassasiée, un délicieux goût de petit déjeuner – bacon, café, peut-être croissant. Elle leva la tête ; le soleil du matin, brillant de mille feux à la surface de l'eau, l'obligea à plisser les yeux pour distinguer ses pieds. Chacun de ses ongles était peint d'une couleur différente. Rouge. Or. Violet. Tiens donc. Le vernis n'était pas très bien appliqué. Pâtés et coulures. Quelqu'un d'autre flottait à côté d'elle. Un être cher, qui la faisait rire et agitait dans sa direction, d'un air complice, ses doigts de pied aux ongles peints à l'identique. Elle baignait dans une béatitude somnolente. Quelque part au loin, un homme cria : « Marco ? », puis, un chœur de voix enfantines : « Polo ! » L'homme appela encore : « Marco, Marco, Marco ? » et les enfants de répondre : « Polo, Polo, Polo ! » L'un d'entre eux se mit à rire ; un long gloussement, pareil à une volée de bulles de savon.

On est sur le fleuve Hawkesbury. Pendant ce fabuleux séjour en péniche.

Alice leva la tête et regarda Gina. Elle avait les yeux fermés, ses longs cheveux bouclés flottaient autour de sa tête telles des algues.

« Gina, tu n'es pas morte, hein ? »

Gina ouvrit les yeux. « J'ai l'air morte ? »

Un délicieux soulagement envahit Alice. « Alors fêtons ça ! Champagne !

– Absolument, répondit Gina d'un ton endormi. Absolument. »

Quelqu'un nageait dans leur direction. Des mouvements de brasse maladroits. Tête et épaules bronzées sous l'eau, hors de l'eau, sous l'eau, hors de l'eau. C'était Dominick. Il avait les cheveux plaqués sur le crâne. Des gouttes d'eau scintillaient sur ses cils.

« Salut, les filles », lança-t-il en arrivant près d'elles.

Gina ne dit rien.

Alice était mal à l'aise devant son amie. Pour une raison ou pour une autre, ça n'allait pas. Dominick n'aurait pas dû être là.

Gina tourna sur son ventre et s'éloigna à la nage.

« Non, non, reviens ! s'écria Alice.

– Elle est partie, dit Dominick tristement.

– Tu ne devrais pas être là. » Elle l'éclaboussa. Il sembla vexé. « Ce ne sont pas tes vacances. »

Le radio-réveil se déclencha. Une chanson des années quatre-vingt retentit dans le silence du matin.

Quelqu'un s'agita à côté d'elle, la couette glissa de ses épaules. « Désolé. » Le radio-réveil se tut.

Elle se tourna et tira la couette sur elle.

Elle avait rêvé de Gina. Ça ne lui était pas arrivé depuis si longtemps. Elle aimait beaucoup ces rêves qui semblaient si réels qu'elle avait presque l'impression de la revoir, de passer une journée de plus avec elle. Sauf que Dominick n'aurait pas dû s'inviter comme ça dans son inconscient. C'était trahir Nick que de le laisser entrer dans ses souvenirs de vacances en péniche. Nick avait adoré ce séjour. Elle le revoyait courir et bondir sur le pont supérieur, tel un pirate. « Aaaargh ! » Il attrapait Tom par la taille, lui disait : « Qui va subir le supplice de la planche ? » et le jetait très haut dans les airs. Elle revoyait si nettement le visage euphorique de Tom, son petit corps tout bronzé en suspension dans le ciel bleu vif.

Tom.

Elle ouvrit les yeux.

Était-il bien rentré hier soir ?

Il avait promis d'être de retour à minuit. Eux s'étaient couchés si tôt. Elle avait l'intention de se lever pour s'assurer qu'il était bien là, mais curieusement, elle était tombée dans un sommeil profond.

Avait-elle entendu ses clés tourner dans la serrure ? Le frottement des pneus dans l'allée, la musique coupée à la hâte, les voix excitées d'adolescents qui essaient de ne pas faire de bruit. Des pas lourds dans les escaliers.

À moins que ces souvenirs n'appartiennent à une autre nuit ?

Elle ferait peut-être mieux d'aller jeter un coup d'œil dans sa chambre, mais il était si tôt, et elle avait envie de dormir, c'était dimanche. Le seul jour où elle pouvait rester au lit. Bon, elle allait se lever, pousser la porte de sa chambre et l'y trouver affalé sur son lit tout habillé. La pièce serait froide et humide, il y régnerait une odeur de renfermé, de lotion après-rasage et de chaussettes sales. Ensuite, elle serait réveillée pour de bon et n'arriverait pas à se rendormir. Elle passerait les deux heures suivantes assise dans la cuisine à attendre que quelqu'un se réveille.

Dire que c'était la fête des Mères ! Ils étaient censés lui apporter le petit déjeuner et ses cadeaux au lit. Enfin, s'ils s'en étaient souvenus. L'année précédente, ça leur était complètement sorti de la tête. C'étaient des ados, ils débordaient des drames et des ravissements de leurs propres vies.

Mais si Tom n'était pas rentré à la maison ? Et qu'elle ne signalait sa disparition qu'après dix heures ? « Je dormais », aurait-elle à expliquer à la police quand on lui demanderait pourquoi elle avait mis tout ce temps à signaler la disparition de son fils de dix-huit ans. Les policiers échangeraient des regards lourds de sens. Mère indigne, paresseuse. Son fils s'est fait tuer le jour de la fête des Mères ? Bien fait pour elle.

Elle repoussa la couette.

« Tom est bien rentré, dit une voix endormie à côté d'elle. Je suis allé voir tout à l'heure. »

Elle se recouvrit.

Tom rentrerait toujours à la maison. Il était digne de confiance. Il faisait ce qu'il disait. Il n'aimait pas qu'on lui pose trop de questions sur sa vie (pas plus de trois d'affilée, c'était la règle) mais c'était un bon garçon. Il travaillait dur pour avoir son bac. Jouait au football, sortait avec ses amis, ramenait à la maison de jolies filles au visage empressé qui semblaient toutes croire que si elles s'attiraient les bonnes grâces d'Alice, elles auraient toutes leur chance. (Comme elles se trompaient ! Si Alice manifestait trop d'intérêt pour une fille, elle disparaissait aussitôt de la circulation.)

Un jour, ce serait Olivia qui ne rentrerait pas à la maison.

Alice était toujours sidérée par la transformation d'Olivia. Son adorable petit ange était devenu une adolescente revêche, furieuse et secrète. Elle avait teint ses magnifiques boucles blondes en noir et se lissait les cheveux, si bien qu'elle ressemblait à Morticia de *La Famille Addams*. « Qui ? » avait-elle demandé avec un sourire méprisant. Impossible de lui parler. Tout ce que vous pouviez lui dire était susceptible de la froisser. Elle claquait la porte de sa chambre régulièrement, faisant trembler les murs de toute la maison. « Je déteste ma vie ! » hurlait-elle, et Alice de se lancer dans des recherches sur Internet sur le suicide chez les adolescents pour ensuite l'entendre éclater de rire au téléphone avec ses copines. Drogue. Grossesse précoce. Tatouages. Tout semblait possible avec Olivia. Alice voyait venir gros comme une maison que, quand Olivia préparerait son bac deux ans plus tard, deux ou trois séances de psy par semaine s'imposeraient. Pour elle-même.

« C'est juste une phase, lui disait Madison. Tiens bon, maman. »

Madison, quant à elle, s'était débarrassée de toutes ses angoisses existentielles adolescentes dès l'âge de quatorze ans. À présent, c'était un rayon de soleil. Elle était si belle qu'Alice en avait parfois le souffle coupé quand elle apparaissait dans la cuisine pour prendre son petit déjeuner, les cheveux ébouriffés, la peau translucide. Elle étudiait l'économie à l'université et son petit ami, Peter, était fou d'elle. Alice avait commencé à le considérer comme son quatrième enfant (malheureusement, car son petit doigt lui disait que Madison lui briserait le cœur dans un avenir pas si lointain). Tout était passé si vite. Ils étaient rentrés de la maternité avec un minuscule bébé tout fripé qui ne faisait que brailler et voilà qu'en un claquement de doigts, ils se retrouvaient avec une jeune fille aux longues jambes, aux pommettes saillantes et qui avait ses propres opinions.

« Ça passe tellement vite », avait-elle dit à Elisabeth. Mais sa sœur ne la croyait pas vraiment. De toute façon, en matière d'enfants, c'était elle l'experte à présent. Elle n'avait pas d'adolescents mais elle savait mieux que tout le monde quand même. Alice avait envie de lui dire : *Attends un peu que ta jolie petite Francesca dorme jusqu'à midi pour ensuite s'affaler sur le canapé et piquer une crise parce que tu lui suggères de s'habiller avant qu'il ne fasse de nouveau nuit.*

Mais Elisabeth était trop occupée pour entendre un tel discours. Occupée, occupée, occupée.

Après la naissance de Francesca, Ben et Elisabeth avaient finalement adopté trois petits Vietnamiens.

Deux d'entre eux étaient frères. Le plus jeune, un asthmatique sévère, était hospitalisé tous les quatre matins. Un autre allait chez l'orthophoniste pour un bégaiement. Francesca était fan de natation, elle s'entraînait de bonne heure tous les matins. Elisabeth était très impliquée dans une association de parents adoptifs et, bien sûr, elle était trésorière du comité des parents d'élèves de l'école. Elle s'était également remise à l'aviron et était maigre comme un clou.

Ben et Elisabeth avaient également deux chiens, un chat, trois cochons d'Inde et des poissons. La petite maison calme et bien propre qu'Alice avait visitée des années plus tôt quand Elisabeth refusait de sortir du lit était à présent une véritable maison de fous. Alice ne pouvait pas y passer plus de cinq minutes sans avoir mal à la tête.

Heureusement, c'était chez elle que la famille se retrouverait pour le déjeuner de la fête des Mères, et Madison, son adorable fille, allait se mettre aux fourneaux.

Dors, Alice. La maison sera pleine d'invités d'ici quelques heures.

Maman et Roger arriveraient tôt, impatients de leur montrer les photos de leur récent séjour à Las Vegas, à l'occasion du congrès des danses latines. Ils adoraient toujours la salsa.

Comme l'avait dit un jour Frannie, un an avant de mourir, « toute leur vie tourne autour de la salsa ». Et Xavier d'ajouter : « Alors que, dans notre vie, tout tourne autour du sexe. » Frannie ne lui avait pas adressé la parole pendant une semaine tellement elle avait eu honte de l'entendre parler ainsi devant les petits-enfants.

Frannie était partie aussi paisiblement que subitement dans son sommeil un an plus tôt. Elle avait passé les dernières années de sa vie à soutenir la législation en faveur de l'euthanasie, à se chamailler avec Xavier et à écrire son blog. Des centaines de lecteurs du monde entier avaient envoyé des fleurs et des cartes à sa mort.

Xavier serait là aujourd'hui. Après le décès de Frannie, il était devenu très frêle. Il s'asseyait dans une chaise confortable sous un rayon de soleil, ne disait pas grand-chose et s'assoupissait de temps à autre.

Alice pouvait passer des jours, voire des semaines, sans trop penser à Frannie, mais lors des réunions de famille, comme celle d'aujourd'hui, elle savait qu'à un moment au moins, son absence lui ferait l'effet d'un coup de poignard dans le ventre.

Oh, Frannie, si seulement on avait pu te garder encore quelques années.

Dors. Dépêche-toi de dormir.

Elle s'endormit et rêva de nouveau de Gina.

Gina, Mike, Nick et Alice étaient assis autour de la grande table après un bon dîner bien arrosé.

« Je me demande où on sera tous dans dix ans, dit Gina.

– On aura tous pris des cheveux blancs, du ventre et des rides, répondit Nick, mais j'espère bien qu'on sera toujours amis, et qu'on passera de folles soirées tous les quatre à évoquer nos vieux souvenirs.

– Waouh, fit Gina en levant son verre. Tu es adorable, Nick.

– De préférence sur un yacht », ajouta Mike.

Rêve ou souvenir ?

« Alice », chuchota une voix à son oreille.

Elle ouvrit les yeux.

Nick avait le visage tout chiffonné. « Tu rêvais de Gina ?

– J'ai dit son nom ?

– Oui. Celui de Mike aussi. »

Heureusement, elle n'avait pas prononcé le nom de Dominick. Nick était encore un peu mal à l'aise vis-à-vis de lui. Et Nick, lui arrivait-il de rêver de cette Megan ? Elle le dévisagea avec méfiance.

« Quoi ? demanda-t-il.

– Rien.

– Joyeuse fête des Mères.

– Merci.

– Je vais aller préparer du café, on le boira au lit.

– D'accord. »

Il ferma les yeux et se rendormit aussitôt.

Alice mit les mains derrière la tête et repensa à son rêve. Dominick s'y était invité parce qu'elle l'avait aperçu la veille au supermarché. Il étudiait l'emballage d'un paquet de fil dentaire comme si sa vie en dépendait. Elle avait eu l'impression qu'il l'avait vue en premier et qu'il n'était pas d'humeur pour l'une de leurs conversations trop enthousiastes – mal à l'aise, nous ? Pas du tout ! –, elle s'était donc obligeamment précipitée dans l'allée suivante.

Avec le recul, elle trouvait ça vraiment bizarre d'avoir sérieusement envisagé de passer sa vie avec lui. (À présent, il était marié avec une autre mère de l'école ; il pensait sûrement la même chose d'elle.)

Ces derniers temps, Madison lui avait posé beaucoup de questions sur cette année où ils s'étaient séparés.

« Si tu n'avais pas perdu la mémoire, tu crois que papa et toi, vous vous seriez quand même remis ensemble ? » avait-elle demandé pas plus tard que la veille.

Quand elle repensait à ce qu'ils avaient fait subir aux enfants cette année-là, Alice était rongée par la culpabilité. Nick et elle s'étaient montrés si puérils, si pénétrés de l'importance de leurs propres sentiments.

« Tu crois qu'on vous a traumatisés ? l'avait interrogée Alice, anxieuse.

– Pas la peine de virer hystérique, maman », avait répondu Madison dans un soupir. La sagesse incarnée.

Se seraient-ils remis ensemble si elle n'avait pas perdu la mémoire ?

Oui. Non. Probablement pas.

Elle repensa à la fois où, par une chaude après-midi d'été quelques mois après la naissance de Francesca, Nick était passé à la maison pour déposer un cartable que Tom avait oublié dans sa voiture. Tandis que les enfants profitaient de la piscine à l'arrière de la maison, Alice, Dominick et Nick avaient évoqué, dans le jardin de devant, leurs propres souvenirs d'été quand, petits, ils jouaient avec les arroseurs sur les pelouses

– une époque où il n'y avait pas de restrictions d'eau. Alice et Dominick étaient côte à côte, Nick se tenant un peu à l'écart.

De fil en aiguille, Alice et Nick en étaient venus à raconter à Dominick qu'ils avaient peint la véranda de devant sous une chaleur de quarante degrés. Résultat : la peinture, qui avait séché trop vite, s'était craquelée et écaillée. Un vrai désastre.

« Tu étais d'une humeur exécrable, ce jour-là, avait dit Nick. Tu trépignais en disant que tout était de ma faute. » Et de l'imiter.

« Tu étais de super humeur, toi, peut-être ! avait-elle répliqué en le poussant gentiment.

– Non, mais moi, j'ai dû te verser un seau sur la tête pour que tu te calmes !

– Du coup, j'ai riposté avec le pot de peinture et tu t'es mis dans un état ! Tu me courais après comme un fou. On aurait dit Frankenstein ! »

Et ils avaient ri, tellement ri, à l'évocation de ce souvenir. Chaque fois que leurs regards se croisaient, ils riaient de plus belle.

Dominick avait esquissé un sourire gêné. « C'est plus drôle quand on a vécu la scène. »

Et Nick et Alice de redoubler d'hilarité.

Quand ils avaient fini par se calmer et s'essuyer les yeux, les ombres sur la pelouse s'étaient allongées et Alice remarqua qu'elle s'était rapprochée de Nick, comme si le couple, c'était eux, et Dominick, le visiteur à l'écart. Elle leva les yeux vers lui. Son regard était triste et morne. Tous trois savaient. Ils savaient peut-être depuis des mois.

Trois semaines plus tard, Nick était revenu à la maison.

Le plus drôle ? Nick ne se rappelait pas ce moment sur la pelouse. Il était convaincu qu'elle l'avait imaginé. Pour lui, le moment clé, ç'avait été le concours d'art oratoire de Madison.

« Tu t'es retournée et, en voyant ton regard, je me suis dit, yes, elle veut que je revienne. »

Alice n'en avait pas le moindre souvenir.

« À quoi tu penses ? »

Alice cligna des yeux. Au pied du lit, Nick l'observait. « Tu as l'air si grave tout à coup.

— Aux crêpes ! Qui ont intérêt à être bonnes !

— Ah. Eh bien, normalement, elles devraient. C'est Madison qui cuisine. »

Elle le regarda tirer les rideaux et jeter un coup d'œil dehors. Il ouvrit la fenêtre et inspira voluptueusement. Manifestement, la météo lui convenait. Il entra dans la salle de bains attenante en se grattant le ventre et en bâillant.

Alice ferma les yeux et repensa aux premiers mois qui avaient suivi le retour de Nick.

À certains moments, ils n'avaient pas besoin d'« essayer » pour être de nouveau heureux. C'était d'une facilité enivrante. À d'autres au contraire, cela exigeait de tels efforts que l'idée même d'« essayer » semblait aussi stupide que vaine. Alice se réveillait au milieu de la nuit en se remémorant toutes les fois où Nick l'avait blessée et elle se demandait pourquoi elle n'était pas restée avec Dominick. Mais il y avait aussi ces instants, calmes et inattendus, où leurs regards se croisaient et la souffrance et la joie, les mauvais moments et les bons de toutes ces années semblaient se fondre pour former quelque chose qu'elle savait beaucoup plus fort, complexe et réel que ses sentiments naissants pour Dominick ou même que son amour pour Nick au cours de leurs premières années ensemble.

Elle avait toujours pensé que rien ne pouvait surpasser le bonheur exquis du début de leur histoire, qu'ils chercheraient à le reproduire, à le retrouver, sans relâche, mais elle se rendait compte à présent qu'elle s'était trompée. C'était comme comparer de l'eau pétillante et du champagne. L'amour naissant, c'est excitant et grisant. Léger et pétillant. Tout le monde peut aimer de cette façon. Mais l'amour, après trois enfants, une séparation, un quasi-divorce, les blessures qu'on s'inflige, les pardons qu'on s'accorde, les moments où l'on se lasse, ceux où l'on arrive à se surprendre, après avoir vécu le pire comme le meilleur, eh bien, cet amour-là est indicible. Il mérite un autre mot.

Et peut-être qu'un jour, elle aurait connu cette sensation avec Dominick. Elle aurait pu être parfaitement heureuse avec lui. Elle n'avait rien à lui reprocher. Il ne s'agissait pas de cela.

Simplement, Nick était Nick. Il était arrivé dans sa vie en premier, il était le père de ses enfants. Il savait ce qu'elle voulait dire quand elle s'écriait : « Mercredi ! » Ils partageaient tellement de souvenirs. C'était aussi simple et aussi compliqué que ça.

Quand Olivia était entrée au lycée, Alice avait commencé à travailler à son compte comme organisatrice d'événements caritatifs. Cela avait ajouté du piquant à sa relation avec Nick. Parfois en sortant du travail, ils dînaient au restaurant et elle éprouvait une tout autre attirance pour lui. Deux pros qui flirtaient en tête à tête. Le frisson d'une aventure. C'était agréable de savoir que leur relation pouvait encore évoluer.

Nick s'arrêta brusquement à côté du lit, la main sur la poitrine.

« Qu'est-ce qu'il y a ? fit Alice en se redressant. Tu as mal à la poitrine ? Des palpitations ? »

Une véritable obsession chez elle.

Il laissa retomber son bras et sourit. « Désolé. Non. Je réfléchissais, c'est tout.

– Pfff, lâcha-t-elle en se rallongeant. Tu m'as fait une de ces peurs. »

Il s'agenouilla près d'elle sur le lit. Elle le repoussa. « Je ne me suis pas brossé les dents.

– Oh, on s'en fiche. J'essaie de dire quelque chose de profond.

– Attends que je me sois brossé les dents.

– Je voulais que tu saches à quel point je suis heureux que

459

tu te sois cogné la tête ce jour-là. Chaque jour, je rends grâce à Dieu d'avoir inventé le step. »

Elle sourit. « C'est très profond, ça. Très romantique.

– Merci. Je fais de mon mieux. »

Il se pencha pour l'embrasser. Va pour un petit bécot affectueux (elle ne s'était pas brossé les dents et mourait d'envie d'un café) mais, contre toute attente, le baiser se révéla agréable et des larmes lui chatouillèrent les yeux au souvenir de tant de baisers échangés : le tout premier, celui des jeunes mariés devant l'autel, le baiser piquant qu'il lui avait donné, les yeux rouges, abasourdi, après la naissance de Madison, le baiser beau à pleurer après qu'elle avait quitté Dominick et dit à Nick (près de la voiture dans le parking du McDonald's tandis que les enfants se disputaient sur la banquette arrière) : « Reviens à la maison maintenant, s'il te plaît. »

Nick se remit de son côté du lit d'un bond, un large sourire aux lèvres, lorsque la porte de la chambre s'ouvrit brusquement, laissant apparaître Madison avec le plateau du petit déjeuner, Tom avec un énorme bouquet de fleurs et Olivia avec un cadeau.

« Joyeuse fête des Mères ! s'écrièrent-ils en chœur.

– On essaie de se faire pardonner pour l'année dernière, expliqua Madison en posant le plateau sur les genoux de sa mère.

– Je vois ça ! » Alice prit la fourchette et enfourna une bouchée de pancake, les yeux fermés. « Mmmmm. »

Si elle se délectait de ce goût incroyable et délicieux de myrtille, de cannelle et de crème ? Pensez donc ! Ce qu'elle savourait en réalité, c'était cette précieuse matinée, qu'elle essayait de saisir, d'épingler, de protéger, avant qu'elle ne soit plus qu'un souvenir.

REMERCIEMENTS

Un grand merci à mes adorables sœurs, Jaclyn et Nicola Moriarty, pour avoir lu et commenté mes premiers jets.

Merci à ma cousine Penelope Lowe pour ses conseils dans le domaine de la médecine et à mon amie Rachel Gordon pour avoir patiemment répondu à mes questions sur la vie de mère d'enfants en âge d'être scolarisés.

Merci également à mes merveilleux éditeurs aux quatre coins du monde : Cate Paterson et Julia Stiles en Australie, Melanie Blank-Schroeder en Allemagne et Lydia Newhouse au Royaume-Uni. *À la recherche d'Alice Love* vous doit beaucoup.

Composition : Nord Compo
Impression en janvier 2019
Éditions Albin Michel
22, rue Huyghens, 75014 Paris
www.albin-michel.fr
ISBN : 978-2-226-39318-0
N° d'édition : 22461/01
Dépôt légal : février 2019
Imprimé chez Marquis Imprimeur inc.